戮仙

萧鼎

著

四川文艺出版社

目录

CONTENTS

序章

三月初五，阴。

晨光从东方亮起，渐渐照亮了这片大地，越过高耸起伏的天阴山脉，洒落在山麓下的西芦城中，照亮了这一座热闹繁华的城池，提醒着城中无数人家又是新的一天开始了。

少年沈石自然而然地醒来。

在那天色将亮未亮时，他躺在温暖的被窝里没有动弹，只是安静地看着房子的屋顶。直到屋外的晨光终于透进了他的屋内，他才从温暖而舒适的床上坐起，伸了一个懒腰，掀开被子下了床，走到窗边，将两扇窗扉轻轻推开。

一股清新的晨风从屋外的院子里吹拂进来，带着些许的凉意和庭院中淡淡的青草芬芳。沈石双臂伸展扩胸，深深呼吸了一下，随后下意识地抬头向远处眺望，映入眼帘的是天阴山脉雄伟起伏的身姿，当然还有常年聚拢不散笼罩在山峰上的灰色阴云。

今天会是一个好天气吗?

他面无表情地眺望着那座雄伟高山，过了一会儿后转回身子，走到身旁不远处靠着窗墙摆放的书桌前，坐了下去。这间屋子里的摆设很简单，睡觉的床与床尾的衣柜、窗边的书桌，还有桌边几个显眼的大箱子，除此之外，便只有书。

占去了整整一面墙壁的大书架，分了七层，满满当当地放着新旧书籍，一眼看去，其中许多书卷都有磨损之处，似乎是时常被人翻阅的样子。

相比寻常百姓家的桌子，沈石房内的这张书桌稍长几分，端端正正地摆放在窗口左侧，桌子两边各堆叠着三个大箱子，一共六个，都是由灰褐藤条编织而成，看起来结实而方正。每一边的箱子垒起来差不多到沈石的胸口处，也不知里面装了什么。

坐在书桌前，沈石定了定神，随后面色淡淡地伸手从桌边那一沓被细心裁成三寸宽四寸长的白纸上取过了一张，放在自己身前。桌上一应的笔墨纸砚都很齐备，沈石自己动手，加水磨墨，准备妥当后，便提笔蘸墨，开始落笔于纸上。

黑墨现于白纸之上。沈石指握笔杆，柔和行进，一路下来不见有丝毫颤动，运笔显得十分平稳。笔尖移动间从容顺滑，似乎此刻他所书写描画的东西早就已经被练习过无数次。只是这少年写字的姿势虽然漂亮，但最后成形于白纸之上的却并非是普通的文字，而是一个个奇异扭曲的图纹，有简有繁，各不相同。常人一眼看去完全无法理解这些诡异图案究竟有何含义，说是鬼画符倒是有人会信。

虽是如此，但沈石依然安静地画着，前前后后一共画出了十个各不相同的扭曲异纹。这些异纹看起来晦涩难懂，普通人光是看着只怕就会有几分头晕，他画起来却是熟练至极，行笔之间不见有丝毫犹豫，也不知他到底练习了多久。

就这般一直顺次画满了五张白纸，沈石这才松了一口气，放下手中毛笔，揉了揉手腕。接着，他又一个个审视这些奇异的图纹，半晌之后才满意地点了点头，站起身，将这些白纸拿起走到左侧那摞大箱子边，打开了最上方的那个箱子箱盖。

只见箱子中层层叠叠，尽数都是与他手上相同大小的白色纸片，几乎堆满了整个大箱子，而每一张白纸上同样都画着那些奇异的图纹。

沈石轻轻将今日的五张白纸放了进去，目光在这箱中白纸上停留片刻，随后盖上箱盖，又看了看摆在书桌两边的六个大箱子，嘴角慢慢流露出一丝笑意。

他回头看了看屋外，天已经阴了，阴霾的天空下，那座灰沉沉被阴云笼罩的巨大山脉依然沉默地耸立在远方。

屋外小院的另一侧，一处僻静的走廊栏杆外，绿栏飞檐青草小花后，在伴着有些许凉意的晨风，一位身材矮胖的男子，正静静地凝视着前方那扇窗扉之后的少年。他看着他起床开窗，看着他微笑伸懒腰，看着他提笔练画，看着他笑意从容，略带少年心意般的自得，抚摩着那些个大箱子——虽然其中装着的都是无用的白纸，但花费了少年多年的工夫，也许正是他最珍贵的宝贝。

他安静地看着那个少年，目光明亮而清澈，眼底深处，隐约还带着几分回忆与温暖。这时沈石走到了窗前，目光转动间很快看到了这个男子，脸上登时露出一丝笑意，招手道："爹！"

他这里笑声爽朗，也没有刻意压低声音。矮胖男子，也就是沈石的老爹沈泰，笑呵呵地对沈石招了招手。沈石便开门跑了过来，一溜烟跑到这边的走廊上，来到沈泰的身边。

沈泰伸手摸了摸沈石的脑袋，温和地问道："累不累？"

沈石摇了摇头，笑道："不累，早习惯了。"

沈泰笑了笑，道："阴阳五行十种符纹，生僻艰涩，繁复扭曲，哪怕在修真界中，历来也都少有人涉及，你小小年纪能坚持画七年，真是不容易。"说罢，他似乎又想到些什么，微微沉吟了一下，又道，"符箓之术虽说只是小道，于修真界中并不为人看重，但若能坚持下去，日后再有进益，未尝不能成为你修行一途上的一份倚仗。爹这些年督促你，说到底也是为你好，你可别在心里怪我啊。"

沈石摇头，笑而不语，看那脸上神情容态，活生生便是与他那老爹一个模子里刻出来的，肖似无比。

只是沈泰却没来由地一阵怅然，眼前仿佛又飘过另一个熟悉的身影。

过了一会儿，沈泰似乎从某个久远的回忆中惊醒，摇了摇头，微笑道："走吧，今天日子不错，咱们去拜祭一下你娘亲，跟她好好说说话儿。"

沈石答应一声，跟在老爹的身后向着前堂走去，只是走路间抬头看了看天色，那浅灰色的天空，阴云密布，一如平常的日子。

轻烟袅袅，在三炷清香间飘荡而起，沈泰、沈石父子二人此刻站在一处僻静的静室中，在他们面前的是一座香案，上面供奉着一面灵牌，从上到下简简单单地写着"沈门白氏之灵位"数字。

两人安静地伫立在香案之前，平日里从来都是一副笑呵呵样子的矮胖男子，此刻少见地收敛了笑容，默默地站在亡妻的灵位前，凝视着那面灵牌。

至于沈石，则是站在父亲的身后，双手合十对着牌位拜了三拜，嘴唇微动，似乎在心底对着亡母灵位说着些什么。

静室之中一片宁静，沈泰忽然开口，语气平淡没头没脑地说了一句："小石头，还记得我跟你说过的那件事吗？"

沈石的身子忽地一颤，像是瞬间全身的肌肉都突然绷紧了一般，猛地抬头，望向父亲的背影。沈泰没有回头，仍背对着他站在那里，双眼凝视着香案上的灵牌。

"记得……"过了一会儿，沈石低声答了一句，只是不知为何，那话里带了几分艰涩之意。

“好。”沈泰缓缓点了点头，顿了一下，然后说道，“就今天吧。”

沈石看着前头父亲平静的身影，眼角余光掠过，却发现他看似随意垂在身侧的双手，不知何时已经紧紧握拳，用力之猛，连骨节处都隐隐发白。

“爹。”沈石轻轻叫了一声，脸上掠过复杂而担忧的神色，随后欲言又止。

沈泰虽然没有转身，却仿佛感觉到了什么，沉默了好一会儿之后，轻声道：“三天前，我接到了门内宋长老传来的一封书信。”说到此处，沈泰顿了一下，嘴角微微抽动，似酸涩的苦笑，又带了几分惘然痛苦，最后还有些许隐匿极深的恨意。

他转过身，看着沈石，看着这个自己唯一的儿子，柔声道：“他们已经把给你的那个入山修道的名额收了回去，转给了王家。”

沈石的呼吸在瞬间停滞，眼角不由自主地抽搐了几下。沈泰长吸了一口气，道：“我们已经没有退路了，小石头。”

沈石慢慢低下了头，许久以后，他轻声道：“我明白了，爹。”

沈泰凝视着儿子，忽然走上前去，一把将他抱在怀里，双臂紧搂着他的身子，似乎害怕只要自己一松手，儿子就会永远离开自己。而沈石咬紧了牙，脸上的肌肉微微地颤抖，低声道：“爹，没事的，我不怕。”

沈泰闭上了双眼，随后，一点一点地放开了手臂，压低了声音，用只有沈石才能听到的话语道：“你现在就走，一切都按照我们之前说的去做，到屠夫那里等我。”

沈石重重地点了点头，深深看了一眼十多年来与自己相依为命的父亲，然后毫不犹豫地，转身大步走出了这间静室。

沈泰的目光随着儿子的身影飘动，直到他的背影消失，直到他的脚步声最终远去，这才缓缓转过身来，再一次地面对香案上的那面灵牌。

轻烟袅绕，仿佛让那牌位上的字迹都有些模糊不清。

沈泰紧紧握拳的右手慢慢摊开，掌心处，是一个带了些许绿色的小小玉质沙漏，约莫有半寸长，细腻洁白的细沙在里面无声无息地流淌滴落着。沙漏的外观看来颇为破旧，光泽也十分暗淡，是一个上了年头不值钱的小玩意儿。

他深深凝视了这个小小玉质沙漏一眼，然后抬起头，看着那面灵牌，忽然笑了一下，道：“小白，你要保佑咱们儿子啊。”

这一年，是人族肇纪开极、推翻曾经强盛无比并统治鸿蒙诸界漫长岁月的天妖王庭，废除妖历开创人族历法之后的一万〇七百六十六年。

岁月沧桑匆匆如白驹过隙，先贤已逝，战火消弭，那一场惨烈得难以言表的人妖之战，到如今渐渐成为人们茶余饭后偶尔缅怀往昔时才会提起的话题。

笑谈间，忆人族六圣之伟业，笑昔日妖族之败落。

国破亡族日，仓皇遁逃时，遥想昔年最后决战，百万人族修士铺天盖地，将宏阔无比壮丽非凡的妖族帝都天鸿城围了个水泄不通。天上人间，杀气充盈，六圣立于云端，纵横挥斥间，无数生灵的性命灰飞烟灭，血流漂橹。尸山血海间，终于将天妖王庭最后残留的一丝气数，生生埋葬在了那片巨大的皇宫废墟里。

万年之间，幽深废墟迷宫之内，夜深人静时，据说人们犹可听见那无数死于非命的阴灵凄厉的呼号声。

只是人间岁月，终究还是翻过了新的一页。

除去少数遁逃的妖族余孽，妖族最后也是最精华的战力，包括五大天妖中的四位，都在那一场天鸿帝都之战中被尽数剿灭。残余妖族如丧家之犬，不得已亡命遁回妖族起源的妖界。然而面对紧追不舍意图斩草除根的人族追兵，妖族被迫以最后一位强大天妖的性命为代价，以妖族秘法血祭天妖，自毁镇族神器“阴冥塔”，将唯一通往妖界的必经之路“飞虹界”整个化为生灵进之必死的阴煞死海，这才挡住了人族追兵，同时却也等于是自锢于那片妖界之中，永世不得复出。

转眼间，万年悠悠而过，曾经惊才绝艳的风流人物，也挡不住岁月侵蚀，只留下后人竖立的无数丰碑雕像，在鸿蒙诸界中永为流传。而人族万年之内，越发繁盛，尤其是从人妖大战时代开创的道法修行，经过无数代奇人异士人族精英的精研，早已远胜前代。时至今世，更是纵横鸿蒙唯我独尊，一切异族妖孽，皆被压制得只能隐匿行踪苟延残喘，完全无法与强大的人族，特别是那些多如繁星同时强大无比的人族修士相抗衡。

这一年，是人历之一万〇七百六十六年，也是人族繁花似锦烈火烹油般的盛世时代。

这一年，飞虹界的阴煞之海仍旧铺天盖地地弥漫在整个界土之上，将仇深似海的人妖两族隔开，并且看上去似乎还将永远这样持续下去。

这一年，鸿蒙一百〇八界中，传说中的十大天界仍是缥缈无踪的传说，妖界与化为死海地狱的飞虹界都沉默地藏匿在人们记忆的角落里无声无息，而以广袤无边的鸿蒙主界为首，剩下的大大小小九十六界，尽在人族掌控之中。

这一年，沈石十二岁。

对他来说，人生之路乍起惊涛，即将翻开新的一页。

第一章 ■ 天一楼

穿过安静的后堂庭院，绕过几处回廊小园照壁屋阁，沈石面无表情地沿着回廊走着，前头渐渐有些热闹的声音传来，那是他从小到大天天置身其中再熟悉不过的声音。不久之后，绕过一处照壁，前头出现一处垂挂着门帘的门扉，到了这里，那喧闹声顿时便大了许多，沈石停下脚步，盯着那里，片刻之后，深深呼吸了一下，咬了咬牙，然后一步迈了过去，转眼间，一股声浪便扑面而来。

一年之计在于春，一天之计在于晨，虽然此刻还是早上，他那位老爹沈泰在这西芦城内经营十几年的天一楼刚刚开张不久，但宽敞阔大的店堂里，已然是人头攒动，来往客人川流不息。

鸿蒙诸界之中，鸿蒙界，也就是通常俗称的"鸿蒙主界"，是最重要也是最广袤宏伟的一界，自古以来绝大多数生灵都聚居于这片无边无际、至今都尚未探索完全的巨大世界之中。已知的其余诸界，习惯上都被看作是鸿蒙主界的附属界土，只不过必须要通过一些自神秘上古时代遗留下来的上古传送法阵才能到达。

在诸界之中，鸿蒙主界的界土面积远远超过其余所有各界的界土面积总和，从几万年前那个古老的天妖王庭时代，便有"鸿蒙一城九十州"的地理划分之法，约定俗成之下，哪怕如今已是人族盛世，这种区域划分仍然被天下人所公认。

所谓一城，自然便是万古帝都天鸿城，那是一座超越万年光阴、号称凝聚鸿蒙诸界精华的巨大城池，屹立于鸿蒙大陆中部，濒临内海东岸，城池之阔大，到了令人匪夷所思的地步。传说光是连绵起伏的巨大山脉，这城就硬生生包裹了两条进去。城中的人口更是数以亿万计。此城繁华无比，冠绝鸿蒙，其一城之力足以凌驾于所有大州之上，正是天底下人人向往、这一辈子若是没去过一次只怕就是白活一场的圣城帝都。

而剩下的鸿蒙大陆的广阔疆域，被分成了大大小小九十州。虽说这些州面积大小不同，但实际上以鸿蒙主界令人咋舌的宏阔，便是最小的一州纵横也有数百万里，人口无数。在这个人族蒸蒸日上、仙道昌盛的时代，处处都是一派生机勃勃的景象。

沈石所在之地位于鸿蒙大陆西南一侧，俗称“阴州”，据说乃是因横亘于此州上一座庞大的天阴山脉而得名。在鸿蒙一城九十州之中，阴州位于西南一隅，但面积广大，在西南这一片几个州中，倒还算是出挑的一处繁华所在。

因为当今之世仙道极盛，在阴州这里同样是修真门派林立，其中更有一家名列当今修真名门，名叫“玄阴门”，占据了阴州境内最负盛名的洞天福地天阴山，门内英才辈出，正是一派欣欣向荣的态势，在阴州境内修真界中，可谓是首屈一指的强大门派。

沈泰昔年也是玄阴门门下弟子出身，只是这个矮胖男子在修道上的天资委实一般，修行多年仍然困顿于最基础的炼气境而不得寸进，连号称修道之途真正开端的凝元境界都无法突破。

沈泰修炼不成，对世上人人向往的仙道也只能无可奈何地断了念想。无奈之下，他只能以一介外门弟子的身份来到天阴山下，方圆万里之内的第一大城西芦城中，专心为本门打理附属的天一楼生意。只是谁也没想到，沈泰修道不行，于经商上却意外地爆发出异于常人的天赋，短短十几年间，他将原本生意平平的天一楼打造成了西芦城中规模最大的两大商铺之一，从那些南来北往散修术士的身上赚取了无数灵晶财富，反哺玄阴门，多年下来数额之巨，简直可以用金山银海来形容。

是以这些年来沈泰以一介外门弟子身份，却渐渐得到玄阴门内一些长老的看重，一路被提拔到天一楼大掌柜不说，便是他独生儿子沈石，前些日子也从玄阴门中传出消息，将可以和那几家附庸玄阴门数百年的世家大族门下的一些子弟一样，免去严苛的筛选直接拜入山门。这也算是玄阴门拉拢人才的一种手段吧。

此时此刻，一早开张的天一楼里热闹非凡。在这些年沈泰的经营谋划下，天一楼早已不是当年那个只能售卖些玄阴门随手丢出来、连自己都不屑一顾的粗浅道法秘籍的小店面，在宽敞店铺里数十个宽大的柜面间，道法、秘籍、药典、灵草、矿石、妖丹、符箓、灵药灵丹等，几乎所有牵扯到当今修真之道的诸般灵材，天一楼中都有售卖，其中更不乏罕见珍稀的灵品。当然这些好东西自然也是昂贵至极。

同时，在店铺西侧还有一溜儿长长的柜台，那里是天一楼估价买入灵材的地方。凡有过往修士出于种种原因想要卖出些灵材的，天一楼同样会愿意收购。当然这些灵材经天一楼一转手，就会以更高价格再被卖出去。

反正就是有买有卖，生意兴隆了。

沈石自小便跟着老爹在这天一楼里里外外溜达玩耍惯了的，天一楼内所有的伙计差不多也都出身于玄阴门，不过到了这种替天一楼当伙计的份儿上，自然也都是修道不成的外门弟子。大家都认得这位大掌柜的公子，看到沈石，都是笑呵呵地打招呼。沈石看起来也是一如往日，面上浮起笑容，熟稔无比笑嘻嘻地一路哥哥姐姐叫过去，打着招呼，脚步虽不急迫，但仍向着天一楼的大门口外走去。

宽敞的店铺里，门口有光照入，人影进进出出，仿佛已经近在眼前。

沈石的心跳有些难以自制地加快，但仍能控制住自己的言谈举止，正走向那门口时，突然，前方左侧一处柜台后探出一个二十出头的女子，对沈石招手唤道：“小石头，等一下。”

沈石身子一僵，脑海中似乎莫名有个声音轰鸣了一声，随即停下了脚步。他深吸了一口气，转过头向那边看了一眼，脸上随即浮起一丝笑容，道：“小红姐姐，有事吗？”

那女子名叫小红，身上与其他店内伙计一样都是同样的服饰，此刻正对着沈石招手，笑道：“小石头，快过来帮姐姐看看，这里有个客人想卖灵草，但这东西我看着有点拿不定主意。”

沈石迟疑了一下，眉头一挑，干脆利落地答道：“好咧。”说罢大步走了过去，正是那一溜儿长柜台所在的地方。

天一楼，后院。

沈泰离开那间静室，走到庭院里的时候，抬头看了一眼远处那座阴云笼罩下的天阴山脉，眼神中掠过一丝复杂难明的神色。

多年以前，他也曾在那座大山深处，也曾和许多差不多年纪的同伴一起，怀抱着相同的梦想，对无上仙道的憧憬，满怀希望地开始了修仙之途。

也就是在那个时候，他认识了那个温柔的女子。

后来……

他忽然闭眼，用力甩了甩头，像是要把某个念头狠狠地甩出自己的脑袋，当他重新睁开眼睛的时候，脸色已经恢复了平静与淡然，静静地最后看了一眼那座大山，然后转身离去。

庭院悄悄，大多数人都在繁忙的前堂帮忙，只有偶尔几个身着玄阴门内门弟子服饰的人影在一些僻静角落里闪过，那是专门守卫天一楼的力量。如今天一楼生意兴隆，每日赚进大把灵晶，玄阴门是越来越看重这里了。

沈泰虽然道行低微，但借着如今天一楼的声势，普通的玄阴门弟子却都不敢小觑他，毕竟没人想和这样一位财神爷过不去，更何况听说在玄阴门内颇有几位位高权重的长老十分看重沈泰这个外门弟子。如此这般下，至少在普通弟子眼中，沈泰这位天一楼大掌柜还真是一个突破了修真界以实力为尊惯例的怪胎，以微弱道行，却能得到众人尊重。

至于私下里的实际情况，风光背后究竟如何，那却又是另一番情形，无人知晓的了。

沈泰一路走去，遇到看守的玄阴门弟子，都是点头示意，偶尔遇上稍微熟悉的，也会笑谈几句，看起来与平日无异。能在这里看守的玄阴门弟子，基本都有一身道行，至少也要踏入凝元境界，与前堂那些修道无望只能来当伙计的外门弟子截然不同。

如此走了一会儿，穿过了两处庭院，沈泰来到了一处僻静的院落外。这里明显与周围院落不同，守卫的玄阴门弟子多了不少，门口外赫然写着“库房”二字，乃是天一楼平日储藏诸般灵材的重地。

看到沈泰过来，几个看守此处的玄阴门弟子都笑着和他打了招呼，并无怀疑，沈泰本身就是天一楼大掌柜，平日里更是时常到此处。

沈泰也是一如往日，笑着与众人说笑几句，然后走进院子，从腰间取过一串钥匙，打开了库门，然后在众人的注视下，坦然自若地走了进去。

房门发出“吱呀”的一声，在他的身后缓缓合上。

库房很大，但因为门窗紧闭的缘故，光线显得有些阴暗，沈泰脸上的笑意，一点一点地消散而去。

他冷冷地看着这间宽敞的屋子，看着堆积如山价值无数的灵材，看着它们被分门别类、条理清楚地摆放在一个个货架上，这里的一切，都是他这些年来亲手缔造的成果。

这里的每一寸地方，他都如此熟悉。

只是也许今日之后，他就再也看不到这些东西了。

矮胖的男人忽然笑了笑，然后迈开脚步，向前走去。脚步声不缓不急，在这些货架间回荡着，他走过了一个又一个货架，最后来到了库房深处的某个地方。在他面前有一处货架，与周围摆放着满满当当灵材的其他货架不同，这个货架上的东西很少，看着只有几个玉匣，同时在货架的背面，贴着一张白纸，上面写着四个字：长老供奉。

沈泰伸出手去，打开了其中一只玉匣。随着盖子的翻开，一道湛蓝澄澈的光芒缓缓溢出，在这片有些阴暗的库房里，散发出美丽的色彩，将沈泰的脸都照亮了几分。

他凝视着这匣中之物，过了片刻后嘴角微微扯动一下，然后冷冷一笑，随即伸手到怀中摸索片刻又抽了回来，一道似曾相识的蓝光忽然亮起，在他手掌间闪动着出现。

那是一颗闪烁着湛蓝澄澈美丽光芒的奇异宝珠，晶莹剔透，似乎有无数潮水在这珠身中潮起潮落。沈泰的呼吸忽然间变得有些急促起来，在温和的蓝色光芒中，他似乎咬了咬牙，然后轻轻将这颗蓝色宝珠放入玉匣之中，片刻后，当他手掌收起时，与之前几乎完全一模一样的一颗宝珠出现在他手里，只是那蓝色的光芒，仿佛并没有之前那般强烈瑰丽，但相比之下，这颗宝珠的光泽似乎更柔和清澈一些。

“啪嗒！”

沈泰合上了玉匣，将蓝色宝珠藏于怀中，转身离去。

第二章 ■ 鉴果

方今之世，鸿蒙诸界仙道大昌，自从万年之前人族推翻盛极一时的妖族统治后，在那些流传下来通过灵晶吸取天地灵力，借以修炼诸般仙道神通的基础上，各种各样繁杂神奇，威力强大的道术神通，都在这漫长的万年之间，在无数奇人异士的奇思妙想，苦心修研中被创造了出来。如今的鸿蒙人族修真界里，确实是一派百花齐放的繁盛景象。

而人族在驱走妖族一统鸿蒙诸界之后，时至今日，并没有如前代妖族那样形成一个一统天下的天妖王庭般的朝廷，相反，一个个强大的修真门派、世家大族，取代了昔日妖族的统治，成为鸿蒙诸界中最强大的势力。

俗称修士的修真之人，便是这个繁盛时代里，为天下所有人最敬畏的身份，甚至在普通百姓的心中，将能够与修真界有所牵连的关系称之为仙缘，由此可见一斑。

在这种背景之下，鸿蒙诸界里的修真之人自然是如过江之鲫不可胜数，由此也组成了那些在普通百姓心中神秘又神奇、瑰丽而多彩的修真界。在这其中，鸿蒙主界里以“四正七玄”为首的那些个如日中天的豪门巨派、名族门阀，自然便是这片鸿蒙大陆上最强大的一群人。但除此之外，还有更多难以计数的普通人。是的，哪怕是在修真界里，相比起那些名门弟子来说，也依然有过着窘迫日子的修士，俗称散修，在苦苦挣扎着生存下去，追求着自己修仙长生的梦想。

散修的人口数目极其庞大，根本无人知晓究竟有多少人，但是一般以为，在修真界人数巨大的修士中，地位最低的散修至少占了全部修士的一半以上。这些散修都有各自的来源，有的是不知从哪里得来一本什么入门道法秘籍，又或是走运得了天材地宝有了一身道行，当然也少不了从一些修真门派中出于各种原因出走独自修行行走江湖的人。总之原因千奇百怪，修士来源无所不有，也算是鸿蒙世界修真界里光怪陆离的特殊一幕。

而沈家天一楼这种经营修真诸般灵材宝器的店铺，最主要的客源便是这些似乎无所不在无穷无尽的散修。

眼下，沈石脚步轻快地走到天一楼内西侧那一溜长柜台边，此时在柜台两边已经站了不少人，里面是着统一服饰的天一楼伙计掌柜，柜台外面则各种各样的人士都有，多数都是散修，其中也有少数几人看起来气势不凡，不知是否是附近几个修真门派出身的弟子。毕竟西芦城是阴州天阴山脉这一片地方最繁华的大城，诸般灵材货品最是齐全，一些门派弟子出身的修士在修行中遇到些临时急需，要紧或不要紧的东西，往往也都会来到西芦城中寻找。

刚才呼唤沈石的小红姑娘此刻站在柜台里面一角，隔着一个柜面外头，还站着一个男子。将沈石招呼过来后，小红先是笑了笑，似乎有些不好意思，低声道："小石头，这位客人想卖一枚黑铜果，但我对这种灵果不太熟，你帮我看看吧？"

沈石呵呵一笑，道："好啊。"

只是这时旁边却传来一个愕然而略带怒意的声音，道："有没有搞错，你们天一楼到底是怎么做生意的，看不懂这黑铜果且不说，现在居然找一个毛孩子来鉴定我这枚奇珍灵果，有毛病了是吧？"

沈石转头看去，只见说话之人正是方才就站在小红对面的那人，是一个中年男子，衣着一般，眼角眉间已经有了好些道皱纹，看着像是个郁郁不得志多年的散修，此刻面上带了几分怒色，正瞪眼看着他与小红二人。

沈石欲言又止，倒是小红在这天一楼数年，迎来接往的，对付这些散修经验丰富。她当下也不生气，微微一笑道："这位客官莫生气，你别看小石头年纪不大，却是我们天一楼大掌柜的独生爱子，打小便是在这天一楼中长大的。别的不说，这楼里头日常交易诸般奇珍异宝灵丹妙药各种灵草什么的，这小家伙见得比谁都多，又跟着楼里的几位老人学了好几年，如今眼光毒着呢，就连玄阴门的宋长老有一次过来见了之后都是赞叹不已，早就对我们说了，遇上什么迟疑不决的货色，只管来问我们小公子的。”

那散修听了这话，脸上怒容稍敛，但眉目之间仍带着几分狐疑之色，上下打量着沈石，显然对小红姑娘的话并非全信。

沈石也不生气，与小红对视一眼，心想这位多半是外地过来西芦城的散修，否则若是常在这西芦城中走动的修士，对城内两大商铺之一天一楼中的小石头之名，多半也会有所耳闻。

当下沈石也不去理会这个散修瞄过来的怀疑目光，自顾自靠在柜台边，对小红道：“东西呢，先给我看看。”

小红转头看向那散修，道：“客官？”

那散修迟疑了一下，眉头皱起，终于还是有些不太情愿地伸手从怀中掏出一只木匣子，珍而重之地轻轻放在平坦的柜面上，道：“你看吧。”说完之后，似乎又想到了什么，赶忙又叮嘱了一句，道，“小孩子看看就是了，别用手乱摸，不然丢了灵果的灵气又或是弄坏了这难得一见的宝物，我可不与你们干休！”

沈石看了那中年散修一眼，笑着答应了下来，然后拿过了木匣。他也不离开柜面，就放在柜台上，先是用手轻轻摸了摸木匣表面，沉吟片刻后，这才松开活扣，打开了木匣。

随着木匣盖子的翻开，一股淡淡的果香隐约从木匣中飘散出来。在三人共同的注视下，只见木匣中铺着几层柔软的蓝色绸缎，居中停放着一枚拇指头大小的黑色果实，色泽青黑深沉，外观圆润饱满，隐隐闪烁着一丝黑光，倒是颇有几分卖相。

沈石目光明亮，细细打量了一番这枚黑色果实，也没有用手去触摸的意思，只是凝视不语，似乎若有所思。倒是那中年男子心情急切，稍等了片刻便有些迫不及待地道：“怎样，我这枚黑铜果不错吧？这可是我在阴州北方的高巫山中九死一生，好不容易才摘下的，看看这品相，少说也能值个十……不，至少也能卖十五个灵晶吧？”

沈石沉默了片刻，将这只装有黑色果实的木匣往那位散修身前轻轻推了过去，那中年男子怔了一下，愕然道：“怎么说？”

沈石笑了笑，道：“这位客人，很抱歉，这东西我们天一楼不买的。”

中年男子脸色登时沉了下来，只是还不等他发火骂人，沈石已经开口道：“因为这匣中之物，并非是在神仙会公布天下的《鸿蒙药典》中排名二品灵草的黑铜果，而是高巫山里特有的一种杂果，名叫黑蛇果，并无任何灵力蕴含其中，不管是对修士修行，又或是炼丹配药，都是毫无用处的。”

那中年男子呆了一下，脸色大变，一双眼瞪得老大，其中隐隐带了几根血丝，露出几分凶光来，恶狠狠地道："混账小子，你再胡说八道，信不信老子宰了你！"

沈石脸色不变，站在那里面色从容，倒是在柜台另一侧的小红姑娘闻言，却是一改之前和颜悦色的神情，面上神色一下子冷了下来，淡淡道："这位客人还请慎言，天一楼虽然是打开门做生意的，以和为贵，但本楼既然是玄阴门的产业，也并不是那么容易被人随随便便就欺负了去。"

这"玄阴门"三字一旦入耳，那中年散修男子身子一震，凶恶气势登时便消散了大半，只是脸上兀自还残留着几分愤怒不甘。要知道如今这世道，修真界里的修士，门阀弟子与普通散修，那地位真是差距极大。虽然散修看着人数极多，但如此之多的散修中除了极其罕见的一些个奇人异士，绝大部分人都是在修真界里垫底的角色，他们是万万不敢招惹修真界中的成名门派的。单以实力论，这些在如今竞争激烈无比的修真界中能够存续至今的修真门派，实力都不可小觑，更何况在阴州声名赫赫的玄阴门，纵然还比不上修真界四正七玄那些个顶尖名门，但对比这些修真界底层的散修，那真是巨无霸一般的存在，随便伸个指头也能捻死他们。

沈石并不在意这个散修不久前的凶恶，从小到大在这天一楼中长大的他，类似的场景也不知看过了多少，只是淡淡一笑，对这位中年散修男子道："你若不信我的话，那我问问你好了，你说这果子是黑铜果，请问是如何认定的？"

那散修不假思索，脱口而出道："这还用说吗，当然是通体玄黑，大如指头，生于深山阴湿之处，成熟之后果有异香，富含灵效，是数种灵丹炼制必需的灵草药物。"

沈石笑道："不错啊，《鸿蒙药典》背得挺熟。"

那散修被夸了一句，面上神情登时和缓了许多，露出几分得色，哼了一声，道："废话，我们这些散修行走江湖的，什么都得靠自己，妖兽太过厉害难以围猎，多数时候便只能靠采摘些灵草灵果置换灵晶来修炼，若是眼光不准，那还得了？"

沈石笑而不语，将那木匣子又向他推近了几分，道："天下灵草何其多，光是《鸿蒙药典》上有记载的，便有一万三千七百五十种之多，其中多数便是这般简略说上几句的。你且再细看看这黑果表皮，嗯……拿起来，对着光亮处仔细看看。"

那散修怔了一下，面上露出几分狐疑之色，迟疑了一下，还是慢慢拿起木匣，半转过身子对着大门处光亮的地方，眯起眼睛仔细看了起来，嘴上兀自念叨着："这明明就是黑铜果，非要胡扯什么黑蛇……"

话音未落，他的声音却忽然一滞，也就是在这个时候，从他身后传来那个少年淡淡的声音，道："看到了没，那光亮表皮之下，是否有一道黑影纹理，隐约扭曲，形如一条黑蛇的模样？"

中年散修男子身子像僵住了一般，举着木匣子半晌没有反应，一双眼死死盯着手中之物，一副不可思议的样子。身边那个少年的声音仍是平静地传了过来，道："真正的黑铜果乃是玄黑之色，并非是这种黑中发青的光泽；还有药典中记载的大如指头，其实是指小指，这枚黑果实在太大了些。除此之外，黑铜果之所以罕见，除去长在深山老林僻阴之地外，最主要的便是它成熟之后，果实的香气浓烈异常，不消多久便会吸引到山野妖兽前去采食，所以这市面上才少见此种灵果。而这个嘛……"

沈石微微摇头，笑了笑道："香气太淡了。"

此刻那中年散修男子已然是木然无语，额角冒出冷汗来，半天一句话也说不出。看着他的模样，沈石微微摇头，没有多说什么，转过头对重新露出笑容的小红打了个招呼，随后便走开了。

天一楼里人来人往人声鼎沸，一派热闹景象，沈石在人群间穿梭而过，当走到大门口偶然回顾的时候，却远远望见在那柜台边，小红姑娘已经走开去接待另一位想要卖东西的客人，而刚才的那个中年散修男子，仍失魂落魄，木头一样呆立在原地不动。

沈石嘴角微微扯动了一下，不再多看，转身走出了天一楼。

第三章 ■ 少年

跨出门槛，喧嚣声如潮水一般从沈石的身边涌过，在这条天一楼所在同时也是西芦城内最热闹繁华的马蹄街上，是川流不息的人流。

宽敞的街道两侧，放眼看去，一排排都是门面敞开的店面商铺，不知有多少人在这些街头店堂间穿梭来往，而天一楼在这条长街之上，毫无疑问就是其中规模最大、气势最独特的一处所在，不论从来往客流还是店铺本身的高大堂皇来看，都是如此。而唯一能够与天一楼相抗衡的，便是在其斜对面不远处，另一家古香古色气势不凡的建筑，无论从哪方面看，似乎都不在天一楼之下。

那就是西芦城中与天一楼齐名的大商铺，在宽大厚重的门扉牌匾上，写着三个金漆大字：神仙会。

站在天一楼的门口，沈石自然而然地便向着街对面那家热闹非凡的神仙会分店看了一眼，眼中的神情有些复杂。

神仙会，这是一个如雷贯耳般的名字，不像天一楼只在西芦城内有名声，事实上，神仙会可以说是一个有史以来鸿蒙诸界中实力最庞大的巨型商会，它的势力覆盖到了人族已知的所有地盘，所谓“鸿蒙一城九十州，处处皆有神仙会”，而这一点在过往岁月中哪怕是在昔日天妖王庭时代，也从未有任何商家曾经做到过。

这个商会历史悠久，源远流长，传说早在万年之前人妖两族血战的时代，便已诞生在战火纷飞中，为曾经被鸿蒙百族所肆意欺凌侮辱的人族，为当时仍然稚嫩弱小的人族六位圣人，提供了强有力的支持。

而万年之间，这个神秘而强大的商会非但没有像许多修真门派那样起伏兴灭，反而一直在沉默安静但迅猛地发展着。时至今日，鸿蒙主界里一城九十州，所有重要的城池地方，几乎都会有一家神仙会的分堂店面，不分昼夜地聚敛着财富。而万年之间所积累的雄厚到不可思议的巨大信誉，让神仙会无论在哪里，都是修真界里所有修士买卖货物的第一选择。

而与如此恐怖的财力势力相应的，是神仙会虽然一直以来都低调做着生意，但在鸿蒙诸界中，除去如今正如日中天的修真界“四正七玄”十一家名门大派，差不多所有人，无论是人数众多的散修还是身世不凡的世家名门子弟，都私下公认这神仙会其实就是鸿蒙主界上的第十二家强大势力。

甚至还有不少人认为，以神仙会如此可怖的财力、无所不在的触角、无孔不入的眼线，虽是一介商会，但其所供奉豢养的修真高手几乎不可计数，与其交好的修真界门派世家更是多如繁星。以此计算，只怕神仙会暗中的实力，还要超过明面上煊赫无比的“四正七玄”。

不过这个说法自然都是某些无聊人士茶余饭后的谈资而已，至少明面上，神仙会从来没有对修真界的权势表露过任何明显的染指意图。一直以来，神仙会都只是低调地赚钱做生意而已，而也正是在这种背景之下，面对如此强大乃至于几乎难以匹敌的商会对手，沈石的老爹沈泰却差不多是以一人之力，在这个西芦城内硬生生地将天一楼做成了与神仙会难分伯仲的大商铺，实在是一个奇迹。

当然，这个奇迹的范围，也仅仅局限于西芦城一城之中，放到广袤的鸿蒙主界里来看的话，根本就无足轻重。但是放眼鸿蒙诸界无数大城小镇，又有几人可以做到这一点？是以沈泰这个矮胖男子，这些年来以低微道行，却日益受到玄阴门的看重，连带着沈石也得了好处。从玄阴门内传出消息，可以额外赠他一个名额，顺利拜入玄阴门下修行。

这份待遇听着似乎没什么特别之处，但是只要看看这满街满巷混得落魄无比每日都在为了一两枚灵晶而奔走的散修，就会知道有一个强大的修真门派做出身靠山，是多么重要的事了。

玄阴门算是阴州之内最强大的修真门阀，虽说真要计较起来，与“四正七玄”那等修真界顶尖名门还是要差了许多，但是在阴州这百万里的庞大地界中，已经算是足够强大。同时天阴山也是一处灵山宝地，在山脉深处有一条被修真界最为看重的灵脉，能够吸纳天地灵气，进而凝聚产出灵晶，光是这一点，便让那些散修羡慕无比了。

“神仙会……”他慢慢地从那个牌匾上收回目光，眼睛向自己所在的天一楼门外街头边扫了两眼，只见来来往往的人流之外，在门边台阶下，也有几个看着像是散修一般的男子，或站或坐，神情懒散，有一句没一句地闲聊着，目光或看着街头人流，或有意无意地向天一楼门口来往的人们瞄上一眼。

沈石笑了笑，却是径直走了过去。

那四五个貌似散修的家伙，原先靠墙坐着的三人都没有起身的意思，倒是两个站着闲聊的男子，一个是络腮胡子，另一个更年轻些，其中的络腮胡子笑道：“去去去，别来惹麻烦，我们可都是闲汉。”

沈石嗤笑一声，道：“得了吧，全西芦城都知道你们几个就是天一楼的护卫，还每天装模作样地冒充散修，累不累啊？”

天一楼生意做得这么大，每日为玄阴门赚取了无数灵晶，这等财源要地，玄阴门怎么可能不看重，自然明里暗里都要派一些修士高手看护着，不然早就被人给吃干抹净了。

那年轻些的男子笑道：“小家伙你说得轻松，我们可不像你有个招财童子似的老爹，无数的灵晶每日都在手间过着。这不是穷得没办法，只好过来这里替你老爹看门护院，好歹也能赚几个灵晶回山修炼嘛。”

沈石撇了撇嘴，“呸”了一声，笑道：“别胡扯了，这楼里的事你们还不知道，每一颗赚来的灵晶，还不都是要上缴宗门，我爹就是个替宗门干活的伙计。”

那四五个男子都笑出声来，却也没人反驳沈石的话。那络腮胡子笑道：“好啦，你也不是没好处，前些日子不就听说了，你这臭小子要跟那些个附庸本门几百年的世家子弟一样，轻轻松松就入了门吗？”他说着摇头叹了口气，像是回忆起了当年某些事，带了几分自嘲之意，道，“想当年，我为了拜入宗门，那吃的苦头啊……”

沈石笑了笑，对着这些个男子一拱手，微笑道：“所以日后若是到了天阴山上，还要请诸位大哥多多照顾了。”

那络腮胡子一挥手，笑骂道：“快滚快滚，有你那位老爹在，别说咱们这些不上台面的凝元境弟子，便是那几位高高在上的神意境长老，一个个还不是要对你客客气气的。我还指望着你以后照顾我呢！”

一阵哄笑从他身后传了过来，那三四个男子都笑出了声，神态温和亲切，显然这么多年在天一楼这里，沈石也颇得人缘，哪怕是这些在玄阴门内已经跨入凝元境勇猛精进的修士，与他也是惯熟。

沈石正与这些玄阴门派遣出来暗中护卫天一楼的弟子聊着，忽听背后不远处有个声音突然传来，道：“咦，这不是沈家的小石头吗？”

沈石转身望去，眉头皱了一下，只见身后站着数人，其中当先一人是个与他差不多岁数的少年，面容白净，个头比他稍高几分，身后跟着几个家丁小厮般的人物。

沈石嘴角扯动了一下，脸上神情淡了下来，道：“王大少爷，有事吗？”

这位姓王的少年看着家世应该不错，身上自然而然地带着一股傲人气势，此刻正似笑非笑地打量沈石，随后笑道：“小石头，咱们也是好久不见了啊，不过今年宗门开山收徒，听说你也得了宗门恩典，可以免试入门了啊？”

沈石深深看了他一眼，道：“这事还没谱呢，我哪知道，倒是王侯你怎样，会入选玄阴门修炼吗？”

这个名字取得极大的少年傲然道：“我们王家为宗门效力两百余年，自然是有这份资格的。而且今年我们得到的名额不止一个，一共有五个。”说着，他用力伸出手掌，五个手指在沈石的面前用力挥动着。

沈石的目光在这些手指上停了一眼，腮边肌肉仿佛轻轻颤抖了一下，随后道：“厉害，厉害！佩服，佩服！”

王侯哼了一声，斜眼看了沈石一眼，似乎颇有几分看不起眼前这个家伙的样子，目光一转，忽地笑道：“对了，你还记得我家那只黑毛獒不？”

沈石脸色微微一沉，没有说话，那王侯看着他的神情，突然高兴起来，哈哈笑道：“我还记得小时候咱们两个，还有孙家、李家、欧家几个小鬼一起玩耍的时候，那只黑毛獒就整天跟着。结果有一次这只大狗发狂咬人，不追其他人偏偏就咬你一个，哎呀，那时候追得可惨了吧？”

沈石看了他一眼，脸上神情淡淡的，道：“是啊，那次可把我吓坏了。”

王侯哈哈大笑，神态得意至极，只听沈石又问了一句，道："那只大狗现在怎样了？"

王侯笑容一滞，耸了耸肩，道："两年前有一次黑毛獒溜出门，结果就不见了，也不知是不是跟哪只母狗跑了。"

沈石"哦"了一声，没有再说什么。王侯嘿嘿一笑，道："小石头，以后入了宗门，咱们还有另外几家的小孩，都算是同门师兄弟了，虽说你家底薄些，但也没什么，能入宗门就好。到时候就看咱们谁修行得更快吧。"

沈石微微一笑，道："好啊。"

王侯意味深长地看了他一眼，忽然仰天大笑，随后转身扬长而去。沈石凝视他的背影片刻，随后转过身，脸上倒也没什么气恼之色，对那几个汉子笑道："小孩吵嘴，让诸位大哥见笑了。"

那几个汉子都在发笑，络腮胡子向那边看了一眼，笑道："哦，那就是王家的少爷吗？"

沈石点了点头，道："是啊，长房嫡孙呢。"说着又跟这几位聊了几句，便说有事要离开，于是向着前头长街上走去。

在他身后，几个汉子收回了目光，依旧懒洋洋地在天一楼外面或站着或坐着，其中那个稍年轻些的男子笑道："好像王家的那个小子有点看不起小石头啊。"

络腮胡子嗤笑一声，带了几分不屑，道："王家不就是仗着资历老嘛，看不起沈家父子，他们也不想想如今这天一楼是什么地位，就凭他们……呃……"话音未落，络腮胡子忽然眉头皱了一下，似乎想到了什么。

那年轻人奇道："陈师兄，怎么了？"

这位姓陈的络腮胡子脸上突然浮现出几分古怪神色，并没有马上回答这位师弟的问话，而是先看了一眼沈石离开的方向，片刻之后，这才转过头来，脸上表情有些古怪，道："我突然想起了一件事……"

年轻人道："怎么了？"

络腮胡子干笑一声，道："两年前，小石头有一天突然拉着我到街头闲逛，后来在一条巷子里见到一只黑毛大狗，这小家伙就说想吃狗肉，缠着我出手宰了它，然后生火烤肉，两个人一起吃了顿狗肉宴。"

此言一出，剩余几人顿时都是个个面色精彩，一时间竟无人说话，好半晌之后还是那年轻人撇了撇嘴，苦笑一声，道："这年头的小鬼，厉害啊……"

第四章 ■ 屠夫

西芦城地处要冲，繁荣兴盛，来往各路修士颇多，算是这万里之内修真界的重心所在。不过正如世间常态，天才总是少数，凡人俯拾即是，人口数十万的西芦城池之中，普通的凡人百姓，终究还是占了大头。

对普通百姓来说，修士，哪怕是在修真界中混得最惨的散修，对他们来说也是神通广大的仙人一般，让人敬畏无比。只是人仙殊途，几乎所有的修士对待凡人都是轻视远离的态度，而凡人对待修士很多时候也是敬而远之。

毕竟说是修真修仙，却往往也有人修着修着就把自己修成了魔头邪鬼，这些年妖魔邪道大肆屠戮凡人的惨剧，可也是没少发生。便是这阴州境内，虽然在鸿蒙主界一城九十州的浩瀚界土中算是偏远之地，但在三十年前也发生过一场邪魔发狂屠城的恶事，将阴州东北一座数千人的小城给屠灭了干净。

所以在一座城池中，往往修士与凡人都保持着一种井水不犯河水的情况，不过总也有些胆大之人，会想着与那些实力强大的修士做生意，以期得些好处。

此刻沈石走在长街上，就看到了在路边颇有一些并无道行在身的普通人，随便在地上摆上一块布匹，再放上一点不知哪来的货物，便自成一个小摊，然后大着胆子向过往的散修们兜售。这其中卖的东西多数都是些他们上山采摘的药材，又或是不知从哪里淘来的古旧玩意儿，以沈石在天一楼里千锤百炼出来的独到眼光，自然看出这些人的东西多数都是无用之物，又或是赝品假货之类，便也一笑而过。

听着身边小贩叫嚷着这是几品几品灵草，那是什么什么奇石，又或是神神秘秘拎了个残破香炉说这是某处深山上古真仙陵墓中出土的法宝，也是一种奇特的体验。

走过修士聚集最集中的马蹄街，再绕过几个路口，那份喧嚣便悄悄消失在身后，周围显得安静了许多，毕竟在普通凡人的世界里，平静度日才是常态。

沈石自小就是在这西芦城中长大的，对这座城池，特别是自家所在马蹄街附近这片街道，更是熟悉无比，闭着眼睛都不会走错。此刻温暖的日头渐渐升高，路旁人家的种种世态，也在他面前，在这里的大街小巷里安静地上演着。

沈石绕过几个在路上嬉笑玩闹的小孩，拐进了一条小巷，巷口不大，里面稀疏住着几户人家，罕有人声，看起来十分僻静。只是沈石看起来对这里却十分熟悉，一路走到了巷子最深处，然后便闻到了一股淡淡的血腥气。

一道有些破旧的屋门虚掩着，隐约可见里头几间小屋围着一处天井院子，就在他刚想走上前去的时候，从门后忽然传来一阵尖锐急促的嘶喊声，但片刻后只听“噗噗”两声低沉声音，那叫声戛然而止，似乎所有的声音都被硬生生憋了回去。

空气中的血腥气，似乎又浓烈了几分。

沈石笑了笑，推开门扉，便看见在天井边上，一个身材魁梧的大汉赤着上身，铁打一般的身体上一块块肌肉如铁铸般贲起，犹如城外荒野上那些可怕妖兽，一看就觉得似乎有用不完的强悍力气蕴含其中。

此刻这个大汉半弯着腰，脚下踩着一只被捆牢四肢的肥猪，手中一把锋利的屠刀，刀锋淌血，正从猪的喉咙间抽出。刚才那一阵动静，显然就是这位貌似屠夫的汉子正在杀猪。

听到门口动静，屠夫站直身子，转头看来，见是沈石站在门口，也没有什么异样神色，对面前这有些血腥的一幕被这个才十二岁的少年看到也并无异样，只是微微点了点头。

沈石看了一眼地上已经死了的肥猪，脸上同样没有什么畏惧厌恶之色，一切如常，只是笑着对这个屠夫打招呼道：“大叔，这么早就在杀猪啊？”

屠夫“嗯”了一声，声音听着有些低沉嘶哑，瓮声瓮气地道：“你怎么来了？”

沈石走到他的身边，笑道：“我爹叫我过来买点肉啊。”

屠夫面色忽地一冷，默然片刻，点了点头，道：“就在今天？”

沈石只觉得自己的喉咙忽然有些干涩，也不知道到底是紧张还是被这周围有些浓烈的血腥气给刺激的，低声道：“是。”

屠夫看了他一眼，道：“进来吧。”

沈石走了过去，看他与这屠夫互动的模样，虽说话不太多，但彼此间倒有几分熟悉。屠夫也没闲着，一边示意沈石过来，一边单手抓住地上肥猪，“嘿”了一声，竟直接就把这几百斤重的大肥猪拎了起来，随手丢到一旁。

天井后头，“呼呼哧哧”之声忽地响起，此起彼伏。

屠夫转过身子，站在沈石的面前。单论体形，他比还是少年的沈石强壮到不知哪儿去了，至少高了他三个头，手臂更是粗得赛过沈石的大腿，尤其是现在手中提着一把兀自淌血的杀猪刀，加上他那副身材，真是一股杀气扑面而来。

不过沈石看着却是从容，目光在屠夫手间那把染血的杀猪刀上扫了一眼，神情间对这位凶神恶煞一般的屠夫居然还颇有几分亲近之意。

屠夫上下打量了沈石两眼，忽地开口道："把衣服脱了。"

沈石一怔，道："什么？"

屠夫手掌抖动，那把锋利铮亮的杀猪刀在他手指间顺滑无比地打了个转，掉了个头，刀柄朝向沈石，只听他用低沉的声音淡淡地说道："杀两只？"

沈石抬头，望向屠夫，屠夫面无表情地看着他，过了片刻，沈石忽地一笑，伸手接过那把淌血的屠刀，同时伸手去解衣衫，微笑道："好啊。"

春风吹过西芦城，吹进城中的大街小巷，阳光暖暖地洒落在这个安静的地方。小巷子里平静如常，破旧的房门依然虚掩着，只是过了一会儿之后，忽有嘶鸣声再度响起，跟着异响低沉，带着一丝冰冷决绝，无情地截断了那声嘶喊。

风儿吹过，巷子里的血腥味道，似乎又浓了少许。

"我也想过苟且偷生，守着小石头，就这般忍气吞声地过一辈子算了。"袅袅轻烟里，沈泰不知何时又回到了供奉着他亡妻灵位的静室里，独自一人站在香案前，看着那三根即将烧完的细香，轻声地说着话，"真的，我真的曾经这样想过。"

沈泰看了一眼那座灵牌，脸上掠过一丝悲伤苦涩，低声道："我是不是很没用，是不是根本就不像一个男人？明明当年是李兴怀觊觎你的美色，欲图不轨，你抵死不从侥幸逃脱，可终究一场重伤落下了血崩病根，在生产小石头后因此而亡。这一切从头到尾，我明明都知道，可我就是没办法替你报仇，我什么都做不到，还要拼命给玄阴门干活，将这天一楼打理得热火朝天……"

残香细细，几许灰烬落下，犹如女子泪滴。

"他是世家子弟，天资又好，年纪轻轻就修到了凝元境界，上头还有个神仙似的元丹境老祖李老怪，放眼整个阴州都是呼风唤雨的大人物，咱们两人却都只是连最低的炼气境都过不去的凡人，怎么办，怎么办……你走了之后，我常常整夜整夜睡不着，每次惊醒，脑子里想的都是你的样子。

"我想报仇，很想很想，想得我都快要疯了，可是每次天亮以后，我还得装出一副笑脸，在天一楼里走着，笑给别人看……

"我知道，你临走的时候劝我别想着报仇了，他们是天，我们是蝼蚁，加上又有了小石头，只要照顾好儿子就行了。

"小石头很乖，很懂事，我什么都没有瞒着他，什么都告诉他，从小到大，我那样苛责督促他，总让他做一些别人家小孩不可能去做的苦事，他也从无怨言。小白，你会不会怪我？我知道我其实很没用，实在是我护不住他，为了让他日后能更多几分自立，我也只好狠下心了。”

不知不觉中，一滴泪珠落在香案之上，沈泰低头看了看，轻轻伸手抹去了泪痕。

“我本想在这天一楼中用心做事，替小石头尽力打下一份家业基础，我本以为真的有希望，他们甚至答应让小石头上山了。可是……咱们终究还是蝼蚁吧，李家那边的一句话，就把小石头的弟子名分拿走了。我知道，他们同样眼红天一楼这里很久了，这每日赚进无数灵晶的聚宝盆，他们怕是早就忍不住了吧，大祸只在反掌之间，对不对？

“咱俩都是蝼蚁啊，可是我心里想过的，就算是蝼蚁，但他们这般逼我，不给我和小石头活路，那么我拼死也要狠狠反咬他们一口，才不枉来这世上走一遭，对不对？

“小白，你泉下有知，要保佑我和小石头啊。”

矮胖的男子擦了擦眼睛，然后重新露出惯常的温和笑容，对着那座灵牌，呵呵笑了一声。

残烟飘散，些许红光悄然隐没，那是香炉中的三根清香终于烧尽。

沈泰走上一步，从摆放在香案另一侧的一盒细香中又抽了三根，重新点着了，再一次插在香炉中，然后透过再度缓缓飘起的轻烟，深深地看了一眼那座灵牌，然后转身走了出去，再不回头。

手心里，紧握成拳，那是一个发白老旧的小小沙漏，细沙悄无声息地流过，似已然走远的那些过往岁月。

第五章 ■ 暗流

热闹繁华的马蹄街上，人潮汹涌人气旺盛，与隔了几条街外的那条僻静小巷犹如天壤之别，来往的无数修士或闲适或匆忙地在这条街道上走过，偶尔有人会抬头看看天色。因为天阴山脉的存在，西芦城上空常年都是阴霾的模样，不过对这些散修来说，这并不是值得他们关心留意的事情。大街之上，或许在每一个人的背影中都有各自特别的故事，只是从不为人所知。

天一楼内，生意依然火爆，几十个柜台上，大量的修真灵材被人不断地买走，换回了一袋又一袋的灵晶。如今的人族修真一道，经过万年以来的长足发展，早已有了近乎完备的体系，在这其中很重要的一个常识就是，除了公认的天赋根骨资质外，修士想要修炼仙道，最重要的便是这些外物灵材的消耗支持，甚至在某种程度上来说，这些灵材的重要性，几乎不在修士本人的天资之下。

一个经常服食灵丹妙药加上灵晶充足日日安心修炼的修士，哪怕天资稍差，到最后的成就也绝对会超过天资良好但窘迫穷困的人。

这也正是数量庞大的散修是修真界底层的根本原因。散修们都是无门无派无背景的修士，因为种种机遇有意无意中踏入了修真一途，天资根骨如何且不论，只在财力上说，他们天然地就比如今现存的修真门阀差了无数倍。你纵然天资根骨再好，但连基本的灵晶都无法保证的话，又怎能指望会修炼出什么好结果来?

毕竟在鸿蒙世界里，人族与当年号称天之骄子的妖族不同。

妖族是真正的天选神族，天然肉身就强过人族百倍，最重要的是妖族甚至可以以肉身本源，直接吸纳天地灵气修炼妖族各种特有的本命神通，呼风唤雨移山填海，种种异能可畏可怖。与此相比，在那个妖族统治鸿蒙诸界的漫长黑暗时代中，当初的鸿蒙百族里，妖族稳居魁首，人族却是天生脆弱，并且不知为何，人族的体质根本无法吸纳到一丝一毫的天地灵气，所以也就没有任何神通能力可言。

人族唯一与众不同的地方，就是会生……

广袤浩瀚的鸿蒙世界里，漫长的天妖王庭黑暗时代中，脆弱的人族一直处于所有种族的底层。虽然人族的人口数量巨大，甚至比其他所有百族加起来的总数还要多上十数倍，但是却被以妖族为首的强悍种族们任意侵凌，犹如一大群被圈养起来的家畜。

一群圈养的绵羊肥猪，又怎能指望他们去与狂暴凶狠的虎狼争斗呢?

那被后世人族称为黑暗时代的一段漫长岁月，并不是随便乱说的。那个时候的人族，确实看不到任何光明的前景，随意的一个上层种族，都可以将人族任意欺辱。人族被迫做着各种最低贱的工作，为奴为仆，拼命劳作，供养着那些高高在上的天选之族。甚至于在很多时候，以妖族为首的一些强大种族，在遇到祭祀、丧葬、出征等重大典礼的时候，会直接屠杀大量的人族，进行活祭或殉葬之类的血腥仪式，根本不会将人族视作是与他们一样的鸿蒙百族之一，而是当作圈养的牲畜。

在如此恐怖的岁月中，人族的命运可想而知，若不是人族本身的繁殖力实在强大，始终以庞大人数坚持着本族的繁衍，只怕早就被那些天选神族杀光了。

如此黑暗的命运令人窒息而绝望，犹如乌云一般始终笼罩在人族的头顶之上，直到天妖王庭末期，一个改变了整个鸿蒙诸界气数命运的小东西被人发现了。

那就是灵晶，一种只出产于灵山龙脉汇聚天地灵气最盛之处的小石头，通体晶莹剔透，指头大小，棱状模样。看上去很漂亮的小东西，原本只是被当作毫无用处的低档饰品，但在某一天某一刻，又或是机缘凑巧命运转折，不知怎么的，有人却发现人族竟然可以通过一些特殊的法门，从这些灵晶中吸纳天地灵气入体……

充盈于鸿蒙诸界天地之间，无形无色无味看不见摸不着却又无所不在的天地灵气，众所周知，正是鸿蒙所有种族各种力量神通的基础根源所在。妖族之所以如此强大恐怖，就在于他们是唯一能以肉身直接吸纳天地灵气入体修炼的天选之族，而其他鸿蒙百族也差不多都能以各种法子吸取天地灵气，唯一做不到的就是人族，这也是造成人族实力孱弱进而命运悲惨被欺凌的根源。

但是从那以后，一切都改变了。

种种悲歌往事，又或是壮丽传说与悲壮战争，到了今时今日，都已成为万年之前的遥远回忆。当年曾经强盛不可一世的妖族，还有同样骄狂过的其他异族，逃的逃，死的死，早已消失在鸿蒙世界的边缘，或是消散于岁月光阴的无情过往中。时至今日，在这个广袤浩瀚的鸿蒙世界里，人族才是主宰，人族才是主人，就已经说明了一切。

而这一切，究其根源，也只不过是那一块小小的、漂亮的、晶莹透明而可爱的小石头而已。

灵晶，便是所有人族修士的必需之物，只有通过这种小石头，修士们才能吸纳到天地灵力，并且随着道行境界的提升，修士们所需要的灵晶数量同样也在增多。

没有灵晶，就没有修炼。

这句话，放之四海而皆准。

灵晶是如此重要，修真之人须臾不能离开，所以如今的修真界中，灵晶已经等同于货币，取代了凡间黄白金银之物。眼下的天一楼中，来来往往的散修要购买各种修炼所需的灵材，付给天一楼的也都是灵晶。

柔和的光泽还有清脆悦耳的灵晶敲打撞击声，构成了一幕幕令修士们心醉神迷的画面，光影闪烁中，倒映着一张张追求长生成仙梦想的脸庞。纵然这条路艰难无比漫长曲折，绝大多数人都会倒在或远或近的路途之中，却仍有无数后继者不顾一切地投身其中。

或许，成仙长生，对一个凡人来说始终有着无法抗拒的诱惑，更何况一旦修道，哪怕无法成仙长生，仍然可以增加数倍寿命同时拥有移山倒海般的强大力量，又有谁会不着迷呢？

在审视了一圈前堂里的热闹景象，确定如往常一样并无丝毫异常后，沈泰缓步走到天一楼的大门处，向左右看了看。

一切如常，与往日一样，似乎又是平静的一天。

在门口如闲汉般或站或坐的那几个玄阴门弟子，看到沈泰过来，都露出笑容点头打了招呼。其实以他们的道行境界，最差的也都修炼到了凝元境，可谓真正踏入了修仙的大道，与仍困于炼气境不得寸进的外门弟子，在身份上有天壤之别。至少在玄阴门中，普通的外门弟子见到他们这些内门弟子后，都是要恭恭敬敬的，而他们通常也不会搭理这些弱者。

但是沈泰沈大老板，有了这么一座天一楼做资本，那每日亮瞎眼的灵晶流水似的过着，光靠这个，便足以让他与众不同了。

脸上神情温和的沈泰，笑容可掬地与这几个人点头示意，目光扫过，站在最前头，之前曾和沈石说过话的那个络腮胡汉子的脸上停留了一下，然后又施施然走了回去。

穿过热闹喧嚣的店堂，沈泰重新回到了后头庭院里，在某处小花园中的一处僻静凉亭里坐下，看着周围绿树芳草，沉默不语，似乎在想着什么心事。

过了不久，一个人影从小花园的另一侧走了过来，却正是之前在门外暗中护卫天一楼的那个长着络腮胡子的玄阴门弟子。只见此刻他脸色淡然，脚步轻快，目光在小花园中似乎漫无目的地扫过，随后像是无意中看到了凉亭里的沈泰，脚步微微一顿后，便走了过来。

“沈老板，好悠闲啊。”那络腮胡子哈哈一笑，走进了凉亭中。

沈泰看了他一眼，嘴角也浮起一丝笑意，但神色却似乎有些淡淡的冷峻，不过语气还是和平时一样温和，道：“陈师兄辛苦了，请坐。”

凉亭中有一张圆形石桌，旁边四个石凳，两人分别坐下后，那陈师兄也不说话，只是目光瞄向沈泰，眼中似有深意。

沈泰倒是没什么犹豫，看似随意地从怀中掏出一只普通的小木匣，放到他的面前，平静地道：“前些日子收了一个小玩意儿，许是会合师兄心意，请笑纳。”

陈师兄看了他一眼，拿起木盒，手指微微用力，打开盒盖才些许缝隙，便见一道温柔蓝光闪烁而起。

他的手在半空中随即猛地一滞。

“啪嗒！”

一声脆响，木匣盖子被他用力盖上。

陈师兄的呼吸似乎有些粗重起来，也不知道究竟是激动还是紧张，又或是带了几分惶恐惊惧。过了片刻，在稳定住心神后，他的脸色重新恢复如常，但看向沈泰的眼神已然与之前截然不同。

“沈老板好手段。”他盯着沈泰看了一会儿，低声地道。

沈泰眯起了眼，似带了几分自嘲地笑了笑，道：“没什么大不了的，我在这里十几年，一手打造出天一楼今日局面，做这些小事，其实不算什么。”

陈师兄长吸一口气，将那木匣放入怀中，站起身来，道：“既然沈老板做到了这般地步，一切就如我们之前所约行事。”

沈泰点了点头，默然片刻后，低声道：“希望你们能言而有信。”

陈师兄眉头一挑，道：“沈老板放心，鄙会其他不敢说，唯有这守约信誉上，足以自夸天下。”

沈泰缓缓点头，看他模样，似乎对眼前这人的承诺颇为相信，只是这位陈师兄明明是玄阴门内门弟子的身份，此刻与沈泰交谈到最后，却是口口声声自称鄙会什么的，隐隐透着一丝诡异。

眼看那陈师兄转身欲走，沈泰忽然脸色一动，开口道：“陈师兄。”

那络腮胡汉子脚步停顿了一下，转过身子，道：“怎么？”

沈泰看着他，道：“沈泰有一事不明，想请教一下师兄，却不知究竟是哪一位前辈授意，要对付李老怪？”

陈师兄微微一笑，道：“沈老板，你问得太多了。”

沈泰抿了抿嘴，一笑置之，陈师兄一拱手，转身大步离去。凉亭里只剩下沈泰一人，这个矮胖的人影缓缓转身，举目远眺，远处巍峨的天阴山脉笼罩在无穷无尽的阴云之中。

好久之后，他才用几不可闻的声音，自言自语道：“居然敢直接暗算元丹境的大真人，这人会是谁呢……”

第六章 ■ 苦心

西芦城内热闹如常，天一楼依旧是生意火爆，店堂里人来人往人声鼎沸，笑脸交错口舌交谈间，大量的灵材与灵晶交换了主人。有的人兴高采烈心满意足，有的人垂头丧气叹息失望，人间百态，此刻在这些修士的脸庞上都能一一看见。

只是似乎谁也没有注意到，一个从小到大在这里长大，每日间在这些柜台下灵材间玩耍的少年，已经离开了天一楼，去往另一个地方。

沈泰再一次回到了商铺前堂，负手缓步而走。他虽然衣着平凡普通，更没有什么卓尔不群的王霸之气，但是隐隐之中，看着这家商铺店堂，却也有几分荒野之上的狮子淡淡巡视自己领地的模样。

所过之处，那些正在忙碌着的伙计无论男女，都恭恭敬敬地向他点头问好，沈泰也并无倨傲之色，脸上带了笑意，微微点头。便是有不少散修，因为常来这天一楼，也认得了这位胖子老板，纷纷笑着跟沈泰打招呼，沈泰也一一笑着回应，和和气气，令人如沐春风。

如此转了一圈，沈泰才回头，又走到西侧那一溜长长的收购灵材的柜台边，与其中一位须发皆白的老头低声聊了一会儿，面色看上去也颇为轻松，随后又叮嘱了那老头几句，在那白发老头点头答应之后，他才笑着转身出了后门，向后堂走去。

热闹的喧嚣声留在身后，渐渐低不可闻，沈泰脸上的笑意也渐渐收敛起来，面色变得有些淡然。当他走过小花园中那一处凉亭边上时，脚步微顿，目光在凉亭间微微流连片刻，默然思索着什么，随后又迈动脚步，向着庭院更深处走了去。

春光里，花影拂动，轻轻遮住了他矮胖的身影。

长长的马蹄街上，过往的修士们脚步匆匆，在这个本该是春光明媚的季节里，每个人看上去似乎都对自己的将来有着美好的憧憬。长街之上，大大小小的商铺依然大开着店门，在无数伙计笑脸相迎中赚取着那些散修辛苦得来的大把大把灵晶，而其中人气最旺的两家，自然就是隐隐对峙于马蹄街两侧，分庭抗礼的天一楼与神仙会在西芦城中的分店。

与近十年内才崛起的天一楼不同，驰骋鸿蒙大陆漫长岁月的神仙会从外观上看，更多了几分底蕴。神仙会在马蹄街上的这家西芦城内分店，外观上并没有如对面那家天一楼般富丽堂皇，但是厚重之中自有股肃穆之意，令人看到之后第一个念头，便是回想起这家巨大商会那辉煌而悠久的历史。相比之下，对面的天一楼倒真有点暴发户的味道。

此时此刻，一张看似普通的素白小笺被封于一个空白信封里，从神仙会分店的后门传了进来。接手之人只略微看了一眼那信封上角落里的某个菊花形标记，登时面色一沉，立刻大步走上楼梯，通过一条僻静无人的小路直达这里最高的第三层屋宇，敲响了这里唯一的一扇门扉。

信封交过，房门重新合上，脚步匆匆，人影晃动，不一会儿工夫，这封不起眼的书信迅速地递到了一个站在临街靠窗位置，正默默向外眺望的人手上。

这是一个浓烈却安静的女子。

秀发堆鬓，凤钗叼珠，薄唇瑶鼻，明眸闪动，虽然她的背影看上去娴静而清雅，但一旦看到她的容颜，就会发现这女子在平静之中，竟有股锐利如刀般的英气。她已经不再是十七八岁还显稚嫩的少女，而正处于一个女人一生中最成熟美丽的时候，眼波盈盈，身材窈窕，一袭碧纱罗裙扶窗而立，露出胸口几许白皙，隐约可见属于女子的丰腴深沟。

在这座常年阴沉的城池里，她却美得似一朵灿烂盛放的牡丹，浓烈而刺眼，令人不敢直视。

素手白皙，翻开了那一纸小笺，明眸扫过那上头简单的字眼，女子深深呼吸了一下，重新抬起了头，望向自己对面的那个热闹的店堂。

然后，她慢慢露出了一丝冷笑，那一刻，她的美丽犹如一柄冷冷的刀锋，在这片热闹喧嚣的街头，安静地闪过无人知晓的锋芒。

与此同时，亲手缔造了天一楼如今兴盛局面的那个矮胖男子，此刻却并不在商铺之内，而是悄然到了离马蹄街数条街道之外某处不起眼的街头小巷，双手插袖面色淡然，看上去就像是一个普普通通毫不起眼的凡人，安静地向着小巷深处走去。

前方尽头，是一座僻静庭院，木门虚掩，隐隐有几分血腥气息。

西芦城中的热闹喧嚣，在这个僻静的小巷里头似乎都已经悄然远去，远得像是在另外一个世界般。而从那个热闹繁华所在过来的沈泰，此刻站在这一处屠夫的家门口，眼睛眯起来，似乎在仔细地打量着这里的一切，然后轻轻推开虚掩的房门，走了进去。

木门一开，血气的味道似乎又浓烈了一些，站在门口入眼处，天井小院里的青石地板上，虽然被人用清水冲刷过，但在一些石缝角落间，仍然还能看到星星点点的血迹，带着深暗而刺眼的红。

小院并不大，前方与右侧各有一间堂屋，而曾经在这院子里杀猪的屠夫，此刻并没有出现，也不知道是去哪儿了。

沈泰在门口略一停顿，也没有开口叫人或是迟疑什么，便迈步向右侧的那间屋子走去。屋子门扇窗户皆开，阳光从屋外照入，显得十分亮堂。

屋子正中有一张圆桌，一把躺椅，旁边还有两三张圆凳，看上去都有些老旧的样子，但还算结实耐用，朴素之中，带着一丝凡人生活的气息。

沈泰走过去，径直在那把躺椅上坐下，然后把自己肥胖的身子往后一靠，躺椅发出几声“吱呀吱呀”的呻吟声，前后摆动着，带着这个胖子摇晃起来。沈泰闭上了眼睛，露出一丝轻松惬意的神色来。

这时候脚步声忽然从屋外响起，随即一个高大强壮的身影出现在门口，赫然就是前不久曾在这里与少年沈石说话杀猪的那一位屠夫。当他看到这屋中躺椅上突然莫名多了一个胖子的时候，脸上却并没有露出什么异样的神色，只是微微皱了皱眉，一声不吭地走了过来，在沈泰边上扯过一张圆凳，坐了下来。

“啪”一声轻响，却是沈泰随手丢过来一个小布袋，落在了桌面之上，而胖子的眼睛似乎仍未有睁开的意思，仍是那样舒适懒散地闭眼躺着，口中淡淡地道：“我儿子呢？”

那屠夫看了他一眼，伸手拿过袋子，随手打开，一阵清脆如美玉互击般的悦耳声音伴随着一片瑰丽奇光，从布袋中喷薄而出。美丽幽光之下，是数十枚在修真界中最重要的灵晶，一个个晶莹剔透，完美无瑕如同最珍贵的宝石一般，散发着动人心魄的色彩。

屠夫伸出布满老茧的粗糙大手，抓了一把灵晶握在手中，带了几分凶悍的脸上难得浮现出了一丝满意的微笑。过了片刻，他将灵晶放回布袋之中，看了那个躺椅上的胖子一眼，道：“刚才杀了两只猪，有些累了，我让他去后头洗洗身子休息一下，待会儿就过来。”

“嗯。”沈泰闭着眼睛，身子在躺椅上轻轻上下起伏摇晃着。

屠夫“嗯”了一声，声音仍是有几分低沉嘶哑，如在瓮中发音鼓荡一般，听起来颇有几分怪异。或许是想到了什么，屠夫的目光向着庭院天井那里扫了一眼，沉默了好一会儿之后，忽然开口说道：“好好的一个孩子，你作甚要我这些年来暗里接近他，教他这些见血杀生的龌龊事？”

沈泰身下的躺椅忽地安静了下来。

屠夫看了他一眼，面色不变，只是依旧自顾自地说道：“玄阴门下那几个附庸世家，如今的财力物力都远不如你，但是人家家里但凡有个资质差不多的孩子，哪一个不是当作掌上明珠心肝宝贝般地护着。你就这么一个独苗儿子，为何不好好养着，反而非要他自小就沾染这些事，还强逼着他学这学那，看货识材，哪怕十二岁前不能修炼道法，也要强逼他画什么阴阳五行符纹，那些明明都是不入流的小道而已。”

沈泰慢慢地从躺椅上站了起来，看了屠夫一眼，屠夫回视他，眼神并未有丝毫闪躲。片刻之后，沈泰转过身子，双手负在身后，走到门口向外头眺望。小小的庭院里，四道墙围拢了天井处一片小小的天空，他就像是井底一只小小的青蛙，仰望着无垠的天际，视线所及的地方，就只有那一片小小的云彩青天。

矮胖的男子忽然笑了笑，然后转过头来看着屠夫，道："因为我太弱了。"

屠夫皱了皱眉。

"我太弱了，弱到哪怕有了现如今的局面，仍然还是朝不保夕，生怕一朝醒来手中一切，就会轻而易举地被人拿走。"沈泰面色平淡，从容得似乎像是在说着别人的事一般，安静而带着一丝微笑，看着屠夫说道，"我手底有几分家业，上不了什么台面，但我还是想传给小石头，很担心这点东西被人看上拿走，担心得常常睡不着觉。所以我就想着，小石头以后一定不能像我这样弱啊。见过血，杀过生，虽说不是杀人，但总会胆气粗壮些，心性刚强些；他懂得的东西多一点，认得的灵材多一些，虽说看着不起眼，没大用，但是日后修行，或多或少总有几分用处吧。"

屠夫忽地"嘿嘿"冷笑一声，道："那些个名门大派出来的，又或是世家大族没见过杀伐血气的天才子弟，相同境界里，我一人能杀他们两三个。"

沈泰笑了笑，不以为意，只淡淡地道："我道行太差，于修道一途上根本教不了他什么，能做的，也就只有这些了。"

那屠夫默然片刻，却忽然又叹了口气，道："你说得确有几分道理，只是这些年来你明里暗里对你儿子做的那些事，对一个小孩实在有些过头了，连我都有几分看不下去，有时都担心这孩子到底能不能撑过来。"

沈泰走到桌边，伸手拈起一枚透明闪光的灵晶，神情中似掠过一丝黯然，又似更带了几分欣慰慈爱，低低地笑了声，自言自语道："还好吧，他总归是平安走到了今天。过往日子吃过的那些苦处，只盼着日后终有一天，会对他自己稍有几分回报就好了。"

第七章 ■ 条件

"看不出来，沈老板你原来还是个好爹的材料啊。"

一个悦耳却带了几分冷淡的声音，在这时忽然从门外传了进来，沈泰与屠夫二人都是脸色一变，但片刻之后看到一个苗条的身影出现在门口处的时候，屠夫脸上的神情为之一松，而沈泰眼中则是掠过一丝略带复杂的神色。

他看着眼前这个成熟美丽、平静中却有英气的女子，苦笑了一声，拱了拱手，道："见过顾掌柜，这些年来一些得罪的地方，还请恕罪。"

顾灵云，顾大掌柜，驰名天下名动鸿蒙的神仙会在西芦城中的分店掌舵人，便是眼前这位娇艳美人了。只是此刻她看着沈泰的目光，显然并没有多少温和之意，她娇媚容颜之下始终隐隐蓬勃着浓烈英气，目光平静却明亮锐利。她看着沈泰，凝视片刻，然后淡淡地道："神仙会分店遍布鸿蒙主界，计数当有三千三百一十七家，生意兴隆众所公认，唯有在这西南阴州西芦城内，被人硌硬得焦头烂额，十年间掌柜换了三人，轮到灵云到此，也被阁下生生压制了五年不得翻身，在神仙会中已成笑柄，几无晋升之机。你说，你这般得罪于我，我会不会恕罪于你？"

沈泰脸色一僵，面露惊诧之色，而站在他身边原本神情松弛的屠夫，此刻陡然听闻顾灵云初来乍到，便说了一番如此尖锐如刀的话语，也是一时愕然。

屋子里的气氛陡然间沉寂下来，半点声息也无，似乎谁也没有想到，这个如此美丽的女子竟犹如一把最锋利的刀刃一般，冰冷而炽烈，丝毫不讲情面。

沈泰的眉头渐渐皱了起来，眼底深处亦有一丝细不可察的忧虑掠过，似乎想要说些什么，但看了看前头那位顾灵云冷淡的表情，却是欲言又止。

就在屋子里的气氛越来越僵冷的时候，忽地一阵轻快的脚步声从远处传来，还未进房，便听到沈石的声音在屋外道："大叔，我爹过来了吗……啊，爹，你来了！"

话音未落，一个少年身影已经从门外跑了进来，正是沈泰的独子沈石。看到儿子好端端地站在眼前，沈泰也是神色一松，面上重新露出一丝笑容，伸手摸了摸跑到自己身边的儿子的脑袋，微笑着点了点头。

深深看了一眼沈石，沈泰暗自咬了咬牙，忽地转头望向那个依旧站在门口的美丽女子，一躬到底，道："顾掌柜，以前你我各为其主，在生意上有所冲突争执，但有得罪之处，都是沈泰不明事理。如今我……我父子二人已是丧家之犬，还望顾掌柜大人有大量，放我们父子一条生路。"

话说到后头，沈泰低垂头颅，已是完全放低身段，便说是恳求也不为过。如此举动让沈石一时震动，他张了张嘴，转头看了一眼顾灵云，脸上隐隐有了一丝愤怒之色，然而很快他就察觉身后父亲拉了一下他的衣襟。

沈石转头看了一眼沈泰，却见他仍是弯腰低头，看不见他脸上神情容色。沈石怔怔不能言语，片刻之后，他默默低头，站到了自己父亲身旁，垂首不语，只有垂在身侧的两只手掌，悄然紧握成拳。

此情此景，饶是心肠向来刚硬，从刚才开始一直站在旁边不言不语的屠夫也不由得有些皱眉。他迟疑了一下，转头看向顾灵云，轻声道：“掌柜的，他们……”

顾灵云冷冷向他看了一眼，屠夫后半截话语登时便缩了回去，苦笑一声，摇头转向别处。

脚步轻响，却是顾灵云缓缓走进了屋子，来到沈家父子身前。她深深看了一眼面前那个露出几分谦恭之意、兀自垂身不肯起来的男子，忽地冷哼了一声，伸手将沈泰身子扶起，然后走到那张桌边旁若无人地坐了下去，淡淡道：“好了，你也莫做如此模样，咱俩在这西芦城中斗了五年，负荆请罪又或是忍辱负重这些戏码，骗不了人的，别演了。”

屠夫在旁边一怔，转头看来，却见沈泰凝视着娇媚女子片刻，忽地哈哈一笑，走到顾灵云桌子对面坐了下来，抱拳道：“顾掌柜果然目光如炬，佩服，佩服！你我虽然为敌多年，但其实相知最深，刚才是在下……”

顾灵云秀眉一挑，道：“我一介未出阁的女子，沈老板你说和我相知最深什么的，这是在占我的便宜吗？”

沈泰脸上笑容登时一僵，尴尬之色掠过，饶是以他如此圆滑的性子，在面对顾灵云这般尖刻的言语时，也不知道如何圆场了。看来过往五年里，自己还真是将这位神仙会在西芦城中的美女掌柜得罪惨了。

还好顾灵云说完这番话后，并未有继续发难的意思，只是没好气地哼了一声，目光落到站在沈泰身边的沈石身上，停留了片刻后，道：“这位就是贵公子了吧？”

沈泰连忙点头，心底也是松了一口气，道：“是，小儿沈石，今年十二岁。”随后对沈石道，“这位乃是神仙会的顾灵云顾大掌柜，快叫……云姨？”

这话说到最后，沈泰不由自主地又偷偷瞄了一眼顾灵云，虽然过往五年他与顾灵云并非没有交往，但多数都是在生意场上明刀暗箭地争斗，似今日这般坐下好好聊天还真是第一次。看刚才顾灵云那般不好说话，他还真是害怕这一声云姨会不会又莫名触怒了她。

不过在沈家父子的注视中以及沈石有些迟疑地叫出了“云姨”二字后，顾灵云这一次居然没有发火生气，反而脸色平和地点了点头。

沈泰等了一会儿，却发现这位美人并没有继续开口说话的意思，眉头微皱，转头看了一眼站在旁边的屠夫。那屠夫干笑一声，却是倚在门口抬头看天去了。

沈泰瞪了他一眼，无奈之下还是厚着脸皮，赔了笑脸，对顾灵云道：“顾掌柜，我与贵会之前所约之事，想来你也已经得到了消息，如今是不是已经到了你们实践承诺的时候了？”

顾灵云白皙的手指在桌子上轻轻弹动几下，面色淡然，道：“神仙会自来最重商誉信诺，我们答应的事，自然不会反悔。”

沈泰大喜，站起身子拱手道：“多谢，如此能否请顾掌柜尽快安排我们父子离开西芦城，毕竟此处乃是玄阴门势力范围，夜长梦多，我们……”

话才说到一半，却忽然被顾灵云挥手打断，随即只见她面色清冷，用手一指沈石，淡淡地道：“你儿子可以走，但是……”她看了一眼沈泰，嘴角微微勾起，沈泰与沈石心中同时一沉，只听她接下去道，“你留下。”

“噗”一声低沉闷响，却是沈石心情陡然激荡之下，咬牙情不自禁地愤怒踏前了一步，但随后便被沈泰一把拉住。饶是如此，沈泰此刻的脸色也是极为难看，重新缓缓坐了下来，半晌之后，才低声道：“为何如此，请顾掌柜教我。”

顾灵云脸色不变，平静地道：“你的事还未做完。”

沈泰面上掠过一丝怒色，沉声道：“顾掌柜说笑了，我分明已将‘阴潮珠’调包出来，换上了你们给的假货，只要李老怪用此假灵珠修炼，下场如何不问可知。我一介炼气境小人物，如此暗算一位神通广大的元丹境大真人，顾掌柜你居然还说我事未做完，没这个道理吧？”

顾灵云淡淡一笑，道：“沈老板你不也是走投无路，这才狗急跳墙的吗？”

沈泰面色陡然一沉，盯着顾灵云，缓缓道：“顾掌柜你果然消息灵通，看来在玄阴门中有不少耳目吧？”

顾灵云像是没听见沈泰的这番话一般，自顾自又接下去说道：“我们之前所约定的，乃是有某位前辈看那李老怪不顺眼，想要惩治此人一番，一旦成功，我们自然保你父子平安，同时安排你们妥善逃离玄阴门追杀，再给你儿子一个去名门大派修炼仙道的机会，可是如此？”

沈泰缓缓点头，道：“不错。”

顾灵云看了他一眼，道：“但如今事仍未成，李老怪还未拿到那颗珠子，就算拿到了也还未开始修炼，只要他不出事，这事就不算完。”

沈泰默然良久，随后深深吸了一口气，道：“那你要怎样？”

顾灵云毫不犹豫地道：“你儿子先走，离开阴州，你就与我待在此处，若此事果然成功，我安排人让你隐名埋姓离开；若不成，万一玄阴门追查到我这里，你便是那替罪羔羊，神仙会自然不会回护于你。”

沈泰眼角肌肉抽搐了一下，道：“你们要把我交出去？”

“玄阴门在这阴州境内势力不小，并非寻常小门小派，而一个元丹境大真人也不是那么好惹的。”

沈泰冷笑一声，带了几分嘲讽之意，顾灵云只当没听懂。说是元丹境不好惹，说是玄阴门势力不凡，但之前神仙会挖墙脚暗中阴毒行事，又哪里有半分顾忌了？

沉默片刻后，沈泰冷冷道：“你们把我交出去的话，就不怕我把你们拉扯进来？”

顾灵云微微一笑，道：“你儿子不是还在我们手上吗？”

沈泰、沈石都霍然抬头，包括那屠夫都是一脸难以言表的神情，呆呆看着这个妩媚娇艳的女子。顾灵云恍若不觉，神色自若，道：“所以呢，沈老板你就多多求神佛保佑，让那李老怪倒霉些，老老实实地用了那假灵珠吧。”

沈泰脸上神情变幻，痛苦挣扎之色不停闪过，而沈石的脸色也苍白至极，站在父亲身旁，眼中满是担忧之色，身旁的双手因为太过用力，连指甲都深深陷入了掌心之中。

半晌过后，沈泰忽地长叹一声，低声道：“我明白了，一切就按顾掌柜说的做，我留下等那个消息吧。”

顾灵云微微一笑，没有言语，但站在沈泰身边的沈石却是身子微微颤抖了一下，轻轻叫了一声：“爹……”

声音很轻，但话里却仿佛蕴藏了无数情绪，悲愤、担忧、焦虑，千言万语似也无法说清，到最后只化作了这一句、这一字。

沈泰看着儿子强笑了一下，掉头对顾灵云道：“顾掌柜，在石头临走之前我有些话想跟他单独说说，不知可否？”

顾灵云颔首站起，碧纱罗裙衣襟轻摆，整个人便如一朵在春光中最娇艳无比的花儿，艳光四射，悠然自得地走出了这间屋子。在她身后，屠夫一阵默然无语，随后轻轻叹息一声，也跟着走了出去。

很快，这屋中便只剩下了沈家父子二人。

第八章 ■ 叮嘱

房间里很快安静了下来，父子二人相对无语，沈泰看起来还好一些，而仍是少年的沈石虽然心性较普通同龄人都要成熟冷静些，只是面对如今很可能就是生离死别的时刻，年方十二的他仍是有些难以自禁的激动。

看着儿子微微颤抖的嘴唇和隐约闪过泪光满是担忧的眼睛，沈泰只觉得心中直有千言万语，话到嘴边，却一时不知该说什么，嘴巴张了又闭，到了最后，还是轻轻叹息了一声，将这个自己唯一的血脉骨肉拉到身旁，紧紧地抱了一下。

一想到今日过后，也许便是天人永隔，从小到大与父亲相依为命的岁月记忆在这瞬间从脑海中一一浮起，沈石咬紧了牙关，强忍着不让自己哭出来，只是心情激荡之下，整个身子都开始轻轻颤抖。沈泰感觉到了怀中儿子的颤抖，默默地轻轻拍打他的后背，然后用手摸摸他的头，轻声道："小石头，你是男孩子，永远不能哭。"

沈石咬紧了牙，盯着父亲，眼睛眨也不眨，看上去脸色有些苍白。

沈泰默然片刻，似乎也是收拾了一下心情，随即脸色严肃了下来，看着儿子沉声道："石头，事情缘由一向我都没有对你隐瞒，今日局面为何如此，你应该都是知晓的。既然木已成舟，再无回头机会，眼看我们两人就要分开，日后能否再见也……难说，我这里有一些话想对你说，你要牢牢记在心里。"

沈石微微低头，站在父亲的身旁，轻声道："是。"

沈泰深吸了一口气，道："若是事情败露，自然一切休提，但若是此事成功，神仙会实践信诺的话，则为父会被安排改名换姓，去某一偏僻小州为神仙会卖命做事；而作为咱们如此拼命的最重要回报，便是神仙会会安排你得到一个拜入天下四大修真名门之一凌霄宗的名额。"

沈石悄悄握紧了双拳，点了点头。

沈泰道："凌霄宗威名赫赫，名动鸿蒙，乃是最负盛名的'四正'之一，无须我再对你细说。为父天资低劣，于修炼一途上也没什么经验可以点拨于你，事到如今，能对你说的，也只有我这活了半辈子以来，自己心中所悟的一点做人道理。"

沈石抬起头，看着父亲，只见沈泰面色肃然，带了几分郑重，道："第一，不管你有何成就，又或是得了什么机缘，切勿自傲自大，只须谨记一点，这世上英才俊杰无数，而修仙一道上汇集的更是天下精英，总会有人比你更聪明、更强大。"

沈石嘴角微微扯动了一下，低声道："是，孩儿记下了。"

沈泰目光微抬，向着前头仍敞开着的那扇门扉看了一眼，顾灵云和屠夫此刻都已经离开这里，天井处也见不到他们的身影，想必是去了后堂，留下一点空间给这对即将分别的父子。

看着空荡荡的门口，沈泰淡淡地道："刚才的顾灵云你见过了，你看她如何？"

沈石咬了咬牙，恨声道："是个心肠狠毒的刁妇。"

沈泰笑了笑，忽然道："你太小看她了。"

沈石皱了皱眉，有些不解地看向父亲。沈泰默然片刻，道："五年前，在这西芦城中，神仙会分店已经被我压得败相毕露，生意一落千丈。但是她来到这里后，不声不响中力挽狂澜，虽然胜不了我治下的天一楼，但却勉力将局面稳住。现今局势对我们父子而言是急转直下，而她却一举多得，必定是最大赢家。"

沈石迟疑了片刻，道："怎么说？"

沈泰冷笑一声，道："其一，天一楼是我一手打造崛起，手下那帮人究竟是什么材料，我心中也是有数，我走之后，天一楼必败于神仙会手中；其二，当日我与她密谈此事，为了免遭玄阴门追杀，被迫答应事成之后，要为神仙会卖命效力，这便是她为神仙会在西芦城中击败大敌之后，又挖来一员大将反为助力；其三，此番我们暗算的李老怪乃是一位元丹境大修士大真人，道法通天，而胆敢与这种人物为敌的，并能驱使神仙会一地分店为其布置效力的，也绝不会是普通人物，必定是大有来头的绝世高人。一旦事成，顾灵云便等若交好于那等大人物，对她日后前程助益极大。"

沈石抿紧了嘴唇，显然还没有想到这看似简单的事情背后居然还有这么多余味，同时耳边只听沈泰又接着道："但最要紧的是，暗中算计一位元丹境大真人如此凶险的一件大事，一路过来，顾灵云却从头到尾都几乎毫无风险可言。事成一切都好，事败也没有多少牵连，正如她所言，最多就是将我交给玄阴门千刀万剐，抽魂炼魄而已，而因为你在他们手上，我也不可能再供出神仙会牵扯此事。"

说到此处，他的声音不由自主地顿了一下，身旁的沈石脸色大变，沈泰则是深吸了一口气，苦笑了一声，道："如此算计，我也是直到刚才不久，才算是想了个通透。"

沈石的脸色越发苍白，但沈泰看上去倒似乎比刚才放松了一些，道："石头，我跟你说的这些话，点明这其中的波谲云诡，就是想让你明白，这世上的聪明人实在太多，种种心机手段，容不得你自大自得。日后若是真能拜入凌霄宗下，你切切要记得这一点。"

沈石缓缓点头，道："是，孩儿记下了。"

沈泰颔首，沉吟片刻后又道："除此之外，还有一点你须谨记，修真一道上天才众多，天赋异禀的人总是有的，但你不是。可是若有人此刻见你年方十二，却能熟练书画阴阳五行十种繁复符纹而丝毫不错，必定惊叹你是天才，赞叹你天赋异禀，你可明白其中道理？”

沈石皱了皱眉，面上露出几分思索之色。沈泰轻轻拍了拍他的肩膀，道：“那便是滴水之力，持之以恒便可穿石。自你五岁起我逼你练字描画，至今七年从不间断，日积月累，方有些许成就。虽说符箓乃是不入流的小道，为父道行低微，也确实除此之外，教不了你什么，但其中的道理，我觉得都是一样的。”

沈石点头道：“是，我明白了。”

沈泰看着面前的儿子，忽然笑了笑，道：“儿子，我这个当爹的实在是没什么本事，别人家给孩子的都是万贯家财，轮到我了，就只有轻飘飘几句话而已。你可别怪爹啊。”

沈石重重地摇了摇头。

沈泰哈哈一笑，似无意一般随手揉了揉眼角，拂面沉默了片刻，然后道：“你稍后便会离开此地，想来应该会是那屠夫带着你走。虽说我们父子俩与他有点交情，但生死事大，不可轻信于人。修道中人，特别是散修，对灵晶向来看得极重，为防万一……”沈泰沉吟片刻，伸手到怀中摸索片刻，却是拿出了三颗亮晶晶的灵晶石，递给沈石，轻声道，“你身上不能有太多灵晶，以免惹祸上身。”

沈石默默将灵晶收起，抬头看了一眼父亲，心头没来由地一颤，听着这话声语气，怎么着都像是沈泰正在交代后事的模样。只是此情此景，他除了默默点头答应之外，却是一点儿办法也没有了。

事情一一交代完毕，沈泰神色间也是为之一松，似乎总算是放下了心中大石。毕竟父子相依为命多年，难以割舍，哪怕是最好结果下的日后这些年，沈石终究也只能是靠自己一个人了，哪怕他仍然还只是一个十二岁的少年，因此，他眉宇间仍有一丝忧虑之色挥之不去。

不过他终究还是硬了心肠，站起身子。沈石的脸色顿时苍白了起来。分别在即，今日过后，谁又知道还能否再见有日。沈泰的眼角微微有些发红，欲言又止，沉默片刻后，却是取出一物塞到沈石的手中。

那是一个小小的玉质沙漏，老旧而有磨损，但透过白皙晶莹的玉面，仍然可以看到其中细腻的沙砾还在永不停歇地流淌滑落着。

“这是你娘亲当年第一次送我的小玩意儿，我一直留着，以后就给你吧，不管发生了什么，也算留个念想……”

说罢，他最后深深看了一眼儿子，便不再犹豫，走到门口，对着外面朗声道：“顾掌柜，可还在吗？”

脚步声响起又远去，一大一小两个身影，消失在这一处屋子之中。沈泰与顾灵云两人站在天井边缘，都没有再回头看上一眼。

屠夫带着沈石走了，他们并没有从大门出去，而是径直去了后院某处。那里有一处密道，通向神仙会在这西芦城中另一处不为人知的秘密地点，到了那里，自然也会有隐秘的法子让他们悄悄遁出西芦城。

而此刻，过往五年之中，这座西芦城内修真道上，在灵材生意场上最顶尖的两个人，争斗如水火不容般激烈的男女，就这样并肩而立地站在那里。

过了片刻后，却是顾灵云首先开了口，只是她说的话有些奇怪，似乎带了些许罕见的感叹与唏嘘，还有淡淡的一丝嘲讽之意，道："说起来，我还挺佩服玄阴门那些个附庸世家的，修炼做事没什么像样的，倒是排挤起人来真是干净利落，果决无比。"

没头没脑的一句话，从外表看矮胖平凡，通常第一眼给人的印象就是很不起眼的沈泰却仿佛很自然地听懂了，笑了笑，道："不用你说，我也知道他们看我不顺眼很久了。"

顾灵云横过眼，瞥了他一眼，眼中似有深意，轻轻应了一声："哦？"

沈泰淡淡道："几百年来，李家、王家、徐家和宋家，他们这些附庸玄阴门的世家各司其职，有的为玄阴门收集灵草，有的采探灵矿，有的配药炼丹，有的专一开采灵晶，总之就像是划分好了势力范围，这一块是我的，那一块是你的，大家井水不犯河水，各得其利，一起吸附在玄阴门的身上吸血罢了。"

顾灵云嘴角一翘，似乎想笑又随即忍住了，容色却是平添了几分娇媚，看了沈泰一眼，道："看不出沈老板你居然也会说这般刻薄话。"

沈泰哼了一声，道："这种事宗门之内但凡是明眼人，谁看不出来？只是这些附庸世家时日长、资格老，在宗门里各种关系根深蒂固，其中颇有些位高权重的长老就是出身于这些世家大族，所以玄阴门上下也懒得去理会就是了。可惜的是，谁都想不到如今会出了我这么一个怪人，又在西芦城内搞出了天一楼这么一个怪胎。他们所有种种各司其职的事，我一家生意兴隆的商铺就替他们全办了，还办得好上几倍，每年每月上交数目更大的灵材不说，还能上交宗门数量更多的灵晶，而不是让宗门像以前一样付给这些世家灵晶。你说说，这是不是跟要了他们老命一样？"

顾灵云本来面带微笑，但是听着听着，脸上笑容倒是渐渐淡了，待沈泰说完之后，她默然片刻，似乎在思索着什么，随后望向沈泰，徐徐道："看来在那玄阴门下，还真是委屈你这般人才了。"

第九章■十日

从清晨，到黄昏。

从日升，到日暮。

宽广而阴沉的天空，在光阴流逝里风吹云走，光影交错而变幻，滔滔而去无欲无情；苍茫而广袤的大地上，无数的人族在巍巍苍穹之下，便如微小的蝼蚁们，日出而作日落而息，演绎着人间种种悲欢离合。

有人说天上有仙佛神灵，有人说漫天繁星皆为仙位，可是修的是什么道，欲成的是什么仙，却从来没人与少年沈石说过。

这一天，感觉很长、很长。

跟在那个身材高大的屠夫身后，他离开了那间屋宅，先是从一处隐蔽的密道深入地下，走了一段后再出来时，他已经到了这西芦城中完全陌生的另一处角落。屠夫带着他上了一辆早已准备好停着等他们的普通马车，在车厢里拿出了两套旧衣服，让沈石换上了那套小的。

然后，就这样随着车轮轱辘声，这辆毫不起眼的马车，在沈石满腹心事担忧之下，就以这样一种最平凡、最平常的方式，轻轻松松地出了城，一路向北而去。

除了最开始走过的那一段密道之外，整个逃离西芦城的过程，平凡得令人无语，哪怕沈石至今仍十分担忧挂念还在城中的父亲，但面对这种看起来几乎根本没有保障，眼看似乎随时都会被突然出现的玄阴门弟子包围绞杀的区区一辆马车，沈石的一颗心一直都提在嗓子眼上，同时对这一家名满天下的神仙会的做事能力产生了深深的怀疑。

只是那臆想中杀气腾腾的玄阴门追兵终究还是没有出现，这种平凡到令人发指的方式，居然出人意料地载着这两个人平平安安地离开了。当那座从小到大生活了十二年的城池，渐渐在身后远去变小，当随着夜色降临星辰开始闪烁，那一座高大的山脉也终于隐没在黑暗之中，再不望见的时候，沈石在仍然前行而颠簸的车厢里，慢慢蜷缩起身子，将自己隐藏在黑暗的阴影中。

他从未如此清晰地感觉到，自己与往日的那段岁月，一刀两断。

阴影中，他咬紧了牙，强忍着心中翻腾的忧虑恐惧，只觉得未来正如这一刻天地间的夜色，无边无际，让人茫然而不知所措，全身冰冷。而唯一能给他带来些许温暖的，是他紧握的手心里，那一个小小的沙漏，坚硬的玉质透过肌肤，仿佛还带着父亲手心的温暖，以及那更遥远乃至只存在于他想象中的母亲的气息。

一直无声无息地坐在车厢另一侧的屠夫，在黑暗中转过头来，看了一眼那个少年。

车轮滚滚，缓慢却不停歇地走着，哪怕是在夜深人静的时候，这辆看似平凡的马车也没有停下的意思。

而忧思满怀、心事重重的沈石，也是在到了第二天的时候，才开始注意到在这辆马车上，除了他和屠夫之外，还有第三个人，就是那个赶车的车夫。

那是一个外表枯瘦的老头，皱纹横生，乍一看似乎是一个被窘迫生活压得喘不过气来的老人，了无生气，除了赶车之外对任何事都没有太多的反应，眼瞅着像是随时都会倒下一般。然而就是这样一个老车夫，驾驶着这一辆平凡的马车，拉着屠夫和沈石，一直走了三天三夜，没有歇息片刻。

三天过后，这老车夫看起来似乎和第一天的模样并没有任何的区别，依然是那一副窘迫苦楚的枯瘦模样。到了这时，沈石自然已经明白过来这位看似平凡的老车夫显然并非常人，多半便是神通广大势力强盛的神仙会下边一个厉害人物，只是屠夫看起来没有任何介绍此人的意图，甚至在这三天之中，屠夫根本连一句话都没有和这老头说过。所以在这种有些微妙的气氛中，沈石也保持了沉默，压抑住自己心底那一丝好奇，无视了那个老车夫。

当他们下车时，沈石的目光除了不经意地扫了那个老车夫一眼外，还特意多看了一眼套在马车上的那一匹瘦马……连走了三天三夜，这匹瘦马看起来居然也和它的主人一样，若无其事地站在那儿。

沈石隐隐有种感觉，自己似乎看到了隐藏在自己过往生活之外，另一个奇异世界的微小一角。

一路向北走了三日，沈石已经远离了西芦城，此刻到了一处规模只有西芦城一半不到的小城中。这辆平凡的马车停在城中某个僻静的角落里，屠夫跳下了车，让沈石继续留在车上，然后便大步离开了。

沈石心中有些忐忑不安，但明白自己并没有选择的余地，只能安静地待在车厢里，轻轻把那个沙漏放在身前。

细沙无声无息地流淌着，当沙子通过狭窄的通口从一端全部滑落到另一端时，就是一个时辰过去了。

沈石默默地凝视着那流淌的细沙，随着时间的流逝，心跳开始慢慢加速。

不过幸好，这份担忧在细沙只流过约莫四分之一时便结束了，屠夫高大的身影重新回到了这里，他只是简单地对那老车夫点了点头，然后便回到了车厢。

“咕噜咕噜”，车轮开始重新滚动，再度向前而去。

车厢里，沈石看向屠夫，屠夫也正凝视着他，片刻之后，屠夫道：“没有消息，换句话说，那件事还不知道做成没有。”

沈石脸颊上的肌肉微微抽搐了一下，慢慢地低下了头，然后将放在地上的那个小小沙漏，重新抓紧在自己的手心。

相同而枯燥无味的日子，再度重复着，每日里回荡在耳边的，似乎只有那永恒不变的车轮声。颠簸的车厢里，永远都是安静而带些僵硬的气氛。

一路向北，一路向北。

离那座装满他童年记忆的城池，还有这世上唯一的亲人，越来越远。

如此又过了三日，他们到了阴州北部另一座小城，这一次马车干脆就没有进城，而是直接停在了城外某处，屠夫径直下了车，独自进入了那座城池。

当沈石安静地待在车厢里，看着那沙漏整整流淌完一次后，才听到屠夫归来的脚步声。

马车再度起步，依旧向北而行，车厢里，屠夫皱起了眉头，迎着有些期盼的沈石的目光，有些生硬地道：“没消息。”

沈石沉默地坐着，没有说一句话。

车轮滚滚，又走了两日，此时经过八天的行程，他们已经接近了阴州北部边境，距离离开这鸿蒙界西南一州的地界，似乎已经近在眼前。

马车在一座距离阴州边境不远的荒僻小镇外停下了，屠夫第三次离去，走进了那个小镇。如往常一样，沈石安静地待在车厢里等待着，偶尔会看看摆放在地上的沙漏，看着其中流淌的沙子；而那个老车夫则会趁着这个机会，跳下马车活动活动身子，然后拿些清水和食物给那匹瘦马吃。

只是那些装在某个破旧皮袋里的食料，看着根本就不似普通马匹吃的草料，倒有点像是带了些血丝的肉块。

这一次屠夫回来得比上一次快一些，约莫在沙漏流过了一半，差不多过了半个时辰的时候，他就从那个荒凉的小镇上回来了。

只是他的脸色看起来有些难看，人似乎也带了一丝烦躁之意，在见到沈石后，甚至连话也不太愿意多说，只是沉着脸，摇摇头。

枯瘦的老车夫对身后车厢里有些沉闷而怪异的气氛恍若不觉，在他那双老眼里，似乎只有那匹瘦马。在亲昵地拍了拍瘦马的背，喂了最后一块疑似肉块的食料后，他也再度上车，车轮滚动，继续前行。

第九日，他们越过了阴州地界，进入了与阴州相邻的岚州。

第十日，马车抵达了岚州最南边的一座大城通河城。

这一次，马车并没有再度隐藏在城外，而是径直进入了通河城中，也许是因为离开了阴州，玄阴门纵然势力不小，但终究还是很难染指另一个州土，所以屠夫等人的行径也放开了些。

那个老车夫显然是之前来过这座城池，对城中道路看起来十分熟悉的样子，一路赶着马车，穿街过巷，七拐八拐之后，便带着沈石和屠夫来到了一处僻静的宅院中。

两进的院子，四四方方，看起来不大，但还算干净整洁。屠夫带着沈石下了车，一路走到里院中的一间屋子里。在他们二人身后，老车夫面无表情地看了他们一眼，目光在那个少年的背影上略微多停留了片刻，随后就移开了视线，重新落回到自己的老伙计——那匹瘦马的身上。他轻轻拍了拍瘦马的脑袋，沙哑着声音，低声怪笑了一下，道："辛苦了吧，别急，待会儿也许就有新鲜的肉吃了……"

里院屋中。

屠夫安顿好沈石之后，却并没有立刻离开，而是在屋里多停留了片刻，目光看着沈石，似乎多了一丝异样。

沈石很快察觉到了什么，抬头向他看去。

屠夫沉默了一会儿，道："我要去城中神仙会那边打听消息。"

沈石没有说话。

屠夫看了他一眼，似乎有些难以开口，但片刻后终于还是说道："按出门前的约定，十日是最后的期限，成与不成，都在今日。"

沈石的手下意识地抓紧，轻轻点了点头。

屠夫默然片刻，道："我现在过去，若事情成功，我便会回来，带你东去海州，履行之前神仙会对你父子许下的承诺，给你一个拜入凌霄宗的机会；若是事情败露不成，你就看不到我了……"

沈石深深吸了一口气，手中紧紧抓着那个玉质沙漏，道："事情不成，我会怎样？”

屠夫慢慢转过身去，不再看他，向着屋外走去，与此同时，他沉闷的声音还是清晰地传了过来：“若事不成，我不会再回来，至于这里，会有人过来……处置掉你的。”

脚步声渐渐远去，那扇房门也在他临走时被锁死。简朴的屋子，突然陷入了一片难以言喻的寂静之中。

处置，是什么意思？

会是怎样的举动？

一颗心，在胸膛里怦怦地跳动着，沈石心里猛然有一种想要疯狂大叫的冲动。他开始剧烈喘息起来，觉得周围的空气似乎都开始变得灼热而难以呼吸，这屋子在他眼里，仿佛瞬间就变成了一座可怕的牢笼，而他自己就像是一只绝望的快要被屠宰的野兽。

恍惚间，他忽然想起了那些日子，他跟随屠夫曾经宰杀过的牲畜。

那些尖厉的嘶嚎，那一抹冰冷决绝的刀光，鲜血迸射，残酷而无情。

少年的手开始有些发抖起来，无边无际的恐惧仿佛潮水，从四面八方涌来，就快要将他淹没，就快要让他发疯……

直到，他的视线余光里，忽然再度看见了那一个小小的玉质沙漏。

细沙洁白而细腻，悄无声息地流淌滑落着，一粒一粒又一粒，一丝一束一缕缕。沈石怔怔地看着那沙砾如水般流淌，慢慢地在桌边坐了下去。

沙漏站在桌面上，一动不动，少年把头放在桌面上，感觉到一丝冰凉的寒意。

所有的一切似乎又重新安静了下来，除了那流淌的沙子，他眼中再也没有其他，就这样，默默地等待着。

细沙流啊流，落完了一次再翻一面，时间就这样无声无息地过去，没有动静，没有人来。

终于，当沙漏里的沙子第三次都快要落完的时候，屋外远处，忽地响起了一阵脚步声，从远到近，缓缓而来，终于停在了这间屋子的门口。门上的锁被那人打开了。

沈石慢慢站起了身子，只觉得喉咙里干涩无比，身子不由自主地有些微微的颤抖，为了自己，也为了这十日里断了消息的父亲。

忽然间，他猛地一咬牙，大步冲了过去，一把拉开房门。

屋外的光亮猛地洒落下来，让他的眼因为强光而有片刻的恍惚，眯起眼，随后便看到了正站在门口的那个身影。

那是一个瘦小枯槁的老人，在过去的十天里，他赶着那辆马车，带着他一路向北来到这里。

老车夫看着屋内门边的少年，皱纹横生的枯槁的老脸上，忽地咧开了嘴，露出几颗白森森的牙齿，带了几分阴森之意，笑了起来。

第十章 ■ 远行

“是你……”沈石眼角余光下意识地向这老车夫身后望了一眼，却只见周围空荡荡的，并没有任何其他人的身影，更不用说自己一直在等待的那个人了。

枯瘦的老头转动了一下脖颈，就像是已然僵硬多年的骨节般发出异样的轻响，然后嘶哑着声音，道：“跟我走吧，沈少爷。”

沈石瞳孔微微一缩，盯着他沉默了片刻，道：“去哪儿？”顿了一下，他忍不住又追问了一句，道，“大叔他在哪里？”

“大叔？”老车夫皱了皱眉，随后反应了过来，怪笑了一声，带着几分玩味的神情看着沈石，道，“你是说那个屠夫？呵呵，看来你跟他关系不错啊，到了地方你就知道了。”

沈石默然，老车夫也不再跟他啰唆，转身走去，沈石迟疑了一下，终于还是慢慢走出了房门，跟在这个枯瘦的老头身后。

这一处宅院不过只有两进，并不算大，沈石跟着老头很快就离开了里面那个院子，到了之前进来的地方。之前坐了整整十天的那辆马车以及那匹瘦马此刻也都还停在院子里，只不过老车夫不知何时已经将车厢从马背上卸下，停靠在院子一侧。

那匹瘦马听到脚步声，转头看了过来，看到老车夫的身影，显露出几分亲昵，上前用头在他手臂上蹭了蹭，同时口中不停地咀嚼着什么，似乎在吃食料。

老车夫呵呵一笑，用手温和地拍了拍这匹瘦马的脑袋，然后回身对沈石道：“沈少爷，你先去那边的屋子等一下，我有个东西要给你看。”

沈石顺着他的目光看去，所见是这处院子西侧的一间屋子，只是与其他敞亮的屋子不太一样，这一间屋子门窗都紧闭着，关得严严实实的。沈石的心头没来由地跳了一下，道：“你要给我看什么？”

老头没有再多说什么，只是深深地看了他一眼。

沈石被他这一眼看得全身陡然一寒，似一盆凉水从头浇下，竟有种不寒而栗的错觉，下意识地倒退了一步。在他十二年的生命中，从未被人用这样一种眼神凝视过，冰冷中带着冷漠与凶残，似乎所看的并非是一个人类一般。然而更加诡异的是，沈石在惊愕畏惧之余，却分明又隐隐觉得这种眼神自己竟有几分熟悉的感觉，似乎过往什么时候，曾经在哪里见到过这种目光。

片刻之后，一直站在老头身边的那只瘦马似乎也察觉到了什么，转头向沈石看来，而当沈石目光落到那只瘦马的头上时，心头又是“咯噔”一下，却是清清楚楚地看到那匹瘦马的双眼，竟是与普通马匹截然不同，呈现出一种诡异的血红之色，看起来犹如凶兽一般凶狠。

眼前这一幕诡异而阴森的场面，犹如一座大山般沉甸甸地压在沈石心头，几乎让他有种无法呼吸的感觉，他不由自主地转过身子，慢慢地一步步向那扇紧闭的房门走去。

在他身后，枯瘦的老车夫双眼慢慢眯起，嘴角露出一丝残酷阴冷的狰狞笑意，同时右手伸到腰上衣襟之下，一抹亮光陡然闪过，露出了一个造型怪异的半截刀刃，弯如残月，形似镰刀，看上去锋利无比。

站在他身旁的瘦马似乎突然激动起来，喷了个响鼻，在原地跳动了几下。

沈石听到了身后些许的动静，虽然只走了这短短的几步，但那莫名的压力还有几乎喷薄而出的恐惧，已经让他全身直冒冷汗。有那么一刻，他真心期盼着那扇房门远在天边，自己永远不要走到，然而院子只有那么大，这段路又那么短。

片刻之后，他已经站在了这扇紧闭的房门之前。

他停下了脚步，慢慢抬手准备去推开这扇房门，然而当手伸到半空中时却忽然僵住，因为就在这一刻，站在房门之前只有咫尺之遥的他，突然闻到了一股淡淡的异样气息。

他对这种气息并不陌生。

这几年来，在阴州西芦城内某个僻静小巷的院子里，他经常能接触并闻到这种气息。

那是血腥气！

淡淡的，血腥气。

也就是在这一刻，他突然想到了之前自己为什么会觉得那老头看着自己的诡异目光有几分熟悉，他的确曾经看到过，就在这些年里，在西芦城那个小院中，屠夫挥刀屠杀那些肥猪时，也是同样的目光……

他的手慢慢地放了下来，一颗心就像是坠入了无底深渊，一直沉了下去。

这个小小院子里的气氛，在这一刻似乎就像是要结冰凝固起来一般，冰冷而令人窒息，只有那匹瘦马，看起来却是愈加兴奋，双眼血红，死死盯住了沈石的背影，马蹄不住地在地上刨着，看起来像是随时都会忍不住冲过去一般，哪里有半分平日老实乖顺的模样，简直就像是那些荒野深山的凶残妖兽。

而在它身边的老车夫，面容也越发显得狰狞起来，右手徐徐拉出，那把锋利而怪异的刀刃，眼看就要露出全身。

就在这千钧一发的关头，一个高大魁梧的身影突然出现在这老头身后，像是一下子挡住了天上的光亮，用阴影遮住了老车夫。

一只稳定而有力的大手，抓住了老车夫的右手，坚如磐石一般。

老车夫脸色微沉，双眼眯了起来。

一股力道从那只大手上传来，将这把刀刃重新缓缓推回了老头的衣襟之下，老头嘴角微微扯动了一下，眼中掠过一丝厉色，但似乎想到了什么，深吸了一口气后，终究没有出手反抗。

那个高大的身影缓步走到他的身前，正是去了许久的屠夫。

老车夫慢慢抬头，盯着屠夫，眼神中带了几分怨毒，屠夫却是毫无惧色，冷冷地望着他，半点回避之意也无。

而在老车夫身旁，显然感觉到了敌意的那匹瘦马早已把注意力从沈石身上转了回来，此刻低低咆哮了一声，带了几分凶狠之意瞪向屠夫。

屠夫忽然一个巴掌甩了过去。

大手带起了半空中一阵锐啸，如闪电一般，在那匹瘦马还没反应过来之前，已经重重打在了马头上，只听“啪”的一声，瘦马整个身躯竟然被打得腾空而起，径直飞了出去，夹带着一声凄厉的哀鸣。它飞过半个院子，“砰”的一声重重砸在了一道白墙上，然后又摔了下来。

“噫噫呃哄……”几声怪异而模糊的哀鸣声，从墙角地下的瘦马口中传出，老车夫脸色大变，猛地踏上了一步。

屠夫冷冷地看着他，一言不发。

老车夫盯着他良久，忽地冷笑一声，沙哑着声音道：“算你狠。”

说罢，他居然就这样转过身子，走向了那一处墙角下，照看那匹瘦马去了。

院子里的气氛，因为这个老车夫的转身离开而渐渐松弛下来，当屠夫转过身子的时候，看到的是同样转身看来的沈石，还有少年苍白的脸庞。

屠夫缓缓走了过去，站在沈石的面前。

沈石张了张嘴，却发现自己的喉咙干得厉害，半晌之后，只低低叫了一声："大叔……"

屠夫点了点头，凝视着眼前这个少年，沉默片刻后，道："那件事……"

沈石霍然抬头，心像是一下子被提了起来，一眨不眨地盯着屠夫。

屠夫看着沈石期盼的眼神，顿了一下后，点了点头，轻声道："那件事，办成了。"

沈石呆了片刻，忽地身子一软，一个踉跄差点就要跌倒，幸好屠夫眼明手快，一把拉住了他。触手处，屠夫不禁皱了皱眉，发觉沈石手掌之上竟然全是汗水，同时指掌间一片冰凉。

虽然如此，但听到了这个消息以后的沈石，却像是心里终于放下了千钧重担一般，整个人在犹如虚脱一般的状态里完全放松了下来，长出了一口气后，久违的一丝笑容，终于还是在他的脸上浮现出来。

或许是受到他笑容的影响吧，屠夫肃穆的脸上也晴朗了少许，点了点头，道："好了，事情都结束了，现在我们走吧。"

沈石重重地点了点头。

当屠夫带着沈石走出这一处宅院大门的时候，与来时不同的是，那个老车夫还有他的马车并没有跟来。沈石在踏出大门的那一刻，下意识地回头看了一眼，目光所及处，却是那一间门窗紧闭的屋子。

明媚阳光里，那间屋子却像是冷漠地拒绝了所有的光亮，将黑暗隐藏在其中孤独地矗立着。

那一丝淡淡的血腥气，在这里已经微不可闻，但是对沈石来说，不久之前的那种气息就像是已经沾染在他身上一样，久久不散，鼻端仿佛还能闻到那股血气。

如果，屠夫没有及时回来……

如果，他真的推开了那扇房门……

等待他的，又会是什么？

沈石深深呼吸了一下，猛地甩甩头，将脑海中那些念头一并甩掉，然后转过身跟在屠夫的身旁，大步走去，离开了这一座宅院。

重新走回到大街上，人声渐盛，给沈石的感觉就像是重新回到了人间，一切似乎都与以前不一样了，一切似乎看起来都如此美好。

“大叔，我们现在去哪儿？”他向屠夫问道。

屠夫想了想，道：“我们去南方海州，去沧海之滨，按之前的约定，送你去金虹山，拜入凌霄宗。”

金虹山，凌霄宗！

沈石握紧了拳头，沙漏在掌心里传来坚实而沉稳的感觉，抬起头，他笑了一下，道：“好啊！”

这一天，是三月十五，正是春光明媚的时节。

岚州通河城中，少年沈石开始了他的远行。

路在前方，茫茫而漫无边际，只是此刻看去，那每一步的景色，仿佛都将会是异样的美好与美丽。

未来会是怎样，谁又知道呢？

第十一章 ■ 传送法阵

鸿蒙主界一城九十州，大小面积各不相同，但哪怕是面积最小的州其纵横也超过百万里。沈石如今只是一个还未开始修炼的少年，光靠步行远赴千万里之外的海州金虹山，怕是走上几年也到不了，所以在诸事确定处理完毕后，屠夫便决定带他从传送法阵走。

现如今鸿蒙诸界中众所皆知的传送法阵有两种，一种是自太古时代流传下来的上古传送法阵，篆刻于来历神秘的“金胎石”上，历经无数岁月而不朽，是鸿蒙主界通向其他界土的唯一途径；另一种传送法阵出现的时间就短得多了，从诞生到如今也仅仅千余年，是人族中出类拔萃的天才之辈，苦心钻研上古传送法阵多年，模仿而造出的奇物。

不过虽说都是传送法阵，但因为上古传送法阵实在太过神奇诡异，人族所造出的传送法阵与太古时代流传下来的上古传送法阵相比，还是有许多不足之处。首先便是人族所造之传送法阵，无论如何也做不到跨界，不管人族中的天才如何苦心设计布阵，从鸿蒙主界往其他异界的传送法阵，始终都无法成功。迄今为止，也只能在鸿蒙主界里进行远距离传送，并且这种传送距离还有某种天然上的限制，似乎只要传送距离超过了某个不知名的红线，传送就必然会失败，同时还会时不时发生某些诡异莫测的怪事，比如当年做实验时莫名其妙就失踪不见的猫狗活物，至今都没有再找到过。

除此之外，金胎石所构建的上古传送法阵，拥有天然能吸纳天地灵力的神奇功效，每隔两个时辰便能自动吸纳充盈天地灵力，发动一次跨界传送；而人族自己所仿制的传送法阵，无论如何也做不到这一点，只能依靠消耗灵晶中蕴藏的灵力来进行传送。正因为如此，二者所聚拢吸纳的灵力可谓天差地别，上古传送法阵一次便能传送过千人，而人族的传送法阵一次传送的最多人数，只有五十人。

类似之处还有不少，不过虽然还有种种不足之处，与有如神迹一般的上古传送法阵无法相提并论，但是经过千年之久，人族所创造出的传送法阵还是已经到了颇为成熟的地步，逐渐在天下尤其是在修真界中流行开来。方今天下，鸿蒙一城九十州，每一州中都至少有一处最重要的大城里设置了传送法阵，因为距离的天然限制，这种人族传送法阵最多只能传送到相邻一州，而传送法阵的多少，其实也从某种程度上反映出了这一州的繁华兴盛程度。

岚州与阴州一样，都是地处鸿蒙主界西南方的偏僻小州，单以繁华来说，岚州还比阴州稍逊一筹，是以在这一州里的传送法阵只有两个，都在岚州最繁华的黑木城中。

主意既定，屠夫便带着沈石北上前往黑木城，经过半月跋涉，来到了这座岚州大城。

在这期间，也许是事情终于得到了最好的结果，屠夫与沈石的心情都放松了许多，彼此之间的交谈闲聊也多了起来。从屠夫的口中沈石知道了这些日子来在西芦城中发生的事情，大致是天一楼送了一批灵材上山，其中便有供奉给玄阴门几位长老的宝物，而作为玄阴门唯一一位元丹境大修士，李老怪的宝物自然也是最珍贵的。

灵材宝物上山之后，究竟其间发生了什么事、过程如何，屠夫自然是说不出什么来的，事实上他如今所知道的东西，也都是通过神仙会遍布各地的分店密网暗中传递过来的消息，只是简略明了的几行文字而已。反正事情到了最后，在明里暗里窥探玄阴门的视线里，在灵材上山之后的第九日深夜，突然一道炫目粗大的蓝色光柱在天阴山脉深处冲天而起，随即而来的便是一阵凄厉无比的长啸之声，震动天穹。

第二日清早，玄阴门倾巢而出，封禁西芦城，满城大索。

听到此处，沈石挂念父亲沈泰，忍不住还是追问了一句，但屠夫却也不知，不过他还是宽慰了沈石一句："神仙会向来重诺，既然事情已经做成，想必自然会安置好你父亲，安排他到某处小州小城，隐姓埋名过上数年，等这事淡了之后，自然便有你们父子再见之期。"

沈石听罢心中也是觉得如此，虽说仍有几分思念父亲，毕竟那是如今自己在这世上唯一的亲人，但相比较刚刚离开西芦城后焦虑不安担惊受怕的十天，如今安全逃离阴州并且还有一个光明未来在前方的日子，实在是让人觉得再满足不过了。

半月之后，屠夫与沈石抵达了黑木城。

这是一处不逊色于西芦城的大城，街上繁华热闹，来往的散修也极多，偶尔听到一些修士交谈的话语，都会听到众人聊天议论的焦点，正是相邻的阴州境内一家修真大派玄阴门近日突生变故，跟疯了一样拼命盘查过往修士，那西芦城中更是许进不许出，封禁了一月有余，令城中众多散修怨声载道。其中自然也有诸般冲突纷争，但此番平日里还算克制的玄阴门一反常态，出手狠辣，十数日里杀了几十个散修，腥风血雨一时笼罩在西芦城上空。

如此种种异常状况，自然惹得四方侧目，不知有多少人都在猜测玄阴门中究竟发生了什么事。而在真正知道内情的人眼中，比如屠夫和沈石，在听到这些话语消息后，都只是面无表情地对视一眼，便若无其事般地走过了。

黑木城虽然繁华，但从小到大第一次出远门的沈石并没有丝毫想要到处闲逛的好奇心情，此刻在他心中，除了对父亲的几分挂念外，满满的都是对远在南方海州那个名震天下的修真大派的向往。

金虹山，凌霄宗。

那可是名声显赫无比、名在天下"四正"之列，传承了万年的修真界顶尖豪门巨派，对他这样一个从偏僻小州来的少年来说，竟然会有一个机会拜入凌霄宗门下修道，简直就像鲤鱼跳龙门般难得。

那一处仙家门派，那一处洞天福地，灵山胜境，究竟会是怎样的一派神奇景象呢?

沈石这些日子来，在心中想象了无数次，但每一次都觉得自己的想象力太过幼稚，完全无法想出那是一处何等神奇的地方。而与他同行的屠夫，显然也没有逛街的爱好，再加上玄阴门如今还在疯了一样地追查，虽然隔了一州，但在这黑木城中未必就没有玄阴门的耳目了。

是以两人在到达黑木城后，几乎没有任何的耽搁，屠夫领着沈石，径直就走向了黑木城里传送法阵所在的西城地方。

这是沈石生平第一次见到这种传说中的传送法阵，西芦城虽然是阴州有数的繁华大城，但是阴州境内的传送法阵并没有设置在西芦城中，而是在另一座大城卧牛城中。

两座传送法阵，每一座都占据约莫一亩地方圆，算得上是规模庞大。法阵中俱以暗金色巨石为底，其上大小不一数十块同样材质的暗金色大石被裁成方形石块，看似杂乱但实则隐有神秘法则，莫名中有股无形灵力似乎在法阵中缓缓流动。

这些暗金色石块名叫“通灵石”，是一种蕴含灵力的昂贵灵材，同时也是人族在鸿蒙诸界中能找到的最接近上古传送法阵那些金胎石的材料。要知道，上古传送法阵之所以神奇诡异，除了种种诡异神通外，最重要也是最令人不解的地方，就在于构成这些上古传送法阵的金胎石，千百万年来，在鸿蒙一百〇八界所有的已知界土中，竟然都没有发现过……

这些神奇的沟通鸿蒙诸界的上古法阵，究竟是何人所造，这金胎石又是从何而来，已经是千古之谜了。

此时此刻，黑木城中的两座传送法阵之外，在屠夫与沈石抵达前便已经聚拢了不少人，放眼看去，差不多已有百余人。沈石跟在屠夫身旁向周围望去，从周围人的衣着打扮神态服饰，以他这些年在天一楼里练出来的目光，可以看出几乎全部都是修士，其中一小部分或许可能是一些修真门派的弟子，但大多数应该都是散修。

而在这些修士前方，传送法阵的入口处摆放了两张桌子，有十几个身着相同灰衣的男子在维持秩序，将那百余人修士分成两排，每人走到一张桌前都会向坐在桌子后头的人递上一个小袋或干脆直接交出三枚亮晶晶的小石。隔了老远，沈石也是一眼便认出了那些都是完好而没有使用过的灵晶。

他皱了皱眉，看了一眼身旁的屠夫，轻声问了一句，道：“传送一次，三颗灵晶？”

屠夫笑了笑，道：“你以为呢？”

沈石倒吸了一口凉气，这传送法阵的费用还真是出乎他意料地昂贵，难怪这黑木城中修士如此之多，来到这里乘坐传送法阵的修士才这一点。不过反过来说，能到此处的修士，不管是修真门派出来的弟子还是散修，想必日子都是过得不错的。

屠夫带着沈石走了过去，排在了其中一列队伍之后。

队伍不断前行，速度颇快，毕竟在前头的那些灰衣人只是单纯地收取灵晶就会放人过去，并没有任何问询查探众人身份的举动，只要交出灵晶，自然便能使用传送法阵，看起来就像是一场纯粹的生意。

过了一会儿，屠夫与沈石便排到了队伍前端，而沈石这个时候也看到了两个传送法阵的入口处，各自摆着一块木牌，上面分别写了“阴州”和“利州”二字。

他们所在的这一列队伍，排的是去利州的传送法阵，沈石的目光默默地在写有阴州那两字的木牌上停留了片刻后，便移开了。

身前那张桌子背后，一个中年男子看了屠夫和沈石一眼，淡淡地道：“承惠，六颗灵晶。”

沈石迟疑了一下，转头向屠夫看去，他身上倒是有灵晶，但那是父亲沈泰与他分别时给他的，而且数量也仅有三枚，于情于理，他都觉得应该轮不到自己来掏钱吧。

只是片刻之后，沈石的脸色却微微一变，此刻站在他身边的屠夫居然也一动不动，半点掏钱的意思也没有……

第十二章 ■ 蚁噬

原本一直持续前进的队伍在这个时候忽然停顿了一下，坐在桌后的那个中年男子一开始似乎也没反应过来，正是一副准备伸手接过灵晶的模样，谁知下意识伸出手后，却发现桌子的另一侧一点儿动静也没有。

手掌在半空中僵了一下，那灰衣中年男子看起来便有些尴尬，带了几分滑稽，不得已慢慢将手缩了回去，脸上随即多了几分怒意，瞪了屠夫与沈石一眼，冷声道：“二位，这是怎么个意思？”

沈石也是汗颜，心底掠过一个“该不会这位大叔是不想交灵晶”念头的时候，只见屠夫倒是面色坦然，伸手入怀，掏出一块半个巴掌大小的小玉牌，递到了那中年男子面前。

“嗯？”那中年男子目光在这玉牌上扫了一眼，脸色微变，站起身来接过后仔细查看了一番，脸上随即露出笑容，道，“原来是自己人，请进吧。”说罢笑着将玉牌递了回来。

屠夫收回玉牌，对他点了点头，道：“多谢。”

那男子微笑不语，态度与之前截然不同。沈石跟在屠夫身后，就这样轻轻松松走入了传送法阵。他心中一时迷惑不解，趁着周围无人注意的一个机会，轻声对屠夫道："大叔，你刚才给他看的是什么牌子，为什么咱们进来不用缴纳灵晶？"

屠夫笑了笑，道："那是表明我身份的一块牌子，你忘了我是什么出身吗？"

沈石自然不会不知道这个，愕然道："神仙会啊，我知道的，可是……呃，"他忽然像是想到了什么，看了屠夫一眼，道，"莫非刚才那些灰衣人，也是神仙会的？"

屠夫笑而不语，沈石心里正奇怪，便听到屠夫在旁边道："西芦城里没有传送法阵，加上你年纪毕竟还小，怕是平日没注意这一块，其实天底下所有的传送法阵，都是神仙会掌控收费才能用的。"

沈石倒吸了一口凉气，哪怕以他平日还算沉静的心性，乍闻此言仍忍不住露出惊容。他出身于天一楼，自小便见惯了商贾之事，只不过略微一想，便知晓光靠这一项，神仙会每年便能赚取数额惊人的巨额利益，这天下第一商会的名头，果然不是白说的。

只是如此巨大的利益，怕是连那些以四正为首的天下顶尖修真名门也不愿坐视不理，又怎会让神仙会独占好处？

屠夫看了一眼正在凝神思索的少年沈石，似乎知道他此刻正在想什么一般，淡淡地道："你老爹以前没告诉过你吗，这天底下所有人族所造的传送法阵，都是神仙会建的。"

沈石呆了一下，直到此刻，他才像是重新认识了一番神仙会这个庞然大物，迟疑了一会儿，他低声问道："那以前听说是千年前某位前辈大匠惊才绝艳，临摹上古传送法阵的阵纹才造出的传送法阵，其实也是……"

屠夫笑了笑，道："那位前辈大师姓周，正是神仙会中出身。"

沈石长出了一口气，点了点头，由衷地道："神仙会果然不愧是天下第一商会。"

屠夫目光一转，向周围看了看，拉着沈石向后退了几步，道："好了，我看人差不多够了，这法阵快要启动了，你身无道行，待会儿自己小心了。"

沈石呆了一下，愕然道："小心？我要小心什么？"

站在通往利州的传送法阵里的人数，此刻已经足五十人，入口处的灰衣人便暂时拦住了后头的队伍，向旁边一溜灰衣人队伍那边招手示意了一下，很快便有另外三个身着灰衣的神仙会男子走了过来。

完全由暗金色的通灵石所构建的传送法阵，肃穆而沉静，一股莫名的气息似乎飘荡在这座神奇的法阵中。人群里，沈石看上去有些紧张，刚才屠夫莫名地提醒了他一句，但是待他追问时却又不说，只是笑着道：“反正无论如何都要经历一番，就让你自己感觉吧。”

这神神秘秘的模样，让沈石心里反而更加紧张起来，下意识地便注视着那三个走近的神仙会男子。只见他们分开走到传送法阵的三处地方，各自从怀中掏出一个袋子，从里面掏出亮晶晶的小石头，正是灵晶，依次插入地上原有的一些孔洞。除此之外，在那些孔洞周围的地面上，雕刻着大量繁复无比的阵纹，沈石凝神看了一会儿，也没看出有什么含义来，倒是觉得颇有几分像是自己这些年来学过的符箓符纹，都是繁杂扭曲偏偏又看不出有何含义，诡异得很。

三个灰衣男子，每个人都依次往地上的那些孔洞中放入了七颗灵晶，随后便走出了传送法阵。沈石之前倒是听说过这些传送法阵都是依靠消耗灵晶里的天地灵力才能驱动，此刻亲眼见过，果然如此。

片刻之后，只见在阵外又走出一个灰衣人，看上去年纪比周围人要大了许多，像是个五十出头的老人，站到了传送法阵入口处，闭目凝神片刻后，忽地双手一挥，一股充沛灵力从他身上喷涌而出，与此同时，原先埋下那些灵晶的孔洞周围的阵纹，忽然一一闪亮而起，整座原本静穆的法阵在这一刻，就像是突然得到了生命力一般活了过来，暗金色的光芒大盛，一股莫名而神秘的气息笼罩而下，无形无味无色，却将所有人都簇拥其中。

一声仿佛从远古而来的苍茫低啸，带着古老的气息，在远方，又似在每个人的耳边轰鸣而起。沈石陡然间只觉得眼前一黑，随即身子一轻，竟有种飘浮而起的感觉，像是整个身躯都失去了重量，而几乎是同时，一股剧烈如万虫撕咬肉身的可怖感觉，瞬间降临到他的身上。身体的每一寸肌肤每一处骨肉，都像是同时被蚂蚁啮噬，直痛入了骨髓之中，哪怕只有这片刻工夫，他也觉得自己似乎是全身散架了一般，差点瘫软在地。

那一刻在他看来，仿佛就像是一天那么漫长。

在剧烈到难以言喻的痛楚中，眼前的黑暗忽然如潮水般退去，光明重新笼罩而来，那种万蚁噬身的诡异可怖的感觉，总算是缓缓消散。

周围的人群里，有人发出了轻轻的赞叹声，有人还在聊天，看起来大多数的修士哪怕是散修，都神色如常。只有沈石在最初的震骇过后，紧接着眼前又是一阵天旋地转，身不由己的一个踉跄，眼看就要摔倒。

一只有力的手臂从旁边伸了过来，屠夫搀住了他。

沈石此刻脸色煞白，额头掌心中尽数都是冷汗，从小到大，他还从未经受过如此剧烈的痛楚，一时间几乎有些承受不住。屠夫看着他的脸色，眉头微微皱起，低声道："怎样？"

沈石吃力地抬起头，刚想说话，忽地神色又是一变，却是一把挣脱了屠夫手臂，冲到旁边一处角落跪到地上，大口干呕起来。

屠夫摇了摇头，走到他的身后，耐心地等着，直到过了半盏茶工夫，沈石的脸色看上去才慢慢平静了下来，脸上的苍白颜色也红润了几分。他抬头看了一眼屠夫，苦笑了一声，道："大叔，这就是你要我小心的事吗……"

屠夫笑了笑，轻轻拍拍他的肩膀，同时拉起沈石向法阵外走去，口中道："正是。"

沈石闭上眼睛，有气无力地呻吟了一声。

两人在传送法阵外随便找了个地方坐下休息，也就是在这个时候从屠夫的口中，沈石这才知道刚才那番折磨究竟是怎么回事。事实上，这也算是人族所造的传送法阵临摹仿造上古传送法阵却未竟全功，由此带来种种不足之处的其中坏处之一，即一旦身无道行的普通凡人通过传送法阵进行传送，必定要受这俗称"蚁噬"的苦楚，相反，若是已然修炼道法，身负道行的修士进入传送法阵中，绝大多数都并无此番感觉。

沈石兀自喘息还未平定，闻此苦笑了一声，道："这是什么道理？"

屠夫想了想，道："到底是何原因，我也说不明白，倒是以前有一次听会里一位前辈说过此事，说是修士们身负道行，肉身坚韧强横远胜凡人，所以能够经受住这传送法阵的撕扯之力；相比之下，凡人肉身脆弱，进入传送法阵传送一次，便会受到这蚁噬之苦。"说到此处，屠夫顿了一下，微微摇头道，"不过我倒是知道，经由那些遗留下来的正宗上古传送法阵，从鸿蒙主界往其他异界传送而去的时候，不管是修士还是凡人，从来都是没有丝毫异样感觉的。"

沈石叹了一口气，此刻的他倒也算是堪堪缓了过来，不过那种蚁噬的痛苦和剧烈的眩晕感，实在是让他有些禁受不住。这时的他也才有心向周围看了看，只见周围景物已然与之前在黑木城中截然不同，看起来要热闹许多，特别是前头大致相似的传送法阵，已经由两座变成了四座。

沈石看着那些传送法阵，沉默了片刻，道："咱们这是已经到了利州了吗？"

屠夫点了点头，道："不错，此刻你已经离那黑木城数十万里之远了。"

沈石一时之间，有些不知该说什么才好的感觉，好半晌之后才轻叹了一声，道："前辈大师鬼斧神工，实在令人匪夷所思。"

屠夫道："说得不错，当年我初次进入这传送法阵的时候，与你眼下的想法那是一模一样。现在你感觉好些了吗？"

沈石点了点头，道："好多了。"

屠夫"嗯"了一声，道："如此甚好，咱们再进去吧。"

沈石吓了一跳，失声道："什么？"

屠夫耸了耸肩，道："岚州与凌霄宗所在的海州相隔数千万里，其中间隔整整二十三个大小诸州，你该不会以为只传送一次就够了吧？"

沈石嘴角抽搐，一时间面无人色。

在少年沈石迄今为止十二年的人生中，这一段远赴南方海州拜师修行的旅途，绝对是他有记忆以来最为痛苦的一段日子。

整整七天，他每天至少要跟随屠夫进入三次传送法阵，有时候次数甚至还要更多，因为屠夫说得很明白，凌霄宗这等名门大派，传承万年，规矩又严又多，光是打开山门收徒便定死了是五年一次，而有幸收纳入门的弟子也一定要在规定的日子里到达指定所在，由凌霄宗内仙师高人接引上山。一旦迟延，这份来之不易的仙缘便算是断了。

"今年正好是开宗收徒的年份，要不我想你多半也没这么好的运气能得到一个拜入凌霄宗修炼的名额。不过他们接引的日子定好了是在四月初十，你说我们要不要赶路？"

本来对再次进入传送法阵已然有了天大阴影的沈石，在听到这一番话之后也是无语，最后虽然痛苦，还是咬着牙点头答应下来，再一次跟着屠夫进入传送法阵，一次又一次地忍受着他这个年岁几乎难以承受的蚁噬的痛苦。

当日他们抵达岚州黑木城的时候是三月二十九，距离凌霄宗定下的接引日子不过只有十余日，时间已然十分紧迫，也确实容不得沈石拖延。只是这日复一日，整整七日间，每一天都遭受三次以上的蚁噬的苦楚，实在令他苦不堪言。

而以他的体力，每日三次，至多四次，便已经到了一个极限，几乎是到了连路都走不动的地步，连屠夫也不敢强行让他继续下去。反正算算时间，勉强也能赶上，两人便这般走走停停，一路传送过去。

饶是如此，就算途中给了沈石休息恢复的时间，但在七日后屠夫与沈石终于通过了最后一次传送法阵抵达海州的时候，沈石看起来也已经像是大病了一场，一副有气无力弱不禁风的模样，仿佛随时都会倒下。

屠夫看着沈石的模样，心里也有些担忧，连忙带着沈石找了个僻静屋宅安顿下来，让他好好休养了两日，这才让这位少年的脸色看起来渐渐有了几分血色，不再像初来乍到时那般活死人的模样。

待到稍微恢复了几分精神，沈石终究还是记挂着拜师修行的事，向屠夫仔细问了一下情况，得知如今方是四月初八，还有两天才到凌霄宗接引的日子，至于接引的地点乃是一处名叫“拜仙岩”的地方，就在如今他们所在的海州流云城外，沧海之滨，一个时辰内即可抵达。

知道了这一情况，沈石的心里才算是松了一口气，心想千难万难，总算是挣扎到了这里，一想到再过两日，或许自己便能拜入都赫赫有名的顶尖修真豪门，沈石心中不由得也是一片火热，心生向往。

热切之余，沈石在与屠夫交谈聊天的时候，便顺口询问起眼下两人所在的海州还有这流云城中的情况。屠夫倒也爽快，知道什么便说什么。要说这海州，那可是鸿蒙主界一城九十州中有数的名州，单以一州州土面积来说，便胜过了阴州和岚州加在一起还有余，素来便有鸿蒙大陆“南方第一州”的美誉。

海州乃是鸿蒙世界修真重镇，繁盛无比，洞天福地极多，境内修真门阀无数，其中最负盛名、首屈一指的，自然便是名列天下四正之列、威名赫赫的凌霄宗。

而眼下他们所在的流云城，位在沧海之滨，乃是海州第一大城，规模庞大，繁华兴盛，过往修士如过江之鲫，数不胜数，再加上海州境内的传送法阵也坐落于此城之中，数目有九座之多，更是锦上添花，天南地北的修士，随处可见。

“就算是放眼整个鸿蒙主界，除了那举世无双的天鸿城外，流云城都算是第一等的繁华所在了。”到了最后，屠夫用这样一句评语给他们所在的流云城下了定论。

第十三章 ■ 火球

第二天，也就是四月初九，早早醒来的沈石在起床之后活动了一下，只觉得身子轻快不少，看起来已经差不多从蚁噬的痛苦中解脱出来了，连精神都好了许多。

他与屠夫现在所居住的宅院，明面上是一处民居，实际上也是神通广大的神仙会在流云城暗中置下的一处私宅。虽然平日里也没什么人过来，但屋宅中诸般东西倒都算齐备。沈石在卧房里随意看了看，没花多大工夫便找到了笔墨纸砚，当下略一迟疑，便磨墨取笔，按照这些年来的习惯，在白纸上开始描画那阴阳五行十个符箓。

自当日从西芦城中仓皇逃离之后，一路上如丧家之犬，惶惶不可终日，没心情也没条件去每日坚持这个数年来的习惯，直到这时在流云城中，沈石似乎才感觉到了几分许久不见的平静。

墨汁均匀轻淡，笔迹顺滑柔和，虽然时隔月余未曾练习，但是多年以来持之以恒的习惯，终究还是让他拥有极强的本能，白纸之上描画出的阴阳符文，一个个完整如昔，没有丝毫的错处。

写满了五张白纸后，放下毛笔，沈石脸上带着几分满意之色，长出了一口气，揉了揉手腕，心中不由得又想起不知所终的父亲，只是事已至此，多想也无益处，他沉默地坐了一会儿之后，便站起身出门去了。

此时天色已然大亮，屋外院子中，屠夫不知何时也已经起身站在那里，面向日出方向，双手虚抱，目光炯炯，深吸长吐，周身隐隐泛出一层暗淡红色微光，显然正在修炼一门道术。

沈石眼尖，望向屠夫手掌之处，果然看到他右手掌心中抓着一枚灵晶，光芒闪烁，丝丝缕缕的微光持续不断地从晶体上被抽离出来，吸纳进屠夫的肌肤体内。

因为出身玄阴门外围弟子家中的缘故，加上天一楼里也有众多玄阴门弟子，所以沈石打小倒是见多了类似场景，知道这正是屠夫在吸取灵晶中的灵力修炼。这法门看起来与往日玄阴门中弟子修炼时的样子倒是截然不同，不过也没什么好奇怪的，天底下道法千千万万，无奇不有，不是同一道门法统的，修炼法门都相差极大。

只不知那凌霄宗内的修炼法门，又会是怎样的呢？

沈石站在一旁，也没去打扰屠夫的修炼，就这样安静地看着。只见屠夫保持如此姿势修炼了约莫一盏茶的工夫，这才收势站起，深深呼吸了一次，周身骨骼竟然隐隐作响，肌肉贲起，看起来肉身强横得吓人。

过了片刻，那声势缓缓消去，屠夫摇晃了一下脖颈，看起来修炼过后颇为舒坦的模样，站在那里沉吟片刻之后，他似乎带着几分兴之所至的随意，右手伸出，五指虚抓，片刻之后只见掌心之中忽地“轰”的一声低沉回响，一团火球凭空凝聚而出。

沈石目光一凝，盯着那团火球，脑海中掠过一个念头，低声道：“火球术……”

自人妖大战以来，人族修炼之仙道法门经历万年发展，到达方今之世已然进入一个极盛时代，种种神通妙法无穷无尽，不过单以修行种类粗略而言，其实归根结底，只有修炼神通道法与修炼五行术法两种。

修炼诸般神通道法之人，便是如今通常所称的修士，也是方今之世绝对的主流；而五行术法乃是操纵天地五行之灵力，分为金木水火土五系，经由复杂的术法施展诸般咒术，也算是一门学问极深的法统。

只是五行术法对绝大多数人来说，实在是太过深奥繁杂，光是最低级的一阶五行术法，修行所耗费的精力便远胜过修炼普通神通道法的修士，而偏偏这五行术法的威力实在又小了一些。对凡人来说，一个火球术自然可畏可怖，一记火球过来便足以将人体烧成焦炭，但对修炼过道法的修士来说，肉身坚韧强横，一记火球砸到身上，最多只能对炼气境的低级修士造成几分伤势，若是面对登堂入室的凝元境修士，便几乎完全无法造成伤害了。

威力不大，修炼艰难，这时日长久下来，曾经也兴盛过一时的五行术法在鸿蒙世界里便逐渐衰弱了下去，到了今时今日，五行术法已然成为修士们看不上眼的一种术法，完全成为主流修炼神通道法的附属之物。

一般而言，都是修士们私人在修炼之余对这五行术法有几分兴趣，这才会随意选取几种相对简单的五行术法来修炼，其中又以最低级的炼气境修士居多。因为在炼气境的修炼相对简单，基本上只有最基础的吸纳灵气入体，固体培元，种种神通法门，多是要到凝元境才能开始修炼。所以在这个境界的修士，倒是有不少人会选取一两种五行术法，也算是一种防身之术。

不过虽然如此，也改变不了五行术法的衰微，纵然传说在遥远的过去时代，五行术法也曾经强盛一时，那些高阶高品的五行术法，威力据说也是强大无比惊天动地，然而多少年来，早就无人见过那番景象了。

至于眼前屠夫兴之所至所施展的这个火球术，正是五行术法中最低级，同时也是最常见的一种火系一阶术法，与水系的“水箭术”、土系的“岩刺术”并称为五行术法低阶三大咒术，是最简单也是最常见的五行术法。

沈石平日里所练习的符箓，事实上便是专门针对五行术法的一种小道法门，简单来说就是将种种五行术法以阴阳五行十种符纹组成不同的符箓图纹，画在特殊的符纸之上，再经由一道俗称“注灵”的工序将灵力注入符纸，便能做出一道完整的符箓。

修士们只要本身学会一种五行术法，以相同的术法运转灵力操纵同一类符箓，便能以二成的灵力催动一道完整的术法，同时施法速度也能快上不少，可谓省时省力。不过缺点也是有的，通过符箓施展出来的术法，威力会减弱不少。

也就是因为沈石所修习的符箓之道与五行术法大有干系，因此他对五行术法也算是有几分了解，此刻陡然见到屠夫施展了这门法术，第一眼便认出了这是最常见的火球术。

屠夫似乎听到了这边的动静，转眼看来，见沈石站在院子一侧正目不转睛地看着自己手中那枚火球，忽地手掌一振，只见那火球陡然明亮起来，急速旋转几圈后，竟是一下子脱离了屠夫掌心，带着呼啸之声，向沈石冲了过来。

哪怕隔了老远，一股炽热的热浪已然扑面而来，沈石目瞪口呆，呆站在原地一时间不知所措，眼睁睁地看着那火球冲到了眼前，热浪炙烤着皮肤，像是就要燃烧起来一般。

火球术乃是五行术法中最低级的一阶法术，正常情况下对有道行在身的修士，特别是境界达到了凝元境以上的修士来说，这点术法威力已经无法造成太大威胁了。只是此时此刻，沈石却仍然只是个还未开始修炼的普通少年，只见一团炽热火球迎面冲来，热浪滚滚，下意识地想要躲开，但身子却似乎并没有自己想的反应那么快，只略微做出了躲闪动作，却根本没法避开这一记火球，眼看就要当面被火球打上了。

就在这个时候，那火球冲来的角度似乎突然一偏，向他头颅的右侧歪了过去，堪堪从他肩膀上方一冲而过，片刻后“砰”的一声，打在他身后院子里的一棵老树枝丫之上，噼里啪啦一阵轰鸣，火光亮起，烧焦了一片树枝树叶。

沈石情不自禁地向旁边退了几步，转头看向那棵老树上兀自冒烟着火的枝丫，忍不住心有余悸。这时从他身后传来了屠夫的笑声，道：“怎么样，这一记火球术如何？”

沈石没好气地看了他一眼，不过还是老老实实地道：“吓我一跳，不过看来威力不小。”

屠夫笑了笑，摇头道：“不过是看起来好看罢了。”说着看了沈石一眼，道，“我知道你爹从小就让你临摹描绘符箓符纹，但这种旁门左道耗费心神精力不说，用处也没多大，日后你拜入凌霄宗，我觉得还是不要在这上头再浪费精力。”

沈石点了点头，道：“是，我知道了。”其实这个道理，无论是他还是他那个胖子老爹沈泰，心里多少都知晓几分，但当年沈泰在修炼上的资质太差，除了符箓这种旁门左道，也教不了沈石什么东西。

抬头看了看天色，只见青天高阔，几朵白云飘在天际，远方隐隐约约还有清脆的鸟鸣声传来，那应该是翱翔于海风中的海鸟。流云城坐落在沧海之滨，出城不远就能望见那片一望无际的大海了。

沈石深吸了一口气，只觉得空气清新，身子都似舒服了几分，转头向屠夫问道：“大叔，今天咱们还有什么事吗？”

屠夫想了想，道：“今日倒是没事，待会儿我去本城的分店里走走，要取一样信物回来，待到明日再带你去城外拜仙岩，这一趟送你的任务就算是完成了。”

沈石“嗯”了一声，停顿了片刻后，带了几分期望，道：“大叔，既然今日空闲，左右无事，我想去这流云城里随便看看。”

屠夫怔了一下，沉吟片刻后，像是想到了什么，随即笑道：“也罢，反正此地距离阴州已是千万里之外，谅他玄阴门手再长，也伸不到此处。”

沈石笑而不语，随即屠夫进屋随便收拾了一下，便出来带着沈石出门去了。只是在走出大门的时候，沈石跟在屠夫的身后，忽然开口问了他一句，道：“大叔，几年前我刚刚与你认识的时候，你是不是就已经是神仙会的人了？”

屠夫的脚步微微顿了一下，转眼看了身旁这个少年一眼，只见沈石神色如常，目视前方，似乎只是无意中问了这么一句。他沉默了片刻后，点了点头，道：“不错。”

沈石轻轻“哦”了一声，就没有再说什么了。

第十四章 ■ 南宝坊

他们二人所居住的屋宅，位于流云城南面，屠夫带着沈石转过了一条街道，便只见周围陡然热闹起来，数条街道同时展现在眼前，高楼林立，人声鼎沸，来往行人修士极多。沈石情不自禁停下脚步，看着眼前这一幕，心中一阵惊叹。

这里随便挑出一条街道，看起来都比阴州西芦城内的马蹄街要更繁华几分，更不用说数条齐聚，而且前头修士如雨，多有奇装异服者，甚至还能看到不少带着奇异宠兽的怪人。

屠夫笑着向前一指，道：“这里便是流云城的南宝坊，除此之外，城中东、西、北三地也还有类似的坊市各一座，灵材商家云集于此，是鸿蒙诸界南方十六州之中最繁华的大城，不管多珍稀罕见的灵材珍品，在这流云城中，基本都能找到。”

沈石连连点头，或许是打小在天一楼这种大商铺里长大，他骨子里便对这种繁华热闹的坊市有一种天然的亲近感，当下笑道：“果然热闹，跟这里比起来，我都觉得西芦城那边是乡下了。”

屠夫哈哈大笑，道：“本来便是如此！”

说着，两人一起向前走去，屠夫带着沈石走入一条宽大街道，在人群中穿行了百余丈，沈石便看到前头出现了一座高耸楼阁，肃穆大气，宽敞无比的门店里修士来来往往，门匾之上赫然写着“神仙会”三个大字。

屠夫停下脚步，转头对沈石道：“我进去办点事，你就在这边左右随便逛逛吧，两个时辰后我在这门口等你，可好？”

沈石点了点头，道：“好的。”

屠夫又叮嘱了他一句，道：“明天就要去拜仙岩了，这关头你自己小心些，别耽搁了大事。”

沈石笑道：“我知道了。”

屠夫看来也知晓沈石的性子，对他倒是不太担心，用手向这条街道前头一指，道：“这南宝坊五条大街，都是热闹非常，各家商铺也是众多。除此之外，你往北走还有一处南天门，那里是一片临湖空地，地盘不小，平日里惯例是众多散修摆摊售卖灵材的地方，不过其中良莠不齐，颇多赝品次货，但也经常会有人淘到些好货珍品。”说罢，他笑着看了沈石一眼，道，“你这小家伙，在西芦城里也算是小有名气的眼力毒了，要是有空，也可以去那边看看。”

沈石倒是想不到屠夫居然也听说过自己往日那一点小小的名声，呵呵一笑，道：“知道了，多谢大叔。”

屠夫转身走进了神仙会那热闹的店堂，转眼便消失在人群里。沈石站在街头，在拥挤热闹的人流中，忽然有片刻的惘然，独自一人，远在他乡，在这个陌生的城池里，而曾经居住了十二年的故乡的那个家，现在早已消失了。

他甩甩头，振作了一下精神，转身向前走去。

流云城号称南方大城，繁华兴盛第一，果然是名不虚传。沈石在这南宝坊中不过走了一会儿，看了七八家商铺，便看到了许多珍稀罕见的灵材宝物。显而易见，这里灵材货品繁多，种类齐备，一个修士修炼所需要的资源，在这样一个地方几乎都能收集完备，当然前提是你需要有足够的灵晶。

不过相比起西芦城里的灵材，流云城这里的灵材价格，似乎还要便宜上一两成的模样。

在这一家家的商铺中，在这热闹喧嚣的人潮里，沈石有一种发自内心的熟悉感觉，自己仿佛回到了那个居住了十二年的城池，回到了那座熟悉的天一楼。

他的兴致很高，心情也很好，一家家看过去，很快便确认了在这南宝坊内，只要看上去规模不小的商铺，所售卖的诸般灵材几乎都是货真价实的。在这过程里，他也见识了不少往日在西芦城中一些自己只从书卷上看过却从未见过的珍稀灵材，也算是大开了一番眼界。

如此走走逛逛，不知不觉便过了一个时辰，沈石才堪堪逛完南宝坊的一条街道。待他重新走回街道上时，只见前头忽然出现一座小湖，湖水清澈，边缘散落着十几枝高矮不一的荷叶。眼下还是晚春，未到盛夏时节，所以湖中荷花未到花期。不过在这湖畔之地，一座高大牌坊之下，老大一片空地上，却又是另一番热闹景象，无数修士云集于此，熙熙攘攘如同闹市，想必这里就是之前屠夫所说的南天门了吧。

在西芦城中见多了商铺店堂，但是如眼前这般众多散修自己聚拢摆摊的情景，沈石却还是第一次见到，不由得生出了几分好奇之心，信步走了过去。

在这南天门空地上走了一会儿，沈石果然看见有众多散修摆摊售卖，多数人都是随便圈一小块地方，讲究点的还铺块绸布，不讲究的便直接将要售卖的灵材宝物放在地上，在那边兜卖起来。

如此转了小半圈，沈石多多少少对这里有了几分了解。在这里兜卖东西的散修，看上去倒是什么模样的都有，有看上去窘迫潦倒的，也有看着豪爽无比口气奇大的。至于众人所兜卖的灵材，以他这种眼力认真看了一会儿之后，便发觉果然正如屠夫所言，这里散修所兜卖的灵材远不如那些大型商铺里的东西靠谱，其中夹杂了无数赝品次货，但也不乏确有一些货真价实的灵材，比如他之前就在某个摊位上看到了几株二品灵草，还有另一处散修兜卖的几颗怪石也是少见的二品灵矿，确实是好东西，并且最重要的是，在南天门这里灵材的价格，会比商铺里要便宜至少一半。

如此一来，只要眼力够好，倒是可以在这热闹地方淘到不少好东西。

不过沈石虽然眼力不错，也看到了几样还算不错的灵材，但并没有出手购买的意思，一来是他买了这些灵材也没什么用处；二来是他如今身上仅有三颗灵晶，稍微好一点的东西，他还真买不起。

不过反正南天门就在这里，又逃不掉，待将来拜入凌霄宗后想办法多得一些灵晶，再过来淘宝也是可以的。

沈石在心里这般安慰自己，同时兴致却丝毫不减，脚步轻快地在这座散修云集的南天门里到处逛着。

在他正驻足于某个摊位打量一株灵草，心里权衡判断着这究竟是罕见的二品灵草“天罗叶”，还是另一种与之类似的一品低级灵草“黑星兰”的时候，忽然听到隔壁不远处的摊位上传来一个阴柔的声音，听起来令人感觉很是古怪，竟然引得身子微微发寒，而且那话也不算是多客气，道：“老头，这块矿石卖多少灵晶？”

沈石下意识地转头看去，只见一个瘦高个子的男子站在隔壁摊位前，吊眉眼，形容枯槁，干瘦无比，看上去竟然像仅仅披了一层皮的骷髅般，实在令人有些惊悚之感。

沈石只看了一眼，便觉得心里有些不自在，连忙移开了目光，暗暗咋舌，心想居然还有人会长了这般奇怪模样，与此同时，他向那边摊位上瞄了一眼。

这位摊主看起来是个身家一般的散修，身前的摊位上稀稀落落摆放着十余件兜售的灵材，几个瓶瓶罐罐、几株灵草、几颗石头，还有一两块妖兽灵骨毛皮什么的，正是这一路看来绝大多数摆摊散修的写照，什么都有，数量不多，因为窘迫看到什么稍微有些价值的灵材，都会去尽心收集，以期能交换到一些灵晶继续修炼下去。

他们此刻的话声大了一些，争论的焦点便是摊位上一块土黄色的石头。以摊主的看法这是一块成色不错的二品灵矿“黄晶石”，用处广泛，尤其是用于锻造仙家法宝的时候，是一种颇为好用的土系灵材，所以开出的价格不菲。

而那个怪人观察半晌后似乎对这块黄晶石确认不假，但对眼前这块的成色品质大为质疑，一口咬定不值这摊主开的十颗灵晶，只愿出两颗灵晶购买。

两人在边上讨价还价半天，各自心理价位实在差得太远，一直未能达成一致，那摊主是个阔脸男子，看起来有些急了，口沫横飞地与那怪人争论不说，一时还挥动手臂增强自身气势，无意中扫过摊位，还碰倒了旁边一个小罐，也没去注意。

反掌之间，那个小罐跌倒在地骨碌碌滚了几下，罐底在沈石视线中一闪而过，一个被侵蚀了许多的残破花纹图案出现在他眼前。

沈石缓缓转过头来，仍旧看着自己眼前那株还未分辨清楚的灵草，只是忽然间眉头皱了起来，若有所思。

身旁不远处，那个摊主散修与形如骷髅的怪人依旧为了那块黄晶石的价值乃至价格争论不休，而沈石则蹲在隔壁的摊位前，盯着那株灵草怔怔出神。

“喂，这位小少爷，你已经看了那株天罗叶半天了，到底买不买啊？”

一个带了一丝不耐烦的声音，在沈石的前头响起，正是他眼下蹲着的摊位的摊主，一脸没好气地看着这个光看不买的少年。

沈石回过神来，不由得带了几分尴尬，干笑一声，站起身来退后两步，若无其事般地向旁边走开了。那摊主冷哼了一声，自言自语道：“一天到晚遇到的都是这种光看不买身无分文的穷鬼，什么时候才能遇到那种灵晶如雨不当钱的土豪啊！唉……”

沈石并没有听到那位摊主鄙视的评价，不过就算听到了他也没法说什么。当下他一副面无表情的模样，在周围随意又走了一圈，然后不动声色像是不知不觉中又走了回来，只是这一次，他却是停在与刚才相邻的那个摊位前了。

过了这一会儿工夫，刚才争论不休、讨价还价的摊主与那位形似骷髅的怪人看起来终于是勉强达成了一致，双方各让了一步，最后以四颗灵晶的价格成交了。

那怪人从怀中摸出四颗亮闪闪的灵晶递给摊主，随后他拿过那块黄晶石，轻轻摸了两下，便藏进了腰上一只布袋里，随即便转身走了。

在这过程中，沈石一直默默看着没有说话，直到那怪人走开，他才走到摊位前张望了一眼，目光从其他灵材上一扫而过，最后停留在那个兀自倒在地上的小罐上。

那是一个古旧的小罐，看上去像是才从土里挖出来不久的样子，罐身上还带了些泥土。小罐通体约莫半尺高，罐口是封死的，罐身斑驳，坑洼不平，到处都是被侵蚀的痕迹，以至于连原本刻画在罐身上的一些图案都变得模糊不清难以辨认，只有少数地方可以勉强看出一些。

沈石仔细看了一下，并没有看出这小罐有什么出奇异样之处，看上去它似乎真的就是个有些年岁的老罐。而就在这时，那摊主伸手将这小罐扶起，顺便瞄了沈石一眼，咧嘴一笑，道：“怎么了，小少爷，可是喜欢这罐子吗？”

沈石笑了笑，并没有说话，迟疑了片刻后，伸出手去将那小罐拿起，入手处略显沉重，也不知道是这罐体本身的重量还是小罐里头封存了什么东西。不过从手心处传来的粗粝感觉，看得出这小罐确实被侵蚀得厉害。

见沈石虽然没说话，但却拿起了这个小罐仔细端详，似乎果然对这一年到头也无人问津的破烂玩意儿有些兴趣，这摊主登时兴奋起来，笑嘻嘻地道：“小少爷果然好眼光，这东西可不是普通货色，那是几年前我出生入死，在翊州一处古墓中好不容易才挖出来的，中间还遇到了好些个阴魂鬼物，差点就死在那古墓里。怎样，这东西不错吧，俺老侯向来实诚，只卖你十颗灵晶。”

沈石嘴角抽搐了一下，二话不说直接将这小罐放回地上，起身欲走。

那摊主连忙叫住他，干笑道：“小少爷，你这是做什么，咱们有商有量，好好商量嘛……”

沈石哼了一声，似乎有些不情愿地转过身来，没好气地道：“你可别看我年纪小，就故意来骗我。”

那摊主眼底一缕喜色悄然掠过，心想这果然是不知哪来的世家有钱少爷。说得也是，这破烂小罐平日放在这里几个月也没人会问上一句看上一眼，真正的散修都是关注那些对修炼至关重要的灵材，诸如灵草灵矿丹药甚至典籍什么的，谁会有闲心来看这不起眼的罐子。也就是这种钱多人傻的世家少爷才会喜欢这些莫名其妙的古物吧！

当下摊主脸上的笑容越发温煦起来，笑呵呵地看着沈石，道：“小少爷说笑了，俺老侯不是那种骗人的人，你要是真喜欢这小罐，开个价，咱们商量商量？”

沈石沉吟了片刻，眉头微微皱起，似乎仍是决心未定，对眼前这件小罐到底是个什么东西也没法下个定论，犹豫之后，还是再度拿起了那个小罐，在手里翻来覆去看了一圈，最后缓缓将其倒立，目光落在了那小罐罐底。

约莫只有半个巴掌大小的圆形罐底，同样被侵蚀得十分厉害，导致原先雕刻在这里的一个花纹图案也变得模糊不清，但相比罐身上，罐底或许因为盖在地上会好上一些，所以残破程度终究还是没那么严重，沈石在仔细辨认之后，依稀还是看到了半朵带了三片叶子的葵花图案。

这只是半边，在另外一半被侵蚀得已然辨认不清的地方，隐约还有些纹路，看起来还有几片叶子，却是看不清了。

那摊主倒是颇有耐心，任凭沈石盯着这小罐看上半天也没有不耐烦的意思，比他那位隔壁邻居可是要好多了，只是笑着道：“怎样，小少爷，可看出什么了？”

沈石默然不语，心里却是一阵犹豫不决，这图案残破得太过厉害，委实无法看清楚，但看着这图纹分布，除了能辨认出的三片葵花叶片外，剩下的空间里，似乎勉强可以再画上四片叶子的。

或许，这真的是一个七叶葵花的图纹……

沈石默默地看着手中的小罐，手指下意识地握紧了几分，片刻之后，缓缓将这小罐放了回去。

第十五章■葵花

在漫长而遥远的过往岁月，久远到甚至如今的人们都早已忘却的地步，曾经在一万多年前，有一种“七叶金葵花”的图纹，震慑着整座鸿蒙世界，百族拜服，群雄敬畏，因为这种华丽而耀眼的金色纹章，属于那个时代的主人，曾经统御百族的妖族中的至高统治者，天妖王庭的主人，妖皇一脉。

天妖王庭统治鸿蒙诸界的时代，要远比人族主宰鸿蒙的岁月久远漫长得多，据说光是有史料记载的年月，便至少有四万年之久。只是在昔年人妖大战过后，妖族大败，曾经辉煌一时显赫无比的天妖王庭在烽火血海间轰然倒塌，从那以后，妖族的一切就如灰飞烟灭一般，消散在过往尘烟之中。

不管是有意或是无意，曾经记载着妖族往昔历史的卷籍史书，这么多年以来几乎都已消失，人族主宰着鸿蒙诸界，需要记住的便是昔年妖族曾经残酷奴役过人族，而最后人族崛起，万恶的妖族被驱赶回了妖界，并自毁镇族神器“阴冥塔”，从此之后自锢于妖界，永世不得复出。

时光最是无情，任你昔年如何风流显赫，千万年下，依然化为尘土浮云，不留多少痕迹。加上那些卷籍史书多是失踪销毁，如今已经没有多少人还记得当年的七叶金葵花了。沈石也是当初在阴州西芦城天一楼时机缘巧合下，在辨识某种历史久远的灵材时因为有些疑惑，翻阅卷籍查找，无意中看到了一些只言片语提到了这个纹章。

不管怎么说，妖族毕竟曾经统治了这个世界漫长的岁月，哪怕那个时代已经过去了一万多年，但在一些不起眼的角落里，有时候仍然可以无意中发现一些淡淡的只言片语。

只是眼前这残破图案，究竟有几个叶片仍是看不清楚，同时岁月久远之下，曾经属于七叶金葵花的耀眼色泽，也脱落殆尽，丝毫不显。

会不会是自己认错了呢?

沈石心中颇有几分犹豫，毕竟在这之前，他也从未见过真正的七叶金葵花纹章图案，一切都是靠猜测，但如果真的是七叶金葵花纹章，这个小罐的来历就不简单了。

要知道，七叶金葵花的图案在天妖王庭时代象征着至高无上的皇权，历来只有妖皇一脉的直系传承才能使用，像这般小罐上打上七叶金葵花图案的，只有一个原因，那就是这位摊主当年走了狗屎运，发现的是久远岁月之前某位妖皇的陵墓，而这小罐显然就是其中的一件殉葬品。

可是……

沈石抬头，看了一眼眼前这位摊主，只见他阔脸大耳，面有横肉，虽然此刻笑容可掬，但还是带了几分凶横气势。貌似，他也不像是特别走运的人嘛。

一件也许是某代天妖王庭妖皇的殉葬品，是一位曾经整个鸿蒙世界统治者死后有资格殉葬的宝物，真的会是眼前这不起眼的小罐子吗？

沈石看着摊主，面无表情，摊主看着沈石，笑容可掬。

“一颗灵晶。”沈石淡淡地道。

摊主的脸色一下子变得不那么好看了，翻了个白眼，道：“小少爷，你这砍价也砍得太凶了吧？”

沈石摇了摇头，道：“这东西不值钱啊。”

摊主哼了一声，道：“小少爷，你尽管出去问问，俺老侯在这里摆摊多少年了，向来都是童叟无欺……呃，你这是什么表情啊？”

沈石似笑非笑地看着他，片刻之后略微压低了声音，道：“黄晶石，色泽橙黄明亮，以赤黄纯色为上品，若有杂色夹杂其中，则必有杂质异物，效用大减，不入炼器，不可炼丹，不……”

“够了。”那摊主脸色大变，瞪着沈石，半晌没有言语。

沈石笑了笑，道：“刚才你卖的那块黄晶石，我可看见石头上有黑灰色块，至少三处。”

摊主上下打量了一番沈石，皱眉道：“看不出来，你小小年纪，居然还有这份眼力。”

沈石笑而不语，只是重复了一句，道：“一颗灵晶，卖给我吧？”

那摊主默然片刻，阔脸上神色变幻，随后忽然露出一丝笑容，道：“小少爷，你觉得这小罐是什么东西？”

沈石摇头道：“我也不知道，就是看上了，喜欢。”

摊主看了他一眼，嘴角缓缓一撇，忽然道：“我不卖了。”

沈石一呆，愕然道：“什么？”

这位名叫老侯的摊主微微一笑，道：“小少爷，我看你眼力独到，怕是身世不凡的世家出来的子弟吧。只是既然你如此有眼光，老侯我就相信你一次，这东西俺拿回去自己钻研，左右你也不过是只肯出一颗灵晶，俺就算是拿一颗灵晶赌一回这玩意儿了。你看怎么样？”

沈石一时默然，看着那摊主老侯，而老侯面带得色，伸出手去缓缓将这小罐拿了回去，放在自己身前，眼中掠过一丝狡黠之色。沈石深吸了一口气，慢慢站起身子，知道自己终究还是太年少，没有经验，一心想要靠自己眼力从别人手里淘到宝物，却不晓得这世上的聪明人，并非只有他一个。

在这个时候，他脑海中突然清晰无比地回想起当日在西芦城中，与父亲沈泰分别的时候他所叮嘱的那句话：这世上英才俊杰无数，而修仙一道上汇集的更是天下精英，总会有人比你更聪明、更强大。

自作聪明，这句话说的就是眼下的自己吧……

哪怕就是一个普通摆摊的散修摊主，也足以狠狠地摆自己一道，过往的自己，还真就是一只井底之蛙。沈石不再多言，只是在心底将父亲的告诫深深地再念了一次，这一次，他要好好刻在心底。然后，沈石最后看了一眼那只小罐，转身走开。

在他身后，摊主老侯露出了得意的笑容。

一步、两步、三步、四步……虽未回头，但沈石仍觉得自己脸上有些发热，或许那就是少年心性吧，哪怕明知是自己的错处，也仍然忍不住有些生气，生那狡猾摊主的气，也生自己的气。

正当他将要踏出第五步，准备远离这个让他有着强烈挫败感的地摊时，忽然从他身后传来了一个怪异至极的阴柔声音，让人听了有几分惊悚之感，道：“老板，刚才那块黄晶石分量少了些，我想问问你还有没有另外的存货，我再买一点？”

沈石的脚步猛地一顿，停了下来，虽未转身，但他的嘴角却微微翘起，慢慢露出了一丝笑意。

满脸横肉的摊主老侯看着重新回到自己摊位前的那个瘦高怪人，叹了口气，一脸遗憾地道：“没有了啊，要是还有我肯定就卖你了。”

那形似骷髅的怪人皱了皱眉，怪异的脸上露出几分郁闷之色，自言自语道：“就差这么点了，再去那些商铺买偏偏又都是大块的，不肯拆卖，这可怎么好？”

老侯看着怪人这副表情，心里倒是一动，他在这流云城里的南天门摆摊也有几年时间了，对这里左右都熟悉，心里也知道这黄晶石当然还是有几个地摊上是有卖的。不过这年头谁会那么好心，平白无故就告诉你这些消息，反倒是如果自己去低价拿一块黄晶石过来再卖给此人，说不定还能赚上一两个灵晶。

他这里正犹豫着要不要开口叫那怪人等等，自己出去帮他找一下时，忽然只听旁边传来一个声音，道："老板，我想买这个小罐啊。"

老侯转眼一看，立刻脸色一沉，却是刚才那个跟自己纠缠了好一会儿的少年去而复返，当下冷哼了一声，道："说过了，不卖。小孩子快一边去，别挡住我做生意。"

沈石笑笑，也没多说什么，只是看了一眼身边那个形如骷髅的怪人，忽然又转头对老侯道："老板，我记得你这里原先还有一块黄晶石，现在还在不？"

老侯的脸色瞬间黑了下来，而与此同时那个怪人则是有些意外地转头看了沈石一眼，不过也没多说什么。至于沈石，则是一脸平静地看着摊主。

老侯脸上的神色变幻，双眼眯起，盯着沈石，眼中已然透着一股凶意，但沈石却似乎毫无察觉的样子，只是平静地看着他。过了片刻之后，只听老侯沉声道："黄晶石已经卖掉了。"

沈石"哦"了一声，目视老侯，虽未言明，也没有再看旁边那个怪人一眼，目光只是淡淡地又移到了那个小罐上。

然后，他从怀里掏出了一颗灵晶，笑了笑，道："老板，你做做好事，这东西就卖给我吧。"

第十六章 ■ 小罐

南天门下人潮涌动，放眼看去，此刻至少有两三千位修士聚集于此，热闹非常。所有人都沉浸在这种喧嚣热闹的气氛中，希望自己能有一双独到慧眼，能够从这里无数的便宜凡物中淘到一两件蒙尘宝物。

过往日子里，南天门这里时不时就会有这样类似的传说，以极小的价格买到了价值连城的天材地宝，从此一步登天变身富豪，与往日窘迫的日子说再见。这正是数量众多的散修心中的梦想之一。

所以当沈石手上随意地提着一只粗糙小罐，脚步轻快地汇入人流中时，这片充满着浮躁气息的"河流"里并没有激起任何的涟漪，片刻间，便再也看不到他的身影了。

那个摊位原处，老侯恨恨地收回目光，定了定神之后，干笑一声，抬头对站在自己眼前，表情看起来有几分莫名其妙的那个怪人强笑道："这位客官，要不你稍等片刻，我出去帮你问问，也许我有几个朋友那儿会有小一些的黄晶石？"

那怪人迟疑了一下，点了点头。

沈石并没有继续在这南天门中闲逛下去，这一点分寸他还是有的。在快速离开那里后，他便一路向南宝坊的那家神仙会分店走去，途中不时回头张望一下，确认那摊主的确没有跟踪过来，这才松了一口气。

神仙会在流云城的分店前，人流量一如既往的大，看起来似乎比南天门那儿还热闹一些，毕竟是多少年传承下来的老字号，放眼鸿蒙世界都无出其右者，购买修真灵材的第一选择，自然是生意兴隆得不得了。

沈石在店门外等了一小会儿，很快便看到屠夫从店堂走了出来，正在左右观望想要找人的模样，沈石连忙迎了上去，大声叫道："大叔，我在这儿。"

屠夫看到他的身影，笑了一下，随即目光望见他手中提着的那个小罐，"咦"了一声，带了几分好奇，道："这是什么东西？"

沈石笑了笑，道："刚才我到处闲逛，看到这东西模样还算不错，就买下来了。"

"模样不错……"屠夫上下打量了一番这小罐，只觉得这破烂货色风雨侵蚀、老旧残破，一看就碍眼得很，哪里能说得上是"不错"的评语，果然这小家伙从小有个有钱的好爹，就不怎么在乎钱财了吗？

屠夫龇了龇牙，道："这玩意儿你花了多少钱？"

沈石伸出一根手指头，道："一颗灵晶。"

屠夫默然片刻，心想这颗灵晶花得好冤，不过毕竟这是沈石自己的主意，他也懒得多说什么，便摆了摆手，道："好吧，时候不早了，我们回去早点休息，明日还要早起去拜仙岩呢。"

沈石点了点头，微笑道："好啊。"

一路回到住处，安然无事，看来那位摊主老侯虽然看起来不甘心并且有几分恼怒之意，但正如沈石之前所预料的那般，这流云城中人口何其之多，想要找他这么一个少年，等于是大海捞针一般，更何况只要过了今晚，他便随屠夫去拜仙岩入凌霄宗内修行了。到了那时，有了凌霄宗弟子这层身份，看那老侯也不过是一介摆摊的散修，又能拿他怎样？

回到住处，闲逛了一天，屠夫看起来仍是精神奕奕，没有半点疲惫之色，倒是沈石在那南宝坊里逛了半天，又没有修炼过道法，肉身仍是普通少年的身子，脸上便挂了一丝疲倦。

屠夫看了他一眼后，便让他回房休息去了，另外还叮嘱他今日不要再出门，毕竟明天去拜仙岩才是大事。

沈石自然点头答应下来，随后便独自一人回到自己屋子，关好门窗后，便在屋里的桌边坐下，将手中那个小罐摆放到桌子上。

用手指轻轻触摸着这个小罐，一种粗糙的感觉从指尖处传了过来，沈石在几处粘连泥土的地方摩擦几下，细小的尘土沙石便纷纷落下，露出里面的罐身，只可惜仍然是一副被侵蚀得厉害的模样，根本无法辨识出这小罐旧日的样貌。

沈石仔细在罐身上看了又看，又细心地将所有粘在其上的泥土都擦了下来，但最后除了得出这小罐是真的埋在土里很久的结论外，其他的还是一点儿都看不出来。

到了这个时候，沈石心中原本就有些忐忑不安的感觉就多了起来，心想自己该不会是聪明反被聪明误了吧，搞不好还真就是买了一件毫无用处的普通小罐回来。

伸手揉了揉眉心，沈石暗自苦笑了一下，最后目光还是落到了这个小罐的罐底处，那里虽然同样被侵蚀得厉害，但还有三成左右的地方，能勉强看出半幅葵花的花纹图案，这也是他犹豫再三后坚持买回来的最重要原因。

这花纹图案，真的就是自己曾在古籍上看到过的，那种万年之前妖族皇室的七叶金葵花纹章吗……

沈石盯着这残缺的花纹看了好久，仍然无法有一个清晰的判断，过了半晌，忽地一咬牙，心道管他那么多，反正都买回来了，就打开看看究竟是什么东西，若果然是无用之物，就只当是用一颗灵晶买个教训了。

只是决心虽下，但等他决定打开这个小罐的时候，却又遇到了一个难题。这小罐从一开始就是被封死的，虽然不晓得是多少年前的古物，但罐口的封盖看上去似乎与罐身都连为一体了，无论沈石如何用力转动拔起，那罐盖就是纹丝不动。

这……还真是麻烦啊，沈石此刻不由得有些黑脸，绕着这貌不惊人的小罐折腾了半天，结果还没办法打开这玩意儿，实在让人郁闷。

咬了咬牙，沈石一把抓起这小罐，心想干脆就砸到地上摔破算了，只是把罐子举到半空时，心底却忽然掠过一个念头，倒吸了一口凉气。听那摊主老侯说这罐子是从某个古墓里挖出来的，其中在墓室里还遇到一些阴灵鬼怪之类的鬼物，这要是一个搞不好，该不会就像是自己从小听说的那些修真界故事一般，这罐子本身就是个法器，里头封了个厉害的鬼物吧？

这要是万一放出来个鬼物，会不会就当场吃了自己……

这念头一旦泛起，沈石登时就不淡定了。虽说他心里多少也明白，自己小时候在街头巷尾听到的那些鬼怪故事，多是些无稽之谈，但这……不是不怕一万就怕万一吗！再加上昔日在阴州，玄阴门那也并非是一个光明正大的修真门派，听说里头也有些擅御鬼物的修士，这种传闻在西芦城中流传不休，也不是没有原因的。

这罐中要是真封了一只鬼物，那绝对就是一只老鬼了，小时候听说，鬼怪阴物，好像最喜欢吃的就是小孩少年。

这般左思右想，沈石渐渐地只觉得身上汗毛直竖，手上拿着的这个小罐，不知不觉似乎也沉重了许多，有些拿不住了。

迟疑片刻后，他慢慢地将这小罐放到桌子边缘，终究还是没往地上砸去，而自己也慢慢在桌子旁边坐下，心中一时大为苦恼，忍不住长叹了一声。

自己想尽办法将这小罐买回来，可没想到会是买了这么个麻烦东西啊。

他将头随意地倚靠在桌面，默默地看着这只小罐，怔怔出神，心里转过了无数念头，却是一点儿主意也没有。

就这样也不知过了多久，当他想得脑子都有些生疼的时候，忽然从屋外传来了屠夫的一声叫唤："小石！"

沈石一个激灵，下意识站起身来，道："我在这，什么……"

话音未落，他身子站起时有些迅猛，却是猛地碰了一下桌子，原本放在桌子边上的那个小罐一个摇晃，直接栽倒掉了下去，只听"砰"的一声，径直摔在了地上，罐身碎裂开了。

第十七章 ■ 卷轴

屠夫的脚步声在门口猛地一顿，片刻后带了几分惊讶，在屋外道："小石，你怎么了？"

沈石实在是没想到这突然之间，小罐莫名其妙地就在自己眼前以这样一种哭笑不得的方式直接摔碎，脑子里正是一阵迷糊，闻言下意识地敷衍了一句，道："我没事，大叔，不小心摔碎了一个茶杯。"

"哦。"屠夫松了一口气，似乎也没有推门进来的意思，只在屋外随口问了一句，道，“我就过来问问你肚子饿了没，要不咱们先去吃点东西？”

沈石随意瞄了一眼地上那些已经摔成碎片的小罐残体，一时间也来不及细看，赶忙跑过去开了门，只见屠夫就站在门外走廊上，而一看天色，居然不知道什么时候已经暗了下来。

屠夫看着他，笑了一下，道：“我带你去吃点东西吧，吃完便回来好好休息，晚上好好睡一觉，明天就去拜仙岩。”

沈石迟疑了一下，点头道：“好啊。”说着走了出来，顺手将房门带上。

屠夫带着他向外走去，顺口说道：“待会儿我叫个人帮你收拾一下屋子吧？”

“嗯……不必了，一点儿小事，我自己可以收拾的。”沈石轻轻吐出了一口气，推辞了。

屠夫也没放在心上，两人就这样走了出去。

小院在黄昏的光线里安静地矗立着，那扇门扉隔开了门里门外，这一刻，谁也看不清那屋中究竟有什么。

约莫过了半个时辰，脚步声重新响起，却是沈石与屠夫回来了。这时天色差不多已经黑了下来，屠夫叮嘱了沈石几句，便自己先回房去了。

沈石抬头看了看已经黑下来的夜色，慢慢走回到自己的房门之前，不知怎的，他的心情忽然有些忐忑不安，一时间并没有马上推开房门，而是仔细回想了一下。

在那个小罐从桌子上摔落破裂的时候，因为屠夫的突然到来，沈石就像是被抓现行般莫名有些做贼心虚的感觉，匆促之间，只是匆匆瞄了一眼地下就跑了出去，那小罐中到底封存着什么东西，现在回想起来也没什么印象，只是隐约记得在地上一堆碎片里，似乎有那么一个黑色的东西夹杂其中，但具体是什么、是何形状，还真是没看清楚。

他当时急着应付屠夫，什么都没多想，此刻回想起来，这罐子里封存的应该不是自己胡思乱想的什么鬼物阴灵之流，果然是自己吓自己啊。

沈石自嘲一般苦笑了一下，深深吸了一口气，推开房门，走了进去。

屋内此刻也已经是一片黑沉，不过沈石还记得屋里什物摆放的位置，关上房门摸索一下，很快就找到了放在柜子上的蜡烛火石，点燃之后，温暖昏黄的烛光亮了起来，给这间屋子带来了几分光明，也将他的身影映在墙上，闪闪烁烁，摇曳不止。

沈石拿着蜡烛回到桌边，果然看到桌子旁边的地上仍然还散落着一地碎片，和自己离开前一模一样，便小心翼翼地蹲了下来，将蜡烛放在地上，借着烛光，慢慢将碎片分开。

这小罐也不知是多少年前的古物了，外表早就坑坑洼洼被侵蚀得不成样子，但是摔碎之后，借着烛火看到小罐碎片的内侧，沈石却发现小罐的内部居然十分光滑细腻，在烛光的照耀下反射出一层淡淡的青润之色，犹如珍贵的宝石光芒一般。

沈石轻轻“咦”了一声，精神为之一振，如果当年这小罐的外部也是如这内里一般青润光滑，看这手艺细致的程度，绝对不是一只普通的罐子，倒还真有几分可能是富贵豪门才能使用的好东西。

如此一想，他越发睁大了眼睛，小心地在地上分拣了起来，碎片一块又一块移开，很快在一堆碎片之下，一个黑色小棍状的东西露出了半截，映入了他的眼帘。

这，就是小罐封存的东西吗?

沈石仔细看了一下，却看不出什么端倪，刚想伸手去拿到眼前，犹豫了一下后，又伸手拿起旁边一块碎片，轻轻拨动了一下这黑色小棍。

黑色小棍骨碌碌滚动了两下，从碎片堆里整个显露出来，长约三寸，色泽纯黑，但材料非金非木。沈石将蜡烛靠近了些仔细看了看，却发现这材料居然有点像是一种自己从未见过的绸布，整个黑色小棍看起来，倒很像是一个卷好的卷轴。

“难道是个卷轴……”沈石自言自语了一句。在此之前，他没想过会是这种东西，迟疑了一下，伸手拿起了这黑色小卷，入手处感觉柔软细密，果然是一种类似绸缎的东西。他拿在手上翻看了一阵，却发现这奇怪的黑色卷轴上居然没有开口的地方，黑沉沉一圈毫无缝隙，根本无处打开。

这又是怎么回事……古怪的小罐里藏了这么一个古怪的东西，沈石真是有些摸不着头脑了，就在这个时候，忽然一缕细微的金色光芒，在黑色小卷的一端边缘闪了一下。

沈石目光移了过去，只见圆形的卷尾处原本是毫无异状的模样，但之前似乎无意中自己因为要仔细观察这东西，将那一侧靠近了烛火，在火焰近处的热浪炙烤下，那卷尾似乎出现了一层黑粉，那一缕金色微光就是因为刚才自己不停摩挲这黑色小卷，无意中擦掉了一些，这才显露出来。

事已至此，他干脆用力在黑色小卷的尾端用力擦了几下，果然只见细腻的黑粉沙沙落下，金色光芒很快亮堂起来，片刻之后，当黑粉掉落干净时，沈石的身子忽地一震，动作像是僵住了一般，怔怔地看着黑粉之下显露而出的东西。

那是一朵葵花的图纹，七片叶子，带着华丽而灿烂的金色，在黑暗中闪闪发光，散发出璀璨的光芒。

七叶金葵花！

在那一刻，沈石只觉得自己的呼吸都停顿了一下，随后一种巨大的喜悦猛然涌上心头，那是一种发自内心的激动，并非是因为眼前之物是怎样的价值连城。事实上，直到此刻，沈石仍然搞不清楚这黑色小卷究竟是何物，到底对他有无价值。但他依然由衷地欢喜，高兴到他甚至忍不住一下子紧握拳头，用力挥动了一下。

此时此刻，他在心底只是大声地说了一句："果然没错，果然是七叶金葵花，我果然没看错！"

这也算是对自己眼力的一种回报吧，哪怕此刻无人知晓，但是只要自己知道自己并没有看错，沈石依然沉浸在巨大的满足感中。如此这般，过了好一会儿，他才慢慢定下心来，脸上兀自带着笑容，此时此刻他甚至都有这么一种想法，哪怕这黑色小卷并非是什么好东西，似乎也无所谓了。

不过专门打上了七叶金葵花的这个黑色小卷，显然毫无疑义地正是昔年天妖王庭时代妖皇一族所御用的东西，而被如此封存于罐子中成为殉葬品，倒是让人不好猜测它究竟是什么东西了。

沈石压下心头的激动，重新仔细观察起这个黑色小卷，翻来覆去，如之前一样，在卷轴本体上，依然没有发现任何可以打开的地方，最后他思索片刻后，还是把注意力放在了那个七叶金葵花的纹章图案上。

他伸出一根指头，轻轻放在那朵金色葵花上，摩擦了一下，金色的光芒从指头边缘柔和地闪过，但除此之外，并没有任何的动静。沈石皱了皱眉，心想难道这边也不是打开卷轴的机关，那到底该怎么打开啊？

他目光掠过葵花纹章，迟疑了一下，指头向下，从葵花花朵上移到下方那七片叶子上，每一片都轻轻按上一下，第一片、第二片、第三片，黑色卷轴一直都毫无反应，这让沈石实在是有些沮丧。就这样一直按到第六片叶子的时候，在沈石已经几乎失去希望准备放弃的时候，忽然，这黑色小卷内部发出了一声清脆的"噼啪"声，沈石只觉得手上忽地一轻，原本看似毫无缝隙完整无缺的卷轴表面，赫然裂开了一条细缝。

沈石先是呆了一下，随即大喜过望，差点儿一跃而起，连忙拿着这黑色卷轴顺便提起蜡烛，直接坐到了桌边，借着烛火光亮，顺着那条缝隙，缓缓打开了这个黑色的卷轴。

烛火安静地燃烧着，散发出温暖的光芒，在少年沈石的眼前，照亮了缓缓撑开的卷轴内部，前方最先映入他眼睛的，是三个竖排大字：

阴阳咒。

在黑色卷轴的内部，是一行行的金色小字，整齐而端正地排列在黑色布面上，在昏黄的烛火之下，这也不知是经过多少岁月才重见天日的文字，幽幽而无声地倒映在沈石的眼中，闪烁着金色的光芒。

恍惚之间，就像是古老而遥远的往日，那带着桀骜不驯的气息，也曾叱咤风云的金色，蒙尘多年之后，终于微微再度亮起了些许光芒。

沈石默默地看着，从头看到了尾，神情也从最初的欣喜激动，慢慢平静下来，渐渐带了几分疑惑，还有一点茫然。

关于眼前这份黑色卷轴，通过上面的金色文字，他大概知道了这是什么东西。事实上，这应该是一种全名叫作《阴阳咒》的术法残篇。

阴阳咒的名称，开头三个大字便写得清清楚楚，再明白不过了，但之所以说是残篇，却是这其中文字有一些简单说明。阴阳咒又分为“阴咒”与“阳咒”两种，其中阴咒又有四种咒术，阳咒则有五种，至于眼前这黑色卷轴里所记载的，却只有阳咒里的一种咒术术法，名唤“清心咒”。

沈石慢慢放下了手中卷轴，默然良久，眉头紧皱，好半晌之后，才用只有自己能听到的声音，轻声道：“这……算是当年天妖王庭里，妖皇一族的秘法吗？”

天妖王庭，妖皇一族。

这是在久远的古老岁月之前曾经显赫无比的两个名字，在那段人族最为悲惨黑暗的岁月里，天妖王庭和统御鸿蒙世界的妖皇，却正是最为辉煌与耀眼的存在。时至今日，哪怕已经过去了一万多年，但是在所有人族的心目中，这两个名字仍然是最为邪恶的存在，妖族本身就是邪恶的，妖皇更是恶中之恶、万恶之源。

七叶金葵花，同样也是邪恶之毒花，在灿烂的金色光辉下，浇灌它的都是血淋淋的骨肉鲜血。

以上这些文字与观点，便是人族对妖皇一族的全部印象，虽然随着光阴的流逝，当年的悲惨岁月逐渐远离，人族妖族再不复见，血海深仇虽然犹在，但在大多数人的心中，终究还是慢慢淡了许多。

但是眼前这一篇，或许就是当年某位妖皇传承秘法的文字，就这样摆放到一个十二岁少年沈石的眼前，让他一时之间，顿生出一种不知所措的感觉。

这秘法，应该是不简单的吧，不管怎么说，那可是用七叶金葵花封印的卷轴，但是这所谓的阴阳咒，真的可以修炼吗，或者说，真的适合人族修炼吗？

这应该是妖族的秘法吧？

自己无意中得到了这东西，该不会修炼之后，会有什么奇怪的变化吧？

烛光之下，少年沈石默默地看着平铺在自己面前的黑色卷轴，一时无语。

得到这东西，还真不知道是福是祸啊！

第十八章■拜仙岩

四月初十，晴。

鸿蒙大陆的南方，在这个时节里正是一年之中最美丽、最舒服的日子，春光明媚，万物生长，山野大地上处处都是一派生机勃勃的景象，草长莺飞，花儿绽放。

也就是在这么一个温暖而阳光普照的日子，沈石跟随着屠夫，走出了流云城，向着那个传说中的拜仙岩走去。

流云城城池阔大雄伟，就坐落在沧海之滨，出城不用走多远，便能远远眺望见那一片宽广无垠的蔚蓝海面以及感受到迎面吹来略带咸味的海风。

白色的海鸟在远处的海岸线上起伏翱翔，不时有清脆的鸣叫声传来，偶尔还能望见其中一只一个俯冲，从海面上掠过如白色闪电，划出一道涟漪，等它再飞起时，鸟爪间已经抓住了一只肥美的海鱼，直冲上天。

沧海，又称南海，是鸿蒙大陆南方一片无边无际的巨大海洋，浩瀚宽广，人族占据了鸿蒙诸界主宰至今一万余年，以诸多修士的强大神通，至今却仍未能探索尽这片沧海尽头，只知道越往南方深海，就有越多的强大海洋妖兽，力量强横无比，莫说是凝元境、神意境的修士，就算是对于道法通天的元丹境修士来说都是极其危险的所在，稍不留神就有可能殒命于那片深海之中。

南方沧海、北方雪原、西方巨泽以及东方大漠，都是自古以来鸿蒙主界中的蛮荒古地，凶险难测，至今都没有为人族探索完毕，也正因如此，在所谓鸿蒙一百〇八界中，除去虚无缥缈的十大天界，聚居人口最多的鸿蒙主界却是唯一没有探索到界壁的地方。

沧海虽然凶险莫测，海洋里的妖兽同样强横凶残，但那指的是与鸿蒙大陆相隔千百万里之外的沧海深处。自一万多年前人族开始统御鸿蒙主界后，历代修士和诸多修真门阀便致力于开拓这片海洋，迄今为止，至少在离海岸线数十万里之内的海洋，已然是大致安全的了。

而凌霄宗的山门所在，便是在沧海千里之外深海中的一座洞天福地，耸立于波涛汹涌的海水中的一座雄伟灵山——金虹山。

屠夫带着沈石一路走到沧海边上，只见一波波海水潮汐，从海面上生成涌过，一浪浪冲上海岸，拍打着细腻的沙滩又缓缓退去，远处海天一线，浩瀚无边，沐浴在海风之中，不由得令人心胸为之一阔。

屠夫指了指那片海洋深处，道："听说金虹山就在那沧海深处，乃是一座巨山，周围千百座岛屿环绕，珍禽异兽无数，号称是南方第一洞天福地。能上山者，都是难得的仙缘。"

沈石顺着他手指的方向望去，虽然目光所及处只能望见无边无际蓝色的海水，那金虹山还在视线之外，但忍不住还是一阵心潮澎湃，脸上露出几分向往期待的神色。

屠夫看着他的神情，嘴角露出几分笑意，同时也轻轻叹息了一声，眼底隐约也有几分羡慕之色。不过片刻之后，他便伸手轻轻拍了一下沈石的肩膀，道："我们走吧，去拜仙岩。"

说罢，他领着沈石便沿着海岸线向北边走去。

天高海阔，白云飘飘，若是此刻从高空上望下去，便能望见海水清澈，水浅的地方晶莹透亮，水深的地方则折射出深沉美丽的幽蓝之光，犹如一块巨大美丽的蓝色宝石。海浪一波一波地从海面上掠起，温柔平缓地拍打着海岸沙滩，白色的浪花溅起又落下，似情人般温柔的手掌，轻轻抚摩着这片大地。

几道颜色各异的光芒，忽然从天际之上不同方向疾驰而过，有的悠游潇洒，有的快速如电，穿云而来，划过苍穹天空。

而在地面之上，随着沈石向北行进，渐渐地也看到远方不同的方向，开始出现了一些人影，他们有的独行，有的三五成群，更显眼的甚至还有十数人簇拥而来，服饰各不相同，所在路径也不一样，但看着他们行走的方向，似乎正是同样的一个地方。

人群里，隐约都能看见十多岁的少男少女。

如此又走了一会儿工夫，在前方海边渐渐有一处高大黑影出现，很快，沈石便看清那是一处巨大的悬崖，高达数十丈，有些突兀地从原本平缓的海岸线一下子深入茫茫大海十多丈深。而直到他渐渐走近以后，他才发现这个悬崖竟然是一整块巨大无比的岩石，与周围一片平坦细腻的沙滩海岸颇有几分格格不入的模样，看起来倒似乎像是某位神仙从天上丢了一块石头下来，正好砸在这块海岸边一样。

海浪汹涌而来，拍打在这块巨岩的下部，不知经过多少岁月的海水冲刷，让巨石下方磨砺出无数尖棱锐角，各具异状，略显狰狞。但在巨石上方却是一大块平坦之地，此刻一眼望去，已经站了黑压压一大群人。

沈石心中方有所动，便听到身旁屠夫的声音道："那里应该就是拜仙岩了。"

终于要到了，那条盼望已久的修仙之途仿佛已近在眼前，沈石在深深呼吸了一下后，神情反而比刚才还平静了几分。不仅如此，他还稍微放慢了些步伐，转头向屠夫问道："大叔，我往日里对凌霄宗，就知道这是一个名门大派，声名赫赫，名列天下'四正'，传承久远，除此之外就一无所知了。不知他们关于你还知道一些其他的东西吗？"

屠夫目光闪了一下，道："哦，你想知道什么？"

沈石想了想，道："我也说不清，你跟我随便说说吧。"说罢他看了屠夫一眼，微笑道，"我觉得神仙会自来神通广大，打听这些消息该是轻而易举的事情。"

屠夫看了他一眼，笑了笑，道："好吧，正好我昨天去城里的分店，与人聊天时顺便多问了几句，算是知道了一些小事，就跟你随便说说。"

沈石微怔了一下，随即肃容，轻声道："多谢大叔。"屠夫的任务只是将他安全送到拜仙岩，其余便再无要求，更不包括什么打听消息，而屠夫多年来也一直在阴州生活，沈石向他询问凌霄宗事宜，其实也不过是随口问问罢了。但屠夫的意思却分明是前头特意询问过当地神仙会中消息灵通人物的口风，这虽未明说，但实在是一份不小的人情，沈石心中确实也多了几分感激之意。

屠夫摆摆手，也没有多加谦让什么，径直开口说道："凌霄宗在沧海千里之外的金虹山开宗立派，至今已有万年，是当今天下最负盛名的四大名门之一，这些你都知道，我就不多说了。此番你新近拜入凌霄宗门下，按规矩，他们五年打开山门一次开宗收徒，一次收入的弟子在四百至五百人之间。

"与大多数修真门派一样，凌霄宗同样对新收入的弟子有考验区分，据说所有新入门的弟子都统称外门弟子，并不上金虹山，而是在金虹山下一处名唤'青鱼六岛'的地方修行，只有天资出众者经过修行，突破了炼气境修至凝元境，才会被凌霄宗真正承认是亲传弟子，收入门下，赐予辈分名号，同时传授宗门里诸多神妙道法。

“除此之外，我觉得你应该最关心那些与你一起拜师学艺的新人弟子吧。这些新弟子中听说来源很广，遍布鸿蒙诸州，但都是经过凌霄宗内暗中试探考察，乃是身家清白同时于修道一途上颇有天资的少年。”

沈石嘴角微微扯动了一下，目光微闪，这凌霄宗莫非也曾经在什么时候，暗中去西芦城里看过自己吗？可是当日父亲却分明对他说了，自己能得到这个机会，只是那场交易的代价之一。

说话间，屠夫带着他已经渐渐走近了拜仙岩，那些站在巨石上方的少年以及一些器宇不凡身着凌霄宗服饰的守卫弟子的模样，沈石都能隐约看得清楚了。与此同时，屠夫眯起了眼睛，望向那块巨石上方，口中却仍然还在继续说着：“除此之外，我想你应该还要知道，附庸于凌霄宗的诸多世家，数目与势力规模都要远远胜过玄阴门，同样，历来凌霄宗收徒，诸多世家子弟都会占据不小份额，你入门之后要注意这点，别轻易得罪了人。

“这上百个世家里，最有名的当然就是当世六大世家之一，也就是昔年人族六圣中传承下来的甘家。事实上，当世传承万年的四大名门，都是昔年六圣亲手缔造的，所以他们各自的世家在这些名门里地位也是与众不同，不可以普通附庸世家对待。

“除了甘家以外，其余附庸世家势力也不小，千百年来也出了许多天才英杰，兴衰起伏什么的就不说了，如今名气势力最大的，应该是孙、许、侯、钟四家，想必你之后也会遇上这些世家子弟。”

沈石忽然一皱眉，道：“侯家？”

屠夫看了他一眼，道：“是啊，怎么了？”

沈石想了想，忽然失笑，道：“没什么，是我多想了。”

一个摆地摊的小贩散修，又怎么可能与凌霄宗门下最出名的四大附庸世家有关系呢？

第十九章 ■ 石阶

巨大的拜仙岩在视线里变得越来越大，两个人也终于走到了这块巨岩的跟前。沈石这才发现这块巨石背对海水的另一侧有一条开凿出的约莫可并行五人的石阶通道，直接通向巨石顶端。

两个身着青衫的凌霄宗弟子站在石阶之下，神态肃穆，虽然看上去并未有丝毫怒意威势，但只要远远地望向他们一眼，便有股隐隐的压迫感觉。

走在沈石边上的屠夫此刻也是双眼眯起，向那两位凌霄宗门下弟子多看了两眼。

这两位守在拜仙岩下的凌霄宗弟子气度不凡，但显然并非就是光伫立在这儿摆摆样子的，所有从四面八方汇集于此的人流，此刻在拜仙岩下已经超过了百人，并且后头仍然还有人继续源源不断地赶来，但所有的人，都被这两位凌霄宗弟子直接拦在了石阶之下。

沈石看得真切，那些被拦下的人倒也并没有人露出什么怒意，多数反倒是客气地打着招呼，有的甚至还露出带着些谄媚意思的笑容。至于这两位凌霄宗弟子则是少有理会，面不改色。很快，人群中走出一个个少男少女，手中都拿着一块半个巴掌大小的玄玉符牌，走到那两位凌霄宗弟子跟前。

这两位凌霄宗弟子一一接过，在手上也不知他们施展了什么秘法神通，只见每当他们拿起一块玄玉符牌，那上头登时便幻化出一缕白色烟雾，里头影影绰绰似有文字图像，之后看过一块符牌，确认身份之后，便让一位少年通过。

至于有些跟随这些少年而来的随从，数人乃是十几人、数十人的庞大队伍，最终看来都只能送到这拜仙岩下了，除了那些少男少女之外，再无一人可以登上拜仙岩。

也就是在这个时候，来到了人群外围的屠夫拉住沈石，伸手从怀中拿出一块与那些少年手中一模一样的玄玉符牌，珍而重之地交给沈石，道："小石，这就是凌霄宗赐下的云符信物，也是你拜入宗门的唯一凭据，现在就交给你了。送君千里终有一别，大叔我只能送你到这里了。"

沈石默默地接过这块名叫云符的玄玉符牌，触手处只觉得温润滑腻，以他在天一楼里多年练就的眼力，几乎是第一时间就判断出这块云符怕多半是用一种黑魂玉的二品灵矿宝玉所制，且不谈这上头明显还有一些添加的禁制秘法，光是这一块黑魂玉本身，当年在阴州西芦城内的天一楼中，应该就能价值十颗灵晶左右。

而此刻，凌霄宗不过是用来做这些新入门弟子的信物而已。

果然不愧是天下第一等的顶尖修真豪门，这份气魄、这等家底，实在令人咋舌。

深吸了一口气后，沈石握紧了手中云符，抬头看着屠夫，轻声道："大叔，多谢了。"

屠夫笑了笑，没有多说什么，只是挥挥手，示意他赶快过去。

沈石转过身，一步步向那条石阶走去。

石阶之下的外围一圈，此刻已经站满了人，其中大多数都是过来送家中子弟的亲人随从，也有不少少年男女正手持各自的云符，脸上带着兴奋、激动，乃至微微喘息地向着那条石阶走去。

从地上向高处望去，这条石阶平地而起，直抵高耸的巨石顶端，气势宏伟，在多少人的眼光中，这或许真的就是一条登天之路、仙缘之道。

沈石握紧了云符，从人群中穿行而过，旁边偶然有人看过来，望见他手中的云符，都会自动让开些道路，同时眼中也多是带了些复杂而各不相同的神情，有的是羡慕，有的是警惕，有的则是纯粹的好奇与探究。

终于，他靠近了那条石阶，到了这里，周围跟着来送行的那些大人随从已经很少了，从人群里走出的少男少女们，自觉排成了两队，依次向前同行，接受那两位凌霄宗弟子的检查。除此之外，也有少部分看来仍不放心的大人，拉着家中孩子站在一旁，兀自叮嘱着什么。

此去千里迢迢，仙凡相隔，不能说是再见无期，却终究也是要分开许久，那些大人还好，只是仔细叮咛，而一些被拉住的少年，尤其是其中一两位十二三岁的小姑娘，看上去已经红了眼睛。

沈石向那边随意望了一眼，心底倒是又想起了父亲，不过他心性自小沉静自控，倒并无失态模样。只是这目光扫过某处，沈石忽地一怔。

某个不远处的角落里，一个面有横肉的父亲看起来正拉着一个十二岁大小的儿子说话，在最后交代了几句，便一脸充满希望地将儿子推了一把，示意他可以上山了。

然后，他便看到了正站在一旁那条队伍中，带了几分不可思议表情的沈石。

流云城南天门里的摆摊小贩老侯呆了一下，似乎有些不敢相信自己的眼睛，瞪着沈石又仔细看了两眼，这才确认下来，顿时脸上一股怒气腾地冒起，身子一动，似乎就要冲过来动手，将这个不知天高地厚胆敢算计你家侯爷的臭小子揍个半死。

沈石吓了一跳，心中叫苦不迭，万万没想到这事情竟会如此巧合，到了这拜仙岩上居然真的还会遇见这人，这也太倒霉了吧！

正着急处，前头站在石阶下方的那两位凌霄宗弟子似乎察觉到了什么，忽地冷哼了一声，声音不大，但在其附近的众人耳边却犹如响起了一道惊雷，轰然而鸣。

老侯更是首当其冲，耳中一阵乱响，情不自禁便向后退了一步，心中登时一阵惧怕，哪里还敢造次，连忙对那边两位凌霄宗弟子点头哈腰笑个不停，退了回去。

沈石看到这一幕，心底总算是松了一口气，暗道好险，这要是真被这粗人抓住动手，自己身无道行，岂非是还没入门，就要在这众多同门乃至围观人群面前先丢了一个大脸，以后就算拜入凌霄宗，怕是也不容易抬起头来做人了。

只是随后他忽然又看到那老侯虽然退了回去，却拉着那个跟他长得颇有几分相似的儿子，低声说着些什么，并不时抬头看向自己这边，被他说了几句后，他那手握云符的儿子脸露愤恨厌恶之色，远远地瞪着自己。

沈石翻了个白眼，把头转了过去，心中一阵莫名苦笑，心想自己这都还没入凌霄宗呢，看样子倒是先在同门里结下了一个仇家……

少年们组成的队伍，继续安静而平缓地向前行进着，从一开始到现在，凡是手持云符登上拜仙岩的，都顺利通过了那两位凌霄宗弟子的检查，随即顺着石阶，一步步向着巨石上方走去。

沈石站在队伍之中，向左右看了看，只见在自己周围的少男少女们，差不多都是十二三岁的年纪，偶有见到一两个身形明显比周围少年高大些的，也同样是满脸稚气，似乎除了身材高大些外，年岁倒是相差不大。

一般而言，鸿蒙诸界中人族自从开创修真道法后，经过上万年的发展，至今已然形成了一套众所公认的完整体系，其中便有一条众所周知的认知，那便是人族的体质确实远逊于其他异族，虽然天地造化，生出灵晶可令人族吸纳天地灵力进而修炼，但普通儿童的肉身仍然还是无法承受，至少都要等到十二岁以后，才能开始修炼最基础的功法，尝试从灵晶中吸纳灵力入体。

眼下周围差不多都是同龄少年，显然凌霄宗开宗收徒，也正是以此为据。

心中正思索着，这条队伍却已经走了不少路，不知不觉沈石便已经到了石阶之前。当排在他身前的一位少女交上云符并在一会儿工夫后理所当然地顺利通过后，高高兴兴地踏上石阶时，沈石踏上一步，面对站在石阶之下右侧的那位凌霄宗弟子。

这是一位看上去二十出头的年轻男子，容貌端正、神情温和，但是靠近此人之后，之前就有过的那种压迫感觉突然又增大了许多，竟让沈石有种呼吸艰难的错觉。

不过那男子看了沈石一眼后，似乎感觉到了什么，微微一笑，那种莫名的压力忽然一松，沈石顿时觉得身上爽快了许多。当下他当然明白这其中缘故，连忙对这位凌霄宗弟子笑着低声道：“多谢。”

说着，他将手中的云符递了过去。

那凌霄宗弟子将云符接过，顺口问道："你叫什么名字？"

沈石恭谨地道："沈石。"

那凌霄宗弟子微微点头，似乎也只是在例行公事，手中略微用力，也不见他如何动作，沈石的那块云符上登时便化出一团白色烟雾，其中闪过一个头像与两个文字，看着正是沈石的模样与他的名字。

这还是沈石第一次近距离看到如此奇异的法器异象，一时间大为好奇，盯着那里看个不停，同时心中暗想，自己的名字与头像究竟是什么时候被镶入云符之内，又是谁做的呢？

那凌霄宗弟子目光在那头像上扫过，又看了一眼沈石模样，确认之后点了点头，道："不错，你过去吧。"

说完手臂随意抖了几下，那团白色云雾登时就随风散去，重新变作那件温润滑腻的云符玄玉，递还给沈石。

沈石恭恭敬敬地接过，不忘先谢了他一声，然后从这位凌霄宗弟子身旁走过，抬起脚步，踏上了这条登天石阶的第一层。

他连上十几个石阶，再回头眺望一眼，只见石阶之下的人群已然变得小了许多，往远处眺望而去，海风吹来，衣衫猎猎飞舞，浪潮声声，只见海天一线，青天高阔，未来的仙道广阔无垠，仿佛已在脚下。

"喂，你叫什么名字？"

突然，一声显得并不友好的声音，从背后突兀响起，沈石怔了一下，回头一看，只见一个脸型容貌与山下那个老侯有七分相似的少年，正气冲冲地站在自己身后，瞪着他充满敌意地问道。

第二十章 ■ 意外

这少年看起来个头与沈石差不多高，脸庞神情，都与之前山下见到的那个老侯有七成相似，尤其是脸颊上同样都有一块肉，只是老侯看上去就是面生横肉、面容凶悍，这小家伙看着便顺眼多了，倒有几分胖嘟嘟的模样，是个小胖子。

不过此刻这个小胖子眼露凶光，看起来一副要为他那个老爹出气的样子，沈石也头痛起来，再一想昨日最后那个封存于小罐中的黑色卷轴，看着这小胖子的眼神不由得也暗自多了几分心虚，当下干笑了一声，道："我叫沈石，你有什么事吗？"

那小胖子瞪着他，道："我爹说你昨天在南天门那里骗了他一个好东西，快给我交出来！"

沈石一挑眉，道："哦，他说了那个好东西是什么吗？"

小胖子怒道："你别装模作样，就是一个小罐子。"说着手上还比画了两下，大致画出了那小罐大小的模样。

看着这小胖子一副气冲冲的神情，沈石没有立刻回答他的问题，反而先是上下打量了他一番，似乎想到了什么，随即微笑道："你是那老侯的儿子吗，以后咱们也算是同门师兄弟了，对了，你叫什么名字啊？"

小胖子冷笑一声，道："小爷我名叫侯胜，你别以为跟我套近乎我就能放过你，快将那小罐交出来，免得我动手揍你一顿。"

沈石想了想，道："昨日我确实是在南天门那里买了一个小罐，却不知道你老爹有没有告诉你，我花了多少灵晶买的？"

侯胜滞了一下，还没等他说什么，沈石已然伸出了一根手指头，道："我花了一颗灵晶。"然后他似笑非笑地看着侯胜，道，"你说一颗灵晶能买到的东西，会是什么特别的好东西？"

侯胜小胖脸涨红了一下，看来还是不肯干休，梗着脖颈大声道："我爹说那是个好东西，是你骗了他……"

沈石径直打断了他的话语，道："你爹说那是好东西，那究竟是什么东西，你跟我说一下。"

侯胜哑口无言。

沈石冷笑一声，道："既然是那么好的东西，你爹为什么又愿意一颗灵晶就卖了，这其中缘故，他有跟你说吗？"

侯胜呆若木鸡，这些事，老侯还当真就没跟他提起过，毕竟这其中牵扯到用黄晶石去骗另外一个散修灵晶的事，老侯虽然人品不咋的，但是面对儿子还要对这种行径自我吹嘘、若无其事地提起，还真是做不出来，所以只是对儿子粗略提了一下沈石昨日应该是从自己手上骗走了一个可能是好东西的小罐。

侯胜听了这番话，自是怒气冲冲来找沈石算账，谁知被沈石这般三言两语登时反问住了，小胖子也并非是那种头脑完全木头做成的弱智少年，对自己老爹平日在南天门那里摆摊兜卖的手段，多少也有几分耳闻目睹，是以此刻被沈石问了几句，再沉下心来一细想，差不多能明白昨日是个什么情形了……

别人正经花钱买了东西，你这里反悔还要诬人骗子，这种做法看起来实在有点说不过去，小胖子眉头紧皱，一张小胖脸上登时有些讪讪，只是少年心性，要他为此再多说什么，那也是千难万难。到了最后，侯胜忽地一跺脚，嘴里也不知低声骂了一句什么，便再不理会沈石，转身大步向拜仙岩上跑去了。

被抛在原地的沈石也怔了一下，看了一眼那个小胖子的背影，就算没看到那张脸庞，也知道侯胜此刻必定是涨红了脸怒气冲冲，对自己绝对就是视如仇敌了。

轻轻叹了口气，带了几分无奈，沈石摇摇头，再度向上方走去。

石阶共有百余层，倾斜向上，从地面上向上看去，犹如一条通天大道，但置身其中，走到一半时，便会发现因为石阶两侧并无扶手护栏，向上凿刻的倾斜角度也有几分陡峭，走着走着，竟然有几分惊险意味出来。

约莫走到石阶一半时，沈石很快便发现前头在自己之前上来的那些少男少女，有许多人的脚步都不自觉地放慢了许多。此时站在石阶上，便觉得海风似乎突然变大了许多，仿佛一不小心就有可能将这些弱小的身躯从巨石上吹下去，而一旦回头看上一眼，那景象更是有几分惊悚，只见下方陡峭如削，距离地面更是高远，这要是万一不小心滚落下去，只怕要摔成肉酱。

石阶上的少男少女看起来许多都有些紧张，其中有些胆小的，连脚步似乎都开始有些发抖。沈石也下意识地回头看了一眼，一阵海风吹过，只觉得自己的身子似乎差点儿就飘动了一下，隐约有失控滚落的错觉。登时便是一阵冷汗，他连忙把头转了回来，大口喘息了一下，这才好了一些。

他目视眼前的石阶，再不敢回头多看，深深呼吸，过了一会儿原本剧烈跳动的心脏这才缓缓平静了一些。

“嘤嘤……”忽地，一阵压抑而委屈害怕的细细啜泣声从沈石前方不远处传来，沈石抬头向前看了一眼，只见在比自己高五六层上的一处石阶，一个女孩子面色苍白，身子微微发抖，却是害怕到了极处，忍不住哭出声来。

这一声哭泣不打紧，转眼间就像是会传染一样，在前后左右隐约都有类似的声音传出。虽然大家都尽力压抑自己，但这些少年男女毕竟还小，有些身世好的孩子更是自小都没见识过如此惊险场面，紧张到极处，一时间委实有些接受不了。

不过在被这周围突如其来的哭泣声震了一下后，沈石倒是精神为之一振，似乎连原来的紧张也被缓解了不少，心中不觉还有些好笑起来。

许是年少时候，在那西芦城中他跟着屠夫也曾见过血，杀过生，别的本事不敢多说，这份胆气倒是比普通少年要粗壮一些的。

转头看了看周围，只见好几个红了眼睛眼泪打转的都是女孩，相比之下，虽然脸色苍白的男孩也为数不少，但真正哭出来的倒是没看见一个。

远远的拜仙岩下方，那群围拢观望的人没有散去，来这里送人的不是亲朋好友就是世家随从，不亲眼看着这些少男少女真正登上拜仙岩，谁也不会特别放心。只是这个时候有些目光敏锐的，远远便看到拜仙岩石阶中途似乎有些异样，许多少年不知为何，都停下了脚步，一些孩子更是肩膀抖动看起来很是恐惧害怕。这情况顿时让石下人群一阵骚动，许多人都面露忧色，下意识地便向拜仙岩石阶处靠近。

就在这时，忽地一个浑厚的男声远远地从拜仙岩顶端传了下来，语气平淡，但无形之中却似有莫大威势，一下子便压住所有蠢动，令这巨石上下，在这一刻仿佛只剩下了这一个声音在回荡："仙路漫漫，艰险无数，心性怯弱者岂可胜任？小小石阶，上不来者，仙缘即断，好自为之。"

声音退去，石上石下一片静寂，无数人抬头远望，都心怀焦虑，紧张地盯着那条石阶上的少年们。

至于石阶之上，此刻的气氛更是沉凝，那个浑厚而平淡的声音，石阶上的所有少年自然都听到了，那话里的意思同样也再明白不过。

在那声音消失之后，少年中有几个男孩忽地哼了一声，似乎是发了狠下了决心，一声不吭地继续向上攀登而去。被这几个男孩带了个头，剩下的孩子中无论男孩女孩，自然都明白眼前只剩下一个选择，纷纷都振作精神，哪怕腿脚上仍有些发软，还是咬着牙坚持向上走去。

沈石也是人群中不起眼的一个，面色也还算镇定，此刻也继续向上走着，偶然间抬头向前看去，却看到在最前头那几个男孩中，居然有一个就是小胖子侯胜。

不过此刻石阶越高越是陡峭，倾斜角度越来越大，看起来越发吓人，哪怕是走在最前头的人，虽然鼓起勇气继续前进，但仍然禁不住畏惧害怕。同时人在高处，海风也越来越大，澎湃而永无止息的海潮一波波一浪浪地冲来，拍打着巨石悬崖，仿佛每一下，都让这块巨石微微摇动，有一种下一刻就会全部人都跌落的可怕幻觉。

为了保持身体平衡，前头的少年都已经俯下了身子，双手搭在石阶上，手脚并用，尽力靠近石阶，然后一层层一步步向上艰难攀登着。

沈石也是如此，同时心底暗暗骂了一句，这凌霄宗还真是规矩奇大，就连上个拜仙岩接引弟子，都要搞个这般大的阵仗。此刻在他周围，都是沉重的喘息声，因为过度紧张，这些少年的体力也在快速地消耗着。

渐渐地，少年中分出了前后几个层次，最前头的有七八个人，走得最快，脸色也最好，其中就有小胖子侯胜；中间人数最多，有三四十人，看上去都很紧张，但还是在继续向上爬着，速度还算可以；至于落在后面的十几人，看起来情况最为糟糕，前头哭出声来的几个女孩，还有几个瘦弱乃至胆怯的男孩子，都在这一层次中。

沈石的情况看着还算过得去，虽然看起来并没有爬得很快，但还是跟上了中间的大队，这还是因为他之前上来得迟了些，又被小胖子侯胜抓住吵了一会儿，所以才耽搁了。眼下他缓缓前行，虽然速度看起来一般，但一路上居然也不停地超过了好些人，渐渐来到了队伍中间。

“那个小胖子，看不出来腿脚还挺麻利嘛……”沈石眯着眼睛，看了一眼最前头那个爬得飞快的小胖子，摇了摇头，又往上走了一层石阶。前头不远处是一个女孩，脸色有些苍白，正停在他前路上休息，大口喘息着，非常疲倦的样子。

沈石向她看了一眼，只觉得这女孩长得还算清秀，至于其他的倒也没多想，接下来便准备从她身边绕过继续前行。那少女喘息中看了沈石一眼，似乎对自己要被人超越有些不情愿，便咬了咬牙，又继续迈步向前走去。

谁知就在这个时候，那少女脚步才踩上高一层的石阶，一阵大风突兀吹来，也不知是体力耗尽还是脚底一滑，那女孩身子一个摇晃，竟立足不稳，在发出了一声带着凄厉的尖叫后，她的身子竟然向沈石这边一下子摔了过来！

那一刻，整条石阶似乎都吓呆了，沈石也是瞬间脑海中一片空白，只觉得一颗心在这一刻都快要从胸膛里跳了出来。他目瞪口呆地看着那个有些娇弱的身子，就这样从自己面前倒了下来，带着可怕的风声以及铺天盖地的阴影。

这如此陡峭的石阶悬崖，接下来是不是就要摔下去一片，然后大家同归于尽了……

第二十一章 ■ 初会

巨石脚下，一直从容淡定地站在石阶边上的两个凌霄宗弟子霍然抬头，与此同时，遥远高耸的巨岩顶端，似乎也有几个人影闪动了一下，移至巨石边缘向下方望来。

只是这一切瞬息之间的变化，早就不在沈石的注意之中，此刻他眼前只剩下了那个正倒下的身躯。海风从巨石边呼呼吹过，带着冰冷的凉意，似乎提醒着身后便是空无一物的危险悬崖；而脚下的石阶此刻看上去竟是如此窄小与陡峭，似乎已没有了半点立足之地。

周围所有的少年，一个个都吓得紧紧伏在地面，生怕被牵连到，一个不好连自己也要遭殃滚落下去。而沈石却是避无可避，在这一刻他心中甚至连破口大骂的空隙都没有，因为转眼之间，那跌落的女孩，似乎已经到了他的身前。

巨岩顶上，一个高大的身躯"呼"地随风飘荡而起，作势欲直扑而下。

几乎是出于一种本能，又或是垂死挣扎，倒霉透顶的沈石下意识地低吼一声，猛地张开双臂。让是根本来不及让开了，不然他一点儿都不介意让这个素不相识的女孩从自己身边滚落下去，以免自己也无端给她陪葬。只是此刻已然由不得他，仓促之间，他只能尽全力保持自己身子平衡，然后用手抱住那倒下女孩的身子同时拼命地想要贴近石阶，希望能侥幸保持住平衡不要滑落。

只是在如此陡峭的石阶之上，想要保持平衡本来就是一件很吃力的事情，加上之前攀登了这么久以及紧张的缘故，绝大多数少年包括沈石在内，体力都消耗得厉害，所以当沈石才刚刚接住那女孩想要再站稳的时候，便觉得一股巨大的冲力从那女孩身上传下，而自己的脚下则是一个踉跄，果然还是无法保持安稳，直接滑落了下去。

"啊……"这一刻，不只是那个跌落的女孩，就连周围的少男少女目睹这一幕，都有不少人害怕地喊出声来。

不知为什么，在这个生死关头，沈石的脑子却好像突然冷静了许多，有那么一个似闪电般的瞬间，他脑海中莫名还掠过了一个古怪的念头：以前自己曾经杀过的那些牲畜，临死前是不是也这样的害怕恐惧呢？

他咬着牙，双手紧抱着已经坠入他胸前的娇柔身子，两个人同时都在向下方滑去，陡峭的石阶此刻看着更加凶恶狰狞，但沈石并没有放弃挣扎求生的念头，一片混乱中，他拼命地用手在石阶上抓着，抓住每一块可能支撑身体的突起石块以及可以阻挡身躯下落的台阶，同时双脚也拼命地踩踏着底下的石阶，甚至在做这些动作的同时，他还记得不顾一切地将身躯包括自己身下那个女孩的身子都同时用力压向石阶，不然若是真的被冲力冲得离开石阶的话，那就真的万劫不复了。

远远看去，这个时候的沈石就像是一只手舞足蹈的猴子，慌乱而不顾一切地想要抓住些什么，带了几分滑稽之意。但是所有看到这一幕的人都没有丝毫的笑意，都是目瞪口呆地望着。

一层，一层，一层，又一层……

那股从上往下的巨大冲力让沈石的身子直接向下滑了四层台阶，中间好几次，他看上去都几乎要整个身躯飞出石阶，跌下悬崖一般的巨岩，但是到了最后，他竟然不可思议地、硬生生地在这石阶上依附着，直到，他的脚终于在第四层石阶上，侥幸踩到了一处突起的小石块。

巨石下方人群中爆发出一阵骚动，巨岩顶端的那个高大身影，也在忽然停滞之后，又轻飘飘地落回到了巨石上。

石阶之上，死里逃生的沈石借着脚下那一点坚硬的小小石块作为支点，终于勉强再度站稳了身子。惊魂未定的他脸色煞白，直到此刻他才回过神来，感到深深的后怕，不要说遍体冷汗，就是整个身子都觉得软了下来，手足无力。

而在他身下那个女孩，直到这个时候似乎还没从惊吓中缓过神来，全身都在颤抖着，一时说不出话来。

沈石大口喘息了几声，忽然一把推开兀自蜷缩在他身边又或许是根本还没力气走开的女孩，这一刻，他只觉得心底完全是由这场莫名其妙倒霉透顶的意外所引起的怒火，那种到鬼门关上走了一圈又回来的感觉，实在是让人毛骨悚然。

“你有毛病啊！”沈石大声地对着这个女孩吼了一句，咬牙切齿地道，“你自己想死，不要害别人好不好！”

那女孩身子微微颤抖着，原本就苍白的脸庞被沈石这么一骂，登时像是又白了几分，连丝毫血色都看不见了。她的嘴唇抖抖索索，似乎想对沈石说些什么，但半天也没吐出一个字来。

就在这个时候，在满脸怒气的沈石下方，忽然传来了一个半死不活、有气无力同时似乎带着极大痛楚的声音，幽幽地道：“大哥，你要骂这笨丫头随便骂，骂死了我都没意见，不过麻烦你骂之前，先把你的脚挪开行不行啊……”

沈石吓了一跳，连忙低头一看，只见刚才脚下那一层石阶上，救了自己以及那个女孩一命的那块凸起的小石头上，居然不知何时有一只手正好抓在上面，而自己的一只脚正死命地踩在那上头。

顺着那只手看去，只见一个十二三岁的少年趴在石阶上，一脸无奈、满脸痛苦，正龇牙咧嘴苦笑地看着他。

沈石呆了一下，随即回过神来，连忙将脚缩回，看看正好左侧石阶外有一处相对平坦的小台，此刻他也是一时间无力再走，当下鼓起剩余力气，一屁股坐到了那小平台上，这才缓缓松了口气，慢慢地觉得那魂魄直到此刻似乎才缓缓飞回自己的肉身之中。

一起突兀发生的意外，终于还是险之又险地平安度过了，石阶上一个个少男少女都安静了下来，过了一会儿，不少人又再度开始向上攀登。只不过这一次，每一个人都更加小心谨慎，同时前后人之间，也不约而同地拉开了距离，已经没有人敢太过接近地站在前面一个人的背后了。

茫茫大海，滚滚浪潮，蔚蓝的天空与澄澈的海面，构成了一派海天一色的美景，海风吹来，更是令人心旷神怡。坐在巨石上的沈石伸手揉揉眉心，默然无语，随后听到一阵脚步声，一个人从下面上来，在他身旁的石阶上停下了脚步，也是一屁股坐到了他的身旁。

沈石转头看了一眼，见正是刚才自己踩了人家手掌的那个少年，有点意外，道："你怎么不走了？"

那少年长吁了一口气，伸手到额头上抹了一把冷汗，看他眉目清秀，单论相貌的话，却是算得上俊秀，只是此刻他脸色也有些难看，喃喃道："差点被吓死，身子都软了，得歇息一会儿。"

沈石没好气地道："又不是你被人撞了，有什么好害怕的？"

那少年苦笑一声，道："大哥，刚才你要是没踩到我的手，呃，不是，要是你没踩到那个小石头，接下来就直接撞到我身上了。"

沈石一想果然如此，那种情况下他确实无法保持平衡，只能继续滚落，如果再一撞眼前这少年，怕是事态就要像是滚雪球一般，再也不可收拾了。

想想刚才那个危险局面，沈石与那少年对望一眼，都看出对方眼底的后怕与侥幸之意。

片刻之后，沈石定了定神，看了那少年一眼，道："不管怎么说，刚才踩了你的手，对不住了，我叫沈石，请教尊名是？"

那少年咧嘴一笑，伸出右手递给沈石，道："孙友。"

沈石笑了笑，拿手与他轻轻一拍。

海风习习，似乎风力小了些，两人在这里坐了一会儿，不知是不是经历了刚才那一番生死时刻的考验，在沈石与孙友这两个少年眼中，此时再看这陡峭的石阶，居然觉得石阶似乎比之前温和了许多，连坡度看起来好像也没那么陡峭，不再那么令人害怕了。

不过就在这个时候，从他们身旁不远处的石阶上，有一个怯生生的声音传来，还带着几分隐约的哽咽，低声道："对——对不住了……"

沈石与孙友都转头看去，只见说话的正是刚才事情的始作俑者，不知为何，那个女孩也没有继续向上走，而看起来她也不敢大大咧咧地回身直接坐在陡峭的石阶上，所以从刚才到现在，她一直都像是一只受惊的小鸟般，带了几分紧张静静地趴伏在石阶上。

"对不住，我——我不是故意的……"她慢慢地抬起头来，晶莹的泪珠似乎在眼眶里打着转，但是强忍着没有哭出来。孙友皱了皱眉，没有说话，沈石被她差点害死，本来对这女孩正是满肚子火气，但是看到她这么一副表情，一时间也说不出其他难听的话来了，默然片刻后，只能苦笑地摇摇头，挥手道："算了，算了。"

那女孩子贝齿紧紧咬了一下没有血色的下唇，看着沈石似乎欲言又止，最后还是收回了目光，然后深深呼吸了一下，却是咬咬牙，重新开始向着巨石上方走去。

孙友虽然从一开始就没说话，但是一直从旁边看着她，而那女孩中间也曾经看了孙友一眼，只是接触他目光一次后，便立刻移开了视线。

目送这女孩走出了一段距离后，孙友忽然对沈石道："沈石，你应该不是本地人吧？"

沈石怔了一下，点头道："是，我是从西南……岚州过来的。"

孙友"哦"了一声，看起来对那什么西南小州并没有多少兴趣，反而微微凑近沈石，低声道："难怪你不认得那女孩子，你没看这里有多少人都离她远远的？"

沈石皱了皱眉，摇头道："我还真没注意，这里头有什么说法吗？"

孙友向那女孩背影看了一眼，道："她姓钟，名叫钟青竹，是钟家的一个旁支私生女，所以在钟家很不受待见，听说平日里也是笨手笨脚的，倒是没想到今天差点惹出了大乱子。"

沈石看了孙友一眼，孙友双手一摊，道："你别看我，这话可不是我随口乱说的，流云城内外世家子弟，差不多都知道的。"

沈石"嗯"了一声，心想自己刚才那算不算是被无辜牵连啊，不过随后转念一想，却是又想到某事，抬头看向孙友，道："听你这口气，对这些世家子弟很熟啊，而且你又姓孙，莫不是也……"

孙友摆摆手，一脸无所谓地道："没错，我也就是那个凌霄宗附庸世家里的孙家出来的。"

第二十二章■圈子

坐在这石阶中间，两个少年就这样有一句没一句地聊着，借此平复刚才死里逃生的心情，说着说着，倒是发现两人居然颇为谈得来。那孙友看上去虽然出身于凌霄宗门下如今最大的世家之一，但言谈举止间却随意温和得很，并没有丝毫倚仗家世盛气凌人的模样；而沈石随口说了几句自己以前的生活，也让从小在流云城中长大从未出过远门的孙友眼前一亮。特别是沈石无意中说到了一些在商铺里干活辨识灵材的经历，更是令孙友眼前发亮，居然是一副大感兴趣的样子。

说着说着，两人都感觉对彼此亲近了不少。沈石孤身一人远赴千里到这凌霄宗，人生地不熟，举目无亲，本来正有种恓惶之意，与这孙友聊了一阵子，从他口中也知晓了一些凌霄宗内外，主要是宗门外那些附庸世家的琐事消息，心情也好了许多，不知不觉也高兴起来。

说话间，孙友凑近沈石身边，低声笑道："按你这么说，普通的灵草灵矿丹药灵材等，你差不多都是认识的？"

沈石沉吟了一下，摇了摇头，道："这话说得太满了，我当不起。以前我也只是在那间商铺里打打下手，算是认识些常见的灵材吧。"

孙友脸上露出一丝神秘之色，看看左右无人注意到这里，便伸手从怀中掏出一个宝蓝色的绸布小袋，递给沈石，道："既然如此，你帮我看一下这东西。"

沈石看了他一眼，孙友嘿嘿一笑，只是带了几分怂恿，道："看看，看看，帮我看看这东西是什么？"

沈石打开系在小袋扣上的活结，抖开布袋，里面便露出一块黄色的物件来，不过细看之后，却发现这东西卖相普通至极，呈土黄色，看上去就像是一个黄色的土疙瘩，唯一有些异样的便是拿出布袋后，似乎隐约散发出一阵淡淡的香味。

"嗯？"沈石仔细看了两眼这个，再转头看向孙友时，眼色已是不同，道，"不错啊，果然不愧是大世家出来的人，居然随身带着这火蚣香。"

孙友哈哈一笑，道："啊，你果然有眼光，居然还能认出这东西……呃……"忽地，他顿了一下，眉头微微皱起，但随后又恢复了正常，看了一眼沈石手中的那块土黄疙瘩，道，"你刚才是说，这块乃是火蚣香？"

沈石点了点头，道："火蚣香乃是妖兽离火蜈蚣腹下所产的异香，很是难得，看这块的大小成色，得是上百年的妖兽才能产出。这东西最利于凝元境修士，在修炼吸纳灵晶时随身放置一块，便可有效减缓精神疲乏，可令修炼效果提高一成左右，是罕见的能增进修炼的灵材。”

他说着将手中这块火蚣香递还给孙友，带了几分羡慕之意，又道：“看来你家里对你很是看重啊，不过这火蚣香大约只在凝元境有效，一旦修至神意境，对修士便几乎失去效力，而若是从炼气境就开始使用，则异香效力又太过刚猛，很容易从灵晶中吸纳灵力入体过多，反而会坏了玉府根基，日后再想突破便没指望了不说，时日久些，只怕身子都要搞坏了。”

孙友似乎突然变得沉默了许多，一声不吭地将这火蚣香接了过来，低头目视良久，然后轻轻收回小袋，等到他再抬头时，脸上已经多了几分笑容，看向沈石的眼光里，也似乎比刚才多了几分不同。

“走吧。”他轻轻拍了拍沈石的肩膀，道，“这石阶虽然难走，但是仙缘在上，总不能不走的。”

沈石哈哈一笑，道：“正是。”

两个少年同时站起身来，重新回到了这条陡峭的石阶之上，开始继续向上攀登。

他们二人本来在石阶上已经行走过半，中间因为这意外耽搁了好一会儿，此番再度前行，倒觉得这石阶行走起来，比之前似乎容易了不少。两人在石阶上又走了小半个时辰，终于走完了这条艰难的仙缘之路，登上了拜仙岩的顶端。

与那条陡峭险峻的石阶不同，拜仙岩这块巨石的顶端一片平坦，看上去像是被人用大神通直接一剑削出了一块平地一般。此时在他们之前，已经有不少人登上了这里，沈石放眼看去，只见拜仙岩周围边缘处，每隔一段距离便站着一位身着凌霄宗弟子服饰的人，隐隐围成了一个圈子，将登上拜仙岩的少年们围在中间。

而巨石顶端平坦宽敞的空地中间，此刻已经站着许多少男少女，粗略一看怕是已经有两百余人，想来早在沈石抵达拜仙岩下方之前，就已经有不少早行之人先行登上了此处。

踏上这平坦而坚实的石面后，沈石总算松了一口气，回身瞄了一眼刚才上来的这条石阶，想起不久前滑落的那一幕，委实还有几分后怕心悸。倒是站在他身旁的孙友看了看周围，尤其是目光在那些面色淡然器宇不凡的凌霄宗弟子身上停留了片刻后，在将沈石拉着往前走的时候，忽然轻声道：“我觉得刚才若是咱们真的没稳住掉了下去，可能也不会出什么事。”

沈石“嗯”了一声，带了几分疑惑看向孙友。孙友努努嘴，示意他看向周围那些围成一圈的凌霄宗弟子，道：“这些人道行高着呢，别的不好说，今天这个日子要是让咱们这样的新入门弟子死掉，岂不是大大的晦气？所以我现在想来，就算刚才真要出点什么事，也会有这些师兄过来将我们拉住的吧。”

沈石沉吟片刻，点了点头，倒是觉得颇有道理。

巨石上方十分宽敞，哪怕此刻中间已经站了两百余个少年，但看起来似乎还有很大的空间。沈石随意走了走，与孙友在一处人稍微少些的地方站住了，向周围随意看了看，见那些凌霄宗弟子并没有任何表示，而石阶上不时还有少年继续走上来，看来还是要再等一会儿的。

只是他这里随意观望了一会儿，目光扫过原先过来的那些少年，时间一久，却渐渐看出些异样的地方来。

那两百余人，并且后头还不断有人加入的少年人群，看似杂乱无章地站着，但实际上却隐隐分出了几个小圈子，最中心处有二十多个少年，有男有女，身上服饰都很亮丽，彼此看着也是相互熟悉的，站在一起谈笑风生，旁若无人。

而在这二十余人的外围一圈，又隐隐站着四五十人，年纪虽然都是差不多大小，但看上去外围这些少年对最中心处的那些少年神态却是不同，颇有几分讨好敬畏之色，其中更有一些人被中心处的少年指使呼喝了两句，却也是心甘情愿地跑腿，并无不满之色。

除此之外，在更外围的一大圈，便大概是沈石所站的位置了，这里的少年看起来彼此间都十分陌生的样子，很少与旁人交谈说话，只偶然看到有一两个少年似乎性情开朗，正找人攀谈。同时这最外围一圈，人也站得最是稀疏杂乱，看上去根本不成圈子。

目光转动间，沈石居然还看到了那个对自己敌意十足的小胖子侯胜，看他的位置是站在中间第二层圈子里，此刻的神情与之前面对自己的时候完全判若两人，一张小胖脸上看上去全是笑意，正站在另一位少年身旁不远处，眼角余光时时都看着那位衣着光鲜十分亮眼的少年，若是那位哪怕在最中心人群里也显得十分出众的少年有些许吩咐或是示意，侯胜便会立刻第一时间凑过去，听从指令又或是跑腿什么的，看来对这位少年十分恭敬。

沈石远远看了一会儿，忽听身边传来一个声音，却是孙友走到了他的身旁，与他并肩而立。孙友此刻顺着沈石的目光向前边那里看了一下，淡淡地道：“那人名叫侯远良，是侯家这一代嫡支的出色子弟。”

沈石转头看了他一眼，道："你认识的人倒是不少啊。"

孙友耸了耸肩，道："没办法，凌霄宗门下的附庸世家，大多都在这流云城方圆五百里内，打小诸世家间便彼此走动，很多人都是从小一起玩到大的。"

沈石笑了笑，目光向人群中心处又看了一眼，沉吟片刻，道："那这么说，站在中间的那些人……"

孙友径直接口道："中间那二十多个人，是如今势力最大的一些世家出来的嫡系子弟，平日里便最得家中看重，有些人在凌霄宗宗门里都已经挂了号；围在他们旁边那些人，有的是世家旁支出身的子弟，因为天资不错被挑选过来，有的是跟这些世家沾亲带故的远房亲戚家生子之类的，反正都是要看这些嫡系子弟的脸色行事的。"说着他又一指自己和沈石所站的地方，道，"至于咱们所站的外面这一圈，我一个都不认识，应该都是凌霄宗这次所收的平民弟子。"

沈石翻了个白眼，随即又笑道："话说你不就是孙家的人吗，看来你认识的人多得很，怎么不过去跟他们说话？"

孙友嗤笑一声，似乎正想说些什么，忽然那最中心的人群之中，有一个身着白衣，面貌英俊，身材修长的少年向这里瞄了一眼，正好看到了孙友，先是怔了一下，随即露出笑容，挥手高声叫了一句："二弟，你什么时候上来的？快过来啊。"

孙友脸上的神情瞬间为之一变。

第二十三章 ■ 世家

孙友脸色的变化，站在他身旁的沈石看得真真切切，只是让他感到意外的是，孙友脸上似乎先掠过了一丝阴霾，但随即又突然变得开朗起来，冲那边挥了挥手，答应一声，看样子就准备过去了。

只是这时在拜仙岩的上空，朗朗青天悠悠白云间，忽然传来一声尖锐的呼啸声，如晴空风雷，一时引得人人抬头看去，就连那些凌霄宗弟子也不例外。

但见得一条无双匹练带着五彩虹光，猛地从云层间穿梭而出，快如流星，又似烟花灿烂，潇洒至极地飞掠而至，径直往拜仙岩上落了下来。

沈石瞳孔微微一缩，认得这分明是道行极高的修士运用神通妙法或是驱使某种法宝仙器所形成的剑芒。一般而言，在修炼一途上登堂入室之后，从低到高，凝元、神意、元丹乃至传说中的天罡境，修士都有这种飞行的可能。只不过一般来说，修士要修炼到神意境，才能比较自如地御空飞行，但速度上比使用神工巧匠制作的飞行法宝还是会慢一些；而凝元境的修士道行稍弱，但如果运气好能得到某些罕见的飞行法宝，同样也能御空飞行；至于元丹乃至天罡境的大修士、大真人，到了那种境界，却是道法通天，飞天遁地无所不能了。

此刻只见这道剑芒气势澎湃，未及巨石石面便已卷起一股好大的风潮，让站在稍近些的少年都有些站立不稳，纷纷向后退去。片刻之后，只见虹光瞬间已至，在距离巨岩地面三尺之上说停就停，巨大的风力“轰”的一声仿佛一柄重锤一下子打在巨石之上。五彩虹光缓缓闪动，片刻后暗淡褪去，却是露出两个身影落在了巨石之上。

一高一矮，一大一小。

高大些的身影是一位背负长剑的美丽女子，身上服饰居然和周围那些凌霄宗弟子一模一样，只见她粉腮明眸，顾盼间眼波流动，盈盈似水，娇艳之处便如这春天时节里最美丽的花儿一般，明艳无双。而这美丽女子身旁则站着另一个少年，看上去也是十多岁出头，两只眼睛滴溜溜灵活得很，正不住地打量着周围景象和众多人物。

“啧……”

沈石忽然听到身旁的孙友口中，传来一声轻细的啧啧声，转头看了他一眼，孙友感觉到沈石看来的目光，耸了耸肩，低声道：“别多想了，那是甘家的人，规矩大些也没什么。”

沈石“哦”了一声，再次转头看去的时候，目光中已经多了几分好奇。

昔年人族血战妖族，推翻统御鸿蒙诸界数万年之久的天妖王庭，居功至伟者乃有六人，后世尊称其为“六圣”，万年过去，这六圣家族俱传承至今，在人族里地位与众不同，为天下所尊崇。

元、姬、甘、古、宋、南宫，甘家排名第三，昔年位列六圣之一的甘景诚，便是甘家的先祖，同样也是开创凌霄宗的首代祖师。

“那少年名叫甘泽，是甘家这一代的传人，如果我记得没错的话，甘家这些年来人丁不盛，这甘泽好像就是甘家唯一的男孩。他旁边那女子是他的小姑，名叫甘文晴，你别看她年纪好像不大，但如今已经是凌霄宗门下年青一辈弟子中最出类拔萃的三人之一，与其他两位师兄并列号称‘凌霄三剑’。他们三人被公认是最有希望修至元丹境境界的天才弟子。”

沈石听了孙友在身边低声说着的话语，忍不住轻轻抽了一口凉气，再看向那美丽女子时，眼中便已多了几分敬畏。

而自从甘文晴与甘泽落到拜仙岩后，登时便在那些少年中引发了一阵骚动，外围一大圈的平民子弟不太了解情况，但看这阵势也知晓这两人不是普通人，而在世家子弟的那些圈子里，很快招呼声四起，好些个站在最中心的少男少女都露出笑容，纷纷向着甘泽招手挥舞。看来这位少年与众人也是惯熟的，很得众人的喜爱。

甘文晴向世家子弟那边看了一眼，脸上并没有什么太多的表情，只是对身旁的甘泽点了点头，道："小泽，你过去吧。"

甘泽看起来乖巧地点了点头，然后一路走到了那些少年之中，立刻便被众人如众星拱月一般围了起来。

孙友向那边看了一会儿，转过头对沈石道："你先自己待一会儿，那边我也有认识的一些朋友，过去打个招呼。"

沈石微笑道："你去吧。"

孙友笑了笑，脸上重新露出开朗的笑容，转身大步走去，很快走到最中心的那堆人群里，笑声爽朗，拍这个一下肩膀，笑骂那个一句，呼朋唤友，一看便是人缘特别好的，连甘泽看到他都笑着打了个招呼，而之前叫他二弟的那个白衣少年与他站在一起，两人脸型看着倒有几分相似，也同样是笑呵呵地握手言欢，亲热得不得了。

与那边的热闹熟稔景象相比，沈石所在的外围这个圈子里，多数的平民子弟此刻的脸色都有些不太好看。许多人都在偷偷望着人群之中的那个小小圈子，有的羡慕，有的向往，包括比他们更进一步，围拢在那二十多个少年外围一层的另一个小圈子，同样也有不少少年男女的脸上，露出了相同的表情。

沈石心中若有所动，下意识地转头看向某处，很快便看到了之前那个小胖子侯胜，此刻正站在人群里，一脸笑容、专心致志地看着前方那些个少年，就像是……仆人凝视着主人。

沈石忽然皱起了眉头，心里莫名地一阵不舒服，但随后又摇摇头似乎有些自嘲，一声不吭地转开了目光。

甘文晴带着甘泽一落地，拜仙岩前方凌霄宗弟子处便有一人快步走来，是个看上去神态温和但面貌很是英俊的年轻男子，不过他并没有立刻上前，而是看着甘文晴将甘泽打发离开，这才上前微笑道："甘师姐，你怎么也来了？"说着目光一转，在走开的甘泽身上略一停留，似乎转眼间便想到了什么，哈哈一笑，道，

“啊，我明白了，这位一定就是咱们甘家的大公子吧？难怪能劳动甘师姐你大驾亲自护送。”

甘文晴看起来与这年轻男子还算熟悉，微微一笑，倒也没有多说什么，只是点了点头。

这青年向那边众少年处看了一眼，转头对甘文晴笑道：“师姐，咱们去前头说话。”

甘文晴目光抬起，向前方瞄了一眼，只见在拜仙岩这块巨石的最前端，几个凌霄宗弟子站在那里，其中一个男子看着三十岁上下，身材高大，气度沉雄，面带坚毅之色，在数人中隐隐有出众之姿，此刻似也察觉到什么，正远远向此处看了过来。

隔了老远，竟仿佛也能感觉到那男子目光锐利，有股慑人的威势。

甘文晴明眸里目光闪动，远远望了那男子一眼，面上神情似笑非笑，忽地对面前这青年弟子道：“康宸师弟，我要是不想过去呢？”

那青年怔了一下，登时便苦了脸，靠近一步，低声赔笑道：“师姐，你这不是为难小弟我吗？”说着目光有意无意地向拜仙岩前方看了一眼，道，“王亘师兄正站在前头，今日接引新人弟子，宗门里出来护卫的众位师兄弟都是以他为首的。”

甘文晴淡淡一笑，目光与那男子再度对看一眼，片刻之后，那沉雄男子却先行微微颔首示意。甘文晴虽然面色从容，但神色间显然对这位男子也未有轻视之意，沉吟片刻后，终于还是迈开脚步走了过去。

海风习习，从这块巨石上方鼓荡而过，虽说此刻已是春暖花开的时节，但站在这风口上，时间久了仍会有几分凉意。那些个少年都是从未修行过的凡人，哪怕世家出身的也是如此，毕竟人族不到十二岁都不宜开始修炼，此时不少人都悄悄拉紧了衣襟。反观站在巨石边缘周围那些个凌霄宗弟子，个个神情轻松自若，显然修炼之后肉身异于常人，对这点小小风寒早就不放在心上了。

甘文晴走到拜仙岩前头近处，在那位男子面前站定，淡淡地道：“王师兄，唤我过来可有事吗？”

王亘默然片刻，却没有直接开口说话，而是先向周围数人轻轻抬了抬下巴示意，很快众人散去，纷纷退到了十几步以外的地方。随后王亘微微叹息一声，道：“文晴师妹，我自问近来并未有触怒于你的地方，何以对我如此？”

甘文晴微微摇头，脸色淡然，道：“师兄多虑了，我平日一向如此，言语不多不爱交往，若有不敬之处，还请师兄恕罪。”

王亘笑了笑，也不在意，转过身子负手望向前方，只见蔚蓝海面深处波涛起伏，极远处海天一线，云雾蒸腾，常人视力难以看到什么，但以他和甘文晴的道行，却都能隐隐约约望见有一座参天高峰屹立于沧海深处，高耸入云，带了几分缥缈仙意。

片刻之后，只听他语气平淡，道："小孩子们的事，咱们就不去管他们了吧？"

甘文晴面色更淡，但看着并无发作的迹象，与此同时她的目光也望向远方大海深处的那座缥缈仙山，忽地冷笑一声，道："师兄这话我倒是不明白了，本宗凡事皆有规矩，但接引新入门弟子只说是在这拜仙岩上，莫非师兄是看我亲自带小泽过来，便有些看不过眼吗？"

王亘浓眉一挑，望向甘文晴，甘文晴也没有回避之意，两人目光对视，隐隐竟似有火星迸溅一般，这拜仙岩前方之地上的气氛，陡然间紧张起来。

第二十四章 ■ 暗斗

"哈哈哈哈，今天天气不错啊……话说咱们凌霄宗接引新人弟子入门之日，春暖花开天高云阔，正是一个好兆头，将来从这些新人中就会出来几个天纵之才也说不定嘛。"

一阵笑声伴着这些话，康宸不知什么时候从旁边走了过来，来到二人中间，笑呵呵的，显然是过来打圆场的。

王亘抬头看了看蔚蓝的天空，道："海州四月历来天气如此，没什么好奇怪的，算不上是好兆头。"

康宸一滞，后边的话也说不下去了，虽说知道这位师兄历来性子便是如此，但此刻仍是忍不住瞪了他一眼。

王亘视若无睹，沉默片刻后，却向甘文晴抱拳道："甘师妹，我是个粗人，适才言辞若有不当之处，得罪了师妹，我先行向你赔不是。"

甘文晴眉头一皱，却是侧身让开了一步，不肯受这王亘一礼，道："王师兄，你是孙长老的得意弟子，道行精深又深得门中师兄弟们的敬重，我可当不起。"

王亘一笑置之，目光转动，落在远处人群中那些个谈笑风生的少年身上，尤其在俨然众人焦点的甘泽身上略微停留了一下，道："那位少年，便是甘家的公子吗？"

"他叫甘泽。"

王亘点点头，转过头看向甘文晴，面上露出几分诚恳之色，配合他原本便坚毅的脸庞，一时间竟自有一股卓尔不群的气度，道："师妹，宗门里对这些新人弟子的规矩，你我都是知道的。一日未登凝元之境，便圈于青鱼六岛之上，更不许外力相助，这是两百年前本门祖师定下的严令。所为便是摒弃众多纠葛，令所有新人弟子，不管是出身世家大族又或是普通百姓，都放在相同起步之初，如此方可真正看出这些新人弟子到底哪些人有天资，有根骨，有心性，更有那修行不可或缺的毅力恒心。如此种种，其实都是为他们好，更是为了本宗前途好。"

说到此处，王亘略微顿了一下，目视甘文晴，轻声道："你我二人，当年都是从那青鱼六岛中出来的，一路修行方得有今日成就，这个道理我不信文晴师妹你不懂。许是师妹你心中另有顾虑，不妨对我明言就是。"

甘文晴明眸微微低垂，沉默片刻，道："王师兄，你一向博闻强记面面俱到，师妹我是佩服的，想来对我与甘家的关系，也是心中有数。"

王亘微微点头，道："是，我略知一二。"

甘文晴淡淡道："那师兄你想必也明白，我虽不是甘家嫡亲的血脉，只是当年被好心的甘泽娘亲亲自捡回去的垂死丫头，但多年以来，甘家视我如亲生女儿，甘泽娘亲更是当我如亲生姐妹，这份恩义如海，我这辈子都还不了。如今甘泽乃是我那位过世的姐姐仅存的一点骨血，当年她临走的时候，我在病榻之前亲口发下重誓，答应替她好好照顾这唯一的儿子。这点心意，师兄当能体谅一二。"

王亘颔首，但并未接话言语。

甘文晴轻轻叹了口气，道："方才师兄所言，自是有理，若果真是让这一众新人弟子去那青鱼岛上一视同仁，我绝无二话，但如今世家子弟众多，就只怕……"

话音未落，却只见王亘一下子皱起眉头，突然开口断声截道："师妹，慎言。"

甘文晴看了王亘一眼，嘴角微微扯动了一下，但脸上却并无恼怒之色，神色间依旧淡然。过了一会儿，只听王亘淡淡道："不瞒师妹，今日出山之前，宗门内几位长老已经议过此事，这一轮五年之期，主持青鱼六岛大小事务之人，已经定下由我来担任了。"

甘文晴猛地抬头，明显吃了一惊，愕然道："什么，原先定下来的不是杜师兄吗？"

王亘脸上第一次露出了似乎有些无奈的表情，苦笑一声，道："杜师兄性子向来桀骜不驯，三日前又闯了大祸，忤逆了家师孙长老，被劝开后还不罢休，破口大骂，言语难听，这也就罢了，但他话里话外的，竟然还连带骂了几句师叔祖……"

饶是甘文晴一向冷静并对那位本门最出名的师兄颇为了解，但闻言尤其是听到了那“师叔祖”数字后，还是倒吸了一口凉气，一时间花容失色。王亘叹了口气，道：“此事闹大之后，掌门师伯大怒，亲手擒下了杜师兄，重重责罚之后，又直接罚去黑云洞，令他面壁三年。所以这一摊子事，最后就推到我身上来了。”

甘文晴默然无语，似乎还在消化着这个重大消息带来的震撼，半晌才喃喃道：“想不到我才下山数日，山上就出了这样的大事。”

王亘苦笑一下，随后面色一整，道：“文晴师妹，咱们是多年同门，当年更是从那青鱼六岛中出来的同一轮新人弟子，多少也有些香火情在。我在这里放下一句话，这五年里只要是我主持青鱼六岛，不敢说事事必定秉公持正，但至少绝不会故意为难你那位甘家公子，更不会允许其他世家子弟违反宗门规则，暗中借力，不知你信不信我？”

甘文晴欲言又止，王亘看了她一眼，又紧接着道：“我明白你心中顾虑，但禁止门下弟子插手青鱼六岛新人事务，乃是宗门严令。虽说文晴师妹你如今道行精进，在几位长老眼前都受看重，但若是为此硬要插手，只怕也不合适吧。”

甘文晴脸上神情变化不停，秀眉明目间隐有犹豫之色，显然是被王亘这一番言辞说动，事实上，她在心底也的确明白，王亘所言确有道理，毕竟宗门规矩就是那样。思索沉吟间，她不自觉地望向拜仙岩后方，只见这一会儿工夫，岩石上的少年人数似乎又多了不少，应该是有一些新人刚刚抵达此处，看着规模已经有三百余人。

而在这些新来的人中，只有寥寥数人直接走到了人群最中心的那个圈子里，少部分人站到了第二层圈子，更多的新来的少男少女，则是一脸无知地站在了最外围的地方。

这些新来的少年或许还不了解，但在凌霄宗内地位颇高的甘文晴与王亘只看了片刻便已经了然于胸。包括了甘泽与孙友等人在内，与众不同的二三十个少年，全都是出身于附庸凌霄宗的世家大族子弟，而且数来数去也就是那七八个实力最强盛的家族。家里实力势力稍微弱小些的，也就只能站在第二层的圈子了。

一个小小私密的圈子，就在这将要拜入宗门前的第一日里，居然就隐约有了些许轮廓展现出来，如今的少年，心思真是极重的。

甘文晴明眸掠过，看着甘泽在那些世家少年中从容不迫，嘴角挂着一丝笑意与周围人聊着，一副游刃有余的样子，心里也放心了不少。想想也是，虽说如今宗门内外暗流涌动，有不少附庸世家对甘家多年来一直拥有特殊地位据说都颇有看法，但甘家也不是那么好欺负的，就算如今不复昔年全盛时日的风光，但是在宗门里也有一位元丹境的长老压阵。再说，无论如何，当年开山立派的祖师爷毕竟也是姓甘，这些附庸世家，说到底又有什么资格去排挤别人？

正经是有些明眼人或世家长辈，看到宗门里诸多长老前辈对甘家的礼待，私下都会交代自家子弟要与甘家公子搞好关系才是真的。

一念及此，甘文晴回过身子，对王亘点头道："师兄说得甚是，是文晴心浮气躁，见事不明，受教了。一切就按规矩来，若无意外的话我定不会插手新人事务，让甘泽受些磨砺，也是对他好。"

王亘笑着点了点头，心底松了一口气。眼前这位女子天赋、资质都极强，道行修炼更是勇猛精进，丝毫不逊色于自己，亦深得几位宗门长老的看重喜欢。若是她强行要插手青鱼六岛事务，自己虽然不怕，但必定也是要头疼得厉害。

沈石在原地差不多站了半个时辰之后，便看见那条石阶上再无上来的新人，又过了一会儿，连站在山脚下的那两个凌霄宗弟子也走了上来，看来今日的新人已经到齐了。

走上巨石的那两个凌霄宗弟子远远地向站在前头的王亘、甘文晴处挥了挥手，那边很快有了回应，片刻之后，一个沉稳的声音传了过来，回荡在拜仙岩上方，道："肃静。"

这声音浑厚洪大，正是之前曾经响起过一次的那个声音，而这时也能看得清楚说话之人，正是王亘。在他这一声之后，拜仙岩上众多原本聊天说笑的少年顿时鸦雀无声。王亘向前走了一步，目射精光，扫过人群，众多少年为其威势所慑，一时竟无人敢与其对视，纷纷低下头来。

王亘也没有多说什么，只简单地道："接引时辰已到，新人弟子亦已到齐，回山！"

言毕，他大步转身走到拜仙岩前方，双手虚抚如圆球状，忽只见其双掌之间白光闪动，片刻后似乎引起了脚下岩石共鸣，竟是在他脚下亮起了一个圆形金色阵纹。

金光闪烁，倒映着那些古老而繁复的阵纹越加神秘苍莽，而一望无际的青天海风之间，竟仿佛在此刻也传来了古老的阵阵梵唱，如古老的神明低声诵经，一股无形却充沛的巨力，从这块巨岩的深处散发出来。

平坦的巨石石面之上，沿着周围整整一圈，依次有几十个相同的圆形金色阵纹一一亮起，而每一个阵纹中心，竟然都正好站着一位凌霄宗弟子。他们每个人此刻都是面色肃穆端正，动作也都如王亘一样，潜心凝神，施法用功。

片刻之后，数十道金色光柱从这块巨岩顶端霍的一声，如惊雷响过，直冲青天，梵音陡然高昂，响彻云海苍穹，巨大的拜仙岩发出隆隆之声，不可思议地浮空而起。仙法神通，于人世之间再度展现。

在最初的安静过后，拜仙岩上瞬间一片欢腾，那几百名少年都在欢呼雀跃，显然，壮观无比的仙家道法令人匪夷所思，拜仙岩的升空，正是金虹山凌霄宗所展现的惊天神通，也预示着他们从今日起，马上就要正式踏上修真大道了。

以后万千气象，瑰丽前景，仿佛都在此刻展现在众少年的眼前，又如何不让人激动欢喜？

听着身后那些少年们的欢笑叫唤声，王亘与甘文晴对望一眼，嘴角都掠起了一丝笑意，多年以前，他们年少时候，也曾有过在这拜仙岩上几乎同样的一幕。

而在人群之中，沈石相比周围欢喜的少年，神情间要平静许多，不过眼中还是透着一分喜悦，深深地凝视着周围这神奇瑰丽的一幕。

缥缈仙山，修仙大道，仿佛真的已经近在眼前。

第二十五章 ■ 途中

拜仙岩在一片金光灿烂、梵唱庄严中缓缓升空，石上之人欢喜雀跃，地上还未散去的人群也赞叹敬畏，对凌霄宗的崇仰之心越发深了几分。在这块巨岩慢慢升起，一直升到了距离地面三十多丈高的时候，忽地一顿，上升之势停了一下后，金光陡然大盛，瞬间加速，如此一块庞然大物却是向着沧海深处如飞一般冲了过去。

巨岩之上，随着拜仙岩飞快而平稳地在半空中飞翔，许多光圈中的凌霄宗弟子似乎已经完成了自己的任务，一一放下手来走出光圈法阵，三三两两地在一起低声聊着，只有站在最前头那个最大的光圈中的王亘，依然岿然不动，保持着施法用功的姿态，像是在掌握着这块巨岩匪夷所思飞行的方向。

在王亘身后，甘文晴看了一眼站在身旁的康宸，道："康师弟，我下山数日，刚才从王师兄口中得知杜师兄出事，他现在到底如何了？"

康宸年轻英俊的脸庞上掠过一丝无奈之色，看得出他对甘文晴还是颇为尊重，平日里关系想必也是不错，说话举止间都还算亲近随意，当下微微摇头，苦笑道：

“师姐，你也不是不知道我那位师兄的脾气，老大不小的人了，还是跟个炮仗似的一点就着。当日孙长老不过就是说了他两句，他就不管不顾地发作了，也不想想孙长老毕竟还是他的长辈……唉，这次真是把我师父气了个半死，现在他还被丢在黑云洞里关着反省呢。”

甘文晴皱了皱眉，拉着他走开几步，低声道：“你与杜师兄都是掌门师伯门下，怎不替他向你师父求情？掌门师伯在宗门里德高望重，有他出面，事情或有缓和余地。”

康宸耸了耸肩，道：“就是因为我师父是掌门，这才不好说话啊。”说到这里，他忽地眉头一挑，似乎想到了什么，转眼笑嘻嘻地看着甘文晴，道，“原来师姐你果然还是对我师兄有几分关怀之意啊，这敢情好，待我找个机会把这话传给他，还不得把他给高兴坏了。”

甘文晴啐道：“浑说什么，小小年纪一点儿也不学好，现在还敢调戏师姐了吗？”

康宸登时一缩脑袋，求饶道：“不敢，不敢，师姐饶命，不然就算你不跟我算账，杜师兄知道你生气了，怕也要过来扒了我的皮。”

甘文晴没好气地道：“没个正经，我不过是看在往日与杜师兄关系不错，又是同一轮新人弟子辈出来的师兄妹，这才关心问上几句。那黑云洞中阴气极盛，对本宗道法修行颇有坏处，在里头待得时日久了，只怕于道行不利。”

康宸叹了口气，不再开玩笑，道：“谁说不是呢，但是如今杜师兄闯了大祸，连师尊大人都惹怒了，最最要紧的是，他胆大包天到连本门那位师叔祖都骂了，话还说得难听，直接就说是老祖教徒无方，一大把岁数教出了孙长老这么个见识不明的老头，可见也是糊涂的，这……”

甘文晴还是第一次听说那位胆大包天的杜师兄居然说出了这般大逆不道的话语，一时间愕然之后也是无语以对，面泛忧色，摇头不止。半晌之后抬起头来，甘文晴却只见康宸站在一旁，面带恳求之色地看着自己，欲言又止，期期艾艾又不肯离去，一副纠结模样。她是何等兰心蕙质的女子，对门内种种纠葛又了如指掌，只一转念间便想明白了这小子心中念头，哼了一声，道：“你想说什么？”

康宸一看这位美丽师姐的脸色，哪里还不知晓她已然想到了什么，只是装着糊涂不肯说而已，一张脸上立刻便露出几分谄媚之色。只是这小子实在是英俊不凡气质出众，就算对甘文晴赔着笑脸，整个人居然也有一番玉树临风的英俊气质，比起站在一旁的王亘还更帅气几分，加上又年轻潇洒，一时间惹得那些新人弟子中不少少女都将眼光偷偷瞄了过来，隐隐都有几分倾慕之色。

康宸却顾不上这些黄毛丫头的目光，此刻眼中只有眼前这位美丽过人的师姐，赔笑道："师姐，好师姐，你行行好，救救我师兄吧。"

甘文晴嗤笑一声，眼睛向天空瞄了一眼，哂道："你那位杜师兄胆子大到连老祖宗都敢骂了，这等气势，金虹山上无人可及，还要我救什么救？"

康宸正色道："师姐此言差矣，想我那杜师兄人头猪脑，口无遮拦，最是蠢钝不堪，与你比起来犹如泥坑破石与九天美玉，相差不可以里计。还请师姐发发善心，救他一回。"

甘文晴似笑非笑，看着康宸片刻，笑道："臭小子，你这么损你杜师兄，他在黑云洞中知道吗？"

康宸大义凛然，道："便是杜师兄就在此地，我也是这般直言不讳。"说罢脸上神情瞬间翻转，又是一脸谄媚，道，"师姐，好师姐，求你回去与云霓师叔求个情，让她出面关说一下。你也不是不知道，如今宗门里几位长老中，孙长老掌管刑罚一向严厉，唯独对你师父云霓师叔一直另眼相看……"

甘文晴瞪了他一眼，康宸连忙收了口，小心翼翼地站在那里，缩着脑袋一副可怜相，如此举动一时间又引来周围不少正在上船的少女有些忧郁担心的目光。甘文晴哼了一声，沉吟片刻，终究还是没好气地道："好了，别装那副可怜相，我回山之后去求一求师父，但是到底能不能请她老人家出马关说，我可不能保证。"

康宸大喜过望，哈哈大笑，道："如此多谢师姐了，只要云霓师叔出马，咱们凌霄宗里哪有她不能摆平的事？待日后杜师兄放了出来，我一定随他到云霓师叔的洞府外拜谢。"

甘文晴白了他一眼，懒得再去理会这一心只想救那师兄出来的家伙，目光盈盈如秋波转动，从那边的新人弟子人群中一一扫过，心头却是掠过一个身形潇洒带了几分不羁狂放气息的男子身影，一时间默然不语。

适才拜仙岩上数十个金色法阵光圈亮起，声势浩大，引得在巨岩之上的众多少年惊呼诧异，后来又以凡人眼光看来匪夷所思地直飞上天横跨沧海，简直让这些十二三岁的少年目眩神迷，为这仙家神通所折服。

此刻虽然以那些光圈法阵为界限，隐约有一道无形力墙挡住了巨岩四周，不让这些少年过于靠近巨石边缘，以免发生危险掉落下去，但如此神奇的仙家法器就在自己眼前活生生地出现，绝大多数少年都忍不住好奇之心，纷纷上前仔细观看，人潮涌动中，倒是把之前隐约分出的三个小圈子给冲乱了。

沈石站在人群中，也为这凌霄宗神奇的手段所慑服，这时候看着这御空快速飞行的巨大岩石，心里只剩下了一个念头，那便是“凌霄宗果然不愧是天下名门”。

这种手段、这等气魄，又哪里是阴州那边玄阴门等小门小派所能比拟的。

正惊叹间，沈石忽然觉得自己肩膀被人拍了一下，回头一看，却是孙友不知何时又走了回来，笑看着自己。沈石笑道：“你怎么又过来了？”

孙友耸耸肩，道：“那边都是些老相识，打个招呼也就完了，其实也没什么话说。”

沈石微微一笑，心里却回想起刚才孙友在人群最中心那个小圈子里时的模样，分明就是熟人熟面长袖善舞的感觉啊，只不知为何他会在自己面前带着几分不经心的模样这般随意地说道。

正在此时，有数人从自己身前不远处走过，为首几人是刚才那些个世家子弟小圈子中的人物，其中一人沈石还有些印象，正是那个侯家嫡系出身的侯远良。沈石心中一动，目光微转看向侯远良的身后，果然在三四步外看到紧紧跟着的小胖子侯胜。

此刻那侯胜似乎也注意到沈石站在此处，向他看了一眼，脸上笑容顿时一沉，狠狠瞪了他一眼，还握紧一只拳头示威一般向沈石挥了挥手，一副等老子有空了迟早教训你一顿的气势。不过片刻之后，前头侯远良与身边另一位世家子弟说了几句话后，似乎有些事，随后叫了一声：“小胜。”

侯胜立刻答应一声，脸上瞬间堆满了笑容，一溜烟跑了过去。

对侯胜的示威，沈石也只能翻个白眼，并没有多说什么，只是这一幕恰好被站在他身边的孙友看在眼中。孙友有些意外地道：“咦，这小子不是那个……那个谁来着，好像是侯家以前一个家生子奴仆的小孩，打小便跟着侯远良那小子，呃，叫什么来着？”

沈石看了他一眼，道：“是不是叫侯胜？”

孙友一拍掌，道：“不错，就是这名字，世家子弟身边的使唤人太多，有时候实在记不过来。话说，为什么你一个岚州过来的人，会和侯胜看起来不太对眼啊？”

沈石苦笑一声，沉吟片刻后，还是将事情原委粗略说了一下，当然其中一些关键处包括那个小罐，都略去不提。

孙友听了之后，撇了撇嘴，露出几分轻蔑之色，道：“哦，他那个老爹我以前还真是听说过，出了名的贪财小气，仗着自己跟侯家那一点点不上台面的关系，在南天门那里摆摊骗人也不是一次两次了，想不到这次对你也用了这种把戏。”说罢，对沈石轻轻一挥手，道，“回头我找到他跟他交代两句，他自然不敢来找你的麻烦。”

沈石一时间对这个新朋友颇有几分刮目相看，上下打量了一番孙友，笑道：“看不出来，你在他们这圈子里居然很有势力的样子嘛。”

话音未落，那孙友正笑着想说什么的时候，两个少年同时听到旁边有人嗤笑一声，一个悦耳柔软十分好听的声音，从一旁传了过来，却是带着几分讥嘲口气，笑道：“说别人狗仗人势，你自己不也是倚仗着有个好姓氏吗？光会说好听话儿，其实说到底，你也不过就是投了个好胎罢了，别忘了你上头还有个哥哥呢。”

孙友的脸瞬间就黑了，双眼目光看着似刀子一般，冷冷地向旁边说话的那个女孩盯了过去。

沈石站在孙友旁边，突然听到这么一句丝毫不留情面的话语插了进来，也是诧异，转头看去，然后便看见了一个胖胖的女孩站在二人身旁不远处，肤色白净，容貌颇为美丽，以她这个年纪，秀眉杏目顾盼风流，在沈石以往见过的女孩子中，已经算是极出众的小美人坯子了。

只是这位小美人的身材却明显比普通人要胖了一圈，整个人看上去胖嘟嘟的，顿时便让美丽的容颜变得有些走样。此刻在她手间正拿着一包零嘴蜜饯，不时往嘴里放上一枚，咀嚼不停，抬脚走路之间，踩踏在地板上的声音，听起来似乎也要比旁人沉重一些，发出低沉的“咚咚”声。

不过片刻之后，沈石目光却移到了这个胖女孩的身侧，顿时一怔，只见在她身后一步远的地方，还站着一个女孩，居然正是不久前在石阶上差点害死自己的那个钟青竹。

钟青竹显然也看到了他，眼中掠过一丝尴尬，贝齿微咬嘴唇，脸颊有些发红，慢慢低下了头。

孙友盯着那胖女孩看了片刻，然后脸上怒色忽然退去，重新开朗起来，微微一笑，开口道：“好久不见啊，肥妞！”

“啪”一声脆响，胖女孩手中的零嘴纸包被一下子捏破，原本白净的脸颊上涌起两团红晕，瞬间怒容满面，瞪大了双眼，看着像是咬牙切齿般愤恨无比地盯着孙友，恨不得冲过来咬他两口的模样。

第二十六章■青鱼

巨大无比的拜仙岩飞驰在沧海之上，所过之处风卷云动，碧蓝澄澈的海面上也被无形的疾风拉开了一道粗大的浪花，掀起数尺高的浪潮，形成了一幅无比壮观的画面。

如此飞行了约莫半个时辰，拜仙岩上的少年们逐渐看到了一座屹立于沧海深处高耸入云的仙山。远远望去，只见这山峰雄伟挺拔，直入苍穹，山体上郁郁苍苍，多有古树老木，祥云蒸腾，仙禽翱翔，清脆的鸟鸣声清亮悦耳，不时从山中传来。

而在这座山下方周围，一眼看去，又有无数大大小小岛屿围绕在侧，如群星拱月一般，在这千里之外的沧海深处，造化出了一处神奇缥缈的仙家圣境，洞天福地。

拜仙岩越飞越近，速度也随之缓缓减慢，不过在前头掌控的王亘似乎并没有立刻停下的意思，而是操控着这个庞然大物稍稍靠近了一些那座高山，也就是传说中的金虹山。

巨岩之上，同时响起了他浑厚的声音，在每一个好奇而激动的少年耳边回响着："诸位，眼前这座仙山，便是本宗山门所在的金虹山，以阳光晴好之日，峰巅旭日台上便有宏大金虹而得名，是海州乃至鸿蒙南方首屈一指的洞天福地，有南方第一仙山之名。"

不知多少道目光，此刻都放射出热切的光芒，注视着这巍巍雄峰。

拜仙岩速度缓缓减慢，最后在半空中停了下来，从此处看去，因为已经十分靠近金虹山的缘故，相比之下原本极大的拜仙岩，就像是一块丝毫不起眼的小石子，孤零零地悬挂于海面上。

"仙道自古艰难，尔等虽有仙缘，但最后能否登堂入室，真正踏上修仙之路，一靠机缘，二看修行。从即日起，尔等即是我凌霄宗外门弟子，入金虹山下青鱼六岛修行，一应规矩，稍后自然有人告知。一日不登凝元境，便不得出青鱼六岛一步。可都明白了？"

巨岩之上，众少年俱都沉默，激动之余，也对未来隐隐有一些忐忑不安。王亘说到此处，也不再多言，双手一挥，拜仙岩再度启动，不过这一次，却是远离了金虹仙山，向着环绕在金虹山周围那千百个岛屿所组成的群岛外围某处飞去。

如此飞驰了一刻左右，其中掠过了数十座岛屿，匆忙间众多少年也来不及细看什么，只是偶然有眼尖的人会看到其中某些岛屿上有人影闪动，也有些地方会有楼台殿阁等屋宇建筑，不过更多的地方似乎还是无人居住的模样。

很快，在拜仙岩的前方，突然出现了一片宽阔平坦的水域，这里的海水看上去平缓不深，呈现出一种令人心醉的浅蓝色，有些地方更能看见洁白细腻的白色沙滩，望之如画。

而在这片宽阔海面的中间，有六座大小不一的岛屿，头尾相接，一眼看去颇像一只正在戏水游动的青鱼，想必所谓“青鱼六岛”的名字也是由此而来。

看到那一处地方，拜仙岩上的少年们大都知道了眼前这座青鱼岛应该就是未来数年之内，自己将要修行的地方了，一个个都好奇地张望不停。

在王亘的掌控之下，拜仙岩飞到青鱼六岛上空后，在空中徐徐转了一个弯，伴随着一道巨大的轰鸣声，最后降落到了六岛中最大的一个岛屿边缘。

这座小岛在六岛中面积最大，位置在“青鱼”的鱼腹。岛上郁郁葱葱，居然还有一座小型山脉。临近海边的地方，生长的树木都是高大挺拔的乔木，一根粗直的树干径直生长，到了很高处才有树枝分杈和一些沈石之前从未见过的果实挂在树梢，唯独不见有花朵之类的东西。

海风阵阵，吹拂过展现在他们面前的沙滩，白色灰色的海鸟，在远处岛屿的边缘翱翔，而在沙滩前方尽头，一片经过修整的平坦空地上，早就站着许多人。他们都身着相同服饰，与巨岩之上的凌霄宗弟子有几分相似，但细看之下又有不同。

那些在拜仙岩上去接众少年回来的凌霄宗弟子，明显一个个都身负道行，身上衣服多以青色为主，而这座岛屿上来迎接他们的人，身上服饰的颜色要更浅一些，以白、灰两色为主。

巨石“轰隆”一声，在海边沙滩上完全停了下来，随后在凌霄宗弟子的指引下，众多少年顺着刚才上来的那条石阶走了下去。

其实以石阶之陡峭，若是身无道行，从上往下走比起从下往上攀爬，有的时候反而还更难一些。不过这一次到了青鱼六岛，接引的凌霄宗弟子并没有再坐视不管的意思，而是纷纷踏足石阶，在一些陡峭危险的地方纷纷伸手扶持下行的少年一把。

在他们的帮助下，超过四百人的少年下来的速度反而比上去的时候要快了许多，也没有再出现类似沈石遇到的那种倒霉事。小半个时辰后，所有人便都安全地下了巨石，来到了青鱼岛上。

在平整的空地上站好，四百余人看上去黑压压一片委实不少，不过相比起这座岛屿来，却似乎又是微不足道的样子。在这片空地之后，有数条宽敞的通道往不同方向延伸进岛屿深处，远远望去，多有楼房殿堂，人影走动也是随处可见，看起来很是热闹。

而随着一众人下到此处，王亘与甘文晴、康宸等人最后走了下来，不过当他们走过来的时候，许多凌霄宗弟子都自动给他们让道，显然这几位在宗门之内的地位与众不同。

王亘当仁不让地往前一站，目光炯炯扫过众少年，片刻后朗声道："现在你们十人一队分开，稍后每队会有一位师兄给你们讲解本宗诸般规矩以及在这青鱼六岛上的一应事宜。你们手上的云符，切记要小心保管，那上面有本宗前辈加持的神通，待你们开始修炼稍有道行灵力后，还有妙用，同时云符也是你们在青鱼六岛包括日后若是登上金虹山时，重要的身份凭证。"

说到此处，他顿了一下，又道："宗门规矩，新人弟子五年一期，由专人主持诸般事宜。我名叫王亘，受掌教真人以及诸位宗门长老重托，这五年中，便在这青鱼六岛主持大小事务，若无大事，我平日里便在这岛上轩日堂里静修，你们有诸般事宜不明白的，可问本队的师兄，还有不解迷惑之处的，亦可来寻我。都听清楚了吗？"

他声音这般浑厚嘹亮，自然是人人听得清清楚楚，一时间众少年纷纷回应。王亘不再多言，回头与身旁的甘文晴、康宸说了两句。甘文晴随后将人群里的甘泽召了过来，仔细叮嘱几句后，又回头向王亘打了个招呼，随后便御剑离开。

与此同时，原先在这座岛上来迎接的那些人则纷纷走了出来，也并未详细划分身份什么的，基本上都是只要站在近处的，随意就圈了十个人出来，即为一队，然后划分的人便是督导这一个小队的师兄了。

沈石从下来后便站在人群里，孙友看起来与他颇有几分投缘，便也和他一直站在一起聊天，此刻也是不出意外地被划为一队，倒是让他们有些意外和欣喜，只是……

后背上始终有一种似芒刺一般微微刺痛的感觉，实在是让沈石很无奈。

他转头看了一眼站在身旁的孙友，孙友一脸无辜地看着他。沈石叹了口气，道："大哥，你好歹把这事解决了好不，总被人这样看着实在让人受不了啊。"

孙友翻了个白眼，一脸晦气的样子，也不转动身子只是向后退了一步，便与某人并排而立，然后看着身旁那位满脸怒意、恨恨盯着他不放的胖女孩，道："钟青露，你老是瞪着我们做什么？"

这位名字听着清雅温柔却与实际形象差距很大的胖女孩，咬着牙，盯着孙友，看情形若不是眼下置身于凌霄宗青鱼岛，实在不是乱来的地方，她一准就扑上来直接跟孙友拼命打架了，恨恨地道："你——你竟敢在这么多人面前说……说……"

孙友看了她一眼，道："我说什么了？"

钟青露又是咬牙，却是闭嘴不语。孙友叹了口气，道："是你先骂我的。"说完他顿了一下，带着一丝无奈，道，"你看，我也不知道今年这凌霄宗居然是就近将人划成一队，这眼看着以后你们两个也都和我在一队了，日后见面的机会也是无数，要不咱们就算了吧，不然整日光吵架，哪里还能静下心来修炼？"

第二十七章 ■ 争吵

钟青露冷笑一声，胖乎乎的小脸上却露出几分寒意，道："骂你又怎样？你一个小兔崽子，有那么一个修道不成的肥猪老爹，不就是靠着孙长老，这才得了一个拜入宗门的名额，还想着一步登天？做梦去吧你！"

孙友看了她片刻，忽然间又笑了笑，然后道："我觉得你特别像我老爹。"

钟青露一时没反应过来，怔了一下，但从她身畔忽然有另一位少女伸过手来，正是钟青竹一把拉住了她的手臂，看样子似乎有些着急。只是还没等钟青露那边有什么反应，孙友已然面色平静略带嘲讽地开口说了下去："你跟我老爹一样，常常骂人，身材也异于常人，活得特别不容易吧。"

遥远的流云城中，某个无所事事的胖子忽地打了个喷嚏。

钟青露呆了片刻之后，随即醒悟过来。孙友老爹孙成栋是凌霄宗当今四大长老之一的孙长老的二子，这些年来在孙家地位不低，手中也掌握了不少权力，但因为在修道上资质一般，与他那位勇猛精进天资过人如今已是神意境道行的大哥截然不同。虽然当年他也曾拜入凌霄宗门下，但数十年修炼至今都未跨过炼气这一关，加之身材肥胖，在众多附庸世家里常常被人在背后嘲笑讥讽。只是修道中人自古子嗣艰难，境界越高者越是如此，孙长老虽然恨铁不成钢，平日里见面也多有责骂的，但众所周知还是颇为照看他的，这也是孙友父子如今风光的源头。

眼下孙友虽未口吐脏字，但将之前钟青露骂自己老爹的话语差不多全数奉还，话里讥讽之意，又比之前更恶毒了几分，直把钟青露气得脸颊惨白，面无人色。她一个十二岁的少女，正是爱美的时候，平日里对自己有些肥胖的身材就十分在意，最为忌讳别人提起这一点。别说在钟家从不敢有人在她面前说起这“肥胖”二字，便是出门与其他世家子弟见面玩耍时，连甘泽、侯远良这等傲气之人，一般也知晓她的逆鳞，等闲也是不提这一茬的。

谁知今日到这凌霄宗内，却被孙友一而再，再而三地打脸，差点就把钟青露气晕了过去，若不是此刻手臂被身边之人死死拉着，怕是她已然冲过去与孙友拼命了。

站在一旁的沈石看了站在钟青露身边的钟青竹一眼，只见两位少女脸型轮廓看着有几分相似，年纪上钟青竹似乎比钟青露稍小一些，而且从她们的名字上也能想到，应该是同一辈分的堂姐妹。沈石之前在石阶上发生意外的时候仓促焦躁，火气很大也没细看，就光记得骂人了，此刻看去，但见这位少女秀雅清淡，肤白胜雪，一双明眸盈盈似水，虽然年纪尚小仍未长开，却已经有令人眼前一亮的容貌颜色。

如果说钟青露容貌生得不错，颇有几分美人坯子的趋势，只是被如今这副肥胖身材坏了大半、丑了许多的话，那么她身边这位少女，便就是完完全全的小美人了。

只不过眼下钟青竹却是一脸焦急，死死拉着钟青露的手臂不放手，压低了声音，道：“姐姐，别乱来啊，这可是到了凌霄宗的岛上了。”

钟青露看着却是向来霸道惯了的，如今被孙友这么当面恶毒讽刺了一句，气头上来，怒不可遏，根本不听这少女的劝，挣扎着就要向孙友和沈石这边冲来。

钟青竹急得不行，想起来之前家中长辈多次告诫，凌霄宗乃是门规森严的宗门大派，万万不可乱来，否则触犯门规，惹怒了接引之人，搞不好就直接逐出门墙，从此与这份修道仙缘断了干系也说不定。钟青竹当下拼命拉着钟青露，一边压低声音劝她，一边回头张望，正好看见孙友似乎还欲开口，登时就对孙友急道：“这位哥哥，你——你就别说了，再说就出事了呀！”

孙友怔了一下，看了她一眼，随即微微一笑，点点头算是答应，然后向后退了一步，回到沈石的身侧。

沈石有些无奈地看了他一眼，低声道：“算了吧。”

孙友撇撇嘴，苦笑一声，道：“又不是我想吵架的，你也看见了，都是她不肯干休，说话间还牵扯了我父亲。”

只是他这里退了一步，那边钟青露看着却是越发恼怒，在那边兀自挣扎，连挣了几下都没挣脱钟青竹，一怒之下反手一甩，“呼”的一声手掌就向那少女脸上打了过去，眼看要甩她一记耳光。总算临到头她的手掌收了一下，擦着钟青竹脸颊边缘刮了一下闪过去，并没有打实在钟青竹的脸上，但也让钟青竹吓了一跳，情不自禁地向后退了一步，伸手捂住脸颊，再抬头时，眼中已带了几分委屈。

钟青露不知为何，此刻好不容易挣脱了钟青竹的拉扯，却没再理会孙友，反而满脸怒意地瞪着那个一脸委屈的钟青竹，刁蛮而随意迁怒地道："钟青竹，你装什么好人？"

那美貌少女身子抖了一下，贝齿轻咬嘴唇，慢慢低下头来，似乎在这位姐姐面前，向来是受气惯了的，并无反抗之意，纵有委屈，也是强忍了下来。

此刻便是沈石在一旁看了这等情形，也是皱起了眉头，心里对这位名叫钟青竹的少女产生了几分同情之意，连带着把之前拜仙岩石阶上差点被她害死的怒意也冲淡了许多。只是听着名字，钟青竹应该也是钟家出身的，比钟青露稍小但算是同辈子弟，不过按照孙友之前的说法，她乃是钟家旁支小宗的庶出孩子，想必是因为天资不错而被人看上，所以才得到了这么一个拜入宗门修炼的机会。

钟青露恨恨地骂了那钟青竹几句，转眼想起了身后还有一个真正的"仇敌"，猛地转过身来，盯着孙友，恨恨道："臭小子，今日便宜你，等以后安顿下来，看我不整死你！"

孙友失笑，目视着她，"啧啧"两声，道："这话说的，好怕人啊，不过以前不觉得你这么笨啊。如果甘家的甘泽说这话，我还怕他甘家资格老，宗门里故旧多；又或是侯家的侯远良说这话，我也忌惮几分，他们老侯家如今可是有一位元丹境老祖爷爷在门中，厉害得不行；如果是你说的嘛……"

说到此处，孙友随意地压了压手指，淡淡道："你们钟家有什么，往年不过是专一为宗门找寻灵草的附庸世家，如今神仙会遍布各地，宗门与其一日交易所得，便胜过你们钟家一月所获；说到门中靠山，你们钟家百年来人才凋零，如果我没记错的话，这一甲子以来，连一位神意境修士都没出过吧？话说得这么凶，可惜却是吓不死人的哦。"

钟青露气得脸颊红了又白，连身子都微微颤抖起来，一时间竟是连话都说不出，倒是在她身旁的钟青竹咬了咬牙，踏上一步，看着孙友道："这位大哥，我不知道你是出身哪个大世家的子弟，但是我们钟家如今再怎样没落，只要我们后人奋力修行，日后总会有兴盛一日。你——你不要欺人太甚……"

孙友咳嗽了一声，看着钟青竹那张年纪小小已然颇有风姿的脸庞，耸肩道："刚才你在旁边可是都看到了吧，我可没主动招惹你这位姐姐，都是她先骂我又骂我老爹，我这才还口几句。莫非你是要我像你一般，打不还手骂不还口吗？"

钟青竹一时语塞，下意识又轻轻咬了咬嘴唇，这无意识的动作在她做来，却仿佛又让她在委屈中平添了几分妩媚。

到了最后，钟青竹终究还是连说带劝地将钟青露拖到了一旁，临走的时候，那钟青露兀自恼恨不休地盯着这边，连跟孙友站在一起的沈石也被她瞪了一眼。

沈石站在一旁，默然片刻，长出了一口气，心里却默默摇头，想着这一天下来真是各种莫名其妙，转过头看向孙友，孙友莫名地有些心虚起来，摊了摊手，道："大哥，这是那疯丫头乱来，跟我真的没太大关系啊。"

沈石撇撇嘴，忽然开口问道："对了，听刚才的话里，令尊是个肥胖之人？"

孙友点点头，道："大胖子，胖得不行，随便走几步都要喘气，每次我爷爷见到我老爹那副模样，都会发火骂他一顿。"

沈石沉默了片刻，孙友有些奇怪地看着他，道："好好地你问这个做什么？"

沈石心里掠过自己那位不知所终的老爹，昔日阴州西芦城内天一楼的大掌柜，也是一位出了名的矮胖之人。他看着身旁的孙友，心里突然觉得和这个家伙亲近了不少，虽然这感觉有些诡异。他伸手轻轻拍了拍孙友的肩膀，道："我觉得咱们两个很有缘分啊。"

"啊？"孙友不明所以，带了几分疑惑地抓了抓头。

四百多人的新人弟子，最后十人一组分成了共四十三支小队，每十人便有一位师兄过来带领着，分头向岛内深处走去。

沈石与孙友所在这一队同样也是十人，除了他们两人外，因为之前吵架站得太近的缘故，很不幸地，钟家姐妹两人也被随意地和他们分在了一起，除此之外，还有另外六人，不过都没有世家子弟出身的少年了。

十人中，七男三女，除了钟青露、钟青竹外，还有一位名叫贺小梅的少女，看着容貌一般，但性子开朗活泼，大家跟着前头领队的那位师兄走了一阵子，她倒是已经和多数人都说过话，混了个脸熟了。

至于带队督导他们这十人的那位师兄，名叫苏河，看着年纪也不大，还不到二十的样子，举止斯文，面上常带微笑，倒不算是太难相处的人，一路上贺小梅大着胆子问了他几句话，苏河也是有问必答，笑吟吟的，和众人很快便打成一片，倒是让这些新来的弟子心中宽慰了许多。

走着走着，沈石渐渐发现这座岛屿其实比自己想象中的还要大上许多，苏河带着他们是从那片沙滩上最左边的一条通道上离开的，沿路一直走了很远，道路两旁树木成林，海风吹来，只见树叶摇曳，沙沙作响，一股凉爽之意遍布全身。

很快前头树林稍疏，又露出几块洁白沙滩，潮水温柔而平缓地涌上又退去，往里数十丈，便是一座山丘的山麓。

一长排面对海面、脸面平整的屋舍，并排建立于此。

苏河回头对着沈石等人笑道："好了，以后数年之内，你们就住在此处了。"

第二十八章 ■ 洞府

此刻他们行走的道路是沿着沙滩而建，清澈起伏的海水，就在距离他们不到十丈远的地方，前头道路仍旧蜿蜒前行，山脉起伏，像一双修长的臂膀将这一弯海水拥在怀中，形成了一个天然的平静海湾。

走到这里的新人弟子并不只有他们十人，相反，被类似苏河等前辈师兄带领过来的新人弟子人数颇多，看来许多人都被安排住在这里。

苏河带着沈石等人走到海湾中段某处，此时那些屋舍都已展露在少年们的眼前，几乎所有的房子都一模一样，琉璃青瓦白净墙壁，分为前后两进，靠前的居然还是个种有花草树木的小院，虽然面积不大，却自有清雅之风，令人心生安宁；而后面便是新人弟子，或者也可以说是如今的凌霄宗外门弟子们日常起居的地方，因为紧靠山麓的缘故，直接在山体上开凿出了一个个洞穴，整修一下，便成了修炼洞府。

每一处洞府之前都有一座石门，门扉紧闭，上面刻着文字数目。苏河带着他们走到一处写着"甲四十"的洞府外，道："从这里开始，从甲四十直至甲四十九，这十座洞府便是你们十人所住的地方。"说着顿了一下，又一指石门，只见明显是一整块大石凿成的沉重石门上，正中一处镶嵌了一块圆形轮盘，上面刻着八卦阵纹，隐隐有云气缓缓流动，"你们过去以后，拿出你们的云符往这里贴一下，这八卦锁便会认主，自此以后，除了你们本人用云符才能开启洞府石门外，其他人包括我在内，都是无法进去的。"

沈石等人都瞪大了眼睛，看着石门上那一处八卦锁，除了阵纹有些繁复外，似乎也并没有什么特别之处，想不到居然还有如此妙用。

苏河微微一笑，对他们招手道："现在你们谁来试试？"

话音刚落，站在沈石身旁的孙友便跳了出来，一脸兴奋之色，道："我来，我来。"

他说着快步跑到那石门边，从怀中取出云符，小心翼翼地靠近那八卦锁，旁边沈石等人都仔细看着，一开始似乎并没有什么变化，孙友有些愕然，转头看向苏河，苏河笑着摇了摇头，道："贴紧了。"

孙友哈哈一笑，把云符往前一送，这一次却是直接按在了八卦锁上，果然片刻之后，云符上一道云气闪烁而起，八卦锁像是受到了什么刺激一样，同样也缓缓转动起来。在众目睽睽之下，那些繁复的八卦阵纹居然流动起来，以一种极快的速度开始重新排列顺序，同时发出低沉而细微的"啪啪"声，没过多久，这声音沉寂了下去，在那八卦锁中心隐隐浮现出"孙友"二字，然后又迅速消失不见。

随后，这石门根脚处发出低沉的"隆隆"声，整座石门缓缓向旁边退开，露出了一间宽敞明亮的洞府。

孙友一声欢呼，哈哈笑着，第一个跑了进去。众人也都好奇，包括钟家姐妹在内，这一刻也顾不得之前与孙友的龃龉，跟着苏河等人走了进去，好奇地张望着石门后的洞府。

这洞府开凿于山体之上，四周墙体都是坚硬的灰色岩石，不过修葺得十分平整，同时开了天窗可以让阳光照下，所以洞府中并不显得阴暗冰冷，反而十分亮堂舒适。

桌椅床褥，俱都齐备，特别是洞府一侧的墙壁上，直接在石壁上开凿出了三层石架。这些石架此刻当然都是空空荡荡的，但日后修炼时日长了，这里想必能摆放许多东西，诸如一些灵材什物什么的，看来当年建造这些洞府的前辈们想得十分周到。

苏河站在洞府中，让这些兴奋好奇的少年先四处看了一会儿后，这才出声叫了他们过来，聚到屋中唯一的一张桌子边上，微笑道："好了，你们的洞府差不多也是这样，以后有你们看的时间。现在还有几件要紧事，我先跟你们交代一下。"

众少年看他脸色第一次变得郑重起来，顿时都聚拢过来老实倾听，只听苏河指着桌上不知何时放置的一只铁盒，道："你们每个人的洞府桌上，都已经事先放好了这样一只铁盒。盒中有两套外门弟子服，一份青鱼六岛简图，一份《凌霄简略》，上面是本门门规以及如今宗门一些粗略情况，都写得清清楚楚。诸位师弟师妹，在此我要郑重再次提醒一次，本门乃是传承万年的名门大派，门规最是森严，虽说平日修炼看似宽松，但一些门规禁止之事，绝对不可违逆，否则轻则处罚，重则逐出门墙，断不容情，可明白了？"

沈石等人都是心中一震，纷纷点头答应。

苏河微微一笑，神色放缓，道："诸位师弟师妹都是天资过人之辈，非如此也不能有如此仙缘拜入宗门，日后好好修炼，大道可期。"

说完这客气话，他沉吟片刻，又道："除此之外，盒中还有一颗灵晶，一份《星罗功法诀》，此乃本门最基础的功法，也是你们在炼气境修炼的根本。从明日起连续七日，王亘师兄会在本岛晨星殿中讲述传授星罗功，你们都要去，这可是难得的机会。过了这七日，以后你们再想进那晨星殿，可就要支付灵晶才能进去了。"

"啊？"众少年一个个不明所以，旁边一个少年更是直接问了出来，道："苏师兄，这是为何？"

苏河笑了笑，道："晨星殿乃是本宗祖师以大神通，于本岛灵气最盛之地所建，殿下暗中布置有奇妙大阵，可以收拢提纯天地灵气，在晨星殿中修炼，能让炼气境的修士修炼速度提高一成吧。"

"原来如此。"众少年议论声此起彼伏，但沈石却是想到了某事，忍不住开口问道："师兄，不是说咱们人族吸纳天地灵力，只能从灵晶中吸取的吗？那晨星殿里聚拢天地灵力，咱们也吸纳不了啊，如何能提高修炼速度？"

苏河怔了一下，显然也被这个问题问住了，想了一会儿才道："关于这一点，我倒也不是特别清楚，但是历代在晨星殿里修炼过的前辈师兄们都有如此感觉，想必不是假的。或许……是因为晨星殿里灵气旺盛，多少也有补益，能让我们从灵晶中多吸取一些灵力？"

众少年纷纷点头，看来都认可了这个猜测。沈石虽然还有些疑惑，不过也没多想，凌霄宗如此名门大派，种种妙法神通匪夷所思，一处小小的只针对炼气境有所补益的殿堂，又有什么奇怪的，当下很快就将这念头抛在脑后。

眼看将诸事都交代得差不多了，苏河长出了一口气，随后目视这些少年，笑了一下，道："好了，现在是最后一件事了。"

沈石看他神情重新肃穆，正有些奇怪处，却见苏河从怀中取出一件奇怪的东西，形似鸟笼，只是笼中地方不大也没关着小鸟，却趴着一只看起来懒洋洋的小动物，看这形状，倒像是一只灰皮蛤蟆。

苏河脸色一正，道："本门掌教真人岑怀远祖师，自三十年前接掌掌教大位，为宗门百年大计，提携发现新人弟子中真正英才，特立下门规铁律：凡入本门修行之新人弟子，于青鱼六岛之头五年之期，所有人不得自行携带灵晶入岛，以期所有弟子能在公平修炼之后，发掘真正的英才俊杰。"

说着，他指了一下手中那只笼里的灰皮蛤蟆，微微一笑，道："诸位，请一个个靠过来些，除非你们身上有那种只有修炼到凝元境才能使用的芥子袋、乾坤袋等法器容具，否则的话，是不可能躲过这种天性最爱吞食灵晶的吞晶蟾的感觉的。”

沈石登时为之一怔，在他身上的确还是有灵晶的，那是在阴州西芦城中与父亲分离时，父亲交给他的，前日在流云城买那小罐花掉了一颗，现在还剩两颗，想不到到了这里，凌霄宗居然还有这种规矩。

不过仔细一想，沈石却是喜大于忧，自己仓皇千里而来，身上虽有灵晶却也少得可怜，但孙友与钟青露等出身于本地世家的子弟却截然不同，可以想见，若无这条规矩，他们这些受到本家重视的子弟所能获得的灵晶，几乎是不受控制地充沛。

所谓修炼，从某种程度上就是看灵晶多少，然后才是各人的天资高低，有了这一层家世原因，本来就不够公平，也难以看出众人真正的天资水准。想不到凌霄宗如今这位岑怀远真人竟然有这般远见魄力，定下如此规矩，至少在最关键的开始五年间，所有的新人弟子都是在一种大体公平的境遇下开始修炼的。

只是……沈石在欣喜之余，心中却也悄悄地想着，这规矩虽好，只怕那位岑怀远岑真人，必定是将凌霄宗门下诸多世家大族都得罪死了吧，毕竟这规矩明摆着就是针对这些附庸世家。不过随后沈石又微微一笑，甩开了这无谓念头。

那位是谁？那可是当今凌霄宗的掌教真人，放眼天下都是赫赫有名的修真界顶尖人物，想必应该也不会在意一些世家大族的反应了吧？

呃，应该是这样的吧，沈石在脑海中掠过这样一个念头后，走上前去，将自己身上仅有的两颗灵晶掏了出来，放在了桌子上。与此同时，那笼中的吞晶蟾在他靠近的时候，身子忽地一动，像是感觉到了什么，缓缓睁开了眼睛。

第二十九章 ■ 石室

沈石是第一个走上前去缴纳灵晶的少年，苏河这时则在桌边坐了下来，取过纸笔在纸上记下了“沈石，两颗灵晶”的字样，看着他微笑道：“你们都放心，眼下收取的灵晶只是暂时替你们保管，待你们修炼至凝元境或者是五年之后，自然便会将今日之物还给你们。”

沈石自然没什么不放心的，将两颗灵晶放在桌子上后，正想后退，那桌上笼中的吞晶蟾忽然“呱呱”叫了两声。苏河眉头微微一皱，道：“这位师弟，吞晶蟾似乎觉得你身上还有灵晶，不如你再仔细查找一下？”

沈石一怔，这一次却是真的大大出乎意料，仔细想了想，身上确实并无其他灵晶了啊，一时不由得愕然，只是看那吞晶蟾虽然趴着不动，但双目炯炯有神，分明正紧盯着自己。

一时间，屋子里所有人的目光都落到了沈石身上，其中各有复杂意味，沈石可不愿被人当作刚拜入宗门就欺骗师兄、违犯门规的人，这一下还真是有些着急了，连忙从怀里向外掏东西，同时口中道："苏师兄，我身上真的没灵晶了啊，不信你看看。"

随着他一件件向外拿，其实也没多少，无非就是一些小小贴身之物，包括当初他父亲给他的那个小小沙漏。直到最后，他伸在怀中的手忽然停顿了一下，因为最后一件东西，便是那七叶金葵花纹章的阴阳咒残篇卷轴。

"糟糕……"这是沈石脑海中掠过的第一个念头，难道这万年之前的东西居然有什么诡异之处，让这吞晶蟾感应到了吗，可这分明就只是一个卷轴而已，跟灵晶又哪里有相似的地方了？

这要是一拿出来，岂非是众目睽睽之下当场露馅，万一传了出去他手持妖族秘法，这凌霄宗还容不容得下他呢……要知道，人妖两族仇深似海，当年凌霄宗开山祖师甘景诚更是人族六圣之一，亲手斩杀的妖族异能之士不计其数，他传承下来的衣钵宗门，对妖法又怎么会有好感？

想到此处，沈石心里一阵懊悔，但情势逼人又哪能逃避，只得硬着头皮将那黑色卷轴往外拿。正动作时，忽然只听坐在桌边的苏河"咦"了一声，道："这是什么东西？"

沈石心中一沉，以为这位师兄果然目光敏锐发现了自己的秘密，正哭丧着脸想要解释恳求一番时，忽然望见苏河却是并没有看向正在向外掏阴阳咒卷轴的他，而是目光落在了桌子上，从那几件小东西里拿起了一物，正是那个父亲赠送给沈石的小小玉沙漏。

细腻的沙子在沙漏中轻细无声地滑动着，苏河看了这沙漏两眼，转手放在了笼子旁边，那吞晶蟾立刻"呱呱"又叫了两声，苏河点了点头，笑道："看来是这沙漏了，虽然看起来不像是灵晶，但或许其中玉质里夹杂了些灵气或是类似灵晶的杂质，吞晶蟾对灵晶感觉最是敏锐，所以才有所反应。"沈石心中大石这才落了地，也停下了往外拿卷轴的动作。

苏河也再未为难他。随后剩下的少年也依次过来接受吞晶蟾的检查，很快也查出了另有两人身上携带了一些灵晶，其中令人有些意外的是那位贺小梅，居然交出了一个袋子，里面有整整五十颗灵晶。这数目令苏河也咋舌不已，忍不住多看了贺小梅几眼，摇头笑道："师妹，你家里一定是大富豪吧？"

贺小梅脸颊微红，看上去就像是漂亮的花儿，笑道："哪有啦！"

除她之外，另外一位少年身上交出了五颗灵晶，也算不上什么，但是令沈石感到意外的是，出身于凌霄宗附庸世家的孙友和钟家姐妹，身上竟然一颗灵晶都没带。以他们的家世，这灵晶本该是比贺小梅还要多得多才对。

不过片刻后沈石便想到，这些世家紧紧依靠凌霄宗，如今这新人弟子禁止带灵晶入岛的规矩，显然也早就为人所共知，这才没人带上灵晶，这般看起来，自己倒有点显得是乡下人的模样了。

如此一番折腾后，总算是做完了所有事情，苏河伸了个懒腰，看来也是松了一口气，站了起来，道："好了，基本规矩和诸般事宜，我都已经对你们说了，若还有不明白的地方，回去记得仔细看铁盒中的那本《凌霄简略》，上面对一些重要和基础的事项，都有写明。我们修道之人，最重清静修炼，是以平日我也不会过来打扰你们，若是有事需要找我，可去飞鸟湾乙十七洞府寻我，又或者若是大事，直接去本岛中心的轩日堂求见王亘师兄也是可以的。"

说完他便准备向外走去，不过走到门口，他像是又想到了什么，迟疑了片刻，还是回头看着这十个少年，笑道："咱们这些人能相见于此，也算是一份机缘，就多跟你们说一句。如果我是你们的话，现在就要开始想想，怎么在这青鱼六岛上，多多赚取灵晶啊，毕竟有灵晶才能修炼的。"

说罢，他挥了挥手，再不多言，便离开了这里。

剩下的少年们面面相觑，对苏河临走的话语半懂不懂，灵晶当然是修炼中最重要的物品，这点谁都明白，但是要去想怎么多多赚取灵晶，这话里有什么额外意思吗？

听起来颇有一种不太好的感觉啊！

过了一会儿，众多少年回过神后，便一一出了这座洞府，毕竟如今这里已经姓了孙，是孙友专有的修炼洞府，而且大家也都满怀希冀地想要看看自己的住处是什么模样，很快便一哄而散。

沈石也打算去找一间自己的洞府住下来，不过在孙友的鼓动下，他最后就是选在隔壁，也就是"甲四十一"洞府，用自己的云符打开了八卦锁。至于其他的人，或许是因为讨厌孙友的缘故，钟青露、钟青竹便离他们这里远远的，跑到最后选了甲四十八、甲四十九两座洞府；贺小梅看起来也不太想自己一个女孩子，住处却在一圈男孩洞府中间，所以紧靠着钟青露，占了甲四十七；剩下的洞府便被其他少年瓜分了。

第一次走进自己洞府的时候，沈石心中还是有些激动的，当沉重的石门在身后“隆隆”合上，原本的喧嚣似乎突然被隔在了门外，石室中一片安静的时候，他的心情也逐渐地平静了下来。

石室中的摆设，果然如苏河所言，和刚才在孙友的那间洞府里看到的基本一样，同样，在桌子上也摆放着一只铁盒。

他这里看看，那里摸摸，时而走到床边按按被褥，时而在石壁上抚摩几下，走到那空荡荡的三层石架上观察一会儿，又抬头看看通风透亮的天窗。

这里，就是自己将要开始修炼，踏上修仙大道的起点吗?

他站在石室正中，深深呼吸了一下，在这再无旁人只有自己的时候，他脸上终于露出了一丝沉醉欢喜的神色，缓缓张开双臂，像是想要拥抱什么一般。

“咚咚咚，咚咚咚……”

忽地，一阵如擂鼓一般的声音从门口处传来，却是将正有些陶醉的沈石吓了一跳。呆立了片刻后，他连忙走过去用云符开了石门，只见孙友笑嘻嘻地站在门口，笑道：“沈石，老闷在屋里也没意思，咱们出去在岛上逛逛呗。”

沈石迟疑了一下，那苏河对这方面倒是没有特别交代，显然凌霄宗对新人弟子的平日生活去向，倒是没有特别限制的意思。不过初来乍到的第一天，沈石沉吟片刻，还是道：“孙友，我还是觉得先要看看那本《凌霄简略》比较好，我想看完再出去，要不明天吧，正好咱们要去晨星殿听王亘师兄传授《星罗功法诀》，到时候再好好看看这岛上风情，可好？”

孙友“嗯”了一声，想了一会儿，点了点头道：“也成，那你休息吧，我也回去看看那本《凌霄简略》。”说着掉头走了两步，忽又回头，笑道，“沈石，将来咱们都要一起开始修炼了，就比比看我们谁修炼得更快啊！”

沈石哈哈大笑，点头不语。

孙友走了之后，沈石重新关上了石门，洞府中也再一次安静下来。又打量了一番这间石室后，沈石在桌边坐了下来，然后打开了那只铁盒。

两套衣物，一颗灵晶，一纸法诀，一本记事简略，目光从这些简单的东西上扫过，沈石先是拿起了那张《星罗功法诀》，从头到尾看了一遍，沉思片刻后，又随后将《凌霄简略》拿在手中，随意翻看起来。

这本简略开头部分，都是一些凌霄宗的门规，倒也并没有特别之处，诸如不得忤逆师长等条款都在其中，随后便是一些对凌霄宗如今情况的简单介绍，这也是让新人弟子对宗门有一个基本的认识。那些如孙友一般的世家子弟或许早就知道了不少，但是对沈石来说，却是一个弥足珍贵的消息来源，看得他眼神渐渐发亮，为之惊叹不已，算是第一次真正从一个侧面，了解到这所谓名列天下“四正”之一，号称鸿蒙修真界顶尖名门的豪门大派，究竟是个什么概念。

“掌教岑怀远真人之下，还有金、孙、云、木四大长老，五人组成了宗门元老会，是凌霄宗最高的议事机构。”

“本门唯有修炼至凝元境弟子方可收为亲传弟子入金虹仙山，如今记有凝元境弟子一千一百余人，神意境两百三十七人，元丹境……”

“我的天……凌霄宗里光元丹境的大真人，竟然就有二十二位！”看到此处，沈石不由得瞪大了眼睛，一时间脑子都差点转不过来了。当年在阴州西芦城时，总觉得玄阴门已然是实力强大的修真门派，但是那门中也只有李老怪是唯一的一位元丹境修士，和如今这凌霄宗比起来，实在是相差太多太大了。

“而且这二十二位元丹境大真人里，自掌教真人以下，元老会五位长老，皆已修炼至元丹境巅峰境界，只差一步就要突破那传说中的元丹境大死关，窥探距离真仙只有一步之遥的天罡境了。”

“厉害啊……”随着书页的翻动，惊叹声在石室中不停地响起，少年已经完全沉浸在对这个辉煌而强大的宗门的敬仰之中了。

天色，在不知不觉中黑了下来，来到这个岛屿上的第一天，眼看着，就要这样悄然无声地过去了。

第三十章 ■ 人情

入夜时分，夜幕下的青鱼六岛在海风与潮汐声中似一只安然入眠的青鱼，沉静地躺在波涛翻滚的大海之中。白鱼湾，也就是沈石、孙友等新人弟子入住的这个海湾里，沙滩上一片寂静，借着晴朗的星空洒下的亮光，依稀可以看到那众多背山面海的新人洞府此刻都已经悄然无声，想必在白日的兴奋后，这些激动的少年都已经进入了幸福的梦乡，或许还有不少人正在憧憬着隔日即将开始的修炼之途吧。

洁白细腻的沙滩，本来留下了许多脚印，那是这些劲头十足的少年在天色未暗前来此玩耍留下的痕迹，因为在众多新人弟子中，有不少人在今日之前，其实根本还没见过沧海的模样，对这海边的一切都十分好奇。

只是夜深人静后，在夜幕中潮汐一浪浪的冲刷下，这些沙子又重新恢复了平整，少年们曾经走过玩过留下的痕迹，都在不经意间被海浪轻轻抹去。

天地苍茫广阔，漫天星辰，在这无人留意的时刻，苍穹中却也另有一番寂静的美丽。

只是这时白鱼湾某处寂静的沙滩上，忽然走出了一个身影，看着是一个三十出头的男子，面色凝重，眉头微皱着，走了一段路后停了一下，似乎在找寻什么，片刻后，又走到生长在海滩边缘的一棵不知名的大树之下，就这样站立不动，安静地等待着什么。

如此又过了小半个时辰，一阵轻微的脚步声忽然从后方传来，那男子立刻转头看去，借着天上星光，居然看到了一位少年在这夜深人静时刻仍然还未入睡，而是一路走了过来，看那容貌身影，正是沈石的邻居孙友。

那男子看起来松了一口气，连忙迎了上去，孙友看到他，脸上也露出几分亲密神色，点了点头，微笑道："小舅。"

被孙友叫作小舅的男子咧嘴一笑，用手摸了摸孙友的脑袋，随后又带了几分警惕，抬眼向孙友来时的路上细细看了几眼，确定没人之后，这才拉着他走到旁边一棵大树的阴影之下。有了树干遮挡，就算有人从远处看来，借着这夜色掩护，也看不清楚树下到底是否有人。

树荫暗影里，孙友脸上的神情慢慢平静下来，抬眼向这位小舅看了一眼，沉默了片刻后，才轻声问道："怎样？"

这男子深吸了一口气，低声道："那东西你交给我以后，事关重大，连夜就通过家里门路带出岛送去了流云城。为了慎重起见，也免得惊动孙家那里，是动用了老太太的面子，专门请神仙会在流云城分店鉴宝堂的巫大师看过了。"

孙友双眼明亮，一眨不眨地看着他，又缓缓低沉地问了一句："小舅，结果怎样？"

那男子皱眉苦笑，轻轻叹息了一声，从怀里掏出一只宝蓝色布袋，正是白日里孙友曾经递给沈石观看并装有那块罕见火蚣香的小袋，递给孙友，同时口中低声道："巫大师看过后，断定这上面虽有几处巧妙做旧的手段，与普通提神醒脑的红袖沉香极相似，但实际上却是一块难得一见的对凝元境修士大有好处的火蚣香。"

孙友突然沉默了下去，没有再说什么，站在他身旁的男子也一时不知该说什么才好，过了一会儿，才听到孙友冷冷地说了一句："也是一块难得一见的对炼气境修士剧毒无比的火蚣香。"

那男子沉默无语，过了一会儿才低声道："小友，你想怎么办？"顿了一下，他声音听着又轻了几分，道，"这事老太太已经知道了，已在盛怒之中，只是还未知你的意思，所以咱们这边才强压着没发作。只要你开口说一声，这种狼心狗肺的家门，咱们不要也罢。再怎么说，你也是老太太的亲孙子，平日里最得她老人家疼爱，要我说，不如干脆就……"

孙友忽然打断了他的话，道："小舅，我姓孙。"

那男子苦笑一声，住口不言。

孙友冷哼了一声，道："他们所做种种，无非就是为了家主之位，我若是背门而出，岂不是正顺了他们的心，如了他们的意？"

男子皱眉，脸上隐有担忧之色，道："可是他们连这般下作手段都用了出来，万一日后再有什么……"说到此处，他忍不住又是轻叹一声，道，"你娘亲，也就是我那苦命的姐姐，往日里就是老太太的心尖肉，最是疼爱不过，不料当年老太太看走了眼，亲自挑选的那厮竟是个白眼狼，本以为是一段美满姻缘，没想到反是害了姐姐。这些年来，老太太在家中时常长吁短叹，都是满怀内疚，待你娘亲意外过世后，老太太更是……"

说到此处，这男子明显也有些激动，上前双手扶住孙友的肩膀，沉声道："小友，若事情不谐，你千万不必强撑，别人怕他们孙家，怕他们孙家背后在凌霄宗里有一个孙明阳，咱们许家却是断然不怕的。只要你肯回许家，小舅我拿性命跟你担保，绝不可能将你视作外人，一应供给，更是只会比孙家更好！"

孙友咬了咬牙，眼眶似乎也有些发热，只是看上去这少年却似乎是一个极有主见的人，伸出手轻轻握住了小舅的臂膀，沉默片刻后，轻声道："小舅，外祖母和你的心意，我都明白的，只是……我娘亲因何过世的？无论如何，总有一天，我这个做儿子的，一定要她的灵牌在孙家祖祠中，再上两个供奉桌案。"

扶在他肩膀上的大手，似乎在瞬间紧绷了一下，随后缓缓放下，这位许家男子深深看了他一眼，点了点头，眼中似乎掠过一丝欣慰之色，道："好，既然你心意如此，回头我就派人转告老太太。"说完他停顿了一下，又道，"不过眼下这事……"

孙友冷笑一声，道："就当没发生过吧。反正如今到了青鱼岛上，有岑真人这三十年来打造定下的规矩，诸多世家再不能像往日那般随意插手宗门事务，光凭我那金面草包肚的大哥，难道还能将我如何了？他们若是但凡对他有半点信心，也不会使出这样下作手段来。"

那许家男子频频点头，看样子对"金面草包肚"这五字评语十分赞赏的模样，忍不住笑出声来。

孙友也是莞尔一笑，过了片刻，只听那许家男子道："不过今日这事，还真是多亏了你那位姓沈的新朋友，不然我们茫然无知之下，说不定你还真遭了他们暗算，到了那时真是后悔都来不及了。"

孙友点了点头，目光下意识地转向远处那沉浸在黑色夜幕里的一大排洞府中的某处，同时耳边听到小舅口中轻轻赞叹了两句，道："说起来，这小子的眼力真是毒，我听传话的人说了，巫大师在看到这块火蚣香时，都亲口说作假之人手段颇为精妙，便是神仙会里一般的掌柜先生，只怕也未必就能看破。"

孙友怔了一下，道："什么，这火蚣香上的手脚竟做得如此逼真？"

许家男子点了点头，道："巫大师都如此说了，想必就是的。"

孙友脸色微微一变，过了半晌，面上却露出一丝疑惑之色，道："难道……难道沈石是在那时候已经看出不妥，虽然面上没什么，但话里却是暗中提醒我吗？"

许家男子被他这么一说，也一下子醒悟过来，眉头皱起，沉思不语，过了一会儿，孙友长吁一口气，道："算了，先不管这些，反正无论如何，沈石都是救了我一命，算下来是我欠了他一个天大人情。加上白日间我与他故意攀谈聊天，倒也聊得来，看来以后也要好好交往一下。"

许家男子点点头，看来对孙友这个决定倒是十分赞同，同时冷哼一声，道："孙家人狼心狗肺，嫡亲血脉都靠不住，小友你在同门中多结交几位好友，日后反而能成助力。好了，天色不早，明日你还要去晨星殿修行，先回去歇息吧。"

孙友点了点头，向小舅告辞离开。许家男子站在树下一直看着这个外甥的背影消失在黑暗中后，这才悄无声息地转身离开。

夜幕之上，星光闪闪，苍穹无声。夜幕之下，海浪阵阵，浪花滚滚，水波却是逐渐远离沙滩，到了退潮的时候。

这一天，终于在这黑暗的时刻，悄悄过去。

第三十一章 ■ 青鱼集

四月十一，晴。

一轮红日从遥远的沧海深处缓缓升起，温暖的日光放射出万丈光芒，映红了天边朝霞，也预示着新的一天的开始。

青鱼六岛上，一切似乎都刚刚从沉睡中醒来，慢慢地多了一份热闹喧嚣。沈石翻转了一下身子，张开双眼从床上坐了起来，撑开双臂扩展了一下胸膛，打了个大大的哈欠。

枕边，还摆放着那本《凌霄简略》，昨晚他差不多一直都在看这本新人弟子入门之书，很迟才睡着，不过毕竟是少年人精力充沛，站起来活动几下后，沈石便觉得自己精神振作，浑身都是干劲，同时对这新的一天，更是充满了期待。

盼望已久的修炼，终于就要在今天开始了！

“咚咚咚，咚咚咚！”

似曾相识的擂鼓般的敲门声，从门口处一下子传了过来，沈石笑了笑，走过去用云符开了石门，果然是孙友站在门口。孙友哈哈一笑，开朗地道：“沈石，咱们去晨星殿啊！”

离开洞府走到外头的大道上，首先映入眼帘的就是洁白平静的海滩，蔚蓝澄澈的海水轻轻涌动，海天一色，海风阵阵，配着远处海鸟乘风翱翔，简直是世外桃源一般的感觉，人在其中，便似置身画中。

此刻，众多少年都已经从各自的洞府中出来，或成群结伴三三两两，或沉默独行眺望远方，都向昨日来时的那条路走去，至于目的地所在，不问可知，大家都是去往同一个地方。

昨日的那本《凌霄简略》上，另外附有一张青鱼六岛的简图，简单介绍了青鱼六岛的位置形势，也重点标出了一些重要场所的地点，晨星殿自然也在这些标出来的重要地点之列，所以一众少年大多都是心里有数地信步走去。

沈石和孙友走在人群中，没走几步，便看到钟青露、钟青竹姐妹从自己身旁不远处走了过去。其中钟青露还转头用力瞪了他们两人一眼，这才气鼓鼓一个招呼都不打地大步走开，看起来昨日的怨气仍然未散。

孙友翻了个白眼，对沈石道：“这女孩子气性这么大，真是奇了怪了。”

沈石哼了一声，没好气地道：“大早上的，我莫名其妙被人这般凶巴巴地瞪着，我还奇了怪了呢。”

孙友滞了一下，干笑道：“走走，咱们赶快去找找那晨星殿在哪儿。”

按照《凌霄简略》上的记载以及那份青鱼简图上的标记，青鱼六岛从鱼头到鱼尾六个岛屿，直接就是以数字区分。沈石他们现在所住的这座岛屿，位在青鱼“鱼腹”的位置，算位置叫作青鱼三岛。只不过这座岛屿面积在六岛中最是广大，位置也是最佳，所以历来新人弟子以及许多困于炼气境还未突破的前辈师兄，比如昨日的苏河就是如此，都住在这座三岛上。所以青鱼三岛有时候也被人称为青鱼主岛，或干脆就叫青鱼岛，就是直指他们眼下所在的岛屿了。

这座青鱼三岛面积很大，南北西三面各有一座小型山脉，连绵起伏，多有树林，看上去青翠一片，偶然还能听到山上树林深处传来猿啸鸟鸣之声。至于岛屿东面直到中心处一大片地方，地势便相对平坦些，凌霄宗所建诸多建筑，多数都在这个范围之内。

沿着海边大道一路走来，没过多久，沈石他们便走到了昨日抵达青鱼岛的地方。平整的沙滩外围，那块巨岩仍然安静地矗立在海水中，让人很难想象如此体积的一块巨石，昨日究竟是什么样的力量竟能令它腾空而起，带着众人跨海千里，抵达这青鱼岛上的。

从那份青鱼简图上看，这里还是青鱼岛的外围，距离晨星殿所在青鱼岛上最热闹的青鱼集还有一段路，所以众多少年在向拜仙岩投以几分好奇的目光后，便纷纷又走上了通往岛屿中心的最中间的路。

走在人群里，沈石随口对身旁的孙友道："昨晚看《凌霄简略》，说是岛上中心那处地方名叫青鱼集，这听起来怎么觉得有些土气，倒像是某个海边鱼市小村的名头。"

孙友嘿嘿一笑，道："这个我以前倒是听人说过，说是当年本宗刚刚在这青鱼岛上筑基修葺的时候，本来是想取个仙气飘逸的名字来着，谁知当年主持此间事务的一位祖师爷性子诙谐，只道这岛上烟土弥漫人多如狗，有个屁仙气，就叫青鱼村好了。后来还是其他同门祖师实在看不过去，劝了半天，这才勉勉强强改了个字，用了稍微带些文气的青鱼集应付了事了。"

沈石拊掌笑道："哎呀，听你这么一说，我怎么突然就觉得这青鱼集非但没有土气之感，反而一下子雅俗共赏了呢？"

孙友一怔，随即哈哈大笑，连连点头，道："正是，正是，你还别说，刚才听起来土气，但是有那么一个青鱼村在前头，这青鱼集的名头听起来，顿时就觉得顺耳多了啊。"

两人相视而笑，并肩而行，只觉得心情很是畅快，倒让走在他们旁边的有些人看了过来，不明所以。稍远些地方，钟家姐妹走在那里，钟青露哼了一声，没好气地说道："莫名其妙。"

在她身旁的钟青竹小声地道："姐姐，你莫要再对他们生气了，犯不着。"

钟青露一摆手，也不晓得是不是根本没在意钟青竹说了些什么，只是自顾自向前走去。钟青竹叹了口气，还是赶忙跟了上去。

那传说中有时土气有时又莫名其妙变得雅俗共赏的青鱼集，在青鱼岛的中心位置，众多少年沿路走去，渐渐便能看到一些屋宇出现在路边。越往前走，路上的屋宇宅院便愈加多，同时也有不少行人走动，基本上都是身着凌霄宗服饰的外门弟子。

按照《凌霄简略》上的说法，凌霄宗同大多数鸿蒙修真门派一样，只有修炼到凝元境的弟子才有资格收入门下作为亲传弟子，若是新人弟子长时间困于炼气境而无法突破的话，凌霄宗倒也不是那么绝情，一般情况下，以五年收徒为一轮，凌霄宗对那些五年过后仍然未突破至凝元境的弟子，会继续容许其待在青鱼岛上修行。

事实上，以前也的确有在头五年中没有修炼至凝元境但在接下来的五年中突破了的人，这些人同样会被凌霄宗收为亲传弟子进而召上金虹山，并且人数其实也不少。就算是在第二个五年，也就是从头到尾整整十年都无法突破的话，凌霄宗也会最后再给一轮的机会，这最后五年中，再无起色，也就只能叹息自己没有仙缘，无奈离开青鱼岛了。

真要说起来，历来凌霄宗收入的新人弟子中，能突破炼气境修至凝元境的，一般都在总人数的三至四成。这些人中，头五年和第二个五年里突破的人数，又做五五之数。头五年能突破的少年，自然都是天资出众的英才，日后修成更高境界的概率也远比后五年突破的人要高得多，所以历来这一部分弟子都更得凌霄宗的重视。至于后五年突破的人数也不少，其中偶然也会有一两个极少见的大器晚成的怪才，但多数人，终生差不多也就困在凝元境了。

至于凌霄宗犹如施舍一般，所给予天资最差的弟子最后一轮五年的机会，到了这个地步，却是显然能看出不太适合修仙之道了。所以历来在青鱼岛上混迹超过十年时间的弟子们，几乎没有希望还能突破，多是抱着千万分之一的侥幸，但终究还是失落离去。

沈石心中想着这些，一时不觉也有几分忐忑。他自己当然是对未来充满希望，毕竟这才是自己来到凌霄宗后正式的第一天，未来有无限可能，满心想着自己最好就在五年之期内突破。不过他心底多少也有几分担忧，万一……沦落到第二个五年或是……

沈石赶忙摇摇头，将这些晦气的不祥念头甩出脑袋。

旁边孙友看得奇怪，奇道："你这是在做什么？"

沈石咧嘴一笑，随口找了个理由敷衍过去，便扯着孙友继续前行。随着路旁楼房的增多，渐渐地周围大小路径乃至一些高大殿堂都出现在眼中，热闹之余，居然还真的有点像是一个小型的城池市集。

特别是沈石在四处张望之余，看到路边那许多对街开放的屋宅，里面不时有凌霄宗弟子进出，没来由地便觉得有些眼熟亲近之感，一时间心里兀自还不肯相信，便拉着孙友往那路边靠近几步仔细看了几家，赫然发现这些当街开门的屋宅，竟然还真的就是……商铺。

兜卖各种修炼所需灵材的商铺！

这诡异的土气的青鱼集的名字，还真是没取错啊……

同一时间，发现周围异样的少年也不在少数，一时间人群里一片哗然，议论声此起彼伏。多数人都露出惊诧愕然的神色，不过沈石心思缜密些，倒是很快发现诸如孙友、钟青露等凌霄宗附庸世家出身的世家子弟，往往神色都很平静，似乎早就知道了这种情况。

虽说有些惊讶，但初来乍到总不可能还会有更多的举动，所以过了一会儿，少年们的大队还是继续缓慢前行。人群中，沈石低声向孙友问道："这里怎么会有商铺的，你应该知道缘由吧？"

孙友微微一笑，看了一下周围，同样低声地道："昨日那位苏师兄对我们说了一大通这青鱼岛上的各种规矩，你没忘了吧？"

沈石若有所思，缓缓点头，道："是这样啊，大家差不多都没灵晶，就更不会有其他灵材……"

孙友嘿嘿一笑，道："正是如此，所以这五年之中，凌霄宗那些高高在上的师长就是要逼得我们这些在窘迫之境的新人弟子拼命去赚取灵晶，拼命去赚取各种灵材，据说只有在如此情况下，才能真正看出一个人是否真的有前途。"

说完，他口中"啧啧"两声。沈石转眼看去，倒看不出孙友他有何不满之色。按说这种规矩，最不利的便是针对他这样出身富庶的世家子弟，反倒对沈石这种身家单薄前来凌霄宗的弟子有好处。

心里想着这些，沈石口中道："我说呢，昨天那本《凌霄简略》上为何重点提起了在青鱼岛上新人弟子务必重视岛上布置下来的诸般任务，看来这其中或许就是赚取灵晶的法子。"

孙友笑着点头，道："正是如此，除此之外，还有……"

话音未落，忽然听得前头人群边上响起一声尖叫，带了几分惊诧畏惧，声音听起来都比平常尖厉了几分，带了几分刺耳，同时一阵喧闹声猛地传了过来，许多少年一下子向前拥了过去。

“啊！那是什么怪物……”

“不，不，那……天哪……”

“见鬼，那该不会是……妖族吧！”

第三十二章 ■ 红蚌族

种种议论窃语声，最后很快汇成了一股很大的浪潮，席卷了整群少年。或许最前头最先看到某物的少年还有些惊诧畏惧，但后头的少年却是一个个都被勾起了好奇心，纷纷向前拥去。

怪物，还有妖族，这是什么情况?

沈石与孙友夹杂在人群中，一半身不由己一半也是好奇心使然，随着人群向那个骚动发源地围拢过去。到了近处，沈石才发现似乎是在路边某处，但此刻早已被人围成里三层外三层，同时从人群里面的少男少女们不断传出来的各种惊叹声推断，他们似乎看到了什么了不得的奇异之物。

这情况却让被堵在外围挤不进去的少年们越发焦急起来，他们一个个见缝插针地想要挤进人群，又或是干脆在外面又蹦又跳想要看个明白。沈石也是好奇得不行，只是在人群外耽搁了一下，便挤不进去了，一时间只能干着急。

正在此时，他眼角余光正好瞄到孙友脸上，只见孙友一副淡定表情，居然没有任何特别惊讶的神态；随后又看到道路两边站着好些个显然比他们大不少的凌霄宗师兄，一个个脸上都是带着几分轻松了然的笑容。

这里面，究竟是什么……

一片混乱中，忽然从远处传来一个浑厚的男子声音，带了几分肃穆之意，冷冷喝了一声，道：“肃静！”

这一声呵斥，登时声震全场，也不知其中有何魔力，这一众少年登时都老实了下来。沈石听得清楚，正是那位看起来在凌霄宗内地位很高的王亘师兄发话了。

前头大路拐角某处，转过两个人影，当先一人正是王亘，跟在他身旁的则是一位英俊潇洒的青年，即是昨日去接引众人时多数人都见过的康宸。

王亘面沉如水，目光如电，扫过这一众少年，被他视线掠过的时候，这些少年竟然都有种似被火焰灼烧的异样感觉，一时间场中更是安静。

片刻之后，王亘这才冷冷开口道：“大惊小怪，成何体统！今日是尔等入宗门修行第一日，都速去晨星殿，至于这岛上事物，日后自然便会了解。”

声音冷峻，威势凛凛，众多少年被他气势所慑，一个个都老老实实地散开，快步向前方一处高大殿堂走去，远远看去，牌匾上正写着“晨星殿”三字。

而直到那些围观的人散去，站在外围包括沈石在内的一些少年，这才渐渐看清了刚才这一场骚动的根源，一时间，倒吸凉气声、惊诧声又响起一片。只见在人群散去后，原来那路边之前被人围住的地方，站着两个怪……“人”？

头颅与四肢手脚，看着都与寻常人并无二样，看长相一个是老头，一个是少女，但在这两“人”的躯干上，竟然有两瓣类似海里蚌壳的奇异红色硬壳，紧紧依附在身体上，将整个躯干都护在其中。

看上去，就像是……随时可以将手脚都收入那蚌壳中的怪物。

在这一刻，沈石脑海中掠过的第一个念头，也正是：这——这岂非正是传说中的妖族！

此刻，那两个身有蚌壳的“怪人”依然安静地站在路旁，那位老头看着神色自若，嘴角还带着一丝淡淡的笑意，似乎对这种情况处之泰然；而站在他身边看起来似乎有点像是他孙女的那位少女，则脸颊通红，头垂得低低的，看起来十分害羞，似乎下一刻就会忍不住将脑袋都缩回到那红色的蚌壳中去。

“嗯哼！”

一声冷哼，又从前头王亘师兄处传来，仍然待在原地的少年顿时惊醒，一个个也顾不得再看这两位奇怪的人，纷纷向前头晨星殿跑了过去。

待这些少年一个个溜之大吉跑走了，王亘的脸色才缓和了些，走了过来，站在那两位蚌壳怪人的身前，略一抱拳，带了几分歉意，道：“村长，真是对不住，这些小家伙都是昨日才刚刚接引到岛上的新人弟子，没见过什么世面，让您见笑了。”

那老丈呵呵一笑，摆摆手示意无妨，随后啧啧两声，道：“唉，想不到一转眼居然又过了五年，又一批新人进来了。”言罢摇头，一副颇为感叹的样子，随后又向王亘道，“小王啊，好些日子没见你师父了，他现在可好？”

王亘恭敬地道：“家师身子还算康健，只是近来辅佐掌教真人处置宗门杂事，事多繁杂，脱不开身，所以才没过来看你老人家。”

老丈笑了笑，看了王亘一眼，笑道：“你倒是会说话。”

王亘低头道："不敢。"

老丈一笑置之，道："总之回头见了你师父，替我向他问声好吧。"说着转过头招呼了那蚌壳少女一声，道，"乖孙女，走吧，今天是爷爷老糊涂，忘了是新人弟子上岛的日子，哈哈哈哈……"

看着他笑得爽朗的模样，似乎心情不错。那位少女抬起头来，先是有些紧张地向周围看了一眼，见那一大群少年果然都已经跑开了，这才松了一口气，赶忙跟在老头的背后走开了。

前头沈石走出一段路后，轻轻一拉孙友，道："看你的样子，是知道刚才那两个……怪人吗？"

孙友微微一笑，道："我其实也是今天第一次见到这些红蚌妖族，不过之前在家里的时候，倒是已经听说过很多次了。"

沈石惊了一下，道："什么，还真的是妖族吗？"

人族妖族，血海深仇不共戴天，当年多少血战流血漂橹，这仇恨早就是抹不掉的了，而多年以来几乎每一个人族小孩在成长的过程中都会被告知当年那些往事，都会知道天妖王庭被推翻之后，妖族只能仓皇逃窜，遁入妖界并从此自锢，永世不得复出。

可是今日这青鱼岛上的红蚌妖族，又是怎么回事……

孙友看了看周围，将沈石拉到一旁，低声道："不是你想的那样啦。"说罢轻轻在他耳边说了一番话，将沈石听得一愣一愣的。原来在一万多年前，天妖王庭还兴盛的时代，真正意义上的妖族，其实是专指"天妖"一族。这一类的妖族从外观上看，几乎与人族无异，但一般来说身高会比人族高上一头。除此之外，天妖一族无论男女，皆是俊美无双的美男美女，据说他们乃是真正的神明子嗣，天选之族。在天妖一族的神话传说中，他们更是自称乃昔年开天辟地的盘古巨神的唯一血脉后代。

总之，当年的天妖王庭时代，就是以妖皇一脉为首的天妖一族统御鸿蒙诸界百族的时代，而在天妖之下，人族之上，其实还有许多奇异种族，日后被人笼统称为鸿蒙百族。这些奇异种族在天妖王庭时代也曾十分兴盛，一些个强大种族甚至裂土分疆称霸一方，盛极一时。

妖族昔年对待人族苛烈，这些其他强族对待人族也好不到哪里去，总之人族就是被诸多强大种族百般欺凌。到了一万年前，人族因为得到了灵晶之秘而陡然崛起，最后经过百年血战，推翻了天妖王庭。妖族气数已尽，这些其他强大种族也同样难逃被人族复仇的命运，不是被人族六圣带领大军举族剿灭，就是被杀得元气大伤，只能逃到异界某些角落里苟延残喘，不复当日丝毫威风。

随着时日流淌，人族一统鸿蒙，更无敌手。也不知从什么时候开始，这些除天妖一族以外的异族，也全部被人族统称为妖族，至于昔年心高气傲的天妖对此是否会觉得是极大侮辱，却不在人族考虑范围之内了。

不过话说回来，鸿蒙诸多异族中虽然有许多凶残强大的种族，当年对人族也是仇深如海，但同样也有不少弱小异族，本身实力就弱，当年人妖大战的时候，也往往就置身事外。虽然在人族统御鸿蒙后驱逐诸多异族，普通人世几乎已经看不到除人族外的任何异族，但是在类似凌霄宗这种海外仙山下，却偶然也会有一些昔年传承下来的弱小异族，本身没有太强实力，对人族态度也十分温和，所以就在这些强大人族派阀的庇护下，安静而不为外人所知地生活下来。

“这些红蚌妖族便是如此了，听说他们的住处就在青鱼集东面海边，是一个小村子，全族人口也只有两三百人。”

“原来如此啊。”沈石这一下算是大开眼界，长了一番好大见识，比起当日在阴州那穷乡僻壤处，如今在这凌霄宗里，还真是隐隐看到了鸿蒙世界的另一面。

孙友笑了笑，然后随口又道：“你也别小看这些红蚌妖族，他们在这青鱼岛上住得久了，和历代从这里出去的本门弟子都有交好，如今宗门里有好些个长老祖师，都是与这些红蚌小妖认识的，一般人还轻易都不敢欺负他们。”

沈石莞尔，说话间，两个人便已走到了那一处晨星殿外，只见飞檐雕兽，红柱盘龙，殿宇高大自有肃穆之仪，从外头看进去，殿中略显昏暗，但仍然看到一个个早先到达的少年都已在殿中地上一排排的蒲团上坐了下来。而在殿堂前方一处平台之上，王亘盘膝坐于其上，也不知他是什么时候先行回转此处的。

周围少年鱼贯而入，沈石与孙友也不敢再耽搁，赶忙走了进去，在里头找了两个相邻的蒲团，学其他少年一般坐了下来，安静地等待着。

一时半会之后，所有的少年终于都到了这里，直到此刻，原本微微闭目似在养神的王亘才睁开双眼，目光扫过下方，偌大殿堂里，此刻一片安静。

“取出《星罗功法诀》。”

王亘平淡而浑厚的声音，在晨星殿中回响起来，与此同时，在众少年身后那两扇宽大厚重的大门，忽然无人自动，缓缓合拢，“轰”的一声关闭上。

晨星殿中，一下子昏暗下来。正当这些少年有些惊讶的时候，忽然一道淡淡清辉，如深夜皎洁之星光，从晨星殿顶照射而下，洒落在所有少年身上。

一颗淡淡的星辰，就在那晨星殿上方隐约出现，然后又有第二颗星光亮起，接着是第三颗、第四颗、第五颗……

那一刻，仿佛满天星斗，都奇迹一般地出现在这人间殿堂，一股神奇而无形的力量，随着星光清辉从天而降，将所有的少年包围在中间，如梦如幻，犹如仙境一般。

第三十三章 ■ 晨星殿

殿顶如苍穹，星光如此璀璨，仿佛永恒不灭。一颗颗星如美丽的宝石镶嵌在无垠的夜空之中，而不知何时，这晨星殿的地面上也在一片黑暗里，突然虚幻起来，淡淡星光，竟然从脚下深处倒映而起。

那一刻，沈石仿佛身已散落，元神迷离，恍恍惚惚竟置身于无垠星空之中，无数星辰如沙如海，簇拥着他。

星光背后，那深沉无尽的黑暗里，响起了低沉而浑厚的声音，回荡在沈石的耳边，让他一个激灵，从这如梦如幻的星光幻境中惊醒过来。那声音道："握灵晶，行秘法。"

抹了一把额头上不知何时布满的冷汗，沈石忍不住重重喘息了几下。刚才那个幻境突然而至，仿佛有绝大吸力一般，瞬间就将他的精神完全拖入了星空幻境里，别说察觉反抗了，根本就是连一点反应的空隙都没有。

此刻被王亘发声惊醒，沈石惊魂初定，这才发觉自己其实仍在晨星殿中的原位之上，而周围诸多少年也都是如此，只是多数人脸上都有惊诧神情，只有极少数的少年，双目紧闭，脸上露出几分迷幻之色。

也不知道，这些人是否还沉浸在那个幻梦之中。

偷偷抬眼看了一下周围，沈石便看见头顶星辰闪烁，脚下这座殿堂的地面也不知道是用什么灵材所制，其中竟然也透出点点微光，在黑暗中看去，真的和夜空中的星光极其相似。他看得时间稍久，精神忽然又有些迷离起来，隐约又将要置身于那美丽幻梦般的星空。沈石吓了一大跳，这一惊真是非同小可，他立刻闭上双眼，还不放心，又狠狠心重重咬了一下自己的嘴唇。如此刺激之下，整个人都为之一振，这才真正再度清醒过来。

这仙家道法神通，委实是匪夷所思之至。

如此，沈石再不敢向周围多看上一眼，虽然隐隐觉得在这片星辰光辉的照耀下，自己的身子仿佛正置身于一处浓郁到几乎要化成水的河流中，不知道是否正是那些凌霄宗祖师在建造这座晨星殿时所布置下的神奇道法，但此刻他只是眼观鼻，鼻观心，依照之前王亘所言，从怀中取出昨日放在铁盒中的那颗灵晶，如《星罗功法诀》上的要求一样，紧握于右手掌心，然后缓缓闭上双眼。

那一刻，心神空荡，杂念仿佛转眼便消失无踪，他以不可思议的速度迅速进入了凝神修炼的状态，而右手掌心之中，隐隐约约地，那颗晶莹剔透的灵晶里，有一丝极其微弱难以言喻的灵力，被他感知到了。

沈石此时还不知道，这实际上就是晨星殿的奇效之一，对刚刚开始修炼从未接触过灵晶灵力的孩子来说，光是这不起眼的一步，其中价值之大，真是难以言述。

为何人族亿万人口，有的人可以修行，有的人终生无望？又为何名门大派的弟子于修行上，与普通的散修差距如此巨大？在这初来乍到、修行之初的一步，除去那些罕见的天才之士，或许普通人就要摸索上许久花费无数精力，才能感受到那看不见摸不着的灵力，而传承千年万年的名门大派，历经多少天才前辈的苦心摸索，才有这般点点滴滴能提升弟子修炼效率的神奇手段。

那是一种很奇怪的感觉，是沈石这一生中从未有过的感觉，就像是无边无际永恒不灭的黑暗里，隐约掠过的一丝微光。

他远远地凝视着那道光芒，那是黑暗里唯一的希望，除此之外，再无其他。

他拼命地想要去感受那道光，想要去感觉那光芒的温暖、亮度或是其他什么的，什么都不管，只要接近那道光，感觉到它就好。

冰凉的触感，在黑暗里从掌心处传了过来，那是灵晶特有的温度，无论如何触摸，这种晶莹的小石头仿佛都永远这样寒凉。小小一块石头灵晶，此刻在沈石的感觉里就像是一片无边无际的苍穹，他所要做的，就是先抓住那无尽黑暗里的一道光，然后运用凌霄宗传下的《星罗功法诀》，将这一缕微不可察的天地灵力，缓缓拉入自身肉体，进入周身气脉，以此为根基，开始他的修仙大道。

那一缕如梦如幻般的微光，看似很近，却又感觉极遥远，在这一刻，沈石已经完全沉浸在这片修行的自我天地中，再也感觉不到身子周围的任何动静，一心一意，所思所想，都是要抓住这如阴灵般灵巧鬼魅的光芒。

王亘那特有的浑厚声音，此刻也在晨星殿中不时地响起，但与之前全部人都听到的情况不同，这时候他的声音往往只是突然地在某一位弟子耳边响起，所说的话正是指点此人正在感受吸纳灵晶灵力过程中的难处，似乎他在这晨星殿中不知为何，竟有一双奇异的慧眼，能看见每一个少年闭目修炼中的情况。

沈石并没有听到王亘的声音在自己耳边响起，也不知道自己周围那些少年的情况，此刻他一心一意地仍然还是在与那一点灵力做着争夺。

对他来说，感应到这一点灵力的速度非常快，虽然他本人不晓得，但是在这四百余人的新人弟子中，哪怕是在晨星殿奇异法阵的相助之下，他感应到天地灵力的速度也是在最快的前二十人之列。这种速度，连王亘都在最开始的时候，将视线在他身上停留了片刻。

不过在随后更重要的，事实上是至关重要的吸纳灵力入体这一关节上，沈石却遇到了麻烦。

那一缕小小如鬼魅般的微光，在无边无际的黑暗中穿梭如电，似乎无比眷念着这片深沉的黑暗，就是不愿意与他接近。无论沈石如何想法靠近捕捉，每每都功亏一篑。

时间一分一秒地流淌而去，晨星殿中星辰之光依然闪烁，淡淡星辉中，沈石的脸色有些苍白。前方黑暗里那座高台之上，打坐的王亘目光扫过人群，在他脸上略一停留，并没有任何情绪波动或是表情变化，便移开了目光，望向别处。

黑暗里，追逐灵力的游戏依然还在继续。

也不知过了多少时间，在无数次的失败之后，哪怕是在精神幻境里沈石都已经慢慢感觉自己头晕目眩体力快要耗尽的时候，那一缕微光终于像是被他逼到了一个黑暗的角落，再也无法奔逃，在下一刻，沈石似一只自己幻想出来的猛兽一般，如狼似虎地一个猛扑，终于艰难无比地将这一缕微光抓在了手里。

无比的喜悦瞬间涌上心头，与此同时一股温暖的气息仿佛从掌心处的灵晶上传递过来，与之前灵晶散发出的寒凉截然不同，或许，这正是那天地灵力的气息？

沈石惊喜之余，再不迟疑，深吸一口气后，运用早已在昨晚背熟的《星罗功法诀》，引导这一丝微弱的天地灵力从掌心进入肉身，汇入自身经络气脉之中。

只要灵力入体，以秘法沿肉身气脉运行一周天，便会稳固下来，从此存于气脉之中，如此反复吸纳，灵力渐渐就会深厚。初始之际，不过能用一臂气脉之灵力，其余灵力散落气脉各处动弹不得。如此苦修，进而境界攀升，从炼气境初阶进而中阶进而高阶，待最后踏出那关键一步，于肉身腹下开辟“玉府”，亦称“气海”，则周身气脉灵力如百川归海，尽数聚拢于此，从此随心所欲，所有体内灵力尽为所用，种种神通道法，皆可修行施展，是为凝元之境，亦是于修仙大道上登堂入室，踏出了第一步。

未来美好前景，修真大道壮阔景色，仿佛此刻都已展露眼前，只要……这一缕灵力安然入体！

忽地，一股剧痛，毫无征兆地突然从沈石的头部崩裂而起，如怒海狂涛，瞬间将他整个吞没。星光之下，这个十二岁的少年原本就有些苍白疲倦的脸，陡然间整个面孔都扭曲了起来，身子也开始剧烈地颤抖，嘴里更是难以自控地发出嘶嘶痛苦呻吟之声。

高台之上，王亘的目光瞬间转了过来，盯住了沈石，眉头一下子皱了起来。

此时此刻，沈石如置身炼狱之中，只觉得全身上下都被一种无形的力量充斥得快要裂开一般，尤其是自己头颅之中，更似有一只远古猛兽在狂暴嘶吼，疯狂地撕咬着他的脑袋，其中痛苦之处，竟然比之前他为了来海州被迫坐那传送法阵时所受到的“蚁噬”之苦，还要深十倍。

这究竟是为何？究竟发生了什么？

在无法忍受的痛苦中，沈石不知为何，居然硬撑着没有昏厥过去，在他的心里甚至还掠过了为此疑惑的念头，也就是在这个时候，一个浑厚的男声忽然在他耳边响了起来，正是王亘的声音，带了几分严肃凝重，道：“此乃肉身反噬，不可强抗，立刻丢掉灵晶，放松静神，短吸长呼，徐徐吐纳。”

那话音肃穆，在此刻一片混乱的沈石听来，却像是指路明灯一般，他立刻下意识地就按照他所说的去做，果然灵晶一旦丢开，那剧烈无比的痛楚浪潮便立刻有了减缓之势，随后在他按照王亘叮嘱的法则放松宁神后，整个人果然也缓缓平静了下来，那突如其来的痛苦一点点地消散而去。

当沈石再一次睁开双眼的时候，整个人便像是耗尽了所有气力一般，脑子里甚至还有一些晕眩感。而此时晨星殿中，星光消散，无论是殿顶苍穹还是脚下那些奇异的石板，都已经恢复了原状。两扇沉重的大门，也缓缓重新开启，温暖的光芒重新照进了这座殿堂。

孙友依然还坐在他的身旁，众多的少年依然也还在原位，在所有的少年反应过来之前，王亘的声音已经再次回荡在这座殿堂里的每一个人耳边：“今日修行到此为止，尔等回去休息，适才修炼中有肉身反噬者留下。”

第三十四章 ■ 反噬

坐在沈石身旁的孙友，此刻看起来情况要比他好上许多，虽然也有几分疲惫之色，但整个人的神情看起来还是兴奋居多，不过这时他带着几分关怀之意，目不转睛地看着沈石。

沈石苦笑了一声，摇了摇头，一手抚额，低声对他道："倒霉啊……"

孙友皱了皱眉，看了一眼沈石苍白得有些吓人的脸庞和额头鬓边已经被汗水浸湿的头发，低声道："你有肉身反噬之兆？"

沈石默然点头，孙友眼中多了几分同情之意。这时周围许多少年已经纷纷起身向着殿外走去，孙友也站了起来，轻轻拍了拍沈石的肩膀，安慰他道："这也不是什么太大的事，不过就是要吃些苦头，在修炼上迟缓上几日时间而已，没妨碍的，你别担心。"

沈石点点头，道："我明白的，多谢。"

孙友笑了笑，起身欲走，想了想还是回头对沈石道："我在外头等你。"

沈石怔了一下，随后也没客气，"嗯"了一声，道："好。"

孙友对他点点头，转身走了出去。

大殿里四百多个新人弟子，这一走倒是出去了一大半人，很快，偌大的殿堂里，还坐在地面蒲团上没动的少年，东一个西一个零零散散的，看上去还有几十人。

沈石向四周看了一下，在心底暗暗算了一遍，连他自己在内，此刻还留在晨星殿里的少年一共有二十九人。他龇了龇牙，感觉自己身子似乎在这一段时间里慢慢恢复了一点儿力气，但同时心情仍低落了许多，满脑子都想着刚才那股剧烈的痛楚和那"肉身反噬"四个字，心底暗自感叹倒霉。

所谓肉身反噬，其实是人族在吸纳灵晶灵力入体进而修炼的过程中，少数人会遇到肉身突然遭受剧烈痛楚以致无法修炼的一种异状。这种怪异状况并不多见，但也不算特别少见，一般而言，数十人中有一两个人会遇到这种情况。

这种异状只会出现在人族身上，哪怕是在一万年前天妖王庭时代，诸多异族包括妖族在内以天地灵力修炼各自种族神通的时候，都没有出现过类似异状。而经过长达万年的仙道发展摸索，人族也大致搞清楚了这肉身反噬的缘故。

其原因大抵就是……人族肉身，本来似乎就与天地灵力不太协调。

昔年妖族号称天选之族，神灵子嗣，根本无须任何媒介便可直接以肉身吸纳天地灵气入体，借以修炼种种神通妖法，资质强大得一塌糊涂，与天地灵力再协调不过，也正因此造就了天妖王庭数万年的辉煌时代。而除妖族以外，其余异族与充斥于鸿蒙诸界的天地灵力协和程度不一而足，有高有低，高者强势强悍，低者弱小一些，但不用说都比与天地灵力完全绝缘的人族强……

只是鸿蒙世界芸芸众生，也许也包括人族自己，都没有想到有朝一日，一枚小小晶莹的灵晶石头，竟然改变了所有种族的命运。

人族诡异地发现了灵晶的秘密并以更加诡谲的方式和令人难以置信的速度迅速找到了从灵晶中吸取天地灵力入体并加以修炼的方法，然后再凭借人族庞大无匹的人口数量优势，经过百年血雨腥风的惨烈战争，由弱变强，终于硬生生地将所有曾经压在自己头顶的异族尽数推翻剿灭，成为这个世界的主宰。

不知有多少强大无比的异族大能，在战死的时候或许还死不瞑目，无法想通那些曾经看起来无比弱小的人族，为何竟然能够拥有如此可怕的力量。

辉煌过后，便是人族的时代了，只是光辉之下，仍有一些小小的瑕疵缠绕在人族周围，挥之不散。

肉身反噬，就是这样一个不起眼但很烦人的东西。

人族肉身，从一开始就是很弱小的，与其他异族相比，几乎完全不能相提并论，甚至从出生到十二岁少年这一段时间里，人族小孩的肉身连最开始那一点点微弱的灵力入体都无法承受，可见人族本身到底孱弱到了什么程度。

而一旦到了可以开始修炼的时候，许多人会卡在感应灵晶中灵力的这一道关卡上。许多人在一开始手握灵晶，感应到的就是一片黑暗，根本看不到丝毫象征灵力的微光模样。不过这一个关卡随着历代奇人异士的钻研摸索，已经找到了许多法子可以辅助修炼，今日凌霄宗晨星殿中的奇异法阵，便是如此，可以帮这些少年度过极重要的一道关卡，这也是名门大派无数不起眼的优势之一。

而在感应到灵力之后，便是吸纳灵力入体的关键环节，之前所说的肉身反噬异状，便是发生在这个时候。当人族少年吸纳灵晶内灵力入体时，会有很少一部分人因为肉身与常人有些许细微差异，对于天地灵力的反应特别厉害，一旦灵力入体，肉身便如临大敌，痛苦不堪，以至于根本无法修炼下去，就像是肉身自己排斥这种外来的灵力一般，所以俗称为“肉身反噬”。

不过这名头听起来有些可怕，但通常来说并不是一个特别严重的问题。刚才孙友与沈石交谈的时候，眼中便是只有同情却无特别担忧之意，也是因为所有人都知道，肉身反噬虽然痛苦，但只是人族肉身对这种灵力的反应过度而已。一般而言，只要有肉身反噬的少年咬紧牙关，多承受几次这种痛苦，肉身也会随着时间增长和接触天地灵力次数的增多，慢慢地习惯这种天地灵力，反噬的次数与痛苦程度，都会逐渐降低，直到最后消失不见，便能正常修行了。

过往一切事实，都早已说明了这个问题，只是要比别人拖延一段修行时日，并额外承受一些痛苦的折磨而已。

大殿高台之上，王亘神色如常，看起来也没有焦虑之色，只是挥了挥手，示意此刻还留在晨星殿里的少年都向他这边靠拢一些。

沈石站起身向前走去，在距离王亘不远处的一只蒲团上坐了下来。移动中间他向周围看了一眼，只见身边这些跟自己同病相怜的少年多半都是陌生面孔，一个个脸上都带着漠然晦气之色。显然大家对这种修炼常识知晓一二，并没有太过担忧，但相比起之前多数顺顺利利开始修行的同伴，自然也都没什么好心情。

王亘的目光在这二十九个少年的身上转了一圈，不知为何，在沈石身上略微停顿了一下，但除此之外，他也并没有任何异样表示，只是在沉默片刻后，便一如往常地沉稳开口道："你们身上都有肉身反噬的征兆，其中来龙去脉，我看你们大概也都明白，我也就不多说了。留你们下来，我是想跟你们交代几句话。

"修仙之路，漫漫长远，非在于一日一时之得失。肉身反噬不过小事，你们只将之视作寻常磨炼即可，日后勤奋修炼，自会道行精进，不必在乎眼下数日之磨折苦楚。"

二十九个少年都微微点头，看起来脸色多少都好了一些。

王亘又道："不过既有反噬之状，你们再来这晨星殿中也是无用，接下来数日里，你们只在自己洞府中修炼便可，只须谨记若反噬苦楚太甚，便松开灵晶舒缓精神，自然无碍，如此反复数日，待肉身渐渐习惯灵力之后，反噬异状自然消退，那时再重新开始修炼即可。"

此言一出，有好些个少年脸上都有些难看起来，不过谁都知道王亘师兄说的是实话，怪也只能怪自己肉身不争气，所以倒也没人说什么。

王亘说到此处，沉吟了一会儿，目光闪了一下，缓缓道："另有一事，或许是你们平日不知的，我也顺便跟你们说说。其实这肉身反噬，有时候也并非全然都是坏事。"

包括沈石在内，乍听王亘此言，登时一个个都面露惊讶之色，一时间有些反应不过来，这肉身反噬难道还会是好事吗?

王亘将这些少年的神情看在眼中，面上虽然仍严肃没有笑意，但眼神还是微微柔和了些，道："寻常人包括许多散修，只将肉身反噬看作是磨折痛苦，却不知其中亦有区分。本门历代祖师传承细查，时至今日，以为肉身反噬异状虽然都是对灵晶中灵力入体肉身不适，进而引起肉身痛楚，其中一大半人可能的确如此，但另有一些人却可能是因为其本人对天地灵力感应敏锐，远胜常人，同时也超出了肉身承受极限而造成了类似苦楚。"

听到此处，台下一众少年中，已经有不少人眼神微微发亮，王亘将他们的表情看在眼中，第一次露出了淡淡笑容，道："前者也就罢了，反噬苦楚过后继续开始修炼，与常人无异；至于后者，往往对灵力感应敏锐，在最初苦楚过后，反而在修炼上进境要比普通弟子更快三分。本门之中，过往涌现出的好些位天才英杰，其实当年开始修炼的时候，都是有过肉身反噬之苦的。"

这一下，台下的少年们已经不是眼神发亮，而是看上去仿佛个个都开始有些兴奋起来了，浑然不管王亘之前所说，拥有对灵力感应敏锐的人应该是少数这个事实。少年心性，一个个或许都觉得自己独一无二，或许都觉得自己一定就是最特别的一个吧。

王亘平和地道："和你们说这些，便是让你们不必为这肉身反噬而灰心丧气，日后的路还长，谁也不知将来各自成就如何，明白了吗？"

"是，多谢师兄教诲！"

这一次的回答，却是全部少年都响亮而异口同声喊道。

没过多久，这些留下的少年便告辞而出晨星殿，沈石走在人群里，只觉得自己心情突然好像真的好了很多。其实仔细回想一下，那位王亘师兄似乎也并没有明确地对他们说什么，只是提了一种可能而已，但看着自己周围的少年，一个个似乎都觉得自己将来必定大有前途，立刻精神百倍，对未来信心十足，就连刚刚承受的肉身反噬的苦楚，也早就抛到脑后了。

沈石也在心下苦笑，但在他走出晨星殿的那一刻，心里也忍不住为将来小小地幻想了一下，或许……自己真的是那些少有的对灵力敏锐的人呢。

不过王亘师兄口中所说的过往那些虽有肉身反噬异状，但其实是对灵力感应极其敏锐的宗门天才弟子，会是什么样的人呢？

在沈石心里掠过这个念头的时候，他正在走出晨星殿，重新走入光亮之中。而在他背后，那座晨星殿的阴影里，王亘仍旧坐在原地，似乎也在出神地想什么。

过了一会儿，只见他眉头微微一皱，脸上露出了一丝奇怪的表情，像是觉得牙有些疼的模样，磨了磨后槽牙，然后没好气地哼了一声，自言自语了一句：“那个变态……”

第三十五章 ■ 白鹤堂

“沈石！”

刚走出晨星殿没几步，沈石便听到旁边有人喊了一声自己的名字，循着声音传来的方向看去，只见在十几步外的一棵大树之下，孙友正站在那儿对自己笑着招手，同时在他身边还站着一男一女两位少年。

沈石笑着跟他打了个招呼，快步走了过去，到了近处才发现站在孙友身边的两人似乎都有些眼熟。那位容貌秀丽，笑起来甜美，眼睛往往还会眯成一条好看的小细缝的女孩，正是昨日身上带了许多灵晶的贺小梅。还有另外一位少年，沈石不知道他的名字，但是看容貌也有几分眼熟，记得也是跟自己同在十人一组的某位。

孙友迎了上来，神情开朗，笑道：“如何，王师兄对你们这些不走运的人说了什么？”

旁边，贺小梅与那个男孩也都转眼向沈石看来，脸上也带了几分好奇。

沈石耸了耸肩，道：“也就是开解几句，说反噬之苦不过数日，以后还是一样了。”

孙友哈哈大笑，拍了拍沈石的肩膀，道：“本来就是如此。哦，我给你介绍一下，这是贺小梅，这位是蒋宏光，都是昨日和咱们一起被苏河师兄挑在一起的师兄妹。”

沈石心想果然自己没记错，当下笑着和两人见过。那蒋宏光看起来略有几分拘谨，但礼仪间并没有什么失礼之处，而贺小梅看起来性子便随和许多，笑嘻嘻的，一点儿都没有腼腆之态，是位开朗活泼十分爱笑的少女。

孙友对沈石道：“刚才我出晨星殿后就打算在这里等你，正好遇上他们两人，毕竟昨日都分在同一位师兄门下督导，也算有几分缘分，就聊了几句，正好大家都打算接下来去白鹤堂看看宗门里布置下来的任务，干脆就一起等你了。”

沈石哈哈一笑，道：“如此正好，那我们一起去吧。”

说着，四人一起转身，向着青鱼集的另一头走去。

此刻已是巳时一刻，青鱼集里看起来已经十分热闹，加上从晨星殿里一下子出来的四百多个的少年，倒是将这里的街道挤得有些满当。远远看去，这里殿堂楼阁次第起伏，人来人往，还真有几分俗世普通闹市的模样，只不过规模当然是小了些。

四人在路上走了一段，这中间沈石一边与其他三人聊天说话，一边留心看了看那些店堂房屋，发现其中确实是有不少商铺的模样，只是一个个看上去规模并不算太大，而且其中看守的人往往也都身着凌霄宗弟子服饰，却不知这些商铺究竟是为什么目的存在的。

如此堪堪走了一盏茶工夫，远远已经望见前方有一座高大屋宇，三层高，房顶有一座白鹤雕塑做展翅欲飞状，看着栩栩如生，想必便是昨日在《凌霄简略》中提到的那座白鹤堂。

白鹤乃是仙禽，品性高洁，气宇不凡，世间灵山胜境名门仙家皆多豢养有此物，也是凡俗世人眼中神仙一流的代表灵物。而在这青鱼集中北面的白鹤堂，也算是这青鱼岛上最重要的所在之一。一路走来，沈石等人便看到与他们类似的少年们有许多也是向那边走去，甚至还有些看着明显是苏河那一辈的师兄师姐也在白鹤堂附近行走。

按《凌霄简略》上的介绍，这白鹤堂里最重要的功用，就是会有凌霄宗宗门里颁布下来的许多任务，难易不一，其中颇有些针对这些刚入门的新人弟子的任务，而若是顺利完成这些任务便能获取一些灵晶奖励，这也是凌霄宗在定下严禁新人弟子带灵晶入门修炼后所给予的补偿手段，同时也是让诸多新人弟子在基本相同的窘迫境遇下，依靠自身去开始修炼之道。

至于这种与众不同的手段是否有用，效果到底是好是坏，沈石自然是不知晓的。不过既然拜入了凌霄宗，他也没有其他的想法，就是按照凌霄宗的规矩做事修行就是了。

四人一路行走，来到白鹤堂下。在这座高大屋宇前方的空地上，不知什么时候还挖出了一处小池塘，里面水波碧绿，栽种了不少荷花，还有不少青色浮萍漂在上头，随风微微荡漾，显得很是清雅。

这一路走来，四人倒是都熟悉了几分，就算是一开始有些拘谨的蒋宏光，这时候看起来在谈笑中也放开了一些。毕竟少年心性，还是喜欢朋友与热闹的。至于唯一的一位女孩贺小梅，开朗大方性子又活泼，容貌秀丽，笑容很是甜美，不知不觉倒成了四人的中心一般，笑嘻嘻地左右逢源。一路谈笑着过来，大家心情都不错。

走到白鹤堂下，四人也没耽搁，只是看了看周围便走进屋内。只有贺小梅在进门的时候向左右张望了一下，还问孙友这附近是不是真的有白鹤。孙友呆了一下，想了想不太肯定地说："应该没有吧。"

贺小梅瞪了他一眼，道："你刚才不是说你家里是这边的附庸世家吗，怎么连这点小事都不知道？"

孙友叫屈道："大小姐，这事平常谁会在意啊……"

旁边沈石与蒋宏光都笑着不说话。说起来除了孙友乃是海州流云城本地世家出身外，其他三人都是外地过来的。沈石就不用说了，是从阴州千里迢迢远赴海州；贺小梅的故乡居然还更远，乃是鸿蒙主界东北方的苍州白石城人氏，听说乃是当地一位颇有名气的散修的独生爱女，难怪当日随手就拿出了五十颗灵晶，想必是深得父亲宠爱，不过如今也是和其他人一样身无分文了，哦，除了唯一一颗修炼所用的灵晶……

至于剩下的蒋宏光，身世在四人中似乎最为普通，乃是与海州相邻的阳州某地的农家孩子，天资不错，偶然被一位凌霄宗路过的前辈看中，这才推荐拜入凌霄宗，算是走了大运气，得了这份仙缘。沈石在听到蒋宏光身世时候，目光悄然掠过蒋宏光的手掌，果然看见他手指掌心多有老茧粗皮，看来以前果然是做过粗活的。

因为等待沈石的缘故，他们四人来到这白鹤堂时，已经有不少少年比他们先到了。这里人头攒动，白鹤堂里三三两两散开似乎围观着什么。沈石等人走进门口后，便发现眼前这白鹤堂的第一层十分宽敞，足可容纳数百人而不显得有丝毫拥挤。屋子周围门窗都洞开着，光线从外头照射进来，显得十分亮堂。

屋子中间此刻放置有五道十分阔大的木牌，横亘于中堂之地，占据了老大地方，分作白、绿、红、黄、紫数种颜色，上面分别贴着许多写满字迹的方形白纸，有许多少年此刻就在那些木牌下方仰头看着，其中以最前方的白色木牌前少年人数最多，越往后人越少。除了这些少年以外，还有些年纪大一些的青年，类似昨日苏河师兄那一辈的人物也在这白鹤堂里走动出没，不过他们流连的地方，多是后头的几块牌子的地方。

在木牌两侧，白鹤堂靠墙的地方，还有些凌霄宗弟子分立两侧，站于几个显眼的木栏之后，安静地等待着。不时就会有人跑过去向他们询问几句，他们往往都耐心解答。有些人确定自己想要先接某些任务了，便会向他们询问提出，这些师兄师姐也都麻利迅速地帮他们做好笔录登记。不过这些在白鹤堂里做事的师兄师姐看着年纪都不小，有些气宇不凡，隐约已经不是炼气境的修为了。

孙友向几块颜色各异的木牌一指，对身旁三人道："看到了吧，那些木牌上的东西就是咱们以后赚取灵晶修炼的最重要来源了。”

贺小梅双拳一握，看起来有些兴奋，一副干劲满满的模样，口中一迭声道：“走走走，咱们快去看看，不然好做的任务都被别人抢光了。”

蒋宏光一听感觉似乎很有道理，连忙附和道：“对啊，小梅说得是，咱们快去吧。”

沈石看了孙友一眼，见他一副胸有成竹的模样，便笑笑没说话。果然只见孙友一摆手，笑道：“不妨事，白板上的任务都是宗门发出的最基本的一些事，并不限制次数，随时都可以接。”说着他看了看周围，对另外三人招了招手，笑道，“你们先跟我过来。”

说着，他便带着三人绕过那些翘首观望木牌的人群，从旁边走了过去，来到了白鹤堂左边靠墙一侧，那里站着好几位正在解答兼登记任务的凌霄宗弟子。这些弟子此刻看上去个个都游刃有余，轻松自若。

孙友带着他们走到最后一位师兄的面前，停下了脚步，先是笑着对那位师兄点点头，那位师兄笑而不语，随后孙友转头招呼他们过来，指了一下这位师兄，笑道：“诸位，过来见见我的小舅。”

沈石一怔，目光随即落到这位师兄的身上，只见他年纪看上去三十出头，面容精悍，双眼目光锐利，似一位干练之人。此刻被孙友一说，他也是笑了起来，道：“诸位都是小友的朋友吧，我名叫许兴，是小友的舅舅，平日在这白鹤堂中做事，诸位以后若是有什么要我帮忙的，尽管来找我好了。”

沈石等人都笑着点头答应。孙友转头笑道：“小舅，前头跟你说的事呢？”

许兴微微一笑，招手示意他们四人靠近了一些，然后微笑道：“大家是小友的朋友，就不算是外人了，我在白鹤堂里做了一段时日，也算是对这里的任务有几分心得。大家初来乍到，那白板上任务繁多，容易挑得眼花，我这里倒是觉得其中有几件任务，是比较适合大家的，给你们说说吧。”

几个少年在最初的惊讶过后，一个个都是大喜，能有人暗中指点一番，省时省力，在这开始修炼的窘迫之初，实在是一件大好事。而沈石在欣喜之余，对着许兴笑着点头表示感谢的时候，心里同时也不经意地掠过一个念头，悄悄看了一眼孙友与许兴这舅甥两人，心想：虽然这凌霄宗规矩定下是好的，但是附庸世家与凌霄宗共生多年，世家触角怕是早就触及这宗门里的每一处角落，这些世家子弟总归还是会比普通人家多一些难以发觉的优势吧。

第三十六章 ■ 任务

“你们刚到这青鱼岛上，修炼初始身无道行，捕妖、灵耕、护阵之类的事是做不了的，只能挑些简单的任务。我看了一下宗门最近颁下的白板任务，其中有三件比较适合你们。”

许兴伸出了第一个指头，道：“第一件，饲兽。本门豢养有许多仙禽灵兽，各有用处，在这青鱼岛上也有一些，此类事皆归宗门内灵兽殿掌管，所以这任务也是灵兽殿里颁下的。你们所做的就是去照顾这青鱼岛上的灵兽，平日按时喂食，漱洗亦不可马虎，所以应该会有些脏乱辛苦，不过这都是难免的。”

许兴又伸出了第二个指头，道：“第二件，炼丹。其实吧，说是炼丹，只是因为此事乃是宗门丹堂颁下的任务，你们现在一无道行二无经验，当然不可能让你们真的去炼丹，白板上的任务都是让你们去打打下手，掌管丹炉火候，又要辨识药材随时交给炼丹的师兄师姐，所以耽搁的时间可能会比其他任务要长许多。”

四个少年听到此处，都微微皱起了眉头，脸色并不算轻松好看，这些任务听起来虽然简单，但做起来显然不轻松。许兴将他们的神情看在眼里，微微一笑，继续说了下去，道：“第三件，拾贝。每日晨晚，岛上退潮的时候，许多沙滩上都有五色贝壳，乃是阵堂一些低级法阵的材料，只是多藏于海滩淤泥深处，有些难找。接此任务，每两百贝壳可换一颗灵晶。”

贺小梅呆了一下，愕然道：“这么多才能换一颗灵晶？”

许兴笑道：“正是，宗门规矩如此，本就是以艰难境遇磨炼新人弟子，自然所颁下的任务都不会特别轻松，这三件还是我为你们特意挑选过，还算是过得去的。至于日后还有更多绿板、红板、黄板上的任务，要求难度更有过之而无不及，诸如我之前说过的灵耕、捕妖等事，还有符箓、潜海、掘晶……”

沈石眉头一挑，忽然开口道：“咦，咱们这里还有符箓的任务？这不是旁门小道吗？”

许兴看了他一眼，道：“怎么说呢，这五行术法确实比不上咱们日后将要修炼的各种主流道法神通，但是此类法术流传万年，有些时候还是很有用处的。特别是对炼气境修士来说，因为道行缘故能修炼的神通极少，所以往往会在这个时候修习一两种五行术法，以做防身之法。本门之中，就有一处专门的术堂，专管这五行术法，虽然规模不大，但也会颁下一些诸如符箓之类的任务，毕竟这些符箓拿出去到外头大城坊市里，还是很受一些修士特别是道行不高的散修欢迎的，也能赚取不少灵晶。”

“原来如此。”沈石恍然大悟，不过随后便看到许兴微微一笑，道，“只是这符箓之道，是出了名的繁杂艰涩，阴阳五行各种符文繁复扭曲不说，以此为基础再进而在符纸上描画符阵就更是艰难，更不用说还要经历最后一道注灵的难关，这样才能真正做成一张符箓。所以就算是一位难得熟练的符箓师，想要大量做出各种符箓也是艰难，历来门下弟子，做此类任务的人也是少之又少。”

沈石缓缓点头，许兴看他没有再问，也就住口不言，转头对孙友道：“几件我觉得还过得去的任务就这些了，你们可以考虑一下，当然也可以再去白板那边仔细看看，说不定另有适合你们的。不过你们毕竟是新人弟子，能做的任务基本都在白板上，后头的绿、红、黄、紫各板，都是难度不小的任务，你们可能还须过上一段时日才能做到。”

孙友点了点头，道：“多谢小舅。”

许兴笑了笑，道：“好了，暂时便是这般，你们先四处走走，熟悉一下也好。”说到这里，他似乎又想到了什么，迟疑了一下，欲言又止。

孙友倒是眼尖，看到小舅的模样，笑道：“怎么了，小舅，还有事吗？”

许兴想了想，道：“其实我刚才还想到另一件事，算来也是简单点的，不过……对了，你们过来的路上，在青鱼集外头有没有看见那些红蚌妖族？”

四人都点头，贺小梅还用手比画了一下，道：“看起来怪得很啊，两个大蚌壳就那样长在身上。”

许兴笑道：“这些红蚌族人在咱们凌霄宗下生活多年，时日久了，你们也就看习惯了。我刚才想说的，其实也是和这些红蚌族人有关，也算是一个任务吧，但平日并不写在这白板上的。”

孙友等人都好奇心大起，孙友最快，第一个道：“什么，居然还有这样的任务，是什么？”

许兴笑了笑，道：“这事其实就是那些红蚌族人看咱们这里叫新人弟子们做诸般事而勾起来的。他们这一族人，从古至今都生活在海边，平日里最爱吃的一种食物是一种名叫鬼面虾的海中大虾，在金虹山周边海域便有许多。只是鬼面虾这种东西，抓倒是不难抓，有渔潮时随便丢个渔网，一捞就是一大把，但这玩意儿虾壳坚硬无比，刀斧难开，只有用利刃从腹下壳缝间刺进才能勉强剥开，取出细嫩虾肉。”许兴做了个手势大概示意了一下，道，“那些红蚌族人虽然爱吃鬼面虾，但天性极为好洁，偏偏要吃这鲜嫩的鬼面虾虾肉，剥虾壳的时候就必定会弄得全身血淋淋脏兮兮一塌糊涂，所以向来被红蚌族人视为天大苦差。在看到我们对新人弟子颁布诸般任务后，他们也有样学样，说是只要有人帮他们剥虾，也一样会给灵晶酬谢。”

“这样啊……”孙友几人这才明白。倒是沈石心思缜密，很快想到另一件事，道：“许师兄，呃……我该怎么称呼……”

许兴一笑摆手，道：“我比你们痴长一些年岁，以后见面就叫我许叔吧。”

沈石点点头，道：“许叔，不是说像红蚌族人这样的妖族，平日都不用灵晶的吗，他们又哪来的灵晶来给我们做报酬？”

许兴道：“哦，这事是这样的，咱们金虹山脉乃是东南第一灵脉，天生聚拢天地灵气繁盛无比，每日都会凝聚许多灵晶，此乃众所周知之事。而这条灵脉平日深埋于灵山深处，但仍有极微细之余脉散于周端，有些更是深入诸岛外的海底。红蚌族人水性极佳，无须任何法宝器物相助，便能潜入海底极深处，所以平日不时就能从海底发现少量灵晶。虽说他们是用不上，但既然知晓咱们人族视为重宝，自然也就收藏起来用作跟咱们交易了。”

蒋宏光迟疑了一下，在旁边小声问道：“许叔，那要杀多少只鬼面虾，红蚌族人才会给咱们报酬啊？”

许兴答道：“一百只鬼面虾，一颗灵晶。”说着，他伸出了第四个手指，笑着道，“所以这也算是我跟你们说的第四件，剥虾。”

从许兴那里离开，四人站在白鹤堂里商议了一下，刚才许兴所提的四件任务，听起来确实都不算难，都是他们眼下哪怕身无道行也可以做到的，但是一件件仔细想想，其中都是脏活累活。蒋宏光与沈石还好，孙友与贺小梅都是极好的家世出身，平日里哪里吃过这种苦，便不太想去做。

几个人商量了一会儿，便决定还是一起来到白板这里再仔细看看有没有其他更合适的任务。

这个时候白板下已经站着许多少年，显然在凌霄宗禁止所有人自行携带灵晶入门的规矩下，这些新入门弟子的当务之急，都变成了赚取灵晶以供修炼，毕竟除了一开始赐下的那唯一一颗灵晶，后续所需的灵晶凌霄宗看来摆明着是要大家自己去赚取的。

四人在白板前分别站定，仔细看了一会儿，只见白板上头贴着方正白纸无数，层层叠叠，诸多奇奇怪怪的任务也是在所多有，不过这边看一下那边看一下，不管难度苦累或是报酬，似乎也都跟许兴之前说的那几件事差不多，更多的显然还比他所说的要难做一些。

沈石看了一会儿，心中又想到许兴刚才所说的符箓一事。他自小描画符箓多年，却是想不到在凌霄宗里还有用到的可能，心意一起，便有些忍耐不住，在看了一会儿并没有找到更加合适的任务后，他便留意起白板上是否有有关符箓的任务。

只是他看了好久，差不多找遍了整个白板，居然连一个符箓的字样都没找到。沈石皱起眉头，按说那许兴不大可能会骗自己啊，想了片刻，他心中忽然一动，看了周围一眼，只见并无人注意到他，几个刚认识的朋友孙友、贺小梅、蒋宏光也还在另一头仔细地向白板上观望着，他便不动声色地向白板旁边一绕，轻轻巧巧地转了个圈，却是走到了白板后头。

白板之后，是颜色为绿色的阔大木牌，按许兴刚才的说法，应该就是绿板了。和白板上的情况一样，绿板上同样贴了许多字条，不过在绿板前的凌霄宗弟子就比白板前少了许多，其中还有不少是年纪大一些的上一轮五年之期的弟子。

其中有几个人注意到沈石走到绿板这里，纷纷投来异样的目光，不过稍后众人或许都以为沈石不过是那些新人弟子中好奇心重，所以跑过来看个新鲜的，所以也没太上心，一个个又转过了头，专心地看木牌上的字条去了。

沈石松了口气，便在这绿板上找寻起来，这一次却是出乎意料地顺利，在他看到绿板上第三张白纸的时候，便发现这正是一分术堂颁下的任务，内容也正是在符纸上描画出一个专门的符阵。

制作符纸，还不是制作符箓，正合沈石的心意，他此刻道行全无，要制作符箓，那最后一道“注灵”的关口便过不去，但若是单单画一份符阵，凭借自己过往七年日夜不辍地练习，沈石自觉还是有几分信心的。

正欣喜处，他目光往下看去，猛然间却是眉头皱起，一丝愕然神色从他脸上掠过，只见那字条下方清楚写明了四个大字：

材料自备。

第三十七章 ■ 红蚌村

想要制作一张符箓，当然不可能是无中生有，凭空就能做出来的，相反，因为这门符箓之术乃是专一针对五行术法，所用材料都是用专门的材质所制，早成定规。沈石年纪虽然不大，但自小被老爹半逼着学这符箓之道多年，对制作符箓的材料当然是心底有数。

首先，便是需要一支特别的符笔，符笔通常是用坚韧富含灵力的灵材所制，尤以妖兽兽骨为上，品阶越高的妖兽可吞纳天地灵力的能力便越强，其兽骨制成的符笔便也越好。其次，便是符箓最基本的载体符纸，这符纸可不是往日沈石在西芦城中自己随便描画符文的普通白纸，真正要做成一张符箓，其中必定要灌注灵力，以特殊的符阵形成某种五行术法的专用符箓，所以符纸必定也要是用灵材制作方能承受灵力。并且因为五行术法各不相同，威力大小不一，不同品阶的五行术法所用符纸也各不相同，如威力最普通的一阶术法“火球术”“水箭术”等，因为威力最小所须灌注的灵力也最少，所以需要的符纸也是最普通的“黄符纸”。而若是威力陡然变大的二阶三阶五行术法，想要制作相应的符箓，所用的符纸也必须改成“赤符纸”“青符纸”。以此类推，当然符纸品阶高了，所用材质成本也是水涨船高。

除了这两种最重要的材料外，制作符箓还需要描画符文符阵时用到的朱砂。这种东西倒是不算太稀罕，沈石记得过往在西芦城天一楼里售卖符笔符纸的时候，往往店家都是直接赠送一两瓶的，当作添头。

材料大致就这么几样，主要的符笔符纸，因为都需要是灵材制作，价格不菲，加上符箓艰难繁杂，难以制作，所以在沈石的记忆中，符箓的价格一直不低，普通的散修哪怕知晓这东西有时候省时省力，就是买不起。

此刻眼前这绿板白条上清清楚楚写着“材料自备”四个大字，沈石心底便是一沉，再凝神仔细向下看去，果然见字条最后有几句话稍加指点，无非就是符笔符纸自备，但门中岛上皆可买到，其中最低级的符笔与黄符纸加起来，约莫是一支符笔五张符纸，要五个灵晶一份，至于描画符文所需的朱砂，也是友情大方慷慨附赠了。

看到最后，特别是看到那价码时，沈石真是脸一黑，掉头就走。这五颗灵晶听起来并不算特别昂贵，但是架不住符笔符纸这些东西是易耗品啊。符纸不用说了，画一张少一张，符笔，特别是低级的符笔，因为材质不够坚韧，所以极易损耗，往往用不到二十次差不多就该坏了。

在这种前提下，五颗灵晶一份这个价码实在是太贵了，更何况符箓向来以繁杂艰难著名，平日描画符阵极易出错，一旦错了一处符文，整张符纸便废了，所以沈石心中不过是略一盘算，便看着这事根本不能做，只好放弃。

“奸商啊……”当他走回前头白板下的时候，沈石沉着脸，在心里对那个凌霄宗的术堂暗暗骂了一句。

白板前头站着观望的少年人数仍然还有不少，沈石抬眼向周围看了一下，见孙友与贺小梅、蒋宏光三人都还站在那边，便走过去道："怎样，有看到什么合适的吗？"

贺小梅与蒋宏光都微微摇头，孙友叹了口气，道："看了半天，感觉这上面的任务都差不多，算来算去，似乎还真就是我小舅给我们说的那几件好做些了。"

沈石皱了皱眉，沉吟片刻，然后道："要不……咱们也去看看？"

其他三人对望一眼，都点了点头。

"什么，满了？"

孙友带了几分愕然，看着面前这位笑意盈盈的师姐。

这位师姐身着凌霄宗弟子服饰，身材窈窕，容貌秀丽，年纪看着比他们大个五六岁的样子，正是青春貌美的时候，而且看起来脾气也很好，站在白鹤堂里负责接待这些新人师弟师妹，很多少年都喜欢跑过来和她说话询问。

孙友等人过来她这里打算登记小舅提过的几个任务的时候，刚刚说了第一件他们反复商量过后觉得最好的炼丹时，这位师姐便笑着告诉他们，丹堂今日只收四十人，如今已然满额了。

"这也太快了吧……"孙友、沈石等人面面相觑，心底都浮起一丝不太好的预感，沈石连忙抢上一步，道："拾贝呢，就是阵堂颁下的那个任务？"

这位师姐低头向她手边一份文册上瞄了一眼，微微一笑，然后道："阵堂需要三十人，满了哦。"

沈石默然，贺小梅在旁边急了，道："饲兽呢，灵兽殿颁下的那个任务？"

瞄一眼记录文册，师姐笑嘻嘻地道："哎呀，太不凑巧了，灵兽殿要收四十人，也满了。"

"这……"四个少年站在一旁，一时都是无语。

半晌之后，孙友咕哝了一句，道："见鬼了，怎么会这么快，那白板上明明有那么多任务，为何好像大家都拼命地往这几处地方挤？"

贺小梅与蒋宏光都默不作声，看来也是一头雾水，一脸迷惑不解的样子，沈石却是心底莫名又想到了当初与父亲分别的时候，所听到他叮嘱的几句话。

这修仙一道上，当真是会聚了天底下所有的聪慧之人吗，哪怕都是如此少年，其中便有多少聪明人？而除此之外，眼前的孙友出身世家，会暗中得到某些暗示照顾，那么其他世家的人呢？凌霄宗门下附庸世家的规模何其庞大，大大小小怕没有几百家？

深深地吸了一口气，虽谈不上失落，但沈石还是感到了一种莫名的压力，只是经历过那么多事情后，他并没有失去信心，只在暗中握了握拳。

“我说，要不去红蚌族人那边看看？”沈石笑了笑，对其他三位伙伴说道。

孙友想了想，点头道：“看来是没办法了，其他的任务看起来也很麻烦，要不先过去看看吧，如果实在那边什么剥虾的事也不好做，咱们再回来？”

贺小梅点了点头，答应了下来，倒是蒋宏光看起来似乎有些迟疑，不过最后看其他三人似乎都有意过去，也就答应一起过去看看。

红蚌一族的住处在青鱼岛的东侧，离青鱼集有一段距离，但岛上道路平坦易走，走到那个直接就是以红蚌村命名的海边小村也并没有花费他们四人多少时间。

远远的，便看到一处平整的海滩上大大小小盖着几十座样式怪异的屋子，多是用四根粗木打入沙滩之上，离地六七尺之高的地方才有木板屋宅，寻常人甚至都可以直接在这些屋子下面行走自如。

此刻那小村子里人影晃动，身负红蚌壳的奇异红蚌族人随处可见，但是除此之外，居然还有十几个与沈石孙友他们类似的新人弟子少年也在这里。

看到这一幕，沈石等人都是一呆，孙友带了几分匪夷所思，愕然道：“不会吧，连这里都有这么多人抢？以前我没听说岛上抢任务会到了这般令人发指的程度啊？”

沈石一扯还在发呆的孙友，一边快步向前走去，一边道：“还不快来，待会儿真的连这里都没了……”

孙友吓了一跳，连忙跟上，贺小梅与蒋宏光也是一脸惊奇，跟在他们两人身后，快步向红蚌村走去。

刚刚踏入红蚌村的时候，老实说，四个少年还是有几分忐忑不安的，毕竟这是他们自小到大第一次与这些“妖族”近距离接触，不过看着周围那些走来走去的红蚌族人虽然算不上有多热情好客，但一个个看来也没有任何凶残凶恶的模样，大多数都是一副井水不犯河水的神情，这几个少年胆子也慢慢大了起来。

再加上前头已经围了一圈的那些少年，更是让人觉得人多胆壮，四人便也快步向那边人多的地方走去。沈石一路上向旁边瞄了几眼，只见红蚌村里多数人都是一副悠闲的模样，少数几个看起来机灵的红蚌族人甚至还趁着这个机会在路边摆了几个小摊，上面放了些珊瑚、珍珠以及各种奇怪的矿石乃至少见的海兽骨头等，都是从海里出产的稀罕之物，看来是准备跟这些人族弟子做生意的样子。

不过眼下显然不是仔细观望这些事的时候，一行四人紧赶着走到村子中间，只见那里头是一处类似祭坛模样的地方，中间供奉着一只模样古怪的海兽雕像，也不知究竟是何种类，反正沈石第一眼是没认出来。

在祭坛下方，十几个少年围成一圈，中间站着几个红蚌族人，为首的那位是个老人，看着有几分眼熟，沈石想了想，记起正是之前在青鱼集上见过的那一老一少中的老丈，目光一转，果然看见那位红蚌少女也正站在这老头的身后。除此之外，他们身边还站着三四个红蚌族人，看上去身材高大些，都是族中成年的男子，此刻一个个脸上带着笑意，看起来十分高兴的模样。

“大家不要挤，不要挤。”那老头哈哈笑着，示意周围少年安静，然后抚须笑道，“大家能来这里，所为的不就是赚取灵晶嘛。这事情很简单的，大家看！”说着一挥手，旁边早有两个壮年红蚌族男子抬了两大筐竹笼上来，里面“索索”之声不绝于耳，似乎像是有许多不知名的虫子在爬着一样。

众多少年的目光都落了过去，男孩们普遍没什么感觉，但人群中的几位少女脸色便登时有些不自然起来，站在沈石身旁的贺小梅，此刻身子猛地一僵，眼神里便莫名地带了几分畏惧。

第三十八章 ■ 屠宰

红蚌族的那个老头爽朗一笑，在众多少年的注视下，弯腰掀开一个竹笼的盖子，伸手进去直接一抓，然后再出来的时候，手上已经多了一只约莫有小儿手臂粗的青色大虾。

周围少年登时发出一阵惊呼，如此巨大的海虾，许多人还真是平生第一次看见，尤其是这海虾看着还与众不同，个头极大不说，那头颅部分也生得异常怪异，看上去如一只青面獠牙凶恶非常的鬼脸，加上此刻鲜活无比，虾螯虾腿等拼命挣扎舞动，口中还发出尖细刺耳的“吱吱”怪叫声，更是显得极度凶残，少年中一些胆小的人甚至都不太敢看了。

老人微微一笑，转头看了手中大虾一眼，道：“这东西名叫鬼面虾，你们要做的就是宰杀这海虾，然后剥壳取肉就可以了。”说着随手拿起挂在竹笼边上的一把明晃晃的刀，似乎想当着众多少年的面示范一下，但随即这老头似乎想到了什么，看了一眼手中兀自鲜活鬼叫的鬼面虾，面上掠过一丝厌恶之色。

眼珠子转动一下，红蚌老头身上的两只蚌壳也似乎随着轻轻扇动了两次，老头便放下手中刀子，随手向后一抛，站在他身后的一个成年红蚌族男子下意识地接住了，不明其意，正疑惑想开口询问的时候，便看见这位红蚌村村长笑呵呵地把手中的鬼面虾一把塞到了自己手上，同时道："海胆，把这只鬼面虾宰了，让大家看看怎么做！"

这名叫海胆的红蚌族人登时一脸苦色，刚想开口推辞，便被村长老头瞪了一眼，怒道："你不杀是不是？"

海胆哭丧着脸，道："我杀，我杀就是了。"

说罢，海胆垂头丧气地走上前几步，当着一众少年的面就在地上蹲下，然后大声道："大家看清楚了啊，我就只做这一次，就这一次！"

说着，他把鬼面虾往地上一丢，然后直接一只大脚踩了上去，虽然鬼面虾虾螯虾腿拼命挣扎，但是被海胆这么一踩，整个身子立刻动弹不得，露出了整个腹部。海胆皱着眉头提起那柄锋利刀子，口中说道："这鬼面虾虾壳坚硬，从背上是打不开的，你们要做的就是先宰了这东西……"话音未落，只见他手起刀落，那锋利而明亮的刀锋在半空中似乎划过一道耀眼的光芒，直接刺入了鬼面虾的脖颈交接处。

"啊！"几声轻细的尖叫，从少年人群中传了出来，带着几分惊恐之意，而几乎是伴随着这尖叫声，鬼面虾似乎也发出了一声垂死的凄厉哀嚎，瞬间鲜血四溅激射而出，那血量充沛至极，一下子洒得到处都是，连那海胆身上也沾染了许多，而且更为诡异的是，这鬼面虾的血液颜色竟然是蓝色的。

海胆一半身子都沾上了蓝色的污血，看上去他的脸色就像是快死了一般难看，不过手上的动作倒是没怎么停滞，一脸晦气地拔出刀子，继续道："先宰杀了这鬼面虾，它就不会挣扎乱动，然后看好了，腹部下方硬壳边缘，有一条细缝……"他没好气地把刀锋一转，直接插入了鬼面虾腹部，登时又是一股股蓝色污血一阵阵地挥洒而出，然后刀顺着缝隙徐徐割下，很快就剥开了虾壳，露出了里头白色鲜嫩的虾肉。

直到此刻，海胆的脸色才好了一些，似乎这白嫩的虾肉对他的心情有治愈作用。抛下手中刀把，他剥开虾壳用手抓住那条白嫩虾肉，用力一扯，登时便取出了虾肉，然后站起身在众少年面前展示了一下，道："我们要的，就是这个。"

说完，海胆苦着脸低头看了看自己一身蓝色污血的模样，长吁短叹地退了回去，经过那红蚌村村长身边时，更是像死了爹妈似的愁眉苦脸。

红蚌村村长只当作看不见，哈哈一笑，若无其事地走上前，顺手还接过了海胆手中的那条虾肉，对众多少年笑道："诸位，看清楚了吧，咱们这里最简单了，鬼面虾应有尽有，你们只要取出一百条这样的虾肉，交给海星，”说着手一指站在他身后的那个有些害羞的红蚌少女，然后抚须笑道，“一百条虾肉，就能换一颗灵晶，这交易划得来吧！”

“呕！”

忽地，一个怪声从人群里发出，众人纷纷转头看去，只见一个少女脸色苍白，弯腰跑到一旁做干哕状，正是贺小梅。

沈石、孙友还有蒋宏光三人都吓了一跳，虽然刚才红蚌族人那一幕宰虾的画面有点血腥，但贺小梅反应如此激烈，还是出乎这三个少年的意料之外。

他们正想过去安慰一下的时候，好像会传染一样，便听周围登时也有好几个女孩与贺小梅是类似的模样，纷纷做恶心状。

一个人反应过激似乎还没什么，但是一堆人如此模样，顿时就让气氛有些诡异起来，本来一些看起来还没什么反应的少年，此刻的脸色也不太好看了，再看地下那一摊蓝色污血与丢弃在一旁的鬼面虾残骸，似乎就有些毛骨悚然的味道。

贺小梅干哕了一阵，倒没真的吐出什么来，只是脸色苍白得吓人，喘息了半晌，对围在身旁的沈石等人苦笑一声，道：“不行了，我打小就怕这些东西，受不住，还是回去白鹤堂再看看其他任务吧。”

说着她也不等沈石他们有所反应，就快步向村子外头走去。

沈石等三人面面相觑，蒋宏光犹豫了一下，又看了看已经走到村口的贺小梅的背影，开口道：“我也觉得这任务不太好，我先走了。”

说罢，他同样快步离开了这里，看着他的背影是追上了贺小梅，与她并肩而行，似乎在安慰她，贺小梅看着也是随意点着头，好像还没有从刚才的刺激中恢复过来。

孙友看了看沈石，道：“沈石，你怎么说？”

沈石迟疑了一下，目光扫过地上那摊污血，默然片刻后，轻声道：“我想再看看。”

孙友怔了一下，显然有些意外沈石的选择，不过在犹豫一下后，他还是点了点头，道：“那我也陪你再看看吧，反正现在回白鹤堂也没什么好任务了。”

沈石点点头，转头向旁边看去。

周围原本围拢在这里的十几个少年，在经过刚才那一幕有些血腥的宰虾取肉后，此刻神色看起来都有些不太自然，之前的好奇与自信也少了许多。过了片刻，人群里的几个女孩率先掉头走了，接着有五六个男孩子看起来也对这种事不太能接受，聚在一起商量了一阵后，也逐渐离开了这个村子。

看着底下少年们一个接一个默不作声地走掉，站在供奉着奇怪海兽雕像祭坛下的红蚌族人脸色都不太好看，那位老村长脸上已经渐渐笑不出来了。

眼下还站在原地的，包括沈石与孙友在内，最后只剩下了五个少年。沈石向旁边看了一下，忽然一怔，只见在不远处的地方，他居然看到了一张熟面孔，赫然竟是拜入宗门那日跟他莫名其妙就起了冲突的侯胜。

小胖子侯胜这时显然也看到了沈石站在这里，开始也是出乎意料地呆了一下，随后便用一种怒气冲冲的眼神瞪了他一眼，看来对沈石的不满丝毫不减。

沈石哼了一声，转过头来不去看他，心里只觉得无所谓。

而前头红蚌村村长看到最后好歹还剩下五个少年留了下来，并没有立刻离开的意思，脸色顿时一松，像是长出了一口气，连忙笑嘻嘻地走过来，道："诸位小友，果然都是有眼光的人啊，这活其实真的不难，赚取灵晶这么轻松的事，在青鱼岛上真的找不到第二件了，你们相信我……"

话音未落，便听那头有人似乎实在忍耐不住，忽地人影晃过，"扑通"一声跳进了海水里，然后在水中拼命折腾，洗着自己身上的蓝色污血，一边毫不顾忌地大声抱怨道："臭死了，臭死了，臭死了……"

红蚌老头笑容一僵，随即哈哈大笑，若无其事一挥手，然后伸出一根手指把五个少年的眼神再度吸引过来，呵呵笑道："一百条虾肉，就换一颗灵晶哦！"

"啪啪啪啪……"

五个大竹笼也不知从哪儿被红蚌族人搬了出来，放在海滩之上，每只竹笼边也都挂着一把锋利的宰虾刀，然后一个个红蚌族人便自顾自散去，只有那位名叫海星的少女留了下来。显然她也十分讨厌鬼面虾，虽然留下没走，但还是站在离那五笼鬼面虾远远的地方，红色鲜艳的蚌壳在她腰身之上微微扇动，衬得她脸颊娇艳无比。

五个少年你看看我，我看看你，慢慢地走到海滩边上，一人站在了一笼鬼面虾前，只听海水潮汐声中，竹笼里一阵阵的"索索"声传来，让人心里不禁有些发毛。

一时间，五个人都没有蹲下去从那竹笼中抓鬼面虾。过了半晌，看起来还是那小胖子侯胜胆子最壮，咬了咬牙，忽地一把掀开竹笼盖子，伸手进去抓虾，谁知手刚伸进去不久，便听他一声惨叫："哎呀！"

旁边几个少年都吓了一跳，只见侯胜跳脚，"噌"的蹿起，手臂挥动间，却是有一只鬼面虾的虾螯夹住了他的手指，这一下看着真是痛得不轻。

后面的红蚌少女海星看起来也是吃了一惊，连忙跑了过来，道："小心，要抓鬼面虾的背壳，这样就不会被它夹到手了……"

侯胜好不容易甩掉了鬼面虾，握着已经流血的手指咬牙切齿，怒道："那你不早说！"

海星红了脸，低下头，轻声道："我——我没想到你们不懂啊……"

几个少年都翻了翻白眼，侯胜再看那鬼面虾的时候，心里忍不住都有些发怵。只是就在这个时候，忽然听到旁边传来动静，众人转眼看去，只见站在最旁边一个竹笼边上的沈石，不知何时已经从竹笼中抓出了一只鬼面虾。那虾螯虾腿在他面前拼命挥动着，面孔狰狞看起来凶恶无比，令人毛骨悚然，同时口中也发出了尖厉无比的惨叫声。

孙友看得心里有些发毛，正想着是不是过去跟沈石说要不算了，干脆回去换个任务的时候，却忽然觉得沈石的目光这个时候突然变得有些奇怪。

那个相识才几天的朋友，脸上的神情似乎有些出人意料地平静，他就这样平静地看着眼前的鬼面虾，但不知为何，那只鬼面虾却突然挣扎得更加猛烈起来，手舞足蹈，叫声尖厉得仿佛要透入人骨髓之中。

片刻之后，在几个少年的注视之下，沈石忽地将这鬼面虾往地上一摔，正如之前那海胆所做的一样，一脚踏上踩住，面无表情举起手中刀刃，手起刀落，明亮的刀光在半空中掠过一丝凄厉的光芒，仿佛倒映出少年的脸庞，"噗"的一声，直接刺入了鬼面虾脖颈之处。

"嘶……"

一声尖厉嘶鸣，大团大团的蓝色污血瞬间喷洒而出，如身旁的海潮大浪一般在半空中崩裂，溅洒了沈石一头一脸，血腥之气顷时四处弥漫。

第三十九章 ■ 剥虾

海滩上一片安静，孙友像是不认识沈石一般，愕然地看着面色漠然手握利刃的沈石，而侯胜等其他三个少年，这时也看呆了，就连站在一旁的那位红蚌族少女海星，也带了一丝诧异地看着被虾血溅了一身的沈石。

也许是因为鬼面虾的身子构造毕竟与猪羊等家养牲畜不同，沈石这一刀下去虽然震住了同伴，但效果却并没有之前那位红蚌族男子海胆杀得干净利落。这只鬼面虾在这一刀之下，竟然未死，看着虽然奄奄一息但虾螯虾腿仍然还在挣扎摆动着。

沈石皱了皱眉，犹豫了片刻后，再次挥刀砍下，这一次终于杀死了这只青色海虾。随后他便在众人的注视之下，一声不吭地如之前海胆所示范的那样，将轻薄锋利的刀刃插入鬼面虾腹部硬壳的缝隙处，开始剥壳。

海胆杀死鬼面虾时，继而剥壳取肉，所有动作一气呵成，快捷流畅，但到了沈石这里，顿时便变得磕磕绊绊。那刀子插入虾壳中，稍微移动，便被坚硬的虾壳卡住，沈石这才发现原来这条虾缝竟然并非是一条直线，而是不显眼地在暗中多有曲折，在剥壳时必须使刀子不停变换方向，才能找到空间将虾壳剥开。

锋利的刀刃于是开始与坚硬的虾壳展开了漫长而艰难的斗争，蓝色的污血不停地从伤口处流淌而出，沾满了他站立位置周围的地面，加上他半身都被污血溅染，看上去就如同一个浑身沐浴诡异蓝色的怪物，散发出浓浓的血腥气和杀气。

旁边观望的少年脸色都慢慢地变了，有两个人忽地转身掉头就走，还留在原地的就只剩下强作镇定的孙友和那个小胖子侯胜。只是当沈石手中的刀刃不断地与硬壳交锋摩擦，发出令人牙酸甚至毛骨悚然的“咔咔”声后，看着那血泊中有些可怖的景象，就算是他们两人，一时也有些吃不消了。

侯胜嘴角抽搐了两下，低声咕哝了几句，仿佛是在说“算你狠”之类的话，终于也转身离开，看来还是接受不了这红蚌村的怪异任务。至于从小出身于世家锦衣玉食的孙友，在今日之前自然也是从未见过如此血腥的场面，能够坚持到现在，老实说，连他自己都有些佩服自己了。

不过看着地上被剥了一大半虾壳的鬼面虾还有那一大摊蓝色污血，孙友还是自问实在受不住这场面，当下强笑了一下后，走到沈石身边，干笑道：“沈石，你——你厉害……这事我还是做不来，就先回去了。”说着伸出手，似乎想拍拍沈石的肩膀鼓励他一下，但是看着沈石身上蓝幽幽的污血，这手掌顿时就僵在了半空，一时拍不下去。

沈石抬起头，看了他一眼，嘴角露出一丝笑意，对着孙友点了点头，道：“你先回去吧。”

孙友深吸了一口气，结果吸进的全是浓烈的血腥气，顿时差点反胃吐了出来，脸色也是为之一白，赶忙对沈石打了个招呼后转身就跑，看样子是恨不得离这红蚌村越远越好。

海风轻拂，海水清澈，哗哗的浪潮声就在身边不远处，天高海阔，仿佛置身于世外桃源之中。

所有的人族少年最后都走了，除了沈石。

他看了看身上蓝色的污血，又看了看地上艰难剥开了一半虾壳的那只鬼面虾，然后沉默地再次蹲下身子，刀锋在细小而坚硬的虾壳中重新开始挣扎，一点一点地打开青色的虾壳，蓝色的血液也随着刀锋不停地流淌着。

就这样不知过了多少时间，沈石额头上已然出了一头汗水，终于完完整整地切开了那条看似简单实际上却是坚硬曲折超乎想象的虾缝，看到了里面露出的那条白嫩的虾肉。

他抛下刀子，伸手抓住那条虾肉，如之前海胆那样用力一扯，终于完成了最后一步工序，取出了鬼面虾的虾肉。

海风吹过，远处传来几声乘风翱翔的海鸟的清脆鸣叫声。

旁边忽然有一只海碗递到他的面前，沈石转头一看，见是那位美丽的红蚌少女海星不知从哪里摸出一只大碗，正拿着轻轻放在他的身旁地上，然后道："虾肉放这里就好了。"

被沈石这般近距离看了一眼，海星似乎有些不太适应，下意识地退了两步，脸颊上又浮起一层淡淡的红晕。不过眼下只有沈石一个人，海星看起来胆子还是比之前要大了不少，偷偷抬眼又看了他一下，忍不住还是开口道："你这种剥虾法子有些慢了，一天之内可杀不到一百只呢。"

沈石把手中那条白嫩的虾肉丢进那只阔大的海碗，对海星笑了笑，道："嗯，刚开始这事还不熟练，快不起来，呃……"他忽然滞了一下，看神情带了几分紧张，皱眉问海星，"今天杀不完的数，明天能补上吗？还是说村子里一定是要一天杀完一百只鬼面虾？"

海星立刻摇了摇头，道："那倒没有，不管你花费时间多久，哪怕是三天五天十天半个月，只要交给我的数目够了一百，我就换你一颗灵晶。"

沈石松了口气，点了点头，道："那就好，我就再试试吧。"

说着站直身子，伸了个懒腰，活动片刻后，又俯身去那虾笼中抓出了一只活蹦乱跳的鬼面虾。海星在旁边看着这个人族少年时间久了，又彼此说了几句话，渐渐地胆子也大了不少，不再如之前那样害羞。只是她看来还是对那鬼面虾十分厌恶，在沈石动手准备宰虾的时候，忙不迭地后退了几步，不过离沈石也没有之前那般跑得远远的，而是蹲在了几步开外的海滩上，随意地用手在沙滩上画着莫名的图案。

"噗"一声闷响，锋利的刀刃再一次刺入了鬼面虾的要害脖颈，蓝色的污血也再一次喷射而出。

海星转过头向沈石那边看了一眼，只见那个人族少年又一次被蓝色的污血溅满了身子，看起来更加肮脏与血腥了。只是她似乎对这有些血腥的一幕并无任何畏惧之意，最多不过是看起来对那些蓝血十分讨厌，倒是眼神中不时望向沈石的表情，多了几分好奇之意。

熟能生巧，滴水穿石。

一件事情做得多了，总会找到些窍门，对于剥虾这件事，沈石渐渐地开始得心应手，就像是他很小很小的时候，开始描画那些艰深繁杂的符文。

蓝色的虾血在海滩上飞溅又落下，被清澈的海水卷起洗净，像是出生于沧海最终又归于海中，完成了一个生命的循环。在这之中，刀起刀落，明亮的刀光在海滩上起伏挥舞着。

每一只鬼面虾，沈石都杀得很艰难，每一次的剥壳，那细小坚硬暗中曲折的虾缝，都让他吃尽了苦头。可是不知道为什么，蓝天白云下，习习海风中，他却一直没有放弃的意思。

当他杀第二只鬼面虾的时候，身上的衣服已经完全湿透，只不过不知道是被汗水浸湿还是被蓝色的虾血溅染所致。也就是在宰杀这一只鬼面虾的时候，沈石似乎终于找准了鬼面虾脖颈上的某个要害，一刀下去，鬼面虾应声毙命，再无挣扎，终于不用再划上第二刀了。

杀到第三只鬼面虾时，沈石插入虾缝里的刀锋剥壳时行进的速度看起来快了一些，至少在开头几处地方，他似乎已经对虾壳的几个弯曲处心中有数，到了地方手腕微微转动，刀锋行进便自然而然地绕了过去。

杀到第四只鬼面虾的时候，沈石看起来已经对虾缝最前端的一些细微转折处心里有数，刀锋滑动的速度渐渐有了一丝流畅的味道。

而等到他抓起第五只鬼面虾的时候，沈石已经呼吸粗重，神色疲惫。在他咬着牙终于解决了这只鬼面虾，最后拔出了白嫩的虾肉丢进那只海碗后，他站起身对海星说："今天就杀到这里吧，明天我再过来。"

一直蹲在不远处的海星眨了眨眼，抬头看了看天色，迟疑了一下，道："现在不算太晚啊，你看太阳还未落山呢。"

沈石笑了笑，转动了一下已经有些酸痛的脖子，挥了挥一直用力而酸疼的臂膀，道："差不多了，不急于这一时，不然今天耗费太大，明日说不定就杀不了几只了。”

海星看着他，眼中明显多了几分好奇，道：“你这种说法，我还是第一次听到啊。”

沈石微笑道：“我爹以前跟我说过一个道理，说是人要做好一件事或是学好一样本领，一时半会急切是没多少用处的，最要紧的便是静下心来，长久坚持方是根本。”

海星“嗯”了一声，微微皱起好看的眉头，身畔的红蚌壳摆动了两下，似乎在心里想着沈石说的这几句话，不过看起来并没有很明白的样子。

沈石拿起地上那个海碗，走到她的跟前，递给了她，道：“今天五条虾肉，明天我再来，我想应该会比今天多一些吧。”

海星接过了这只装着鬼面虾虾肉的大碗，立刻就像是受惊的小兔子一般向后跳开了几步，用手捂鼻。沈石看了一眼自己身上，哈哈一笑，道：“你们红蚌族人看起来特别讨厌这种虾血嘛。”

海星摆摆手，离沈石又远了两步后，脸色才好了些，道：“是啊。对了，这种蓝血最好在海水中清洗，很容易洗干净，若是你回去用岛上的泉水或是淡水洗，反而会沾染到衣服上，几个月都洗不掉了。”

沈石怔了一下，道：“还有这回事啊？”低头略微沉吟片刻，笑了笑道，“那……海星姑娘，麻烦你转头一下好不好？”

海星歪了歪头，道：“干吗啊？”

沈石一时不知该说什么才好，道：“我想去海里洗一下。”

海星一挥手，道：“那你快去洗啊。”

沈石看了她一眼，过了一会儿，点了点头，然后伸手解开了扣子，开始脱衣服。

沈石身上所穿的衣服，是一套普通的凌霄宗外门弟子服，色作灰白，看着并无出奇之处，但穿在身上感觉很舒服。凌霄宗向来是大气的做派，对门下这些新人弟子的日常用物并无丝毫苛待。

海星看上去年纪与沈石差不多大，若不是身上多了两面红色鲜艳的蚌壳，就与普通的人族少女几乎没什么两样。不过既然是出身于红蚌族，她的想法与表现便与沈石想象中的模样并不相同，看着沈石脱掉身上衣物后，海星并没有特别害羞的表现，反而还有些好奇地多看了沈石身子几眼，似乎在好奇这些身上没有生长蚌壳的人族原来是这个样子。

因为刚才宰杀鬼面虾，蓝色污血溅了一身，所以沈石干脆把上衣裤子都脱了，只留了一件贴身短裤，相比起海星姑娘的神情自若还略带好奇的目光，沈石倒觉得有些不自在起来。不过想想也没什么，他哈哈一笑，抓着衣服就往海里跑去。

海水泛着白色的浪花拍打着洁白的沙滩，沈石跳进海水里，一股凉意猛地从周围清澈的海水中传来，让他不禁打了一个寒战。他抬头看看天空，蔚蓝的苍穹上飘浮着几朵白云，海天一色，海波轻柔，暖暖的阳光照在他的身上，渐渐驱散了他身上的寒意，身子也似乎慢慢适应了周围的水温，略带咸味的海水气息，从四面八方包围了他。

第四十章 ■ 海星

这是沈石平生第一次，站在大海海水里。

海浪一波波地从远方海面扑来，涌上沙滩，身子在海水中像是不停地被一只手推来推去，这是与江河湖泊中截然不同的感受，让从小就生活在阴州那个内陆山地居多地方的沈石有着全然新鲜的感觉。

过了好一会儿，他才从这种新奇劲儿里理出头绪，开始清洗自己身上和衣物上的那些蓝色污血痕迹。而当身上与衣服上的污血遇到海水的时候，果然正如海星所说的，海水对这种污渍似乎特别有效，沈石只是略加搓揉，便很快洗掉了附着在衣服和身上的血迹。

看着海水里那个男孩有些好奇又有些兴奋地洗濯玩耍，岸上的海星似乎也看得有趣，嘴角慢慢挂起了一丝笑意。

海里的浪花有些大了，不过这对自小便在海边长大的海星来说，早已是司空见惯的事，一点儿感觉都没有。她在岸边沙滩上又看了一会儿后，正想着是不是先把沈石今天剥虾所得的五条虾肉拿回去给村长爷爷时，忽然眼角余光望见海水里沈石已经洗好了衣服和身子，一时似乎也没察觉海水有些上涨，从之前才到他大腿的地方已经悄悄漫到了他的腰部。

海星犹豫了一下，皱了皱眉，张开口似乎想对水里的沈石喊一句什么，但还没等她开口，便看见海水猛地涌起一波不小的海浪，冲了过来。

这一波海浪比之前的海浪要高了不少，加上原本悄然上涨不少的水面，居然一下子就漫过了沈石的脖子，这一下大大出乎沈石的意料，他本来已经半转过身子准备上岸，结果被这大海浪猛地从背后一冲，那海水的力道竟是出乎意料地强大，一下子脚下踉跄，竟是被这海浪冲倒了。

“轰”的一声，浪头重重地拍在沙滩上，随即倒卷回去，岸上的海星向前踏了一步，竟然在水面上看不到沈石的身影了。

海星迟疑了一下，脸上掠过一丝担忧之色，幸好就在这个时候，一个人影从浪花里又露了出来，正是沈石。看他所在的地方，却是一下子被海浪倒卷出去好远，海星这才松了一口气，没好气地看了他一眼，谁知这一眼之下，顿时又让这位红蚌族少女紧张起来，因为在波浪翻滚中，赫然只见沈石手舞足蹈，一副拼命挣扎的样子。

“不是吧……”海星瞪大了眼睛，有些不太相信自己眼神的模样，还揉了揉眼睛，最后终于还是确定那个人族少年虽然从一开始宰虾剥虾就表现得冷静沉着，心性坚韧刚硬到异于常人，但……他好像真的不会水！

“啪”，海星一把丢掉手中的大碗，浑然不管装在碗里那些白嫩的虾肉有几条掉在了沙滩上，迈开脚步冲向海滩，几步跨到海边，赤裸白嫩的脚掌溅起的雪白浪花，在空中飞溅而开。

红色而鲜艳的蚌壳，在她的腰间忽然张开，然后便看见那窈窕美丽的身影飞跃而起，如一只矫健娇媚的红鱼，在半空中画出一道优美的弧线，“哗”的一声跳入了清澈的海水之中。

蓝天之下，洁白的水浪间，清晰可见她的身影犹如一只迅捷的鱼儿般，在海水里奇快无比地游动着，哪怕迎着浪头也丝毫不减，飞快地向着那个挣扎求生的少年身边游去。

片刻之后，正在海浪中慌乱无比扑腾的沈石忽然觉得一个滑腻的身子猛地从海水中蹿了上来，“哗啦”一声脆响，水花四溅，海星那秀丽的脸带着点点水珠出现在他的身旁，一把抓住了他的手臂，同时疾声道：“别动，我救你。”

可是连喝了好几口海水的心慌意乱的沈石，似乎一下子还没法冷静下来，只觉得自己手脚根本没有实地可踩，海浪中又有可怕的力量，拼命地将自己往下拖，似乎要淹死自己一样，忍不住还要挣扎晃动。

他挣扎了几下，海星险些抓不住他。同时因沈石手舞足蹈乱拍乱打着海水，溅起的浪花一片，混乱中，海星都差点呛了一口海水进去。

海水之中，海星的小脸一板，看来是有些急了，嘴里叫了一句，抬手就是“啪”的一声，干净利落地打了沈石一记耳光。

沈石一个激灵，在水中的身子居然安静了不少，像是这才看清身边之人一样，情绪平静了一些。海星抓着这个机会，身子一下子贴了过去，同时干脆把自己白生生的手臂往沈石脖子上一绕，口中道："身子放松，别用力，我带你回岸上。"

沈石嘴角动了一下，似乎想说什么，但最后还是什么都没说，不过在这片陌生的海水中，他终于还是听从了海星的话，将心头的恐惧强行压下，不再动弹。

渐渐地，他忽然发觉自己的身子竟然轻了许多，原来像是有无数鬼手要将他拖入大海，现在却像是有一双温和的手掌，将他的身子慢慢抬起，整个身躯漂浮了起来。

海星的身子在水里游动着，一只手臂抱着沈石的脖子，让他的头始终处于水面之上，然后带着他缓缓向岸边游去。

海水仍在不停地翻涌着，沈石整个人浸泡在水中，天上的阳光照耀下来的时候，他眯上双眼，再一次感觉到了那丝阳光中的温暖，还有从身旁柔软的身体上传来的一点幽香。

那缠绕在他脖子上的，是白皙细腻的手臂……

蓝天白云，海风阵阵，沈石忽然觉得自己的心情莫名地很好，有那么一刻，他心里竟有种或许迟一些游到岸上也不错的感觉。水花阵阵，那是海星拍打着海水带着他向前游着，因为沈石不再挣扎，所以海星也省了不少劲，变得轻松了许多。

"哗哗"声响起，两个人从海里游上来，虽然海星姑娘身上衣服全湿，但神态自若感觉轻松，相反沈石的模样就有一些狼狈，不过也就是上了岸才看清楚，刚才那生死关头，也不知沈石是什么样的心态，手中居然牢牢地抓着他脱下来的衣服。

海星自然也看到了他手里的东西，没好气地瞪了他一眼，道："你这么大的人了，还不会水吗？"

沈石沉默了一下，道："我以前住的地方都是山，很少见水，所以不会……"

听见沈石居然一点也没有反驳的意思，就那么老老实实地承认了下来，海星呆了一下，反倒觉得有些不好意思起来，正好在这个时候眼角余光瞄到了沈石脸颊之上，只见五个指印清晰可见地印在上面，海星的脸顿时有些红了，期期艾艾犹豫了好一会儿，才低声道："刚才打你，对不住啊……疼吗？"

沈石摸了摸脸颊，道："疼。"

海星顿时更加尴尬了，一张漂亮的小脸也越发涨红了几分，低声解释了几句，道："刚才是——是你拼命挣扎，我才……"

沈石忽然打断了她的话，微笑道："打得好。"

海星一怔，抬头看了沈石一眼，只见沈石微笑着看着她，并没有任何生气或是嘲讽之意，片刻之后，又听沈石道："多谢你救我一命啊。"

海星不知怎么，心头没来由地跳了一下，连忙道："没事，应该的。"

沈石正想再说些什么的时候，忽然目光一凝，却是之前没注意，现在才算是认真看到了海星的身子。因为救自己冲入水中，海星身上衣服都被浸湿，此刻都贴在身上，而红蚌一族的女孩，似乎发育得要比人族少女更早更好一些，一些起伏峰峦，已然可以望见了。

沈石呆了一下，下意识地转过了身子，海星看着他的模样却觉得有些奇怪，奇道："你怎么了？"

沈石默然片刻，道："你身上衣服也湿了，要不要去换一身，免得被海风一吹受了寒气，生病就不好了。"

海星"扑哧"一笑，浑不在意地摆摆手，道："没事啦，我们可不像你们人族，修炼之前的肉身真是弱不禁风，从小我就在海边这样了，上岸吹吹风过一会儿就干了，没事的。"

沈石一时无语，眼角余光忍不住又向边上那少女瞄了一眼，连忙又转过头来，装出一副若无其事的模样，想了想道："总之今天就多谢你了，明天我还过来，嗯……巳时可以吗，那个时辰你起床了没有？"

海星双手一叉腰，瞪了他一眼，道："你觉得我像是会睡懒觉睡到那个时候的女孩子吗？"

沈石立刻摇头，道："要不我辰时过来？"

海星想了想，点头道："行，反正现在看起来，也就只有你一个人会来剥虾了，明天我就在村口等你啊。"

沈石笑了起来，点头答应道："好啊。"说着向海星招招手，道，"那我先回去了。"

转身走了两步，忽然只听后头海星姑娘高声道："喂，我还不知道你的名字呢？"

沈石一想还真是如此，连忙回头，笑道："我叫沈石。"

海浪冲上沙滩，金色阳光下，那个美丽的红蚌少女衣襟、脸上还挂着晶莹的水珠，身上曲线玲珑，笑颜如花，招手道："我叫海星。"

沈石哈哈大笑，笑容爽朗而开心。

第四十一章 ■ 求情

沈石离开红蚌村后，在返回青鱼集的路上找了个僻静林子，瞅着左右无人便钻了进去，将自己的衣服摊开挂在林中树梢上。海岛上虽然湿润，但海风永不止歇，便是林子边缘也有风，衣物如此晾了一会儿，倒是很快就干了。

沈石将这些衣物抖搂几下，重新又穿回身上，顿时觉得轻松起来，虽然在红蚌村里宰虾剥虾搞了一天，后头还有了差点在海里淹死的一幕，到现在仍有些疲惫，不过精神上倒是不错的。

沈石走出林子，大步往回走去，这条从青鱼集通向红蚌村的道路，因为并没有其他的分岔口，所以在去红蚌村的少年纷纷走掉之后，路上顿时便冷清下来，在这个眼看就要夕阳西下的时候，更是只剩下了沈石一个人。

来时热热闹闹，回时孤单寂寥，前后情景真是差距颇大，不过沈石一副不以为意的模样，脚步轻快地走在路上。沈石如此走回青鱼集的时候，西边天际的太阳离遥远的海平线似乎又近了些，映出一片灿烂的晚霞，同时倒映在苍茫无际的海面上，染红了一大片海面。

青鱼集到了这个时候，也不复白日里的热闹，许多凌霄宗的弟子看起来都已经返回了自己的洞府，就连道路两侧那些有些碍眼的商铺也关门大半。似乎在这青鱼岛上，所有人都已经习惯了早早歇息，与俗世里那些繁华大城中哪怕直到天黑依然灯火辉煌的模样截然不同。

沈石本想顺便找两家商铺进去看看，但随即一想以后日子还长，倒不急于一时，看着这青鱼集中一片清冷，他便也不多待，直接顺路走了回去，向着自己那座位于白鱼湾的临海洞府走去。

在踏出清冷的青鱼集时，他脑海里正在想着，孙友、贺小梅与蒋宏光他们三人，离开红蚌村后找到了什么合适的任务吗?

沈石沿着平坦宽阔的海滨大道一路走回那座宁静美丽的白鱼湾时，天色已暗了下来，天空变得暗淡，一抹残阳正照在这片海湾里，海面上轻轻涌动的浪潮，一波波似情人温柔的手，抚摩着洁白的沙滩。

已是黄昏时候，但出乎沈石意料的是，在他本以为这里也应该是一片寂寥的地方，眼下看着居然比青鱼集那边似乎还热闹不少，居住在这片海湾中的许多新人弟子有不少人都从洞府里出来，在这片漫长而漂亮的沙滩上玩耍走动，残阳余晖落下，洒在每一个少年男女的身上，照出他们开心的笑容。

毕竟，来这里的都还是十岁出头的少年。

他们或奔跑于沙滩之上，或跳跃于海水之中，溅起了无数白色浪花，溅湿了几许衣衫罗裙，笑声在海风里飘荡传扬，给这个黄昏额外增添了几分活力。

沈石一时之间，也不想立刻回洞府了，而是走到沙滩边缘，随便找了块石头坐下，凝视着这片热闹的海滩，安静地眺望着远处沧海深处，那一轮即将落下的夕阳。

海风阵阵，吹拂起他的头发，仿佛一天的疲惫，都在这一刻消散在清新的风中。

脚步声忽地响起，有两个身影从他身边走过，其中一人忽然回头，看了他一眼。沈石抬眼看去，只见却是钟青露、钟青竹姐妹二人。钟青露当仁不让地走在前头，手中还抓着一个小袋子，不时从里面掏出些零嘴吃着，微胖的脸颊有些淡淡的红晕，看上去居然比白天顺眼了一些，至于钟青竹则依然是那副小心谨慎的模样，小心翼翼地跟在这位堂姐身后。

钟青露显然认出了沈石，眼光看着就不算太友好，不过白日里得罪她最多的毕竟还是孙友那家伙，沈石只是无辜被连带，所以钟大小姐看起来似乎也没有特别针对沈石的打算，只是又狠狠瞪了他一眼，然后像只骄傲的小孔雀般，一甩头径直离去。钟青竹在她背后略带歉意地对沈石笑了笑，连忙也跟了上去。

沈石揉了揉眉心，摇头苦笑不语。

当最后一道夕阳余晖随着太阳沉入海面而消散的时候，白鱼湾里终于到了入夜时分，众多少年纷纷离开海滩，返回自己的洞府，很快，这片海滩上重新恢复了宁静，只剩下黑暗中海浪潮汐涌动的声音，在夜晚海风的吹拂下，仿佛永无止境地回响着。

沈石也回到了自己那座甲四十一洞府，用云符开启石门进去之后，本以为会是漆黑一片的洞府，却在他关闭石门后，突然从洞府顶端石壁上亮起了四道光芒，温和如夜晚的星辉，洒落在这座洞府里，顿时让这里亮堂起来。

这一下倒是让沈石吓了一跳，昨晚他在这里休息的时候，可还没有这种异状。他当下走到洞府里抬头向头顶看去，只见坚实的石壁上不知何时多了四颗拳头般大小的明珠，那些光芒正是从这些珠子上散发出来的。而在四颗珠子的中间石壁上，还有一处巴掌大的八卦玉盘，借着明珠光辉，还能看到上头隐隐有云气转动。

沈石一下子就想到了自己进门时，那石门上的八卦锁，略一沉吟后，便掏出身上的云符，尝试着向那头顶石壁上的八卦玉盘挥了挥，果然片刻之后，只见云气流转，那八卦玉盘有了反应，四颗明珠立刻缓缓暗了下来，洞府中陷入了黑暗。

过了一会儿，沈石又挥了挥手，珠光再度亮起。

这算是今天才开放的神奇洞府奇术吗？沈石仰头看着这神奇的明珠，心中赞叹不已。有了这四颗明珠，倒还真是方便了许多，至少不用在夜晚点燃烛火看书了。

只不过……沈石缓缓在桌旁坐下，喜悦之色稍退，眉头却微微皱起，为何这种禁制不在昨日就放开，偏偏要迟上一日呢？

青鱼集，轩日堂。

王亘盘坐于蒲团之上，看着同样坐在自己身旁不远处的康宸，脸色不善，面沉如水。而康宸则是一副做贼心虚的模样，干笑着不敢说话，对王亘投来的目光也是躲躲闪闪，不愿直视。

“哼……”王亘冷哼了一声，不再去盯着康宸那张帅气的脸，随手去倒茶水喝。康宸一下子蹦了起来，几步冲到茶几边，一副狗腿模样地倒了一杯水，然后递到王亘身前，赔笑道：“师兄，喝茶喝茶。”

王亘撇了撇嘴，一脸没好气地接了过来，喝了一口，冷笑一声，道：“说吧，白鱼湾那么多洞府的星辉珠是怎么回事？”

康宸干笑一声，道：“师兄，我——我这不是一时事多，忘记去开禁制了……”

“呸！”王亘一副根本不信的样子，瞄了他一眼，道，“你倒是贵人事多了，心里多个鬼才是真的吧！”

康宸搓搓手，又偷偷抬眼瞄了一下王亘，见他一脸冷淡，配着他原来高大沉雄的气势，可谓不怒而威。康宸平日里就怕这位王师兄几分，这下知道怕是躲不过去，犹豫了一下，终于还是老老实实地交代了，道：“我是去找甘师姐了，求她一起去请云霓师叔出面，帮杜师兄求个情，所以耽误了青鱼岛上的事。”

王亘目光低垂，看着手中的茶杯，握杯的手不为人知地轻轻紧了一下。

片刻之后，他皱了皱眉，道：“就你多事。”

康宸赔笑道：“师兄，我这不是担心杜师兄被关在黑云洞中，时日太长阴气侵体，万一磨折了道行就不好了嘛。”

王亘哼了一声，道：“就你是好心人，旁人如我一般，都是对杜师兄不闻不问的无情无义之人了？”

康宸立刻摇头道："师兄你说什么话，我绝无此意！"

王亘嗤笑一声，淡淡道："既然你这般关怀杜师兄，那今日去求云霓师叔，结果如何了？"

康宸滞了一下，眼珠子转动着似乎正想整理言辞的时候，便听到王亘径直道："若是我没猜错的话，云霓师叔是不是干脆就不愿见你，直接在天弥洞府外就将你赶了回来？"

康宸一呆，抬头看向王亘，虽然没开口再说些什么，但脸上一副惊讶表情显然已经说明了一切。王亘摇摇头，一副懒得再跟蠢人说话的样子。康宸忽然跳起，一下子凑到王亘身后，居然伸出手开始帮王亘揉捏肩膀，笑道："师兄，师兄，你神机妙算实在厉害，一切都犹如亲见一般，不如……"

话未说完，王亘已经忙不迭地挥手打掉了他的双手，怒道："都是男的，别这么恶心啊。"

康宸哈哈一笑，不以为意，只道："师兄，你怎会知道云霓师叔不肯帮忙的？"

王亘看了他一眼，道："云霓师叔在本门地位确实与众不同，几位长老包括掌教怀远真人都会让她三分，但你别忘了，杜师兄这次除了得罪孙长老之外，最重要的是他骂了几句师叔祖。"

康宸身子一震，望向王亘，皱眉道："师兄，你的意思是说，哪怕是云霓师叔，这一次也不想惹麻烦？"

王亘淡淡道："师叔祖在宗门之内地位如何，你我都心里有数，身为数百年来本门唯一一位突破元丹境大死关而至天罡境的老祖宗，再加上三十年前'玄龟之乱'中出面力挽狂澜，镇服妖孽，又力排众议，对掌教真人……"说到这里，他忽地停顿了一下，没有继续再说下去，而是深深看了康宸一眼，康宸也是脸色微变，缓缓点头。

过了片刻，只听王亘的声音再次响起，道："如今师叔祖虽然闭关静修，不问门中诸事，但声望之高，不作第二人想，哪怕是云霓师叔这般人物，也绝不愿插手与这位老祖宗有关的事，更何况杜师兄莫名其妙还骂了师叔祖几句。杜师兄平日深得掌教真人的疼爱，是他最得意的弟子，这次为何又如此重重发作下来，难道你也没想过其中缘由？"

康宸脸色木然，过了一会儿垂头丧气道："这么说来，杜师兄这是没救了？"

王亘慢慢端起手中茶杯，喝了一口，脸上没有什么表情，但是过了一会儿，嘴角微微扯动了一下，轻轻叹了一口气，道："办法……其实还是有的。"

康宸一跃而起，面上大喜之色毕露，王亘瞪了他一眼，康宸立刻就缩了缩脑袋，但眼中期望急切之色，却是再也掩饰不住了。

王亘摇了摇头，目光掠过眼前那只茶杯，沉默片刻之后，轻轻将它放在了茶几上。

些许光亮下，隐约可见茶杯底座温润的明瓷边缘，悄悄裂开了一条细细的缝隙。

第四十二章 ■ 异状

白鱼湾，洞府之内。

厚实的石壁似乎将所有的声音都隔绝在石室之外，那些海浪海风的声音一点儿都传不进来，只剩下了一片宁静，正是最适合修道中人静心修炼的气氛。

沈石此刻就盘坐于床榻之上，安静地看着手中那张凌霄宗《星罗功法诀》，同时右手轻轻拿着一颗亮晶晶的小石头，正是灵晶。

他的目光在那张法诀上仔仔细细地扫过，随手将其放在一旁，沉吟起来。按照《星罗功法诀》上的说法，因为人族确实肉身太弱，所以在最初开始修行的炼气境，人族修士最好是一天只修炼一次，也就是一天只吸纳灵晶中的灵力入体一次，以此循序渐进，日后修行渐深之后再增加吸纳灵晶灵力的次数。否则若是操之过急的话，灵力入体太多太盛，肉身极易承受不住，反有大害。

“白天因为有那肉身反噬，灵力还未入体就消散了，这应该不算是修炼过一次吧？”沈石皱起眉头，仔细把白天的情形回想了一遍，最后看着手中那颗灵晶，只见灵晶通体晶莹闪亮，显然是完好无损的状态。要知道若是被修士从中吸纳过灵力，则灵晶的光芒便会减弱暗淡，吸纳灵力次数越多，灵晶色泽光辉便越是暗淡，很是容易分辨出来。而一旦被修士用过的灵晶，哪怕只吸纳过灵力一次，通常来说，在市面上就已经无法再当钱一般去购买各种灵材了。

反复斟酌了几次，沈石还是决定再尝试修炼一下，反正白日在晨星殿里，王亘师兄早已对他们说得清清楚楚，肉身反噬其实说白了也就那样，无非就是自己肉身与灵力不太协调，要解决这问题也没有捷径可走，就是老老实实地多修炼几次，多受几次肉身反噬的苦楚，待肉身渐渐适应了灵力，就自然可以开始修炼了。

长痛不如短痛，早受苦迟受苦反正都是要吃苦头……沈石在心里这般对自己宽慰了几句，然后深深地吸了一口气，闭上双眼，握紧了手掌，将那颗灵晶紧紧抓在手心里。

《星罗功法诀》再一次运转起来，只是没有晨星殿中那些奇异法阵的协助，沈石明显地感到自己不能迅速地定心凝神，要比白日多出好几倍的时间，他才缓缓安定心神，感觉到了灵晶中那一丝微弱的灵力光辉。

剩下的事，一如白日他曾经做过的那般，聚精会神，在一片黑暗中去追逐那一道微光，在花费了老大工夫后终于勉强抓到了那一丝灵力，这个时候沈石已经隐隐觉得自己的身子开始微微颤抖，精神上竟是异常疲惫的样子，明明还未吸纳灵力入体，肉身反噬的征兆也未出现，但不知为何却感觉快要撑不下去了。

只是好不容易才抓住了那一丝灵力，沈石实在不愿意轻易放弃，便强忍着身子不适，勉力地尝试着将这丝灵力吸纳入掌心气脉之中。

这一缕微弱的灵力在他控制之下，缓缓接近了他的肉身，在刚刚碰触到手掌肌肤眼看就要融入身体气脉时，沈石的身子猛地一震，一股剧烈无比的痛楚像要整个撕开他的肉身一般，从他身躯的每一处角落同时涌现出来，令他瞬间身子就像崩溃了一般，一下子整个人瘫软在地，“砰”的一声，从床上直接摔了下来。

肉身反噬，终于再度出现了。

沈石全身颤抖着，竟是在地上不停地抽搐起来，脸色也煞白一片，出乎他意料的是，不知为何这反噬的痛楚竟然比白日更厉害了几分，特别是除了周身剧痛之外，他的头颅中竟然也出现了白日里根本没出现过的头痛欲裂的异状，就像是整个脑袋就要爆裂开一般，让他痛苦不堪，差一点就要以头撞地。

这痛苦几乎非人所能承受，令人几有生不如死的错觉，周身欲裂虽然剧痛无比，但终究还能勉强忍受，唯独这之前未有过的头内痛楚，却是来势凶猛至极，简直难以抵御，沈石猝不及防之下，在地上抱着脑袋，已是忍不住喊出声来，拼命蹬腿翻滚。

幸好，这强烈而可怖的痛楚并没有持续太久的时间，过了一会儿便渐渐退去，否则沈石真的怀疑自己会不会就这样生生痛死。

这修炼之路，还真是艰辛而曲折啊。

沈石躺倒在地上，一时间竟无力爬起，只觉得周身疲乏无力，精神上更是疲惫不堪，活像是死了一次又活过来一样，比白日在晨星殿里情况还糟糕许多。

双眼无神地看着头顶石壁，沈石心里有些茫然，这算是出了意外吗？不是明明说肉身反噬的痛楚是随着修炼次数的增加而逐渐减弱的吗，怎么到了自己这里居然反而增强了这么多?

还是说，哪怕日间并没有灵气入体，但是其实也算是修炼过一次了，自己晚上再度修炼，便是《星罗功法诀》上所说的“反有大害”?

想着想着，沈石实在是太过疲惫，居然就这样迷迷糊糊地在地上躺着睡了过去，只是在蒙蒙眬眬将睡未睡的时候，他也不知道自己在想些什么的脑子里，忽然隐约掠过一个念头，好像想起了什么，却又转眼即忘，似乎觉得这念头有些要紧，可是再仔细回想的时候，却是一点儿都想不起来了。

四月十二，晴。

沈石恍恍惚惚从睡梦中醒来的时候，兀自觉得周身隐隐生疼，再仔细回想了一下，这才次第想起昨夜的事，忍不住又出了一身冷汗。

这修道之路果然不是儿戏，虽然还是搞不太清楚昨夜为何肉身反噬的痛苦会加剧，而且出现了之前没有的头颅剧痛的情况，但是沈石还是决定自己以后修炼时一定要更加小心谨慎，另外今天最好还是找个机会，去向苏河师兄询问一下自己的情况。

昨晚直接就睡在了地上，这时爬起来便觉得身子僵硬，他赶忙在石室里活动了一番，才觉得慢慢恢复了过来。他顺手用云符关上了头顶的星辉珠后，便看见一道阳光从天窗上面落下，沈石忽地一个激灵，叫道：“糟了！”

当下连忙随意收拾了一下身上衣物，一溜烟打开石门跑了出去，他昨日在红蚌村和那位海星姑娘约好了今日辰时过去，如今这个点可是迟了好久。

他心中暗自叫苦，一想到昨日自己还问人家会不会那么早起来的模样，沈石忍不住自己脸上都有些发烧，不过这时也没其他法子，唯有尽快赶过去了。至于向苏河或其他师兄询问肉身反噬的怪状的事，就等今天早些回来的时候再去找他们吧。

跑出洞府，沈石便向青鱼集方向快步走去，没走几步，只听旁边隔壁的洞府石门轰然打开，孙友走了出来，第一眼就看到了沈石，眼睛亮了一下，便伸手向他招呼一声。

沈石停下脚步，待他跑到跟前，上下打量了他一番，笑道：“你这是去哪儿?”

孙友也正要开口，居然问的是同样一句话，两人相视莞尔，随即并肩而行，沈石道：“我还是去那红蚌村。”

孙友看了他一眼，道：“那剥虾的事，你还真的做得下去啊?昨天剥了几条虾肉出来？”

沈石摇摇头，道：“只有五条，今天再去试试看吧，主要是白鹤堂那边实在是没什么适合的任务了。对了，昨日你们几个回去以后，有找到什么任务吗？”

孙友顿了一下，却是向周围偷偷瞄了一眼，似乎有些心虚的模样，然后才轻声对沈石道：“贺小梅和蒋宏光都没找到满意的，说是今天再去看看，毕竟白鹤堂那边据说时常会有新任务颁布下来。至于我嘛，”他干笑了一声，低声道，“我去了灵兽殿，接了饲兽的任务。”

沈石一怔，奇道：“昨日我们在白鹤堂那边，不是问过这任务了吗？我记得那位师姐清清楚楚地告诉我们，饲兽的任务已经人满了啊。”

孙友咳嗽了一声，道：“嗯……人满了没错啊，那位师姐并没有骗我们。”

沈石看着他，道：“那你怎么进去的？”

孙友脸色越发有些尴尬，犹豫了一下，还是压低了声音，道：“我小舅不是在白鹤堂那边嘛，他跟灵兽殿一位师兄很熟，找他帮了个忙……”

沈石看着他半晌没有言语，随后失笑摇头，迈步向前走去。孙友不知怎的，自觉有些理亏的样子，跑到他身旁带了几分尴尬道：“沈石，其实我昨天真的帮你问过，说能不能两个人一起去饲兽，但是我小舅说了，能多收一人过去便已经是那位师兄给的天大面子，实在是没法子了。”

沈石转过头来，摇摇头笑道：“孙友，你别多心，我没想什么其他的。你有小舅帮你，这是好事，我替你高兴，这也不是什么大事。”

孙友“嗯”了一声，脸色看上去似乎还有些在意，道：“你真的没往心里去啊？”

沈石笑了笑，道：“天底下的事，哪能当真事事平等公平了。没事的。”

孙友这才松了口气，两人一路聊天，不知不觉又走到了青鱼集，在这里孙友要往另一个方向灵兽殿饲兽所在而去，至于往红蚌村只有一条路，偏偏又没有其他少年过去，所以只有沈石一个人往那个方向去了。

一路走到红蚌村，远远地，沈石便看到一个少女身影蹲在村口地上，身旁放着一大筐竹笼，不问可知里面都是鬼面虾了。

待走到近处，沈石心里便“咯噔”一下，那位海星姑娘的脸色，看起来可是阴沉得很，一副火山就要爆发的模样……

第四十三章 ■ 世道

沈石心底不知不觉有些忐忑不安起来，连脚步也放轻了些，悄然靠近，却见海星蹲在地上，双手托腮，面色阴沉，双眼直盯着地面，也不知道在看些什么。

沈石伸长脖子往她面前地面上瞄了一眼，只见除了一片沙地并未有其他任何出奇的东西，最多就是旁边长出了一丛青嫩野草，除此之外，连小小的蚂蚁也没看到一只。

“咳咳”，沈石在她背后咳嗽了两声。

海星姑娘动也不动。

沈石干笑一声，在她身旁也蹲了下来，道：“看什么呢？”

海星哼了一声，道：“我跟一只海龟约好了今天见面，结果到现在还没来，不知道是睡懒觉还是腿脚慢了，真讨厌！”

沈石哈哈一笑，转头向四周张望一眼，道：“海龟，这岛上有海龟吗？我都没看见。”

海星转过头来瞪了他一眼，沈石有些心虚，笑声登时小了，海星没好气地道：“昨天不知道是谁说要辰时来的，还大言不愧地说别人会不会睡懒觉！”

沈石呆了一下，断然摇头道：“我可绝对没说你会睡懒觉，就是问问什么时辰来比较好啊，另外……”他想了一下，看了海星一眼，小声道，“你刚才说的是不是‘大言不惭’？”

海星一怔，似乎回想了一下，然后点头道：“嗯，就是这个词，我爷爷教我的。说吧，你干吗来迟了，你知道我站在这里等了多久吗？”

沈石心里一跳，看着海星一张俏脸上带了几分薄怒之色，显然在这里等待的时间不短，心里郁闷了。他心里这时多少也有几分惭愧，毕竟昨日约定的时候自己一副信心满满的样子，结果到了今天还真是自己睡过头了。

不过当着海星的面话当然不能这么说，看这位红蚌少女嗔怒的模样，一听这缘故怕不得掉头就走啊。沈石心里念头急转了几下，仓促之间也来不及再想其他借口，只得长叹了一声，做痛心失望状。

海星看了他一眼，皱眉道：“你干吗啊？”

沈石默然片刻，道：“其实是我早上赶来的时候，听说了一件……不好的事，心里有些难过，这才来迟了。”

海星“嗯”了一声，看起来有些好奇，道：“怎么了？”

沈石叹息一声，道：“你还记得昨天和我一起过来的几个朋友吧，他们中间有一个跟我关系很好，名叫……孙友。”说到这里，沈石心里略带歉意地自语了一声“对不住了，先帮我顶缸一下啊”，然后干咳两声，把面上那丝不自然掩饰了过去，道，“我们两个昨天在青鱼集白鹤堂那边，都没有找到什么好的任务，像饲兽、拾贝、炼丹这些好事，都已经被其他人占满了名额，所以我们才一起过来红蚌村这里看看。他一开始也是对我说，这里剥虾的事他不喜欢，回去白鹤堂再看看，结果今天早上我才知道，原来他有个亲戚在这里，偷偷走了一位灵兽殿师兄的门路，拿到了饲兽的一个名额。”

说罢，沈石拍拍自己的额头，摇头道：“我刚才听说这事的时候，心里真是有些不舒服啊，一时想多了耽搁了一些时间，结果就迟到了，真是对不住，海星。以后我一定会按时来的。”

海星原本脸上还有些嗔色，但听着听着，神色间倒是渐渐缓和了许多，到了最后沈石说完时，她想了想，忽然冷笑了一声，道：“你那个朋友，是不是凌霄宗门下的附庸世家出身的？”

沈石一怔，道：“是啊，你怎么猜到的？”

海星从地上站起，张开双臂伸了个懒腰，衣裳贴身，隐隐露出几分玲珑曲线，然后忽地一笑，神色间已是开朗，一把把沈石也拉起，笑道：“好啦，你听我的，在我们红蚌村剥虾赚取的灵晶，不一定就比他们慢，最多就是以后在凌霄宗里人面比他们差一些，这也没什么啦。”

沈石越发奇怪了，跟在海星身后向村子边那处白色的海滩走去，同时追问道：“海星，你刚才的话我没听明白啊，是什么意思呢？”

海星这时候手中抓着那只大虾笼，看着比她半个身子都还大一些，但其神色间丝毫不见吃力之色，一副游刃有余的模样，闻言看了沈石一眼，似乎迟疑了一下，最后还是撇了撇嘴，道：“你应该知道白鹤堂那边，一些不错的任务都是凌霄宗门里重要的堂口，如丹堂、阵堂、灵兽殿这样的地方颁布下来的吧？”

沈石点了点头，道：“是啊，这有什么问题？”

海星带着他走到了海滩上，在他们身前六七尺外，就是清澈的海水，“哗哗”的海浪声温和地传了过来。海风习习，吹起她黑色的鬓发，在风中飞舞着。

海星随手把虾笼往沙滩上一放，道：“只要得了这些看似不起眼的任务名额，便能先入这些重要堂口的眼，为了做这些基本任务，上面的师兄师姐长辈们，自然就会先教你一些基础的东西，同时自然也认识了门中的前辈。而饲兽、炼丹之类的事，并非一时短期的任务，都是长期做下去的，如此一来，跟几个堂口的前辈关系就又深了一层。”

海星向远方海面上看了一眼，伸手拢了拢被海风吹乱的头发，淡淡地道：“时日一长，凌霄宗这些重要堂口要吸收新血更新换代的时候，会不会先想着这些已经做了几年的新人弟子？人情关系都是他们亲近的且不说，灵兽殿要找的会是喂养灵兽熟知灵兽性子的弟子还是对灵兽一无所知的人？丹堂要收的是知道炼丹火候认识诸般药材的弟子还是对炼丹一窍不通的人？这些事放到哪里，谁都说不出丝毫异议来的。”

沈石脸上的笑容渐渐消失了，过了好一会儿才强笑了一声，道：“想不到你居然知道这么多。”

海星嗤笑一声，不以为然地道：“这些事，也就是你们人族心里弯弯绕绕的东西多，这才想出来的。那些附庸世家追随凌霄宗上千年，有多少子弟门生都拜在宗门之下？我听爷爷说了，虽然如今凌霄宗几位长老似乎想要改变这般局面，但这大大小小方方面面的事，千头万绪，哪里是那么好改过来的？”

沈石摇摇头，道：“这么说来，宗门里这些重要堂口颁下的任务，都会给这些世家子弟出身的人？”

海星道：“不是十成，但七八成应该是有的吧，你想啊，只要是先入了这些重要堂口的门槛，以后修道有成，自然能获得各种助力，前途光明；若是天资不够修道不成，日后哪怕离开凌霄宗，也能和宗门里这些前辈师长有亲近关系，就算在宗门之外，也能代表本家为这些堂口做事，采购药材灵矿，购买寻找灵兽等等不一而足，总而言之就是好处多多了。”

沈石苦笑一声，道：“小小一个白板，几个不起眼的任务，居然会有这么多的内情，我真是想不到。”一时之间，他心情还真有几分萧索，随口又问了一句，道，“那凌霄宗里所有的殿堂堂口，都是这样子的吗？”

海星想了想，道：“那倒也不是，也有少数几个冷门的堂口，听说连新人弟子都瞧不上的，门可麻雀。”

沈石一愣，把她刚才那句话在脑海里过了一下，然后道：“你说的是不是‘门可罗雀’？”

海星呆了一下，“哦”了一声，道：“我说错了吗，门罗麻雀。”

沈石翻了个白眼，然后一字一字慢慢地说了一遍："不是，是门——可——罗——雀。"

海星跟着他的话，嘴里小声练了几遍，然后也像他一般，一个字一个字慢慢地说道："门——可——罗——雀……哈哈，对了吧！"

沈石看着她的笑容，心情莫名地突然好了许多，哈哈一笑，道："这次说对了。"

海星拍拍手，一副高兴的样子，到了这个时候似乎她才露出几分少女的天真，笑着道："都是我爷爷教我的，一大堆怪怪的词，不过听起来还不错。"说完，她像是忽然想到了什么，连忙道，"哎呀，跟你闲扯得太多了，你还是赶快剥虾吧，不然再这么说下去，今天你都杀不了几只鬼面虾了。"

沈石也醒悟过来，呵呵一笑，俯身走到虾笼边，伸手拿起了挂在虾笼边上的那把尖刀。

海星站在一旁，却有些忍不住，道："不过呢，我觉得你那个朋友也是不行，撇开你自己跑去灵兽殿做事，你不生气啊？"

沈石摇摇头，道："他说了啊，也帮我争取了一下，可是那位跟他亲戚相熟的师兄说只能有一个名额，他也没法子。"

海星撇撇嘴，好看的唇因为这一丝不屑仿佛越发漂亮，自顾自地道："谁知道呢，反正那些世家子弟家世好，门路也比你这样的普通人要多吧。"

沈石感叹了一句，道："这就是世道啊。"

海星皱了皱眉，问道："世道是什么？"

沈石微微一笑，没有去回答她，手伸进虾笼抓出了一只张牙舞爪的鬼面虾，忽然又想起刚才的话，笑着转头问道："对了，刚才你说凌霄宗里还有被人瞧不起的冷清堂口吗？"

海星点点头，道："有啊。"

沈石道："是哪个？"

海星道："术堂啊。"

沈石想了想，带了几分不太肯定的口气，迟疑道："你是说那个画符的……"

海星一摆手，道："就是那个整天画符箓一点儿用处都没有的术堂啦！"

沈石不知为何，一时哑然。

第四十四章■约定

金虹山乃是海外仙山，洞天福地号称鸿蒙界南方第一，除了巍峨雄壮高耸入云的主峰之外，环绕其侧如众星拱月般大大小小的岛屿不计其数，沈石等新人弟子所在的青鱼六岛在其中不过是地处偏僻的一处所在。

苍茫无边的沧海之中，这些群岛如仙人落子，大小不一，各具特色，点缀在澄澈美丽的海面之中。有的岛荒芜冷清，有的岛热闹非凡，还有许多承接金虹仙山灵脉之气恍若仙岛之所在，也被凌霄宗细心开发，为门中重要人物所占据，成为修炼之绝佳洞府。

一道白光从蔚蓝色的天空中掠过，在金虹山周围群岛最南面的一个小岛上空缓缓盘旋了两圈，然后徐徐落了下来。

这一座小岛看着百亩见方，前平后山，远远看去似一只海中老龟趴在水中。岛上老树成林，一片苍翠，海风中白色海鸟随风飘荡，倒映在小岛周围浅蓝色的清澈海面里，平添了几分幽静之意。

白光慢慢落到小岛前的沙滩上，一条小路从这里开始，蜿蜒伸进前方密林之中，几个曲折便被茂密枝叶挡住视线，也不知晓会通向何处。白色光芒在摇曳闪烁片刻后，缓缓散去，露出一个年轻英俊的男子身影，正是凌霄宗门下弟子康宸。

此刻的康宸一副小心翼翼、如临大敌的模样，一举一动都老实谨慎，丝毫不敢大意，落到沙滩上后，立刻整理衣衫，然后老老实实地一下子直接向那片密林跪了下去，行三拜之大礼，末了才大声道："弟子康宸，是怀远真人门下四徒，斗胆有要事欲禀告师叔祖座前，打扰师叔祖静修，请师叔祖恕罪。"

声音嘹亮，回荡在这片沙滩之上，但不知为何，那片密林中居然一点儿反应都没有。康宸这一下登时尴尬起来，有心再喊一声，但万一岛上那位师叔祖正在修炼，自己打扰到他，岂非是天大罪过；这要是掉头离开，岂不是白来一场，何况跪都跪在这里了，一声不吭转身就走，被那位师叔祖知道了，若是以为自己有半点轻视于他，岂非又是大大的罪名。

这走也不是不走又难受，跪在沙滩上康宸也不敢起来，一时间只能干等着，脑海里不禁又回响起了王亘师兄的那一席话："杜师兄此次犯事被罚，你就算是求遍宗门里诸位长老，哪怕是掌教怀远真人与云霓师叔，甚至包括你去求当事之人——

被杜师兄当面骂了的孙长老，也都是没有用。一切的关键，就在于杜师兄话里牵扯到了师叔祖，那位老祖宗在宗门里地位不说至高无上也差不太多了，便是掌教真人对他也是十分敬重，将杜师兄扣下重罚至黑云洞，最重要的原因也是为此。所以只要师叔祖不开口发话，谁也不愿或者说是不敢将杜师兄从黑云洞里放出来，你想要救他，只有一个法子，亲自去玄龟岛上跪求师叔祖，只要他老人家发了话，自然一切迎刃而解……”

康宸与那位杜师兄是多年的师兄弟，感情颇深，此前便一直为了将这位性子鲁莽、桀骜不羁、令人头疼的师兄从黑云洞里救出来而绞尽脑汁四处奔走，谁知处处碰壁。也就是昨日王亘看不过去，在青鱼岛上私下提醒了他一句，这才有了今日他这一趟玄龟岛之行。

只是，听说这位师叔祖老祖宗，往日的脾气似乎不是特别好啊……

康宸跪在沙滩上，一颗心偷偷悬了起来，只觉得天空中暖暖的太阳照在身上，明明没有多少热度，自己的背上却像是顶了一团火似的，像是有些灼痛的感觉，心下也暗暗有些焦灼起来。

如此又跪了好久，他身负道行，肉身已然锤炼得远胜凡人，倒是没觉得有什么特别疲惫之处，但是这精神上却是越来越紧张，额头上的汗水一滴滴渗了出来，最后甚至开始滴在身前的沙子上，又缓缓渗入了沙子中。

终于，他有些忍耐不住，咬咬牙，猛地抬头，大声道：“弟子康宸，求见师叔祖，望师叔祖开恩，弟子确有要事……”

话音未落，忽然听见密林深处某个不知名的地方传来一个飘飘忽忽的苍老声音，平淡而没有丝毫起伏地道：“何事？”

康宸一个激灵，赶忙俯低头颅，下意识地又磕了三个头，这才道：“弟子拜见师叔祖，今日斗胆前来，是为了师兄杜铁剑之事。他性子急躁，当日与孙长老争辩，无意中说到师叔祖，因此被恩师怀远真人擒下重罚入黑云洞。那黑云洞阴气袭人，最伤道行，杜师兄平日也向来敬重师叔祖，绝无丝毫冒犯之意，这一切实在都是误会，恳请师叔祖救……”

话才说到这里，康宸忽然觉得身下沙地就像是突然有了生命一般，如一只怪物妖兽一样蠕动了一下，一股充沛无比的力道从土地深处猛然冲起，已是一身凝元境顶峰的道行的他，在此刻竟如手无缚鸡之力的凡人一般，完全身不由己地被掀翻了出去，径直倒飞了十数丈远，然后直接摔在了海水之中。

“哗啦”一声，水花四溅，康宸全身一片湿漉漉，但是此刻他心中惶恐之心已然胜过一切，只觉得两耳轰鸣脑海中一片空白，只剩下一个念头，那就是“师叔祖发怒了吗，师叔祖发怒了吗……”

远远地，他就这样翻身又跪在海水中，再也不敢动弹，哪怕全身一片狼狈，水滴不停地滴落。而远处密林之中，那苍老的声音仿佛带了几分冷峻，冷冷地道：“一个三代弟子，竟敢与长辈师叔当面争论乃至牙尖嘴利地辱骂师长，是何道理？这就是你所说的敬重长辈？”

康宸全身微微发抖，不敢多说一言。

那苍老的声音似冷哼了一声，道：“岑怀远教的什么徒弟，脑子都教坏了吗？让他过来见我，好好说一下。”

说罢，这声音就此断绝，再无声响传出。

海水中，康宸全身湿透，呆跪半晌，一颗心直沉了下去，一时间竟有种想哭的冲动，这杜师兄没救出来不说，自己好像还替恩师怀远真人惹上了一个大麻烦了！

这可怎么办啊？

青鱼岛，红蚌村。

海星瞪着沈石，下意识地后退了两步，愕然道：“好好的，你脱衣服做什么？”

沈石抬头看了她一眼，道：“怎么，我记得昨日的时候，你明明不太在乎的啊？”

海星想了想，道：“我是不在乎你穿不穿衣服啊，不过你来这里剥虾宰虾，干吗要把衣服都脱……呃？”话说了一半，她似乎想到了什么，若有所悟的样子。

沈石呵呵一笑，也没有拘谨的模样，随意将脱下的衣物放在远一些的沙滩上，穿着贴身裤子光着上身，就这样走了过来，道：“这些鬼面虾虾血太多，随便杀一下都要把衣服搞脏，干脆就脱了吧，也免得我待会儿费劲去洗。”

阳光照耀之下，沈石的身子更加白皙修长，虽然并没有肌肉贲起那种特别强壮的模样，但看着给人一种健康匀称的感觉。红蚌一族平日看人族自然与看本族人不同，往往熟视无睹，海星也是如此，只是这时多看了沈石两眼，脸颊不知为何莫名有几分温热，心里有些奇怪但也不在意，耸耸肩道：“那随你了。”

沈石笑了笑，走到虾笼边拿起尖刀，伸手抓出了刚才放进去的那只鬼面虾，看了两眼，然后一把丢在地上，一脚踩了上去。

刀光明亮，映出刺下的那一刻，少年的脸忽然变得淡漠的样子。

蓝色的污血如昨日一般，飞洒溅开，溅满了沈石的半边身子，周围空气里，一股浓浓的血腥气弥漫开来。

海星有些嫌恶地退开了两步。沈石若无其事般地蹲下身子，一把将刀插进虾缝，然后细心地开始切割虾壳。

细细的声音在沙滩上开始回响起来，那是锋利的刀刃与坚硬的虾壳之间不停地碰撞割裂，坚硬的虾壳和曲折艰难的虾缝，都在竭力阻止着沈石刀锋的前进，一如昨日般艰难，沈石默不作声地盯着手里不停流淌着蓝色污血的大虾，仔细地干着活。

旁边，一只白嫩小手将一个装虾肉的海碗悄悄递到了他的手边，然后就像是受惊的兔子般一下子蹦出了老远。

沈石抬头看了看远处的海星，咧嘴笑了笑。

看着那个男孩爽朗的笑容，不知为何，海星也觉得自己心情很是不错，远处红蚌村里人影晃动，那都是她一个村子的族人，不过或许是知道这里正在干的是剥虾的脏活，所以没有一个红蚌族人往这里过来，偌大的海滩上，只有沈石和海星两个人。

海风阵阵，海浪翻涌，“啾啾”鸟鸣之声．回荡在空旷辽阔的天空中，海天一色，白云朵朵。

“喂！”海星不知何时，已经自顾自地躺在了沙滩上，双手枕头望着天空，就这么喊了一句。

几步之外，沈石费了好大劲，刚刚杀好了第一只鬼面虾，将取出的白嫩虾肉丢进海碗，抬头看向她，笑道：“怎么了？”

海星眯着眼，看着辽阔天空，声音里似乎带了几分向往与飘忽，道：“沈石我问你啊，你以前住的地方，是什么样子呢？”

沈石想了想，道：“那里多山少地，常年阴霾，很少看到像这里一样的晴天啊。哦，那里连河水都很少看到，更不用说像这样的大海了。”

海星撇撇嘴，道：“大海有什么好看的，我从小看到大，早就看烦了。”

沈石笑道：“不会啊，我觉得这里很漂亮的。”

海星忽然翻个身坐起来，带了几分认真地看着沈石，道：“沈石，以后我带你去看看海里真正漂亮的一些地方，有机会的话，你也带我去你家乡看看好吗？”

沈石失笑，道：“我家乡那边怎么比得上这里人间仙境一般？”

海星嘟起了嘴，喃喃道：“我从小就在这里，连青鱼岛都没出去过，好想出去看看啊。”

沈石怔了一下，似乎才感觉到什么，仔细看了海星一眼，然后点点头，道：

“好啊，我答应你了，以后有机会，我带你去啊。”

海星顿时高兴起来，一拍手，嘻嘻笑道：“好，那就说定了！”

沈石笑着摇摇头，俯身又抓起一只鬼面虾，同时口中道：“你刚才说海里面真正漂亮的地方，是哪儿啊？”

海星一指沧海远方，大海深处，微笑道：“海底啊，在这岛外头有一处海底特别漂亮，到处都是珊瑚奇石，成百上千五颜六色的小鱼在那里游来游去，漂亮极了，回头我带你去看啊。”

沈石“哦”了一声，手中抓着青色大虾就转头向远处海面眺望而去，脸上露出了几分向往之色，不过随后有些丧气地摇摇头，苦笑道：“我不会水啊，没法去。”

海星“切”了一声，摆摆手一脸不屑的表情，随即又微微一笑，笑颜如花般娇媚明艳，道：“多大点儿事，我教你。”

第四十五章 ■ 请教

这一天，沈石一共宰杀了七只鬼面虾，那只虾笼边的海碗里也多了七条白嫩的虾肉。

海星抬头看了看天色，然后又看了一眼去海里洗干净回来的沈石，随手把他放在岸上干净的衣物抛给了他，道：“不错啊，时辰差不多，还跟我说了一会儿话，结果倒是比昨天多杀了两只。”

沈石接住衣服笑了笑，甩了甩身上的水珠，通过这两天的剥虾和聊天，当然其中更有这位海星姑娘下海救了他一命的缘故，两人的关系倒是迅速熟络起来。

不过看来海星似乎还是对沈石有些异于常人的自控不太明白，带了些迷惑道：“可我还是觉得现在还有一点时间啊，而且看你也不是特别累的样子，为什么不多杀几只呢？”

沈石道：“我还有点事，是修炼上有些问题，打算去青鱼集那边找一位师兄请教一下。”

海星这才“哦”了一声，没有多说什么，毕竟就算是她也明白，这些凌霄宗的新人弟子最重要的还是修炼，当下也没多说什么，就看着沈石擦干头上身上的水珠，笑着问道：“你打算什么时候跟我学游泳啊？”

沈石想了想，道：“要不明天开始？”

海星点点头，随即想到了什么，忽然摇头道：“不过这可不能耽误你剥虾，至少不能比今天少！”

沈石哈哈大笑，道：“好啊，以后每天都至少剥虾十只以上，再说其他。”

海星笑着眯起眼，有点像弯弯的小月牙，点了点头。

海边风大凉爽，沈石很快就觉得身上差不多都干了，便手脚麻利地穿上了衣服，正要向海星告辞的时候，忽然从通向红蚌村的那条来路上出现了一个身影，东张西望了一会儿，很快看到了他们这里，立刻快步跑了过来。

沈石脸上带了几分诧异，迎了上去，奇道：“孙友，你怎么过来了？”

孙友哈哈一笑，道：“今天的活干完了啊，我看看时候还早，干脆就跑过来看看你怎样了？”说着眼睛向他身后瞄了一眼，压低了声音，道，“这活你干得累不累，如果实在不行，干脆就回白鹤堂……”

沈石笑着摇摇头，道：“还过得去吧，白鹤堂那边也没什么好任务了，我就先这么干着，等以后看看再说。”

孙友叹了口气，道：“好吧。”

这时，海星手里拿着那只装着虾肉的海碗，从他们身边走过，看样子是打算回村子里去，听到了几句他们两人说的话，忽然上下打量了一番孙友，微微皱起眉头。

孙友被这位红蚌少女看得有些心里发毛，退了一步，干笑道：“这位……姑娘，有什么不对吗？”

海星哼了一声，道：“你叫孙友？”

孙友点点头，有些迷惑地道：“是啊，怎么了？”

海星瞪了他一眼，道：“一看你就不像是个好人！”说罢，下巴一抬，一转身就大步走开了。

孙友呆立原地，半晌无语，好不容易回过神来，对沈石道：“这……这是怎么回事？”

沈石咳嗽两声，上前拉着孙友就往回走，道：“我哪知道，也许是她看你不顺眼吧。”

孙友被他拉着走，一边还情不自禁地摸了摸自己的脸颊，好像在奇怪自己哪里长得不对劲。

两人走了一会儿，离开了红蚌村，沈石忽然抽了抽鼻子，道：“怪了，刚才我好像就闻到一股怪味道，到现在一直都没散，是不是从你身上出来的？”

孙友“呃”了一声，抬起衣袖放在自己鼻子边闻了闻，脸色有些尴尬，道：

“好像是的。”

沈石道：“怎么回事，这味道有点骚臭啊？”

孙友没好气地道：“还不就是那些灵兽身上的臭味！你说嘛，咱们整天叫着灵兽灵兽的，我本来还以为都是全身仙气干干净净的，结果我过去一看，彩云鸡、铁石猿、黑纹龟，好家伙，一个比一个脏，一个赛一个臭，这些家伙真的是传说中的灵兽吗？”

沈石也是愕然，想了想道：“真是这样吗，不应该啊。”

孙友撇撇嘴，道：“谁说不是，我心里也郁闷呢。今天找了个机会跑去问了我那个小舅，听他说，那些还真是灵兽，不过据说是最低级的一些，灵智未开，灵力也不算特别多，灵兽殿将它们圈养在青鱼岛上，据说一来是这些低级灵兽终究还是有几分用处，身上有些蕴含灵力的部位可做灵材；二来也是为了让新人弟子练练手，知道一些饲养灵兽的基本本事，日后才能去灵兽殿里喂养更珍稀罕见的高级灵兽。”

沈石缓缓点头，若有所思，过了一会儿忽然问道：“你接了这饲兽的任务，这两日做下来，与你一起的可有认识的人吗？”

孙友想了想，道：“认识的倒是有一些，一般都是以前在流云城里认识的世家子弟。刚到这里才两天，除了你也没认识多少新朋友。”他笑着对沈石说道，随后眼珠一转，道，“哦，那蒋宏光也算一个吧。”

沈石点点头，沉吟了一下，道：“钟家那两姐妹，你知道接了什么任务吗？”

孙友看起来消息十分灵通，居然连回想的模样都没有，直接就开口答道：“哦，她们那两人啊，钟青露是接了炼丹任务，钟青竹是去拾贝。”

沈石笑了笑，脸上也看不出有什么表情，顿了一下又道：“看你的样子，其他那些世家子弟的去向，似乎也都了然于胸啊？”

孙友哈哈一笑，道：“这圈子里其他没有，就是一点瞎攀比的风气，什么流言都传得特别快。我想想啊，甘家那位，也是去了炼丹，我这边那位大哥，听说也在饲兽，不过我这两天倒是没见到他，绝对是躲到哪里偷懒了，哼哼；侯家那个侯远良，得了拾贝，许家的长孙许英彦是在炼丹，还有十几个我从小认识的世家子弟，都差不多吧，你看这事还真巧，他们居然都……”

话音未落，孙友忽然一怔，皱起了眉头，似乎想到之前都没察觉的什么事情，一时间话却是说不下去了。

过了一会儿，他偷偷看了一眼身旁的沈石，却只见沈石面上神情并没有什么改变的样子，似乎只是随意问问，听了之后也没细想的模样。

回到青鱼集上，沈石也没对孙友隐瞒什么，对他说自己要去找苏河师兄询问一下修炼上的事，孙友听了倒是有几分关心，追问了几句，知道沈石昨晚修炼的状况后，脸上也多了一丝担忧之色，想了想便对沈石道："你这修炼上有所疑惑，不比寻常，我觉得问苏河师兄似乎也不是特别妥当。"顿了一下后，他拉了一把沈石，道，"这样，你跟我来吧。"

沈石奇道："怎么，去哪里？"

孙友回头嘿嘿一笑，带了几分神秘之色，道："既然要询问修炼上的疑惑，这岛上诸多师兄，我可是认识一位最高明的。"

沈石还想追问几句，却被孙友拉着走得飞快，在青鱼集上左一转右一转，绕过了一条小路，来到了某处僻静所在，站在了一处占地颇大的屋宅院落前。

门口牌匾上，写着"轩日堂"三个字。

沈石一惊，愕然看向孙友道："你说的是王亘师兄？"

孙友略带得意地一笑，道："正是，反正王师兄早就说过，平日修炼上若有不明疑惑之处，若是督导师兄不能解答的，也可以过来请教他。咱们这不是就来了吗？"

说着拉着沈石就往里走，沈石心里有些忐忑，老实说当日王亘在接引众新人弟子时气势沉雄不怒而威，在这些弟子中虽言语不多，但威望着实不低，所以沈石一开始还真没想过直接过来请教这位王师兄。

不过看孙友这副熟络的样子，沈石忍不住问道："怎么，你和这位王师兄也认识吗？"

孙友看看左右，凑过来压低声音道："他是拜在凌霄宗五大长老中的孙明阳孙长老门下的，那位孙长老，就是我爷爷。"

沈石滞了一下，再看孙友的时候，目光已是大为不同，孙友被他看得莫名有些心虚，呵呵干笑一声，道："我之前没告诉你，是觉得这事其实没什么了不起，说了也没意思。"

沈石莞尔一笑，点点头，道："多谢你了。"

孙友哈哈一笑，带着他继续往前走去。

轩日堂看着清静，但随着他们二人进入，很快便有凌霄宗弟子出现过来拦阻，孙友也不客气，上前通报了身份，显然孙家的名头还是有用的，那边通报之后，很快便出来说王师兄有请。

两人被带入后屋一处静室，进了门便看到王亘盘坐于室内一处蒲团上，静室内燃着一支细香，袅袅细烟轻轻飘起，有一股令人神清气爽的异香传来。

王亘睁开双眼，看向两人，随后目光落在孙友身上，点了点头，道："坐吧。"

孙友虽然在外头对沈石说的时候神情轻松，但到了这位王亘师兄的面前，却仍忍不住有些拘谨起来，神色间显然对他还颇为敬重，当下拉着沈石在王亘身前的蒲团上坐下。王亘目光微转，在孙友身旁的沈石脸上略微停留了片刻，随后道："你们二人过来找我，有什么事吗？"

孙友捅了捅沈石，沈石深吸了一口气，便把昨晚自己修炼时所遇到的剧烈痛楚之事与王亘详细说了一遍，末了恳切地道："师兄，我确实不知道这是否是修炼上走了错路，出了差错，所以想来请王师兄指点一番。"

此刻三人独处，王亘的神色看起来倒比平常在众人面前温和了一些，闻言微微沉吟，手指在另一手手背上轻轻弹动了几下，似乎正在斟酌考虑。

第四十六章 ■ 修炼

孙友与沈石都不敢说话，生怕打扰到王亘的思路，过了一会儿之后，王亘微微点头，道："沈师弟，这种事我确实从未听说过，但依你所言，应该还是修炼太急所致，应无大碍。你从今日开始，每日只尝试修炼一次，看肉身反噬之痛可会减退，若果然如此，则一切无碍；如果痛苦再度加剧，明日再来找我。"

沈石点点头，得了这位明显道行高深的凌霄宗师兄的话，他心里也是安定不少，当下连忙道谢。王亘点点头，并不作答，两人正要告退，王亘却忽然看了孙友一眼，道："孙师弟，你留下片刻，我有话对你说。"

沈石与孙友对望一眼，轻声说："那我先回去了。"

孙友点点头。待沈石出去带上房门，脚步声逐渐远去后，静室里便只剩下王亘与孙友二人，这个时候只听王亘淡淡地对他说道："以后不要再随便往我这里带人了。"

孙友怔了一下，抬头看向王亘，王亘却微微闭上双眼，没有再说什么。

孙友忽然冷笑了一声，道："王师兄，若是我大哥带人至此，想必你就不会这般说话了吧。"

王亘眉头一皱，眼睛缓缓再度睁开，但此刻孙友却直视于他，丝毫没有畏惧之色。王亘漠然摇了摇头，道："你错了，便是你大哥孙恒来此，我也是如此。"说着顿了一下，又淡淡道，"门中每十个新人弟子，便帮你们配上一位督导师兄，便是给你们解惑帮忙的，若是人人如此无视他们，直接过来找我，那要他们督导何用，便是我，也要整日被你们忙死了。"

孙友哼了一声，看起来似乎对王亘这番话不以为然，但最后还是没说什么，只是一拱手，然后一言不发地转身离开。

王亘坐在蒲团上看着孙友离开的背影，眉头紧皱，过了好半晌才叹息一声，脸上略显萧索之色，再度缓缓闭上了眼睛。

沈石离开轩日堂后，自然是不晓得后来孙友与王亘之间居然发生了小小的口角，在他看来，王亘既然出身于那位孙长老门下，自然与孙友这样孙家的嫡系子孙关系好得不行，说粗俗一些便是穿一条裤子的。

想到这里，他心中对如今这名门大派私下里种种世家势力的庞大又有了几分更深的认识，不过这对他来说并非是什么问题，难道怨天尤人埋怨自己老爹老娘没投个好胎就可以让自己好过些吗？

他自问还没懦弱到那种地步。

这一路走回白鱼湾洞府，眼看天色又暗了下来，这一天不知不觉中就这样又悄然过去，似乎在这个青鱼岛上，每一天都过得十分充实的样子啊。

他最后看了一眼即将落下染红了最后一片天际晚霞的夕阳，转身走进了只属于他一个人的洞府。

云符举起，星辉珠闪烁着温和的光芒再度亮了起来，照亮了这间石室。屋里的一切都保持着原样，和他早上离开的时候并没有任何的区别。沈石走到床榻边上，闭上双眼，沉心静神了一会儿，自觉精神还不错，犹豫了一下后，还是从旁边拿起那颗灵晶，深吸了一口气后，准备开始修炼。

说起来，他来这凌霄宗修炼，这一路走到如今，吃的苦头还真是不少，颇多曲折反复，有时候还真是让人无奈，不过想想当日王亘师兄说过的话，仙路漫漫，艰险无数，心性怯弱者岂可胜任？

他把手中的灵晶又握紧了几分，咬咬牙，然后闭上了眼睛。

这一次的修炼，开始的时候和之前并没有什么区别，都是一样先去感触灵晶中的灵力微光，然后在一片黑暗中竭力捕捉，最后尝试着将这微弱的一丝灵力引入体内气脉之中。

没有了晨星殿里法阵的帮忙，和昨晚一样，沈石仍然花费了很大力气才做到这几步，不过完全沉浸在修炼中的他并没有感觉到，他今晚花费的时间比昨天晚上其实要少了一小会儿。

当灵力即将入体的那一刻，他的心情也同时紧张起来，而正如他所预期的那样，肉身反噬的征兆同时出现了。

强烈的痛楚再度从全身各处传来，还是如同从身体内各处撕裂般难过，令他额生冷汗，面容扭曲，一时间再也支撑不住，很快倒在了床上，而修炼引气入体这一步，也顿时为之中断。

只不过，躺倒在床榻上身子微微颤抖的沈石，神情间在最初的扭曲痛苦后，却很快露出了一丝兴奋与欣慰，这一次的痛苦果然比昨日要轻了不少，看来正如王亘师兄所言，自己昨日还是操之过急了，如果按照正常的修炼进程，肉身反噬的苦痛确实是应该像今日这样，缓缓减退的。

有了这个指望，未来似乎顿时光明了许多，沈石的心情也顿时好了起来，甚至就连此刻仍然在肉身上肆虐的反噬痛苦都觉得不算什么了。

星辉珠光芒柔和，无声地落在微微颤抖的那个少年身体上，凝视着他，直到他就这样悄悄沉眠过去。

接下来的日子，沈石过得充实而有规律，他也渐渐开始习惯了这种在青鱼岛上的生活。

每日坚持一次的修炼，再不敢多做一次，肉身反噬的征兆也随之日渐减退，眼看很快就要消失不见了。

每一天的早上，他仍然会独自一人前往红蚌村，在那位海星姑娘的监督下做着剥虾的事。第三天的时候，他剥虾十只；第四天的时候，他剥虾十二只，熟能生巧这句话，似乎无论在什么时候什么地方，都是一样的。

他开始渐渐了解并熟悉了鬼面虾这种海中大虾的身体构造，尤其是对鬼面虾虾壳虾缝的转折细微处，日益了然于胸，下手剥虾的速度也越来越快，到了第五天的时候，他剥虾的速度猛然跃升，一天之内一下子解决了整整二十只鬼面虾，连海星都有些被他吓到了。

顺带说一句，每日剥虾之后还剩下的些许时间里，海星也开始教他一些基本的游水技巧，不过与沈石剥虾的本事相比，他学习游泳的天赋看起来却是差得要命。

好几天过去，在海星姑娘不断的教诲下，他居然还是没学会游泳，最多只学会了在海水里憋口气，然后身子能浮起来的程度。

海星对沈石在游泳上的笨拙大为不满，对此冷嘲热讽了好几句。沈石被她说得郁闷了，就问她当初学游泳时花了几天。谁知海星不屑地看了他一眼，挥挥手道："我们红蚌族人，出生就在水里，天生就会游泳，不用学的。"

沈石呆了片刻，无语摇头。

日子就这样一天天缓缓地过着，最初上岛时的激动与兴奋，在每个少年的心中都渐渐平复下来，大家都很快融入了这青鱼岛上的生活，安静而专注于修行。

在上岛之后的第九天，肉身反噬的征兆终于从沈石身上消失了，也就是在这一日，平生第一次，他将一丝灵力引入了自己肉身气脉之中。

那是一种很奇怪的感觉，就像是一股温暖的海水进入了自己身体，沿着气脉缓缓流淌，所过之处留下了一片暖洋洋的感觉，除此之外，便没有太多的异样。沈石倒是没有太多想法，人族修炼本就是一件长久坚持方见成效的事，引灵入体只不过是漫漫长路中踏出的第一步，一切不过是个开始。

按照《星罗功法诀》的说法，引灵入体这一步做到了，便算是正式踏入了炼气境开始修炼，以秘法引灵力在周身气脉运行一周天后，这一缕灵力便会在肉身气脉中稳固下来。但一开始吸入的灵力实在是太过微弱，完全起不到任何锤炼改造肉身的作用，只有日复一日地坚持修炼，吸纳的灵力日渐浑厚增多，随着境界的提高，肉身才会渐渐发生改变。

当然了，这种改变有好有坏，但总的来说，还是好处居多。

炼气境修炼所得的灵力，都是凌乱散落于周身气脉之中的，便如不愿听令的士兵一般，难以调度，这也是炼气境修士无法修行各种强大道术神通的根本原因，只有突破这层境界到达凝元境，于肉身腹部开辟了"玉府"，亦称"气海"或"丹田"，到了那时，周身灵力如百川归海，尽数归于玉府之中，则修士便可轻松驱使体内灵力，由此能修习施展诸般神通，到了那时，才是修士们真正登仙的第一步。

所以自古以来，凝元境便号称是修仙大道登堂入室的第一步，也是所有炼气境修士的梦想。

在第九天的晚上，沈石完成了引灵入体的第一步，在感觉到体内气脉中终于多了一丝暖洋洋的灵力缓缓游动之后，他只觉得精神困倦无比，头痛欲裂，不过这头疼倒不算特别剧烈，也并非是前些日子肉身反噬的征兆，而纯粹是精神消耗过大疲倦所致。

对此沈石倒并不担忧，每次修炼后精神疲惫都是应有之事，并不只有他一人而已。他私下也问过孙友等人，每次修炼完成后，他们也都是如此，只不过恢复时间每个人长短不一罢了。

躺倒在床榻上，以手抚额，轻揉眉心，似乎这样能够稍稍减缓脑子的疲倦之痛，不过他这个时候，心情还是很不错的，毕竟是第一次引灵入体成功，虽然算起日子来，他比孙友、贺小梅、蒋宏光等人要迟了九日，但未来的路还长，应该还能赶上吧……

他有些困倦地闭上眼，缓缓地呼吸着，蒙蒙眬眬中有了些睡意，只是忽然间脑海中掠过一些文字，一开始似乎没什么含义，显得有些杂乱，但后来却渐渐排列整齐，隐约好像是一篇咒文的样子。

他迷糊之中加上困倦疲惫，也没多想，只似乎记得看到类似提神醒脑的字样，便下意识地按照那些文字想了一遍，之后便慢慢地睡着了。

体内气脉中，那一缕微弱至极的灵力，不知何时开始，从原本懒洋洋地躺在气脉某处一动不动的状态，忽然却开始游动起来，顺着气脉缓缓游走，最后一直游走到他头颅眉心处某个地方，这才停留下来，不再走动。

第四十七章 ■ 秘法

仿佛沉睡了不知多少岁月，在黑暗中茫然而沉默，直到忽然间望见那一缕微光，久远而陌生的记忆里却泛起几分熟悉，虽然仍不知晓那究竟是什么，但有一股强烈的战栗如电流般流淌过全身，刹那间让他大喊出声。

“啊……”

一声叫喊，沈石猛地翻身坐起，大口喘息着，惊魂未定地看着周围，熟悉的石室景象映入了他的眼帘，过了好一会儿，才缓缓回过神来，刚才自己迷糊中睡了过去，好像做了一个噩梦。

梦里的景象一时间好像已经模糊不清，不过擦了擦额头，他发现自己已是出了一身冷汗，也不知道到底梦见了什么东西，就这样在床上呆坐了一会儿，待心境完全平复下来后，他也没回想起来，倒是发现自己的身子感觉十分轻快，特别是精神很饱满，好像全身都充满了劲头。

沈石下意识地看向手边不远处的床榻边缘，那里有一个老旧的沙漏站在那里，里面的白色沙砾无声地流淌着，此刻只剩下了最后残留的些许。沈石皱了皱眉，脸上掠过一丝惊讶之色。

这玉质沙漏是当初老爹沈泰与他分别时赠送的小东西，当作一个念想，里头的沙子从一端完全流到另一端，正好便是一个时辰。而沈石分明记得自己今晚开始修炼的时候，是按惯例将这沙漏中沙子都放在一端后开始倒置计时的。

也就是说，从开始修炼到现在，只堪堪过去了将近一个时辰？

沈石沉吟了片刻，跳下床榻，在地上活动了一番身体，扭头弯腰挥臂，最后还蹦跳了几下，最后终于确认，自己眼下确实是精神爽利得不行，好像一身是劲，巴不得现在就可以去红蚌村剥个二三十只鬼面虾！

但是这不对啊……

沈石慢慢停住了身子，眉头越皱越紧，无论是《星罗功法诀》的记载还是王亘师兄苏河师兄教授功法时候的告诫，乃至这些日子以来，孙友、贺小梅、蒋宏光等新朋友开始修炼后跟他聊天时所谈到的，话里的意思都完全一致，那就是人族在修炼后，特别是刚刚开始从灵晶中吸纳灵力引灵入体的新人，在每一次修炼之后，必定是整个人疲倦无比，特别是精神上尤其疲累。

用王亘师兄的话说，那就是从灵晶中吸纳灵力进入肉身气脉时，这中间所有用到的法门功诀，天底下千奇百怪数不胜数，但归根结底都是耗费精神以意念牵引。所以所有的修士在修炼完之后的反应，都是疲惫的，这也是修士一天中最多只能修炼一次引灵入体的根本原因所在，若是操之过急修炼次数过多，人的精神首先便负担不住，强行逆天而行的话，不出十天半月，这人便要变成一个白痴了。

哪怕是道行渐深境界更高的修士，同样也是如此，因为凝元境甚至神意境的修士虽然境界高深神通大进，无论肉身还是精神都远胜炼气境修士，他们每一次从灵晶吸纳的灵力大幅增加，但所耗费的精神同样增幅巨大，最多不过是修炼后不会再有那般强烈的疲倦之感，因此绝大多数高段修士，仍然还是一天只修炼一次。

很久以来，这是鸿蒙修真界中一种公认的道理，沈石拜入凌霄宗后没多久，就从门中的师兄们口中知道了。

但是，自己眼下的这个情况，明显是不太对劲啊……

今天晚上第一次引灵入体的兴奋，在这个时候已经慢慢消退了，在沈石心中取而代之的是浓浓的迷惑不解。他沉思了好半晌，仍然没有想出一个所以然来，干脆便在床榻边上坐下，闭上眼睛，将今晚的修炼过程从一开始到最后，在脑海中一幕一幕慢慢地过着，试图想找到些端倪或是异样之处。

灵晶、握紧、静心、凝神、修炼、感知、黑暗、微光、灵力、追逐、引灵、入体，所有的过程他都像是切开了一个个片段，一点点地回想过去，可是一直想到最后，他发现一切都很正常，完全和平常一模一样，除了今晚没有肉身反噬的征兆，第一次修炼成功……

后来，他累了，倒在床上，在第一次完成修炼的巨大喜悦与兴奋中，同样，那时他也十分正常地感觉到了仿佛不可阻挡的疲惫铺天盖地席卷而来，然后，他就迷迷糊糊睡了过去。

再有意识的时候，便是睡醒时的现在。

沈石眉头猛地一皱，像是隐隐抓住了什么，集中精神开始回想，试图记起自己刚刚将睡未睡的那个片段，可是一切似乎都是模糊的，脑子里混沌一片，或者说是一团糨糊……

真的是刚才睡觉时发生了什么吗？可是自己分明什么都没做，现在回想起来，迷迷糊糊中自己好像什么也没想，就是疲倦地想要大睡一觉，要是那时候有个提神醒脑的……

提神醒脑！

突然，这四个字如闪电一般在沈石的脑海中掠过，似乎在黑暗中猛然照亮了阴暗的角落，他身子随即一震，这一刻，另一个名字在他脑海中缓缓浮现。

清心咒，是清心咒吗……那个他一直掩藏、犹豫而不敢去触碰的秘密。

这个时候，沈石的脸色看上去有些莫名的怪异，似有恍然的欣喜，又似有迷茫的困惑，他转过身迟疑了一下，伸手到了床榻的最里面，在被褥掩盖下的某个秘密角落摸索了一下，然后再回身时，手上已经多了一个黑色的卷轴。

当日在初入凌霄宗门下时，经历吞晶蟾那一关的时候，沈石便已察觉到这清心咒卷轴上的七叶金葵花纹章很可能给自己带来麻烦，从那以后便再不敢随身携带，正好凌霄宗给每个新人弟子都分配了一处单独的洞府，非本人云符不能开启，所以沈石便将其小心地藏在洞府中。

在得到这清心咒卷轴后，沈石自然是暗中反复看过许多次，只是心中仍颇有顾虑，不敢随意就妄加修炼，而在这之后又有肉身反噬、红蚌村剥虾等许多事，让他在这段日子里过得充实而忙碌，一时间甚至都把这清心咒忘到脑后去了。

谁知道，就在自己好不容易终于第一次适应了肉身反噬，成功修炼的日子里，居然也莫名其妙地修炼了一次清心咒。

真的修炼了吗？沈石心里有些忐忑不安，站起身来又小心翼翼地活动了一下身子，自我查验了一番，终于确定自己似乎确实没有什么异样，相反，自己的精神似乎特别爽利饱满，这与孙友等人平日跟自己抱怨每次修炼完后都累得跟一条死狗似的形容完全不同。

或者说，这神秘的清心咒，果然只是一门专门提神醒脑的功法吗？

没来由地，沈石心头忽然一跳……

四月二十二，晴。

清晨时分，走出洞府的时候，沈石抬头看了看天色，发现今天的天空似乎比往常更蓝，一望无际的苍穹里连一片云朵都没有，天空澄澈透明得就像是一块巨大而无瑕的蓝宝石。海潮还在白鱼湾的沙滩上翻涌着，“哗哗”的海浪声远远传来，海风习习，似乎比平日也小了一些，而平常时常看到的在海岸边飞翔捕鱼的海鸟，今天也没看见。

沈石站在洞府门口，对着大海的方向伸了个懒腰，只觉得这一天看起来似乎特别美好，自己的心情当然也是特别好。

三天前的那个夜晚，他终于第一次做到了引灵入体，也就是从那时起，他算是正式踏上了修炼之路，可以被人勉强称呼为修士了，虽然目前还只是最低的炼气境初阶。

不过，这世间哪一个修士不是从这里起步的呢？

如今在炼气境初阶，他体内的灵力自然微薄，但自今日起只要后续灵晶跟得上，自身修炼不松懈，则体内灵力自然会越来越浑厚，待修行日久，随着吸纳灵力日益增多，再凭借几分机缘，打通周身气脉的几个关节难点，道行自然而然便会提升，从初阶至炼气境中高阶，便能尝试开辟丹田玉府，窥探凝元境的大关。

至于这青鱼岛上还有许多困在炼气境多年不得进境的师兄师姐，在这一刻，少年沈石的心中却是完全没想起了。

除此之外，他心情好还有另外一层不可对人言明的原因。

经过反复的迟疑、斟酌与内心争斗，到了最后，他终于还是没忍住，开始偷偷对那门来历神秘的清心咒进行试探性的修炼。而经过这数日里的修炼尝试，沈石终于初步确定，这清心咒看起来确实对自己并没有什么坏处，相反，这门神秘的咒法在恢复精神上，尤其是在他修炼过一次引灵入体后感觉到强烈的疲惫感，随后再运行一次清心咒，对恢复精神有令人惊异的奇效。

每次修炼过清心咒，所有的精神疲倦之感必定会一扫而空，整个人就像是刚刚洗过澡一样全身爽快，精神头好得要命。甚至于，沈石大着胆子，偷偷尝试着一天之内又修炼了第二次，也就是第二次手握灵晶引灵入体。

他做到了。

甚至连他本人都不敢抱有太多希望只是怀着万分之一侥幸的尝试，竟然真的成功了！

他居然成功做到了在一天之内两次引灵入体，并且这第二次的尝试修炼后，他与之前第一次修炼后反应是一样的，只是单纯地感觉到了精神上巨大的疲惫感，但王亘师兄他们所说的那种过度修炼对身体有大损害的种种迹象，一个都没出现。

不过，清心咒的神奇似乎也就到此为止了，在一天之内修炼两次后，无论他再如何运行修炼清心咒，自己的肉身都完全没有任何的反应，似乎一天之内，清心咒最多只能恢复他一次的精神。

一日之内两次修炼，几乎完全没有任何的反噬害处，哪怕清心咒的奇异效果一日中只能有效一次，但就算这样，沈石也已经心满意足，完全不想去再奢求更多了。

一天之内，修炼两次，这意味着什么？这根本就是只要灵晶跟得上的话，他修炼的速度就能比普通人快上一倍，如此巨大的好处，他的心情如何能够不好？

看着海天一线一片蔚蓝，沈石真有种想要张口呐喊的冲动，不过当然到了最后，他还是忍住了，笑了笑，然后伸手揉了一下眉心。

手指在眉心处，轻轻停顿了片刻。

或许，唯一一点稍微令他有些不安，略显美中不足的是，那清心咒似乎有一个奇怪的后遗症，每次运行施展后，虽然能够迅速地恢复精神，但是同时也会将他之前修炼得到的那一丝灵力，莫名其妙地从随意散落于周身气脉各处的状态，缓缓聚拢吸引至眉心深处的窍穴内，并就此停驻不动。

而一天中第二次修炼引灵入体得到的那丝灵力，因为清心咒似乎只能有效一次，反而是像绝大多数修士那样，正常地散落于体内气脉中。

不过，这看起来似乎也没什么大碍吧，眉心处也是周身气脉的一处，入体灵力停驻在那儿不动虽然有些奇怪——因为常理上来说，只有日后修炼至凝元境开辟玉府气海之后，灵力才会有汇聚一处的迹象，在炼气境则从未听说过有如此异状出现——但是至少现在看起来并没有任何异样的地方，灵力入体越多，修行道行就越高，自然就是越好的！反正将来修行更进一步，到了开辟丹田玉府时，周身所有的灵力必定都会百川归海汇入玉府之中的。

沈石满怀兴奋地这样想着，望着蔚蓝的天空，只觉得将来前途一片光明。

第四十八章 ■ 不凑巧

海风吹过，带着丝丝缕缕的凉意。

沈石转身向青鱼集的方向走去，准备顺着那条路去红蚌村，今天要好好干上一天。如今他人逢喜事，虽然不可对人言，但心中已然充满了干劲，再说一天修炼两次，灵晶的消耗量就要比旁人多了一倍。

一般而言，一颗正常的灵晶足以供炼气境初阶修士修炼二十次，也就是足够二十天的修炼，等境界提升后，修士对灵晶灵力的消耗量同样也会大幅提升。炼气境中阶修士吸纳灵力的速度就要比初阶多了一倍，一颗灵晶仅能使用十日，到了炼气境高阶，就又翻一倍，一颗灵晶只能支撑五日了。至于更高境界的大神通修士们，凝元境、神意境甚至元丹境的大真人，他们修炼时所要消耗的灵晶与灵力，那就不是现在的沈石所能想象的了。

虽说如今沈石不过是在修炼之道上刚刚起步，只是炼气境初阶而已，每次修炼时从灵晶中吸纳的灵力并不多，但是架不住现在他一天两次修炼，对灵晶的耗费比普通人要多一倍啊。

自己以炼气境初阶的微弱道行却要以炼气境中阶的速度来消耗灵晶，而日后万一境界提升，对灵晶的需求之多只怕就越发恐怖，一念及此，沈石便顿生急迫之感，甚至隐隐有些惶恐。尽可能地赚取更多的灵晶，已然是沈石如今在青鱼岛上的头号要事了。

沈石这边振作精神，充满干劲地准备去大干一场的时候，没走两步，便看到自己隔壁的洞府石门隆隆而开，然后孙友一脸颓废无精打采地走了出来。

抬眼看到沈石，孙友对着他招招手，顺手关了石门后，慢慢地走到沈石身旁。沈石打量了他一番，只见孙友眼眶微黑，眼皮脸颊也见些许浮肿，一副熬了通宵没睡觉的疲倦模样，不禁愕然道："你这是怎么了？"

孙友嘴巴一咧，有气无力地苦笑了一下，道："还不是修炼搞的，这几天我每晚修炼后都头痛欲裂，连觉都睡不好，起来就是这般模样了。"说到这里，忽然他想到了什么，眼中露出几分惊奇之色，仔细看了看沈石，奇道："咦，我记得你前几天说过已经度过肉身反噬之期，可以开始修炼了啊，怎么看起来精神比我还好？”

沈石一怔，下意识地点头道：“是啊，我三天前就可以开始正常修炼，引灵入体了。”

孙友看了他一眼，只见沈石虽然面上也有几分疲惫之色，但双目有神身躯挺拔，情况看起来确实比自己好多了，皱眉道：“那就奇怪了……”

沈石一时说不出话来，脑筋急转，正想着编一个什么借口来敷衍过去，就在这时，便听着旁边有人冷哼了一声，口气里带了几分不屑，道：“少见多怪！修炼之后自然人人皆有疲态，但每人肉身情况不同，精神疲倦持续时间也不一样，他不过就是恢复得快一些，又有什么好奇怪的？”

沈石与孙友都转身看去，只见两个女孩站在身边不远处，一胖一瘦，容貌有几分相似，正是钟青露和钟青竹两人。此刻能对着孙友还把话说得这般带了嘲讽的人，自然只有钟青露大小姐了。

这些时日整日忙着修炼，要不就是在红蚌村剥虾，早出晚归的，除了前几日从孙友口中听说钟青露接了炼丹任务，钟青竹接了拾贝任务外，沈石还真的好些日子没见到这两位女孩了。今日一见，沈石先是仔细看了一下她俩，随后先是一呆，继而心里却有些好笑起来。

原来这两位少女，特别是钟青露虽然一副瞧不起孙友的模样，但看上去她俩的情况也不是太好，同样也是一脸倦意。其中钟青竹看上去还好一些，钟青露那张原来白白胖胖的小脸，则同样多出了两个黑眼圈，十分显眼。

孙友听了钟青露的话以后，居然没有立刻生气发火，而是若有所思沉吟片刻，回头对沈石道：“你别说，还真是钟家丫头说的这个道理。不过将来随着咱们修炼时日增长，肉身都会与灵力越来越协调，如今不过是一些粗浅的反应罢了，时间一长也就好了。”

这道理沈石自然也听人说过，不过刚才一时之间没想起来，倒是让钟青露在一旁看孙友不顺眼，直接替他说了，当下微笑道：“所以你就再忍耐一段时间吧。”

孙友耸耸肩，道：“也就只能这样了。”

这时钟青露带着钟青竹走到他们二人前面去了，看着她俩的背影，或许是因为刚才钟青露无意中替他挡了一关的缘故，沈石居然觉得钟青露这一次看起来顺眼多了，忍不住低声对孙友道：“为什么你老是和钟青露吵架啊，我看她其实也不是特别让人讨厌啊！”

孙友嗤笑一声，刚想批判一下自己这个朋友，前头钟青露却似乎听到了什么动静，忽然停下脚步回头看来，正好看见孙友神情诡异地一边看着自己一边想对沈石说些什么的样子，登时脸色一沉，冷笑道：“孙老二，你在那边鬼鬼祟祟地又想背后说人什么是非？”

孙友一呆还没说话，钟青露目光扫过沈石，见他有些茫然地看着自己，一副呆傻模样，看着就来气，冷哼一声，喝道：“看什么看，没见过美女吗？在那边跟孙老二叽叽歪歪的，一看就不是好人，也不知道怎么混进凌霄宗的！”

说罢，她狠狠瞪了他们两人一眼，然后再不理会，转过身甩甩头，飘然而去。钟青竹吐了吐舌头，向他们两个略带歉意地笑了一下，然后赶忙跟了上去。

半晌过后，孙友斜眼看向沈石，道：“你刚才说什么来着？”

沈石默然片刻，道：“那句话忘了吧，就当我没说过！”

两人一起走至青鱼集，因为凌霄宗各大堂口在青鱼岛上都有专门殿堂分布在这岛上，接了其中的任务基本上也都是要去相应的地方做事，所以孙友与沈石就在青鱼集上分开。临别时候孙友看着精神倒是恢复了不少，还对沈石笑着道：“今天如果我早点做完事情，就去红蚌村看你剥虾啊。”

沈石一笑置之，这么多天来孙友同样的话说了好几次，但除了第一次不告而至，后来但凡说了要来的，却是一次都没来成。

从青鱼集出来一路向东行，沿着那条通往红蚌村的大路走了一会儿，远远地便看到那个坐落在海滩之上的小村，再走一段路后，沈石便也意料之中地看到那个倚靠在村口树旁的窈窕身影。

他微微一笑，大步走上前去，向着海星姑娘打个招呼：“早啊。”

海星看了他一眼，忽然道：“咦，看你今天心情不错嘛。”

沈石哈哈一笑，摸了摸脸，道：“有吗？”

海星嗤笑一声，道：“废话，看你嘴巴都快笑到耳朵边上去啦。”

沈石笑着摇摇头，然后摩拳擦掌，道：“好吧，废话少说，快把虾笼拿出来，今天我要好好干一场。”

海星怔了一下，奇道：“你今天这到底是怎么了？看你怪怪的，前几天一副没睡醒的样子，今天又像是换了一个人。”

沈石哈哈一笑，也没多说什么，只是催促海星快拿虾笼。前头这些日子，他在渐渐熟悉了剥虾这个在青鱼岛上多数人看来血腥又肮脏甚至有些低贱的活后，剥虾的速度便逐渐稳定在一日二十只左右。不过这几天因为钻研清心咒的缘故，他绝大多数心神都扑在上面，毕竟这要是一个搞不好，说不定修炼上就会出问题。是以这数日来在剥虾的时候，沈石居然也不时会出现走神的现象，而每日剥虾的数目也从稳定的二十只下降到只有十二三只。

这种明显的异常当然会被海星发觉，忍了两天没说话后，到了昨日海星终于忍不住向沈石开口说了几句。不过此时此刻沈石已然解决了那个大难题，满心欢喜只想着大干一场好好赚取灵晶。毕竟以后自己要用的灵晶数目可是大着呢，比寻常人多一倍呢！

一想到这里，沈石便有些急不可耐，道："没事没事，前几天我正好有些事嘛，现在都好了，快把虾笼拿出来吧！"

海星略带遗憾地看了他一眼，叹息了一声，道："看你难得这么有干劲，真是少见，不过可惜了，今天不能剥虾了。"

沈石一呆，愕然道："什么？"

海星抬头看了看蔚蓝而晴朗的天空，道："今天可能会有暴风雨，村子里的人一早也没出去打鱼，虽然还有些鬼面虾的存货，不过风雨来的时候也只能躲在屋里，干不了其他事的。"

沈石木然，片刻后同样抬头看了看万里无云的天空，那里澄澈透蓝，连半点白云都看不到，简直就是天气晴朗得令人发指。他指了指头顶天空，不可思议地对海星道："这种天气，你说会刮风下雨吗？"

海星点点头，理所当然地道："是啊，而且待会儿风雨大得很，你也早些回去吧，最好就回洞府，别在外头特别是海岸边溜达了。"

沈石见海星一副理当如此的淡定表情，心里不由得也多出几分疑惑来，莫非她说的还当真确有其事，待会儿就会有暴风雨来袭？只是此刻天空晴朗无比，艳阳高照，哪里有半分刮风下雨的迹象了。

海星却没跟他多磨蹭，今天出来也就是为了通知沈石一声，其他的虾笼啊尖刀啊海碗什么的，一件都没带，对沈石挥挥手，便蹦蹦跳跳地走回红蚌村去了。

沈石站在原地呆立片刻，又抬头看了看天空，嘴里咕哝了一句，道："这种天气都能有大风雨，谁信啊……"

只是话虽如此，但海星摆明了一副事情已经决定，跟你说一声然后你哪凉快哪待着去的模样，沈石也是无可奈何。他总不能冲到红蚌村里搜出虾笼，然后大大咧咧地非要给他们剥虾吧？

兴致勃勃满怀干劲地跑来准备大干一场，然后到了地头发现出于一个看起来委实不靠谱的原因自己什么都干不了了，沈石这下子算是深深体会到什么叫乘兴而来败兴而归。在心里为自己赚取灵晶大业开局不利而苦笑一声后，他也只能转身离开。

走在转回青鱼集的路上，天空依旧蔚蓝，万里无云，远处也依稀能听见海浪冲刷沙滩的声音，只是沈石走着走着，却总觉得自己周围似乎比平常更安静了些。

他抬头向四周看了看，想了一下，才发现不知什么时候开始，周围那些林子里的大树都安静不动，而在平常的海岛上，海风长年不断，它们时常都是摇摆不停并发出“索索”的声音。

“还大风雨呢，现在连风都停了！”

沈石没好气地哼了一声，对刚才海星的话越发不信。

如此一路回到了青鱼集，沈石才走了几步，便发现这青鱼集上的情况似乎也与平日稍有不同，在路上行走的同门看起来少了许多，有好些商铺都关门了，这也让他本来想趁着这个机会去逛逛商铺的想法再度落空。

怎么今天什么事都不顺啊？

不过，看这副人人走避的样子，难道海星说的话居然真的有几分可能？

第四十九章 ■ 宁静

沈石心里又嘀咕了起来，皱着眉在青鱼集街道上又走了一段，来到当日通往晨星殿与白鹤堂两条大路的交叉口，这里是青鱼集最热闹的地方，街道中心竖立着一块木牌，上面偶尔会张贴些告示，将一些重要事情公告众人。

沈石平日里因为去的是地处偏僻的红蚌村，并不经过这里，不过若是真如海星所说的那样，今日有暴风雨而且连海岸边都不能去有风险的话，这里的木牌上必定会有所警示的。只是当他走到那块木牌下看了看后，只见上头一片空白，什么都没有。

“我就说嘛，真要有事，这里早就贴出公告了。”沈石顿时放下心，既然凌霄宗这里没对那个莫名其妙的暴风雨有所警示，想必自然就是没太大问题了，同时也对红蚌村的大惊小怪暗自摇头。

这里既然无事，沈石便也没想着马上回去洞府，毕竟一大早的也无法进行修炼。沉吟片刻后，沈石就想着干脆去孙友饲兽的灵兽殿看看，反正他说了好几次要来看自己结果都没来，乘着今日有空，自己去看看他好了。

心意既定，沈石便转身向前走去。凌霄宗主要的堂口在青鱼岛上都有自己的殿堂，孙友饲兽的地方自然便是灵兽殿所在。不过沈石来到这青鱼岛上多日，除了在洞府修炼就是去红蚌村整日忙着剥虾，其他地方还真没怎么去过。虽然那人手一份的《凌霄简略》上粗略标明了青鱼岛上一些重要地点的所在，但是一来这几日没看，二来沈石也没认真去记灵兽殿的地址，一时间只觉得记忆有些模糊，只能依靠大概的印象向前走去，打算路上遇到人就顺便打听一下。

待他走后不久，有些冷清的街道上忽然又走过来两个凌霄宗弟子，看着都是年纪较大的上一轮师兄了，一高一矮。这时那个高个的正皱着眉头，对矮个子没好气地道："该不会是你偷懒没贴上去吧？"

矮个弟子一脸委屈，道："师兄，我真的一大早就过来将那公告贴上去了啊。"

两人一路走到那块木牌下，高个子冷笑一声，看了一眼光溜溜的木牌，道："那你贴的东西呢？"

矮个凌霄宗弟子一时默然，苦笑道："也许……也许是被风吹走了？"

高个师兄"呸"了一声，此刻周围略显沉闷，大街上空空荡荡，却是连一丝风都没有，道："哪来的风？能吹到哪儿去？"

矮个子被师兄说得哭丧着脸又说不出话来，一脸不情愿地将肋下夹着的一张纸贴到了木牌上，这一次是严严实实地贴紧了，一点儿不敢大意。

看着他老老实实地做事，高个师兄的脸色这才好了些，哼了一声，道："平日就跟你说做事踏实点，都当我的话是耳边风，今天幸好是我当值，发现得早，否则要是被康宸师兄看到这纰漏，信不信直接就告诉王亘师兄，然后把你罚到第六岛那边做上一个月的苦力才回来？"

矮个师弟缩了缩头，看起来对师兄口中说的那个青鱼"第六岛"上什么苦力活十分畏惧。高个师兄又看了一眼木牌，想了想道："这公示迟贴了一会儿，不晓得会不会有事？"

矮个师弟想了想，道："其实也不会出什么大事吧，现在新入门的师弟都有高一轮的师兄督导着，各个重要任务场所也有师兄盯着，但凡来到这岛上五年的人，这沧海风暴还不得都见惯了，就算咱们不贴告示他们也知道该躲避的。"

高个师兄点点头，道："嗯，差不多也该如此，其实这沧海风暴虽然来势凶猛，但岛上多年来防备早有心得，大部分都是无碍的，也就是阵堂那边要收集灵材，会派些新人弟子去退潮的海滩上拾取五色贝壳，若是退避不及的话就会有几分危险。不过阵堂那里也有几位师兄坐镇，想必是无妨的。”

说着，他脸色忽然一正，瞪了一眼在身旁看上去放心不少的矮个师弟，道：“虽然如此，但你今日也是失误，以后切记不能再犯这种错事了！”

矮个师弟老老实实点点头，道：“我知道了，师兄。”言下似乎也有点庆幸，道，“还好康师兄这几天不在，对了，师兄，你知道康宸师兄去哪儿了吗？”

高个的凌霄宗弟子犹豫了一下，道：“听说是在金虹山上，也不知犯了什么错处，触怒了掌教真人，被扣下了。”

“啊？”矮个师弟显然还是第一次听说这件事，一时间震惊得说不出话来。高个师兄看了他一眼，转身走开，矮个师弟跟在他的身后，嘴里絮絮叨叨又自言自语了一阵，也不知是担忧康宸师兄还是念叨自己，过了一会儿忍不住又回头看了一眼那块木牌，嘴里喃喃地道：“见鬼了，我明明是真的一大早就将告示贴上去的啊……”

沈石一路走去，本想着在路上如果遇到一位路过的师兄或是知道灵兽殿所在地址的同门的话，就向他们打听一下该怎么走。谁知从那块木牌边走了好一段路，不知为何，原本感觉青鱼集上还稀稀落落有些人走动的样子，到了这个时候，居然一个人都没遇上。

“人都去哪儿了呢？这是都回洞府闭门修炼了吗？”沈石有些疑惑不解地看了看周围，犹豫了一下，想想好歹也走了这一段路，而且青鱼集通向几个重要所在其实也就那么几条路，走错的可能性不算大，终于还是继续向前走去。

这一路走着，依靠记忆中《凌霄简略》上的印象，孙友所在的饲兽地方应该是本岛西侧灵兽殿设在青鱼岛上的一处山脚下，靠近海边，在那里圈了占地颇广的一大块地盘，主要豢养些低级灵兽。

“西边吗……”沈石在走出青鱼集的时候，看到通向西边的路居然有两条，一条偏南，一条偏北。他一时搞不太清楚，不过仔细向远处眺望一阵后，发现偏南的那条路似乎通向某处海滩的方向，只是隔得有些远，看不太清楚，而偏北的那条路径小一些，蜿蜒前行的方向则是往西北边一处小山丘。

沉吟片刻后，沈石还是选了往西南的路。

与此同时，青鱼岛上某处山脚兽场之内，孙友皱着眉头，尽力憋住了呼吸，同时双手拖着一只体形庞大的大龟，正一脸晦气地将它拖向兽场远处的一个位于高地上的兽笼。

大龟贝壳黑色而有纹路，看上去要比普通的海龟体形大上数倍，直立起来约莫能到孙友的胸口，是灵兽殿在青鱼岛上豢养的一种名叫“黑纹龟”的低级灵兽，其身负的龟壳乃是一种很有用处的灵材，所以灵兽殿中豢养的数目不小。

孙友龇牙咧嘴地好不容易才将这只大龟拖到高地上的兽笼关好，然后抬头看了看天色，只见头顶的天空仍然还是蔚蓝一片，但是海平面远处，似乎隐隐已经有了几分阴影。

“臭死了啊，为什么你一只海龟身上会这么臭啊！”

孙友闻着自己身上传来的恶臭，恨恨地瞪了一眼兽笼中的大龟。大海龟刚才被他拖行了一路，早就把四肢头颅缩到了坚硬的龟壳中，此刻在硬壳里偷偷看着这人啰啰唆唆骂骂咧咧，忽然旁边又传来一个声音：“二弟，你在这里抱怨什么啊？”话音未落，一个面容端正英俊的少年从兽场的另一个角落转了出来，走到孙友身边，看了他一眼后，脸上忽然露出几分关怀之色，道，“咦，二弟，你脸色不太好看啊，是不是修炼太辛苦了？对了，来这里之前我父亲不是给了你一块红袖沉香吗？那东西清心安神，对修炼过后的疲倦大有好处，你别忘了用啊。”

孙友原本搭在兽笼边上的手猛然一紧。

第五十章 ■ 风雨

黑纹龟在硬壳中缩了一会儿，发现外头渐渐平静下来，似乎没有什么危险了，这只体形庞大但性格温和并胆小的低级灵兽这才偷偷把脑袋从龟壳中探了出来，转头向四周看了看，发现自己置身在熟悉的兽笼中，而在前方不远兽笼的外头，则站着两个面容有几分相似的少年。

一个脸上笑意盈盈温煦可亲，一个面无表情手抓兽笼。

孙友凝视着自己抓住兽笼的手，那上头的关节不知为何有些发白，片刻之后，他忽然微微笑了一下，然后转过身看着自己这位大哥孙恒，点点头，道：“知道了，我正用着呢，听说这红袖沉香也是难得的好东西，真是要多谢大伯寻来此物，还不吝赐我。”

孙恒哈哈一笑，走上前拍了拍孙友的肩膀，道：“咱们都是一家人啊，说什么谢不谢的。对了，那红袖沉香你用过之后，感觉如何？”

孙友沉默了一下，道：“我每次都是在修炼之后使用，确实有些效果，不过好像并没有像传说中那般特别有效。”

孙恒滞了一下，难以察觉地皱了皱眉，目光随后在孙友脸上清晰可见的那副倦容上掠过，沉吟片刻，忽地拊掌笑道：“我知道了，想必是有错处。”

孙友身子微微一震，抬头看向孙恒，眼中似有几分希冀光彩，愕然道：“大哥，什么地方错了？”

孙恒微笑道：“你的用法错了。”

孙友一皱眉，道：“用法错了？大哥你说的是什么？”

孙恒道：“那红袖沉香本是罕见的好物，你应该在修炼一开始就使用，如此贯穿修炼全程，吸入的香气越久越多，自然功效也就越发明显，对你修炼之后的疲倦反应也定更加有效。”

孙友静静地看着孙恒，过了好一会儿后，才低下了头，低声道：“原来如此，还是我错了。”

孙恒哈哈一笑，上前与孙友并肩而立，道：“二弟，你一定要好好修炼，每日不辍。咱们孙家如今上有爷爷坐镇，中有我爹执掌门户，但将来到了最后，必定还是要靠我们兄弟二人。只要我们修炼有成，兄弟合力，将来光大孙家门楣，在如今的根基上再进一步，也未必便不可能了！”

孙友默然无语，只是抬头向他看了一眼，只见此刻孙恒神采飞扬，面向大海，目光远眺，小小年纪已是一副胸怀大志天下尽在掌握的模样。

孙家再进一步？

如今孙家已是凌霄宗门下几百个附庸世家中声名最盛的四大世家之首，上有一位元丹境大真人孙明阳，这一任家主孙宏是孙友的大伯，也就是孙恒的生父，同样拜在凌霄宗门下，在修道上天资同样出众，远胜过孙友之父孙峰，如今也修炼到了神意境巅峰，距离元丹境不过一步之遥。

如此两代英杰人物，将孙家的威势已然推至从来未有之高处，而如果还要更进一步，那会是什么？

凌霄宗门下附庸世家中，还有什么比孙家更强更高更令人瞩目的存在？

除非是……甘家！

孙友身子猛地一震，眼中已带了几分不可思议的震惊之色，只是片刻之后，他嘴角浮现的冷笑便掩藏过去，取而代之的是一片漠然之色。

兄弟两人，就这样肩并肩站在兽笼之前，眺望着远方宽阔无边的沧海海面，望着那片渐渐扩大的阴影逐渐在蔚蓝的天空中蔓延开来，原本风平浪静的海面上，波澜渐起渐高渐急促。

阴云密布，风雨欲来！

沈石抬头看了看天色，慢慢皱起了眉头。

这一路走来，也不知从什么时候开始，天色居然从原本万里无云的蔚蓝晴空，渐渐变得有些阴沉。从沧海深处地方，原本只有淡淡点点的阴霾，此刻就像飞驰一般，迅速地布满了大半个天穹，看上去就像是整座天幕都被压低了许多，令人心生压抑之感。

海面上，渐渐吹起了海风，海浪声似乎也大了一些，不过除此之外，一切似乎都还是很平静。

眼前这条路，已经快要走完，前头是一处稀疏的林子，隐约可以看到林后便是一片海滩。沈石记得《凌霄简略》上写的灵兽殿兽场是在青鱼岛西面一处山脚，靠近海边，想必就在前头不远处了吧。

犹豫了片刻后，沈石还是决定继续向前走去，都走了这么远，眼看就隔了一片林子，就因为天上有几片乌云集聚而回头，不过去看看实在是有些小题大做。

大不了，过去瞄上两眼，如果找不到孙友就回头好了。

主意既定，他便向前走去，这时在这条路上早已空无一人，冷冷清清，也就是沈石这些日子从未到过这里，不然也会察觉类似通往主要任务堂口所在的道路上，从来都是行人来来往往，今日的情形，已经很不对劲了。

前头的这片小树林并不大，加上沈石虽然不太在意，但下意识地还是加快了一些脚步，所以很快就穿过了树林，片刻之后，一片白净而细长的海滩出现在他的眼前。

“哗”的一声，海水卷起一个浪头，重重拍打在沙滩上，海面起伏不定，波涛隐隐可见。

沈石左右张望了一下，又向前走了两步，随即微微皱起眉头，这个海滩上空空荡荡，一个人影也没有，同样也没有建筑房屋，似乎不太像是灵兽殿的所在啊。

“难道是走错路了？”

沈石自言自语了一句，踩着脚下有些松软的沙子向前走了一段路，希望能看到一些人影或房屋，不过前头除了一些沙滩和一处突出的石壁外，确实就没有其他东西了。

沈石摇摇头，正想转身，忽然一脚踏出，脚下像是在沙子中踩到了什么坚硬的东西，低头一看，只见沙子中隐隐有些许光泽，便移开脚蹲了下来，然后用手扫开上面的沙子，片刻之后，从沙子中挖出了一个巴掌大小的有数种美丽颜色的贝壳来。

五色贝壳。

沈石很快认出了手中这东西，抬起头看看四周，不由得苦笑了一声，还真是走错路了，这里并不是孙友所在的灵兽殿兽场，而是阵堂底下让新人弟子们拾贝的一处海滩。

海风似乎吹得又大了一些，天空中已经有低沉的“呜呜”声掠过，阴云已经布满了整座天穹，看着比刚才还低了三分。从沈石上岛之后就一直平静温和的沧海，在阴霾的天幕下，似乎也第一次有些不安地骚动起来，波涛渐渐起伏高涨，海浪一波波地冲向沙滩。

沈石抓着手中的五色贝壳，摇了摇头，既然自己走错了路，再继续待在这里就没什么意义了，而且他虽然从小在山地阴州长大，不知道这海边天气，但是看着这一幕黑云压城般的景象，心里也想起早上海星对他所说的也许会有暴风雨的警示，便也不想在这海边多待了。

身子一转，他便准备离开这里，谁知就在此刻，他眼角余光猛地瞄到远处那个石壁下方，竟似有一道人影闪过。

沈石一怔，转身看去，这种僻静无人的时候，怎么会有人在那边？

刚才粗略一看时，只看见前头是一处高大的石壁，突出海面，高达数十丈，上面生有一些崎岖怪异的小树，底下因为常年被海水冲刷，怪石突兀，同时可以望见有许多潮湿的青苔生在上面。

白色的沙滩就延伸到这块石壁下，再往前就是散落在海水中的大小石块，刚才那个突兀出现的人影就是在那石壁下的石块间闪烁了一下，此刻居然又消失不见了。

沈石眉头皱起，心想那边难道还有人，或者说真正的兽场是在石壁那边吗？

虽说看着这场所不太像，但是这青鱼岛上有的都是凌霄宗门下弟子，沈石也没有好怕的，迟疑了一下，还是试探着向石壁那边走去。

海水从远处涌来，冲到了石壁脚下，发出隆隆之声，溅起了半身高的浪花。

沈石爬上了一块大石，伸长脖子往石壁那头看了一眼，入眼处，竟然又有一片白色映入眼睛，原来在石壁之后，居然还有白色的沙子。

刚才的人影，就是在石壁背后吗？

沈石抓抓头，看了一下周围情况，只见海水波涛虽然比刚才大了一些，但这些石壁下的石块差不多连在一起，虽然大小不一，倒是一条天然的水中小路，便干脆从石块上一块块地跳了过去。

中间浪花挥洒，倒是溅到他身上一点儿，不过并没有造成什么阻碍。他顺顺利利地就绕过了那面石壁，看到了石壁后头，果然又是一片沙滩。

不过这里三面环山，沙滩长度也不过十多丈宽，一目了然的就是一座天然的小小海湾，海滩看上去也和外头那片并没有什么两样，没有什么出奇之处。

唯一令人惊讶的是，此刻果然是有一个苗条人影在这个僻静的小海湾里，在沙滩上低头仔细寻觅，不时蹲下挖掘沙子，偶尔就会挖出一块五色贝壳来，显然是接了拾贝任务的某位新人弟子。

不知为何，沈石站在这里看过去，居然觉得这人的背影有几分眼熟，便大声喊了一句："喂！"

那人像是也吓了一跳，身子一震，回头看来，同时睁大了眼睛，望向沈石。

片刻之后，两人差不多同时愕然道："怎么是你？"

那个手中拿着好几块五色贝壳，就连小脸上都沾着一些沙砾的女孩，果然是沈石认识的人，却是当初在拜仙岩上差点害死过沈石的钟青竹。

两人显然都没想到会在这个时候看见对方，一时都怔住，而与此同时，在阴沉沉的天穹之下，遥远的沧海海面上，劲风烈烈，波涛汹涌，整座沧海似乎就像是一只沉眠许久的亘古巨兽，在风雨欲来乌云密布的呼啸声中，渐渐醒来，向天咆哮，露出了它隐藏许久的獠牙。

狂风呼啸，一波如山大浪，忽地在海面生成，高达数丈，伴随着天际黑暗的云层深处一声惊雷炸响，整座沧海都似狂暴而起，势不可当地向着海岛冲来。

第五十一章 ■ 巨浪

万仞仙山高耸入云，屹立于沧海之中千百万年，始终岿然不动，看遍了涛生涛灭，看尽了波澜起伏。

凡人所见，只是那云端之下如画青山，绵延山脉气势雄浑，却不知云端之上又有洞天，九天之上仙家胜境，种种瑰丽奇景，神奇如梦幻一般，言辞难以尽述。

一轮金乌高悬天际，放射万道灿烂金光照耀天地苍穹，氤氲云层弥漫蒸腾，层层叠映，最后化作一道经天长虹，如金芒似的大道，挂于金虹山巅，变作人间一道奇景。

金虹之下，雄山之巅，有一座巍峨阔大的宫殿，白玉雕栏青石为砖，盘龙雕凤祥瑞皆在，鹤鸣声声，乘风翱翔，一派仙家气象，便是凌霄宗重心所在的巍巍凌霄殿。

殿名凌霄，自在九天之上，斜倚殿堂玉栏举目远眺，便只见天地苍茫辽阔至极，脚下云层翻滚不休，隐见乌云集聚，电闪雷鸣藏于其中，茫茫沧海，风云卷动，正是一场风暴欲来之势。

凌霄殿内，一人凭栏远望，浓眉长须，相貌堂堂，衣服前纹太极阴阳，后有先天八卦，一身潇洒道骨仙风，令人见之便生崇仰之意，当是人间仙家，得道真人。

除此之外，在这凌霄殿外走廊一侧，寻常值日弟子都早已退避，只有一人跪在这位真人脚下，面带愁苦之色，面貌英俊，正是从那青鱼岛上失踪数日的康宸。

此刻，平时性子活泼的康宸却是一动不动地头伏于地，大气也不敢喘的样子，显然对身前这位真人十分敬畏，哪怕他跪了半晌，那位真人却丝毫没有叫他起身的意思，康宸也是老老实实地跪着，没有半分怨言。

风卷云动，凌霄殿下乌云翻涌，变幻不定，一幕幕奇异景象都倒映在这位真人双目之中，此时若有人仔细端详他的双眼，便会发现那眼中目光深邃无比，倒映出人间万象，似看尽人间沧桑，又仿佛无底深洞，幽深无尽，世间景象入眼如沉水，无声无息悄然变幻。

也不知过了多少时间，跪在地上的康宸才忽然听到身前传来一句话语，道：“谁让你去玄龟岛的？”

康宸咬咬牙，道：“回禀师父，是弟子自己……”

能被康宸叫作师父的，凌霄宗内只有一人，便是当今凌霄宗掌教真人，同时也是鸿蒙诸界人族修真泰山北斗般的巨擘人物，天下人无不崇仰的岑怀远真人。

康宸的话才说了一半，却已经被怀远真人淡淡地打断，道：“你这是要骗我？”

康宸身子一震，抬头看去，只见怀远真人缓缓转过身来，那双深邃眼眸凝视着他，只一眼，康宸便觉得身上冷汗冒出，连忙垂下头颅，再不敢有所欺瞒，低声道：“弟子错了，是弟子心急欲救杜师兄，到处求人，王亘师兄本不欲多嘴，是被弟子缠得不行，这才指点一二。”

“王亘？”

怀远真人默然片刻，又看了一眼跪在地上的康宸之后，缓缓转过身子，再度凭栏远眺，袖袍中一只白净修长的手掌，轻轻落在白玉栏杆上，手指慢慢地屈伸弹动着。

如此又过片刻，便听到怀远真人沉稳的声音传来，听不出喜怒哀乐，难见声调起伏，只是淡淡地道："既然你如此想见你杜师兄，不惜为此触怒师叔祖，便去黑云洞里陪他过几日吧。"

康宸身子微微颤抖了一下，却并没有任何其他反应，只是低声答应了一声，道："是。"

怀远真人不再言语，只是沉默地远远望向下方云层沧海，风愈狂浪愈大，一波巨浪冲天起，雷声动，电蛇亮，那一刻撕裂天空照亮云幕，都倒映于他双眸之中化作风云滚动，看穿虚妄破灭风雨，一眼似穿越茫茫海天，越过无数青山岛屿，瞬间而至，于暴风雨中望见那一座如龟小岛，静静地躺在金虹山下，沧海之中。

青鱼岛上，小小海湾。

沈石与钟青竹面面相觑，一时间都不知道该说什么才好，最后还是沈石先反应过来，一纵身从石头上跳了下来，在沙滩上走了几步，来到钟青竹的跟前，上下打量了她一番，道："你是到这里拾贝的？"

钟青竹脸上身上都沾染了不少沙砾，左手边还提着数个五色贝壳，除了拾贝这件事估计也不会有其他可能了，果然只见钟青竹点了点头，脸上兀自带着几分疑惑之色，道："是啊，平日我们都在这附近几个海滩上拾贝的，对了，你——你怎么到这里来了啊？"

沈石眉头一皱，却从她话里听出了些许异样之处，不答反问，道："我们？"

钟青竹点点头，道："是啊，除了我还有同样在阵堂接了拾贝任务的同门，有三十多人呢，平日都在这附近拾贝……"话音未落，她像是突然发现了什么，怔了一下，向四周看了看，随即目光又飘向了沈石过来的那个石壁后头，身子微动，似乎想走过去看看。

"不用看了，我刚从那边过来，一个人都没有了。"沈石摇了摇头，道。

"啊？"钟青竹明显有些吃惊，漂亮清秀的脸上也浮起一丝迷惑之色，道，"怎么会这样？他们都去哪儿了？"

沈石对这个问题自然也无法解答，沉吟片刻后，他抬头看了看天色，只见这个时候天空中阴云密布，已然压得极低，连周围的光线都变得昏暗许多，犹如即将入夜的傍晚时分，而海风也不知何时开始，陡然猛烈起来，将两人的衣衫吹得猎猎飞舞。

沧海之上，波澜起伏越来越大，浪涛翻滚不休，如欲倾覆，望之惊心；轰隆雷声，自厚重云层中隆隆传来，丝丝电芒，闪动穿梭于乌云之中，已是风雨欲来之势。

这一刻，海星姑娘早上所说的话突然如此清晰地回响在沈石的耳边：今日或有暴风雨，风雨太大什么事都做不了，早些回去，最好就在洞府待着莫出来，别在外头走动特别是在海岸边上溜达了。

沈石忽然之间，只觉得身上一凉，隐隐出了一身冷汗。只是与此同时，还没等他有所反应，那边钟青竹忽然“咦”了一声，伸出手掌平摊开来，感觉了一下后，道：“好像下雨了。”

话音未落，便只听天际乌云中一声雷鸣，如雷神擂鼓当空咆哮，声震四野，豆大的雨滴瞬间掉落下来，哗啦啦落成一片。

沈石脸色一变，嘴里低声道：“糟了。”说罢转头就向来路跑去，同时对钟青竹大声喊道，“快走，快走。”

钟青竹以手遮头，看看天色，也察觉有几分不对，赶忙也跟在沈石背后跑去。只是才跑两步，忽然间钟青竹失声惊叫一声，手指沧海远方海面，叫道：“啊……那，那是什么？”

沈石回头一看，脚下一个踉跄差点跌倒，面上也露出匪夷所思惊诧莫名的神色，一副不敢相信的样子。只见远处波涛起伏的海面之上，猛然卷起了一道空前巨浪，高达十余丈，简直就如一面巨大无比的水墙，正快速无比地向海湾这里冲来。

隆隆之声，天地变色，仿佛沧海这只亘古怪兽终于从沉眠中醒来，露出了它凶恶无比的一面，整座大海都似妖魔苏醒，狂舞咆哮，波涛汹涌，海潮滚滚，中间那道巨大水墙，更是铺天盖地，势不可当，要将一切胆敢挡在它面前的东西尽数碾碎。

只片刻间，风雨之中，两个人的身子已经被大雨淋湿，风狂雨烈，飘摇无助，眼看那巨浪滚滚而来，逃之不及。沈石猛回身，对着钟青竹大喊道：“这里有没有躲避的地方？”

钟青竹这时看起来已被吓得六神无主，一时间竟然没有反应。沈石也不知道为什么自己跟这个女子遇到一起时，似乎都特别倒霉，心头没来由地一阵焦躁，一步冲上去抓住她的肩膀，狠狠摇晃了一下，怒道：“喂，醒醒，这里有没有躲雨的地方啊？”

钟青竹一下子惊醒过来，脸色苍白，但还是伸出微微颤抖的手指向后头，略带了几分哭腔，道：“那——那边，我记得好像有个山洞……”

不等她说完，沈石已然大步向那边跑去，跑了两步察觉有些不对，回头一看却见那钟青竹居然还站在原地没动弹，似乎还没反应过来的样子，不由得又对着她吼了一句："快跑啊，留在这里想死吗！"

钟青竹身子一震，看了一眼那正在快速接近的恐怖巨浪，铺天盖地如狰狞恶鬼一般，哪里还敢站着，连忙咬着牙掉头向沈石这边跑来。

沈石情急之下，也懒得再多说什么，一把抓住她的手，拽着她就拼命跑去，同时口中大声喊道："哪里，哪里，山洞在哪里？"

钟青竹跑得没他快，但被他紧紧抓着手腕一路拉扯，跌跌撞撞地也勉强跟了上来，这时被沈石吼着，也是下意识地向前方山壁深处指了一下。风大雨大，似乎迷离了他们两人的眼神，明明身子就在一起，说话声却好像很远很远，非要大声喊着才行："那边，山壁下面……"

沈石奔跑中抬眼一看，果然见山壁下面有个黑幽幽的小洞，看着不过一人来高，里面是何动静也看不清楚，但这个时候哪里还管得了那么多，也只能闭着眼睛往那边冲过去了。

水浪滔滔，滚滚向前，转眼已漫过原本的海岸线，但仍不停歇，一路向前，如肆虐的怪兽席卷一切，冲向前方那两个弱小的身影。

第五十二章 ■ 洞穴

隆隆之声，响彻天地，无情无尽的天地之威，在此时似乎才显露出几分端倪，面对如此恐怖威势，凡人便如蝼蚁一般，在滚滚波涛中可怜而无助。

大树石块纷纷倾倒滚动，在海水洪流中挣扎翻覆，小小海湾中巨浪滔天，似一只巨大妖兽降临于此，将要撕碎一切。

沈石拼命地向着那个山洞跑去，隆隆可怖的水声，就在自己的身后，甚至就连脚下，这时也已经到处都是水渍。

风雨中，喘息声仿佛都被淹没，生死关头，谁还会分心回想往事？巨浪咆哮，慢一步或许便要死在这里。

近了，近了，又近了……

不管是前方山洞，还是身后恐怖巨浪。

波涛滚滚，那水汽仿佛都在耳边翻滚，衣衫尽湿，似乎下一刻就要被大浪卷走，而那黑色的山洞看上去也在咫尺之遥。沈石猛地一声大叫，用尽全身力气，身子一个前扑，连带着钟青竹一声尖叫，向那山洞踉跄滚去，终于堪堪在险之又险的那一刻，勉强钻进了山洞之中。

石壁坚硬而黑暗，扑倒在洞内坚硬的岩石上面时，他们便听到身后猛地有一声巨大无比的撞击声，那是滔天巨浪重重地撞到了山壁之上，那一刻，仿佛整座山崖石壁都在颤抖震动着。

一切生物，在这可怖的力量撞击下，或许都会化为齑粉。

然而，还不等他们二人回过神来，沈石便听到身旁钟青竹发出一声凄厉的尖叫声："水！水，水冲进来了……"

沈石猛然回头，但是眼前陡然一片黑暗，随即在那电光石火间，只觉得一股巨大的浪潮扑面而来，身子瞬间一轻，然后便完全失去了控制，被强大的水流整个带着向山洞深处冲了进去。

混乱中似天旋地转，身子不停地翻滚着，黑暗里他兀自还抓着那只柔软的手掌，而不知何时，那个女孩也反手过来，如救命稻草一般，紧紧抓着他不肯松手。

只是那水流如此迅急，冲入山洞后被窄小的石壁压缩，力道更是大得惊人，两个人完全无法控制自己的身躯，只片刻间就被这狂暴的水流带出了不知多远。倒是这不起眼的小山洞居然很深，水流直灌而入居然半晌也未见底，而他们二人在一片黑暗里被水流挟带在周围坚硬的石壁上撞了不知多少下，遍体鳞伤，也不知骨头有没有断裂。

只有两只手掌，抓得很紧很紧，生死关头，冰冷水中，仿佛都只有对方是唯一温暖而可怜的依靠，然而在这如天崩地裂般的可怖力量下，人如蝼蚁，身似浮萍，终于还是在最后神志渐渐模糊之前，分开了手掌，失去了对方踪影。

"砰"的一声闷响，再一次被重重撞上了某处坚硬石壁后，在水中连呼吸都艰难，已然陷入绝望的沈石，终于昏了过去，不省人事。

青鱼集中轩日堂。

整座青鱼岛在这个时候，都已经被狂风暴雨所淹没，乌云低垂，雷声隆隆，平静多时的沧海似乎在尽情地发泄着集聚许久的愤怒，狂风一阵紧过一阵，大雨如注，将天地都染成了一片灰蒙蒙的颜色。

身材高大魁梧的王亘站在书房中，凝视着窗外这一片狂风骤雨天地迷蒙，许久没有动弹一下，连望着远处不知名地方的双眼，仿佛也渐渐变得有些迷蒙起来。

狂风呼啸而来，挟带着漫天雨水，在窗外徘徊不去，但是每每欲冲入窗口眼看就要将他全身打个透湿的时候，便会被由一股无形的力道形成的一堵墙，轻轻挡在窗外尺许地方，不得前进一步。

“啪啪，啪啪……”有人在屋外轻轻敲门，王亘从远处收回视线，默然片刻，道：“进来。”

“吱呀”一声，书房房门被人推开，进来的是一位身着凌霄宗弟子服饰的男子，身量颇高，正是前些时候与另一位矮个师弟去张贴告示的那位，王亘转身看了他一眼，点了点头，道：“郑师弟来了，坐。”

这位被他叫作郑师弟的凌霄宗弟子名叫郑哲，平日向来与王亘要好，是王亘在青鱼岛上主持大小事务的得力臂助，与康宸并称为王亘左右手。

两人关系不错，郑哲与王亘独处时便也相对随意些，点点头答应了一声，走到一旁坐下了。

王亘合上窗子，将那漫天风雨都关在了屋外，然后回身在郑哲身前坐下，道：“事情做得怎样了？”

郑哲道：“风暴告示已经贴上了告示牌，随后我又跑了几处要紧所在，像阵堂、丹堂、矿场、妖洞，还有灵兽殿的兽场等，都亲自过去看了看，也叮嘱了那里驻守当值的几位师弟，令他们不得松懈，毕竟今年刚来的新人师弟们才到岛上十多天，怕是没见过沧海风暴，一不小心万一出事就不好了。”

王亘点点头，道：“的确如此，你做事细心，我自然是放心的。”说着顿了一下，又道，“各处堂口可都点齐了人数？”

郑哲道：“大部分人头都清点好了，并无缺漏，只有我最早去的阵堂，因为正派人去彩贝滩叫新人弟子回转，正是陆续回转，我又急着去其他地方查看，所以先走了。不过阵堂那边当值的两位师弟都是实心谨慎的人，应该不会出什么差错。”

王亘笑了笑，道：“应该如此吧，毕竟在那边拾贝的新人弟子差不多都是世家子弟，随便哪一个出了事，说不定就是诸多麻烦。钟、许两位师弟也是出身世家，想必对这一点是十分清楚的。”

郑哲咳嗽了一声，没有接话。

王亘看了他一眼，也没有再多说什么，书房里一下子安静了下来，屋外的风声雨声急切疏狂，仿佛渐渐都透了进来。

过了一会儿，郑哲开口道：“师兄，康宸去金虹山已经好几日了，至今不见回返，莫非真的是被扣下责罚了吗？”

王亘目光微闪，过了一会儿缓缓摇头，道："我亦不知，康师弟是掌教真人爱徒，与那位杜师兄并称怀远真人座下双璧，想必就算有错也不会责罚太重的。"

郑哲点点头，像是松了口气，只是眼角余光似乎不经意地看了看王亘。片刻之后，王亘像是想到了什么，看向郑哲问道："对了，那告示失踪的事，林师弟怎么说的？"

郑哲摇摇头，道："我多番询问过他，但林师弟一口咬定今早他确实是将那告示贴好了，绝无可能失误。"

王亘冷哼一声，道："那后来为何不见了？"

郑哲苦笑道："我也如此问他，林师弟瞠目结舌答不出来，只是咬定自己贴过，又说可能是有人要故意害他。"

王亘眉头一皱，道："胡说八道，哪个会去害他了？"

郑哲耸了耸肩。

王亘默然片刻，道："新人入岛，我又刚刚接手这青鱼岛上事务，诸多事情千头万绪，也没那闲工夫与他计较。你回去说他几句，告诉他下次做事切记踏实认真，再如此浮躁不实，犯了错事，我可不会饶他第二次。"

郑哲点点头，道："是，我会对林师弟说明白的。"

王亘想了想，又道："待会儿你还是再去阵堂那边走一趟，确认一番他们是否点齐了人数，新人入岛不久，万一出事实在不好看，便是我只怕也会在宗门几位长老面前吃挂落。"

郑哲点头答应，随即站起，道："既如此，我干脆现在就去阵堂，师兄你就等我的消息吧。"

王亘也起身，轻轻一拍郑哲肩膀，道："辛苦师弟了。"

郑哲咧嘴一笑，也没客气，便转身走出了书房。随着房门在身后再次关上，王亘又一次走到窗边，缓缓推窗。

又见这漫天风雨，如泣如诉，风雨之中，苍茫一片，竟是遮住了那雄伟青山。

王亘默默地眺望远方，望着那重重雨幕背后的模糊影子，怔怔出神，似在深深思量。

黑暗里，沈石发出一声痛哼，从昏厥中缓缓醒来。

活着，还是已经死了？这个念头在他睁眼的时候就从脑海中第一个浮现而起，入眼处，是一片深沉的黑暗，似乎看不到丝毫的光亮，让他恍惚间真有一种落入地狱阴间的错觉。

只是片刻之后，忽然间全身各处十几个地方一起疼痛起来，顿时让他在黑暗中龇牙咧嘴打了一个冷战，也同时让沈石惊醒过来。这痛感如此真切，身上伤处如此之多，想必都是刚才被水流冲撞到坚硬石壁上所致，而自己看来不知为何竟逃过了一劫，居然侥幸活了下来。

只是眼下周围一片黑暗，浑然不知自己身在何处，沈石只觉得身上除了到处都痛之外，还有一阵阵的寒意隐隐传来。

他倒吸了一口凉气，定了定神，勉力坐起，然后试探着在黑暗中伸出手去，触手处一片冰凉，好像是摸到了一片水洼。沈石怔了一下，随即身子手脚都动弹摸索了一会儿，果然发现周围都是尺许深的浅水，自己好像是被冲到了某个小水塘里又或是水岸边上。

沈石在黑暗里一时也不敢随便乱动，毕竟周围一片陌生环境，也不知道究竟是在哪里，又会不会有什么危险的东西，便坐在原地不动，一时也顾不上坐在水中有些难受，开始竭力回想起自己昏迷之前的种种情况。

片刻之后，他便想到了另一件重要事情，落入如此绝境被巨浪吞没冲入洞中的，可不是他一个人。

钟青竹哪去了？

第五十三章 ■ 摸索

“钟青竹？”

黑暗中，沈石屏息静气，试探着喊了一声，周围一片寂静，除了不知哪里传来的水珠滴落到水中发出的“滴答”声外，便没有其他的声音，甚至连虫鸣声都没有。

一个人，在这片陌生的黑暗中，仿佛感觉有一种特别的孤寂，沈石莫名地有些心慌起来，为自己未卜的命运，也有些担心钟青竹的安危。他仍记得自己昏迷前被那可怕的激流挟带着到处冲撞的场面，现如今居然还能够活着，连他自己想想都觉得有些侥幸。

可是钟青竹的运气会不会也这么好？当初在拜仙岩石阶上第一次见面时，沈石可是还记得孙友说过这位女孩据说是个霉运缠身的人，呃，是不是这样说的呢，反正就是运气挺不好的吧。

沈石心里胡乱地想着，开始试探着往更远处摸索，同时口中每隔一会儿，便叫上一次钟青竹的名字，希望能够找到她。

之前因为事情太过仓促突然，沈石甚至连那个山洞入口的模样都没看清楚，只是隐约记得这个山洞似乎不大，但是想不到在这巨浪激流的冲击下，水浪带着他们往洞内冲了很远都未见底，直到他昏迷过去。

现在在周围一片黑暗中，他小心翼翼地摸索了一阵，突然陷入犹如瞎子一般的境地，实在是让他很不适应。不过摸来摸去，他好歹大致察觉自己应该是还在某处洞穴之中，周围水洼不远处，便能触摸到坚硬的石壁，而且洞穴不算高大，约莫只有大半人高。他甚至连站直身子都做不到，只能弯腰在水中爬行摸索。除此之外，也许是那股激流水浪冲刷过的原因，这个黑暗的洞穴石壁上十分潮湿，不停地有水珠滴落，前头听到的嘀嗒声就是如此而来。

但是钟青竹仍然没有回音。

沈石忍不住心里渐渐有些焦灼起来，虽然大致搞清了周围情况，但显然知道自己身在洞穴也是于事无补，而钟青竹下落不明生死不知，除了担心她的安危之外，沈石对自己的未来也有几分说不出的恐惧，难道是要莫名其妙地死在这暗无天日的地方？

一阵莫名的烦躁在心头腾起，沈石焦躁之下忍不住咬牙骂了一句："钟青竹，你到底死哪里去了啊？"

话才出口，沈石心里便有几分后悔，在黑暗中苦笑着摇摇头，心想自己还是定力不够，在这种情况下竟会如此轻易地失态，轻叹一声后正想振作精神，重新往前再摸索一番时，却猛然听到前方不远处传来一个微弱的声音："我——我在这……"

沈石身子一震，差一点儿有些不相信自己的耳朵，那声音虽然微弱，但在这一片黑暗中却显得特别清晰，哪有可能听错？那个瞬间，沈石的第一反应是大喜过望，第二反应却是下意识地对着黑暗那头翻了个白眼，在心里道："好好叫了你半天没反应，忍不住骂了一句居然就……"

不过不管怎么说，有了这个回应，沈石顿时精神一振，或许人就是这样，哪怕周围是再孤寂冰冷的黑暗，但只要感觉到有个同伴在身边，便会下意识地感觉到温暖与安全。沈石立刻调整方向，对着黑暗里钟青竹声音传来的方向，叫道："你别动，我现在过来找你。"

"嗯……"钟青竹的声音听起来有些怯生生的感觉，略微还带着几分颤抖，也不知是因为害怕还是身上在不久前的激流冲击下受了伤。

水声渐渐响了起来，那是沈石在水洼中摸索着向前爬去。经过刚才最初的摸索试探，他对周围的情况虽然看不清楚，但大致心里已经有些印象，同时每前进一段距离，他都会叫上钟青竹一声，等到钟青竹回答的时候，再在黑暗中凭声定位，慢慢地靠近了她。

声音处越来越近，周围仍是一片黑暗，水声在脚下手边幽幽作响，滴答声忽远忽近。片刻后，他向前摸索的手掌，忽然碰触到一个柔软的身躯，与此同时，钟青竹的声音就在他身前尺许处响起，语气中似乎也带着欢喜与激动，道："沈大哥？"

沈石怔了一下，随后在黑暗中咧嘴一笑，道："是我，放心吧，这里没鬼。"

钟青竹忽地身子一抖，却是反手一下子抓住了他的手臂，虽然看不清她的脸色，但沈石却能察觉她似乎突然间很是害怕的样子。

"呃……我错了。"沈石感觉到钟青竹的指甲似乎已经刺入了自己手背的肉里，在黑暗中苦笑一声，低声道，"是我嘴贱，不该乱说话。"

钟青竹在黑暗里似乎喘息了几下，然后隐隐平静了下来，随即很快发现自己手上不对，连忙松手，道："啊……对不起沈大哥，我——我只是害怕，没想过要抓你……"

"叫我沈石吧。"沈石打断了她有些纷乱的话语，道，"我也没比你大多少。"

钟青竹安静了一下，过了一会儿，低声道："好的。"

虽说这相遇之后三言两语几番错漏，气氛非但没有预想中的欣慰欢喜，反而莫名其妙地有些尴尬起来，但沈石还是觉得安心了不少，毕竟有个人在身旁说话，哪怕周围依然幽深冰冷，他也觉得好像没之前那么孤寂可怕了。

"这是哪儿？"过了片刻，钟青竹小声地问道。

沈石摇了摇头，道："我也不晓得，但应该是在刚才那个山洞深处的某个地下洞穴里吧。呃，对了！"突然间他一下子高兴起来，道，"这个山洞不是你找到的吗，想必你是知道这洞里情况的吧，要怎么出去？"

钟青竹忽然沉默了，过了好一会儿，才听到她带着小心与歉意，低声道："我——我也只是以前拾贝时，偶然看到这个山洞的，并没有进来过。"

"啊？"沈石怔了一下，一下子泄了气，满怀希望都化作泡影，一时间说不出话来，那一头钟青竹也是沉默不语，似乎也不知该说什么才好。

过了一会儿，沈石猛地回过神来，不管怎样，总不能就这样在这里坐以待毙，当下甩甩头，振作精神，道："好吧，不管怎样，我们去找找看有没有出路。"

钟青竹在黑暗里轻轻答应了一声，然后水声响起，她似乎也在水洼中翻身爬起，只是片刻之后，便听到她一声轻哼，似乎倒吸了一口凉气。

沈石身子一顿，道："怎么，哪里受伤了吗？"

钟青竹迟疑了一下，道："我也不知道，身上好些地方疼，但是左手这里好像特别痛，使不上力。"

沈石皱了皱眉，但并没有觉得太过意外，刚才自己醒来的时候，身上也至少有十几处地方疼痛，侥幸的是看起来都是些大大小小的皮外伤，没出现筋骨扭断等要命的伤势。不过现在看起来，钟青竹她果然还是比自己要倒霉一些，运气不太好啊……

"我帮你看看吧，可别是手摔断了。"沈石说着，伸手过去摸索了一下，抓住了钟青竹的手臂。

黑暗中，钟青竹的身子微微动了一下，口中似乎说了两个字，但是也不知是害羞还是其他什么，声音听起来有些模糊不清，沈石皱眉道："你说什么？错了吗？是说我按错了？这里疼不疼……"

说着，他在钟青竹手臂上的几处关节处，还有手腕上轻轻按了几下，钟青竹沉默片刻后，低声道："不疼。"

沈石松了一口气，道："那就好，看起来应该不是骨头断了，那就是皮外伤，不碍事的。"

钟青竹又是一阵沉默，过了一会儿，悄声道："我——我是说你拿错我的手啦，这是我的右手，我痛的是左手……"

沈石手一僵，然后慢慢松开了抓着钟青竹手臂的手掌，半天说不出一句话来，末了只能低声咕哝了一句，道："那你不早说……"

黑暗中，水声清晰地响起，沈石半跪在水中，摸索着慢慢向前爬去，而在他的身后，水声同样轻柔而有规律地响起，那是钟青竹跟在后面。

经过在黑暗里的摸索查验，钟青竹的左臂确实还是比较倒霉地摔断了，或许是前头被激流挟带着撞上了某处坚硬石壁，只是如今这种情况下，却是没什么好办法了。

沈石最后也只能随便从身上撕扯了些布条下来，在她手臂上胡乱绑了些，让她手臂垂吊在脖颈胸口前，不再乱动，等脱离眼下这处险境后再想办法医治了。

至于摸索寻找出路的方向，其实因为身在洞穴中，隐约有前后两个方向，但是周围一片黑暗，两人也搞不清楚到底前后哪条路才是出口。

按理说最好的办法，其实是应该两人分头行事，一人去一个方向摸索寻找，但是在开始前行寻找后，钟青竹默不作声地就跟在了沈石身后，沈石自己也没说什么。

两个人之间，倒似乎隐隐有了几分无声的默契，在这片幽深黑暗又压抑的地底洞穴中，前路茫茫，生死难测，无论如何，有个人在身旁，似乎总是让人更安心些。

如此向前摸索着爬行了很久，也不知这个方向究竟对不对，但是在两人的感觉中，这条深邃窄小的洞穴仿佛深不见底，黑暗在前方无穷无尽，像是永远都走不到头。

不知从什么时候开始，两个人忽然就都不说话了，周围一片寂静，只有从石壁上滴落的水滴声音，在这片黑暗中静静地回荡。

“沈石。”

忽然，从身后传来了钟青竹的声音，听起来带了几分疲惫。

“怎么了？”沈石停下身子，转头看去，虽然除了一片黑暗什么也看不到，但还是能依稀感觉到她的身影。

钟青竹安静了一会儿，然后幽幽地道：“你说，我们会不会死在这里？”

第五十四章 ■ 微光

沈石在黑暗中默然无语，过了一会儿，道：“我也不知道。”但是顿了一下后，他还是低声道，“不过现在说这个为时尚早，总是要试试看能不能找到出路。”

钟青竹轻轻“嗯”了一声。

黑暗中看不清她的面容，沈石犹豫了一下，道：“是不是累了？要不坐下休息一下，然后再走吧。”

钟青竹似乎也真的有些疲惫，闻言也没有坚持，两个人就在这片黑暗中，摸索着在洞穴边缘找了块高一些没水的地方坐下，至于脚仍然没在水中，却是顾不上了。

沈石把后背往石壁上一靠，顿时只觉得一瞬间身子放松后，全身各处原本就有的疼痛一下子就都泛了起来，忍不住低哼了一声。坐在他身旁的钟青竹好像吃了一惊，问道：“你怎么了？”

沈石咬咬牙，道：“没什么大事，就是身上好些地方痛。”

钟青竹沉默了一下，再开口时声音里却带了几分担忧与歉意，声音轻柔，道：“对不住，我——我一直只想着自己，可是都没想到你跟我一样是被冲下来的，一定也受了伤，我真是……你没事吧，有没有哪里伤得很重的？”

风声轻动，却是一只柔软的小手轻轻伸来，带着些许莫名的颤抖在他肩膀上碰了碰，似乎想继续摸索一下，却又不敢再往前，只是僵在那里。

沈石笑了笑，道：“没事了，我自己看过了，都是皮外伤，不碍事的。”

钟青竹明显松了一口气，道：“那就好。”

沈石在黑暗中点点头，没说什么，钟青竹也没有再说话，两个人就这样坐在黑暗中，沉默地休息着。

过了片刻，沈石忽然发觉坐在自己身旁的钟青竹身子似乎有些微微的颤抖，同时黑暗里的一片静寂中，仿佛隐隐有一些极度压抑住的微弱哽咽声，身旁的这个少女，仿佛正在悄悄啜泣，又似乎生怕被他发现，在拼命地压抑着自己。

“怎么了？”沈石犹豫了好一会儿，终于还是开口问道。

钟青竹被他这么一问，似乎知道终于还是瞒不过他自己哭泣的事，哽咽声渐渐大了些，但还是在尽力控制自己，只是那声音颤抖着，连话语声都有些模糊了：“我——我想我娘亲了。”

沈石叹了口气，没有多说什么，其实刚才在黑暗中惶恐不安时，他一个少年，何尝又没有想过他那位矮胖的父亲呢？

听着身旁钟青竹的啜泣声，带着几分无助与委屈，沈石过了一会儿，还是想着开口与她说说话，多少能让她放松一下心情，便道：“你娘亲是个很好的人吧，看你这么想她。”

钟青竹在黑暗中似乎擦了一下眼眶，低声道：“是，我娘亲对我可好了，从小有什么事都记着我，从来不骂我，不打我，当我是心肝宝贝。”

沈石默然片刻，道：“难怪你这么想她了。”

钟青竹说了两句话，看起来心情果然平复了一些，在黑暗中轻轻叹了一口气，幽幽道：“你娘亲呢，她现在在哪里？”

沈石停顿了一下，道：“我刚出世的时候，她就死了。”

钟青竹的声音一下子安静了下去，过了好一会儿，才带了几分小心，道：“对不住……”

沈石在黑暗里摆摆手，笑道：“好了，这有什么好说对不住的，你之前又不知道。还有啊，为什么你老是对别人说对不住对不住的，感觉老是欠别人一大堆钱一样。”

钟青竹不禁哑然，过了一会儿才道：“是吗？”

沈石道：“是啊。”

钟青竹细细一想，道：“好像还真是这样……”

沈石哈哈一笑，道：“可不是，所以说你跟别人说话我管不着，但是跟我说话就不用这样小心了，听起来怪怪的。”

钟青竹道：“哦。”

这几下对答聊天，两人心情都平复了不少，原本还有的几分陌生感觉，现在倒是没有了。坐在黑暗里，两人有一句没一句地聊着，沈石从钟青竹的口中知道了她确实是出身于钟家庶出的一支血脉单薄的旁支，家境也惨淡贫寒，老爹除了姓钟之外，一无是处，早年五毒俱全，将好好一个家折腾得够呛，整日打骂钟青竹母女两人不说，还因为钟青竹是女孩不能传宗接代，甚至动过把母女二人都卖掉的恶心念头。

至于后来不知算不算是老天开眼，这位老爹莫名其妙地落水死了，从那以后母女两人相依为命，生计也是艰难，钟青竹娘亲万般无奈下，硬着头皮去投靠钟家本宗，本也没抱太大希望，谁知运气好，居然遇到钟家老太爷八十大寿，大喜之日钟家不愿晦气，一来二去居然也就收留了她们。

从那以后母女两人总算是过上安稳日子，虽然在钟家地位依然低微，钟青竹娘亲平日做的也都是一些仆人做的洗衣做饭的事，但有饭吃有衣穿有屋住，母女两人已经满足了，哪怕平日钟家里头有些人看她们不顺眼，时常会刁难一下，又或是冷言冷语嘲讽几句，钟青竹也都默默忍受了下来，时间一长，倒是养成了几分现在这样小心翼翼的性子。

至于如今她能来凌霄宗，则是又得了一份机缘。钟家乃是凌霄宗门下出名的一大附庸世家，虽说这数十年来家中人才匮乏，声势大不如前，但仗着以前在宗门里的人脉，平日多有高人看顾，所以还是勉强跻身于四大附庸世家之列，只不过声势实力上，较之如今如日中天的孙家、许家，甚至相对较弱一些的侯家那都是远远不如了。

不过人面熟也有好处，来钟家的凌霄宗高人也不少。有一次便有一位前辈长老过来，本意是看看钟家这一代有无出色弟子，在选中钟青露后，看来看去也并无太多人才，这让钟家上下都十分失望，谁知临走时这位凌霄宗长老看到正好在一旁端茶送水的钟青竹……

沈石在一旁听到这里，忍不住一龇牙，心想这不对啊，这哪里是倒霉蛋运气不好的人，这从头到尾分明就是走大运吉星高照的模样啊！

孙友那家伙果然是不靠谱的！

沈石在心里对自己那位邻居兼朋友偷偷下了个结论。

谈话间，沈石也随口说了一些自己的过往经历。在听到沈石也和自己一样，差不多是和父亲相依为命长大时，钟青竹好像对他也有了几分同情，不知道是不是感同身受的缘故。

总之，说着说着，两人的关系亲近了许多。如此聊了一会儿，沈石自觉身上疲惫之感消散大半，便对钟青竹道："歇息好了吗，要不咱们再往前走？"

钟青竹答应了一声，没有异议。

两人便又开始了在这个黑暗的洞穴中摸索前行，这一次他们向前爬行的时间更长，因为周围太过黑暗，他们必须要一边摸索一边前进，钟青竹跟在身后还好，沈石走在前头，一团黑暗中老是会有一种搞不好就一头撞上坚硬石壁的错觉，所以行进速度快不起来，必须不停地在黑暗中摸索着。

这样走着走着，也不知道到底走了多久，两人又再度有些喘气，疲惫感阵阵来袭。这个时候他们心里都已经有了几分绝望，这条看不见光明的路，似乎没有半点的希望与生机。

难道，真的要死在这个暗无天日的洞穴中吗？

沮丧与灰心，像是毒虫一样悄悄啃噬着沈石的心，让他的心里又开始有些急躁起来，只是隐约听到身后那个女孩的动静，却又提醒他现在并非只有自己一个人，或许是少年莫名的自尊，要在少女面前保留几分尊严，所以他还是强行压下了心中的不安与烦躁，继续向前爬去。

只是究竟能够坚持多久，连沈石自己都说不清楚。

就在这时，忽地在前方黑暗深处，有一道微弱的光芒猛地闪烁了一下。

沈石身子瞬间一僵，一下子停了下来。身后的钟青竹却是什么都没察觉，兀自向前走着，猝不及防下一下子撞上了沈石的身子，"哎呀"一声惊呼，两人同时摔倒在水中。

"对不住……"钟青竹一开口就是这句。

沈石却没空去理会她的言辞，一把抓住她柔软的手掌，带了几分激动，指向前方，道："你看，看那边。"

荧光石闪烁明灭的隧道中间，只见点点光辉如苍穹里柔和的星光，带着点点美丽的银色，在她头顶四周闪亮着，轻轻将她簇拥起来。

四下里，悄然无声，沈石也没有说话，只是默然地看着那个少女面上带着一丝喜悦，双眸闪亮似倒映着漫天星光，哪怕这一路走来她伤痕累累有些肮脏，但此刻在这般光辉的照耀下，她却像是落入凡间的仙子，温柔美丽，不似凡人。

钟青竹带着笑意，慢慢张开双臂，就像是她想好好拥抱这美丽的光芒，将这人生未见过的瑰丽奇景，在这一刻拥入怀中，只属于她一个人。

“哎呀！”

只是下一刻，她忽地叫了一声，倒抽了一口凉气，脸色发白地捂住左手。沈石走过去扶住她，没好气地道：“喂，你的手断了啊，别没事就乱举乱动的。”

钟青竹脸颊微微一红，低下头似乎有些不好意思，道：“对不住……”

沈石叹了口气，道：“你又来了，不是跟你说过不要动不动就说对不住吗？”顿了一下，看着钟青竹脸色不太好看，似在强忍，摇摇头道，“手痛不痛？”

钟青竹犹豫了一下，轻声道：“不痛……”

沈石皱了皱眉，道：“不痛吗？”

钟青竹迟疑了一下，声音变小了一些，道：“有点痛……”

沈石看了她一眼，见钟青竹捂着自己手臂，脸色似乎又白了几分，片刻之后，便见她漂亮清秀的脸上似乎颤抖了一下，然后差不多是用几不可闻的声音道：“很痛……”

“你……”沈石差一点儿就对她无语了，反正有生以来，他还是第一次见到这般性子的女孩，只是现在看着她这般可怜模样，心里莫名也是一软，走过去轻轻扶住她的左手。

“嘶……”钟青竹皱眉咬唇，嘴里发出一声颤音。

沈石皱着眉头，道：“是哪里疼？”

钟青竹忍着剧痛，用右手往左手肘部指了一下，正是前头摔断的伤处。沈石一时也想不到什么太好的办法，也不敢再轻易去碰触钟青竹的伤口，抬眼一看，只见刚才在黑暗中把她手臂吊在她脖颈上的绳圈已经滑落下来，便试探着想把她的手臂举高些再套入那绳圈。

谁知才把手臂抬高少许，钟青竹便痛哼出声，同时眼睛有些微微发红，显然是痛得厉害了。沈石吓了一跳，登时便不敢再乱动，迟疑了一下，问道：“你的手要怎么摆才不会痛？”

钟青竹迟疑了一下，道：“就这么垂着，不去动它，会好一些，可是走来走去总会碰到摆动，所以就很疼。”

沈石“嗯”了一声，沉吟片刻，目光扫过还兀自挂在钟青竹脖子上那条垂下的布条，忽地眼前一亮，道：“我有个法子。”

说着走上前，从钟青竹脖子上取下了那根布条，拿到手上看了看，才发现自己刚才随意撕下的这东西实在是既粗糙又难看，不由得有些尴尬，干笑道：“事急从权，你别在意啊。”

钟青竹没说话，脸颊微红，却是微微点了点头。

沈石拿着这布条，让钟青竹把左手自然地垂在腰侧，然后从手腕处绕过，直接穿过腰身绑在她的身上，将左手固定在身子一边，退一步打量了一下，又觉得刚才这布条好像有些短了，似乎不太稳固，看着随时会脱落出来一般，想了一下，干脆借着周围荧光石的光亮，又“唰唰唰”从身上用力撕下了几块布条，这几番折腾下来，顿时把身上这件凌霄宗弟子服给撕得破破烂烂。

钟青竹将这一幕都看在眼中，微微张口，似乎想说什么，但不知为何欲言又止，到了最后，她只是默默地看着身前的沈石，在这黑暗冰冷的山洞里，周围是点点闪烁温柔如星光的银色光辉，照亮了他认真而专注的脸庞。

撕下布条，交缠一起打成死结，用力扯紧，然后分作两条，一条绑定了她手腕在腰侧，另一条避开手肘，从手臂上方接近肩膀处又绑了一圈，却是绕过了钟青竹的胸前从右手的腋下穿过，如腰身一般紧紧缠了一圈，终于彻底地将她的左手固定在身旁，再也不会随意乱动了。

不知为何，钟青竹的脸忽然好红好红，特别是在沈石帮她绑第二条固定手臂的布条时，身子都下意识地摆动了一下，似乎想要后退躲开。可是就在她抬头的时候，她看见那男孩站在自己身前，一脸认真，微皱着眉头，一副小心翼翼似乎生怕弄疼她的样子。点点星光温柔如水一般，悄悄从他头顶洒落下来，他的额头隐约见汗，目光如此清亮，与星光交织在一起，深深映入了她的眼帘心间。

这一脚，终究是踩不出去。

所有的冰冷与黑暗，畏惧与恐怖，仿佛都悄然退去，只剩下这仿佛梦境般的星光里，那个男孩温和、关怀而专注的眼神。

“呼，”沈石长出了一口气，退后一步转动了一下自己有些发酸的脖子，满意地看了看绑好的绳子，哈哈一笑，道，“好啦，这下你就不用担心手臂乱动碰到伤处了。”

钟青竹微微垂眼，忽然间有些不敢去看他的眼睛与脸庞，仿佛连话都说不出来，只是轻轻地点头。

沈石忽然“咦”了一声，带了几分惊讶，道：“钟青竹，你的脸怎么这么红啊？”

钟青竹一瞬间，只觉得自己脸颊烫得不行，似乎就要烧起来一般，头垂得低低的，似乎连抬起的勇气都在瞬间失去了。

片刻之后，她忽然感觉到有一只温暖的手掌抚在自己的额头，片刻后，便听沈石带了几分犹豫，在那边自言自语道：“好像也不烫啊，不像发热的样子……”

钟青竹猛地抬头，看向沈石，只见沈石站在身前不远处，正一脸疑惑不解地看过来，虽然看着很顺眼，但还是觉得有点冒傻气。

“傻瓜……”她情不自禁地小声说道，可是不知为何，心底却好像软软的，好像有一种奇怪而说不出的欢喜，又好像并不是如此，连她自己也不明白。

山洞中很是安静，虽然钟青竹声音很小，但沈石居然还是听到了，顿时大怒，瞪眼道：“什么，我费这么大劲帮你，你还说我傻瓜！”

钟青竹抬头看着他，嘴角慢慢露出几分笑意，脸上的红晕稍稍退去，却仍如桃花一般娇艳美丽，而她看着这个男孩的目光，仿佛也如同水波一般。过了一会儿，只听她带了几分温柔笑意，轻声道：“沈大哥，你不是傻瓜，从没人像你这般对我好的，你是个好人。”

沈石呆了一下，一时间有些没反应过来，虽然不太明白为何钟青竹突然变成了这般有些奇怪的模样，但这时一眼看去，这淡淡星光里，身前的女孩身上散发出他从未见过的异样美丽，甚至带了几分耀眼的光芒，让他刚刚升起的怒气转眼就不知去了哪儿，本来紧绷的脸也撑不住了，抓抓头后退了一步，讪讪道：“呃……那——如果不是骂我，那就算了。”

“扑哧”一声，却是钟青竹忽然笑出声来，嘴角弯弯，眼若晨星，笑靥如花般娇艳美丽。

风雨如晦，席卷天地，整座青鱼岛都似沉浸在一片灰蒙蒙的雨雾之中，远远望去，就像一尾巨大青鱼，在凄风苦雨的沧海中游动。

青鱼集轩日堂中，书房里的气氛僵冷无比。

王亘一下子黑了脸，拍案而起，盯着一脸焦急之色匆匆赶回的郑哲，喝道：“阵堂那边什么意思，怎么会少了一人？”

郑哲苦笑一声，道：“我过去之后，在阵堂当值的钟师弟与许师弟正在清点人数，点来点去数了几遍，发现确实是少了一人。”顿了一下，郑哲瞄了一眼王亘的脸色，还是轻声道，“两位师弟也是在那里急得不行了。”

王亘怒道：“若是事情办好了，还有什么好急的！”

郑哲尴尬一笑，不敢再多为那两人求情说话，王亘深吸了一口气，平复了一下心情，沉声道：“走丢的是什么人？是老弟子还是新人？”

郑哲道：“钟、许两位师弟查过人头，现如今不在场的是一位刚刚上岛不久的新人女弟子，名叫钟青竹。”

“钟青竹……”王亘眉头皱起，思索了片刻，抬头看向郑哲道，“姓钟，又是青字辈的，莫非是流云城钟家的子弟？”

郑哲点点头，道：“是钟家出来的，不过听钟师弟说，这位小师妹虽然出身钟家，与他同源，但在家里地位不高，并不得钟家重视，从血脉上讲也算是边远旁支。”

“钟青竹、钟青竹……”王亘似乎并没有将郑哲宽慰他的话听入耳中，站在那儿反而眉头紧皱，似乎在仔细回想，思索着什么，“这名字，怎么总觉得有几分耳熟呢？”

第五十六章 ■ 绝地

“走啦。”沈石没好气地催促着，“咱们眼下能不能逃出去还不知道呢，哪有空在这里多待？赶紧去前头看看有没有出路才是正理。”

钟青竹嘴上答应一声，但步子却迈动得很小，一双眼睛只是看着身边石壁上这片如星辰般的美景，仿佛心神都沉醉其中，有些不舍得离开。

沈石哼了一声，再次重复了一下自己的观点：“快走吧，这些石头不值钱的。”

钟青竹回头对他笑了一下，道：“可是你不觉得这里真的很漂亮吗？”

沈石不屑地道：“漂亮能当饭吃啊？”

钟青竹半嗔半喜地瞪他一眼，道：“那灵晶能当饭吃啊？”

沈石哈哈一笑，道：“哈，你别说啊，灵晶还真能当饭吃。”

钟青竹一怔，随后自己也忍不住笑了起来，摇摇头跟了上来，微笑道：“算你会说啦。”

他们两人话语之中，灵晶当饭吃的典故确有来历，在修真界中广为人知，其来由便是修道之人开始修炼吸纳灵晶灵力后，一旦灵力入体，便会逐渐开始改造人族肉身，其中有许多变化会与凡人肉身迥异，其中有一处极明显的改变，就是引灵入体后，蕴含有天地造化神奇力量的灵力，已经足以支撑供给人族肉身的消耗，从此再不需要食用其他食物，简单地说，修士开始修炼之后，其实是不用再吃饭了……

沈石、钟青竹这一批新人弟子进入青鱼岛后，在最初的一段日子里，凌霄宗这边仍然还有安排些吃食给他们，但自从他们开始修炼，相继都进入引灵入体的阶段后，这些吃食就都停掉了。对已经可以称为修士的他们来说，在以后的生涯里，只要有灵晶可供修炼，基本上是不需要再吃普通食物的，当然在灵晶之外，天地造化天材地宝诸多蕴含灵力的灵丹妙药，对修炼帮助极大，有机会的话他们也会服用，不过这些珍稀之物，日后却是要看机缘了。

幽深的洞穴隧道里，沈石与钟青竹两人继续向前走去，其间钟青竹还回头几次，看来依然对刚才那一片荧光石聚集的地方恋恋不舍。不过走着走着，两人却发现前方的隧道石壁上，居然也有一些荧光石，不过并没有刚才那一处特别集中，多数都是稀疏散布在石壁缝隙或角落里，看起来发出的光芒也暗淡不少。

但饶是如此，这点点微光还是能够依稀照亮洞穴中的道路，让他们两人走起来方便了许多。

渐行渐远，那片光辉如星辰的石壁已经渐渐湮没于身后曲折幽深的洞穴深处，四周似乎重新安静下来，黑暗再度降临，从四面八方轻缓地弥漫而至。

借着石壁上点点微弱的光芒，钟青竹的心里莫名又有些紧张起来，此刻置身的洞穴似乎从来也无人来过，到处都是原始突兀的岩刺怪石，在微弱的光影中仿佛化作一个个黑暗的影子，飘忽不定，带着几分可怖，如传说中地狱冥府勾魂夺魄的鬼怪阴灵。

她不知不觉中，下意识地向沈石靠近了一些，用没受伤的右手，轻轻去抓住他的袖子，谁知手伸过去抓了个空，钟青竹怔了一下，才记起那袖子已经变作两根长布条，正绑在自己的腰身和胸口前，固定着受伤的左手手臂。

她的脸在阴影里，好像又红了一下，偷偷瞄了一眼走在身前的那个男孩，忽然觉得这周围的黑暗似乎也并没有那么可怕。

“喂，钟青竹啊。”忽然，前头的沈石突然开口叫了一声，似乎想说什么，但是钟青竹却一下子觉得好像不太顺耳，道：“沈大哥，你别这样叫我，听起来总觉得咱们有仇似的，生分得很。”

“啊，是吗？”沈石哪有钟青竹这般小女儿细腻的心思，怔了一下，道，“好像也对，那我叫你什么，钟师妹吗？”

钟青竹嘴角微微抿了一下，明亮的眼睛在黑暗中闪烁着，道：“这样吧，以后有旁人在场的时候，你就叫我钟师妹，但是没人的时候，你叫我青竹就好啦。”说完顿了一下，似乎觉得自己说得有些不够清楚，赶忙又解释了一句，道，“我娘亲就是这样叫我的，你以前在拜入宗门那天，在拜仙岩石阶上就救了我一次，今天更是……嗯，反正你真是对我很好，所以以后没人时，就叫我青竹好不好？”

沈石眨眨眼，脑子里总觉得有些绕不过弯来，他平日性格小心谨慎，但多专注于其他事上，归根结底来说，他现在也只不过是一个十二岁的少年，情窦未开，又不似小女孩般会更早熟些，对这般有些暧昧的微妙话语如今确实理解不了。他只觉得钟青竹说的话好像很有道理，但似乎哪里有些不对，偏偏自己又想不明白，于是干脆就不想了，反正如今头等大事是先活命再说，哪里顾得上这些叫唤名称没啥大用的东西，当下爽快道：“好咧，那以后我就叫你青竹了，这样叫起来倒也方便。”

钟青竹嫣然一笑，右手掩口，看着沈石目光盈盈如水，道：“那以后我叫你什么，就叫沈大哥好不好？”

沈石一摆手，道：“见外了，刚才你说你娘亲怎么叫你我也怎么叫你的，干脆你也一样，随我爹叫我那样吧。”

钟青竹看沈石这样子总觉得这男孩有点儿越看越傻，偏偏又奇了怪了，自己却又越看越顺眼，忍住了笑，道：“那你爹怎么叫你呀？”

“石头，或者小石头。”

“嗯……好吧，”钟青竹沉默了片刻，在心里对那位没见过面的矮胖子取名的本事偷偷鄙视了一下，然后道，“那以后有外人时我叫你沈师兄，没人时就叫你石头好不好？”

“随便啦。”沈石摆摆手，一副不在意的样子，随后微微皱眉，好像在思索着什么。

钟青竹看着他的模样，道：“怎么了？”

沈石默然片刻，干笑一声，道：“我刚才叫你是想问你一件事的。”

钟青竹点点头，道：“那你问啊，什么事？”

沈石咳嗽一声，转身继续向前走去，道：“可是被你突然扯了这一大堆叫唤名字之类的东西，我好像把原来想问的事给忘了……”

看着他前行的背影，钟青竹摇摇头莞尔，跟了上去。

洞穴里点点光辉，如黑暗里的萤火，虽然微弱却如此美丽，在他们的身后轻轻飘荡，仿佛永恒不灭，在黑暗里浮沉着。

不知从什么时候开始，沈石忽然发现仿佛一直萦绕在耳边的水声似乎消失了，低头一看，发现自己脚下不再是踩踏于水洼中，而是站在了一片干燥的地面上。

整个洞穴的走向，这一路走来，似乎也有几分缓慢向上爬升的趋势。沈石心中一喜，对跟在身旁的钟青竹道："好像没水了。"

钟青竹转头一看，很快也反应过来，同样面露喜色，点点头带了几分期望，道："那就是说，咱们快到地面上了吗？"

沈石呵呵一笑，道："不好说，不过希望很大吧，你累不累？要是累了就歇息一下，不累咱们就继续走。"

钟青竹摇摇头，道："我不累，走吧。"

"嗯。"沈石点头答应一声，转身继续前行。这神秘幽深的洞穴里，似乎有一条荧光石的石脉，一直在洞穴石壁上延续着，时而明亮时而暗淡，但终归是给他们两人在黑暗中照亮了几分希望。

而随着水势的消退，洞穴地势渐渐上升，沈石与钟青竹都渐渐感觉到脱困的希望在变大，在这种情况下，连原本就有的疲惫都暂时被他们抛到了脑后，哪怕他们其实从一开始被激流冲入地底直到现在，已经在黑暗的洞穴中艰难跋涉了很久很久。

脚步声在洞穴里回荡着，周围仍是一片寂静，喘息声渐渐变大，汗水也开始从脸上流淌下来。但是脚下地势越来越高，仿佛预示着出口就在前方，两个人无论是谁，哪怕是重伤摔断左手的钟青竹，都咬着牙坚持着，没有停下歇息的意思。

一步一步走过黑暗，走过这幽深静谧的洞穴，那感觉就像是跨过了千山万水，追逐着最后一点希望。

忽然，前头一缕明亮的光线，猛然照进来。

沈石与钟青竹同时看到了，不约而同地停下脚步，望着前方。

那里，是一束光。

熟悉的、温暖的光线。

沈石长长地松了一口气，再看钟青竹时，发现她也十分激动，嘴唇微微有些颤抖，正好也向他看来。

沈石点点头，微笑着说："得救了啊。"

钟青竹眼中似有泪花闪过，什么话也说不出来，只是重重点头。

沈石一挥手，哈哈笑道："走，咱们出去。"

说罢当先走去，带着钟青竹大步迈过有些崎岖不平的地面，向着那道光线走去，很快便看见前头果然出现了一个洞口，一人多高，满是青苔，光线便是从洞外照射进来的，虽然不是很明亮，但肯定是在地面之上的地方。

沈石满心欢喜，与钟青竹两人相视一笑，都带着劫后余生的欣慰与喜悦，然后并肩走了出去。

只是在他们脚步堪堪踏出洞口的那一刻，看清了洞外的景象时，忽然间两人身子都是一僵，在他们眼前的，并不是当初他们为了躲避巨浪而逃进的那个山洞，也不是钟青竹之前拾贝的那个海滩，此刻在他们身前的，赫然是一个极深极狭长的天坑，坑底不过方圆十来丈，还有一半是水潭，周围尽是绝壁，突兀如峰，高达百余丈，而他们两人，却是在这绝境绝地天坑的最底部，就像是两只渺小至极的蝼蚁。

第五十七章 ■ 搜寻

狂风暴雨依然没有停歇的意思，天际乌云集聚低垂，看起来就像是狰狞的凶兽对着人间咆哮怒吼，漫天风雨，卷起了惊涛骇浪，一阵阵地冲刷着沧海中的岛屿仙山。

青鱼六岛是凌霄宗专门开辟出来供新人弟子包括过往炼气境弟子安住修炼的所在，平日里除了为数众多的炼气境弟子，岛上还有数量不少的凌霄宗亲传弟子驻守此地。这些亲传弟子最差的道行也都修炼到了凝元境，其中更有几位杰出了得之人，已然修炼到了更进一步的神意境，便是在凌霄宗宗门之内，也已是不可小觑的人物。

众多亲传弟子中，自然是以如今声势最盛、名列"凌霄三剑"之一的王亘为首，事实上，宗门里也的确是委王亘以重任，命他主持这青鱼六岛上的一切大小事务。除王亘外，还有许多凌霄宗门下的杰出弟子在这青鱼岛上，有些是平日协助王亘处置诸般事务的，有些则是凌霄宗门下诸多重要堂口委派下来处理新人任务的，还有些人则是受宗门委派，看守青鱼六岛上一些重要所在，目的不一而足，但在眼下这个时候，除了几处实在离不了人的重要地方，青鱼岛上所有的亲传弟子，都已经被王亘召唤至青鱼集轩日堂中。

甚至于除了这些道行高深的亲传弟子，就连在岛上修炼还未突破的炼气境弟子，也有不少人顶着大风大雨被叫了过来。

轩日堂大堂之内，此刻已经站满了人，其中更是有众多亲传弟子，这派景象在青鱼岛开岛之后都是极少见的，许多平日认识但分置各处的凌霄宗弟子都是三三两两站在一起，彼此之间环顾左右，小声地谈论私语着。

而在大屋前方主座位置，身为众人关注焦点的王亘面色冷峻，平日便不怒而威的样子今日看起来似乎更是隐隐有股逼人的气势，亲传弟子中不少人都有点儿被震住，更不用说那些道行不高尚在炼气境的年轻弟子了。事实上，王亘突然叫他们这数十人前来轩日堂这里究竟为何，他们直到现在也没搞清楚。

王亘身材高大魁梧，站在那里自然而然就是人群焦点，气势逼人，此刻站在一张临时搬过来的桌边，身前桌面上摊开一张大图，看着像是青鱼岛的地势方位简图，同时不停挥手叫人上来，一般都是道行在凝元境之上的亲传弟子，然后在地图上划定了一个个范围，叮嘱这些人过去搜索找人。

被叫到的亲传弟子一个个都点头答应，外头虽然风暴肆虐，但对于道行在凝元境之上的他们来说，只要不当真陷入传说中蕴含天地巨力的风暴中心，普通外围的风雨大浪，其实对他们并没有太大的威胁。

而除了王亘在那边冷着脸紧皱眉头，一一细致地布置着，郑哲也站在他的身旁，时不时叮嘱旁边过来的同门几句。除此之外，还有两位亲传弟子站在他们身旁，但都一声不吭，王亘也没理会他们的意思，从一开始就让他们站在旁边，看上去这两位的脸色都很难看。

轩日堂下，有不少还没被叫到的亲传弟子在那边窃窃私语，低声交谈，其中有一人小声道："阵堂的钟青山、许白川怎么回事，一直站在那边，还一副黑脸跟家里死了人似的？"

旁边有人冷笑一声，道："废话，这次丢了的人就是阵堂下的新弟子，王亘师兄大怒之下，哪有他们两个的好果子吃？"

跟他们两人站在一起的另一位凌霄宗弟子看起来身形较矮，却是前头去贴风暴告示时失误了的那位林姓弟子，这时向前头看了一眼，啧啧两声，道："看起来他们被王亘师兄教训得不轻啊。"

前头第一个说话的弟子看了一下，摇摇头，压低了声音道："林虎，你今早不是还见过王亘师兄吗，为何这次王师兄会发这么大的火，还搞出了这么大的阵仗，我看全岛上的亲传弟子十之八九都被叫到这里准备去找人了？"

旁边一人哼了一声，道："你傻啊，别忘了过往在这青鱼岛上主持事务的都是宗门里诸位长老师伯，只有从今年开始，宗门才定下让咱们这一辈中的杰出弟子过来主持青鱼岛事务。这头一回做事就出了以前从未有过的纰漏，换了是你，不也得怒火中烧受不住啊！”

最前说话的那人恍然大悟，点头道：“原来如此，我倒是把这一茬给忘了。”说罢，他像是又想起来了什么，偷偷向前头王亘那边瞄了一眼，脸上悄悄带了几分诡异神情，对身旁二人低声道，“话说，我可还记得前些日子为了争这个位置，宗门里几位道行高深的师兄师姐可是明争暗斗了好一阵吧？”

林虎嘿嘿一笑，面上带了几分讥嘲之意，道：“谁说不是呢，凌霄三剑这三位，听说都有意此位，另外孙宏孙师兄道行声望都极高，家世更是不用说了，前一阵子不也是热切得很，结果最后掌教真人还是选了自己亲传的弟子杜师兄。不过说来说去，还是王亘师兄运气好啊，明明板上钉钉的事了，偏偏杜师兄做了那等错事触怒掌教真人，这事才落到王师兄头上的。”

旁边那位凌霄宗弟子笑道：“如今门中弟子谁不知晓，掌教真人最是看重实干做事的性子，再加上主持青鱼岛事务这位置，等若是与未来新晋杰出的师弟师妹们有半师之谊，既得人脉又有声望，加上这年青一辈中首选主持大事的名头，未来王师兄在宗门里地位必定是水涨船高，谁也挡不了的。可谁知就会出了这种事……”

旁边林虎又冷笑一声，正想开口说些什么，忽然只听前头王亘突然开口叫了一声：“林虎。”

林虎身子一震，脸上神情瞬间就换了一副恭敬之色，一溜小跑到王亘身旁，一副谨慎恭顺的模样，倒是让在他身后的那两位凌霄宗弟子看得有些目瞪口呆，其中一人道：“乖乖，林虎这家伙，脸变得挺快的啊。”

王亘那里也没有与林虎多废话，直接在地图上指明了一处海滩让他冒着风雨立刻前去搜索，林虎满口答应，王亘点点头便又去叫唤下一个亲传弟子。林虎刚想走，却又被站在旁边的郑哲抓住，仔细叮嘱了两句。

如此一个个吩咐下去，王亘处置得快速又细致，很快便将一众亲传弟子都安排完毕，让人出去寻找，片刻之后，轩日堂主屋堂下，还站着几十人，便差不多都是炼气境的弟子了。

这些人都不是今年刚入岛的新人弟子，而是以前入岛修炼但仍未突破的老弟子，若是仔细分辨一下，会发现像苏河这样的弟子也在其中，好像正是当日新人入岛时候，凌霄宗安排下去给新人做督导师兄的那些人。

王亘回过头来，看着众人，面色冷峻，目光严厉，众人被他的气势所慑，一时间纷纷低头，竟无人敢与王亘对视。

王亘也不废话，直接道："你们都是身有督导之责的师兄，现在去白鱼湾新人洞府，一个个敲开洞府点人头，把各自名下的新人弟子都给我查一遍，若有缺漏走失的人，立刻过来回报于我！"

话说到最后，他语气已是带了几分凌厉。

众人连忙答应，当下也顾不得外头风大雨大，一个个蜂拥而出，向那白鱼湾而去。

轩日堂中，众人逐渐散去，包括之前一直站在王亘身旁黑脸郁闷的钟青山、许白川两人，也跟着众人出去搜索了。大屋之内，这时只剩下了王亘、郑哲二人。

到了这个时候，王亘的神色才松弛了几分，露出几分疲惫，揉揉眉心在椅子上坐了下来，但脸上那深深的焦虑之色，仍是挥之不去。

郑哲走到他的身旁，轻声道："师兄，你让人去白鱼湾，莫非是怕除了钟青竹外，还有其他新人弟子也走失了？"

王亘点点头，道："前头是我疏忽了，只看着那些堂口地方，却忘了那里多是世家子弟，新人弟子中有些没背景没门路的，在岛上就未必能接到好任务，万一漏掉了几个……"说罢，他脸色又阴沉下来。

郑哲一时也不知该说什么才好，迟疑了一下，还是安慰道："能拜入宗门修行的，都不会是傻子，普通人看到这等风雨，也会早早回洞府躲避，师兄不必太过担忧。"

"不怕一万，就怕万一啊。"王亘缓缓吐出一口气，心情实在有些郁闷，忽地一拍手边椅背，恨声道，"那林虎真是废物，小小一件贴告示的事都做不好，惹出了这么大的祸事，这次过后，定然要好生惩戒一番。"

郑哲嘴角抽搐了一下，心里为那位林虎默哀片刻，还想着要不要再硬着头皮为林虎求求情，便见王亘猛然起身站立，似下了一个决心，面色坚毅，道："你在这里等着众人回报，我去岛外海中搜索一番。"

郑哲大吃一惊，连忙上前阻挡道："师兄，这万万不可，如今风暴正盛，风雨交加，这岛上还好，若是妄去岛外，极有可能误入风暴中心，一个不小心就有性命之危啊！"

王亘身子微微一顿，但还是沉声道："我有法宝天龙鼎护身，应无大碍，而且那走失的人……"他长吸了一口气，目光如刀，凛然道，"不管怎样，活要见人，死要见尸！"

第五十八章 ■ 待死

阴云密布的天空里，狂风暴雨已经肆虐了整整一个晚上，但仍然没有停歇减退的迹象。风大雨大，惊涛骇浪，仍是一波波仿佛永无止境般冲刷着矗立在沧海中默默苦忍的青鱼岛。

在王亘果断而坚决的处断下，在这个凄风苦雨貌似平静的外表下，整座青鱼岛却已经翻腾起来，到处都有凌霄宗弟子在搜索找人，顶风冒雨飞天入水。白鱼湾新人洞府前也是一片吵闹喧嚣，一座座洞府石门都被叫开，面色严峻的督导师兄们同样冒着风雨仔细查看，清点人数。

而与此同时，在某个偏僻而狭小深邃的天坑底部，沈石与钟青竹则在最初的兴奋过后，终于不得不再次面对可能是无法摆脱的绝境。

这条路，显然是选错方向了。

之前在洞穴深处的黑暗中，两人一路爬行乃至到后头见到荧光石隧道，一路走来，虽然地势不平坑坑洼洼，但洞穴里并没有其他岔道，基本上两人就是一路走了过来，而置身于此，显然他们起初选择的方向是错误的。

绝壁高达百余丈，高耸入天，岩壁光滑陡峭，以他们两人如今的状况，又无什么道行在身，毕竟都只是刚刚开始修炼的新人弟子，无论如何是不可能从这里跑出去的。而在天坑底部，借着天上阴暗的光亮，可以看到这底下方圆十余丈，除了前头约莫占了一半地方的一处水潭，周围都是坚硬石壁。还有就是他们身后的山洞，除此之外，更无其他出口。

看着眼前这一幕，沈石与钟青竹都是半晌说不出一句话来，皆脸色苍白，刚才因为看到希望以为即将得救的兴奋与气力，此刻都如泄气的皮球一般，迅速地从身子里消散开去。

疲倦与痛楚，就像那个洞穴深处的黑暗一样，从身子的每一个角落都发出叫喊，蜂拥而至，让他们两人无力支撑。

钟青竹首先支持不住，倚着石壁慢慢坐到地上，贝齿紧紧咬着嘴唇，脸上已没了血色。沈石看起来稍好一些，但是脸色同样难看至极，无论是谁面对生死绝境，都难以保持平静，更何况他终究也只是一个少年。

过了一会儿，他也缓缓地在钟青竹身旁坐下，低垂着头，没有说话。

钟青竹脸色苍白，看了他一眼，低声道："石头，咱们怎么办？"

沈石缓缓抬头看了一眼周围的参天绝壁，摇摇头道："这里出不去了。"

钟青竹咬咬牙，道："那咱们往回走？"

沈石看了她一眼，没有说话，钟青竹问了这句话以后，径自苦笑一声，没有再说什么了。

两人在那洞穴深处侥幸生还，身上都多处受伤，虽未致命，但加在一起也不是轻易好受的，钟青竹的左手更是摔断了。在这般情况下，两个人彼此支撑，在黑暗中苦苦摸索，于水洼中匍匐爬行漫长距离，一直坚持到了此处，实在已是超越他们这个年纪的奇迹，哪怕再来一次，又或是只有他们单独一人在那片黑暗中，到底能不能走出来，其实也很难说了。

此刻若是再回头，另一个方向到底是否就一定能走回之前的入口且不说，在那一片幽深可怖完全漆黑的洞穴里，会不会有危险，会不会有毒虫怪兽，这一路走来没有岔路，那往那个方向行进时，山洞里就一定也没岔道路口吗？

更重要的是，他们两人几乎都用尽了所有气力才挣扎到此，再回头走一次，能不能回到原先醒来的洞穴中间位置且不说，那黑暗的前方，到底还有多少漫长的甬道需要摸索着爬过去？他们两人，真的还能支撑下去吗？

没有人是傻瓜，至少沈石和钟青竹两个人都不是，这里面的关节危险处，哪怕他们年纪不大，但细思之后，又怎么会想不到，想不通？

不走，多半要困死这里；冒险回头，也几乎可以肯定是要死在那暗无天日阴森可怖的洞穴深处。

摆在他们两个人面前的，竟然就是这般绝望的两条路。

沈石靠着石壁，双眼无神地望着天空，那一个被绝壁关住只露出一片小小地方的山口，阴云依然密布，风雨依旧吹拂，只不过因为山壁阻挡，到了他们这天坑底部，原本肆虐狂暴的风雨倒是都平静了许多，变成悠悠飘荡的雨丝，缓缓飘落下来，打湿了他们头发衣服。可是无论沈石还是钟青竹，这个时候都没有力气再去注意这点雨水了。

天坑之下一片幽静，或许是因为这里有一处水潭的缘故，底部的石壁显得很是湿润，青苔随处可见，从天空中飘落的雨丝纷纷扬扬，落在那清澈的水潭里，荡起一阵阵的涟漪，交错着细雨无声的哀愁。

也不知过了多久，沈石忽然开口道："你想回头再走一次吗？"

钟青竹背靠着石壁，身子似乎觉得有些寒意，情不自禁地向沈石那边靠近了些，当两人的肩膀靠在一起时，她似乎感觉到了几分安心，脸色也松缓了一些。在听到沈石的问话后，钟青竹轻轻叹息了一声，道："如果回头走，咱们能走出去吗？"

沈石沉默了片刻，道："我不知道。"

不知道，自然就是没把握，看看他的脸色，便知道就连沈石自已，也对回头的路抱以悲观。钟青竹摇了摇头，道："如果一定要死的话，我宁愿死在这里，也不想回到底下去。"

沈石没有再说什么，只是背靠石壁，同时感觉到钟青竹肩膀的淡淡的温暖与莫名的幽香，心里好像突然觉得好受了些。

然后他就想到了一件事，忽然身子动了一下，钟青竹很快察觉到他的异样，转头问道："怎么了？"

沈石似有几分迟疑，苦笑了一声后，道："我刚才突然又想起前面我想问你结果又忘了的那件事了。"

钟青竹道："是什么？"

沈石吸了一口气，道："前头不是说到灵晶当饭的事吗，我那时就想问你，你现在身上带着灵晶吗？"

钟青竹神情一动，眼中顿时多了几分光彩。他们两人都是开始修道的新人，只要身上带着灵晶，一旦开始修炼便可以恢复体力，哪怕是被困在此处，有了灵晶灵力的补充，便不虞有饿死的危险。毕竟他们刚刚入门开始修炼，所需灵力极其微小，哪怕只有一颗灵晶也能支撑他们数日不死。

有了这段时间，也许会等到救兵到来呢！

一念及此，钟青竹顿时欣喜起来，眼中带了几分希冀，道："我——我出门拾贝时没带灵晶，你带了吗？"

沈石以手扶额，苦笑道："我也是怕带在身边万一丢了，会耽误修行，所以也将灵晶放在洞府中，准备晚上回去修炼的。"

钟青竹怔怔无言，半晌后终于失望垂头。沈石也是默然无语，抬头看着这漫天风雨，只觉得所有的路都已走到尽头，再也没有生路可言，忍不住长长叹息了一声。

绝壁之下，风不大，雨在下。

青苔暗绿，潭水幽幽，水边几丛野草，簇拥三两野花，在这幽深无人的深谷，独自吐露着淡淡春意。

两人坐了很久，身上的疲惫好像消退了些，勉强算是恢复了些许精神。在最初绝望的打击后，沈石还是勉力振作了一下精神，怀着万分之一的侥幸，在这天坑底部绕了一圈，仔细查看了一番，希望能找出可以离开的路径。

但是到了最后，石壁森森，终究还是断绝了他所有的希望。

站在水潭边，他慢慢回过身来。在那个山洞洞口处，钟青竹也撑着石壁站起，正抬头向他看来。

迎着钟青竹的目光，沈石只是缓缓摇摇头，钟青竹脸上掠过一丝失望之色，显然心中多少还是早就预料到是这个结果，并没有什么太大的反应，只是慢慢走了过来。

雨丝落在她的鬓边脸上，衬得她的脸庞越发苍白。

沈石皱了皱眉，道："你手上的伤还没好，还是回山洞那边没雨的地方休息一下吧。"

钟青竹目光落在两人身旁的那一处水潭上，看着清澈的潭水，轻声道："休息一下又能怎样呢，还不是一样等死？"

沈石默然无语。

钟青竹回头看了他一眼，目光很是柔和，过了片刻，道："石头，要不你去山洞里面，过一会儿再出来好不好？"

沈石皱了皱眉，道："我没事啊，不用过去躲雨的。"

钟青竹苍白的脸颊上忽然似有一道淡淡红晕掠过，哪怕是在这绝境之下，仍带了几分羞意，却又似不愿意去责怪眼前这个男孩，只是轻声道："如果一定要死在这里的话，我也想死得干净些。刚才一路过来都在水里爬着走着，身上脏死了，我想在这水里洗一下……"

沈石呆了片刻，这才醒悟过来，钟青竹的意思是想要在临死前，在这水潭里将身子洗干净后再安心等死，一时间只觉得尴尬无比，同时心里莫名又是一阵悲凉，深深地看了一眼钟青竹，然后点了点头，道："知道了，我这就过去，你洗好了就叫我，我再出来。"

钟青竹红了脸，只点头低声应了一声，没有说话。

听着身后脚步声慢慢走远，钟青竹兀自觉得脸上发烧一般，望着眼前那片清澈的潭水，一时间似乎有些痴了。过了片刻之后，她才轻轻叹息一声，抬起自己没受伤的右手，伸到胸前，慢慢解开第一颗扣子，然后又伸手去解第二颗。

就在这时，在她身后猛地传来沈石一声惊呼："哎呀！"

脚步声一下响起，竟是沈石快步从身后跑了过来。钟青竹大吃一惊，瞬间面红耳赤，下意识地用手捂住胸口，虽然只有一颗扣子解开也没怎么露出肌肤，但是这个瞬间她心中莫名如小鹿乱撞，同时也有几分薄怒与恼羞，回头向沈石瞪去，心想这坏人，难不成是有了什么怪念头吗？

第五十九章 ■ 游水

纷纷洒落的雨丝中，沈石一路跑了过来，脸上表情颇有几分兴奋的样子。钟青竹咬了咬牙，忽然觉得这人有点可恶，瞪着他正想开口，便听沈石带了几分激动，指着她的身后大声道："水潭，水潭啊！"

钟青竹一怔，顺着他手指的方向回头一看，只见身后的水潭与之前并无两样，仍是那副平静模样，雨水落在清澈的水面上，溅起小小的水花，一层层的涟漪无声地漂荡开去，平添了几分幽静。

"水潭怎么了？"钟青竹一时也忘了去责骂沈石，只是皱眉不解地问道。

沈石看起来却像是有些兴奋，道："这周围我全部查看过了，都是坚硬石壁，并无出路，但是却漏了这一处水潭啊。"

钟青竹略一思索，顿时眼前也是一亮，道："你是说这水潭有可能是出路？"

沈石跑到水边，开始仔细打量面前这不大但看起来颇为幽深的水潭，口中道："我也不知道，但这里并无水源瀑布之类的东西，所以潭水说不定是从外面流进来的！"

钟青竹连连点头，脸上神情同样带了几分欣喜与期望。虽说这水潭与外界相通不过只是沈石的一种猜测，但对身陷绝境的他们二人来说，任何一丝微小希望都很宝贵，一旦出现，都想千方百计地抓住它。

两个人并肩站在水潭边，脸色变幻，越想越觉得有可能，这青鱼岛本就在沧海之中，而岛上又多水，刚才那一处地底洞穴里积水泛滥成灾就是明证，或许，这水下真有一条隐秘暗道，可以通向外界？

钟青竹下意识地握紧了拳头，心里满怀期望和激动，毕竟都只是十多岁的少年，谁不对生命充满渴望。她朝沈石重重地点点头，道："石头，你真聪明。"

"哈哈哈……"沈石哈哈一笑，道，"说这个还早呢，水下面到底有没有出路，还得看看再说。"

钟青竹点头，道："嗯。"

然后，她看了看沈石，沈石也笑着看了看钟青竹。

谁也没说话，谁也没有下一个动作。

原本热切欢喜的气氛，很诡异地出现了一个瞬间的凝滞与暂停，两人对望着，谁都没动作。片刻之后，两个人似乎同时感觉到了哪里不对，居然又是异口同声地道："你怎么不去看看……"

话声又是中断，钟青竹带了几分疑惑，望着沈石，沈石似乎想到了什么，干笑一声，道："我——我不太会水，要不你辛苦一下，下去看看可好？"

钟青竹默然片刻，道："我也不会水……"

沈石："……"

水潭边，气氛好像有些变冷，就连落在脸上的雨丝，仿佛都比刚才多了几分凉意。

沈石摇摇头，苦笑道："我是自小在西南山边长大，那里别说大海，连江河湖泊都少见，所以打小就没学过游水。你这里不是就在海边吗，怎么不会水？"

钟青竹面上有掩饰不住的淡淡失望的表情，闻言也是无奈一笑，道："我是在海州这里长大的，可是从小也是日子不好过，自懂事开始就一直帮我娘亲做事了，一天到晚忙个不停，哪有时间去玩水？"

两个人怔怔地站在水边，相顾无言，好不容易想到这么一个有可能脱身的法子，没想到却受困于两人皆不会水。沈石叹了口气，道："唉，真是……"

看着他一脸郁闷神情，钟青竹心里也莫名地觉得有些不好受，没来由地居然觉得对沈石有几分愧疚，虽说连她自己也明白跟自己没关系，但还是轻声道："算了，其实本来希望也不大，那水潭底下说不定是个泉眼，并不是出路的。"

沈石点点头，随即似有几分懊悔之意般，道："早知道我前些日子就加把劲，宁可少杀几只鬼面虾，也要跟海星学会这游水了。"

钟青竹一怔，道："什么海星？"

两人都落到了这个地步，沈石也无意隐瞒些什么，更何况红蚌村那边的事也并非是什么隐秘，便将自己去红蚌村那里剥虾的事粗略与钟青竹说了一遍。最后说到海星答应教他游水，但教倒是教了，沈石自己在这上头的悟性却好像特别糟糕，学了半天也只不过就学了个屏息浮身的程度，至于在海水中手足并用游水前进，他不知吃了多少口的海水，至今仍然还是没学会。

钟青竹仔细听了下来，在听到海星姑娘的时候有些认真，后来听到沈石学习游水时的狼狈样子，又有些忍俊不禁。如此一来，倒是将两人之间原本对死亡的恐惧冲淡了不少。

沈石堪堪说完，脸色看起来也不好看，对钟青竹抱怨道："你知道我那时候问她，你们红蚌族人学游水要花多久时间的时候，她是怎么答我的吗？她居然就说，他们从小出生就在水里，天生就会游水，根本不用学……我听了之后，再看看自己，真是半天都说不出一句话来啊。"

钟青竹"扑哧"一声笑了出来。

沈石带了几分苦恼，向四周张望了一下，最后目光还是落到身前的水潭上，最后咬咬牙，忽地一跺脚道："算了，不管好歹，总要试试看。"说着就迈步向那水潭走去。

钟青竹吃了一惊，连忙拦住他道："你做什么？"

沈石道："眼下没法子了啊，我总得试试看，说不定水浅，我能看到底下的动静。"

钟青竹"哦"了一声，欲言又止，脸上有几分担忧之色，叮嘱道："那你小心些，别走太远，慢慢试。"

沈石答应一声，便踩入水中，脚一入水的瞬间，他立马龇牙咧嘴起来，倒是把旁边的钟青竹吓了一跳，惊道："怎么了？"

沈石摇摇头示意并无大碍，道："没事，就是这水好凉。"

潭水虽然冰凉，但其实也没到特别夸张的地步，所以过了一会儿随着沈石在水中慢慢走动，也渐渐适应了身边的水温，不再在意这个，而是慢慢向水潭中心小心走去。

他们虽然盼望这水潭水浅一些，但是倒霉的人看起来终究很难有好运气，沈石才走了几步路，便发现这水潭下的地势一下子向下低垂，水面也从他脚踝处迅速没膝，继而不断上升，在走入水潭五六步远的时候，水面便已然接近了胸口处。

这水潭，看起来好深好深的样子。

沈石转过头，苦笑着看向岸上的钟青竹，钟青竹也是无奈地摇摇头，轻轻叹息了一声。

再往下走，潭水淹过脖颈口鼻，不会游水就会危险了，沈石也不敢再随意深入，只得回身往回走。走了三两步，看着水面退到腰间，又有些不甘心，犹豫了一下，咬咬牙，猛地张口吸了一口气，然后一下子把头埋进水里。

岸上的钟青竹瞪大了眼，看着水中的沈石。幸好那潭水清澈，沈石又在浅水处，所以哪怕他潜入水中也还看得见他的身影。只见水光缭乱中，沈石的身子看着带了几分笨拙之意，在水下扑腾了两下，身子倒是慢慢浮了起来，不过手脚舞动间，整个人却都在原地打转，一点儿前进的迹象都没有。

钟青竹虽然不会水，但自小在沧海之滨长大，没吃过猪肉也见过猪跑，往日看到别人游水的情景也多了去了，这一看之下，哪里还看不出沈石刚才确实没说谎，他在这游水方面好像当真是没什么天赋啊。

“好像……一只小猪在水里挣扎啊。”钟青竹心里莫名地冒出这个可笑的念头，随即脸颊一红，掩口不让自己笑出声来，片刻后又觉得自己对不起正在找寻出路的石头，偷偷在心里骂了自己一句。

过了一会儿，这口气耗尽了，沈石“呼”的一声钻出水面，全身湿漉漉的，但是面容沮丧，对站在水边的钟青竹道：“什么都看不到……”

钟青竹对他招招手，带了几分关怀之意，道：“要不你还是先上来吧。”说着，目光向身边的潭水看了一眼，忍不住偷偷也用脚向下踏了一步。

潭水确实有些冰凉啊，冷冷的，就像一股寒气钻了进来。或许是前头已经难受过了，哪怕现在又面对着可能最后一丝希望也要断绝的境地，钟青竹的心情也还是平静的，过了一会儿，又试探着向水里踏进了一步。

待会儿，就用这潭水好好洗洗身子，干干净净地等死吧。

水花溅动的哗哗声从不远处传来，却是沈石一脸郁闷地从水中向岸上走来，同时口中对钟青竹抱怨道：“你说这游水怎么就这么难呢，我已经很勤奋努力了，偏偏就是学不会，那些在水里划水蹬腿的动作，我硬是做不像，更不用说身子在水中浮起来了，呃……青竹，你怎么也下水了啊？”

在他快走到岸上时，钟青竹不知何时也走到了潭水里，脸上带着几分好奇，右手手掌在水波间轻轻摆动拍打，似乎从未经历过玩水的事。

过了一会儿，她回头笑道：“石头，你刚才在水里憋气怎么做来着，我也学学看。”

沈石一摆手，没好气地道：“我刚才不是从头到尾都把海星教我的跟你说了一遍吗，大概就那样，听起来简单做起来难上加难。憋气就是自己吸一口气钻入水中，过一会儿身子不动，身体自己就会漂浮起来了。对了，你小心点啊，别走太远。”

钟青竹嫣然一笑，想了想，带着几分好奇又有些许的畏惧，小心翼翼地呼吸了几下，最后用手掩住口鼻，带了几分笨拙，一头埋进了水中。

片刻后，沈石便看见她的身子慢慢地从水中漂浮了起来，不由得“咦”了一声，道：“这憨气居然学得这么快啊。”话音未落，忽然间沈石瞪大了眼睛，呆呆地看着水中。

只见那清澈的潭水里，钟青竹缓缓浮起的身子似有几分轻盈，虽然受伤的左手被布带紧紧绑在身侧，但是她还是尝试着伸出右手，在水下划动了一下。与此同时，就正如之前沈石从海星那边听来又转述给她的那样，在手臂划水的同时，她的双脚在水中同时向后蹬了一下。

纤细美丽的少女身影，在盈盈的水波深处，与之前有些笨拙的沈石是截然不同的样子，如同一尾优雅的人鱼，如此优哉而轻松地向前滑去。

水波温柔，荡漾开来，簇拥在她的身旁，石壁幽潭，都倒映着她温暖柔和的模样。

岸边上，沈石已呆若木鸡，怔怔地看着在水里缓缓游动前行的那个美丽身影，半晌之后才带了几分不可思议，呆呆地道：“不是吧，这——这还有没有天理了……”

第六十章 ■ 怪罪

青鱼集，轩日堂中。

在之前云集了所有岛上亲传弟子的热闹后，随着王亘亲自指派一个个的人，这里所有人都被派遣出去冒着风雨搜寻那个走丢的钟家少女，最后连王亘自己也不顾危险，亲自去岛外风雨最盛处仔细搜索。

轩日堂里也随之从热闹转为平静，一度除了被王亘指派留守此处的郑哲外便再无他人。但是随着时间过去，轩日堂中的人数又渐渐多了起来，到了这个时候，又有三四十人回到了这里。

不过这数十人中，虽然都身着凌霄宗弟子服饰，但是道行在凝元境之上的亲传弟子却是一个也无，全部都是之前被王亘召唤过来，在青鱼岛上修炼时间超过五年同时被指派做这一批新人弟子督导师兄的那些炼气境弟子。

此刻，轩日堂中数十人，分作了左右两边，左边站着数十人，右边仅有一人，面色难看地站在那儿。

郑哲站在主座那边原来王亘的位置上，面上带了几分无奈，只觉得脑袋隐隐生疼，忍不住伸手揉了揉脑门，听着底下人群此起彼伏的窃窃私语声，一时间都不知该说什么才好。

不知多少人的目光，都带着奇异的表情，落在孤立在一旁的那人身上。

苏河束手而立，面庞涨红，垂头咬牙，心里把自己骂了无数次，对当初接下这督导任务的决定真是悔青了肠子。

片刻之后，郑哲叹了口气，道："苏师弟，白鱼湾那边的新人弟子们全部都点过了一遍，除了那位在彩贝滩走失，归在你名下督导的钟青竹钟师妹外，另外还有一位师弟失踪，正好也是归属你督导的十位弟子中的一人。"

旁边不知道是谁在人群里窃笑了一声，但随即便掩饰了过去，毕竟这不是开玩笑的场合，只是苏河站在众人视线之下，一脸沮丧郁闷之色，实在是让人同情之余，也觉得有几分好笑。

四百余人的新弟子，几乎都安然无事，只有两人莫名失踪，偏偏这两个人都归他苏河一人名下督导，这还真是倒霉到家了啊。

刚才王亘师兄当着众人的面，对钟青竹失踪一事大发雷霆，把几位道行在凝元境的亲传师兄都教训得抬不起头来，人人畏惧。眼下是他不在，但若是过一会儿王师兄回到这里，一旦知道居然又丢了一个，那怒火可想而知，想想都让人害怕，而这两人都在苏河名下，待会儿王亘师兄会如何对这个可怜的苏河……

想到此处，人群中不少人都觉得自己身上的汗毛都竖了起来，而在众人注视之下的苏河，更是脸色苍白，看着就像快死掉一样。

郑哲看着苏河的脸色，也是无语，心想你这人也实在是太倒霉了，这般情况下，王亘师兄必然暴怒，怕是没你的好果子吃了。与这些道行低微甚至还未被凌霄宗正式收入门墙接引上金虹仙山的外门弟子不同，郑哲成为亲传弟子已经多年，对凌霄宗宗门内大小事心里都有数，王亘师兄此番勃然大怒，虽然是担忧走丢师妹的安危，但背后确实也有更深一些不可与外人道的缘由。

凌霄宗自古以来，在历代掌教真人接位一事上，都没有长门嫡脉这一说，历来掌教之位，都是由下一代中最杰出的英才弟子接任，不一定是道行最高的，但一定是无论道行、德行、品性、能力等诸多方面皆为门中所公认推崇的弟子。

掌教真人亲传的弟子有出色者，当然也会在候选人之列，事实上暗中多少也会有几分便利好处，但总的来说，这位置还是要由门中最出色的年轻一代弟子互相争夺接掌。这个规矩，与当今鸿蒙界中许多修真门派的门规并不相同，据说乃是当年开山祖师甘景诚立下的。

究竟甘祖师爷当年为何会定下这样一条门规，如今自然已不可考，但凌霄宗因此传承万年，也绝不会再轻易改动这条门规，否则的话，门中多少长老势力都会群起发作，断不会绝了这条自家弟子登顶之路。更何况，真要说什么长门嫡系的话，那甘家才是真正无可争议的凌霄宗第一嫡脉，但在甘景诚祖师之后，甘家虽然一直在凌霄宗内，却是万年之间再也没有人接任过掌教真人之位。

这要是改了规矩，对甘家怎么交代?

这些都是远话了，眼前最要紧的是这位王亘师兄，其实就是如今凌霄宗内公认的日后可能接掌掌教大位的几位大热人选之一。虽说如今宗门之内，名声最大的凌霄三剑里，众人皆以为掌教真人的大弟子杜铁剑当排第一，云霓师叔门下弟子甘文晴人美道高，人气也是高涨不下。王亘师兄历来性子刚毅沉雄，在宗门中颇有声望，深得多位长老的看重，但相比前两位，他在声势上似乎还是稍弱一些。

当今掌教怀远真人春秋正盛，名动天下，乃是公认的鸿蒙修真界巨擘，凌霄宗短期之内，自然绝无可能有换代之事。只是宗门之内，虽无人明说此事，但万年大派门中势力无数，情况错综复杂，几位被视为下一代可能后继者的弟子也无法独善其身，明里暗里都有争斗，只不过大家都在规矩限定之下，不会做得太过难看就是了。

事实上，除了号称凌霄三剑的这三位，宗门之内仍然也有其他人对下一代掌教真人之位虎视眈眈，为首者便是孙氏世家当代家主孙宏，此人年纪虽然比三剑年长一些，但无论道行、家世、能力，同样杰出，在宗门里的支持呼声也不小。除此之外，类似孙宏的人也还有好几位，所以虽然凌霄宗如今看着风平浪静，但暗地里诸多势力彼此争斗纠缠，也是不可小觑，情势已是颇为紧张。

王亘此番到青鱼岛主持新人弟子事务，可以说是从天上掉下来的一个大好机会，正好展现他谨慎细密的办事能力，一旦能得到宗门里高高在上的那些长老认可，便可为将来的掌教大位的争夺增添一枚重重的砝码。正因为如此，王亘这次才如此焦灼暴躁，而这苏河看起来似乎正好撞上了王亘师兄的枪口，实在是太过倒霉了。

郑哲心中将凌霄宗宗门里的这些暗中争斗在心中过了一遍，对他来说，从当年跟王亘师兄同一轮在青鱼岛上修成凝元境，同上金虹山，早就算是王亘的心腹战将，一切都是以王亘的利益为出发点，眼下虽然看着苏河有些可怜，但也顾不上了。

郑哲咳嗽一声，面色沉了下来，当着轩日堂中诸多炼气境弟子的面，冷然道："苏师弟，你名下督导的钟青竹与沈石二人走失，至今未见，你有何话说吗?"

苏河的脸色要多委屈有多委屈，憋闷得不行，咬咬牙抬头道："郑师兄，小弟确有不当之处，对这两位师弟师妹没照看好，但咱们门中规矩，在这青鱼岛上平日修炼多靠自己，我身为督导，也只是在他们修炼时指点一二，最多加上平日解惑宽慰罢了。在这里诸多督导师兄，哪一个不都是这样做的吗？”

一旁那些外门弟子的人群中，倒是安静了一下，大家看向苏河的目光也更多了几分同情。

郑哲在心里苦笑一声，道理的确是这个道理，但眼下却不是讲理的时候了。他深知那位王亘师兄的性子想法，眼下最重要的就是将此事压下来好好善后，哪可能在这里陪这位满怀委屈郁闷的苏师弟辩论半天到底谁对谁错？

当下郑哲眼睛一瞪，厉声道：“住口，为何别人名下诸位师弟师妹都无事，偏偏走丢的两个人都是你名下的？分明就是你平日有所疏忽错漏。眼下救人要紧，我也不与你多说，你自行回洞府禁闭七日，不许出门好好反省，到时候我再去找你，看王师兄会如何惩治你。”

苏河猛地抬头，但是接触到郑哲严厉的目光，终究还是不敢反抗，咬咬牙忍了下来，随后无精打采地走出这轩日堂。

旁边众多炼气境弟子看到这一幕，颇有几分感同身受，一时间都沉默下来。郑哲看了一眼众人，也懒得跟他们计较或是训斥，径直道：“在苏河名下的其他八位新人弟子，可召唤过来了？”

旁边人群里走出一人道：“都叫过来了，现在都在门外等候。”

郑哲点点头，道：“让他们都进来，赶紧询问一下，说不定他们还知道些事。”

片刻之后，八个少年男女次第走进轩日堂，其中孙友、钟青露、贺小梅和蒋宏光等人都在其中，有几个脸上还有疲倦之色，显然是被人临时叫了过来。

郑哲目光在他们脸上扫过，正想开口询问，忽然间只听轩日堂外风雨声仿佛一下子变大，一道黑影轰然落下，稳稳落地，声势之大几可与风雨相抗，正是王亘回来了。

王亘一言不发，大步走进轩日堂，面无表情但身上一片潮湿，到处都是水迹。郑哲迎上前去，待王亘在主座上坐下，他瞳孔微微一缩，这位王师兄平日最重礼仪，雨水轻易不能落到身上，结果此番回来却像是落汤鸡一般，可想而知岛外那风暴是何等狂暴猛烈。

王亘目光扫过堂下那些炼气境弟子，眉头微微一皱，道：“现在什么情况？”

郑哲在心里微微叹了口气，在他耳边轻声把刚刚的事说了一遍，王亘听着听着，脸色越来越难看，忽然间手一挥，只听“啪嗒”一声，小儿手臂粗的椅臂应声而断，他霍地站起身，怒道："什么！又丢了一个？"

这声音乍闻之下似乎并不如何响亮，但轩日堂中所有的炼气境弟子却是在这一瞬间，只觉得自己耳边似乎突然传来一声如猛虎狂暴一般的咆哮，直震得双耳颤鸣不住，纷纷向后退了几步，一时间相顾骇然，对这位王师兄更是心生敬畏之意。

郑哲是堂上唯一没有异样显露的人，此刻在心里也是苦笑，也多了几分小心，看来王亘师兄此刻确实已经是在盛怒之中，当下一指那八个刚进来的新人弟子，对王亘又低声说了几句。

王亘目光冷峻，冷哼了一声，却是深吸了一口气后，又缓缓坐了回去，看起来是压住了自己的怒火。郑哲则转身对众人道："你们平日谁与那钟青竹和沈石相熟的，速速出来说一下，他们平日会不会去什么偏僻所在，我让人速去寻找一番。"

八个人沉默了片刻后，没看到其他人有什么表情动作，只有孙友忽然向前走了一步，道："回禀王师兄、郑师兄，我与沈石算是有点熟悉。"

坐在位置上的王亘看到孙友走出来，忽地眉头一皱，似乎在这时候想起了什么，略一思索，眼前逐渐浮出另一个少年的模样，皱眉道："难道是那个人？"

第六十一章 ■ 幸运

绝壁天坑之下，清澈幽潭岸上。

沈石盯着还站在水中的钟青竹，从上到下反复看了几遍，道："你真的不是以前就会游水的吗？"

钟青竹摇摇头，反问道："那我这样就算是会游水了吗，石头？"

沈石茫然，想了想也不敢肯定，道："大概算是了吧，我看海星游水的时候样子与你刚才就差不多，不过当然比起来还是她更熟练自如些。"

钟青竹面上带了一丝喜悦，笑道："真的吗，那这游水挺简单的呀。"

沈石大翻白眼，心道你这是拼命打谁的脸啊……

钟青竹又在水潭中扑腾了一阵子，沈石站在岸上不时提醒她小心，但是渐渐也看了出来，钟青竹好像真的在这方面有着莫名的天分，只不过听着口口相传，再加上自己尝试几次，好像就真的已经学会了。这让某个有名师指点外加勤奋刻苦学了好些时日仍然看不到成功希望的人真是情何以堪。

看着在潭水中越来越自如的钟青竹，沈石第一次对自己的天资产生了小小的怀疑，同时也算是真正认识到了，这世上果然是有骇人听闻的天才的。

钟青竹看起来正在迅速地熟悉着水性，哪怕她此刻左手还带着伤，但是行进游水间，已然现出几分进退有度，过了片刻，她忽然转头对站在岸边的沈石喊道：“石头，你等我一下，我试试潜水下去，看看有没有出路。”

“啊？”沈石吃了一惊，但是还没等他出声阻止，钟青竹深吸一口气，便已潜入水中，片刻后身影便消失了。

沈石心里颇有几分担心，皱起眉头看着这片渐渐平静下来的幽潭，道：“急什么，还没学会走就想跑了吗！呃……”

他声音忽然小了下来，撇撇嘴：好吧，她好像已经学会“走”了。

修炼不过短短时日，肉身也就和凡人相差无几，憋上一口气潜入水中，钟青竹也没有支撑多久就浮出水面，远远向沈石招招手，看着神情倒没什么特别之处。

沈石倒是有些担心，挥手道：“要不你先上来休息一下？”

钟青竹用手轻轻抹了一把脸，道：“底下水不急，没什么事，我再看看就上来。”说罢，又深吸一口气，潜了下去。

这一次潜入水中的时间比前一次稍长一些，沈石等待之余，目光也落在水面之上，正想着自己要不要也试着再下去扑腾两下，说不定也一下子开窍学会游水了呢……

犹豫之间，时间便不知不觉地过去，但钟青竹一直都没上来，沈石渐渐有些担心起来，忍不住向水边走了两步，有些紧张地向水面下方张望着，心想该不会出什么事吧？

幸好就在这个时候，只听“哗啦”一声，水波荡漾，钟青竹便如一只小鱼般破水而出，不过这一次她并没有在水中继续停留，而是手脚并用，向岸边游了过来。

沈石看着她面上也有疲惫之色，连忙向前走了几步，踩入水中，待她过来后接住了她，将钟青竹扶到岸上，又一直走回那个山洞里没有雨水的地方坐下，两人这才算是松了口气。

钟青竹呼出一口气，道：“我去那底下看过了……”抬抬头望见沈石带了几分希望的眼神，钟青竹沉默片刻，似乎犹豫了一下，低声道：“没有出路的。”

沈石之前看她上来时并没有欢呼雀跃的模样，心里便猜到多半是这个结果，这时再听她亲口说出来，虽然有些失望却也在意料之中，叹了口气，没有说话。

钟青竹看了他一眼，道：“不过，我在水底下找到了这个。”

沈石抬眼看去，只见钟青竹伸出手来，摊开手掌，在白皙的掌心中，此刻却有两颗晶莹剔透的漂亮小石。

沈石眼前一亮，猛地站起，道："灵晶！"

晶莹剔透流光溢彩，哪怕在这有些阴暗的山洞里都闪烁着淡淡光辉，这两颗安静地躺在钟青竹手心里的晶状小石，正是修道中人不可或缺的灵晶。

钟青竹面上也有欢喜之色，不过看起来神情比沈石要淡定许多，微笑道："是啊，我到水底下后没看到有通往外界的出路，但是正好看到水面下一个角落里有这么两颗灵晶，就取了回来。"

"运气不错啊。"沈石从她手上拿起一颗灵晶，感叹道。

金虹山乃是鸿蒙南方第一仙山，其山脉深处的灵脉更是出了名的龙脉，庞大绵长灵气深厚，盛产灵晶，也只有如此巨大的灵脉，才能支撑起凌霄宗如此庞大的修真势力，所以说天底下任何一个稍微有些规模的修真门阀，山门所在必定要有一条或大或小的灵脉，此乃门派根基所在。

金虹山灵脉深藏于仙山之中，虽然被凌霄宗严密守卫，但这条灵脉实在是大得惊人，横亘仙山沧海，除了主脉在金虹山深处外，余脉支脉在地底深处亦有蔓延，围绕在金虹仙山周围的岛屿海洋都会被这条灵脉影响到。

虽说灵脉枝梢末节的地方，天地灵力已是微弱，不可能会像主脉那样每日盛产灵晶，但天长日久下来，偶然也会凝结出少许灵晶散落在外，金虹山周围岛屿上，偶然便能发现一两颗灵晶，那些红蚌族人每每下海潜水，偶然也能在深海水中发现少许灵晶，都是这个道理。

只是凌霄宗在金虹山开宗立派上万年，海水中人族少去，这周围大大小小诸多群岛上多半都已被人踏足过，所以如今基本上已是没有那种路边随便一走就能捡到灵晶的好事了。至于眼前这一幕，想必是这绝壁幽潭之下，人迹罕至，又受了某处灵脉末梢的影响，天长日久下凝结出了少许灵晶，却真的是意外之喜了。

钟青竹看起来也是欢喜，道："有了这两个灵晶，咱们一人一个，至少能坚持二十日了。"

沈石点点头，忽然想到了什么，赶忙追问道："对了，水下面还有没有啊？"

钟青竹迟疑了一下，看了沈石一眼，摇摇头，道："我没看到其他的灵晶，就找到这两个，要不等过些时候如果还没人来救我们，我再下去找找看？"

沈石点点头，心里有些小小的失望，不过随后还是高兴起来，看着手中灵晶露出几分笑容，毕竟这才是真正的救命宝贝啊，能在绝境中找到这东西，还有什么好抱怨的呢？

钟青竹在一旁微笑地看着他，嘴唇微微嚅动了几下，欲言又止，最后还是笑着道："要不，咱们还是赶快修炼一下，希望这二十天里，门中诸位师兄师姐能找到我们吧。"

沈石点点头，下意识地抬头向洞外那片绝壁上的狭小天空望了一眼，风雨仍在，只是狂风被绝壁挡在外头，雨势却仍是不小，从天上挥挥洒洒地飘落下来，整个天地看上去仍是一片灰蒙蒙的。

山洞中不知何时开始安静下来，沈石拿着手中那颗灵晶，只觉得一股温润微凉的气息从掌心中传来，抬了抬眼，发现钟青竹坐在山洞的另一侧，背靠石壁，双脚盘坐，眼睛合闭面色深沉，看起来正在进行修炼，从灵晶中吸纳天地灵力。

他收回目光，重新落回到手中那颗灵晶上，心想原本自己一颗灵晶只能使用十日，如今看来，倒是要节省着用了，也罢，每日就修炼一次吧。

想到这里，他便也沉心静气，闭上双眼，心神浸入掌心灵晶中，开始去感知那一缕微弱的天地灵力。

修炼的过程如之前一样，平静而安稳，他顺利地感知到了灵晶中的灵力，然后引灵入体，缓缓沿周身气脉运行一周天，当这丝灵力在身体中稳定下来后，他只觉得有些昏昏欲睡，那是修炼过后精神上必然的疲惫。

沈石缓缓睁开双眼，发现钟青竹仍是闭目修炼的样子，看起来她修炼的时间比自己要长一些，也不知是在感知灵力或是引灵入体又或是其他什么修炼关节上，比自己要慢上一些。

坐在原地犹豫了一下，沈石再次闭上双眼，清心咒的咒文在心中缓缓流淌而过，一股清凉温和的气息开始在体内缓缓游荡。而随着这些对他来说已经十分熟悉的感觉，刚刚吸入体内不久的那丝灵力，也像是受到了什么无名力量的刺激驱动，忽然又惊醒一般，开始再度缓缓游动起来。

穿过胸前腹部，游过天突百会，最后无声无息地在沈石眉心处停了下来，在这里已经有一些薄弱的灵力汇聚于此，那是前些日子沈石修炼清心咒的结果。如今他每日修炼两次，其间则用清心咒恢复一次精神，第二次修炼所得的灵力与常人并无不同，都是凌乱随意地散落在周身气脉中。平日几乎察觉不到，也只有到了日后修为精进突破至凝元境，开辟气海玉府之后，周身灵力才能百川归海汇聚至玉府丹田，从此道行大进，开始能驱使种种法宝，施展修炼各种神通道术。

除了这些与常人无异的灵力外，在沈石体内还有另一部分的灵力，便是因为修炼过清心咒后，都奇异地汇聚在他眉心处的灵力。与那些散落周身气脉的普通灵力不同，在他眉心处的灵力似乎因为都聚集在一处地方，每次修炼过后，灵力都自然而然地汇聚融合在一起，虽然如今沈石修炼时日仍短，眉心处的灵力依旧薄弱无比，但感觉中，已经比那些零落散乱的灵力要厚实一些了。

而今天的这一丝灵力，在抵达沈石眉心之后，也没有任何挣扎的迹象，很顺服地与原在此处的那些灵力融合在了一起，感觉中，好像这灵力又稍稍厚实凝聚了一点点。

第六十二章 ■ 得救

两人在最初侥幸逃生，在黑暗洞穴里艰难跋涉，满怀希望挣扎走出了洞穴又再次发现自己身处绝地，大喜大悲的情绪翻腾，这接下来的日子，却好像一下子平静了许多。

因为钟青竹很幸运地在水底下找到了两颗灵晶，沈石与她得以在这一处天坑绝地中生存下来，虽然目前来说还是看不到得救的希望，但总算是暂时摆脱了死亡的威胁。

随后的日子，两人时常眺望天空，希望能看到有门中师兄师姐神奇的身影御空而降。不知是否因为这一处绝壁天坑实在太过隐秘或是不起眼，外界那些搜寻的凌霄宗弟子始终没有发现这一个地方。如此过了五日之久，沧海风暴都已经退去，天空重新恢复了蔚蓝晴朗，但是绝壁之上居然一个人影哪怕是从天空飞过的迹象都没有。

沈石心里从最初的满怀希望，渐渐又变得有些焦虑起来，要知道他们手上只有两颗灵晶，两人分用之下，最多只能各自支撑二十日，再往后如果还未有人过来搭救，只怕两人真的就要死在这里了。

所以在第五日黄昏的时候，沈石便和钟青竹商量道："青竹，我看着很难有人再过来了啊，要不我们试试从山洞下面回头走走看，说不定也能走出去。"

钟青竹通过这几日的修炼，引灵入体，灵力效用神奇，手上的伤势倒是好了许多，不再那么疼痛了，只不过仍然不可轻易乱动。在听到沈石的话后，她迟疑了一下，似乎也在思索斟酌，片刻后，她抬头道："我觉得要不咱们还是在这里再等几日，底下那洞穴里一片漆黑，到底有什么古怪咱们都不知道，总觉得很危险。"

沈石缓缓点头，钟青竹说得的确也有道理，看来自己一个男子还是不如她细心，既然灵晶在手，确实也不用那么急迫，当下便答应了下来。

钟青竹见他没有坚持，脸上便轻松了许多，几句淡淡闲聊之后，她的目光无意中扫过洞外的那一处幽潭，目光有那么一刻的微微凝滞，但随即又面无表情地转开了。

如此又过了三天，每一日都是在一片安宁与期待中开始，每每到了黄昏傍晚都是以失望告终，救援的人始终没有出现。沈石心里盘算日子，觉得过了这么长的时间，只怕青鱼岛上的那些师兄说不定已经认为他们两个人被巨浪卷走，因此而放弃救援了。

他的心情渐渐又开始有些急躁起来，虽然平日里他其实是沉稳谨慎的个性，但是身处绝境之下，眼见救援希望越来越小，又如何不焦灼，相比之下，倒是钟青竹一直沉静如初，平日里并没有显露出多少焦躁之意，让沈石颇有几分惊讶。

只是这等待的日子实在难熬，再说如果实在不行要回头走那洞穴的话，当然也是灵晶剩余使用次数越多越好，所以到了第九日，沈石终于是忍耐不住，再次向钟青竹提出了向洞穴底下试着走出去的建议。

钟青竹这一次犹豫思索了很久，最后还是轻声细语地求沈石再等几天。沈石不解，追问她不愿回走的缘故，钟青竹犹豫再三才期期艾艾说她怕黑，如果不是万不得已实在不愿不敢再回到那黑暗可怖的洞穴底部。

沈石茫然而无语，但总不能就这样丢下钟青竹自己一人走掉，所以终究还是留了下来，与钟青竹一起约好最后再等上几日，若是救援之人还是不来，那万般无奈下，也就只能尝试往回走了。

不过或许是耐心的等待终于感动了老天，在这痛苦的等待煎熬中，第十天，在这个几乎已经不可能有希望的日子里，沈石与钟青竹首先是在早上看到原本蔚蓝的天空中突然掠过数道奇异光芒，纵横交错，久久未散，形如天网；到了中午时分，那天穹之上异光越来越多，最后形成了一个庞大的光幕，笼罩在整个青鱼岛上方，瑰丽奇幻至极。

待这个光罩完全成形，便有数十道温和白光从天而降。白光如山如岳，气象万千，令人望而生畏，从青鱼岛边缘处缓缓向岛内移动，看那行动踪迹巨大光辉，却是连岛上一丝一毫的地方都没遗漏，尽数扫了过去。

下午时候，一道白光掠过了某处山中石壁，照入了绝壁天坑。

平静的白光掠过沈石与钟青竹诧异的脸庞与身子后，猛然一顿，就此停住不动，而此时天际那奇异宏大的光罩，也猛然发出了一阵浑厚的锐鸣之声。

仿佛是心中有所醒悟察觉，沈石与钟青竹对望一眼，都看见对方眼中难以抑制的激动与渴望，两人一起跑到天坑底部的中间，仰望天际那犹如神迹般的巨大光幕，大声呼喊起来。

半个时辰之后，数道剑芒破空而至，迅疾无比地在绝壁上方盘旋一圈，随即急冲直下，为首者赫然正是王亘。在他身后，是郑哲等几位凌霄宗亲传弟子，脸上都带着几分匪夷所思的惊讶之色，似乎完全没预料到沈石与钟青竹居然还顽强地活在这绝壁之下。

得救了……

那一刻，当王亘刚毅的面容出现在他们眼前，带着众人落在绝壁深谷之下时，沈石与钟青竹终于确定自己真的逃出了生天，这一次劫难，终于闯了过去。

钟青竹眼眶红了，似乎又想哭的意思，沈石也咬紧了牙，怔怔地看着身材魁梧的王亘大步走到自己身前。

王亘的神色间虽然没有郑哲等人如此惊讶，但仍然可以看出也有几分很少出现在他脸上的激动与兴奋。绝壁之下的这两个少年男女，衣衫残破面容疲惫，那少女的左手兀自还被布带绑在身侧，看着就像是断臂之伤。且不说他们究竟是如何逃出生天挣扎于此的，但是这中间他们两人究竟吃了多少苦，也可想而知。

王亘深深吸了一口气，站在他们二人身前，轻轻点点头，露出一丝笑容，道："好了，咱们回家了。"

"嗯……"一声低低的啜泣声传来，钟青竹终于按捺不住激动，掩口哽咽着。

一场沸沸扬扬的沧海风暴走丢风波，到了这个时候，终于算是彻底落下了帷幕。沈石与钟青竹被王亘等人救回青鱼集上，首先便接受了救治。两人被困于绝壁深谷十多日，早就身心疲惫，但因为有灵晶的支持，最后还算侥幸，并没有留下什么特别的伤处。

钟青竹的伤势重一些，特别是左手手臂骨折又一直拖了这么多天，中间不知轻重地还下水游了几次，虽然因为有灵晶修炼引灵入体，让身子感觉好受许多，但王亘等人检查过后，却告诉她说这都是治标不治本的迹象，那手臂断骨处一直就没接好，这么多日拖延下来，里面骨头断裂处都已错位，伤势反倒是更重了。

若是俗世凡间，这条手臂怕就是难救了，但是凌霄宗是什么地方，自然有的是灵丹妙药神奇手段，虽说平日这些灵材道法都价值不菲，但此刻王亘自然毫不客气地用在钟青竹身上，很快便将她手臂救了回来。只是因为拖延时日太久，终究还是有一些小小影响。日后她左手手臂行动间会与常人有些许小小的差异，但不认真看也看不出来，同时也不影响日后的道法修炼，已经算是不幸中的大幸了。

相比之下，沈石基本上没什么大碍，一些皮外小伤，在那十几日中都已经好得七七八八，最难过的反而是那些日子里在绝境中备受煎熬，此番得救后送回洞府，好好休息了一两天，他整个人便差不多恢复过来了。

在这中间，王亘过来看望过他一次，其余平日认识的几个新朋友也都来过，贺小梅、蒋宏光甚至包括红蚌村的海星姑娘都得到消息，到他洞府这里看望了一下。不过待他最亲切的当然还是孙友，这几日差不多每天都跑到他洞府之中与他说话，嘘寒问暖的样子让沈石都有点受不了。

只是当沈石问他缘故的时候，孙友才说本来当日出事后，他也是十分担心沈石安危，等沈石被救回来同时王亘等人也询问过他和钟青竹失踪前后的事，孙友才知道原来风暴当日，沈石是去找他结果误入彩贝滩，这才遇险遭难，孙友心中便有些过意不去，所以才每日过来。

沈石当然不会因为这个与孙友计较，笑着叫他别多想，孙友也是一笑而过。不过在这两天聊天之中，沈石倒是从孙友口中知道了一些自己失踪之后青鱼岛上发生的事。

沧海风暴来袭，沈石与钟青竹二人失踪，这中间不管是出了什么差错，反正当日王亘师兄在轩日堂中是大发雷霆，将一众师兄都训了个遍，然后不管风暴仍然未止，就派出所有人出去搜寻二人下落。

只是谁也想不到他们二人会被巨浪冲入地底，又挣扎爬行到了那一处僻静无人知晓的绝壁深谷，所以哪怕王亘等人仔细搜索，差点儿连岛上地皮都翻了三尺过去，但依旧没有找到他们。

时间一长，众人心底也渐渐绝望，多是猜想他们怕是风暴来临前正在海岸边上，所以被风浪卷走这才找不到人。只是众人之中，唯独王亘师兄坚持寻找，哪怕过了这么久依然不肯放弃搜救。

其实事情到了这一步，凌霄宗宗门之内自然也得到了消息。这青鱼岛上新人弟子失踪一事，虽然算不上是在宗门里掀起滔天巨浪，但背后私下里有多少暗流波澜，有多少人暗中等着看王亘的难看，却是不问可知了。

“不过幸好，多亏了王师兄坚持，才能救了你们出来。”孙友感叹了一句，同时看了沈石一眼，笑道，“对了，这次能救你出来，多亏了那日天上那道光罩，你可知道那是什么？”

沈石一怔，当日天穹上掠过神奇光幕，种种异象，随后才有王亘等人深入绝壁救人的举动，显然从头到尾，那白色奇光才是自己得救的根源，听到孙友如此一说，连忙追问道：“啊，那东西果然古怪吗，究竟是什么？”

第六十三章 ■ 天才

孙友脸上露出几分佩服之色，同时也夹着几分侥幸，道：“当日你与钟青竹两人失踪之后，王亘师兄立刻就发动人手全岛搜寻，但整整找了三天也没有找到你们，有人就劝王师兄就此算了。老实说，当时连我都以为你们两人多半是被大浪卷走，还为此丧气了好一阵。

“不过王师兄不知为何，独排众议，一直坚持找寻，大家不敢违逆他的意思，就又找了数日，结果一直搜到了第七天，仍然还未见你们的踪迹。这下子岛上的诸位师兄师姐都有些受不住，风言风语到处流传。我看王师兄那几日整天阴沉个脸，唉……”孙友摇摇头，看了沈石一眼，道，“到了第八日上，王师兄被迫下令暂停了搜寻，这下谁都以为连他也放弃了，老实说，那时候就是我也差不多快死心了。可是谁也没想到，他在轩日堂中自己关了一日，在第九日上居然径直去了金虹山上阵堂，也不知他如何做的，竟说动了主持阵堂的莫长老，亲自到咱们这青鱼岛上布下了七宝兜率阵，也就是当日你看到的那个光罩。”

沈石倒是没想到自己失踪的这些日子里，为了找寻自己居然发生了这么多事，特别是那位平日威严刚毅的王师兄，可以说自己能得救真是全靠王亘的坚持，心下也不由得生出感激，道：“王师兄如此救我，真不知道如何才能回报了。”

孙友笑道：“算了吧，咱们现在不过是刚刚开始修炼，能有什么回报给他的，待以后有机会再说吧。”

沈石点点头，心想也确实如此，随即心中又想起前日所见的那个神奇光罩，也就是孙友所说的七宝兜率阵，种种神通奇景，委实令人惊诧，真是名副其实的仙家手段，忍不住又向孙友问道：“那七宝兜率阵究竟是什么厉害手段，居然能够找到困在绝壁之下的我们？”

孙友抓抓头，也是茫然，道：“听说这法阵乃是极高明的神通，也是阵堂里很出名的一种法阵，但是究竟如何，我也说不出来。不过我倒是知道王亘师兄求动莫长老后，光是在青鱼岛上布置这座法阵，就花费了整整一日，其间还请了数十位阵堂里的亲传师兄下来帮忙。”

“乖乖，好大的阵仗……”沈石忍不住有些咋舌道。

孙友笑道：“谁说不是呢，而且这法阵要覆盖全岛搜索，布阵耗费也是不小。你是没看到，那日莫长老率领阵堂诸位师兄在青鱼岛上布置法阵的时候，各种阵旗、符箓、灵晶还有诸多我也说不出来的灵材，跟不要钱似的挥洒出来，整整搞了一日才布置妥当。那时候岛上的人都看得呆了，我也是……”说到这里，孙友叹了口气，道，“说实话，那时候我真是挺为王师兄担心的，如此大的阵仗，万一再是徒劳无功，只怕他在宗门里的声望要一落千丈了。”

沈石沉默了下来，得救之后，王亘也来看过他一次，但在详细询问他失踪前后的事后，也没看出有什么特别之处，最后也只是叮嘱他好好休息便离开了，全然看不出王师兄为救自己还有钟青竹，居然做了这么多事。

只是这一刻，在沈石的心底深处，却是难以抑制地浮出一个念头，满怀疑惑：这位王师兄动用如此人力物力，甚至不惜请动一位宗门长老布下这明显耗费极大的法阵，所为的就是救两个生还希望渺茫的炼气境小师弟小师妹，这究竟是为什么呢……

沈石回想往昔，实在不觉得自己身上有值得王亘师兄如此尽心尽力的价值，又或者，莫非是钟青竹的缘故吗?

耗费如此人力物力，还赔上了说不定是天大的人情请动宗门长老出手，这般做究竟值不值得，这个问题并非只有沈石一人在心中暗自疑惑揣摩。连他一个当事得救的人在心底感激之余都暗暗迷惑，在其他人看来，当然也是同样难以理解。

青鱼岛上，不知有多少经历了这一幕的凌霄宗弟子在私下谈论此事，便是凌霄宗宗门里，金虹山上，一派宁静之下的仙家胜境里，同样也传出了不少非议之声。

王亘，这位名列凌霄三剑同时也是下一代掌教大位候选人之一的男子，在这段时间里可谓是站在了风口浪尖，名气风头甚至一度压过了其他几位。虽然在这其中非议甚多，特别是在他第一次主持青鱼岛便有新人弟子在沧海风暴中走失而他又多日搜寻不到时，凌霄宗内对其能力质疑之声大起，甚至一度传出了长老会中有人提出要更换人选的传言，不过当事情发展到最后王亘请来莫长老，几乎出乎所有人意料的是竟然找到了那两位新人弟子，顿时风声势头为之一变。

处事无能变成了处置果断，拖延无果变成了坚韧不拔，独排众议慧眼独具云云，种种赞叹美誉纷至沓来，据说就连掌教怀远真人都在某个场合下意味深长地夸了他一句：王亘此子，非池中之物也。

凌霄宗宗门里种种风起云涌又或是波云诡谲，都是在万丈仙山之上，对山脚之下渺小的青鱼岛来说，似乎太过遥远了。

所以在那一阵喧嚣过后，青鱼岛上终究还是很快恢复了平静。毕竟在这座岛上几乎所有的人，最重要的事都是修炼、修炼，再修炼。只有勤奋修炼道行精进，突破炼气境离开青鱼岛，在凝元境的时候登金虹仙山时，那些事情又或是另一个仙家世界，才会对他们展露些许端倪出来。

作为沧海风暴失踪的当事人，沈石与钟青竹很幸运地死里逃生，而事后王亘等人也亲自去查看过彩贝滩那处洞穴，里面的情景包括洞下穴道通至那处绝壁天坑，都一一印证了两人的说法，这事也就告一段落，渐渐地不再有人提起。

风暴来了又去，日子也在安静地过着，修炼，任务，赚取灵晶，然后继续修炼，青鱼岛上的一切似乎都恢复了原来的样子，当然其中也有几样与往日有所变化。

沈石与孙友身世迥异却性子相投，已经渐渐成了差不多无话不谈的好朋友。

沈石与钟青竹经历了风暴中同生共死的那一幕，自然也熟络起来，平日见面招呼时，那位清秀美丽的少女总会招手向他笑着，然后偶尔旁边无人时，她会偷偷叫他一声“小石头”。

沈石依然在偷偷修炼着清心咒，每日修炼两次让他对灵晶的消耗翻了一倍，对赚取灵晶的渴望越来越大。用好朋友兼邻居孙友的话说，这家伙怎么看着从鬼门关走了一次以后，越来越财迷了呢?

倒霉的人也有几个，其中有一位名叫苏河的，全岛其他督导师兄名下的炼气境弟子全都没事，唯独他名下的沈石和钟青竹出了大事，于是他也很悲剧地在事后被王亘师兄直接免除了督导之职，当然原先因为督导而给的奖励也一并剥夺了。

最后还有一位最倒霉的人，却是沈石、孙友、钟青竹等大多数人完全不知道的，算是他们的一位师兄吧。因为沧海风暴那日张贴警戒告示结果事情没做好，事后王亘追究，其他人还好，唯独这位名叫林虎的弟子却是被王亘重重惩罚，现有职司全部除去，直接罚至青鱼六岛所有场所中，号称最苦最累最无聊同时收获也是最小的“捕妖洞”中担任守卫去了。

生死关头，似沧海风暴的惊涛骇浪，惊心动魄足以让人魂不附体，但是事情过去之后，时间一长，就渐渐成了记忆，在回忆中悄然变成了一段可堪回味的往事。

青鱼岛上仿佛世外桃源，一切都是那么宁静，沈石与钟青竹重新回到了安静的生活中，向着梦想中的修仙大道艰苦或沉默地修行着。

一转眼，这平静的日子已然过去了三年。

白鱼湾的海水依然是那么清澈温柔，天空也是同样的蔚蓝，海风阵阵，海鸟翱翔，除了在每年春夏季节偶然会到来的沧海风暴，这里的一切都是如此安宁美丽。

三年里，少年们都长高长大了。

十二岁的少年，都已变成了十五岁的半大小子，因为不断地吸纳灵晶灵力修炼的结果，这些当年刚入岛时稚嫩脆弱的少年如今已完全适应了修士的角色，同时肉身也在灵力的磨砺锤炼下，渐渐变得坚韧强大。

与此同时，当初那些豆芽菜般还未长开的少女，也在这三年后渐渐如花儿绽放一般，散发出越来越美的风姿，身子渐渐变得玲珑有致，容颜越发娇美，成为这青鱼岛上一道亮丽的风景。

不过这些都只是外在虚浮的东西，宗门之下，修道之人，最重要最根本的事，终究还是修炼道行。

三年前看上去差不多的少年同时入门，在这三年之后，渐渐在修道一途中，开始分出了前后高低。

四百余人的新人弟子中，超过七成的人仍然困于炼气境初阶，三年之中仍然无法突破中阶这道关卡，修仙一途的艰难，终于如洪水猛兽一般，毫不留情地带着几分残酷，冷冷地摆在了他们的面前。

还有一百来人，在修道上的天资随着修行的深入，开始逐渐展露出来，在这三年中逐渐突破，修炼至炼气境中阶境界。按照凌霄宗历来的说法，若是三年中修炼至炼气境中阶的弟子，修道之资至少可算是中上，大有希望再进一步；在此基础之上，若是能在之后两年中修炼至炼气境高阶，则日后登堂入室突破至凝元境的概率极大。

而若是在五年之中就有幸能突破炼气境修炼到凝元境的弟子，历来都深得凌霄宗的看重，别的不说，如今宗门之内名气声望最盛的凌霄三剑，便全部都是当年第一轮五年之期便直接修炼至凝元境的杰出弟子。

不过在这第三年的时候，青鱼岛上所有的人，包括以王亘为首的亲传弟子们，所有人的目光，在这一年里，都只看到了一个人。

一个在仅仅入岛第三年的时候，就直接将道行修炼到了炼气境高阶的真正天才人物，哪怕是过往百年之间，凌霄宗里也从未见过这般的人才，一时间可谓是轰动宗门上下。

这个人，名叫甘泽。

第六十四章 ■ 五行小道

五月初七，晴。

清晨，朝阳从沧海深处的海平面上刚刚升起的时候，万丈金光将海水映成了瑰丽的绯红色，还有天际几片朝霞，伴着清新的海风，让走出洞府的沈石忍不住心胸为之一阔，伸了个大大的懒腰。

差不多是在同一时候，隆隆之声在他背后响起，随着一阵脚步声，一个熟悉的声音带着几分懒洋洋的口气，走到了他的身旁，打了个哈欠，道："早啊。"

沈石转头看了自己的邻居一眼，笑道："我就不明白了，咱们修炼了三年，按理说修炼后最多只有片刻的疲惫，打坐片刻便恢复了，怎么看你天天早上起来都一副没睡好的样子？"

孙友翻了个白眼，没好气地道："我整日伺候那些灵兽大爷，累了不行啊。"

沈石哈哈一笑，摇头不语。

孙友虽然口中说着自己疲累，但面上除了几分睡眼蒙眬的样子，整个人精气神看上去却是极好的，毕竟在这三年的时间里他已经修炼到了炼气境中阶境界，肉身强韧康健，远非当初刚入门的时候可比。

沈石这个圈子里的人，在修道上有走运的，也有倒霉的。沈石自己在勤奋修炼之下，也已经修炼到了炼气境中阶，算是给了自己一份惊喜。除此之外，孙友、钟青竹，包括那个小胖妞钟青露居然也天资不错，都一并修炼到了炼气境中阶。剩下的倒霉人中，蒋宏光与贺小梅则成了难兄难妹，至今还困在炼气境初阶里，这让他们很是郁闷与烦恼，或许也是因为如此，这两人近日里的关系倒是好了不少。

当初入岛拜入宗门的新人弟子四百余人，至今仍有超过七成也就是超过两百八十人的境界仍然停留在炼气境初阶。沈石、孙友和钟青露、钟青竹两姐妹都修炼到了炼气境中阶，虽然远远不能同那位号称凌霄宗百年来第一奇才的甘泽相比，但在这一轮新人弟子中，他们四个人已经算是颇为出色的了。

说起来，当初那位苏河师兄督导下的十人里，其余几人看着天资一般，如今也都还是炼气境初阶，平日与沈石、孙友等人也少有交流来往，但这十人中至少有四人如今已修炼到了炼气境中阶，比岛上所有弟子的平均概率还大上一些，可算是苏河师兄的一份功绩。

只是苏河师兄确实倒霉，三年前在沧海风暴一事中触怒了主持青鱼岛事务的王亘师兄，事后追究，却是将他的这份职责给免去了，不然的话，现在苏师兄说不定还能得上几分奖励呢。

有时候聊天时，沈石、孙友包括钟青竹、贺小梅等人还会谈到这位苏河师兄，每每都感叹这位师兄运气不好。

不过此刻沐浴着朝阳海风，无论沈石还是孙友的心情看起来都不错，自然也不会去想一些不好的事。孙友对沈石道："你准备好了吗？"

沈石点点头，但脸上明显多了几分心疼肉痛的感觉，撇撇嘴道："一个术法就要三颗灵晶，还是最低的一阶五行术法，术堂的这些师兄也太贪财了吧！"

孙友耸耸肩，脸上也带着几分无奈，道："没办法，你要说如果在岛外头，说不定还能去神仙会这些商铺里看看买点便宜货，但在这青鱼岛上，想学五行术法也就只有术堂一个地方了。"

说着他轻轻拍了拍沈石的肩膀，安慰他道："算了，反正凝元境下，咱们最多也就是只学一个五行术法，将来修炼到了凝元境，还有无数威力更大又更好学的道术神通在等着咱们，谁还会来理会这些繁杂难学威力又小的五行术法啊？"

沈石皱着眉头，若有所思，道："我一直想问你，你为什么要去学一个五行术法？"

孙友不答反问，道："你呢？"

沈石耸耸肩，道："为了赚取灵晶啊。"

孙友"咦"了一声，道："怎么赚来着？话说你不是在红蚌村剥虾剥了三年，一直拿红蚌的灵晶拿得不亦乐乎吗？"

沈石没好气地道："别提了，本来那边做事是不错的，只要不怕肮脏血腥，差不多五天我就能赚一颗灵晶，勉勉强强也就过得去，够我修炼了。但是最近那位红蚌村的老头不知发什么疯，瞎扯说近来青鱼岛外海域里有些怪异寒流，把向来喜热恶寒的鬼面虾赶走了大半，所以他把原来一百只虾换一颗灵晶的价码直接加了一倍，要我杀两百只才能拿一颗灵晶。"

孙友呆了一下，道："这两件事中间有什么关系吗？"

沈石道："就是啊，根本没关系的，反正他就是这么做了，把我气了个半死，但灵晶在他手上，我也没办法，只得再想想看有没有其他法子赚取灵晶了。对了，你还没说自己为什么要学五行术法呢？”

“呃，我是为了防身啊。”孙友道，“你也知道的，咱们在炼气境的时候，几乎不会有任何神通道术可以学，一般天底下所有的修士就是在这时候学一两个五行术法的。”

沈石看了他一眼，道：“在这青鱼岛上好好修炼来着，没人会对你不利吧，哪用得着考虑防身这事？”

孙友笑了一下，眼神似乎有几分飘忽，道：“反正……总没坏处就是了。”

沈石耸耸肩，道：“那倒是。”

孙友突然想起了什么，笑道：“对了，你刚才说想学这五行术法是为了赚取灵晶，莫非有什么神秘好路子，快说快说，说不定让我也能把这本钱赚回来。”

沈石笑道：“这有什么好神秘的，都是在那白鹤堂中任务板上写明白的，就是你自己懒，不愿去看而已。”

孙友一怔，回想了一下，还是没想起什么结果，道：“是什么？”

“两件事。”沈石伸出两根手指，先屈了一根，道，“第一件，捕妖。”

孙友眼前一亮，若有所思，道：“原来你说的是绿板上的任务啊，据说那捕妖洞在青鱼第五岛上，洞内三层，各有不同阴灵妖物，其中多有能入器炼丹布阵的灵材，并且都是些道行薄弱的小妖，只要有些本事，差不多就能打过。咦，这任务不错啊，而且是绿板的，奖励灵晶应该比白板要多呀。”

沈石笑而不语，孙友笑道：“大哥，既然说了，回头等咱们将那五行术法练熟了，一并前往吧。”

沈石点点头，道：“也行，两个人去也有个照应。”

孙友又道：“那你刚才说的第二件事呢？”

沈石迟疑了一下，道：“符箓，听说术堂那边一直有布置关于符箓的任务下来，报酬也不错，但是想做符箓必须要先学会五行术法，所以我就想着要不先学一个看看，说不定将来也能从术堂那里赚上一些灵晶。”

孙友瞪大了眼睛，道：“你还真是财迷心窍啊，连术堂那种吝啬成性贪财贪到整个宗门都有名的堂口的灵晶都想赚！”

沈石叹了口气，道：“没办法，这不是缺灵晶修炼嘛。”

孙友嗤笑一声，对他的话不屑一顾。两人说笑一阵，看看时候不早，便往青鱼集方向走去，准备一起去术堂在青鱼岛上的建筑五行殿。

只是走着走着，孙友忽地微微一皱眉，心中一动，忍不住偷偷看了身边的沈石一眼，沈石察觉到他的目光，笑道："怎么了？"

孙友犹豫了一下，笑着摇摇头，道："有点儿心疼待会儿要花的三个灵晶啊。"

沈石一拍他的肩膀，笑道："没事，以后咱们再用学到的术法把灵晶赚回来！"

孙友笑着点头，心中却是没来由地浮起一个念头：炼气境中阶修炼所消耗的灵晶，差不多是十日一颗，按照沈石前头在红蚌村赚取灵晶的速度，应该相对宽裕才对啊，为何他看起来一副窘迫无比的样子呢……

五行殿在青鱼集中，就在白鹤堂西侧十余丈外，算是比邻而居。不过相比起白鹤堂每日人流不断川流不息的热闹景象，术堂之下的五行殿便是应了当日沈石教海星姑娘的那句话——门可罗雀。

一般而言，炼气境修士在初阶境界，都只是不停地吸纳灵晶灵力，增进道行，但因为体内灵力薄弱，而五行术法从本质上来说，其实也是运用体内灵力与天地五行之力发生共鸣，从而施展种种奇异术法的道术，所以在初阶境界，炼气境修士一般是无法学会五行术法的。

只有修炼至炼气境中阶，这时修士们体内的灵力已然积蓄到了一个不菲的地步，可以勉强开始驱动五行术法，同时也因为在炼气境，修士们并没有道术神通可以修炼，更不用说祭炼法宝法器了，所以选择一二五行术法，是这个阶段绝大多数修士的选择。

不过众所周知的是，五行术法自古以来便以繁杂艰深闻名，区区最低级的一阶术法，威力小，修行的难度却堪比凝元境后一些普通的道法神通，实在是性价比极差的一种法门，若不是实在无法选择，多数修士都不会修习五行术法的。

事实上，除了那些在江湖上飘荡朝不保夕的散修常会修习五行术法外，一些名门大派的弟子，在炼气境时许多人根本就不会浪费精力修行这种法门。便是青鱼岛上，也有许多炼气境中阶的弟子没打算学五行术法。

沈石与孙友来到五行殿外的时候，只见十多丈外白鹤堂那边人声鼎沸，自己在这里左看右看，好像就只有他们两人，不由得相视苦笑。

摇摇头，沈石与孙友一起走了进去。五行殿虽然看起来生意清淡，但本身修建得还是颇为宽敞阔大，看着十分气派，光是那扇大门便有丈许高。

沈石刚刚踏过门槛，忽地一怔，望向殿内前方某处，吃了一惊，愕然道："青……钟师妹，你怎么也在这里？"

第六十五章 ■ 五行殿

五行殿内窗户门扉都是打开的，朝阳从外头照射进来，让这座殿堂显得十分亮堂，倒是少了几分冷清之意。与凌霄宗其他殿堂建筑中多有八卦图案不同，这一处五行殿内刚走进去，便能看见宽阔呈圆形的殿堂地面上被整齐地划分为五大块，分别有金、绿、白、红、黄五色，正对应了五行金木水火土。

每种颜色的地面都以五行殿中心为起点，整个形成一个大圆，在地块最后边缘又各自有一扇相同颜色的大门，门扉紧闭，大概是通往五行殿内的深处。

此刻殿内的人并不多，想来多半是因为这里平日就冷清，所以术堂停驻此处的人手也没几个，一眼看去只有两位身着凌霄宗亲传弟子服饰的人站在那里，而在他们身前另有一个少女正与他们说话，此刻听到他们过来的动静转头看来，却正是钟青竹。

沈石与孙友都愕然，走了过去之后，沈石先开口问她：“钟师妹，你怎么到这里来了？”

钟青竹如今也已是十五岁的少女，比三年前高了不少，看去只比沈石矮了半头，身材也逐渐长开，越发显得玲珑挺拔，加上一张清秀温柔的脸庞如今又多了几分青春妩媚的样子，真正是个足以令人倾慕的小美人了。

看到沈石与孙友到了这里，她脸上起初也有几分诧异，但随后便露出几分笑容，先是对孙友点点头打过招呼，然后目光便停在沈石这边，微笑道：“我是过来想学一个五行术法的，沈师兄，你们也是为此而来的吗？”

孙友嘴快，从旁边插嘴道：“是啊，沈石抱怨说最近灵晶不够用，所以想到学一个低阶五行术法，就能做一些其他任务好赚取灵晶了。”说到这里顿了一下，孙友又一指自己，道，“我也是一样的。”

钟青竹笑着看他一眼，随即目光又飘回了沈石这边，脸上露出几分关怀之色，道：“沈师兄，你……最近很缺灵晶吗？”

沈石摆摆手，道：“别听孙友说的，也没那么夸张，不过日后咱们再修炼下去，对灵晶的耗费只会有增无减，所以我就想着过来五行殿这里买一个术法修炼一下。”

钟青竹略一思索，道：“需要修习五行术法去做的任务……你是想去捕妖洞？”

“呃？”沈石与孙友都吃了一惊，想不到钟青竹竟然如此敏锐，一下子就想到了这一点。看着他们两人疑惑的眼神，钟青竹证实了心中猜想，微微一笑后凝视沈石，轻声道："岛上要用到五行术法的任务并不多，差不多就那几种，容易些的差事不多都是……也就只有捕妖洞因为要与妖兽阴物战斗，所以才少有人去的。"

她话里有未尽之意，不过沈石与孙友都明白，青鱼岛上布置下来的任务很多，但是好东西自然多的是人抢，没风险又易做还能赚灵晶的更是热门，类似的道理就像当初刚入门时，孙友、钟青露、钟青竹他们这些世家子弟首先得到了那些重要堂口的任务，所以留给沈石的选择余地并没有多少。

孙友脸上的神情有些讪讪，不过看起来沈石倒是坦然得多，似乎早就接受了这般现状，笑道："被你猜对了，这是我想的一个法子，不过捕妖其实也没什么，不过就是要去得远些辛苦些，只要不妄入捕妖洞深处遇上那些厉害老妖，真的危险也说不上，毕竟捕妖洞那边常年都有宗门里的师兄驻守的。"说着他看了一眼钟青竹，道，"那你到这里来又是做什么？"

钟青竹微微点头，道："我在阵堂那边做事三年了，有几位师兄师姐说我天资还可以，打算以后如果有机缘上山，就让我入阵堂之下，所以近日就先传了我一套最低阶的土行阵，让我自行修习，也试着布置阵法。"

沈石与孙友都恍然大悟，纷纷点头，看向钟青竹的眼神已是有所不同，多了几分佩服羡慕。之前早已说过，天下人族修士在炼气境的时候，几乎都没有什么道术神通可以修炼，但是唯独"阵法"这一门却是一个特例。

布置阵法，特别是低阶阵法，最重要的乃是各种合适的灵材阵旗，再加上一些激发阵法的灵晶，对布阵者的道行要求并不是特别高，所以是少见的炼气境修士可以修习的道术。但虽然如此，布阵所需的诸般灵材一般都耗费不小，普通修士很难有这种财力支撑，再加上阵法道术也珍罕稀有，平日难见，是以天下极少有低阶修士会去修行这门道术，也就是如凌霄宗这般修真巨擘，底蕴深厚到令人发指，才能随随便便就教一个炼气境弟子以阵法道术。

"土行阵啊？"沈石想了想，道，"据说高阶阵法极少用到五行术法，也就是低阶阵法偶尔会用五行术法增添几分威力，你来就是为了这个吧？"

钟青竹点头道："是啊，阵堂的师兄就只传了我布阵法诀，其余诸般灵材包括五行术法都要我自己准备的。"

孙友在一旁插嘴笑道："看不出来啊，阵法这门消耗极大的道术，你居然这么快就能开始修炼了，早知道拾贝这任务能赚这么多的灵晶，三年前我就该死皮赖脸也要去阵堂那边了。"

钟青竹脸色微微一变，随即露出几分尴尬之色，摇摇头低声笑道："没有啦。"说着不知为何，又偷偷瞄了一眼沈石，眼中隐约有一丝说不清道不明的神情一闪而过，道，"我是最近拾贝收获较多，另外还接了几个任务一起做，这才凑足布阵的灵晶。对了，沈师兄，你如果手头真的很紧，我这里还剩下几颗灵晶，不如先给你……"

沈石连忙摇头，笑道："哪里就到了那种地步，你别听孙友瞎说。"

孙友却是在旁边瞪眼道："这是做什么，我也很缺灵晶的好不好，为什么你就只把灵晶借给这个石头，根本就没想过我？"

钟青竹笑而不语，眼波盈盈，仿佛又添了几分温柔，沈石看得一呆，随即赶忙岔开了这话头，先是没好气地一推孙友，道："你在灵兽殿那边每日舒舒服服赚钱，还多说什么？"

说罢，也不管孙友在一旁不服气地嚷嚷"什么舒服，每日又脏又臭好不好……"，转头对钟青竹笑道："我倒是听说过这些低阶五行阵法，确实需要一些五行术法作为辅助，既然是土行阵，想必你来此就是要买些土系术法了？"

钟青竹点点头，道："是啊。"

沈石眼珠一转，道："让我猜一猜啊，土行术法，又要配合土行阵，还必须是常见和容易修炼的……嗯，你是选岩刺术，还是流沙术？"

"咦？"忽然一声略带惊讶之意的声音，从他们旁边传来，却是从刚才他们三人开始说话时就懒散地站在一旁闲聊的两位阵堂门下亲传弟子那边发出的。这两位一男一女，看着都是二十多岁的年纪，或许是因为在术堂这种凌霄宗门下最为冷清的堂口，他们慵懒惯了，所以看起来也不像其他堂口那样有那么多规矩，钟青竹跟沈石他们闲聊，他们也不以为意，就那样随随便便地站在一旁低声说话。

不过这个时候，两人中那位女子看起来倒是带了几分小小的惊讶，上下打量了一下沈石，道："这位师弟，看不出你居然对五行术法挺了解的啊？"

能够成为亲传弟子的，哪怕是在术堂这种冷清堂口，也同样都至少是道行修炼至凝元境之上，沈石不敢怠慢，连忙抱拳行礼道："回禀师姐，我打小就对五行术法有些兴趣，所以知道一些。"

那位师姐点点头，沉吟片刻，却也没有再说什么。

被她这么一打岔，沈石、孙友与钟青竹三人倒是不好再闲聊下去，钟青竹低声道："我打算选流沙术。"

沈石点点头，并没有感到诧异。一阶的五行术法中，最常见也是最广为人知的三个术法，分别是火系的火球术、水系的水箭术以及土系的岩刺术，这三个都是攻击型的术法，威力尚可，修炼起来在一阶术法中难度也算一般。除此之外，仍然还有一些常见的术法，土系的流沙术就属于此列。与前三者不同，流沙术并没有特别明显的攻击力，基本上就是在某处地面以术法之力制造出一处流沙，令敌人对手陷入其中后挣扎停滞、身形缓慢的辅助类术法。

虽然一看之下流沙术威力不大，施法限制也多，对战时对手只须避开那一块流沙之地便能安然无恙不受影响，所以这门术法虽然也算常见，但并没有多少人修习。不过对阵法来说，流沙术却是极好用的一门辅助术法，因为有阵法本身种种限制，敌人一开始就很难躲避腾挪，若是在阵中再触发流沙术，猝不及防下更是会狼狈万分，所以流沙术确实是一种很合适的选择。

“你们呢，打算在这里选什么五行术法修炼？”钟青竹看着他们两个人问道。

此言一出，旁边那两位师姐师兄也转头来看，这都是来送灵晶的主顾啊，脸上也顿时露出了几分笑容，看来术堂这里果然是穷得很了。

孙友想了想，道：“以后咱们是要去捕妖洞抓妖兽的，当然要选一个威力不小的术法，嗯……我就来个火球术吧！”

火球术正是天底下最常见的五行术法，十个学过五行术法的散修中怕是至少有六七人都会这门术法，可见它的实用与普及。

沈石笑了一下，沉吟片刻，道：“那我就学个水箭术吧。”

第六十六章 ■ 海神

“我叫徐雁枝，这位师兄名叫章义辉，是术堂常驻这青鱼岛五行殿的弟子，算是你们的师姐师兄。以后若是还有需要，可以常来哦。”

收取了三位师弟师妹们缴纳上来的九颗灵晶，这位姿色不错笑起来很甜的师姐顿时高兴了许多，看起来也没什么架子，很温和地对他们几人介绍了一下五行殿这里的规矩。同时那位章师兄则独自去了五行殿中红、黄、白三色大门，进去又出来忙活了一会儿，也不知在做什么。

另一头，徐雁枝则在对他们三人交代道：“待会儿你们三人各自进入火、水、土三门，章师兄已经在里面布置好了，进去便能得到你们购买的术法法诀，不过那法诀不能带走，你们须在里面背诵牢记，然后回去自行修炼。嗯……”她想了想，道，“好吧，如果你们的记性不太好的话，回头可以随时过来找我，再进去阅读背诵，反正就是不能将法诀带走就是了。”

沈石等三人都答应下来。

徐雁枝顿了一下，温和的表情上首次出现了一丝严肃，道：“除此之外，咱们凌霄宗宗门之内还有一条严厉门规，想必你们也是知晓的。各人所习道术神通，不管由何得来何人传授，都不得再私自传授于同门或外人，违者将受门规严惩，可明白了？”

沈石等人点头，道：“是。”这一条门规从入门开始那天，当初的《凌霄简略》上都已经清楚写明，他们也是了然于心。

就这么一会儿工夫，章义辉已走了回来，对徐雁枝点点头。比起这位能说会道的师姐，这位章师兄看起来话不算多，从一开始到现在，他似乎就只和徐雁枝说过几句话，对沈石等三人则是一句交谈都没有。

徐雁枝回头笑道：“好了，章师兄已经准备好了，你们各自去吧。”

沈石等人一起行礼答谢，然后便各自去了那三处不同的门扉。沈石选的是水箭术，乃是水系的一种极常见的攻击法术，自然去的就是代表水系的白色大门。

推门进去的时候，沈石从这扇白色石门上感觉到了一股清凉之意，似乎还真有几分摸到沧海海水的感觉。踏入门后，白色石门在他身后缓缓关闭，入眼处是一间约莫半亩方圆的石室，除了他进来的这个方向，其余三面墙壁上都凿出了十几个一模一样的方形孔洞，里面放有一个玉匣，孔洞外围则垂下一道淡黄色光环，将洞口封住，看起来像是一种保护的禁制手段。

石室正中，放有一张黑木小几，两侧各有两个蒲团摆放在地上，沈石迟疑了一下，走过去在其中一个蒲团上盘膝坐下，手随意地放在那小几上，眼中好奇地打量着这周围，心想莫非这一个个小玉匣里，存放的就是五行术法吗？

片刻之后，这间石室里忽然回荡起一种奇异轻细的声音，似乎如同远方有人细细吟唱，又像春风拂过水面无声更胜有声。那些淡黄色的光环同时亮了几分，又过了一会儿，只见正对面墙壁上最下方一行第一个孔洞外面的淡黄色光环忽然消散，孔洞中的玉匣就像是被一只无形之手托住一般，凌空飞起，安安稳稳地落在了沈石的面前。

石室中的声音很快消失了，一切都归于平静，沈石的目光落在小几上的玉匣上，然后小心地打开了它，一个手掌大小的玉简静静地停放在玉匣中，最上面的封面处写着三个字：水箭术。

半个时辰之后，在谢过并告别了徐雁枝和章义辉两位术堂师姐师兄后，三人重新在五行殿外聚首。

“都好了？”孙友首先开口问道。

沈石与钟青竹都点点头。孙友笑道：“那就好，沈石，咱们就比比谁先把这术法练好，到时候一起去捕妖洞啊。”

沈石点点头，道：“好啊，你现在是打算去哪儿？”

孙友道：“我还得去兽场那边一趟，不多说了，这就走了啊。”说着打了个招呼，便快步去了。沈石回头看了钟青竹一眼，笑道：“你去哪儿？”

钟青竹道：“我也是要回阵堂那边，你呢？”

沈石想了想，道：“我还是再去红蚌村那里吧，虽说那老头黑心，但是能赚一点儿是一点儿，等我以后学成了水箭术能去捕妖洞做捕妖任务了，再看看有没有其他更好赚取灵晶的事。”

钟青竹默然片刻，道：“沈师……石头，你要真的在修炼上缺灵晶，我这里还有些……”

沈石一摆手，呵呵一笑，道：“那都是孙友随口瞎掰的，还没到那种没灵晶修炼的地步呢。”

钟青竹目光柔和，安静地凝视着他，过了一会儿点点头，道：“那你自己看吧，如果真有手头紧的时候，一定要记得跟我说，我毕竟……”她顿了一下，轻声道，“我毕竟在阵堂那边，任务奖励灵晶还不错，另外平日也会接一些其他任务，所以灵晶还算宽裕的。”

沈石笑道：“那些都是你辛苦做任务才赚来的灵晶，我拿你的算什么？好啦，没事的没事的，我这边不是自己想出法子了吗，等我以后去捕妖洞里大展神通，一次赚它十几二十个灵晶给你看，说不定到时候就是你要向我借钱了，别忘了阵法消耗的灵材，换算成灵晶可是很大的哦。”

钟青竹凝视他片刻，随即嫣然一笑，如夏花般灿烂娇媚，道：“好啊。”

与钟青竹在五行殿外告别之后，沈石便向红蚌村走去。这三年中他不是没去白鹤堂接过其他的任务，只是那里白板上的任务虽然数量众多，但安稳易做回报又高的其实也就是固定的那么几个，无一例外的都早早被人占满了名额，其中自然多是世家出身的子弟。

沈石没背景没门路，自然便很难接到这种安稳易做的好事。孙友倒是私下对他说过帮他找一个，但这等供不应求争抢激烈的好任务，要从那些世家子弟手中抢一个名额下来，所要付出的人情脸面真不知要用掉多少，所以沈石在仔细想过之后，还是婉言谢绝了孙友。

所以三年来东看西看，沈石做得最长久的任务，居然还就是这个不在白鹤堂白板之上的红蚌村剥虾。

一路走到红蚌村，远远地就看到村子门口站着那个漂亮苗条的身影，不用说，自然便是红蚌一族的海星。

三年过去，海星看起来也长大了不少，容貌也越发漂亮起来，不过最显眼的，还是她身上的那只红色蚌壳，随着年岁的增长，色泽越发鲜艳亮丽。

沈石在这红蚌村里干了三年，对红蚌一族的了解如今倒是胜过了岛上其他人，知道以红蚌族人的目光来说，蚌壳越红越亮的，便是越美丽的象征，换句话说，海星现在差不多可以算是红蚌村里的小美女了。

走近村口，沈石笑着向海星挥挥手，海星也露出笑颜，与此同时红蚌村里走过几个男女老少，见状都笑了起来，有人还大声说道："哎哟，海星的小朋友又跑来了啊！"

沈石一怔，倒是那海星回头啐了一下，也不理会那些阿姨婶婶促狭的笑意，跑过来拉了沈石就往村外海滩岸边跑去。

海风习习，吹动两人的衣襟，天空晴朗，阳光温和地洒下，碧蓝的海水拍打着洁白的沙滩，哗哗作响。

远处，几只两头尖尖的独木舟正扬帆海面，向着外海驶去。沈石在这里剥虾三年，对红蚌村里的一切都差不多知晓清楚，一眼便认出了那正是红蚌一族的打鱼船，怔了一下，道："咦，我记得今天好像不是出海的日子啊，怎么你们村子里会出海打鱼？"

海星也向远处眺望了一眼，道："因为最近收成不好啊，听我爷爷说，不知道为什么，现在不只是鬼面虾，连其他的海里鱼种也少了很多，每次出海打鱼的收获，差不多只有原来的一半甚至更少了，所以不得已只好多出海打鱼几次。"说着，海星忽然对着碧蓝大海双手握拳放在心口处，脸上露出几分诚心敬意，低声道，"希望海神保佑诸位叔叔伯伯安全归来。"

沈石站在她的身旁，凝视着眼前这片汪洋大海，只见风平浪静，沧海一派柔和，只看眼前这一幕，谁又能想到三年之前同样是眼前这片沧海，曾经爆发出异样可怖的能量，风暴之狂烈汹涌直让人为之战栗不已。

至于海星口里的海神……沈石悄悄撇了撇嘴，这三年里他算得上是进出红蚌村最多的人族弟子了，差不多天天都要来到这里，村里祭坛上供奉的那个海神雕像，他自然也早就看得熟了。

当初第一次看见时还觉得这雕像怪异，看着就像是一只体形古怪的海兽，到后来偶然听见多识广的王亘师兄提到过一次，原来红蚌一族供奉的海神，其实就是沧海深处的某种巨大海兽“猪头龙”。

按照王亘师兄的说法，猪头龙这种巨大海兽虽有个龙字，但其实和自古以来声名显赫但如今已然消失的龙族并无半点关系，顶多是体形巨大又在深海之中，偶然出现就被人误认为大海龙族而已。

猪头龙性子残暴嗜血，是汪洋深海中的一方霸主，谁也搞不清为何红蚌一族会以此为神，但是真要说向这猪头龙祈告会保佑什么的，沈石自然是不信的。

“那猪头龙就算感应到了祈告，但别说保佑什么平安了，只要它自己不跑来吃掉你的族人，就算是烧高香了吧！”

沈石心里偷偷这么想着，转头看了一眼海星，只见那少女脸上神色虔诚，似乎还在诚心向那位“海神”述说什么心愿的样子。

第六十七章 ■ 瓶颈

在红蚌村里忙活了一天，黄昏时分，沈石告别海星，回到了自己在白鱼湾的洞府石室。三年之后的他早已不是当年刚入岛的那个十二岁少年，光是道行境界也已经修炼到了炼气境中阶，在这一轮拜入凌霄宗的新人弟子中也算是排入前一百位的中上之才。

三年里，经过日夜不停的灵力淬炼，他的肉身也已经开始逐渐改变，强横坚韧处已经远胜俗世里的普通人。单比气力的话，如今的他甚至已经足以与两到三个普通成年男子相抗衡。而随着修炼的继续深入，这种差距还会不断地加速扩大，特别是如果他有机缘日后学得神通道术之后，那么与寻常人族之间的差距就会像是仙凡一般，天差地别。

三年前他每次从红蚌村剥虾回来，都会累得半死，但是如今他回到洞府的时候，整个人却仍然还是一如平常，看不出有特别的疲惫之态。当石门关上之后，熟悉的安静再度降临到这个他已经住了三年的石室，沈石沉吟片刻，走到床榻边伸手到枕下摸出了一个小袋子，然后重新回到石室中的桌边坐下，将小袋子中的东西轻轻倒在了桌上。

“嘀嘀嗒嗒”轻细清脆的声音，随着一个个闪烁亮光晶莹剔透的灵晶落到桌上而回响着，虽然沈石心中其实早已清楚无比，但他还是认真地把散落在桌上的灵晶仔细地数了一遍。

一共五颗灵晶。

加上早上他带出门去购买“水箭术”所花掉的那三颗灵晶，面前这些就是他三年以来每日做任务同时不停修炼后的全部积蓄。

灵晶散发着漂亮而晶莹炫目的光芒，在他眼前闪动不停。沈石静静地凝视着这些漂亮的小石头，用手轻轻抚摩，一言不发，安静地思索着。

五颗灵晶中，有一颗灵晶的色彩光泽比周围的灵晶看起来要暗淡一些，仔细观察后便能分辨出来。只要是修行过一些日子的修士看了，都会知道这便是被修士吸纳过后的灵晶，其中的灵力已经损失了一部分，所以看着才会如此。按照修行界的规矩，只有完整未用过的灵晶，才能充当购买诸般灵材的财币，所以如今沈石能拿得出手的，其实算下来也就只有四颗灵晶而已了。

三年苦修，日日劳作，所剩的仅有这些，想来还真是窘迫啊。

沈石带了几分自嘲轻轻苦笑了一声，摇了摇头。因为清心咒的缘故，他修炼所消耗灵晶的数目，比凌霄宗门下普通炼气境弟子要大了一倍，所以一直以来这日子过得就紧巴巴的。如今境界提升，从炼气境初阶修炼到了炼气境中阶，对灵晶的消耗陡然又提升一倍，偏偏就在前不久，红蚌村里的那个老家伙奸贼无比，没来由地居然把剥虾的酬劳直接降了一半，如此一来，沈石顿时就觉得自己的日子眼看着就要快过不下去了。

这也是他最后痛下决心，忍痛购买五行术法准备去做其他任务的根本原因，哪怕据说那捕妖任务一直是带了些风险的。

长长一个呼吸之后，沈石将这些念头逐出脑海，沉心静气，然后拿起那颗使用过数次的灵晶，回到床榻上盘膝坐好，开始了每日例行的修炼。

手握灵晶，感应灵力，引灵入体，一应修炼秘法步骤，都早已烂熟于心，他很是顺畅地修炼了一遍。当那一缕灵力从灵晶中吸入他气脉之中安然停驻后，沈石很快便感觉到一股疲惫之意泛上心头，连脑子都觉得有些沉重起来，晕沉沉的，很想就此躺下睡一觉。

这自然便是修炼之后惯常有的精神疲倦反应，其实相比三年前刚开始修炼时好许多，那时都是头痛欲裂彻夜难眠的反应，现在这样只是稍感困倦的疲惫，已经算是减轻太多太多了。沈石伸手捏了捏眉心，深深地吸了一口气，然后重新闭上了双眼。

另一份古老而神秘的咒语，开始缓缓在他心中回荡，一丝奇异的力量在他心意的操控下，似乎在重新调理着他的肉身精神。而不久之前刚刚收纳入体内气脉的那一丝灵力，原本已经在气脉某处安静地平复下来，但此刻却像是突然被惊动了一般，猛地一跳，然后在一股无形莫名的力量催动下，再度开始缓缓游荡，一路游走，最终来到了沈石眉心深处某个神秘窍穴之中，很快地与之前就收纳在这里的许多灵力合为一体，就此安静下来。

与散落在周身气脉中显得有些零落微薄的普通灵力不同，经过三年持续的清心咒修炼，此刻汇聚于沈石眉心窍穴中的灵力在总量上几乎与他周身气脉内所有的灵力数量完全相等，但是因为尽数收纳于这窄小窍穴中，所有的灵力都被凝聚坚实，融为一体，如今已形成了一束坚韧粗大的气脉，安静地沉伏在沈石眉心处。不过除此之外，这些灵力平日从无动静，似乎也没什么异样的地方。

清心咒修炼过后，沈石再度睁开双眼的时候，只觉得脑子里瞬间一片清明，思维敏锐，那原本的疲惫困倦一扫而空。

低头看了一眼手掌心，那颗灵晶表面的光泽看起来似乎又暗淡了少许，沈石在心里微微算了一下，这颗灵晶中的灵力已经用了一半左右，最多只能再用五次了。

寻常炼气境弟子修炼到中阶境界之后，一颗灵晶中的灵力可供他们吸纳十次，也就是足够十天使用。但沈石以炼气境中阶弟子的境界，却有着炼气境高阶境界的消耗，一颗灵晶如今只能支持他五天的修炼了。

万一哪天要是灵晶跟不上了……

沈石只觉得自己没来由地牙疼了一下，苦笑着摇摇头，也就是在这一刻，他心中忽然想到了那位如今在青鱼岛乃至整个凌霄宗内都鼎鼎大名的甘泽，三年之内直接修炼到了炼气境高阶之境，距离登堂入室的凝元境不过是一步之遥，这等奇才可谓是百年罕见。

但是他如今的消耗，应该和自己是一样的吧，一颗灵晶只能支撑他五天的修炼而已，就是不知道甘泽会不会也为了灵晶而苦恼？

待了片刻，沈石忽地惊醒，自嘲般地笑了笑，心想人家甘泽是何等家世，万年世家甘家如今唯一的嫡系传人，这等人物，哪里还需要像自己一样为灵晶这样的小事而头疼苦恼。

把这些有的没的杂乱念头抛在脑后，沈石重新沉静心神，过了一会儿后，再度开始了一天之内的第二次修炼。

与之前一样，这一次的修炼同样十分顺利，从感应灵力到引灵入体游走周天，基本上都毫无问题。当新的一缕灵力缓缓在体内安顿下来后，熟悉的轻微疲惫感觉再度袭来，不过这一次也不知道是不是因为清心咒的余威尚存些许，比之前第一次修炼过后的反应还更轻了一些。

沈石长出了一口气，下床站直身子伸了个懒腰，活动了一番身子，便觉得精神又好了些。当下也暂时没什么特别的睡意，他沉吟片刻，决定还是尝试修炼一下今天刚刚从五行殿里买回的水箭术。

“水箭术”的法诀秘籍，按规矩是不能带出五行殿的，他也是按术堂那两位师兄师姐的要求，将法诀记牢之后才出来，此刻在心中缓缓默念了一遍，自觉并无丝毫缺漏遗忘后，便开始尝试催动体内气脉中的灵力，以水箭术的法诀缓缓激发。

天地鸿蒙，分阴阳，有五行，无所不在，无处不有，五行相生相克，是古老时代流传下来的认知。

五行术法，便是以体内灵力激起五行灵力共鸣，进而施展种种威力不同术法的方法，自古以来便以繁杂艰涩而闻名。沈石初涉此道，很快便感觉到了其中的艰难，除了几乎感应不到周围空气中的水系灵力外，最重要的一步是催动体内灵力，以水箭术法诀运转激发，却尤其困难。

水箭术虽然只是五行术法中最低级的一阶术法，但是施放这一法术所需的灵力却是不小，普通炼气境初阶弟子的灵力甚至都不够用，只有修炼到炼气境中阶，体内灵力大进之后，方有余力修习这五行术法。

开始修炼五行术法之后，最初的难点有二：其一是五行术法本身法诀艰深，运转繁杂，这一点其实从符箓一道上种种繁复无比的符文符阵上也能看得出来，因为符箓正是五行术法的一种特殊体现。没接触过此道的人刚开始的时候很容易就会在修炼过程中将灵力运转失误，从而导致前功尽弃，只能从头再来。其二就是五行术法需要的灵力数量不菲，修士必须调整集中体内灵力方能施放法术。

对一般修士而言，最艰难的是第一点，第二点对炼气境修士来说极为艰难，因为炼气境修士吸纳入体的灵力都是零落散布在周身气脉中，很难集中汇聚，但在修士一旦修炼到凝元境之后，却反而会变得十分简单。因为凝元境修士已然开辟了丹田气海，全身灵力尽数汇聚在此，同时随着境界攀升，对体内灵力的操控力随之大进，所以很容易就能做到。

不过对于沈石来说，他此刻因为自小就修习过符箓一道，哪怕是拜入凌霄宗这三年来，虽然并无用武之地，但习惯使然，他还是每日坚持画上几张纸的阴阳五行符文，所以天长日久下来，对五行术法的一些基本走向特别是最低级的一阶术法都心中有数，倒是胜过常人许多，所以在第一点这上头反而很是顺利，并没有遭遇太大困难。事实上，对五行术法有所了解，也是他选择捕妖这个任务的一个重要原因。

不过，他毕竟不是那种天纵奇才的超卓人物，哪怕他对五行术法有所了解占了先机，但还是很快在修炼五行术法的第二个难点，也就是运转调集体内灵力的问题上，遇到了“瓶颈”，几乎难以修炼下去。

第六十八章 ■ 秘密

炼气境的修士，因为没有开辟玉府气海，所以吸纳入体的灵力都是散落于周身气脉各处，加上道行不高，体内灵力也微薄，远不能和凝元境、神意境等道行高深的修士相提并论，所以当他们开始想要修习五行术法的时候，都会遇到一个令人头疼的问题，那就是总感觉体内灵力不足，不听使唤。

很多时候，炼气境修士往往费尽力气，也只能调动自身气脉中三分之一的灵力，这还是使出了吃奶的劲耗尽精神，才能将那些懒洋洋散落于气脉各处的灵力调动起来。光是做到这一点，便已经足以让许多初学五行术法的炼气境修士筋疲力尽了。

每每到了这个时候，总会有许多炼气境修士无比羡慕那些境界更高的凝元境修士，因为他们开辟了玉府气海，周身灵力尽数汇集一处，如臂使指，说调集就调集，根本不费力气，哪里用得着这么辛苦？不过到了那个境界，又会有更多神奇而威力强大的道术神通在等着凝元境修士，也就没什么人会再多花心思在这艰深繁杂的五行术法上了。

此时此刻，沈石遇到的就是如此一个“瓶颈”，哪怕他对五行术法已经有所认识，比普通人更早完成了对法诀的认知熟悉，但是在调集体内灵力的过程中，他同样吃尽了苦头。

周身气脉中的灵力就像是一个个爱睡懒觉的懒虫懒汉，零落分布于各处，对他试图激发调集的意图爱理不理，搞了半天忙得满头大汗，沈石甚至觉得自己又仿佛再度感觉到了当初刚开始修行时头痛欲裂的那种反应，不由得在心里感叹，这五行术法果然是艰难无比，也难怪天下修真界对这术法一道日益轻视，毕竟与修成之后施放术法的威力相比，这其中付出的努力实在是有些得不偿失。

好在沈石的性子向来沉稳坚韧，虽然修炼五行术法颇有几分艰难痛苦，但他还是坚持了下来，中间挣扎多次，也不知过了多久，到最后终于还是勉强运转了一次足够的体内灵力，激发了水箭术。

按水箭术法诀中所言，当体内灵力运转完备激发术法，剩下的就是看术者能否感应到周围的水系灵力，这当然也需要不断地锤炼，日子久了道行深了，自然也会容易成功。不过当下沈石凝视手上时候，按照法诀所言，此刻如果法术成功的话，他手上该当凝聚出一束水流，在灵力催持下，这束看似柔和的水流却会锋锐如箭，轻而易举地就能洞穿凡人身躯，哪怕是肉身强横的修士，水箭术也能造成不小的损害，特别是道行不高的炼气境修士，水箭术能造成极大的威胁，不过对凝元境之上的修士来说，这种一阶的五行术法威力，便很难构成威胁了。

他凝视着手掌。

手掌安然无恙，啥事没有。

半晌之后，沈石苦笑一声，放下了手掌。

这自然便是此次修行失败了，不过修习五行术法向来以艰难闻名，对此颇有了解的沈石倒也没想过真的会一次成功，反而对自己第一次修炼就能勉强完成一次施法感到颇为满意，虽然这施法在最后关头并没有成功。

他在石室中静坐休息了一会儿，自觉精神还好，沉吟片刻后，沈石站起身，拿起云符打开石门，走出了石室。

此刻青鱼岛上早已是夜深人静的时候，只见黑暗笼罩四野，深沉无边，天穹之上繁星点点，星光闪烁，照亮了些许人间。

清新而带着几分凉意的海风从远处吹拂过来，掠过脸边耳畔，让人呼吸之后感觉到脑子为之一醒，远处的沧海仿佛也进入了深沉的睡眠，安静地躺在黑暗里，只有永不停歇的潮汐声回荡在这片海湾夜色之中。

淡淡星光如水，洒落在他眼前的那片洁白沙滩上，静悄悄毫无人迹，仿佛这夜深人静的时候，世上只有他一人存在。

天高海阔，夜色深沉又美丽。

沈石踏上沙滩，缓缓向海边走去，大海的潮汐声渐渐大了起来，借着头顶微弱的星光，他依稀能看到前方远处白色的浪花翻涌的样子。

空气中的水汽，似乎稠密了许多。

这也是他来到海边的缘故。

据说五行道法修炼到了极深处，无论术者身在何处，哪怕是水汽极少的炎热沙漠里，道行高深的术者也能轻而易举地感应到水系灵力进而施放出水系术法。不过对刚刚踏入此道的沈石而言，这种境界显然太过遥远。事实上，如今五行术法式微，究竟还有没有如此强大的术者还真是一个问题了。

但是对初学者而言，所修习的相应术法之力越浓烈，自然感应到的可能就越大，青鱼岛位在沧海之中，放眼鸿蒙诸界，只怕更无一处比沧海这里的水汽更稠密的了。

沈石早些时候选择水箭术而没有选择通常意义上更多修士喜爱的火球术，也有这个原因在里面。

此刻听着大海潮汐之声，感应着迎面扑来的湿润水汽，沈石也是精神一振，在沙滩上找了一处岛上特有的高直大树脚下坐了下来，然后重新开始修炼水箭术，试图感应到这空气中的水系灵力。

还别说，离开干燥的洞府石室到了这海边，对水箭术的感应果然还是有几分效果的，他很快便感应了一些周围的水系灵力，只是这一次他却又遇到了之前没碰上的另一个麻烦，那就是调集运转体内灵力的时候有些力不从心了。

之前那一次在石室中的修炼，他花了很大的力气才聚拢了散落在气脉中的足够灵力，差不多有他如今修炼灵力的三分之一吧，这才勉强达到了施放水箭术的程度，但是失败之后他此番再次修炼，刚才那一部分的灵力重新散落各处，需要恢复生息，他就只能再去调集聚拢其他更远处气脉内的灵力。

如此耗费的精力也比刚才更大，同时也越发吃力了几分，毕竟他是今日才刚刚开始修习五行术法的，几番辛苦，当真是累到脑袋发疼的地步，他才堪堪又聚拢了足够的灵力，然后准备再度激发水箭术。

黑暗里，星光下，他闭目靠坐在大树之下，嘴角仿佛已有几分期待的笑容。谁知就在此刻，忽然从黑暗里传出了一阵轻细但清晰的脚步声，踩着沙滩上的沙子，向着他这个方向走了过来。

修行五行术法与修炼灵力那等法门不同，并不会真的到浑然忘我的境界中，沈石很快就察觉了周围的异响，一惊之下，原本聚拢的灵力一个失察没控制住，缓缓又散了开去，前功尽弃。

沈石心中一阵恼怒，“腾”的一下站了起来，面带怒色地转头向脚步声传来的方向看去，同时口中带了几分怒意，道：“是谁？”

脚步声一下子停住，沈石所在的地方是一处几株大树并排的沙滩，黑暗中，一个女子的身影似乎也带了几分惊讶，从前头另一棵大树后转了出来。

那身形，那容貌，借着天上微弱的星光，沈石只觉得一阵眼熟，一下子愣然，道："咦，怎么是你，青……不对！"

他看那突然而至的女子竟是相识的人，正是钟青竹，一时错愕间正想开口打招呼，但话说了一半，沈石却又猛然皱起眉头，察觉到几分异样来，仔细一打量，这下才吃惊地道："怎么是你，钟青露？"

来的这位少女正是与钟青竹同家、辈分算来该是堂姐妹的钟青露。不过论起家世她可比钟青竹好了太多，当年刚入门的时候，平日里钟青竹就像是她的小跟班一样，整日都跟在钟青露的身边。

三年过去，当年初见面时的那个小胖妞，如今也已经有了极大的变化，与钟青竹一样，钟青露的身材同样长开了，而且看去比钟青竹还要长得更好些，身量略高些，身材看着也是极好，哪怕是宽松闲适的凌霄宗弟子服，都已经有些隐隐遮不住她日益玲珑有致的美好身段。

不过相比起已然变得苗条美好的身材，钟青露虽然身子不再肥胖，但一张脸庞还是有些婴儿肥，看去白白胖胖的，依然还是稍稍减去了她几分本该有的美丽。但是不得不说，十五岁的钟青露还是比当年十二岁刚入岛时的那个小胖妞要好看多了。

只是这夜深人静的时候，钟青露孤零零一个人，却是为何会到这寂静无人的海滩上？

沈石看着她，皱着眉头问出了自己的问题。

钟青露身材容貌有所改变，不过看起来这性子脾气，却是和三年前差不多，上下打量了一番沈石，却是一副居高临下的气势，哼了一声，冷笑道："关你什么事，我在洞府里待着无聊出来走走，是不是还要向你报告一声啊？"

沈石登时就滞了一下，哑口无言。

不仅如此，钟青露脸上还带了几分狐疑之色，看着沈石道："话说回来，半夜三更的，你不是也一个人跑到这海滩边上，又是做什么？"

沈石干咳一声，道："我在洞府里待着无聊，出来走走……"

钟青露嗤笑一声，对沈石这明显敷衍的答话嗤之以鼻，口中自言自语道："獐头鼠目，非奸即盗！"

说罢哼了一声，甩甩头，转身离开，剩下沈石站在原地错愕半晌，忽然醒悟过来，对着她的背影怒道："谁獐头鼠目了，还有那个什么非奸即盗是什么意思，你给我说清楚！"

钟青露头也不回，只是举起一只手随意挥了挥，海风吹过，星光之中，她的衣裳微微飞舞，露出一段洁白手臂，看那背影身形，委实曼妙美丽，只是那手势气势，却分明带了几分不屑嘲讽，把沈石气了个半死。

不过三年下来，相住的又不远，沈石也了解这女子平日就是这么一副样子，倒也没什么真要上去跟她理论算账的冲动，只是在心里摇摇头，自叹倒霉。

好容易沉下心来，沈石打起精神，又尝试着修炼了两次水箭术，但是无一例外都失败了，无奈的他只好拖着疲惫的身子站起来，转身向洞府的方向走去，同时心里对今晚打扰到自己的钟青露重重地问候了几句。

海滩到洞府有一段距离，沙子松软，沈石走得有些缓慢，钟青露前头离开之后，这一片阔大的地方就再也没有人影出现，整个夜色里，仿佛就只有沈石一个人面对着沧海苍穹。

他缓缓走着，眼看就要走到洞府外那条大道上时，忽然眼角余光猛地扫过远方某处，却是大路上快步走过一个身影，同样有些眼熟。沈石站在黑暗中，微微眯起眼睛，向那个身影凝望而去，有那么一刻他几乎以为是刚才的钟青露去而复返，但是片刻之后，他却惊讶地发现，那个身影赫然是钟青竹。

在这个静悄悄寂静无人的深夜里，沈石看着钟青竹一脸沉静面无表情地快步走在大路上，向着远处悄然而去，没过多久就消失在那片黑暗之中，一切又归于平静。

沈石默默地走回自己的洞府前，转头望去，前方远处只有一片浓得仿佛化不开的黑暗。

一切都是静悄悄的，似乎什么也没发生过，什么人也没出现过，就像是这个晚上，自始至终都只有他一个人一样。

可是，这般寂静的深夜里，钟青竹孤身一人，行踪略带神秘，却是究竟要去哪儿呢……

第六十九章 ■ 谎言

五月初八，晴。

蔚蓝的天空和安详美丽的大海，仿佛已经成为在青鱼岛上许多少年的共同记忆，在这座世外桃源一般的岛屿上，一年之中绝大多数的日子都是晴朗的，虽然偶然也会有风雨交加的日子，但总的来说，青鱼岛上的天空总是那么的蓝。

这一天也不例外。

蓝天碧海，白浪沙滩，还有海鸟翱翔起伏于海岸线上不时鸣叫，随风远扬，沈石走出洞府的时候，看到的就是这样一幅熟悉的画面。

他面向大海，伸了个大大的懒腰，然后下意识地看了一眼旁边的那座洞府。果然片刻之后，三年中差不多已经养成和他一样早起习惯的孙友也按时走了出来，脸上挂着在修炼到炼气境中阶之后已经很少看见的倦容，一副无精打采的样子。

沈石看了便笑，道："那火球术修炼得如何了，可曾凝聚出火苗？"

孙友没好气地道："什么鬼东西，我算是明白了，为何以前光听别人说这五行术法最是难练，好家伙，这玩意儿也太难了吧，昨晚我光是想要在体内运转一遍火球术的法诀都吃力得很，更不用说感应什么火系灵力了！对了，你的水箭术呢？"

沈石一摊手，道："什么也没凝出来。"

孙友像是牙疼一般歪了歪嘴，咕哝道："这五行术法这般艰深，也不知道当初到底是谁创出来的，真是不给后人留条活路啊。"

沈石笑道："哪有你说的那么夸张，真要如此，天底下那无数散修，岂不是都要死上一回。"说罢顿了一下，想了想道，"倒是这五行术法的起源，我以前确实曾留意过。"

孙友一怔，登时对这位好友有些刮目相看，道："什么，你居然真的知道啊？"

沈石摇摇头，道："其实也没什么，不过就是力所能及地找些有关的书卷古籍来看看，但是说实话，最后也没看出什么结果来。那些书卷古籍中对五行术法的起源差不多都是各持己见，有的说是三千年前一位前辈大师所创；有的则认为早在天妖王庭末年五行术法就已出现，甚至很可能就是人族六圣中的一位所创；还有更夸张的说法，说是这五行术法其实来源更加古老，早在数万年前，天妖王庭诞生更早的年代，就已经有一些术法开始流传了。"

孙友听得一愣一愣，愕然道："不会吧，这么夸张？"

沈石苦笑道："所以说到了最后，这些话我一个也没敢相信，反正至今五行术法流传天下，但对它的起源应该还是没有一个公认的说法。"

孙友撇撇嘴，道："真麻烦。"说着挥挥手，刚想跟沈石说些什么的时候，目光忽然向沈石背后看去，脸上露出一丝笑容，道，"早啊，你们也这么早起来了啊？"

沈石回头一看，只见是贺小梅与蒋宏光二人并肩而来，三年过去，这两位也长大了许多，但是贺小梅看着仍是娇小玲珑的身材，倒是蒋宏光看着颇有几分高大，站在贺小梅身旁比她高了一个头，很有几分护花使者的风范。

说起来，当初住在这附近相互认识的几位朋友里，沈石、孙友以及钟青露、钟青竹四人，三年后都修炼到了炼气境中阶境界，只有贺小梅与蒋宏光至今仍然停滞于炼气境初阶中，时间稍久，这两位便隐隐有些着急尴尬起来，不过总算这岛上新人大体来说，还是在炼气境初阶的人数占了多数，所以他们才没有过于焦虑，不过也因此，蒋宏光与贺小梅似乎颇有几分同病相怜的意思，倒是彼此间平日里走近了一些。

这时听到孙友对着他们两人打招呼，贺小梅嫣然一笑，两只眼睛和以前一样，顿时眯成了两个漂亮的小月亮，笑着点头，而站在她身旁身材高大的蒋宏光脸上神情却似乎有些不太愉快，淡淡地看了孙友一眼，似乎对那句“你们也这么早起来了”的普通问候有几分介怀，道：“是啊，你们炼气境中阶的都这么勤奋，早早地起床，我们初阶的可再不敢偷懒了，否则以后岂不是更加追不上你们？“

孙友与沈石都是眉头一皱，看孙友的脸微微沉下，似乎就要开口说些什么，沈石却是踏上一步，走到贺小梅身前，抢着说道：“贺师妹，听说前几日你接了一个绿板上的任务？”

贺小梅嘿嘿一笑，道：“没错，我那天运气好得很，正好就在白鹤堂附近看着，结果一眼就看到堂口里贴上了一张新任务，就是灵耕里的洒水了。”说罢，也不等其他人反应，自己便咯咯笑了起来，显然十分欢喜。

孙友看了沈石一眼，嘴角微微翘了起来，而沈石似乎察觉到他的目光，有意无意地看了他一下，对他使了个眼色。孙友耸耸肩，转头对贺小梅笑道：“你运气还真不错啊，我早就听说那灵耕至少也都是绿板一级的任务，报酬不少但难度很大，偏偏只有这洒水一事最是便宜，只需要去山中灵泉挑水再去灵田浇灌，虽然往返路程遥远，但相比绿板任务的报酬来说，实在是合算得很。以前这任务都是被人抢着不放，也不知道为何那天居然会放出一个名额来。”

贺小梅眼睛又笑得眯了起来，笑容甜得就像是一朵花儿一般。

看着沈石与孙友都在与贺小梅说话，态度也是亲切，蒋宏光似乎觉得有些不太舒服，轻轻咳嗽了一声，身子下意识地向前走上一步，却是站到了贺小梅的身旁，隐隐有几分护卫的姿态透了出来。

贺小梅却是没感觉到什么，抬头看看天色，对他们二人笑道：“好啦，不跟你们说了，我该赶去灵泉挑水了，不然万一迟到了灵耕那里的师兄生气把我辞退，那就真是哭都没用了。”

沈石哈哈一笑，让开身子，笑道：“说得也是，正事要紧，你快去吧。”

孙友面上也带着笑意，但目光有意无意地在贺小梅身旁的蒋宏光身上停了一下，然后站到了沈石身边。

贺小梅对着他们嘻嘻一笑，向前走去，蒋宏光依然跟在她的身旁，走了一段路后，蒋宏光看着脸上兀自带着笑容显得十分开心的贺小梅，忽然道：“小梅，我觉得那两个人似乎有点看不起我们。”

贺小梅有些意外，道：“有吗，我没感觉到啊？”

蒋宏光冷笑一声，道：“你没看刚才他们看我们两人的眼神，都有几分居高临下的意思，特别是那个孙友，说什么你们也这么早起床，好像在讽刺咱们一样。”说着，他脸上露出几分厌恶之色，道，“他们不过是仗着家世好，这三年中明里暗里都不知道占了多少便宜，这才比咱们没什么门路的更早一步修炼到了炼气境中阶罢了。”

贺小梅却是摇摇头，道：“虽说岛上有许多世家出身的师兄师姐，不过有宗门规矩定在那里，他们其实也没你说的那么多便宜可占啦。”说罢像是想到了什么，微微一笑，对蒋宏光道，“对了，蒋师兄你不是说自己没门路没家世吗，但三年前不也是一来就拿到了饲兽这种上好的任务吗？”

蒋宏光滞了一下，面上露出几分尴尬之色，嘿嘿傻笑了一下，没有接话。

贺小梅看着也没什么心机，笑着道：“不过咱们两人真的也要努力一些了，早日追上他们，如果有机缘的话，要是能快快修炼到凝元境就好啦，那样我就能登山出岛，到时候也能回苍州那里看看我爹去了。”

蒋宏光眉头微微一挑，点头赞同道：“不错，确实如此。”然后他笑着看了贺小梅一眼，道，“小梅，我记得以前你说过家在苍州，你爹是当地一个有名世家的家主？”

贺小梅嘻嘻一笑，摆手道：“也算不上什么特别有名的世家了，起码和咱们凌霄宗门下那些个大的附庸世家是没法比的，不过我爹倒是主持家务很久时间，也挺疼我，早先千方百计让我拜入凌霄宗门下，临走时还给我塞了五十个灵晶，结果……唉，要是那些灵晶能在手里，我就不用这么辛苦啦。”

蒋宏光笑着点头，道：“听说苍州那里也是个好地方，有机会我也跟你过去看看。”

贺小梅笑道：“好啊。”

蒋宏光微微低头，笑意似挂在了嘴边。

看着那两个人慢慢走远，孙友脸上的笑意缓缓消失，忽地哼了一声，道："你看那蒋宏光阴阳怪气的样子，倒好似咱们欠了他多少钱似的。"

沈石笑道："许是他有些执着，面对你这位家世好长得帅就连修炼都比他更快一步的人，有点儿放不开吧。"

孙友嗤笑一声，道："谁想去和他比了，自己修炼不行反倒是我的错吗……咦，你刚才说什么来着？"

沈石道："修炼比他快一步。"

孙友立刻摇头，道："前面那句话。"

沈石道："家世比他好。"

孙友又摇头，道："后面，后面……"

沈石无奈地摇摇头，道："好吧，你生得比他潇洒一点点……"

孙友哈哈大笑，用力一拍沈石肩膀，道："知我者，沈石也！"

沈石转过头去，对这个自恋的家伙有些无法直视，正好看到后头又走来两人，却是钟家姐妹，便对钟青露、钟青竹她们点点头，笑以致意。

钟青露白了他一眼，一如往常骄傲得像只小孔雀般眼高于顶，一副不屑的样子，不过三年来她都是这般模样，沈石孙友倒是都习惯了，哪怕这份骄傲之意比刚才蒋宏光明显多了，两人居然也没觉得有什么不妥。至于钟青竹当然是脸色好看多了，微笑着对着他们两人打招呼，然后看着他们二人笑道："咦，怎么你们两个看起来都一副没睡醒的样子？"

想了想，钟青竹像是想到了什么，笑道："莫非是昨晚整夜修行那五行术法，累到了吗？"

孙友没好气地抱怨道："是啊，真想不到那五行术法这么难学。"

钟青竹微笑道："本来就是这样的了，都是你们太急于求成吧？"说着，她目光柔和地看了沈石一眼，眼中似有几分隐隐的关怀之意，道，"沈师兄，你也是一样吧，要保重身子，莫要操之过急。"

沈石笑着点点头，孙友在旁边道："反正以后慢慢练吧，对了，钟师妹，昨天你不是也拿了一门流沙术回去吗，晚上可有修炼？看你今天精神不错，是不是昨晚偷懒了？"

沈石心中忽地一动，目光落在钟青竹的脸上，只见钟青竹微微一笑，道：

"哪有，我资质不如姐姐，也不如你们二位师兄，怎么还敢偷懒呢？昨晚我整夜都在洞府里练习流沙术，结果后面太累就这样睡着了，所以早上起来才看着没什么倦容吧。"

孙友"哦"了一声，笑道："原来是睡过去了啊。"

旁边沈石也是微笑，只是看着钟青竹的目光中，慢慢多了几分疑惑。

第七十章 ■ 术法

这一天看起来似乎又是很普通的一个日子，与往常在青鱼岛上的日子一样，沈石按部就班地做着规律或者说是有些枯燥的生活。清早起床，先是在纸上临摹了几张阴阳五行符文，然后便是出门前往红蚌村，剥虾一日，与海星聊聊天说说话，中间知道了这一次红蚌族人出海打鱼同样收获不大，似乎青鱼岛附近海域的鱼群真的出了些问题，少得令人吃惊。

他傍晚返回洞府，开始每日例行的两次修炼，中间一次清心咒，眉心处聚拢凝集的灵力又厚实了一分。最后，他再次开始修习水箭术。

五行术法的艰难，确实是名不虚传，而沈石自己看起来，显然也并非在这一道上拥有什么出众超卓的天赋，虽然他因为曾经从小学习过符箓而对五行术法有所了解，但在修习水箭术的进度上依然没有显示出特别快速的迹象。

第二天，第三天，第四天……连续三日，他都没有凝结出水箭术法诀所要求的那道水流来。

在炼气境修习五行术法，那些零落散布于周身气脉中的灵力实在是太过难以聚拢，沈石十分精神中倒有七八分都花在了这个上面，等好不容易聚拢到足够的灵力，也差不多累得半死，再想去感应周围水系灵力激发水箭术，已经有些力不从心了。

不过好在他毕竟身在沧海之滨青鱼岛上，这里别的没有，就是水多得无穷无尽，水汽更是铺天盖地，所以这几日下来，沈石还是看到了一线曙光，自觉离成功凝出水流然后化为水箭已经不远了。

第五日，也就是五月十一日，做完了一日之中所有的功课之后，沈石休息片刻，再度开始了水箭术的修习。

用云符打开石门，如之前数日一样，他还是来到了海滩上，深夜时分，白鱼湾的夜色幽美沉静，苍穹之上片片碎云，遮住了几许星光，半圆的月亮穿行于云朵之间，给云彩边缘镀上了一层白色的光辉。

海滩之上仍是一片寂静，只有那些生长在沙滩上的高大树木草丛中，偶尔会传来几声虫鸣声。沈石站在海滩上向四周望了一眼，只见空旷的海湾中，夜幕下，只有他一个人的身影。

海风吹来，他深深地呼吸了一下，然后走向这几日固定的那个位置，在同一棵大树边盘膝坐下，调整呼吸，沉心静气，然后开始聚集体内气脉中的灵力。

这个过程一如平日艰难，那些散落的灵力慵懒而桀骜，看起来很不愿意听从他的指挥，这也让沈石如同无数经历过这个阶段的修士一样，心中无比地期待日后有朝一日能修炼到凝元境，开辟玉府气海之后，周身所有的气脉都汇集一处，能无比顺从地听从主人的指使。

一盏茶工夫之后，沈石总算聚拢了足够的灵力，按照他自己的估算，光是这一份灵力差不多就要占了他修炼至今全部灵力的三分之一，也就是说，哪怕他今晚修炼水箭术成功，又或是今日起体内灵力突然无比顺从地听他指挥了，但是他一场战斗中最多也只能施放三次水箭术。

不过现在当然不是多想这些事情的时候，聚拢了足够灵力的沈石心中一喜，自觉似乎比昨日还要快上少许，看来每日修习这五行术法，终究还是会慢慢提升的。熟能生巧这个道理，放在哪里都是对的。

接下来，沈石便全心全意地去开始感受周围的灵力，以水箭术的法诀缓缓激发，在沧海之上充沛无比的水汽之中，他的手掌缓缓在空中摊开，手指微微有些颤抖，一股无形的力量仿佛从空气中凝聚而来，缠绕在他的周围。

片刻之后，似乎有什么声音在不知名处低低暗语，一道白色的亮光猛然闪过，柔和而透明，清澈又晶莹，一束水流就这样出现在他的手心之中。

沈石嘴角露出几分笑意，欣喜地睁眼看去，那是尺许长拇指粗的一束水流，看起来与普通的水并无差异，此刻像是被一股无形的力量所约束困住一般，被他虚握在手掌心上。

他一抬头，手掌法诀催动，灵力催持之下，这道原本晶莹透亮的水流猛然间凝实了许多，瞬间破空冲出，径直打在了五尺之外的一棵大树树干之上。

只听“噗”的一声闷响，整棵大树剧烈摇动起来，木屑四散，一个拳头大小的圆洞出现在了树干上。

沈石起身走到那棵大树边上，仔细地看了一会儿那个圆洞，片刻后满意地点了点头，这种威力应该是不错的了，纵然对肉身强横的高阶修士没什么用处，但是凡人已经无法抵挡，便是一些小妖和普通阴灵，在这等水箭术的威力下，应该也很难支撑。

修习了五天，终于第一次成功施放了水箭术，虽然这成功二字其实还是有些水分，别的不说，光是施法时间就长得令人发指，不过饶是如此，沈石仍然感到十分的欣慰。

这是他人生中掌握的第一个术法，也是他修炼之后掌握的第一分力量，少年男儿，谁没有一颗渴望强大的心呢？

欣喜激动之余，他重新坐下，试图再次尝试修炼一次水箭术。只是这一次他的好运气似乎已经完全用光了，体内气脉距离他施法的右手越远，那些散落的灵力就越发地不听指挥，他的每一次驱使都比之前更加费力。

一盏茶时间过去了，两盏茶，半个时辰，一个时辰……夜色笼罩在白鱼湾上，天空里的月亮也悄悄躲进了云朵之中，黑暗笼罩四野，沈石仿佛已经变作了一个虚无的黑影。

忽地，他身子猛地一个颤抖，像是终于筋疲力尽一般，无力地向旁边一歪，整个人躺倒在沙滩之上，大口地喘着粗气，一脸无奈与失落之色。

这第二次的水箭术修习，终于还是失败了，那些体内的灵力实在是太难聚拢，这么长时间的催持，也耗尽了沈石的精神与体力，他现在就像是一只脱力的小狗般，只剩下喘息的力气了。

“这得练到什么时候才能有十息的境界啊？”沈石在心里苦笑，摇了摇头。

一般而言，在炼气境修习一门五行术法，聚拢灵力成功施放法术出来，其实只是一个开端，真正要说是完全修习成功的标志，是修士至少要在十息之内将这门术法施放出来。

十息，意指普通人正常十次呼吸的时间，炼气境修士聚拢体内灵力如此艰难，可想而知要达到十息之内施放法术的要求是何等的困难。不过这也没办法，毕竟如果你遇上了一只妖兽打算与它战斗一场，然后妖兽会让你站在那边一动不动聚力一盏茶的时间吗……

据说凝元境之后，体内灵力尽数汇聚气海丹田，如臂使指，那时候的修士施放一个一阶五行术法，很多时候只需要三息四息的时间，快得令人侧目，要不怎么说凝元境才是修士真正踏上修仙大道的门槛呢。

躺在沙子上，仰望着无垠夜空，喘息声中，沈石想到自己或许要把这一盏茶的聚灵时间硬生生练至只有十息，这其中的难度之大，修炼之苦，哪怕以他沉稳的心性，想起来都有些头疼畏惧，忍不住在心里长叹了一声。

自古以来，无数修士视五行术法为畏途，除了无门无派没门路的散修，那些名门大派的子弟都很少去修炼五行术法，还真不是没道理的，实在是付出的辛苦努力与得到的回报，确实差了很多。

他在疲倦中慢慢地闭上双眼，经过了这一会儿的休息，他的精神勉强也好了些，只是心里兀自有些不安，五行术法如此艰深难练，似乎那捕妖的任务看起来距离自己也很遥远，而以自己目前的灵晶消耗，已经渐渐有些跟不上了。

“唉，要是现在能有凝元境的实力就好了。”沈石轻轻叹了口气，如果，能像凝元境修士那般快速地聚灵……

他心中忽地一动，猛地睁开双眼，一只手伸出来，却是缓缓落在了额头上，眉心处。

凝元境修士为何聚灵施法的速度那么快速，不就是因为他们开辟了玉府气海，周身所有的灵力尽数汇集于一处，那么……似乎此刻自己的身上，也有这么一个地方！

虽然，这个汇集灵力的“地方”看起来无论如何都透着几分神秘与诡异……

炼气境修士不可能会有玉府气海，吸纳入体的灵力只能散落在体内气脉各处，这是人族有修炼以来万年间众所周知的公理，沈石对此自然也是深信不疑，但是眼下，这三年中他暗中修习那清心咒，却意外地造成了在他眉心处聚拢了相当于他体内正常修炼所得相同分量的灵力。

这些聚拢在一起的灵力，因清心咒而来，平日永远都是沉稳不动，哪怕沈石修习水箭术在气脉中聚集灵力，这些在眉心处的灵力也是丝毫不为所动，不能扯动一丝半点来，所以沈石也忘了自己还有这么一份分量不小的灵力。

要怎样才能催动这些灵力呢？不然辛苦了这么久，耗费了这么多的灵晶，不都是白费了吗？

沈石皱紧了眉头，沉默地思索着。

第七十一章 ■ 红板

五月十二日，夜。

如同前几日一般，沈石在深夜时分来到了海边，眺望着烟波浩渺的沧海，那些海浪潮汐仿佛永无止境地翻涌着。

他静静地看了一会儿，然后在大树边盘膝坐下，在心中缓缓将水箭术的法诀默诵了一遍。

水箭术是五行术法中最常见的一种一阶术法，流传在世间不知已有多少岁月，这里头的法诀当然早已经是千锤百炼，以沈石的境界当然不可能会找出什么毛病来。

事实上，沈石也根本没存这个想法，他心中所想的，是一个从昨晚到现在就一直困惑着他又悄悄诱惑着他的念头。

水箭术的法诀从一开始，就是深入周身气脉中去催持聚拢灵力，只有修士达到凝元境之上后，法诀才有第二种行进方法，就是只去玉府气海抽取灵力，到了那时自然就是简单无比，但是炼气境修士是不可能做到的。

沈石从修炼水箭术开始就一直在用第一种法门，但是眼下，心中忐忑的他在几声略显急促的呼吸后，终于还是咬了咬牙，闭上双眼，开始缓缓运转水箭术法诀。

第二种，凝元境修士才能使用的法门……

从未有人在炼气境的时候，就使用这种术法法诀，因为炼气境修士根本没有玉府，又去哪里聚集灵力？但是沈石就这样开始修习了，所不同的是他改变了法诀前行的方向，抽取灵力的地方直上头颅，在那神秘的眉心窍穴处。

周身气脉里散落的灵力，丝毫都没有受到惊动的样子，如同平日一样懒洋洋地散落在原处，而沈石的心神也是完全落在自己的眉心之地，当水箭术的法诀转眼已至，他猛然觉得自己的眉心微微一痛，那深藏于此的灵力竟然颤动了一下。

这是他开始清心咒修炼之后，眉心处的灵力第一次有了异状！

沈石心中又惊又喜，又有几分不安，但终究还是坚持了下去，试图看看自己这大胆的尝试会不会有所结果。

果然，在水箭术法诀试图抽取眉心灵力的影响下，眉心处原本沉伏不动的灵力一下子似乎骚动起来，而此处的灵力远比周身气脉各处的灵力更加凝实，说真的，看起来还真的有点像是凝元境修士开辟的玉府气海后的模样。

眉心处的灵力动弹得越来越厉害，但沈石在最初的那一丝疼痛过后，并没有感到其他任何的不适，这也让他渐渐安心下来，更加大胆地尝试着抽取眉心灵力。

过了五到六息时间，他只觉得自己脑子忽地一松，一股灵力终于从眉心处被抽取而出，然后如奔驰之骏马，过天突，下胸口，直入右手气脉，冲至掌心。这一切快如闪电，只不过片刻之后，他便觉得手心一凉，再睁眼时，眼帘里，掌心处，已经出现了一束晶莹水流。

五息，还是六息？

沈石凝视着这束水流，全部身心仿佛都已经被欢快欣喜所占据，手掌一挥，这束水流破空而去，如昨日一般，势不可当地打在一处沙地之上，只听轰的一声，炸出了一个黑幽幽的大洞。

沈石慢慢地站起，走到那个黑洞边，深深地凝视着，笑意挂在了嘴边。

七天之后，也就是五月十九日。

这一天，沈石如往常一样早起，走出洞府，迎接他的是蓝天白云，大海碧涛。他站在路边眺望大海，等了一会儿，果然如预料之中，隔壁的洞府石门也打开了，孙友打着哈欠走了出来。

沈石看着他笑道：“怎么，昨晚又练了一整晚？”

孙友撇撇嘴，道：“也没那么夸张，反正我修炼得来的灵力也就那么点，练个一两次就顶天了。”

沈石道：“练得如何了？”

孙友叹了口气，道：“这练了半个月，火球倒是凝了出来，但是之前那一步聚灵实在麻烦，每次都要耗费我半天时间，看来还得等一段时日才能去捕妖了。”

沈石沉吟了片刻，道：“嗯，我想这两天就去试试看。”

孙友一怔，转头向他看了一眼，愕然道：“什么？”

沈石耸了耸肩，孙友皱眉道：“你别乱来啊，捕妖这事可是有风险的，我听小舅说过，虽然有驻守师兄当值，但历年来都有同门在那岛上受伤，严重的甚至伤了道行，有性命之危。”说到此处，他顿了一下，再看向沈石时目光已经有了几分惊奇之色，道，“难不成，你修习的水箭术已经可以在十息时施放了？”

沈石犹豫了一下，笑道：“差不多吧。”

孙友张大了嘴，半晌才道：“看不出你居然在这五行术法上有这般天赋啊……”

沈石摇摇头，笑道：“也就那样了，而且青鱼岛在沧海之中，水汽特别充沛，对我而言也有很大助益。”

孙友恍然，一拍手道：“对啊，我怎么就没想到这个，还傻傻地去选什么火球术，早知道也选个水箭术就好了。”

沈石笑道：“你也不用后悔，天底下散修十有六七选修的术法都是火球术，自然是有其道理所在，这门术法用途最广，威力在一阶术法中也算是最强的，等你修炼完成后，自然会有好处的。对了，那你准不准备和我一起去？”

孙友犹豫了一下，还是摇头道：“我这火球术离修成还早得很，真要过去捕妖，只怕还成了你的累赘，还是你自己先去吧，不过记得一切小心，那岛上的妖兽阴灵，都是凶残没人性的凶物，没必要为一点儿灵晶受伤。”

沈石点点头，道：“我知道的。”

孙友笑了一下，转身走去，沈石在五行术法的修行上进步奇快，着实令他吃了一惊，不过正如沈石自己所说的，其实这事也就这样了。五行术法天赋再高，日后的成就也就那样，归根结底，如今天下修士最要紧的根基，还是到了凝元境后开始修炼的种种道法神通，所以孙友根本也没有什么紧迫之感。

沈石和他并肩走去，并没有再多说什么，其实有些事他自然是隐藏于心，实在不可对外人轻言。自七日前第一次尝试用眉心处的灵力施放水箭术成功后，他便在每日夜深人静时，加紧修习这意外的所得。经过这七日的修炼，他施法的速度越来越快，最后连他自己都吓了一跳，赫然已经可以在短短三息之中就施放出一个水箭术了。

三息施法，这是一个什么样的结果？

要知道，哪怕是已经开辟玉府的凝元境修士，最快施法的速度差不多也是在三息，而这还是天赋不错的修士，一般而言，哪怕是凝元境的修士施放五行术法，也多在四息时间。

而沈石如今却仅仅是一个炼气境中阶的小小修士。

有的时候，沈石自己都忍不住在想，这神秘而诡异的眉心灵力，难不成真的就像是一个玉府气海吗？

要不是这样，怎么自己从中抽取灵力施放五行术法的速度竟会如此之快？

只是天底下所有人，万年来的一切修士，都知道不到凝元境就没有开辟玉府气海的可能，这个经过无数事实证明的道理绝无可能错了，所以沈石最后也只能将之归结于那个封印着七叶金葵花图案的神奇清心咒。

反正，眼下看来，这清心咒实在是一门很神奇的咒文啊。

到了青鱼集上，孙友与沈石分开，沈石径直去了白鹤堂，那里如同往日一样热闹，五个木板前人头攒动。沈石挤了过去，走过了白板，在绿板前略微停留了一下，看着已经稀疏了许多的人群，犹豫了一下，还是继续向前走了几步。

绿板之后，是红板。

站在红板之前的人，显然比前面两块木板就要少得多了，一眼看去，只有十余人站在这里，而且无一例外看着都是二十多岁的青年，显然是上一轮拜入凌霄宗门下的师兄。

听到脚步声来到红板前，有好几个人都转头看来，不过在看到沈石之后，那些人眼中都露出几分惊讶之色。要说是三年前新人刚刚上岛时候，有不少少年好奇倒是会跑到后面几块木板看看，但是三年之后大家早就熟悉了规矩，一般就很少看到有新人来红板这里了，毕竟到了红板这个档次的任务，一般都十分艰难，往往至少都要炼气境高阶的弟子才有实力去做。

不过大家惊讶归惊讶，看上几眼也就不去理会了，这岛上归根结底还是要看个人修炼，彼此间不相识的话，谁也没那个闲心去提醒别人这里的任务很难做。

沈石自然也看出有几位师兄眼中流露出的几分轻视，不过也没太过在意，慢慢走到红板前，抬头向木板上看去。

这里张贴的纸条数量比白板那边就少了很多，看着只有不到二十张，也就是能够贴在红板上的任务只有不到二十个，沈石在其中找了一会儿，很快找到了捕妖这个任务。

这是一张比周围任务字条要大上一倍的纸张，在红板上颇为显眼，上面写着要求，十分简单，大意是去青鱼诸岛中的第五座岛，即捕妖洞所在的岛屿俗称妖岛的地方，捕捉或杀死妖兽和阴灵，带回它们身上的一些灵材部位。

任务要求十分简单，但是条款下方却是跟着长长一大排文字，这也是这张纸比其他字条大许多的原因。这些一排排的文字清楚地写明了各种灵材的名称特点，出自何种妖兽或是阴灵，又是哪一个堂口需要，得到灵材后就要去相应的堂口缴纳并取得报酬。

捕妖任务，也是青鱼岛白鹤堂中，极少见的一个由所有堂口共同颁布的任务。沈石站在这张字条前，仔细地数了数，发现能从那座妖岛上取得的灵材，一共是五十五种之多。

第七十二章 ■ 旧怨

五十五种灵材各不相同，报酬也是各异，最低的是一颗灵晶，奖励最高的一种灵材名叫“琉璃骨”，乃是出自捕妖洞深处一种凶悍鬼物身上的灵骨，报酬高达两百灵晶。

看到那两百灵晶的字样，沈石下意识地吞了口口水，眼睛都亮了一下，不过片刻之后摇摇头，他还是丢掉了这种不切实际的幻想。妖岛之上诸多妖兽鬼物的凶悍，在青鱼岛新人弟子这里可是流传很久了，平日里就时常听说有前去妖岛捕妖的师兄师姐因为太过深入，进而遇见了妖岛深处包括妖岛最中心处的捕妖洞中极厉害的鬼物，不慎受伤狼狈而回，灵晶没赚到不说，反而还耽误了自己的修炼，可谓是得不偿失。

沈石性子缜密，在决心去做捕妖这个任务的时候，早早就打听过那妖岛的情况，所以心中也早有定计，想着只在妖岛边缘一圈，那里只有几种力量低微的低级妖兽活动，凭借着一阶五行术法，应该可以勉强应付过去。

至于现在，他在五行术法的修炼上有意外所得，心里的把握自然也就更大了些，不过虽然如此，他也并没有想过要真的深入妖岛。

在红板前仔细背下了那张大纸上的诸多灵材后，沈石反身走出了白鹤堂。因为是诸多堂口共同颁布的任务，所以倒是无须特别去找哪一位白鹤堂的师兄登记，只需要明日去青鱼集南边码头，那里每日有一趟固定前往妖岛的船只，早上过去，傍晚归来，每日往返一次。

到时候只要将收获送往固定的堂口，自然就能得到灵晶报酬。

在白鹤堂外犹豫了一会儿后，沈石决定还是先去红蚌村一趟，这三年来几乎每天都会过去，渐渐地都差不多成了一种习惯，总是要和海星说一声才好。

正想着这些，沈石准备往红蚌村走去的时候，前头路上忽然走来一个人影，面色平静，唯独眉头微微皱起，似乎正在思索。

沈石却是认得这位师兄，三年来王亘师兄主持青鱼诸岛大小事务，做事公正廉明，赢得了岛上众多弟子的敬重，而这位郑哲师兄平日作为王亘的左右手，也时常出面处理诸般事务，可谓是岛上的第二号人物，威望也是极高。

当下沈石连忙侧身让过，同时恭敬地点头叫了一声："郑师兄。"

郑哲目光转来看了他一眼，略一迟疑之后，便认出了沈石，道："原来是沈师弟，怎么，你来白鹤堂这里是想找些任务做吗？"

沈石点点头，道："正是。"

郑哲在三年前那场风暴中一直帮着王亘处置事情，所以对当日走丢最后侥幸找回的钟青竹与沈石二人都有印象，加上这三年来沈石修行进境也不错，至少也在新人弟子中排在前百位之列，所以平日见面倒也会说上两句，此刻便也随口问道：

“哦，可选了什么好任务吗？”

沈石犹豫了一下，还是回答道：“我想去做捕妖任务。”

“嗯？”郑哲一怔，这一下算是真正仔细打量了一番眼前这位师弟，随后皱起眉头，道，“沈师弟，那捕妖不比其他普通任务，妖岛之上的妖兽鬼物，并无人性可言，若是道行不够强行过去，一个不小心便很容易受伤，甚至有性命之危，你可知道？”

沈石点点头，道：“谢师兄提醒，小弟已经想过此事，所以只打算在妖岛边缘之地游走，看看能不能猎杀一些低级妖兽。”

郑哲“哦”了一声，神色稍见缓和，但仍叮嘱道：“就算是外围妖兽，虽然力量低微，但以你这样炼气境中阶的实力，只怕过去仍有几分勉强……如果你一定要去的话，我觉得最好去五行殿那里购买一门五行术法，火球术或水箭术都行，土系的岩刺术亦可，修成熟练施法后再去，或许会多几分把握。”

沈石连忙点头答应道：“多谢师兄教导，其实我已经在五行殿买了水箭术，这些日子也是日夜修炼，小有所成，所以才想去妖岛试试看。”

郑哲哦了一声，脸上露出几分笑容，点头道：“原来如此，那你便去妖岛看看吧，毕竟当年宗门前辈布下禁制搞出一个妖岛，也是为了让新人弟子有一处可以锤炼实战的所在，免得整日闭门造车，真要比斗起来十成道行也只能用出三四成。”说着顿了一下，郑哲最后还是有些不放心，道，“不过你最好还是小心些，切记只在妖岛外围走动，决不可轻易深入岛上，特别是不能接近那捕妖洞附近，知道了吗？”

沈石点点头，恭敬地答应下来。

郑哲一挥手，算是跟他打过招呼，然后便一路走去，经过白鹤堂外向里头看了一眼，只见有许多新人弟子在白鹤堂中徘徊，他也没多留意，便走了过去，一路走到王亘在青鱼岛上的住处轩日堂中。

郑哲平日就是王亘的心腹，在这轩日堂中也从来都是进出自如，一路走去，遇见的一些宗门弟子都是纷纷笑着向他打招呼，郑哲也是含笑回应。如此一路走到王亘师兄平日静修所在的那间静室外，郑哲脚步微顿，轻轻调整了一下呼吸，然后伸手在门上敲了两下。

片刻之后，静室中传来一个淡然的声音，正是王亘，道：“是郑师弟吗，进来吧。”

郑哲推门而入，只见静室之中简朴洁净，一支细香袅袅轻燃，王亘盘膝坐在地上一处蒲团上，正微闭着双眼，缓缓吐纳。

郑哲走过去在王亘对面的蒲团上坐下，安静地等待着。过了一会儿，王亘缓缓吐出一口长气，整个人看着似乎放松了一些，这才睁开双眼，望向郑哲，道："怎么，有事吗？"

郑哲点了点头，但脸上表情却是欲言又止的模样。

王亘眼中目光微闪，并没有催促或多说什么，只是在看了他一眼后，又慢慢垂下了眼帘。

静室里安静了一会儿，郑哲终于还是自觉有几分尴尬，干笑了一声，道："师兄，其实是妖岛那边……"

王亘再度抬眼向他看来，神色平静，目光也是平和，但是不知怎么，郑哲却觉得这位王师兄气势中隐隐有一种压迫之感，原本想好的话，一时竟有些说不出口了。

王亘等待了片刻，见郑哲似乎仍有几分犹豫，便开口道："可是林虎又托你过来求情？"

郑哲苦笑一声，点了点头。

王亘冷哼了一声，道："三年前他办事不力，给我惹出天大的麻烦，我处置他一下，莫非他还有所不满？"

郑哲连忙道："师兄误会了，林师弟断然不敢有如此想法，只是他被罚至妖岛上至今已有三年，那里确实是个苦差事，他也多次向我求情说是想要回来，我仔细一想，三年时间好像也差不多了……"

王亘淡淡地看了他一眼，郑哲叹了口气，后面的话便没有再说下去。王亘闭上双眼，道："若是他真心悔改，实心做事，我自然不会刁难于他。但是你莫要告诉我，这三年里对妖岛上的事都一无所知？"

郑哲开口欲说话，但王亘却径直又接了下去，道："三年来，他以凝元境初阶的道行看守妖岛和捕妖洞，却接连发生了十一起炼气境弟子在妖岛重伤之事，最严重的陈师妹被赤练鬼所伤，足足休养了三个月才好。如此疏懒怠事，逼得我不得不在一年前额外增派牛雄、曾志柏二位师弟前去妖岛，这才算是控制了局面。"说到这里，王亘冷笑一声，道，"似这般好逸恶劳，眼高手低之人，有什么资格自觉委屈，还敢托你过来求情？"

郑哲无语，讪讪而退。

五月二十日，晴。

这一天天气晴朗，阳光灿烂，时近六月，青鱼岛上已经渐渐炎热起来，不过在岛上修炼的人都有道行在身，肉身较常人强横许多，对寒凉炎热的抵抗之力也胜过常许多，所以倒是无人在意这少许热辣的日头。

青鱼集南面海边，是凌霄宗在这里修建的一处码头，此刻停靠着一艘大船，风帆鼓荡，看着就要起锚出航的样子。

青鱼六岛都在沧海之中，除了似王亘这等道行极高又有御空法器能在空中飞驰的厉害人物，普通的凌霄宗弟子想在几个岛上往返来回，多数时候也是要靠船只。至于眼前这艘大船，可以算是青鱼岛上最有名的一艘了，因为它是专门用来搭载前往妖岛进行捕妖任务的船只。

码头之上，虽然此刻还是清早，但已经站了约莫二十人，其中多数都是二十岁左右的青年，除此之外，还有三位服饰与普通炼气境弟子不同的人站在码头前方，其中两人神色轻松，彼此说说笑笑。另有一人矮胖身材，正是当初被罚的那位林虎，看起来他与那两位同为凝元境境界的同门似乎有些合不来，一直没怎么说话，却不停地向岛内深处张望着，仿佛在期待着什么。

过了一会儿，只见有个身影从那个方向走了过来，正是郑哲，林虎脸上顿时掠过一丝喜色，连忙迎了上去，在他身后那两位凝元境弟子转头看来，脸上都露出几分不屑之色。

林虎一路小跑到郑哲身旁，面带几分谄媚恭维之色，低声说了几句，似在问好又像在询问些什么，只见郑哲面色淡然，也看不出有什么喜怒哀乐，只是低声对他说了几句话。

林虎脸上的神情顿时变得失望沮丧，慢慢低头，嘴里咕哝了两句似乎还在抱怨什么，但郑哲忽然皱眉，瞪了他一眼，脸色沉了下来，猛地一挥手在他后脑勺上重重一拍，面色严厉地说了他两句。

林虎吓了一跳，连忙点头哈腰赔笑道歉，哪有半分凝元境修士的矜持，郑哲看着他的模样也是无奈，最后轻叹了一声，叮嘱了他一句，便回身走了。

林虎面色恭谨地束手而立，目送郑哲离开，随后再转过身走回来的时候，脸上神情已然难看至极，对站在码头上等待的一众炼气境弟子忽然大声怒吼道："上船了，都发什么呆，傻了吗？"

众多炼气境弟子都被他吓了一大跳，前头那两位凝元境弟子也是侧目，缓缓摇头，脸上厌恶之色更重，首先转身向那艘大船走去了。

众人被林虎喝骂几句也不敢多说什么，纷纷跟上，林虎看着心情极其恶劣，一路走来嘴里骂骂咧咧，看到哪个不顺眼就要骂上几句，猛地瞅见那些炼气境弟子队伍最后跟着一个年纪小一些的师弟，看着竟有几分眼熟，仔细一想，却是想起此人不就是三年前在那场风暴中走失的那个沈石吗?

林虎只觉得心情越发坏了，狠狠地瞪了沈石一眼，眼中露出几分凶光。

而沈石当然也察觉到这位凝元境师兄的敌意，但此刻的他却是一头雾水，委实不知道自己到底什么时候，又是哪里得罪了他……

第七十三章 ■ 妖岛

作为凌霄宗专门为拜入宗门的炼气境弟子的修炼之地，青鱼岛从开辟至今已有很长的时间，整个群岛从鱼头至鱼尾共有六座岛屿，形似一尾在海中游动的青鱼，是以俗称青鱼六岛。

沈石他们平日起居修炼的岛屿按排序乃是青鱼六岛中的第三岛，面积最大，诸多洞府殿堂也最为齐全，俗称青鱼主岛或干脆就叫青鱼岛。至于今日前去的地方，乃是青鱼六岛中的第五座岛屿，按位置算是“青鱼”的鱼腹位置，也就是俗称的妖岛。

妖岛在青鱼六岛中历来有着独特的地位，它的面积仅次于第三岛，乃是青鱼诸岛中的第二大岛。岛上多山多林，亦有山泉小溪，是一处外表看去风景颇佳的所在。不过这座岛屿之所以出名，当然还是因为在岛屿之上遍布许多妖兽，尤其是岛屿中心一座山脉深处，更有一座深邃古洞，里面深入地底，除了有些厉害妖兽藏于其中外，甚至还有阴灵鬼物。

按理说以凌霄宗这等名门实力，青鱼岛周边是不可能有这样妖兽出没的岛屿存在，否则的话都不需那些神通广大的元丹境长老出手，便是来上一两位神意境的高手，例如当今的凌霄三剑之流的高段修士，也能轻而易举就将这岛上的妖兽鬼物给平了。

不过妖岛存续至今，却一直安然无恙，妖岛之上诸多妖兽鬼物，其实都是凌霄宗特意纵容豢养的。一来可以给宗门里提供些灵材来源；二来也是最重要的原因，便是在捕妖任务的激励下，能够让青鱼岛上的新人弟子们有一处实战锻炼的所在。

沈石随着人流登上了那艘大船，虽然从一大早他就察觉到周围颇有些诧异的眼神打量着他，而在开船之后，他更是发觉整艘船上居然只有自己一人是年轻的弟子，其余所有人看起来都是炼气境高阶的师兄师姐们，看来平日还真的很少见有炼气境中阶的弟子来这里。

不过上了船之后，许是即将面对与妖兽阴灵的战斗，许多人都各自调息休息，力图将自己的状态调整到最佳，倒是一时间无人再关注沈石了。

沈石这才算松了口气，毕竟被人不停地观望打量，也不是件舒服的事，特别是前头那位主持妖岛当值有些矮胖的师兄，脸色看着很是难看，盯着自己好半天，让沈石尤其觉得不太舒服。

海风吹过，风帆鼓荡，大船起锚，随后缓缓离开了码头，向着前方驶去。

沈石站在甲板上，扶着船舷，只见下方白浪滔滔，水花四溅，大船在平静的沧海上划出了一道巨大的涟漪，平稳无比地向前开去。沈石若有所思，心里居然有些许的激动和紧张，三年来，这还是他第一次离开青鱼主岛前往别处。

蓝天碧海，孤帆远扬，很快青鱼主岛就被大船甩在了身后，渐渐变小。而前方远处一片浅蓝色海水中，另有一座岛屿缓缓显露出来。

沈石眯起双眼，远远眺望过去，知道那应该是青鱼六岛中的第四座岛屿，岛上多灵田药材，丹堂有不少人平日都会前往这里，钟青露便是如此。说起来这个当初的小胖妞似乎三年来在丹堂那边混得很不错的样子，听说前些日子在一众新人中最先炼出了一炉养气丹，很是受丹堂几位前辈师兄的看重。

就是平日脾气太差了啊……沈石撇撇嘴，心想若是钟青露性子好一些，平日别那么一副盛气凌人的样子，等自己将来赚到了灵晶，便去她那儿看看有没有办法买些辅助修行的丹药回来服食也是好的，别的不说，那养气丹效用听说便很不错，对炼气境弟子的修炼很有好处。

他心里这般想着，同时欣赏着海上美景以及海岛风光。大船不知不觉已经绕过了青鱼四岛，又在海上前行了一小会儿，一座大岛便慢慢出现在众人视线之中。

远远看去，那座岛上山脉高耸，密林森森，一派苍翠生机勃勃的模样，只有远远的不时从山林深处传出几声凄厉的兽吼声，才提醒众人这座岛屿有着莫大的危险。

沈石回头偷偷向甲板上那一众炼气境的师兄师姐看去，只见二十多人中，多数人都脸色平静，看来已经不是第一次来到这里，但也有那么一两位脸色有些紧张，眉头皱起，看起来多了几分忐忑不安。

眼看着大船乘风破浪渐渐靠近了妖岛，听着那些妖兽吼叫声渐渐清晰，沈石忽然也觉得自己的心跳有些加快，从小到大，这或许就是自己第一次面对真正的妖兽去战斗吧？

他的喉咙轻轻动了动。

一盏茶工夫之后，大船在妖岛东侧一处海滩外停下，那里有一条石头堆砌的长堤直入海中，算是一处简易的码头。也就在大船停稳之后，那三位凝元境的师兄都走了过来，站在众多炼气境弟子的前方。

林虎的脸色依然很是难看，在三人中他站在最前头，似乎隐隐有为首之势，但看着其余两位师兄的神情表现，显然对他并没有表现出心服口服的模样，倒是心不服口不服甚至连神情都不服的样子谁都看得出来。

不过林虎看起来并没有去管那两位同门，臭着一张脸走到前头，扫了一眼众炼气境弟子，冷冷道："你们都听好了，妖岛之上妖兽凶悍强横，你们来此之前想必就已知晓，一个不小心，别说受伤，就是性命也有危险。但本门前辈创立这妖岛，本就是为了让你们这些新人弟子有所磨炼，束手束脚怕这怕那，又有什么出息？总之，自己上岛之后好自为之，量力而行，生死自负不与人干。去吧！"

说罢一拂袖，却是径直走到一旁打开了下船的船舷通道。被他这么冷冰冰地一说，炼气境诸多弟子脸色都不太好看，不过任是谁也不能说林虎的不是，一来他是师兄，二来当初设立妖岛倒确实是有着这么一层意思。只是近年来凌霄宗照顾门下新人，多有派道行高深的师兄当值照看，特别是王亘过来主持青鱼岛事务后，多少觉得若是妖岛上频繁有人受伤乃至殒命实在太过难看，于他名声也是不好，所以特地关照了这里，近一年多来很少会有炼气境弟子受伤了。

诸人走过来依次下船，沈石也在人流队伍中，当他走过那林虎身边时，忽然只听林虎冷哼了一声，道："臭小子，区区炼气境中阶就敢来妖岛，是来找死的吗？"

沈石怔了一下，看了林虎一眼，只见这位林师兄脸色好生难看，瞪着自己还真有几分恶虎的气势。沈石迟疑了一下，也没去和他搭话，低着头走了过去。

林虎见沈石沉默不语，嘴角一撇，似觉无趣，也懒得再去纠缠，只是当他目光往后移了一位，登时眼睛一亮，面上头一次露出了一丝笑容，道："陈棠师妹，好久不见你来妖岛了啊，看起来更漂亮了。"

站在沈石身后的是一位女子，身材高挑丰满，容貌也是颇为美丽，在一众人中算是十分出挑的，本来正与身旁另一位女子说话，脸上带了几分笑意，忽然间听到林虎的话，转头向这边看了一眼，脸上神情登时便沉了下来，但看着似乎又不想完全不给林虎面子，只得勉强笑了一下，道："林师兄说笑了。"

林虎似乎对这位陈棠师妹十分感兴趣，哪怕陈棠面上已经显露出几分明显的隔阂冷落，他也像根本没察觉一般，反而往前踏上一步，靠近了陈棠身边，嬉笑道："陈师妹，你这次上岛是要捕猎什么灵材，给师兄说说，说不定我能帮你哦。"

陈棠眉头一皱，强笑道："不敢劳烦林师兄了，哦，前面有人叫我，我先去了。"说着连忙从林虎身边挤了过去，谁知林虎居然有意无意地也把身子向前靠了一下，顿时两人身子挤在一起摩擦了一下。

林虎眉开眼笑，似乎觉得占到了便宜，而陈棠则是满脸通红，眼中带了几分薄怒，但又不太敢发作，低头快步走下了船。

船下海堤之上，沈石听到身后动静，转身将这一幕都看在了眼中，当陈棠红着脸带着几分羞怒从他身边快步走过的时候，沈石也是在心里轻轻叹了口气，心想世上真是什么人都有，哪怕是凌霄宗这等名门大派里，看着也不尽然全是英才俊杰之辈。

不过陈棠本人都忍了下来，别人自然不会多嘴插手。那林虎厚颜嚣张地站在船舷上，看着占了这个美女便宜后倒是心情好了不少，大声道："傍晚之前，都到这里上船回岛，自己看着时间，不然的话，就准备在妖岛上过夜吧！"

说罢一挥手，却是大摇大摆地自行回船舱里休息去了。

船下众多炼气境弟子都无语，纷纷掉头向妖岛走去，沈石走在人群的最后，不住地打量着眼前这座海岛。

海堤前方是一处白色沙滩，一直延伸到岛屿远处海边，再往前便是一座树林，看着面积不小，有一条小道延伸进去，看着像多年来凌霄宗弟子进出妖岛的道路。

周围看起来除了海浪潮汐声，一切都很平静，当沈石随人群走到那处沙滩站在林子外头的时候，也没有看到有任何的妖兽踪影。

大部分凌霄宗弟子，包括那位容貌美丽的陈棠，都是从那条小路进入了密林，显然这些师兄师姐对这妖岛上都有了几分心得，行进间并无紧张畏惧之态。除此之外，还有两个凌霄宗弟子犹豫了片刻，却是没进那片树林，而是沿着沙滩，顺着这片树林的外围向前并肩走去。沈石向他们看了一眼，想起似乎就是前不久在大船上有些紧张的那两位，看来也是刚来妖岛，准备小心谨慎地捕猎了。

沈石看看那条小路，又看看沿着沙滩在树林边缘试探着小心走路的两位师兄，沉吟了片刻后，也没进树林，独自一人向着另一个方向，顺着沙滩沿着树林边缘，向前缓缓走去。

第七十四章 ■ 水箭

随着那些炼气境弟子纷纷下船上岛，往妖岛深处行去，停靠在海滨长堤之侧的那艘大船很快便安静下来。甲板之上，牛雄与曾志柏二人对望一眼，都微微皱起眉头，其中身材更高大些的牛雄向船舱那里看了一眼，略带了几分怒意，道："他就这么不管了？"

站在他身旁的曾志柏也是面带鄙视，冷冷地道："看来是的。"

牛雄一磨牙，啐了一口，道："历来在妖岛上捕妖任务都有风险，王亘师兄几次三番告诫，一定要暗中保护诸位炼气境师弟师妹不可松懈，他林虎身为妖岛当值居然就这么撒手不管了，反而让我们两人累死累活地去看管？"

曾志柏叹了口气，回想刚才林虎一副事不关己径直回房的模样，显然是一副甩手掌柜的样子，忍不住也是摇摇头。

那边牛雄的脾气显然也不是特别好，在那里哼了一声，怒道："索性咱们两人也不去了，免得天天帮他擦屁股还要看他脸色！真要是岛上出了什么纰漏，王亘师兄震怒怪罪下来，看看是谁会倒霉？"

曾志柏犹豫了一下，还是苦笑道："算了，算了，那厮就是这么个怪人，若非对他有所了解，王亘师兄也不会特意将我们二人派遣过来。总之咱们所做之事，王师兄必定心里有数，何必去跟他斗气？再说了，上岛的也都是师弟师妹，万一真要不小心伤在了岛上妖兽鬼物手下，也是不好。"

牛雄默然片刻，终究还是点点头，虽然看着脸上神情还有些不太情愿，但最后还是大局为重，跟着曾志柏两人一起下了船。

他们二人都是修炼到了凝元境境界的凌霄宗亲传弟子，道行远胜如今妖岛之上那些炼气境师弟师妹，不过一般而言，修士在凝元境还不能轻易御空飞行，除非能得到一些罕见的飞行法器，他们二人在凌霄宗内算是普通弟子，都没有那种机缘，又或是有那种巨大财力直接去神仙会这等商会里购买一件，所以在大多数情况下，他们也只能在地上步行。

不过境界的差距毕竟在那里，他们二人几个起落便越过了长长的海堤，来到了那座林子外围，曾志柏向前面森森密林看了一眼，道："我看刚才好像多数人都从这里进去了，不过还有数人是在海岛外围，怎么办，咱们分开去看看？"

牛雄想了想，却是摇头，道："妖岛靠海最外围这一圈，不外乎就是铁甲犰狳、蓝钳蟹和风鸟这几种低阶妖兽，战力都一般，只要修炼到炼气境高阶，单凭灵力锤炼后的肉身力量，差不多也能压制住，不必费心去看了。倒是妖岛越往深处，妖兽鬼物都越发厉害，其中有几种怕是连我们两个应付起来都有些麻烦，还是去里面看紧些才好。"

曾志柏点点头，道："说的也是，而且刚才大部分师弟师妹都往妖岛深处行进，确实还是跟过去较好。”

主意既定，两人便都向着树林深处走去，转眼之间便消失在了密林深处的枝叶背后，只留下重新恢复了平静的沙滩长堤，海水轻柔地拍打着海岸。而远处那条大船上，忽然有人影出现，却是矮个子的林虎不知何时来到了甲板上，目送牛雄曾志柏二人进入妖岛深处后，他目光抬起，远远向妖岛深处眺望了一眼，海浪声中，海岛深处仿佛又传来几声凄厉的妖兽嘶鸣声。

林虎面上闪过一丝奇怪的神色，隐约带了几分戾气，但很快一闪而过，在船舷上犹豫徘徊了片刻后，他缓缓摇摇头，还是转身走回船舱去了。

“哗哗”的海浪声，一直回荡在沈石耳边，沿着妖岛边缘漫长的海滩，他一直谨慎小心地前行着。

这座妖岛上的植被似乎特别的茂盛，视野所及那些隆起的山坡上满是茂密的森林不说，便是在这海岛边缘，也多被茂盛树林所遮盖，只有边缘处靠近海边的地方，有一些开阔空白的沙滩。

此刻沈石就走在这片沙滩与树林交界的地方，多数时候他更靠近海滩一些，毕竟那些树林枝繁叶茂的，谁知道会不会什么时候直接从某棵大树背后跳出一只妖兽扑过来。

如此走了一段路，渐渐离刚才上岛的海堤处已经有了一段距离，加上妖岛海岸线并不整齐，常有弯曲突兀，所以在这个时候沈石已经看不到那艘大船了，漫漫海滩之上，树林之外，就只剩下了他一个人。

不知为何，在平缓的海浪声中，沈石忽然觉得自己有些口干舌燥，手心似乎也有几分异样，伸出手来看了一眼，却发现掌心处不知何时已经渗出了些许冷汗。

他默默地将手掌在衣服上擦了擦，定了定神，正想再继续前行找寻妖兽的时候，忽地只听前方约莫两丈开外的树林里传来一声低沉的怪叫声，声音尖利，犹若婴儿啼哭。

沈石身子一震，立刻停下脚步，目光紧紧盯着那处，过了片刻之后，只见前方草木一阵翻动，却是从林中树下，走出了一只妖兽。

头似鼠类，全身披甲，身高大约至沈石大腿处，身长足有五尺，还有一只大尾巴，看着模样很是古怪，最显眼的地方就是那副全身土黄色的甲胄，一看就是坚硬骨质所化，很是坚固。此刻它在海滩上转了一圈，很快也发现前面不远处的沈石，顿时发出一声低吼，转过身来，小小的眼睛中露出几分凶光。

沈石吞了口口水，呼吸有几分急促起来，算起来这还是他生平第一次面对这种野生凶猛的妖兽，说不紧张那真是骗人的。不过好在在来妖岛之前，他多少也已经有了对这种场面的心理准备，虽然紧张但终究没有失控，并很快认出了这只妖兽的来历。

要收集诸般灵材，自然要知道灵材出处来源，也就要熟知妖岛上各种妖兽鬼物的特征外貌。眼前的这只妖兽便是其中之一：铁甲犰狳，一阶妖兽，力大而厚甲，刀剑难伤。

他微微眯上眼睛，脚步不动，但右手已经缓缓扬起，同时体内气脉中灵力鼓荡，尤其是眉心处那处神秘窍穴中，原本凝聚融合的灵力猛地催动一下，水箭术的法诀已然开始发动运转。

铁甲犰狳在神仙会颁布的《妖兽谱》上位次很低，算是最低一等的普通妖兽，同时性情上并不算是进攻性特别强烈的凶悍妖兽，所以在发现沈石双方开始对峙的时候，铁甲犰狳并没有第一时间就冲过来发动攻击，而是发出恐吓性的吼叫，意图吓跑这个弱小的人类。

但是看到沈石非但没跑，反而盯着自己扬起手臂，似乎露出了几分攻击意图之后，铁甲犰狳一下子就火了，不管怎样它终究还是一只妖兽，体内也有几分凶悍之气，登时就被沈石的姿态所激怒，咆哮一声后，铁甲犰狳后足用力一蹬，庞大的身躯一下子向沈石这里冲了过来，同时张开大嘴，露出嘴里白森森的利齿。

一息刚过，它已冲出；

两息时候，它已跑过丈余，同时看到沈石手臂齐肩，五指舒展而开；

三息时，咆哮声已在耳边，利齿獠牙已在不远，而一道尺许透明的水流忽然出现在他的手掌之中。

水性至柔，变幻无方，能为万物，化为箭矢。

铁甲犰狳的小眼睛中，清楚地看到那道水流突兀地出现在那个人类的手中同时以极快的速度，似被一股五行之力催持一般变幻着形状，转眼间变作了一只尖锐的箭矢对着自己。不过以铁甲犰狳的智商，那个小脑袋里并没有察觉有什么异样，或是看出什么东西来，此刻它目露凶光的眼睛里只是盯着这个人类，想着只要再过片刻工夫就能将他扑倒，然后一口咬断他的脖子！

它扑了过去，张牙舞爪，咆哮怒吼。

半空中，一道亮光闪过，透明的水箭激射而出，隐隐带出了破空锐啸之声，向着铁甲犰狳当面冲来。

铁甲犰狳身在半空，甚至还没做出什么应对的表现，便看到那一抹透明晶亮的水箭倏忽而至，下一刻，一股冰凉之气直接冲进了它张大的大嘴中。

“轰！”

低沉却带了几分恐怖的声音，在这只妖兽的口中爆发出来，整个扑来的庞大身躯竟然被硬生生打了回去，一下子从半空摔到了沙滩之上，然后还不等犰狳爪子捂住自己的嘴巴，殷红的血流已经喷了出来。

沈石退后了几步，拉开自己与这只妖兽的距离，同时心头狂跳，下意识地开始去凝聚第二次的水箭术。

不远处的沙滩上，铁甲犰狳嘶鸣着翻滚了两下，然后身子开始抽搐起来，同时口中流出的鲜血越来越多，没过多久，这只妖兽就这样在沙滩上安静了下来，一动不动，只有血迹染红了身旁的沙子。

沈石等了一会儿，慢慢走了过去，试着用脚踢了一下，铁甲犰狳丝毫没有反应。

沈石松了一口气，直到这个时候，他才觉得身子忽然有些发软，刚才那场短暂简单却带了生死的战斗，实在是他从未有过的经历，看着铁甲犰狳尖利的利齿和细长锋锐的爪子，只要招呼到自己身上，必定就是皮开肉绽的结果。

他缓缓蹲下，手掌在铁甲犰狳土黄色的坚硬皮甲上摸了一下，触手处粗糙而坚硬，这种妖兽的骨甲硬如坚钢，寻常刀剑根本砍不动，哪怕他修道三年到了炼气境中阶，真要肉搏起来，也未必就能胜过它了。

但是一个水箭术，射入妖兽肉身里最薄弱的口中，就结束了这一切。

第七十五章 ■ 铁甲犰狳

沈石蹲在地上，仔细检查了一下铁甲犰狳的尸体，很快注意到在铁甲犰狳的脖颈背后处，坚硬的骨甲上有一个很明显向后的突起，看着这位置，应该就是水箭术射入妖兽口中后直接撞击留下的痕迹。

看着这一处虽然突起但骨甲整体上并未有破损的痕迹，沈石的瞳孔也忍不住微微缩了缩。铁甲犰狳这一身骨甲坚韧无比，在一阶妖兽中也算是出了名的防御强大，身上的弱点有两处，一处是嘴巴，另一处是同样没有骨甲覆盖的腹部，换句话说，如果这只犰狳没有小看沈石而是一心防守蜷缩成一团的话，光凭一个水箭术，沈石其实是奈何不了这种妖兽的。

区区一只一阶妖兽，还是妖兽中战力很弱的一种，都有这般厉害的保命本事，更何况那些天性凶猛同时更加凶悍的虎豹豺狼中的妖兽，沈石对这妖岛上的危险又多留心了几分，叮嘱自己万不可大意深入妖岛深处，随后便开始想到来到妖岛上最重要的事——剥取灵材。

铁甲犰狳是一阶妖兽，根本不可能凝炼出珍贵的妖丹，所以这种妖兽通体上下有用的灵材，就是它坚韧到甚至能抵御五行术法攻击的骨甲。

往昔还在阴州西芦城天一楼里的时候，沈石也曾见过店中售卖的铁甲犰狳骨甲，也记得这种灵材的用途多数是用来制作一些低级防御法器，甚至有些散修干脆直接做成了贴身皮甲穿在身上，也算是为险恶的江湖行走添一分保险。而眼前这只死去的铁甲犰狳，算是让他知道了这种皮甲究竟是如何而来的。

他默默看了一会儿，然后从怀中掏出一把锋利的匕首，开始剥取骨甲。来到妖岛之前，他当然会对妖岛上的情况做一些了解，对自己也许会面对的妖兽差不多也是心里有数，所以做起事来也算是都在意料之中。这种犰狳骨甲覆盖妖兽全身，但并不是全部都有用，例如腿脚及尾部的骨甲就很薄弱，并不是很适合作为灵材，要知道铁甲犰狳防守时，这几处地方其实都是蜷缩进去的，所以凌霄宗那里并没有收取这些无用之物。

最有用可当作灵材的骨甲，是附着在背部以及头部脖颈这一片的，沈石耐心地剥取了约莫一盏茶时间，终于取下了这一片骨甲灵材，收好之后，最后看了一眼地上的犰狳尸骸，便继续向前走去。

妖岛之上妖兽众多，吃肉食腐的凶物也不少，到了夜晚时分，自然会有妖兽过来将这具尸体拖走吃掉。

不知道刚才遇到铁甲犰狳的地方，是不是这种妖兽的一个活动范围边缘，当沈石继续向前走了没多久后，很快又遇到了另一只铁甲犰狳，看着和前一只差不多，身躯似乎还小了一些。

一人一兽相遇对峙之后，战斗很快便爆发开来，这第二只铁甲犰狳似乎也同样看不起沈石这个弱小的人类，一样地当面扑来，而沈石仗着清心咒的秘法威力，施放水箭术速度极快，仅仅三息时间便再度凝出了水箭击中铁甲犰狳。

不过有点麻烦的是这只犰狳虽然同样攻击扑来，但中间居然没张嘴……

沈石不得已只得将水箭射至铁甲犰狳的腹部，没有坚硬骨甲的保护，水箭术同样瞬间刺进了妖兽的腹部，炸开了一个大洞，重创于它，但妖兽顽强的生命力在这一刻显露了出来，只要不是立刻致命的伤害，铁甲犰狳竟然在重创落地之后仍踉跄扑来，想要与沈石同归于尽。

沈石被迫之下连续后退，同时激发了最后一次水箭术。

他道行只有炼气境中阶，长久以来修炼得到的灵力，特别是凝聚于眉心窍穴里的那一部分灵力，只够他施放三次水箭术，由此也能看出五行术法的确是耗费极大但威力很难对得起这份损耗的法门。

两次水箭术的攻击，终于还是杀掉了这只铁甲犰狳，但是灵力损耗殆尽的结果也让沈石觉得一阵晕眩，险些站立不稳。

他半弯着腰，双手扶膝，大口喘息着，脸色看去也有些苍白，甚至有点儿恶心想吐的征兆。这显然就是灵力耗损过度，有些脱力的迹象，此刻在他眉心窍穴里，曾经凝实的灵力已然消耗一空，几乎是半点不剩了。

虽说吸纳入体经过修炼后的灵力都会稳定下来，使用各种法术神通消耗之后，经过一段时间会自行恢复，但在这段时间里，修士基本上就等于是毫无防御之力。沈石盯着眼前倒在地上的铁甲犰狳的尸体，忽然间想到一件事：自己已然用完了三次水箭术，如果这个时候突然再蹿出一只妖兽来，那该怎么办？

这个突如其来的想法让沈石自己吓了一大跳，下意识地就转头向四周看去，只见附近海滩还是一样的空阔，但是前头密林之中，茂盛枝叶背后影影绰绰，也不知到底是风吹草动还是有妖兽藏于其中，真有几分诡异。

一时间，他连大气也不敢喘，心中更是有了几分悔意。

不过过了一会儿之后，四周的环境仍然和刚才一样，似乎他的运气不错，并没有遇到那种最糟糕的情况。沈石盯着那片树林看了好一会儿，这才慢慢松弛下来。因为有眉心窍穴里那些凝实神秘的灵力相助，他的水箭术修炼得特别迅速，但是若是撇开这些，纯粹和普通人一样，用那些正常散落在周身气脉中的灵力激发水箭术的话，他的进度与常人并无区别，仍然是修炼得非常艰难，每激发一次水箭术都需要至少十息甚至更长的时间，并且最多只能施放一次，显然除非另有人在前头挡住妖兽让他慢慢施法，否则是根本无法与妖兽战斗的。

不等他施放出法术，怕是早就被妖兽咬断脖子了。

既然暂时没有妖兽靠近，就算是安全了，而在短暂的眩晕过后，沈石也逐渐缓过气来，虽然身上还有些许的乏力感，但三年来修炼不辍的肉身终究还是有些成效，他再度拿出匕首，小心地取下了这只犰狳的骨甲，然后便带着两份骨甲，转身向来路返回。

一路之上，他都在不住地向树林里张望，生怕突然就跳出一只妖兽来，毫无后手的窘境让他心跳得越来越快，也让他在心里再次告诫自己，日后如果还来做捕妖这种危险的任务，断然不能手段用尽才返回，一定要留有后手。

修士运用灵力施放诸般神通道术，消耗掉的灵力都会自行恢复，但是恢复的速度依照道行境界的不同也是各不相同，一般来说，境界越高越强，灵力恢复的速度也就越快，似沈石这般还在炼气境中阶的低端修士，想要恢复完全消耗的灵力，至少也需要六个时辰也就是半日工夫。

不过除了这种苦等休息的笨法子外，修真界里当然也会有一些辅助手段加快灵力的恢复，比如一些特殊的功法秘诀，或者服食一些这方面的灵丹妙药，都会让修士加快恢复灵力。

说到丹药，沈石不禁想到了钟青露前些日子炼出的养气丹，这种丹药虽然品阶不高，但很是适合炼气境修士，在修炼的时候服食一枚，据说可以让吸纳的灵力多上少许。除此之外，丹名养气，正暗合了补气养元之功，修士损耗灵力之后服食养气丹，也能加快一些灵力的恢复速度。

“回去之后，要不去找一下钟青露吧……”沈石在心里暗自想着，抬头向前看去，那条长长的海堤和那艘停靠在海边的大船，终于出现在了视线之中。

偌大一座妖岛，处处危机四伏，唯一安全的地方，可能就是这艘大船了。沈石拖着有些疲惫的身子，手上还抱着两份犰狳骨甲，跨过海堤走回大船上时，这才真真正正地放松了下来。

不过看看天色，似乎距离一众炼气境弟子离船上岛才过去了一个时辰，此刻甲板之上空空荡荡，除了沈石就一个人影都没有了。沈石带了几分自嘲，抱着两份犰狳骨甲在甲板上找了个地方坐下来，背靠船舷面向妖岛，听着船外海浪哗哗的声音，只觉得船体随波轻轻摇摆，而远处妖岛上青山如黛景色如画，若不是不时传来的凄厉兽吼声，还真会让人错以为是一处美丽的世外桃源，怡人海岛。

他深深地吸了一口气，便缓缓闭上双眼，在甲板上安静地等待起来，同时手掌轻轻摸了一下放在身旁的犰狳骨甲，嘴角微微露出了一丝笑意。

犰狳骨甲这种灵材，在白鹤堂那张字条上列出的五十五种灵材中算是低端的，但是一份骨甲仍然可以换到两颗灵晶。虽然看起来不多，同时来妖岛上捕妖的风险也很大，但是沈石对这样的回报还是觉得满意。

一日辛苦再加上一点儿风险，便能得到四颗灵晶的报酬，这得在红蚌村里剥虾剥上多少天啊？在这一刻，沈石心里便已经确定自己只怕以后再也不会去红蚌村剥虾了。

第七十六章 ■ 打扰

身为这一天里来到妖岛上众多炼气境弟子中，唯一一位道行只有炼气境中阶的人，沈石回来得也是最早，那些师兄师姐显然远比他要更持久，所以他在这艘大船上等了很久，一直等到了将近黄昏时分，才看到有人从妖岛上那片密林中走出来。

从第一批人回来之后，就像是约定好了一样，开始陆陆续续有人不断地从妖岛上出来回到船上，沈石坐在一旁安静地看着这些师兄师姐，发现他们极少有单独成行的，甚至连两人的都少见，多数时候看到的都是数人结伴。

在这些深入妖岛的炼气境弟子脸上，多数都有掩饰不住的疲倦之意，不过与此同时，他们所带回来的战利品也不少，沈石仔细看了一会儿，发现基本都是那五十五种灵材之内的东西，不过看着价值应该都在十至三十颗灵晶之间，至于能换取五十颗灵晶以上算是高级的灵材，却是一种都没看到。

不过饶是如此，这些炼气境弟子除了少数几个看起来收获不佳的人，多数人脸上还是带了几分满意的笑容，彼此间也在高兴地谈笑聊天，又或是互相查看收获的灵材，在那边微笑议论。

黄昏时分，夕阳之下，落日余晖为大船甲板披上了一层淡淡的晕黄色，映出了每一张满意或带了几分沮丧表情的脸庞。沈石笑了笑，忽然觉得这样的生活似乎很好，哪怕在今天早些时候，他曾经面对了凶恶的妖兽。

随着最后一批炼气境弟子在天黑之前赶了回来，一行四人，其中正好还有白天被林虎占了便宜的那位美女弟子陈棠，这艘大船终于缓缓起锚，转头向青鱼岛方向驶去。

甲板之上，最后回来的那一批人似乎人面很熟，跟多数早些回来的人都熟络，特别是那位美女陈棠，看起来更是隐隐有几分人群中心的意思，不少男弟子都围了过去嘘寒问暖。

而陈棠等人也是笑着跟众人聊天，同时展示了一下自己在这里收获的灵材，东西却是不多，从沈石这边远远看去似乎仅有一件。但是片刻之后，甲板上却一下子骚动起来，同时有好几个人开口叫了出来："这东西……莫非是地灵犀的犀角？"

"连灵犀角都能猎到，陈师姐你们太厉害了！"

……

听到这一阵议论，坐在一旁偏僻角落的沈石也吃了一惊，忍不住站起身向前走了两步，仔细看了看，果然在那人群缝隙里，看到那位陈棠师姐白皙的手掌上拿着一只褐色大角，约莫尺许长，看去厚实沉重，角身上闪烁着一层淡淡的光辉，看着就是一副卖相不俗的灵材。

沈石盯着那只灵犀角看了两眼，心中也是有几分惊叹，这灵犀角乃是妖岛上一种名叫“地灵犀”的妖兽独有之物，十分少见，在捕妖清单里的五十五种灵材中排名十分靠前，单是这一只灵犀角，便能换取高达一百四十颗灵晶。

不过灵犀角虽然昂贵，但地灵犀却是已达二阶的妖兽，虽然还未到凝结出妖丹的三阶妖兽境界，但是力大无穷，凶悍无比，向来被视为妖岛上最难对付的几种妖兽之一，想不到陈棠这四人居然可以杀掉如此凶猛的一只妖兽。

一时间，周围人都发出惊叹恭维声，陈棠以及其他三个男弟子都笑容满面，显然也对自己的收获十分满意。

一百四十颗灵晶啊，沈石在一旁看着那只灵犀角真是眼睛放光，羡慕得紧，而大船就在这般欢快而温和的气氛中，驶入了大海深处。

这一天，就这样安静地过去了，沈石站回到甲板船舷边，偶然回头看向那座妖岛，只见偌大的岛屿渐渐地在暮色中隐入了黑暗，仿佛也即将陷入安静的沉眠，只有隐隐约约从岛屿深处传来的几声兽吼，提醒人们每到深夜时分，才是这座妖岛最危险的时候。

回到青鱼岛上的时候，天色已经黑了下来，众人下船之后纷纷散去，沈石抱着两片铁甲犰狳的骨甲，也一路走回了白鱼湾。

夜色下的海湾安宁而沉静，海浪在无边无际的黑暗中翻涌，轻轻地涌上海滩又悄然退去，头顶有星光，有碎云，照亮了他脚下的路，指引着沈石一路走回到他的洞府之前。

白日里与铁甲犰狳的两场战斗耗尽了他眉心灵力，但是经过在大船上的休息，到了这个时候灵力倒是完全都恢复了，人的精神也不错。在打开石门将那两片骨甲放到洞府一侧的石台上后，沈石沉吟了片刻，最后转过身又出了洞府，却是沿着路一路向后走去，一直走到了与他相隔七座洞府的甲四十八石室前。

钟青露与钟青竹两位钟家姐妹，就住在这前头的两座洞府里。说来虽然到了这青鱼岛上，这三年里也算是和她们认识，但是沈石却从未进过她们的洞府，而且两位少女中，他当然还是与那位脾气很好、性子温和的钟青竹更要好些，至于脾气暴躁、牙尖嘴利的钟青露，平时见面少不得都会讽刺几句，沈石向来都是有些敬而远之的。

只是想不到，自己今晚居然也会站在钟青露的门口。

好吧，谁让她居然有几分炼丹的本事呢！

沈石心里这般想着，伸手拍打了几下钟青露洞府的石门，“砰砰”的声音回荡在这一片夜色里，低沉却意外地清晰，似乎传出了很远很远，倒是让沈石自己都吓了一跳。

过了一会儿，石门内外一片安静，毫无反应。

沈石怔了一下，抬头看了看天色，这时虽然还不到深夜时分，但已然入夜，照理说多数人这个时候都应该在自己洞府的啊。只是他忽然又想到前些日子某个深夜时分，在海滩上意外与钟青露相遇，难道这女子竟然有深夜出门闲逛溜达的怪癖吗……

心里这般想着，沈石犹豫了一下，还是抬头在石门上又拍打了几下，心想若是这一次还没反应，就只好先回去，等明日白天的时候再过来找钟青露了。

咚咚咚咚，这一次他敲门声比之前又大了一些，在安静的夜色中猛然响起，而紧接着却有一个沉闷的像是什么爆裂一般的低沉声音，忽然传来。

“砰！”

沈石吃了一惊，回头向四周张望一下，只见周围一切如常，似乎并没有任何异样，正诧异间，忽然只听隆隆之声响起，面前的石门忽然打开了。

沈石退后了一步，心里莫名有些许的紧张，看着面前移开的石门，果然只见一个人影就站在门后。

沈石干笑了一声，道：“钟师妹，冒昧前来打扰了，我来是想向你……呃？”

他的声音忽然一下子戛然而止，瞪大了眼睛看着眼前这位少女，一时间竟是说不出话来。

站在门后的自然便是这座洞府的主人钟青露，身材窈窕美丽，是平日熟悉的身影，但是此刻一张微胖白皙的脸上，却是有一半脸庞都染上了黑灰，一张脸半黑半白，怪异无比还带了几分滑稽。

钟青露冷冷地站在门口，一双明亮的眼睛直直瞪着沈石，直把他看得心里有些发毛，过了片刻，才听到钟青露冷冷地道：“你来此何事？”

沈石干笑了一声，想要移开目光却还是忍不住偷偷瞄了一眼钟青露那怪异的脸庞，道：“我是听说你最近炼出了一炉养气丹，想……”

钟青露盯着他，眼神不善，那目光不知怎么，总让沈石觉得比平日都凌厉许多，就像是刀子一般，一时间话都说不下去了。

片刻之后，钟青露咬咬牙，道："我炼出了养气丹，关你什么事？"

"呃……"沈石一时真不知道如何接口，平日里虽然他也知道钟青露脾气不好，但是今天晚上的她似乎正处于一种怪异的暴怒情绪中，说出的每一个字都夹枪带棒的，真让他有种回头就走的冲动。

只是人来都来了，也站在了钟青露石室门口前，沈石心里叹了口气，想着哪怕钟青露脾气古怪，根本不理自己，还是要把话说完说清楚，那时再走也不迟，毕竟他心里对那养气丹还是十分迫切想要的。

当下咳嗽了一声，沈石硬着头皮道："钟师妹，我是想来向你买一些养气丹的。"

钟青露盯着他看了一会儿，一声不吭，但是眼中神色和脸上神情都难看到了极点，看去似乎下一刻就可能冲出来直接一脚踢到沈石的腿上，让沈石颇有几分胆战心惊的感觉。但是钟青露最终还是没这么做，相反地，她忽然让开了身子，面色如霜，一指身后石室之中，道："你要的养气丹，在那儿。"

沈石一怔，一时没反应过来钟青露这是什么意思，目光随之顺着她手指的方向向石室里看去，顿时便吃了一惊，只见洞府石室正中的地上，摆放着一个两尺丹炉，个头不大，应该是丹堂里规制最小的一种丹炉，平日专门给新入门学习炼丹的弟子使用的。

只是此刻这个丹炉看去一副惨状，倾倒在地不说，炉身上赫然还有几道明显的裂痕，地上撒了一地的碎渣黑灰，从半斜的炉口看去，有几个黑乎乎的圆状之物滚落在地上，一股焦臭气味飘散在周围。

"这……"沈石心里忽然有种大事不妙的感觉，额头隐隐见汗。

第七十七章 ■ 丹炉

"这……"沈石只觉得喉咙里有些发干，转头看了钟青露一眼，只见她原本白皙的脸上沾染的黑灰，似乎和地上散落的那些很是相似，心底越发虚了，小声地道，"你……莫非是炼丹的时候，出了什么差错吗？"

钟青露盯着他，冷笑一声，道："托你的福，在我最关键的火势最盛准备开炉取丹的时候你跑来叫门，手一抖丹丸都废了不说，连丹炉都摔裂了。”

“啊……”这情况比沈石预想的最坏的情况看起来还要糟糕三分，他此时已经不知道该说什么才好了，只见钟青露满脸都是怒色，身子似乎都在隐隐发抖，显然是已气到了极处。

惶然之下，沈石只觉得脑子里有些转不过弯来，只得结结巴巴道：“我、我不是故意的，对不住。”

“对不住？”钟青露的声音猛地抬高起来，在这片寂静的夜色中显得有些尖锐，盯着沈石，只听她恨恨地道，“一声对不住就算了？你知不知道我守了这一炉丹药多长时间，整整两个时辰都不敢离开！你知道要炼制养气丹需要几种灵草药材吗，你知道这一下多少灵晶没了吗？那一个丹炉坏了，你知道那又要多少灵晶吗，那花了我整整三年的积蓄才买来的，你知道吗！”

一堆疾言厉色如排山倒海汹涌澎湃的追问把沈石问得头晕目眩，一个字也说不出来，而此刻钟青露说着说着，怒色依然，脸上却又多了几分伤心之意，眼中更有了几分水汽，似乎触动了什么伤心处，到了最后更是一滴晶莹泪珠抑制不住，滚落下来。

沈石瞠目结舌，手足无措地站在那儿，钟青竹狠狠擦了一把眼睛，声音里兀自带了几分哭音，对着沈石大声道：“你给我走啊，走啊，我不想看到你！”

声音尖锐，在夜色中传出了好远，沈石转头间隐约看到周围附近的洞府似乎已经有人听到动静，跑出来探头探脑往这里张望。

他心底真是十分歉意又无奈，又觉得自己莫名其妙委屈得紧，心里郁闷，但看眼前这一幕，终究还是过意不去，期期艾艾还想再对钟青露开口说几声抱歉的话，便见钟青露圆睁双眼，怒喝一声：“滚！”

声若惊雷，震得沈石耳鼓发鸣，旁边洞府石门纷纷打开，围观人群眼看越来越多，沈石实在禁受不住，脸颊也是发热，只得掉头落荒而逃。

钟青露面上兀自还有怒色，转头一看最少有数十个同门弟子都探出脑袋观望自己，更是气不打一处来，对着人群怒道：“看什么看！”

说完一个转身，云符一挥，“轰隆”声起，石门轰然关上！

周围被她骂了的同门弟子们倒也没生气，反而一个个从各自洞府门口走了出来，渐渐聚到一起，在那边好奇地张望聊着天，平日相熟的还聚在一起窃窃私语，一会儿看看钟青露这里，一会儿又回头看看前头沈石那边的洞府，彼此间脸上神色颇有深意，在那边说个不停。

而在人群的外围角落里，钟青竹一个人默默地站在那里，也不知她是什么时候从洞府里出来的，眼中带了几分茫然，又有几分说不出的奇异表情，只是怔怔地看着钟青露紧闭的石门，一言不发。

五月廿一日，阴。

早上出门看看天色，只见天空阴云集聚，看着似乎是个沧海中少见的阴霾天气。沈石摇摇头，轻轻叹了口气，心情也是不太好。

昨晚狼狈回来之后，他一整晚心情都不太好，虽然还是坚持手握灵晶引灵入体修炼了两次，但是在那之后本该有的水箭术修炼就实在没什么心情做了，甚至包括每日修炼之后因为带着疲倦都会安稳入睡的睡眠，也被影响了。

他满脑子都是那个破裂的丹炉和散落一地的黑乎乎的药渣，与其他新人弟子不同，因为从小在天一楼那种大商铺里长大，他对丹药炼制也知晓一二，虽然不会炼丹，但是却明白炼丹所要耗费的灵材确实价值不菲。

炼丹这门手艺自古以来在修真界中，便有旁支之王的俗称，原因无他，便是修士在修炼过程中几乎都会服食各种辅助的灵丹仙药。满含灵力对修炼助益极大的灵丹，在许多修士眼中都是梦寐以求的无上珍品。

但是炼丹却是耗费很大的一件事，哪怕是最低级的灵丹，所需灵材药草也是不菲，而能够成功炼出灵丹的炼丹师，更是极罕见的人才，不但要有此道上杰出的天赋，更需要数量庞大的灵材在这中间的支持与消耗来练手，因为炼丹过程中的火候、丹色、各种灵药调配以及诸多限制，对一个想学炼丹的新人来说，都需要极多次数的练习。

那种生而知之的人物，对炼丹一道上来说是不可能的，每一个炼丹师，都必须经历无数次的失败才能慢慢摸索出成功之道的经验，所谓的炼丹天才，大概也就是比其他人更快地摸索到炼丹诀窍少失败几次的人吧。

钟青露能够在众多丹堂下属新人弟子中，第一个炼出养气丹，显然在炼丹一道上有几分才华，但是刚刚入门炼丹的她显然根基还不算特别扎实，还需要许多次的磨炼，不过若是按照这条道安心走下去，将来炼丹哪怕小有所成，她日后修真的路必定宽阔无比。

一个有前途的年轻炼丹师，哪怕是凌霄宗这等名门大派，也必定会十分看重的。

有人说过，修士是用灵晶堆出来的，其实这句话用到辅助修士修炼的那些旁支别业上，真的更加合适。最有名的三大旁支，无一不是耗费巨量资源才能小有所成的，炼丹、炼器、阵法，三种皆是如此。

“钟青露昨晚的损失很大吗……”当沈石抱着两片铁甲犰狳的骨甲前往青鱼集上的时候，心里兀自回转着这个念头。

对于钟青露在自己洞府中炼丹，沈石倒是十分理解，真要想在炼丹一道上有所成就，几乎没有任何捷径可以走，哪怕你才华横溢，也需要不断地练手熟练起来，成功炼出丹药的概率才会提高。钟青露之前的确炼出了一炉养气丹，但显然她自己也觉得带了几分侥幸，又对炼丹这一道看起来颇有几分野心，所以干脆花了大价钱买了一套炼丹器具放在自己洞府中。

可是如今好像一切都变糟糕了。

沈石有些牙疼地想着，一时也没想到自己该怎么办，到了青鱼集上，他径直去了专掌炼器一道的器堂商铺里上缴了这两片骨甲，那边当值的师兄显然也早就熟悉了这一套，手脚麻利地跟他结算，没过一会儿，沈石便带着四颗崭新的灵晶走了出来。

灵晶在手，胆气似乎都粗壮了一些，沈石心情也好了一点，在街上沉吟一会儿后，他拐了个弯，走了一段路，最后却是走进了丹堂在青鱼集上的商铺。

这里门匾之上悬挂着丹堂二字的字样，铺面也算宽敞，看来无论到哪里，炼丹这一行始终还是给人财大气粗的印象。商铺里有收集各种灵材灵药的弟子，也有出售各种丹药的柜台，沈石看了一下，这里的灵丹一般品级不算很高，基本都是适合炼气境弟子服食的种类，养气丹也在其中。沈石问了一下价格，一颗养气丹要卖十颗灵晶。

这个价码立刻让沈石缩了回去，虽然早知道这里的价格昂贵，要不然他也不会动了向钟青露购买灵丹的心思，毕竟钟青露不是商铺，自己炼出的灵丹肯定要便宜些。

站在那边犹豫了一下，沈石又装作问价的样子，随口向售卖的那位师兄询问了一些养气丹包括炼丹炉的事，那位丹堂下来的师兄看着倒是和蔼，有问必答，到后来沈石在心里盘算了一下所需的几种灵药灵材，大概也知道了炼制一炉养气丹的灵材成本价，倒是那炼丹炉的事他以往是不知道的，向这位师兄打听之后，才晓得一只丹炉，哪怕是昨晚钟青露洞府中那种最低级的，也需要两百灵晶。

听到这个消息之后，沈石的第一个反应就是，“钟青露你太有钱了吧”；然后第二个反应就是，“糟了，这丹炉赔不起了”。

从青鱼集中走出来，怀揣着原本十分满意欣慰但如今却觉得这般少得可怜的四颗灵晶，沈石心情郁郁，一路走回到白鱼湾，想想昨晚那一炉废掉的丹药和破裂的丹炉，他便有心去找钟青露再致以歉意，但看着白天里人来人往，昨晚在众目睽睽下被钟青露喝骂的情景让他心里有些发虚，终究还是没敢过去。

如此纠结蹉跎到晚上，这一日妖岛也没去成，基本啥事也没干，算是沈石上岛之后少见的几个颓废日子。沈石自己也是感觉不太对劲，所以在入夜之后还是振作精神，心想那也未必完全就是我的错，我干吗这般为难自己，便静下心来好好修炼了两次，然后想了想，看着天色已晚，便趁着夜色来到了空无一人的白鱼湾海滩上，面对大海，沉心静气，悄悄修炼起水箭术来。

这一日白天阴霾，但到了晚上反而乌云退去，露出一轮明月高悬天空，月华如水悄然洒落，照得他四周沙滩都似披上了一层银纱。沈石缓缓吐息，片刻之后，眉心处灵力一动，施法速度快捷无比，只用了三息时间，便有一道透明晶莹的水流出现在掌心之中。

就在他准备将这道水流施放出去的时候，忽然从身后传来一阵脚步声，沈石心中一惊，回头看去，只见在月光之下，一个身影不知何时站在他身后不远处，秀发披肩，容貌秀丽，只是脸颊略胖，眉目间带了几分愁意，赫然正是钟青露。

此刻但见她目光落在沈石手上的水流上，登时露出了几分惊讶之色，但很快反应过来，瞪了沈石一眼，却是扭头就要离开。

沈石心中一急，下意识地开口叫道："等一下。"

钟青露身子一顿，转过身来皱起眉头，看着沈石，一脸没好气地道："什么事？"

第七十八章 ■ 交易

沈石情急之下叫住了钟青露，但是被她反问一句"什么事"后却是一时不知该说什么才好，站在原地迟疑了一会儿，才道："你那一座丹炉，一次能炼出几枚养气丹？"

钟青露也是呆了一下，显然没想到沈石居然问了这么一个没头没脑的问题，下意识地道："那丹炉是最小的，一次最多只能炼制五枚……"话说了一半，钟青露这才突然醒悟过来自己跟他说这些做什么，脸上又露出几分不耐烦的神情，转身欲走。

沈石在她身后忽然叫了一声，道："我给你灵晶，你帮我炼丹，行不？"

钟青露脚步一滞，转过头来看着沈石，脸上露出一丝惊讶之色，愕然道："你说什么？"

沈石觉得有些尴尬，挠了挠头，但还是小声地道："我是说，我给你足够买到一份炼制养气丹灵材的灵晶，你去炼丹，炼制出来的丹药……我们两个平分，行不行？"

钟青露一时间没有再说话了，只是盯着他看，看得沈石心里莫名得有些发虚，过了一会儿之后，钟青露忽然冷笑一声，带了几分不屑，道："你以为给我几个灵晶，我就要对你笑脸相对吗？别做梦了！"

沈石呆若木鸡，看着钟青露一时间说不出话来，而那个少女则是脸若冰霜，转身就走，同时口中冷冷道，"如果你还在纠结昨晚之事，趁早就忘了吧，反正那些东西你也赔不起，我也懒得跟你计较。"

月光之下，钟青露大步走在沙滩上，背影带了几分飘逸，果然有几分世家大族的风范，与身后那平凡的臭小子就像两个世界的人。只是沈石显然并不这么想，在钟青露走出了几步后，忽然便听到身后沈石忽然大声道："你那种炼丹的法子，注定是没前途的！"

钟青露身子一顿，猛地转过身来，怒道："你说什么？"

沈石迎着她恼火的眼光，却也没什么畏惧之意，站在那边默然片刻，道："我打听过现在青鱼集上养气丹的价格，又去商铺里一一看了几种炼制养气丹的灵材价码，最后又在孙友那边听了些你这几年炼丹的修行，所以……"

钟青露气极反笑，道："所以你就说我炼丹是没前途的，这一辈新人弟子中如今只有我一人头一次炼制出了养气丹，连丹堂的前辈师兄都十分看重我，偏偏你居然敢这么说我？好好好，我倒要听听你到底有什么说法，要是说不出个章程来，你看我会不会放过你！"

说罢，她几步跨回，却是站在了沈石的身前，狠狠地盯着他，一副沈石说不出个充分理由来她就要发飙的样子。

沈石干笑了一声，有些苦恼地揉了揉眉心，沉吟片刻之后，在钟青露愤怒的目光里，忽然问了一句看起来和眼前局面并无关系的问题，道："你知不知道，凌霄宗丹堂里，一共有几位上品炼丹师？"

钟青露一呆，随即就欲发怒，但是随后却看到沈石坦然明亮的眼神，似乎有几分说不清道不明的深意，迟疑了一下，心想就让你小子再装一会儿，于是冷冷地道："这还用说，宗门之内尽人皆知的，丹堂之内一共有三位上品炼丹师，分别是云霓云长老、夏长老和温长老三位。"

拜入凌霄宗宗门三年，哪怕这段时间里他们几乎都是在青鱼岛上修行，但是对凌霄宗宗门之内的情况还是多有了解，所以钟青露回答得没有片刻迟滞。

沈石点了点头，又问了一句道："那你知不知道，他们三位是什么时候成就这上品炼丹师之名的？"

钟青露一怔，一时间却是说不出话来。炼丹师顾名思义，当然就是对在炼丹一道上有所成就的修士的赞誉，一般来说，能炼出初品、中品、上品灵丹的炼丹师，也会被人看作是达到了相应成就的称誉。这三者之中，毫无疑问的是上品炼丹师最为崇高，要知道能够被称为上品的灵丹无一不是仙丹般珍罕无比的宝物，且不说耗费灵材价值巨大无比，炼制手法更是繁杂艰难，甚至有的时候需要极高的道行以做炼丹时的基础，所以要成为上品炼丹师，天赋、道行、财力乃至机缘，无一不需要顶尖方可成就。

也就是凌霄宗这般屹立于鸿蒙修真界顶峰的名门大派，宗门里才能如此豪奢地拥有三位上品炼丹师，换了其他小门小派，别说上品炼丹师了，就是中品，甚至是一位初品炼丹师，也得让全门派都供奉起来。

钟青露一时答不出来，沈石却已经接了下去，道："夏长老与温长老两位，是在他们道行突破到元丹境三十年后，才达成上品炼丹师的境界，而号称本门五百年来炼丹天资第一人的云霓长老，也是在神意境巅峰境界，距离元丹境只有一步之遥的时候，才炼出了第一枚上品丹药，饶是如此，也已是天下罕见的奇才。"

钟青露皱了皱眉，神色不知不觉间缓和了一些，但却带了几分狐疑之色，看了沈石一眼，道："你怎么知道的这些？"

沈石顿了一下，道："以前听一些师兄说过的，我就记住了。"

钟青露嘴一撇，显然对这有些敷衍的回答不太相信，不过沈石很快又继续说了下去，道："除了这三位高高在上的长老，你平日也在丹堂里做事，应该也知道丹堂里有多少人，其中又有多少师兄师姐能成就炼丹师的名号？而在这些小有所成的人物里，他们每个人又大概需要花费多少年的时间来辛苦磨炼？"

钟青露听到这里，心里似乎已经隐隐察觉沈石话里的意思，但她脾气向来执拗，哼了一声，没好气地道："炼丹一道本就需要无数磨炼方可成就，天资、财力、道行缺一不可，你以为是大白菜吗，随随便便什么人就能修炼成功的？"

沈石微微一笑，却是走上前一步，看着钟青露，道：“不错，就是你说的无数磨炼这句话了。据我所知，炼丹一道最是辛苦，不仅耗费巨大，而且炼丹时诸多限制，哪怕天资再高的人物，甚至已经炼成过丹药的人，再次炼丹时失败的概率也很高，因为诸如火候、丹色、灵材等，每次炼丹皆有不同。天资极高者三次成一，中者五次七次成一，普通则十次二十次成一亦不少见，你是哪一种？”

钟青露脸颊忽然掠过一丝极淡的红晕，哼了一声，却是不答话。

沈石等了好一会儿，却见钟青露并没有开口说话的意思，也是无奈，只得道：“你第一次炼出养气丹的消息，我是三月之前听说的，到现在为止，你又炼过几炉，成功几次？”说到这里，他顿了一下，过了一会儿才道，“如果我没猜错的话，只怕你这其中炼丹失败的次数要比成功次数多吧，是不是也因为如此，你昨晚火气才会特别大，哪怕在众目睽睽之下也忍不住破口大骂？”

钟青露微微低头，但是随即脸色一动，猛地抬起头来，怒道：“胡说，什么众目睽睽之下破口大骂，你说我是泼妇吗？”

沈石连忙摆手，道：“别管这些，你先告诉我，我猜得对不对？以咱们这种困在青鱼岛上没有外力接济的情境，加上炼丹这份消耗，哪怕你在丹堂有不菲的任务报酬，但我算了一下，这灵晶也是绝对跟不上的。”

钟青露一时默然，不知不觉间，她发现自己虽然不时还对沈石严词厉色，但气势上却好像已经被沈石慢慢说得低落下来，虽然很多事她从未对外人说过，但是眼前这人光凭猜测，似乎已经猜到了自己目前的窘境。

看着钟青露的表情，沈石点了点头，大致证明了心中猜想，但也没什么喜悦心情，有心想说些安慰的话，却又不知该说什么才好。

海滩上，一时间有些静默，过了一会儿，却是钟青露首先开口打破了沉默，道：“你前头说的给我灵晶炼丹，是真的吗？”

沈石眉头一挑，再看钟青露时，却发现这位少女脸上神情已是多了几分郑重，显然虽然她平常脾气不好，但是面对这事关自己修炼的大事时，还是能够平心静气。至于沈石之前的提议，虽然看似结果两人平分丹药，貌似公平，但两人都不是傻瓜，都明白这其中其实是沈石自己吃了大亏，且有极大的风险，反而是钟青露占去了绝大便宜。

最关键处，便是钟青露炼丹并非是必定成功的，相反，她甚至有颇高概率失败，哪怕她三月前已经成功炼出了第一炉养气丹。炼丹一道，非要经过千锤百炼的摸索磨炼，以无数失败经验不能堆出来那一份完美开炉丹药。

炼出丹药两人平分，炼丹失败则血本无归，但钟青露自己毕竟得了宝贵的练习机会，可谓有百利而无一害，但是对沈石来说，这笔交易，又有什么好处呢？

钟青露想了半天，也想不明白这其中关节，但是她也绝不相信眼前这人会是一个傻瓜，就看他刚才只凭些许线索便猜想自己处境的缜密心思，哪怕钟青露自己不肯承认，但心里也认为这家伙只怕聪明过于常人。

月光之下，两个人一时都没有说话，气氛似乎忽然间有些沉默，沈石的样子似乎正在斟酌语句该怎么与钟青露说，而钟青露则是一直盯着他，片刻之后，道：“说吧，你究竟有何用意？”

第七十九章 ■ 赌局

“呃……其实，我就是想要养气丹。”

沈石一副老实的模样，但是抬头看去，钟青露一脸不以为然，半点相信的神色都无，只得叹了口气，道：“青鱼集丹堂商铺里面，一枚养气丹要卖十颗灵晶，实在是太贵了，我本来是想从你这边问问能不能便宜些的。”

钟青露回想了一下昨晚的事，缓缓点头，心想原来昨晚他是为此而来，不过随即冷笑一声，道：“这就怪了，明明一枚养气丹能卖十颗灵晶，我为什么要便宜卖你，我跟你又没那么好的交情。”

沈石沉默了片刻，道：“你炼出养气丹，如果不是自己服食的话，丹堂收购回去，一枚只会给你五颗灵晶的价码吧？”

钟青露一扬头，脸上露出几分诧异之色，道：“你居然连这都知道。”

沈石笑了笑，道：“其实这也不算什么机密大事，随便去青鱼集商铺里说我有养气丹想换一些灵晶，他们自然就说了。”

钟青露撇撇嘴，看起来像是接受了沈石的说法，但随后又摇摇头，道：“不行，我不信你不知道炼丹之中会经常失败，你拿灵晶给我炼丹，还是说不通。”

沈石这一次沉默得稍久了些，然后徐徐开口道：“如果我说看好你，提前跟未来可能的大炼丹师搞好关系，你信不信？”

钟青露面不改色，道：“不信。”

沈石苦笑一声，道：“好吧，实话跟你说了吧，这事其实是我临时才想起来的，之前去找你，确实只是为了能便宜买些养气丹。我这些日子在妖岛上捕妖，但是道行太浅，灵力只够我用三次水箭术，之后想要恢复灵力便要整整六个时辰，一天之内就什么事都做不了了。但是如果有一枚养气丹，只要两个时辰我差不多就能恢复过来，这样一天之内我就可以再次捕妖一到两次，收获也必定增多。”

钟青露面色微变，看向沈石的神色间第一次多了几分郑重，缓缓地道：“难怪我刚才看你凝出了水箭……你现在不过才炼气境中阶，竟然敢去妖岛上捕妖？如果我没记错的话，那应该是红板的任务啊！”

沈石看了看夜色，点了点头，道：“昨天是我第一次去妖岛捕妖，收获是两张铁甲犰狳的骨甲，换了四颗灵晶，如果有养气丹在，这收入应该会至少翻一倍。”他看了一眼钟青露，只见她此刻已然是聚精会神，明眸闪动，显然也正在思索着什么，月光之下，他突然觉得这个少女虽然脸颊稍胖，但好像看起来也挺好看的。

“我打听过，炼制一炉养气丹需要四种灵材，购置完全大概须花费十颗灵晶，不考虑炼制失败的话，丹堂商铺里等于是以五倍的价码在兜卖，真是暴利啊。”说罢啧啧两声，看起来一副很是羡慕的样子。

钟青露哼了一声，道：“好吧，就算我承认你说得有道理，又肯跟你合作，但是你想过没有，万一你给我的灵晶买了灵材，却炼制失败，该怎么办？”

沈石沉默了一会儿，道：“失败了，自然就是血本无归，但要是成功了一次，便是五倍的暴利。我觉得可以赌一赌。”

钟青露突然觉得有些生气，皱眉道：“赌什么赌，你可想清楚了，这赌的可不是你自己，是赌我……”她的声音忽然小了下去，感觉这话里说的意思有些怪异，脸颊也微微红了一下。

不过沈石那边却没有多想，点点头道：“是啊，我也知道这看起来有些荒谬，赌的确实是你的炼丹道行、能力甚至是……你的运气。只是你有没有想过，如果这是我们两个人的赌博，其实我俩赢的机会，是会不断变大的。”

钟青露怔了一下，带了几分迷惑，道：“什么？”

沈石笑了笑，道：“你每炼制一次丹药，是不是就会熟练一些？我每去一次妖岛，会不会对妖兽更熟悉一点？十天半月，三月半载，我们两人的道行，会不会都要精进？我们两人各自做的事，会不会都渐渐做得更好？”他悠然而带了几分向往，道，“也许将来某一天，你终于完全掌握了养气丹的炼制方术，每次都会炼成，而我在那妖岛上一天收获也更多，回来换成灵晶，再去买更多的灵材给你炼制，你炼制出来再……”

“好了好了，别说了……”钟青露猛地摇头，但是此刻看她双眼闪闪发亮，整个人的神色容颜都似与之前不同，显然是动心了。

沈石笑道：“如何？”

钟青露咬咬牙，道：“你说得当然好听了，事情真要如此的话，我自然是愿意的，但是没有你，我自己也能……”

“你不行的。”沈石淡淡地道。

钟青露这一下却是把脸沉了下来，道：“你这话是什么意思？”

沈石默然片刻，道：“炼丹耗费太大，特别是在初学之始，你一个人既要修炼，又要购买灵材，并且失败概率还高，随便失误一次，只怕便要十天半月甚至更久才能凑齐下一份炼丹所需的灵材，我说得对不对？”

钟青露不说话了。

沈石看着她，道：“如此长久下去，你纵有再好天赋，也只能在这灵晶的限制下不得不蹉跎日子。凌霄宗丹堂里那些前辈师兄，为何能成为炼丹师的寥寥无几，哪怕他们到了凝元境后也是如此，就是因为从一开始他们就浪费了大量时间在这上头。你想和他们一样？”

钟青露深深地吸了一口气，这一次真的是以一种全新的目光重新审视着面前这个人，良久之后，面色郑重，一字一字地道：“为什么选我？”

沈石微微低头，道：“有几个原因，第一……我昨晚打扰了你炼丹，还连累你坏了丹炉。”

钟青露哼了一声，瞪了他一眼。

沈石干笑一声，道：“第二，这法子虽然是我临时想到的，但是宗门之内，丹堂里众多炼丹小有所成的师兄，没有一个会理我；而新人弟子中，你是第一个炼出养气丹的。不选你，我还去找其他那些废物吗？”

钟青露“扑哧”一声笑了出来，但随即立刻又板了脸，微微抬头，冷然道：“胡说，什么废物，那些都是同门师兄弟，他们只不过练习炼丹的次数没我多而已，将来说不定有多少人在炼丹上成就远胜于我！”

沈石笑着摇摇头，然后沉默了片刻后，道：“最后还有一点，其实是……”他脸上的神色忽然间变得有些奇怪，似乎想起了什么，钟青露见他突然中断话语，忍不住追问道：“是什么啊？”

沈石深吸了一口气，道：“我爹他是一个商人，你知道吗？”

钟青露茫然摇头，沈石笑了笑，声音带了几分怀念，道：“我爹以前跟我说过，做生意这一行，最要紧的就是眼光，能看到别人看不到的东西，提前抓住了，将来就能赚大钱。”

钟青露想了想，然后指了一下自己，道：“你的意思是说抓住了我，将来就能赚大钱吗？”

沈石失笑，摇摇头，然后慢慢地走到钟青露的身前。看着他的样子，还有一双似乎月光都倒映在他眼眸中显得如此明亮的眼睛，钟青露忽然觉得有几分莫名的紧张，下意识地向后退了半步，然后便听身前的这个少年缓缓地道：“你将来在炼丹上会不会有所成就，谁也说不准，但是眼下你方才起步，却正是最难也最需要人帮你的时候，我想，这应该就是别人看不到的时候吧，我觉得可以赌一把。你呢，你想不想跟我一起赌？”

钟青露有那么一刻，竟有些不敢直视沈石明亮的眼睛，仿佛他的目光太过耀眼刺目，刺得她有些生疼。不过片刻过后，她倔强地抬起头，盯着沈石，大声道：“我有什么不敢的，反正不都是你送的灵晶吗？”

沈石哈哈一笑，点点头，然后对钟青露伸出手掌，钟青露看了他手掌一眼，道：“干什么？”

“击掌为誓！”

钟青露嗤笑一声，瞪他一眼，道：“谁想跟你这个臭男人手碰手啊！”

沈石呆了一下，尴尬不已，讪笑着把手慢慢缩了回来，忽然又听那边钟青露道：“把手伸过来。”

“啊？”沈石的手停在半空，不明所以，一时有些搞不明白这位脾气古怪的少女究竟是什么意思。只见钟青露忽然伸出手掌，却是在他手背上重重一拍。

“哎呀！”沈石吓了一跳，手背隐隐生疼，愕然道，“你做什么？”

“击掌为誓，就这样了。”

“好吧……”

月光如水，洒落在夜深人静的寂静海滩上，拉长了两个细长的影子。

在这静谧的夜晚，海浪夜风里，仿佛也只剩下了他们两人的话语在幽幽回荡着，如轻烟一般飘来荡去，最后消散于无垠的夜空里。也不知多年以后，还会不会有人记得这个夜晚，记得最初的约定，嗯……好吧，最初的生意啊。

少年时的话语，谁会真的铭记一生，又有谁真的知道呢？

说过了一些日后基本的事，其实大部分都是沈石在说，钟青露多数时候都是听着，诸如沈石几日之内给她一份足够购买炼丹灵材的灵晶，炼成之后给他多少养气丹等，钟青露听得仔细，但是脑子里好像并不算是特别清楚，反正只要记得自己只管好好炼丹就是了。

说完这些琐事后，看看天色不早，两人便转回身向洞府方向走去。

脚步踏在海滩沙子上，发出细细的声响，钟青露忽然间有种不太真实的感觉，本来自己今晚出来时心情烦闷跑来海边散散心的，怎么到了回去的时候，莫名其妙就多了这么一份约定呢?

可是他提出的条件……真的是太好了啊，每一句话似乎都掐准了自己的脉搏，由不得自己不答应。

正想着的时候，钟青露忽然听到身旁的沈石问了一句："钟师妹，昨晚你那个丹炉价值多少灵晶啊？"

钟青露怔了一下，似乎没想到沈石会突然问起这个，不过还是答道："两百灵晶，丹炉这东西最贵了，哪怕我那个是最小的。"

沈石看着似乎盘算了一下，道："但是我觉得这么多的灵晶，以你在丹堂的收入报酬，再加上你平日还要购买灵材自己炼丹，似乎不足以买这么贵的一座丹炉啊？"

钟青露不以为意地道："是不够啊，所以我向别人借了一半。"

沈石一愣，道："谁这么有钱啊？"

钟青露笑着耸耸肩，似乎经过这一晚上的攀谈，她与沈石之间的关系倒是隐隐亲近了不少，连这种小动作都自然而然地做了出来，笑道："别人我也不太熟啊，就是我那个堂妹青竹了。"

沈石一怔，随即默然无语。两人并肩走去，沈石微微低头，目光所及，只见自己身前的影子不知何时遮住了一片小小的海滩沙子，将它笼罩在黑暗中。

幽幽暗暗，仿佛一点儿都看不真切。

第八十章 ■ 同行

五月廿二日，晴。

清早，沈石打开石门走出来的时候，清新的海风迎面吹来，天空蔚蓝如洗，看着又是一个晴朗的日子。他一边活动着身子一边向前走去，结果却在前头看到一个熟悉的身影，孙友站在路边正向他笑着招手。

沈石"咦"了一声，走过去笑道："怪了，今天你怎么这么早起来的？"

孙友道："听说你都去妖岛了，我哪能不加紧些，不然就真的要被你甩远了。"说着呵呵一笑，手搭在沈石肩膀，道："看不出你对那五行术法真是有天分，就这半个来月时间居然就能去妖岛上混了，到底是怎么做到的？"

沈石犹豫了片刻，摇摇头，道："我也没特别做什么啊，反正水箭术就很快修成了，或许是因为咱们海边，水气特别充沛的缘故？"

孙友若有所思，点点头道："你别说，还真有这可能，早知道我也选水箭术啊，真是的。"

沈石笑道："那你再去五行殿里买一次啊。"

孙友牙疼似的龇牙，苦笑摇头，正想说什么的时候，忽然向沈石背后的道路看了一眼，随后微微皱眉，却是拉着沈石站到了路边，把路让了出来。

沈石回头一看，只见在清早前往青鱼集的众多弟子中，走来了数人，前头三个女子都是熟悉的，分别是钟青露、钟青竹，还有一个却是贺小梅。三人并排走着，彼此小声说着些什么，面上都带着轻松的笑意，而在她们身后不远处，蒋宏光则是跟在后面。

沈石心中一动，觉得这些日子来，蒋宏光似乎一直跟在贺小梅的身边来着。

那边三个洋溢着青春美丽的少女走了过来，钟青露当仁不让地站在中间，颇有几分三人中大姐大的气势，孙友对这位平日盛气凌人、时常嘲讽鄙视自己的女子也是敬而远之，在沈石耳边小声道："你看钟青露那副神气，真不知道她傲气什么，我们孙家比她钟家强那么多，我都没这种心气呢！"

沈石笑了笑，低声道："算了，人家又没过来惹你，你好好的说她做什么？"

孙友撇撇嘴，一副不以为然的样子，不过也没再说什么。那边三个少女在前，蒋宏光默默跟在后头，一行人就这样走了过来，自然也都看到了站在路旁的沈石与孙友二人。贺小梅与钟青竹都是微笑着向他们点头打招呼，其中钟青竹的目光还更多地在沈石身上停留了片刻。

至于钟青露，好像还是如平日一般骄傲，没怎么看他们两人的样子，倒是不知为何，站在三个少女身后的蒋宏光突然有些抬头挺胸的自得之意。

孙友与沈石的目光都落在了蒋宏光的身上，原因无他，这家伙看过来的眼神忽然间变得有些刺眼，脸有得色，仿佛做了什么事甚至还带了几分不屑之意。

孙友看了他两眼，忍不住压低了声音，用只有沈石才能听到的声音对沈石道："我说，蒋宏光那小子突然在那边得意什么呢？"

沈石也是不太明白，摇了摇头，茫然道："不知道啊。"想了想，却看了一眼孙友，低声道，"这两天我忙着去妖岛，都没留意岛上情况，莫非是你在什么事上糊涂了一下，输给他了？"

孙友一呆，看起来居然也认真地回想了一下，随后摇头道："不会啊，你也知道的，我早就看那小子不顺眼，平日都懒得跟他说话，怎么会有这种事？"

两人面面相觑，同时又回头看去，只见蒋宏光脸上神秘的得意之色居然仍在，淡淡地向他们两人瞄了一眼，然后不露声色地向前跨出一步，似乎离前头贺小梅的距离又近了几分。

三位少女眼看就要走过他们两人身旁，孙友与沈石都正在留意有些莫名其妙的蒋宏光的时候，忽然三人中一直目不斜视眼高于顶的钟青露却是一下子停住了脚步，然后转身向着这边，脸色淡淡地开口道："沈石，你过来一下好吗？我有话跟你说。"

"啊？"

沈石呆了一下，然后发现自己周围无论是孙友还是前头的钟青竹、贺小梅包括那个蒋宏光，脸上的表情似乎都有些类似的怪异，同时都向自己这边看来。

沈石有些苦恼地揉了揉眉心，干笑一声，还是走了过去。

清晨的海滨大路上，几位同门三年的少年男女站在那里，看着走到另一头僻静海滩上某棵大树背后的沈石与钟青露，一个个脸上都露出古怪的表情。

首先开口打破沉默的是贺小梅，只见这个娇俏的少女脸上带了几分不可思议，惊讶地道："乖乖，我没看错吧，青露姐她居然、居然主动拉着沈师兄去那边说话了。"

在她身旁，蒋宏光盯着远处那棵大树下的两人，脸上也有惊愕之色，倒是把原先的得意表情冲淡了许多，道："莫非他们两人什么时候走到一起，交好了吗？"

孙友立刻摇头，道："不可能的，我就没看到他们在一起单独说过话，你说对吧，钟师妹……"

他说到最后，随口向钟青竹问了一句，但转头看去的时候却是一怔，只见钟青竹一言不发，似乎也没听到自己的问话，只是怔怔地看着沈石那边，脸上露出几分迷茫之色。

海滩上的大树下，粗壮笔直的树干挡住了众人视线，远远地只能看到沈石与钟青露的背影。而在树下的沈石，此刻正苦笑着道："你拉我过来，有什么事吗？"

钟青露道："有啊，不过你这是什么表情，怎么一副心不甘情不愿的样子？"

沈石挠挠头，悄悄向远处看了一眼，道："我没事啊，这不是怕被他们发现我们两人的交易吗？"

钟青露一摆手，气势逼人浑不在意，道："怕什么怕，你不说我不说，谁会知道，难道我过来与你说说话都不行吗？"

沈石苦笑一声，点点头道："可以的，可以的，呃，你想跟我说什么来着？"

钟青露看了他一眼，脸上露出了几分少见的犹豫之色，但是过了片刻，还是伸手到怀中掏出了一只白色小玉瓶，递给沈石，道："这个给你。"

沈石伸手接过，先是抬头看了钟青露一眼，只见她似乎故作自然地转头向周围看了一下，略一沉吟之后，他便打开了瓶塞，顿时一股清淡的药香飘了出来。沈石脸色微微一变，仔细闻了闻，又倾斜瓶口倒了一下，一颗淡黄色的指头大小的丹药滚了出来。

"养气丹？"沈石吃了一惊，道，"我昨晚才给你的灵晶，你该不会今早就炼了一炉出来吧？"

钟青露扑哧一笑，但随即像是想到了什么，连忙又板起了脸，一副不屑的样子，嗤笑道："那怎么可能，这瓶子里有两枚养气丹，是我之前炼出来剩下的，三个月里我炼丹十次，成功了两次，但是自己服食外加卖了几枚换取灵晶，眼下就只剩这两枚了。"说完，她看了一眼沈石，沉默了片刻后，道："既然做交易了，还是打算长久做下去的，这两枚我留着也没太大用处，就先给你用吧。"

沈石点点头，将养气丹放回玉瓶收入怀中，同时若有所思，道："那就是说，你之前炼丹大概是五次成一了，嗯……"

钟青露看着沈石脸上的表情，不知为何突然有些恼火起来，瞪了他一眼，怒道："五次成一已经很难得了好不好，你什么意思啊？而且我丑话先跟你说在前头，炼丹这事说不准的，搞不好我后头就一直失败也说不定，到时候你可别哭了！"

沈石嘿嘿一笑，道："说得也是啊，算是你提醒我了，要不这样吧，那座丹炉价值两百灵晶，一份养气丹所需灵材十颗灵晶，要是你连续失败二十次，我就真跑了啊……"

"喂！"钟青露这一气非同小可，一脚就踢了过去，怒道，"什么连续失败二十次！你当我是傻瓜吗？"

沈石笑而不语，生受了钟青露这一脚，踢在脚边感觉也没特别的疼痛，显然钟青露也是小女儿家生气随意踢的，没真的用什么力道，然后他抬头看着钟青露，轻声道："我虽然没学过炼丹，但也知道炼丹失败乃是常事，真要失败了，也没什么大碍的。"

钟青露哼了一声，微微抿了一下嘴唇，看了他一眼没有说话。

青鱼集上，众人告别之后分道扬镳，沈石一路来到南边码头之上，只见如前日一样，这里早早就已经有二十多位师兄师姐站在这里等待，显然都是前往妖岛做捕妖任务的。

人群中，有许多前几日曾经见过的熟悉面孔，包括当日曾经出过一把风头的陈棠四人组，显然这些炼气境高阶的弟子都是惯常去妖岛的，不过想想也是，只要有足够的实力，又不怕其中伴随的一点儿风险，捕妖这个任务其实是一个非常稳定而高效的获取灵晶报酬的任务。

前日过去妖岛的时候，一船数十人，只有沈石一人是炼气境中阶，也是唯一一个这一辈刚入门的新人弟子，所以当日不少人都对他有印象。不过这一次，沈石很快就发现在人群中竟然另有一位和自己差不多岁数的少年，站在人群里竟然隐隐成为一个中心，被周围众多师兄师姐所簇拥包围着。

那个少年他认识，事实上在这青鱼岛上，几乎没有人不认识他、不知道他名字。

他是甘泽。

第八十一章 ■ 巴结

三年以来，甘泽这个名字毫无疑问是青鱼岛上最如雷贯耳的两个字，显赫无比的家世，高人一头的天资，号称青鱼岛开岛以来道行进境最快的天才少年，所有一切的赞誉，仿佛都披在这个少年的身上，让人有种不自禁地仰望的感觉。

所有人都确信，在沉寂了多年之后，随着这个少年的出现，古老的甘家必将重新迎来兴盛的时代。

只要有甘泽在场，哪怕他再如何低调，似乎也总能成为人群的焦点，所有人似乎都不自觉地围绕着他，如众星拱月一般。人群里，沈石远远看去，只见甘泽被一群师兄师姐围绕着，但全无怯场之色，同时神情谈吐风雅自若，与周围这些人似乎也熟络得很，中间更不时说出几句趣话，惹得几个师姐特别是那位漂亮的陈棠掩嘴"咯咯"笑个不停。

与他相比，沈石就像是被遗忘的小人物，当然事实上也的确如此。所以沈石倒也没什么异样心情，在最初的惊讶过后，便默默退到一旁，带着几分好奇，远远眺望着人群里那个仿佛有光环披身的同龄人。

在这之后的某一刻，人群中的甘泽似乎忽然留意到在人群边缘处，居然也站着一个和自己差不多大的沈石，而在清早来到这码头上的人，都只有一个目的。

看得出来，甘泽脸上也露出了几分惊讶，但是他并没有为此特别表露什么，只是在看到沈石之后，远远地向他点点头，露出了一丝笑意，算是打过了招呼。

沈石却是想不到甘泽居然还会注意到自己，也连忙点头回应。在这之前，他最多也只是远远地看到过甘泽几次，平日里几乎完全没有交集，所以也谈不上与这位天之骄子有任何的交情，但看着甘泽果然不愧是底蕴深厚的甘家子弟，面面俱到，似乎丝毫错漏也不会遗留下来。

过了一会儿，从那艘大船上下来三人，都是凝元境的凌霄宗亲传弟子，走在最前头的正是身材有些矮小的林虎，不过与平日趾高气扬的模样不同，今日的林虎看上去整个人如沐春风，温和可亲，一下船就甩开身后两个师弟，一溜烟地跑到炼气境弟子人群中，随意与周围几人装模作样地打过招呼后，便回头看着甘泽，脸上似乎快要笑出花来一般，道："稀客啊，稀客啊，甘师弟今日怎么会来这里？"

甘泽笑着对他抱拳施礼，道："林师兄好，我来此当然就是准备去妖岛的。"

林虎惊叹道："你今年才十五岁吧，这般年纪就能上妖岛，实在是天纵之材，难得，难得，太难得了。"

甘泽脸上的笑容顿时僵了一下，周围众人也是神情古怪，好些人顿时就扭头向另一处看去了，那边正好还站着某个新人弟子，并且道行比甘泽还低，这边要是天纵之材，那那个人算是什么……

甘泽苦笑了一下，道："林师兄过奖了，我不过就是前来见识一下，同时也要仰仗诸位师兄师姐照顾的。"说着，便同时向周围众人笑着拱拱手，众人顿时热情回礼，一个个都把胸膛拍得砰砰响，豪言壮语汹涌如潮，一个个都道师弟放心，有我在必定让你安然无恙云云。

忽听人群里一声大笑，声音爽朗，正是林虎豪气纵横，一摆手道："诸位师弟还要忙着做捕妖任务，正事且不可耽搁了，保护照顾甘师弟的重任，我身为妖岛当值师兄，正是责无旁贷。师弟你放心吧，待会儿到了妖岛，我亲自带你看看岛上情况，见识一下妖岛诸多妖兽鬼物，包你大开眼界，以后还会常常想来。"

众人一时侧目，包括那两位凝元境师兄牛雄与曾志柏也是一副无法直视的鄙视表情，但是此刻林虎全副精神都在甘泽身上，完全无视了周围人的目光。

面对这般热情的林虎师兄，饶是甘泽也有点儿吃不消，哈哈笑了几声，明显有些敷衍。而林虎看来半点儿也未察觉，就这般一直站在甘泽身旁笑容满面，一副与有荣焉的样子。

过了一会儿，时辰已到，众人纷纷登船，三位凝元境弟子都过去掌握航向，甲板上只剩下一众炼气境弟子，沈石与之前一样，也是找了个僻静角落站着。远处人群里，因为林虎上船之后不得不走开，甘泽的模样似乎也终于是松了口气的感觉。

沈石摇摇头，心里也是觉得有些好笑，心想这些贵公子好像也有他们特别的烦恼事啊，当下也懒得去多管，目光投向船舷外的远方，只见大船劈波斩浪鼓帆前行，青鱼岛在身后渐渐变小远去，蔚蓝澄澈的海面在眼前逐渐展开。

海天一色，空阔无垠，海鸟清鸣声中，海风拂面，直让人心胸为之一阔。

伸手轻轻按了按胸口，那里有一只玉瓶藏在衣襟下，里面是两枚养气丹，妖岛仍未望见，但看着前方那个方向，沈石心中却是涌起了一股强烈的期待之意。

今日不知收获几何啊？

“这位师兄，打扰了。”

忽然，一个温和有礼的声音在沈石的身后响起，把他从沉思中拉了回来，回头一看，沈石却是一怔，只见甘泽正带着几分笑意，不知何时站在了自己身后。

沈石连忙转过身来，道：“不敢当师兄二字，有事吗？”

甘泽微笑道：“其实也没什么大事，就是看到这船上除我之外居然还有同辈新人，实在是有些惊讶。平日小弟见识浅薄，居然不晓得还有兄弟这般人物，仅仅炼气境中阶境界便能上妖岛捕妖，委实惊人，可笑我如井底之蛙一般，唉……小弟甘泽，不知师兄高姓大名？”

沈石摇头道：“甘兄过奖了，我姓沈，单名一个石字。其实我当不得甘兄这份夸耀，不瞒甘兄，我是前几日方才第一次来妖岛，算上今日，其实也是才第二次准备上妖岛，并且根本不敢深入岛内，就只在外围溜达，找些落单弱小的妖兽下手罢了。”

甘泽“哦”了一声，重新打量了一番沈石，沉吟片刻，道：“若是炼气境高阶弟子上妖岛，因为灵力锤炼日久，肉身基本已足以与低阶妖兽相抗，但我看沈兄你似乎还在炼气境中阶，这是……莫非是学了五行术法吗？”

沈石倒是没想到甘泽心思如此灵敏，不过想想这也没什么好隐瞒的，便点头笑道："甘兄明见，我确实是学了一门水箭术，然后上妖岛试试运气来着。"

甘泽笑着感叹道："想不到沈兄居然对五行术法还有几分天赋，难得难得，我自小其实也被人教过这个，无奈那东西实在太过艰涩，我学了好久也没什么成就，资质愚钝啊，沈兄高才。"

沈石心里翻了个白眼，心想你这三年时间就直接修炼到炼气境高阶的家伙，还敢在这里说什么资质愚钝，那青鱼岛上几百个人，岂不都是傻瓜白痴了？不过嘴巴上还是谦让几句，其实真要说起来他也是有几分心虚的，在五行术法上如果按正常人的修炼法子，他的天资同样也是一般，无非就是仗着有了个清心咒，眉心处莫名其妙地凝聚了一股灵力，这才在水箭术的施放上显得突出一些。

甘泽看起来也就是看到沈石炼气境中阶而上妖岛，显得有些好奇，所以过来攀谈认识一下，两人聊过几句后，甘泽便客气地告辞，回到了人群里，沈石看着他的背影，只觉得此人谈吐风雅见识不凡，加上身世高贵天资过人，也真难怪会是众人焦点，仿佛天生就披上了一层光环似的，自己真是不能比。

不过不能比就不比吧，沈石倒是没有太多的纠结，转回目光，心思又悄悄转到了即将到来的妖岛上。

一路无事，大船顺顺利利地抵达了青鱼六岛中的第五岛，也是众人俗称的妖岛。

当大船在那条长长的海堤边缘抛锚停下的时候，船上的众多炼气境弟子明显都郑重了许多，只有像陈棠等人似乎因为早先来过这里多次，依然还保持着一种轻松的姿态。

沈石来过妖岛一次，此刻回忆起前番与妖兽的两场战斗，虽然最后都是获胜，但妖兽的凶猛仍然令他有些紧张，在深深呼吸了一下后，他定了定心神，便随着人流慢慢走下了船舷甲板。

到了妖岛，第一次来到这里的甘泽明显也有些好奇，站在人群里不住地向四周张望着，除此之外倒是并没有显露出什么异样紧张的神色，似乎也没有担心岛上的妖兽会是如何的凶猛。

而就在这时，从人群背后传来噔噔噔一阵急促的脚步声，却是林虎从大船上跑了下来，一下子冲到甘泽身边，然后笑意盎然地与他并肩而行，看来果然要履行他之前照顾甘泽的诺言。

甘泽看上去有些不好意思，客气地向林虎师兄道过谢，然后推辞了几次，但林虎师兄心意坚决，言辞间斩钉截铁，断然不能让一位新人师弟在这危机四伏妖兽遍布的妖岛上有丝毫受伤的可能，不然就是他这个做师兄的失职。

这一番豪言壮语下来，甘泽也是无言以对，周围人纷纷加快脚步，向那妖岛深处走去，唯有沈石跟在后头暗暗苦笑，心想难道我就不算新人师弟了吗……

第八十二章 ■ 运气

走过长长的海堤，沈石跟在这二十多个炼气境高阶的弟子身后，看着他们都是毫不犹豫地向着妖岛深处走去。而甘泽似乎在最开始有一些犹豫，曾经眺望了一下左右两侧的海滩，不知道是不是觉得自己第一次来到妖岛，先在外围看看，但是很快一直陪在他身旁神情殷勤的林虎便大大咧咧地将他带进了妖岛深处，一副天塌下来有我帮你的样子。

沈石远远看着那边，摇了摇头，感叹一下同人不同命后，还是老老实实地顺着前次的路径，独自一人向着右侧的海滩走去。

虽然这次已经是第二次来到妖岛，但沈石心中似乎仍然还是有些紧张，一边在沙滩上走着，一边小心地看着周围情况。特别是茂密的树林边缘，那里繁盛的草木丛中任何风吹草动，都有可能会是一只妖兽蹦跶出来。

海浪在不远处翻涌着轻轻冲上海滩，清澈的海水泛起白色的水花，几许贝壳在沙子中显露出来，一切都显得是那样的平静。

水声、风声，还有远方妖岛深处隐隐传来的凄厉兽吼声，仿佛天地间只剩下了这些声音，沈石慢慢地走着，一直绕到上次来过的那个海湾，一眼便看见一只铁甲犰狳正在海滩上挖掘着什么。

他立刻停下了脚步，然后第一反应并不是上前攻击这只妖兽，而是小心地向四周看了一眼，直到确定周围视线之内确实只有这么一只妖兽的时候，这才放下心来。

以他现在的能力，只有水箭术是唯一的依仗，至于炼气境中阶所带来的身躯虽然比普通人要强韧许多，但想要与妖兽肉搏还是为时过早，至少也要修炼到炼气境高阶的境界，面对这种最低级的妖兽或许才有一拼之力。

那只铁甲犰狳埋头挖掘，似乎正在觅食，也不知那沙子中埋了什么东西会让它如此感兴趣，看起来一副急不可待的样子。

沈石有些疑惑，但还是小心翼翼地靠了过去，同时屏息静气，手掌也慢慢抬起，水箭术已然缓缓运转起来。

妖兽的听觉向来敏锐，那只铁甲犰狳很快察觉到周围有些不对，一下子从沙堆里抬起头来，便看到正在靠过来的沈石，登时目露凶光，口里发出低沉的吼叫声。

沈石停下了脚步，向铁甲犰狳身下的那个沙堆看了一眼，只是被沙子还有铁甲犰狳的身子所遮挡，仓促间也没看得清楚，只隐约望见有些圆形白色的影子，不过下一刻，看起来是被沈石激怒的铁甲犰狳已经咆哮着冲了过来。

沈石目光一凝，盯着铁甲犰狳冲来的身影，右手掌心处，一道透明的水流已然出现。

大海的潮汐水浪声，仿佛突然在耳边远去一样，天地间一切都安静了下来，这一刻他所能感觉到的，仿佛都只有这只凶恶的妖兽。

它目露凶光，转眼间已冲到沈石身前，随着一声大吼，飞身扑来，也就是在这一刻，沈石手腕一振，准备多时的水流激射而出，准确而决绝地冲入了这只妖兽的喉咙。

致命要害受创，铁甲犰狳登时发出痛苦的嘶吼声，庞大而笨重的身躯从半空中跌落下来，粗大的手爪捂住喉咙尖叫着在地上打滚。

沈石向后退了两步，缓缓松了一口气。

铁甲犰狳并没有挣扎多久，身子很快便一动不动地死去，沈石又耐心等了一会儿，这才慢慢走了过去，在确定这只妖兽的确死亡后，他也没急着剥去骨甲，而是离开妖兽身边，快步走到之前铁甲犰狳在沙滩上所挖掘的那个洞穴边向下看去。

铁甲犰狳这种妖兽，天生就是挖洞高手，特别是两只粗壮有力的前肢，可以迅速有力地在平地上挖出一个大洞来。眼前的沙滩沙子松软，对铁甲犰狳来说就更不在话下，所以展现在沈石面前的便是一个足足有三尺多宽的大坑，沙子凌乱地散落在大坑旁，坑底仍是沙子，但在一些松散的沙堆底下还是露出些白色。

沈石蹲下身子仔细看了看，随即跳入大坑下，自己用手挖开了一些沙子，片刻之后，几个白色的大蛋却出现在他的眼前，每一个约莫都有成人手掌般大小，显得很是惊人。

沈石双手捧起一枚大蛋，拿到眼前仔细看了一下，又略微沉吟思索了片刻，不久之后，嘴角却是露出了几分笑意，自言自语地笑道："运气不错啊。"

如果他没记错的话，这些白色的大蛋乃是一种低级妖兽"黑纹龟"所产的蛋，也名列于捕妖任务中的五十五种灵材之列。至于这些龟蛋的用途，却并非用作消耗的灵材，而是灵兽殿那边布置下来收购的，将这些龟蛋买回去后，他们会用秘法孵化出来，然后豢养长大，到了黑纹龟成年后，那时坚硬的龟壳才会是一种很好的灵材。

不过黑纹龟乃是海龟，平日多数时候都在深海里生活，豢养于兽场虽然可以养大，但是大违黑纹龟的天性，所以兽场中的黑纹龟多年以来，一直都很难下蛋。青鱼六岛中，也只有这妖岛周围的海滩才是野生黑纹龟的产卵之地，为了补充兽场里的黑纹龟数量，所以灵兽殿那边才会颁下这个任务。

沈石的那位邻居孙友，这三年来在灵兽殿的兽场做事，日常任务里便有一项是"伺候"这些黑纹龟，沈石可是听他抱怨过许多次了，说是这些黑纹龟又脏又臭，不过眼下沈石可是觉得这些龟蛋一个个漂亮得不行，要知道，将这些龟蛋带回青鱼岛后，一枚龟蛋就能去灵兽殿换上一颗灵晶。

眼前这白花花的一片，此刻在沈石看来，都像是变成了亮晶晶的灵晶，一时间精神大振，大力挖掘起来。

沙土纷飞，露出了越来越多的龟蛋，沈石小心翼翼地将这些深埋于沙子深处的龟蛋搬了出来。要知道黑纹龟产卵多在深夜，埋得又深且隐秘非常，若非铁甲犰狳这种天生爱吃龟蛋的妖兽，一般人还真发现不了。

一盏茶工夫后，沈石终于挖出了这一窝全部的龟蛋，算了一下，一共是二十一枚龟蛋，堆成了一大堆，看着就让人高兴。

只是如此一大堆龟蛋，沈石却一时没什么好装载的东西，想了一下，干脆直接把身上的凌霄宗弟子服脱了下来，打了个结做成一个简陋的包袱，将这一大堆龟蛋都装了进去。

这运气一来，出门就是二十一颗灵晶啊！

沈石心情实在是好，嘴里甚至哼了两声，然后又拿出匕首走过去将那只铁甲犰狳的骨甲取了下来，脸上笑开了花。

要是每天都能这么幸运的话，看来得去宝堂那边找炼器的师兄们问问有没有最低级的可以容物的小法器了，不然总这么提着一大堆东西，累赘不是？

加上铁甲犰狳骨甲的报酬的话，沈石今天第一战就收获了二十三颗灵晶，这回报不可谓不丰厚，看着眼前这一大堆战利品，沈石又抬头看了看前方的海滩，犹豫了片刻后，终于还是下了决心，提起这些战利品，回身向大船上走去。

今日就到此为止罢。

一来是今天运气好找到了黑纹龟的龟蛋，报酬已经比平日多了数倍，二来就是这些龟蛋实在是搬运不便又易碎易破，而放在原地沙滩上自己前去捕妖也是不妥，谁知道会不会又跑来几只妖兽将这些龟蛋给吃了。

这万一真有妖兽过来偷蛋，吃的就不是龟蛋而是灵晶啊！

这一刻，沈石无比地期望自己拥有一件容物法器，虽说那些传说能容纳巨量物品的乾坤袋、须弥镯等法宝，都是至少需要凝元境的境界才能使用，但是在那些法宝之下，其实还是有些很简陋的容物小法器，他往日在天一楼中也多见有散修买过，炼气境便能使用，效果也是很一般，最多只能装上类似一麻袋大小的东西，不过对他现在来说，应该是足够了。

小心翼翼地背起那些龟蛋，另一只手再拖上那个铁甲犰狳的骨甲，沈石活像是一个搬家的苦力一般，回头向来路走去。

此刻，距离他下船的时间甚至还不到一个时辰。

所以当他回到那艘大船上的时候，甲板上不出所料地空无一人，甚至连船舱那边也没有丝毫动静，想必平日都懒得动的林虎因为今日甘泽突然来了，也去妖岛献殷勤了。

沈石也乐得平静，在甲板上随意找了个地方坐了下来，小心地将那些龟蛋珍而重之地放在身旁，便耐心地等待起来。中间用手摸摸胸口，那藏着两颗养气丹的玉瓶还在那里，算算今天还省掉了吃灵丹的花费嘛。

沈石心情越发的好了。

海浪声声，云走风吹，平静的时光悄悄过去，沈石在船上等了一个白天，接近下午黄昏的时候，妖岛深处终于开始陆陆续续有人回转到船上。

这些深入妖岛的师兄师姐脸上多带有几分疲倦之意，显然与妖岛深处更加凶猛的妖兽搏斗，对他们来说也是不小的负担，但是看着多数人的表情还是疲累中带着几分欣慰，想必收获也是不小的。

而当这些人回到甲板上后，其中有些人便注意到了沈石，更有些眼尖的看到了沈石身旁包在一起的那些龟蛋，一时间倒是不少人都露出了几分惊讶中带着羡慕的神色，在那边笑骂道："好小子，运气不错啊。"

"连黑纹龟的龟蛋都能找到，这是一窝都端了吧，乖乖，这回去的报酬都不比咱们差了。"

"别傻了，咱们的报酬是要几个人分的，他一个人拿的灵晶比我们多多了……"

议论声中，沈石看着也有些不好意思，对他们笑了笑，不过好在都是同门，这些师兄师姐看起来也不是坏人，在那边取笑一阵后便安静下来，耐心地等待后面的人回来。

天色渐黑，所有的人差不多都回来了，包括牛雄与曾志柏两位凝元境的师兄，但是不知为何，随着海平线那头夕阳缓缓落入海面，黑暗将要垂落的那一刻，沈石忽然发现所有人的脸色都开始变得难看起来。

他站起身，向四周看了一下，忽地一惊，发现这举船上下，却是只有那甘泽以及陪他深入妖岛的林虎没有回来。

第八十三章 ■ 等待

最后一缕夕阳的余晖，终于也在海平面的远方消失了，夜幕垂落，黑暗仿佛从四面八方涌来，将这座妖岛笼罩其中，增添了几分神秘之余，仿佛比白日里又更增几分狰狞凶恶。

凄厉的兽吼声，随着夜色的降临，突然间高亢了许多，此起彼伏，仿佛有众多白日沉眠的妖兽在这夜晚都已醒来，走出藏身之处，对着这苍茫夜色仰天长啸。

妖岛南边的长长海堤边，那只大船仍然还停在原地，换在平日这个时候，他们应该已经离开妖岛，在开往青鱼岛的中途上了。甲板之上，不知是谁点燃了一盏灯火，悬挂在桅杆边上，昏黄的火光下，每个人的脸色看上去都很凝重，不少人都是望着人群里为首的牛雄与曾志柏两位凝元境师兄。

这两人站在船舷边，正一言不发地盯着妖岛，那片茫茫的黑暗尽头，仿佛什么都被掩盖在其中。两人中脾气较差的牛雄此刻早已黑了脸，一眼就能看出他正在焦虑狂躁之中，就像是一座随时都会喷发的火山，而曾志柏脸色同样很难看，与这些炼气境的外门弟子不同，身为凝元境亲传弟子的他们二人，比这些师弟更了解在凌霄宗宗门之内，甘家这个家族意味着什么；而甘泽的身份乃至他这三年来所展示的天赋，那份重要性更是超乎想象。

甘家绝不会允许甘泽出现任何意外的。

林虎这个蠢货！

这一刻，无论是牛雄还是曾志柏，心中都是在骂着同样一句话，只是眼看着这片夜色渐渐变浓，按照宗门规矩，这时候早就应该扬帆起航离开妖岛，毕竟夜晚的妖岛要比白日危险许多，哪怕是他们凝元境的弟子应付起来也会艰难。

可是他们两人对望一眼，却是谁也说不出这句话，丢下甘家唯一的继承人这个罪责，不是他们能够承受得起的。

沈石站在人群背后，明显地察觉到甲板上的气氛越来越凝重，甚至渐渐地开始有些紧张起来。除去站在最前头船舷边的牛雄与曾志柏，剩下的二十多个炼气境弟子在最初的沉默等待之后，随着夜色的降临，也逐渐开始有些骚动不安起来。

终于，人群中有人沉不住气，开口问道："牛师兄，曾师兄，夜色已深，咱们在这里要等到什么时候？"

此言一出，有人开了个头，登时便引来众多人的附和，众人纷纷开口询问，牛雄与曾志柏对望一眼，脸色都很难看。他们何尝不知道这些炼气境弟子的心思，多年以来，妖岛上历来都禁止弟子在晚上停留，所为的就是有些夜间出没的妖兽特别凶厉，有极大的危险。而大船停靠在海堤边迟迟不走，谁也不能保证那些传说中极厉害的妖兽会不会趁着夜色，直接摸上大船。

性命有所危及的时候，谁还管你是什么名门望族的子弟没回来，更何况这事看起来完全与他们无关，倒有很大可能是甘泽甚至林虎自己搞出来的。众多炼气境的弟子都是眼中露出几分愤愤不平之色，毕竟莫名其妙地处在这种危险境地，任谁都不会高兴。

在众人虎视眈眈的目光下，饶是牛雄与曾志柏道行比众人要高出一截，一时间也有些吃不消，能来妖岛做捕妖任务的炼气境弟子，总不会差到哪儿去，日后很有可能这其中就有一部分人晋升凝元境界，今日一个处置不好，只怕日后便是结怨了。

牛雄一时有些顶不住，咬咬牙转头看向曾志柏，眼中带了一些询问的意思，但曾志柏却是苦笑之后缓缓摇头，轻声道："不能走啊，真要走了，万一出了什么事，林虎这厮绝对会把罪责推到我们身上。"

牛雄深吸了一口气，只觉得胸口憋闷，这口气似乎就堵在了那里，难受得不行，低低怒骂了一句："狗日的林虎！"

见他们二人没什么动静，甲板之上众多炼气境弟子脸上也渐渐浮现出了一层怒色，在场的谁也不是傻瓜，谁都知道如今夜深天黑的时候仍然在这妖岛上耽搁下去是为了什么，更有许多人想到，若是自己因为某种原因耽搁在岛上到这个时候没回来，只怕这艘大船未必会如此等待，早就扬帆回航了。

人与人的差距，不平境遇，似乎从未如此明显地显露在众人眼前，黑压压的夜色里，船上的气氛已经压抑至极，忽然间只见人群中走出一个女子，正是陈棠，只见她漂亮的容貌上带了几分愤怒之色，对牛雄与曾志柏二人道："两位师兄，小妹有一事请教。"

牛雄咬咬牙不说话，曾志柏面色难看，目光扫过这一众愤怒的人群，苦笑道：“你说吧。”

陈棠深吸了一口气，昂然道：“请问两位师兄，是否认为我们这一船二十多位师弟师妹的性命，还抵不上甘师弟一人，所以要让大家冒着性命危险在这里一直苦等下去？”

此言一出，在她背后的炼气境弟子登时便像是被点燃了一般爆发开来，一下子众多人纷纷开口，语气愤懑不满，气势汹涌猛烈，都是向着两位凝元境师兄诘问起来。

饶是牛雄与曾志柏二人并非没见过场面的人，一下子面对着二十多位师弟师妹愤怒的指责询问，也是有些吃不消，更何况此事本就是理亏在先，他们自己也觉得说不过去，一时都不知道如何解释还口。

在众人指责下，牛雄脸色青白交加，怒意一闪而过，踏上一步似乎就要开口，却被他身边的曾志柏一把抓住，低声急道：“师兄，不敢意气用事。”

牛雄急得挠头，却又彷徨无措，怒道：“那你说怎么办啊？”

曾志柏也是张口结舌，说不出话来，两人这里正如灶台边的蚂蚁一般焦头烂额，猛然间忽听那妖岛深处突然响起了一声尖锐刺耳的厉啸，声若雷鸣，隆隆传来，竟仿佛整座妖岛都颤抖了一下。

那啸声中凶厉之意简直似扑面而来，哪怕隔了这么老远，大船上的众人也是纷纷变色，一众炼气境弟子更是露出了几分畏惧之色。

牛雄与曾志柏都是脸色大变，一时间竟说不出话来，过了片刻，曾志柏低低开口，却连声音听起来都似乎有些哑了，道：“那……那莫非是阴鬼王？”

牛雄的牙咬得有些隐隐作响，怒道：“林虎这厮脑子里都是泥巴吗？蠢到这般地步，竟然敢带着甘师弟去捕妖洞里不说，还待到百鬼夜行的时候！”

曾志柏脸色惨淡，低声道：“阴鬼王一出，连我等凝元境弟子都要退避，一不小心就会殒命于此，整座青鱼岛上，怕是只有王亘师兄才能降服这只凶厉鬼物，怎么办？不如我们现在就回去禀告王师兄，请他过来救人？”

牛雄咬牙道：“回去再来，怕是甘师弟连骨头都不剩了。”

曾志柏还欲再说什么，忽然间两人又是同时抬头，一道红光在妖岛深处的夜色里一闪而过。

虽然微弱，但是大船上的众人多数时候都时刻关注着那边，倒是多数人都看到了，深沉的夜色里，这一缕红光显得特别的刺眼与诡异。

牛雄盯着那边红光消逝后的夜空，带了一分诧异，道："那是什么？"

曾志柏也是茫然摇头，牛雄焦躁地来回走了两步，忽然像是下定了决心，道："曾师弟，你先带着一船人回青鱼岛，然后立刻去找王师兄过来降妖救人，我去岛上捕妖洞看看能否帮忙尽量拖延一下。"

曾志柏大惊失色，道："师兄，此事太过危险，你……"

牛雄苦笑一声，道："你当我愿意吗，这不是没法子了吗，你道行又不如我，我不去还有谁？眼下形势紧急，莫要再耽搁时间了。"

曾志柏深深看了他一眼，知道牛雄所言俱是实话，当下也是重重点头，随后踏上一步，用极低的声音道："师兄，你一切小心，如果……如果真有危险的话，你还是以自己性命为重。"

牛雄点点头，道："我晓得。"

说罢，牛雄转头又看了那些炼气境弟子一眼，欲言又止，最后叹了口气，摇摇头，一言不发地手按船舷，直接跳了下去，然后身形迅疾地向妖岛深处掠去。

他这么一番举动，登时就引来甲板上众人的一阵骚动，更有不少人都纷纷跑到船舷边看着牛雄远去的背影，然后带了迷惑不解，转头看向曾志柏。

曾志柏脸色苍白，最后看了一眼没入黑暗的牛雄背影，然后艰难地转过头来，在这一刻，他心中不知将那林虎唾骂了多少次，问候了林家祖宗十八代也不止。然后，他大声喝道："站好，回青鱼岛！"

夜幕之下，海风猎猎，大船掉转船头，在夜色中缓缓回转向着青鱼岛的方向开去。

甲板上，众人一片静默，虽然在起初纷纷诘问两位师兄为何苦等不去，置众人于险地，但是这事情究竟缘何而起，大家还是心里明白的，说实话，真是怪不到牛雄与曾志柏两位师兄的身上。

而看到牛雄冒着性命危险趁夜入岛的举动后，想想也知道他是为何而去。平日牛雄虽然脾气暴躁了些，但对这些师弟师妹都还算照顾，一时间众人也是担忧，可是这夜色之下，听着那妖岛上兽吼厉啸声连绵不断，越来越凄厉，却是谁也说不出话来。

气氛如此僵冷，仿佛就连海风都要吹入骨髓一般冰寒，沈石默默地坐在甲板的一角，抬头看着这茫茫夜色，脸上没什么表情，也不知此刻他心里在想些什么。

也就是在这个时候，他忽然瞳孔一缩，望见了那深沉黑暗的苍穹之上，乌云深处，猛然有一道剑芒快如闪电，照亮了那一片天际，如风驰电掣一般划过夜幕长天，势不可挡如呼啸流星一样，向着那座妖岛冲去。

第八十四章 ■ 报酬

夜幕沉沉中，天际的那道异象格外显眼，大船上的所有人几乎都看到了，但是谁也不知道那是什么，只是看着那道炫目剑芒飞驰而去的方向正是妖岛，莫非就是凌霄宗派出的救援？

尽管大家的目光都下意识地追随着天际那道剑芒，但是此刻要掉转船头回妖岛显然是不现实的，所以在度过了今晚显得格外漫长的航程后，这艘大船带着一丝狼狈回到了青鱼岛上。

大船才一停稳，在船上的曾志柏便急不可耐地纵身跳下甲板，飞快地向青鱼集方向掠去，显然是急着去禀告王亘，请他出马去妖岛拯救陷入险境的甘泽和牛雄，至于陷入险境的其实还有第三人林虎，曾志柏哪怕脾气再好，此刻也是恨不得这厮干脆就死在捕妖洞里算了。

而甲板之上被抛下的一众炼气境弟子则是面面相觑，早先在妖岛上耽搁时，众人身家性命受到危及，一个个都是义愤填膺，但此时一旦真的安全回到了青鱼岛上，却仿佛心底又有些说不出的滋味，那些安然回归的喜悦似乎也并不如何浓厚，反而不少人眉头紧锁，不时回头望向远方妖岛的方向。

夜色下，众人相顾无言，最后都是沉默地下了船，然后在这深夜时分各自散去。沈石小心翼翼地抱着自己的收获：一大袋龟蛋以及一张铁甲犰狳的骨甲，看了一眼周围后，也是面无表情地向着白鱼湾的方向走去。

夜色深沉，这座岛屿仿佛也陷入了安静的沉眠，但是过了一会儿之后，忽然在青鱼岛上空猛然腾起一道耀眼光芒，直冲九霄，在半空如电芒刺破苍穹略微转折之后，便迅捷无比地向妖岛方向飞驰而去。

夜幕下的白鱼湾幽美宁静，只有海浪拍打着海滩的声音在夜风里远远传来，沈石安静地提着一大袋东西回到了自己的洞府，当石门在云符的催持下在身后关上，终于将外面的世界完全隔开后，不知怎么，沈石忽然有种之前从未有过的放松感觉，就像是……回到了一个真正的避风港湾，回到了一个家里。

他怔怔地站在原地好一会儿，然后长长地吐了一口气，走到屋子一侧的石架上将龟蛋与犰狳骨甲小心放好，然后坐回到床榻边，沉默了一会儿后，甩了甩头，拿起一颗灵晶开始每日例行的修炼。

一晚过去，阳光重新洒落在世外桃源般的青鱼岛上。

沈石今日并没有像平日那样早早出门，哪怕他经过昨晚的修炼后已经完全恢复了过来，丝毫没有疲惫之感。不过他不想出去，却还是有人主动找上了他，几声咚咚咚的声响，从石门那边传了过来。

沈石有些诧异地走过去开了石门，便看见孙友笑呵呵地站在门外。

沈石有些诧异，道："平日这时候你不是该去兽场做事了吗？"

孙友摆摆手，道："不妨事，迟点无妨。倒是昨晚妖岛那边到底发生了什么事，听说甘泽那小子在那里遇险了？你快给我说说！"

沈石吓了一跳，道："这事你怎么知道得这么快？"

孙友嗤笑一声，道："昨天跟你坐一条船去妖岛的有二十多人好不好，加上甘泽是什么身份，这么大的事，一早就传遍了，我记得你这些日子也是往妖岛去的，就赶忙过来问问。"

"嗯……"沈石沉吟片刻，也不隐瞒，将昨日自己所见所闻大概跟孙友说了一遍。孙友听了之后微微点头，随后笑了一声，道，"那位叫林虎的师兄我好像有点印象，虽说是早年修炼到凝元境的一位亲传师兄，但是听说在亲传弟子里的人缘很差。"

说着他看了一眼自己进来后兀自打开没有关上的石门，凑近沈石压低了几分声音，道："听说是三年前他犯了什么错事，触怒了王亘师兄，这才将他从岛上罚至妖岛那边当值的。"

沈石倒是没想到这中间居然还有这般曲折，想了一下，皱眉道："三年前，那不就是咱们刚入门上岛的时候吗？"

孙友点头道："是啊，不过这位林师兄到底犯了什么事，又因何触怒了王亘师兄，我就不知道了。要我说，按你刚才说的，他拼命巴结甘泽那小子，只怕也是想攀上甘家这棵大树。"

沈石默然，心里为那位林虎师兄默哀，这大树攀没攀上且不说了，但是甘泽在妖岛遇险却是明摆着的事，日后甘家那边要是追究起来，怕是没林虎的好果子吃。

不过这些事都是这些名门望族的烦恼，与自己无关，顶多有些好奇罢了。沈石很快就将这些东西抛在脑后，跟孙友打了声招呼，便收拾昨日的战利品，准备去青鱼集那边交换灵晶了。

孙友本来还没什么，看到他拿起一张犰狳骨甲时还取笑他这次收获比上次少了一倍嘛，结果随即看到沈石拎了一大袋白生生的龟蛋出来，当时就一下子瞪圆了眼睛。

他在兽场做事好几年，当然懂得灵兽殿兽场这里平日就有向去妖岛的弟子收购龟蛋的事，也知道一颗龟蛋就能换取一颗灵晶，这一大袋子满满的龟蛋，让他说话都有些结巴了："不……不会吧，我看错了吗，这都是黑纹龟的龟蛋？"

沈石嘿嘿一笑，道："正是。"

"哎呀！"孙友冲过来扒着大袋子左看右看，带了几分不可思议，道，"这么多蛋，你怎么搞来的？"

沈石将昨日铁甲犰狳正在海滩上挖蛋被他发现的事情前后一说，孙友也是摇摇头，满脸羡慕地道："你小子，运气也太好了吧。"

沈石笑了笑，将这一大袋龟蛋提起，笑道："走吧，回头正好也要去你兽场那边，将这些龟蛋换成灵晶呢。"

孙友嘴里啧啧声不绝于耳，同时又下了几分决心表示自己从今日起就要继续苦练火球术，早日去妖岛和沈石并肩作战，真要每天有这种收获，傻瓜才去兽场继续伺候那些灵兽呢。

沈石失笑，道："我这也是偶尔为之，平日也就三四颗灵晶的收获，还要冒被妖兽打伤的风险，怎比得上你在兽场里安安稳稳来得舒服。"

孙友摇摇头只是嘴里咕哝着什么。

两人一起出门去了青鱼集，沈石先去器堂商铺那边将一张犰狳骨甲换了两颗灵晶，然后和孙友一起去了兽场，在孙友熟门熟路的指引下，也顺利地将这二十一枚龟蛋换回了二十一颗灵晶。

与恋恋不舍但被迫还是要去做事的孙友告别后，沈石一路走回了青鱼集，此刻他怀揣着二十三颗灵晶，加上白鱼湾洞府里还有几颗，颇有点儿一夜暴富的感觉，只觉得自己走路都有些轻飘飘的了。

不过好在他性子终究还是谨慎，欣喜之余，很快还是把持住了自己，在青鱼集街头沉吟片刻后，他却是往岛屿南边的码头走去。

平日这个时候，应该有不少炼气境弟子在这里搭乘那艘大船前往妖岛做捕妖任务了，但是当沈石来到码头这里的时候，却发现那艘大船依然停靠在海边，码头上空空荡荡，一个人影也没有，颇有几分寂寥模样。

沈石走过去张望了一下，很快发现前方石堤边竖着一块木牌，上面贴着一张白纸，走过去仔细一看，果然纸上写着妖岛事宜近日暂停，诸位师弟师妹安心修炼，待重开之日自会另行通知的字样。

沈石看了一眼那艘大船，微微摇了摇头，然后转身离开。

回到青鱼集上，只觉得自己突然有些无所适从，到了这岛上三年，他几乎每日都在马不停蹄地为了赚取灵晶而奔波，从以前在红蚌村剥虾到现在去妖岛捕妖，没有背景门路的他接不到岛上那些安稳优质的任务，只能是辛苦地奔忙着，每日就是做事修炼，每一天似乎都在重复着昨日，难得有这种悠闲下来的时候。

他在街头徘徊了一阵，想起了昨日自己在妖岛上发现一大堆龟蛋时的模样，当时的自己格外地想要有一个能够轻易装下所有收获的容物法器，哪怕是只能炼气境使用的粗陋至极的低级东西。

又犹豫了一会儿后，沈石终于还是下定了决心，向着器堂商铺走去。

前后两次他兜卖铁甲犰狳的骨甲都是在这个地方，所以也算是门路熟络，包括商铺里这两次接待他的一位季良才季师兄。

季良才名为良才，但天资根骨似乎有点配不上这名字，在这青鱼岛上修炼了八年多，这才勉勉强强修炼到了炼气境高阶，眼瞅着距离凝元境那道大门槛仍是遥遥无期，自然便会有些灰心丧气。不过平日里他性子还算随和，接待一些新入门的师弟态度也是不错，自己修行不成，但是听说这一轮的新人师弟里颇有些天分极高的奇才，日后搞不好就是名动天下的人物，神通道法通天的大真人，虽说希望渺茫，但眼下万一能结下一份善缘，也是好的。

所以当他看到今早接待过的那位沈石沈师弟又走到他面前的时候，虽然心底有些诧异，但还是态度温和地笑道："怎么了，沈师弟，莫非这才过了一会儿工夫，你又猎到一张铁甲犰狳的骨甲了吗？"

第八十五章 ■ 祭神

沈石笑道："师兄你说笑了，这点儿时间，我哪有法子去了妖岛又回来？"

季良才站在柜台后面，微笑道："既是如此，不知师弟去而复返，可是又有什么好东西要卖吗？"

沈石道："不瞒师兄，我这次过来其实是想买一个纳物的小法器，嗯，"他想了一下，又补了一句道，"炼气境能用的那种。"

"嗯？"季良才有些诧异地看了他一眼，随后点了点头，将沈石带到旁边的一个柜台边，那里摆放着一排形状各异的法宝法器，大小不一，形状各不相同，戒指、镯子、口袋乃至玉牌、符印，一眼望去应有尽有。

季良才目光在这些法器上掠过，随后却是走到柜台最边缘，从摆放在最角落的一排法器中拿出了几枚看着平凡无奇、暗淡无光的戒指，放在沈石的眼前，道："师弟，纳物法器一般都是需要凝元境的道行才能正常使用，所以其他的我们也就不用看了。至于你之前所说的炼气境就能用的纳物法器，就只有这几个小如意戒。"

沈石带了几分好奇，将这些戒指一个个拿到手上仔细看着，同时耳边传来季良才的声音，道："师弟，这小如意戒是本门器堂里那些前辈师兄专门为岛上炼气境弟子定做的，功用与普通纳物法器几乎一模一样，也是要用自身灵力激发使用，很是方便。"

沈石点点头，很早以前在阴州西芦城天一楼中，他也曾见过类似的东西，在散修中颇有市场，很多人都会随身携带一个，不过据他所知，完整完备的纳物法器确实都是需要凝元境的道行才能正常使用，而眼前的这些名叫小如意戒的，应该会有一些缺憾之处。

果然，季良才很快又接了下去说道："不过这小如意戒毕竟与那些凝元境才能使用的纳物法器不同，乃是为了炼气境弟子微薄的道行所特制，所以在制作灵材上便挑的是低级灵材，里面的法阵也不完整，法器本身也很脆弱。因此虽然炼气境弟子能用，但一枚小如意戒能装纳的空间，差不多只有四尺见方，并且一旦开启之后，最多只能使用四个月，时限到了之后，这小如意戒里的灵材法阵差不多也就到了崩溃边缘，到时候就化作一堆废渣了。"

他笑了笑，道："毕竟是缺漏之物，只能如此了，师弟，该说的我都告诉你了，东西就放在这里，你还想买吗？"

沈石默然片刻，还是点了点头，道："买一个。"

季良才点点头，将其中一枚铁灰色戒指递给了他，又将其他戒指收起，然后微笑着对沈石道："承惠，十五颗灵晶。"

沈石皱了皱眉，道："这么贵？"

季良才倒是坦然承认，道："是啊，比外头流云城里卖得贵一些，不过……"他笑了笑，道，"你看，谁让这青鱼岛上，只有器堂这一家商铺卖这些东西呢。"

沈石苦笑，点点头从怀里掏出了灵晶。

新鲜入手的二十三颗灵晶，转眼间又出去了大半，换回来的是戴在左手手指上的一颗不起眼的戒指，沈石在心里安慰自己这笔钱，只要运气好去妖岛一日就能赚回来了，这般想着，心情才又好了一些。

离开器堂商铺，沈石在青鱼集里找了个偏僻的路边，凝神运起几分体内灵力，试探着向手上这枚小如意戒碰触了一下，果然在灵力激发下，这小如意戒一下子打开了一个空间显露在他意念之内，正如季良才所言，是一个约莫只有四尺见方的小空间，周围一片灰蒙蒙，但大致还算稳定。

沈石点点头，将灵力收了回来，这小如意戒四尺见方的空间虽然不算很大，更远不能与凝元境后方能使用的须弥镯、乾坤袋等著名纳物法宝相提并论，但放在眼下对他而言，还是足够用了。只是一个小如意戒只能使用四个月，委实令人有些惋惜。

买了小如意戒，灵晶花了大半，妖岛那边又暂时不能去，沈石一时间又陷入了有些无所事事的情况，虽说他也有点关心甘泽等人身陷妖岛的事情，包括昨晚归来途中看到的天空上那一道炫目剑芒，但是似乎那事的后续直到现在也没人知道，或者说是有人传开，他也不晓得到底如何了，只能干等着。

在青鱼集这里徘徊了一会儿，他信步游走，却发现自己不知不觉又走上了往红蚌村的那个方向。

自从下决心去妖岛做捕妖任务后，他已经有一段时日没来这红蚌村了，不过对这个隐秘地与人族共存的小小妖族村子，他的印象一直很好，特别是三年来与村里那位海星姑娘，已经算是成了好友。

多日未见，那就去看看吧。

想到这里，沈石便加快了脚步，往红蚌村的方向走去。

虽然一段日子没来，但是红蚌村看起来仍然和他记忆里的情景一模一样，还是那个坐落在海边的宁静小村子，若不是村中人个个身负奇异的红色蚌壳，简直就与普通的人族小渔村没什么差别。

因为他近日不来这里剥虾，海星自然也就不会再在村口等他，所以沈石信步走进了村子。村子里的路上热闹一些，不时看见来往行走的红蚌族人，其中许多人都认识三年来时常到此剥虾的沈石，都笑着跟他打了招呼，沈石也是一路招呼过去，不过走着走着，他却渐渐察觉出一丝不对来，这个村子的路上，他所看到的红蚌族人，多数都是女性。

沈石沉吟片刻，目光便转向靠海的那边，果然发现在那个时常停靠着许多小船的村边沙堤边，此刻还留着的小船已经寥寥无几。

“今天又是出海打鱼了吗？”

沈石怔了一下，这些日子他一直忙于妖岛之事，与红蚌村这里几乎没有走动，只记得前些日子自己临走时，海星跟他说过好几次青鱼岛周围海域的鱼群少了许多，让这些红蚌族人很是苦恼，不得不增加了出海打鱼的次数。

看来哪怕过去了这些天，这情况似乎仍然没有缓解的迹象。

沈石一路走去，对着红蚌村他也算是熟门熟路了，来到这里，当然还是要去见一下海星，她是红蚌村村长的孙女，住处就在村中祭坛的后面，算是红蚌村里最大的一处屋宅。

顺着路一路走去，沈石很快看到了红蚌村里的那个祭坛，当然也同时看到了祭坛上那座猪头龙的雕像，只是与平日的安静不同，今日祭坛的前方摆上了一张大桌，桌上着实放了不少祭品，似乎是准备进行一场祭祀的样子。

有几个红蚌族女子正在祭坛上忙碌地准备着，沈石走近一看，却在其中看到了海星的身影，连忙招呼了一声。

听到沈石的叫唤，海星抬头看了过来，先是一怔，随即脸上露出一丝欣喜的笑容，对身边的一位大婶说了句话，那大婶笑着点点头，海星便放下手头的活，快步向沈石这里走了过来。

“你今天怎么有空过来啦？”一走到跟前，海星便笑嘻嘻地道。

沈石挠挠头，有些不好意思，道：“前些日子太忙了，正好今天有空，就想着过来看看你。”

海星看了他一眼，笑容甜美，道：“算你有狼心，没忘了我这个朋友。”

沈石怔了一下，想了想，试探地道：“你说的是不是‘良心’？”

海星摆摆手，道：“差不多啦，就是那个意思。”

沈石小声道：“意思差了很多啊……”

海星带着他向旁边走去，沈石回头看了一眼祭坛，道：“那边是在做什么？”

海星道：“哦，是在做海神祭祀的准备，等我爷爷他们明天打鱼回来，就要祭祀海神。”

沈石吓了一跳，道：“明天才回来，他们这是去哪儿打鱼了？”

海星青春娇美的脸上首次露出了一丝担忧之色，轻叹了一声，道：“爷爷他们去很远的外海打鱼了，路程太远，必须隔日才能回还。”

沈石皱起了眉头，据他所知，多年以来红蚌一族几乎都是打鱼为生，而打鱼的海域基本都在青鱼岛周围海域，根本不会离开太远，一日之间便足以回还。如今听海星的话语，却分明已经被逼到极远的外海才能捕捞到鱼群，这情形明显很不对劲。

回想了一下自己离开时已经有的那些征兆，沈石也不由得有些担心起来，道：“这事情有些不对，我觉得最好跟宗门里说一下。”

海星点点头，道：“我爷爷已经与这岛上的王亘师兄说过了，前两日他也亲自下海查看了一下，但是听我爷爷说，王亘师兄也没查出是何缘故，就是周围海域里突然鱼群就大量减少了，海水里一片冷冷清清的。爷爷说这可能是海神发怒的缘故，就准备做一次海神祭祀。”

沈石默然，一时间也不知该说什么才好，海星看了他一眼，却是笑道：“所以呢，你离开村子其实还是对的，不然的话，就算你现在想要剥虾，我们这里也没有鬼面虾可以给你杀了。”

沈石笑着点点头。

两人在村口路上又说了一阵话，看着村里人来人往，不少人都去海神祭坛那边帮忙，沈石便也不再耽搁海星，告辞离开。海星看着倒是没什么心情特别沉重的样子，不知道是不是年轻开朗的缘故，与沈石告别之后，便又一路蹦跳着向祭坛那边去了。

沈石看着她的背影远去，转身准备离开的时候，目光无意间扫过那处祭坛，看到了那座高大的“海神”雕像，有那么一个瞬间，他心底忽然觉得那雕像、也就是猪头龙的模样，实在是有些狰狞凶恶。

第八十六章 ■ 出师不利

从红蚌村回来走到青鱼集的时候，看看天色，堪堪过了午时，沈石只觉得这一天的时间似乎特别的漫长，不过晴朗的日子里悠闲地在这青鱼岛上闲逛，似乎也是难得的一种放松。

他信步走在青鱼集中，逛了几个商铺，又去白鹤堂那边走了走，在白绿红板间看了一下，不出所料地板上的任务还是熟悉常见的那些，并不适合他。至于后头黄、紫两个板，所贴任务不过寥寥数个，但是确实难度极大，并非炼气境中阶可以完成的，所以他也就没去注意。

看了一圈，并无什么收获，沈石也不在意，转身施施然向白鱼湾的方向走去，一路上不时轻轻抚摸一下左手手指上的小如意戒，有些新奇的感受，不知不觉间却又想起了当初年少时在阴州西芦城里的情景。

然后，他自然而然地又想起了父亲沈泰。

已经有三年时间，他与父亲是完全断绝了联系，浑然不知父亲现在身在何处，又是怎样的情况。独自一人身在异乡，偶尔夜深人静的时候，他会特别地思念那个从小相依为命的父亲，哪怕这三年来他已经渐渐习惯了青鱼岛上的生活，但是这份思念从未减弱过。

毕竟，他是自己在这世上唯一的亲人了。

或许，神仙会的承诺还是值得相信的吧！

沈石在心里这般想着，却是从怀中又摸出了那个小小的玉质沙漏，细小的沙子仍在沙漏中永不停息地滑落着，他轻轻抚摸着光滑的沙漏外表，眼中有淡淡的温暖，再抬头时，不知不觉已经走到了自己的洞府前。

他拿出云符开启石门，伴随着隆隆声石门打开，就在他准备走进去的同时心里盘算着是不是趁今日闲暇将每日的功课提早先做了的时候，忽然听见从身后传来一声叫唤："沈石。"

沈石回头一看，却是钟青露不知何时站在了自己洞府之外，身上是凌霄宗的女弟子服饰，贝齿微咬薄唇，看着脸颊似乎有轻微的红晕，一只手垂在身侧，另一只手却是抓着衣襟下摆，不自然地揉捏着，看着神情有些古怪。

沈石看着钟青露神情有些与平日不一样，但一时也没想那么多，露出一丝笑容，道："是你啊，有事吗？"

钟青露沉默地站在那儿，从最开始的一声叫唤后不知为何，却是半天也没说话，两人一个站在门口一个站在门外，隔了一段距离却陷入了一种诡异的沉默。

沈石有些疑惑地皱起了眉头，看着钟青露，只觉得今天这女孩的样子实在是有些奇怪，可是昨天约定的时候不是一切都还好吗？而在沈石略带诧异的目光注视下，钟青露的神情越发的不自然，略胖的脸颊上那一抹晕红颜色仿佛又深了一些。

到了最后，她像是终于下了狠心一般，咬咬牙，愤愤然抬头，呼吸略显急促，大步走到了沈石的身前。

"沈石。"她瞪着他，红着脸，只是眼神却有些闪躲。

“啊？”沈石一头雾水。

钟青露深吸一口气，脸上掠过一丝尴尬，然后略微低了低头，道：“昨天你给我十颗灵晶，买了一套灵材炼丹，我、我……失败了……”

她说话起初还很大声，但是说着说着，钟青露却是莫名地心虚起来，眼帘低垂，不再去看沈石的脸，同时脸上的红晕越发深了，声音也是越来越细，越来越轻。

沈石勉强是把钟青露的话听清楚了，然后便是心中一痛，炼丹失败，那一整套灵材基本也就成了废渣，十颗灵晶算是白丢了。

尽管早就有心理准备，也算好了这笔交易或者说是赌博必定会经历这般情形，但是真要面对的时候，想到那十颗消失的亮晶晶的灵晶，沈石还是有些心疼不已。不过他很快就收拾好心思，因为他发现眼前的钟青露似乎比他更尴尬，情绪似乎也更沮丧。

“呃……”沈石看了看周围，见两人还是一人站在门口一人站在门外，情形确实有些尴尬，便道，“进来说话吧。”

钟青露看了他一眼，默默点头，跟在他的身后走进了沈石的洞府。

石门隆隆地关上，石室中安静了下来，钟青露向前走了几步，打量了一下这间洞府，这还是她第一次进入沈石的石室，只见房间里收拾得很是洁净，东西物品都收纳归置得十分整齐，看得出沈石应该是个对日常小事也十分细心的人。

沈石走了过来，两人面对面站着，一时间却都不知道该说些什么才好，气氛又有些冷场僵硬起来，过了一会儿，沈石摇摇头，却是从怀里掏出了今日最后剩下的八颗灵晶，又到自己床榻边摸出了两颗，然后将这十颗灵晶轻轻放到了桌子上，将神情放轻松了些，微笑道：“这是第二笔的费用。”

钟青露略微抬了抬眼帘，细长的睫毛下明亮的眼眸里倒映出桌面上一堆明晃晃闪亮的灵晶。不知为何，她脚步半天一动不动。

沈石看了她一眼，道：“怎么了？咱们当初不是约定好的吗？”

钟青露慢慢地低头，两只手有些无意识地抓住了衣襟揉捏着，过了一会儿，低声道：“如果……如果这一次又失败了，怎么办？”

沈石叹了口气，道：“我昨天运气挺好的，在妖岛上正好找到了一窝黑纹龟的龟蛋，回来去兽场那里换了二十一颗灵晶，所以有些闲钱。不过我想我的运气应该不可能次次都好，每次的收入也不会都这么高，加上我也得留下一些保证自己的修炼。所以……”他很诚恳地看着钟青露，道，“如果这次你还是炼丹失败了，就要再等我几日，容我再凑好下一笔的费用给你，行不行？”

钟青露的脸在瞬间涨得通红，就像是美丽娇艳的花朵一般，不知不觉间竟有种难得一见的娇媚展露出来，让沈石也是吃了一惊，眼前一亮。不过看着她的表情，显然是整个人局促不安，似乎还带着很深的羞辱感，至于原因为何，沈石多少能猜到一些，只是他自己也没想到，钟青露这个平日看去眼高于顶盛气凌人的女孩，心地居然比他想得似乎还更单纯一些。

过了很久，钟青露才像是鼓足了勇气，但是开口时的声音却是异样的轻细，道："要不，要不这交易还是算了吧。"

沈石一抬眼，讶然道："为何？"

钟青露慢慢低下头，道："我拿了你的灵晶炼丹，结果在炼丹的时候，不知为何，脑子里总有诸般杂念挥之不去，老是有那种万一、万一失败了怎么办，你给的十颗灵晶就这样白费了。然后甚至还会想，以后如果你还是会给我灵晶，我还是失败怎么办，就这样……就这样不停地浪费你去妖岛上跟妖兽拼命得来的灵晶……"

说到此处，她的脸上已经满是惴惴不安，抬起头看着沈石，道："我也不晓得为什么会有这么多怪念头，但就是无法集中精神，所以……失败了。"

沈石哑然，看着钟青露一时间真不知道该说什么才好。

过了一会儿，钟青露见沈石神色怪异却不说话，心里有些忐忑，说也奇怪，早些日子两人并无瓜葛时，她看沈石自然是神情自若，有什么说什么，而在两人刚开始说定交易后，她起初也是自信满满，甚至心头也掠过这家伙说不定是个傻瓜，白拿钱给我练手的念头。只是一旦她真的开始用沈石给的灵晶买来灵材开始炼丹后，才发现这其中竟然会有如此沉重的压力，哪怕这压力来得有些莫名其妙。

甚至于此刻，她站在沈石面前竟然都隐隐有种抬不起头的羞耻感。

在她十五岁的人生中，这几乎是她从未感受过的一种情绪。

良久之后，在一片静默中，沈石忽然开口道："要不你以身相许吧。"

钟青露一时没反应过来，愕然道："你说什么？"

沈石一本正经地道："如果你炼丹老是失败，一直不能成功，浪费我无数灵晶的话，到最后干脆就以身相许偿债吧！"

钟青露呆立片刻，瞬间脸颊再度涨红勃然大怒，怒道："浑蛋！"

冲过去随手拿起手边桌上的灵晶，一颗颗当石头一般向沈石用力砸去，口中还在恼怒喝道："臭嘴巴，还敢占我便宜，胆大包天啊你！砸死你，砸死你！"

沈石抱头鼠窜，躲了好远跑到石室角落，身上兀自还是被丢了好几颗。

十颗灵晶转眼就被钟青露丢了个干净，骨碌碌在石室地面上滚动着，发出清脆的声音，其间还伴随着少女兀自恼怒的喘息声。

沈石慢慢转过头来，咧嘴笑了笑，看了一眼钟青露后，慢慢蹲下身子，在地上去拾取那些散乱的灵晶，同时口中轻叹了一声，道：“虽然灵晶很硬，但你也不要这样不当作钱似的乱丢啊。”

钟青露气恼地扭头不理他，但过了一会儿气息平复下来，默然片刻，又转头看了一眼正蹲在地上捡灵晶的沈石，轻轻哼了一声，却是也蹲下身子，捡起了一颗滚到自己附近的灵晶。

骨碌碌的声音，是灵晶在坚硬的地面滚动，灵晶散落在地面很是显眼，很快便被他们两人捡了回来，只不过其中有一颗灵晶却是滚到了床榻之下，让沈石费了一番功夫才找到，用手拨弄着才滚了出来。

钟青露正蹲在一旁，看着灵晶滚出来，下意识地伸手去捡，正好沈石也将手伸了过来，两人的手掌微微一碰，钟青露哼了一声，扭过头将手收了回去。

第八十七章 ■ 风雷

捡起了最后一颗灵晶，这时沈石手上有七颗，钟青露捡了三颗，钟青露目光在手上那三颗晶莹闪亮的灵晶上停留片刻，然后把这些灵晶往沈石手里一丢，没好气地道：“你收好了，别以为有灵晶就……”

话音未落，沈石一翻手已经抓住了她白皙的手掌，钟青露脸上一沉刚想发怒，却看到沈石将这十颗灵晶一起轻轻塞到了她的手里，然后将她的手握成拳，像是抓稳的样子。

她一时有些失神，原本想说的话却卡在口中，再也说不出来了。

至于沈石却像是放松了一样，随意干脆地往地上一坐，背靠着床榻，看着石室的顶端，忽然道：“钟青露。”

“干吗？”

“刚才我开玩笑的。”

“……”

“你知道我当初为什么选你做这个赌博交易吗？”

钟青露皱了皱眉，道：“你不是说过吗，因为……”她像是想起了什么，话说了一半，却是住口不言，不过沈石很快替她说了下去。

"因为啊，我觉得你是咱们这一辈新人弟子中，在炼丹上最有天赋的，还是那句话，不选你，难道我还去找其他的废物吗？"

钟青露有些尴尬的感觉，但不知为何，心里没来由地却似乎又轻松了一些。

沈石看了她一眼，微微一笑，神情开朗而坦然，就那样背靠着床榻，道："我都对你有信心，你何必有诸多杂念，对自己反而有所怀疑呢？"

钟青露缓缓吸了口气，神情渐渐平静下来，平日的那一丝骄傲似乎又回到了她的身上，哼了一声，似乎不屑于去回答沈石的问题："你准备好灵晶就是了，啰啰唆唆的，像个老太婆似的！"

沈石无语，只见钟青露站起身，道："开门啦。"

"哦哦……"沈石连忙跳起身，用云符开启石门，伴随着隆隆声，石门缓缓打开，钟青露将那十颗灵晶收入怀中，转身正要走的时候，忽然看到沈石手边似乎有一抹淡淡的绿色，像是一个小小的沙漏般的东西，一时好奇，道："那是什么？"

沈石举了一下手中的沙漏，道："你是问这个，沙漏啊，你看沙子从一端完全漏下，就是过了一个时辰，很准的。"

钟青露"啊"了一声，带了几分喜爱，道："咦，居然有这么个东西，我炼丹正好每次都需一个时辰看炉，如果你不需要的话，不如把这沙漏给我吧！"

沈石怔了一下，迟疑片刻后，还是摇头，道："这是我爹娘留给我唯一的东西了，不好给人的。"

钟青露显然并不知晓这其中的来历，听到这话也是呆了一下，随即点点头，"哦"了一声，然后转身离开了石室。

看着她的背影渐渐远去，沈石缓缓一抬手，石门又轰隆合上，仍然保持着背靠床榻姿势的他，忽然脸上露出几分异样神色，其中还夹带了几分狐疑茫然，轻声自言自语地道："唉，这女孩子真的值得相信吗，该不会真的被她坑惨了吧……"

这一天，就这样平静地过去，沈石没有再出门，钟青露也没有再过来。

翌日，也就是沈石从妖岛上回来的第二天，妖岛上甘泽遇险以致造成青鱼岛暂停了妖岛任务的事，终于也传出了事情的后续以及缘由，并且因为甘泽出身甘家以及他本身就格外天资横溢引人注目，这事情转眼便传遍了青鱼全岛，几乎所有人都知道了。

当日甘泽起意去妖岛见识一下捕妖任务，登船之后便得到了凝元境师兄林虎的巴结，哪怕上了妖岛后林虎也是一定要跟随在侧。其他炼气境弟子上了妖岛后，都开始各自散开猎取妖兽灵材，道行低一些如沈石，甚至都没有深入妖岛林中，只在妖岛外围海滩上小心翼翼地捕猎低级妖兽，至于后来在海滩上发现了一大窝黑纹龟龟蛋，那就是十足的运气了。

而甘泽本意是接了这捕妖任务后，来妖岛想试试身手的，毕竟他如今乃是这一轮新人弟子中最杰出的天才，唯一一个在三年之内便修炼到炼气境高阶的人物，哪怕他平素谦和，但心底自然还是有几分傲气，所以太低级的妖兽他还看不上，就这样一路也进了妖岛密林深处。

一路上，林虎自然都陪在他身旁，以他凝元境的修行，起初的那些妖兽自然不在话下，甘泽与他二人可谓势如若破竹，一路高歌猛进，甘泽兴致也是高涨，心情兴奋。林虎趁热打铁，却是提出要带他去这妖岛上最核心也是最危险的捕妖洞里看看，那洞中不仅藏着危险的妖兽，甚至还有许多诡异难测的阴灵鬼物，但同时也是捕妖任务中最高级的几种灵材出产的所在。

甘泽人小心大，初生牛犊不怕虎，再加上林虎胸膛拍得震天响，只说以他凝元境的道行足以保甘泽无事，两人便兴冲冲进了捕妖洞。

这一进，便出事了。

那捕妖洞中究竟发生了什么，甘泽与林虎究竟遇见了什么凶恶妖兽或是诡异鬼物，如今在青鱼岛上诸多传言中都是没有提及，显然这事是无人知晓的，大家纷纷猜测，反正各种厉害的妖兽鬼物都被一一扯了一遍，包括据说是被封印于捕妖洞地底最深处多年不见天日的“阴鬼王”，也有人绘声绘色地猜想是不是逃脱出来给了他们两人当头一棒！

总之，猜测多种多样，但结果只有一个，就是两人在捕妖洞中遇险之后，林虎就在那捕妖洞中失踪了，而甘泽似乎凭借着身上有一件甘家传下的护身宝物，勉强逃脱出来，又激发了某种求救之物，引来了身在金虹山上名列凌霄三剑的甘文晴迅速赶到，这才侥幸逃出生天。

而沈石等人坐船回到青鱼岛，曾志柏迅速去禀告王亘，王亘也是大惊，立刻御剑赶往妖岛，半途中正好遇见了甘文晴将甘泽救回，算是不幸中的大幸。

不过，这事仍有些缺憾之处，首先，与甘泽同时进入捕妖洞的林虎就此便没了消息，其次，按当日在妖岛当值的另一位凝元境弟子曾志柏的说法，同日当值的牛雄为了救援林虎甘泽二人，也是被迫进入了深夜里的妖岛，所去方向也正是捕妖洞。但是当晚之后，牛雄也神秘地失踪，再也没人看到过他的踪迹。

此事闹得极大，哪怕以王亘之能也无法压下来，很快便通传到整个凌霄宗宗门上下，甘家唯一的继承人遇险，同时竟有两位凝元境弟子在妖岛上失踪不见，一时间引来好几位长老震怒，据说王亘为此甚至受了训斥。

金虹山上风云汇聚，一度传出了王亘将被撤换主持青鱼岛事务的消息。

然而很快风头突变，据说在某次掌教怀远真人亲自召集绝大多数元丹境长老商议此事的长老会上，王亘的恩师，同时也是如今凌霄宗门内第二号大人物，已是元丹境巅峰大真人的孙明阳孙长老雷霆大怒，当着掌教怀远真人与一众长老的面直指此事大坏门规，王亘全无错处，反是甘文晴贸然插手青鱼岛事务，公然违逆昔年怀远真人定下外人不得插手的铁律门规，这究竟是何用意？

既是可以随时前去救援，那么平日是否能够给予诸般修炼上的辅助好处？

甘泽号称数百年来凌霄宗新人弟子天资第一人，但这其中莫非有欺瞒之处？

到了最后，孙长老更是瞠目大喝，声色俱厉：莫非是甘家自觉地位超然，连掌教真人都不看在眼里了吗？

此言一出，当时长老会上一片沉寂，传说在那些道法通天的大真人座下，仿佛都有隐隐风雷之声浮动，整座金虹山巅都为之变色。

至于后来如何，再也无人知晓，只知三日之后，甘泽伤势稍好，便匆匆回到青鱼岛上，数日间闭门不出；金虹山上，甘文晴被处以重罚，但当日在长老会上一向强势的云霓长老意外地沉默不语后，事后终究还是前去向掌教真人求情，甚至听说她还去找了一回孙明阳长老，这才让爱徒甘文晴责罚稍轻，但仍是被罚离开金虹山，前往号称凌霄宗镇守后院的“百山界”去完成一件极危险的任务。

原本因为甘泽的崛起而一度声望重新高涨，众人纷纷看好的甘家，一夜之间突然在凌霄宗里沉寂了下来，二十二位元丹境长老中，有两位与甘家有千丝万缕关联的长老也是同时宣布闭关。

而孙明阳孙长老这一系上下却是士气大盛，众人无不看好，尤其是这其中主持青鱼岛事务的王亘，更是得到了许多人交口称赞，在门中声望大涨，哪怕其实究根到底，王亘在此事里根本什么都没做，顶多是事后得知消息立刻赶了过去……

此事之后，王亘在凌霄三剑之中声望隐隐已压过了甘文晴，直逼掌教真人的嫡传爱徒杜铁剑，接掌下一任掌教大位的呼声也是同时高涨。但是在他回到青鱼岛后，轩日堂中的凌霄宗弟子却有些人无意中看到这位王亘师兄情绪低落，时常将自己关在静室之中，偶尔发呆的时候甚至还会露出一丝自嘲苦笑之意。

至于妖岛那边，凌霄宗事后很快便派人过去查看，王亘等人也亲自深入捕妖洞里仔细搜索了一遍，但却是毫无线索，洞中妖兽鬼物虽然厉害，但在王亘等人眼中自然也就是普通货色，而失踪了的林虎与牛雄二人，就像是真的完全消失在这个世上一样，再也没有出现过。

甚至有人暗中揣测，这两人该不会是太过倒霉，当日遇到什么凶悍妖物，直接被吞食了吧？

这种话虽然不可明言，但是私下里还是悄悄流传开来，林虎平日人缘就差，无人为之感伤，倒是牛雄平日交好了不少人，曾志柏等人都是愤怒伤怀。

只是日子终究还是要过，这事虽然闹得很大，但在青鱼岛上还是渐渐平复了下来，在确认的确只是一场意外，妖岛上一切正常，数日之后一切都处置妥当，那艘开往妖岛的大船，终于准备重新起航了。

第八十八章 ■ 新规矩

五月二十九日，晴。

时近六月，天亮得越来越早，青鱼岛每日间也逐渐炎热起来，不过这点小小的热度对岛上多数修炼小成的凌霄宗弟子来说，并没有什么太大的感觉。

沈石一早出了门，在清新海风的吹拂下，一路走到青鱼岛南边的码头，准备搭乘那艘前往妖岛的船只。

在妖岛暂时封闭的这段日子里，沈石虽然不能说是无所事事，但是在收入上仍然受到了很大的影响，包括与钟青露的那个交易，这些日子也无法再凑出第三份的灵晶，倒是让他有时候后悔买了此刻戴在他左手上的那个小如意戒。

不过幸好，这种窘迫的日子终于过去了，此刻他有种迫不及待地想去妖岛捕猎的冲动，除此之外，这一段难得静下心来修行的日子，他除了每日必有的吸纳灵晶功课外，对水箭术也是每日修炼，动用眉心处那一团神秘灵力施放水箭术的速度依然如故，需要三息的时间，想必这是一道难以逾越的关口了，不过这施法速度已然是快过多数人的想象，至少在眼下妖岛上，应该是够用了。

除此之外，他也没落下体内气脉中那另一份正常的灵力，虽然这些散落在气脉中的灵力想要施放五行术法很是困难，但是天底下所有的修士都是如此，经过磨炼同样也是能够释放出同样的法术。经过持之以恒的修炼，沈石对这种艰难的法子开始慢慢熟悉起来，现在用体内正常灵力激发水箭术所需要的时间，已经从原本最初很漫长的十息，进展到了……九息。

基本上，还是没什么用处，在与妖兽的战斗中，漫长的十息时间足以让妖兽咬断你的喉咙，而九息显然也是同一个下场。

当远方海平面上的晨光洒落在码头上那艘大船上时，沈石便已到了这里，只是与他想象中不同的是，码头上此刻一片冷清，竟然一个人影也没有，只有那艘大船孤零零地停泊在海边。

沈石转目四望，一时间愕然中带了几分忐忑，难道是自己听错消息了，今天并不是妖岛重开的日子？往日到了这时候，码头这里等待乘船的炼气境高阶师兄师姐们没有二十也有十好几个，怎的今日一个人都未见？

他在这里转悠了好一会儿，居然还是没人来，就在沈石自己都觉得可能真是消息错了的时候，忽然一阵脚步声从身后来路上传来。

沈石精神一振，连忙转头看去，只见一个人影走到了码头这里，是一张熟悉的面孔，但却是沈石没想过今天能见到的人。

来的是甘泽。

一段日子没见，这位古老世家出身的贵公子明显比前次见到的样子憔悴了不少，眉宇间沉默中隐有一份郁结之气，哪怕从外表看都能看出心底似有一份重担压在心上，让他愁眉不展。

而当甘泽走到近处环顾四周的时候，显然也是对这码头附近的冷清吃了一惊，最后他的目光落在沈石身上，两个少年彼此对望一眼，片刻后，沈石对他点点头，笑了一下，道："早啊。"

甘泽怔了一下，随即也是露出一丝笑容，虽然或许是心情沉重的缘故，他的笑容有些牵强，道："早，呃，今天不是妖岛重开的日子吗，怎么这里一个人都没有？"

沈石默然，看了他一眼，一时间不知该说什么才好。

甘泽等了片刻，忽地醒悟，脸上掠过一丝尴尬，道："对不住，我、我不是说你不是人……平日每逢去妖岛的时候，这里都有许多师兄师姐在的，我刚才一时诧异，所以说错话了。"

沈石摆摆手，道："没事，我也是刚到不久，看到的也是这副情景，不晓得发生什么事了。"

甘泽眉头皱起，刚想说些什么的时候，忽然两人都是同时听到那艘大船上传来动静，转头看去，只见两个人影出现在甲板上，然后走了下来。

这二人看去都是二十多岁的凝元境弟子，其中一人正是昔日当值妖岛的曾志柏，在他身边还多了一人，是个女子，当沈石目光落在她身上的时候，却是一怔，只见这女子容貌秀气，居然是当初在五行殿里见过的那位徐雁枝。

两人并肩而下，目光扫过空空荡荡的码头，脸色都是未变，只有在看到那两个少年站在那里，其中一位是甘泽的时候，他们的神情里似乎才有几分诧异。

沈石与甘泽身为晚辈，都迎了过去，沈石带了几分惊讶，道："徐师姐，你怎么来了这里，另外今日码头这里不是妖岛重开吗，怎么如此冷清？"

徐雁枝看起来也对沈石有几分印象，笑着对他点点头，道："不错，今天的确就是妖岛重开的日子。至于看不到人，这……"

她转过头看了曾志柏一眼，曾志柏则是看看天色，叹了口气道："时间到了，应该就是只有他们两个人了。"

徐雁枝点点头，道："上船吧。"

沈石与甘泽面面相觑，心中都有无数疑问，但还是先跟着这两位上了大船，在甲板上站定，徐雁枝与曾志柏却没有立刻开船，而是将他们二人叫过来，徐雁枝先是深深看了一眼甘泽，然后道："我叫徐雁枝，是王亘师兄调我过来在妖岛这里做事，前一阵子发生了一些事，妖岛暂时关闭，想必你们对此心里也都有数，"听到这里，甘泽的脸色微微一僵，慢慢低下了头，徐雁枝与曾志柏目光都是扫过他的身影，同时只听徐雁枝缓缓说了下去，道，"前往妖岛之前，有些事我得和你们说一下，因为……"

"规矩变了。"

妖岛的建立至今已有很长一段时日，这其中的规矩也有过不小的变动，近百年来为了照顾新人弟子，凌霄宗往往会派出凝元境弟子在妖岛当值，在这些新人弟子做捕妖任务遇到危险的时候便会出手相救，特别是王亘三年前来到青鱼岛主持新人事务后，更是小心谨慎，对这些师弟师妹照顾得很，不愿让一人受伤，为此直接将当值的凝元境弟子从一人增加到了三人。

但是很少有人知道，当初刚刚建立妖岛的时候，凌霄宗前辈祖师的初衷却并非如此，昔年的新人弟子上妖岛，完全是放任不管，由得他们自己行动，哪怕有殒命的风险也无人过问，因为在当初的凌霄宗前辈看来，妖岛本就是一个实战磨砺的地方，又无人强迫一定要来此处。既然来了妖岛，自然就要体会最原始最真实的战斗。

生死之间，全靠自己，种种凶险逆境，也只能靠自己一一承担渡过。

这等初衷，多年后似乎渐渐已被淡忘，但是此番妖岛出事之后，金虹山长老会上，却有某位性子偏激的元丹境长老对此看不下去，以为现在宗门对新人弟子实在是照顾太过，结果让这些新人弟子没什么实战磨砺不说，甚至连对上危险的妖兽鬼物时的自知之明都没了，量力而行这等基本素养，也根本看不出来，这样下去，青鱼岛上培养出来的新人，又会有什么好苗子？

几番争执后，加上甘泽妖岛遇险一事的影响，宗门里各种波云诡谲，确实也有不少长老对此看不顺眼，纷纷出言附和，所以到了最后，这妖岛上的规矩，终于是改了，回到了最初的模样。

甘泽的脸色很是难看，双手垂在身旁，悄然紧握成拳，似乎正在压抑着心中烦躁，而沈石则是眉头挑起，心里掠过一丝不安的预感，道："师姐，你的意思是说……"

徐雁枝叹了口气，看向他们的目光中带了几分惋惜与同情，道："自今日起，我与曾师兄二人只负责将你们送上妖岛，除此之外，我们不会踏上妖岛一步。"

曾志柏在旁边也说道："上岛之后，你们一切都要靠自己，无论是前去何方，捕猎何种妖兽或是鬼物，皆由你们自行决定，我们绝不干涉，但也绝不插手援助，哪怕你们在捕妖中受伤，甚至伤重垂死，但只要你们不爬上这艘船，就算你们是在底下海堤上被妖兽追上了，我们也不会出手的。"

沈石与甘泽的脸色都是同时一白。

徐雁枝叹了口气，道："规矩就是这样了，但是去不去妖岛，还是一样由你们自行决断，如果你们不想去，现在就可以下船。"

甲板之上陷入了短暂的沉默，沈石与甘泽两个人都没有说话，但是两个人的身影，同样也都没有动，看不出有离开的意思。

过了一会儿，曾志柏点点头，眼中掠过一丝赞赏之色，道："好吧，既然你们知道规矩之后仍然不走，那就开船了。总之到了妖岛之后，一切便只能靠你们自己，生死不过一线之间，自己小心了。"

大船起锚颤动，缓缓开出码头，甲板上的沈石忽然间向徐雁枝问道："徐师姐，除了我们两个人，还有哪些炼气境高阶的师兄师姐呢？"

徐雁枝淡淡地道："妖岛上规矩改了的消息，这几日已经传了出去，他们想必都知道了，至于为何今日没人来，我是不明白的。"

说罢便转身离开，留下沈石与甘泽站在甲板上相顾无言。

在甲板的另一头，徐雁枝走到正在操控船只的曾志柏身边，过了片刻，忽然只听曾志柏哼了一声，道："如今这些炼气境高阶的弟子真是太不成器了，一听说规矩变了无人照顾后，竟然没一个人敢来妖岛。”

徐雁枝默默地摇摇头，目光向船只的另一头瞄了一眼，那边两个十五岁的少年正沉默地等待着，哪怕前方是他们从未遇见过的，真正危机四伏的境遇。

“说起来，还是这一批的新人弟子里，有几个不错的苗子啊。”她带着几分笑意轻声地说道。

曾志柏顺着她的目光向甲板那边看去，点了点头，看来对徐雁枝的话有几分赞同，不过随后他的目光就望向了更远处妖岛的方向，眼底深处掠过一丝茫然。

第八十九章 ■ 眼光

在沈石与甘泽搭船前往妖岛的同时，青鱼岛上轩日堂中，气氛则是显得有些凝重，许多凌霄宗弟子都早早起身，面无表情地巡视四周，而在轩日堂主堂大屋里，此刻则有三人，相比起外头有些凝重的气氛，这主堂里却显得相对轻松些。

王亘是这三人中的一个，但是与平日不同，他并没有坐到首座，而是将这个位置让给了另一位白发老者，自己则是面带恭谨之色地陪在下座。而除了这两人外，还有一人居然是钟青竹，只是她看去颇有几分局促不安，似乎有点紧张，堂上也没她的位置，她就这般安静地站在其他两人间，偶尔上去倒茶斟水什么的。

白发老者看起来神色轻松，态度也很温煦，与王亘谈笑间，目光偶然扫过钟青竹，眼神里也会露出几分满意之色。这神态自然是被一旁的王亘看在眼中，笑道：“乐师叔你确实慧眼如炬，这三年来青竹师妹在阵法一道上的修行突飞猛进，只能用天赋异禀来形容了。”

白发老者哈哈一笑，脸上也是掠过一丝自得之色，道：“三年前我在钟家偶然见到她时，也是看她似有几分资质，在那钟家里做一个倒茶做饭的丫头，委实是浪费了，所以一时兴起，便向钟承基要了过来，倒也确实没想过她能在三年里做到这般地步。”

王亘哈哈一笑，又是几声赞叹，这位白发老者名叫乐景山，乃是凌霄宗内二十二位元丹境大真人之一，又兼主持重要堂口之一的阵堂，在凌霄宗内地位非同小可，哪怕以王亘如今的声势地位，见了他也要恭谨陪坐。

片刻之后，只听乐景山转头又对钟青竹笑道：“青竹，当年你入门之际，我也让人给你王师兄带话，托他对你照顾一二，如今三年过去你能有少许成就，其中王亘师兄着实出力不小。你当谨记于心，快快谢过他。”

王亘连忙笑着摆手，那边厢钟青竹则是答应一声，低头恭谨地行了一礼，王亘笑着虚扶起来，转头对乐景山道：“师叔何必这般客气，青竹师妹天资出众，我也是极看重的，日后必成大器，到时候想必阵堂之中，师叔麾下，又多了一员大将。”

乐景山拊掌大笑，看着十分高兴，两人又闲聊几句，乐景山便转头对钟青竹道：“青竹，我这次来青鱼岛不过是宗门内例行巡视，并无他意，但见你如今修行小成，确实不错，但万万不可自满，还须刻苦修炼。待日后突破凝元境时，我便会禀明掌教师兄，将你收入阵堂门下，到那时又是一番新天地，可明白了？”

钟青竹面露感激和少许兴奋之色，重重点头。乐景山笑道：“好吧，你还要做事修炼，就不用陪我们两人说话了，且去忙你的吧。”

钟青竹答应一声，向这两位在凌霄宗宗门里地位举足轻重的人恭谨地行了一礼，然后快步走出了屋子。

看着钟青竹苗条的身影消失在门口，王亘回过头来，笑着对乐景山道：“阵法一道向来艰难，一看财力资源，二看天资悟性，钟师妹这三年来在岛上所得灵晶不过平常之数，于阵法一道上的进境却能远超他人，只能说是天赋异禀，悟性奇佳了。”

乐景山笑而不语，显然还是对自己的眼光十分满意，不过很快他的笑容淡了下来，看了一眼王亘，却是带了几分意味深长地道：“王师侄，今日宗门里风起云涌，你也算是风云人物了啊。”

王亘脸上神色一僵，抬眼看向乐景山，默然片刻后，却是露出了一丝苦笑，道：“师叔，底下那些师弟师妹不晓得事情究竟，您还能不知吗，何必又来笑话于我？”

乐景山嘿嘿一笑，悠然道：“如今甘家那边一个个视你为眼中钉，掌教师兄那一脉，说不得杜铁剑对你也要生出几分忌惮之意，更不消说连五大长老之一的云霓，怕是对你也有几分看法了吧。”

王亘默默无言。

乐景山起身负手，在堂上来回走了几步，淡淡道：“前几年我心里还正想着，明阳师兄实在了得，生了一个厉害的儿子，又调教出一个厉害的徒弟，这日后宗门掌教大位，当是在他反掌之间啊。可惜如今看来，似乎还是亲儿子比较好一点儿嘛。”

王亘站起身来，神色一正，道：“师叔慎言，家师深谋远虑，计谋如海，非我愚鲁之辈所能窥探，这等妄测之言，师侄实不敢听。”

乐景山深深看了他一眼，嘴角浮起一丝笑意，道：“当真不敢听？”

王亘点了点头，道：“实不敢听。”

乐景山踏前一步，又道：“但你心中莫非当真并无他想？”

王亘沉默片刻，断然道：“并无他想。”

乐景山凝视了他一会儿，忽然莞尔，转身向旁边走开两步，然后像是想起了什么，又转头对王亘笑道：“你看我阵堂在宗门里如何？”

王亘一怔，有些不明白这位师叔的意思，但犹豫片刻后还是坦然道：“金虹山上堂口众多，但还是以丹器阵兽书宝术七大堂口为尊，书堂术堂这般的且不论，师叔主持治下的阵堂这数十年来励精图治，实力大进，以我看来，在宗门里各大堂口中，实力当可排进前三之列。”

乐景山凝视着他，脸色平淡，道：“但我却连五大长老之列都进不去。”

王亘脸色瞬间一变，甚至觉得脊背之上都猛地一寒。

乐景山忽地又是一笑，重新恢复了之前那副温和的神态，道：“好吧，下来看也看过了，左右无事，我就先回山了。”

说着便向外走去，王亘则是连忙跟上陪着送出门外，到了大门口处，乐景山脚步微微一顿，看了王亘一眼，微笑道：“好好做事，将来自然会有大好前程，若是万一遇上什么难处，也可以来找我这个老头子，说不定也能帮帮忙的。我看好你哦。”

王亘深深施礼，低声道：“弟子明白了。”

乐景山点点头，转身离开。

王亘缓缓直起身子，目送这位元丹境师叔离去，良久之后，才默默地转身返回屋中，当他独处一室无人在侧的时候，脸上却是慢慢浮现了一丝凝重之色。

那座庞大的妖岛重新映入眼帘的时候，沈石只觉得并没有和自己前两次过来时有任何的区别，一样还是山脉起伏森林密布的风景，甚至连远远从山脉深处传出来的兽吼声，听起来也没觉得有什么异样的地方。

站在甲板上，他忍不住偷偷看了一眼甘泽，相比起来，此番再度来到妖岛的甘泽再没有上次过来时的坦然气度，更没有那种众人簇拥群星拱月的风光，因为在这艘大船的甲板上，此刻除了他之外，也只有沈石一个人了。

看过去，甘泽的脸色虽然还算镇定，但眼神里仍然流露出几分复杂的神色，显然对于这座岛屿他有着诸多难以言表的心思。沈石转开目光，看着大船缓缓接近了那条海堤停靠下来，心里不禁暗暗想着，似甘泽这般出身的人物，前些日子妖岛遇险的事，会不会是他这十五年生涯里第一次遇到的重大磨折？

不过不管甘泽再如何，说到底跟沈石自己还是无关的，他心里掠过这个念头，但很快也就丢到脑后。当大船停稳之后，徐雁枝和曾志柏也再次过来，除了再次重申了一下这妖岛上的新规矩外，就是叮嘱他们二人一定要小心谨慎。

沈石与甘泽都是老老实实地听过答应下来，不过在他们下船的时候，忽然又被曾志柏叫住，两人转头向他看去，只见曾志柏脸色有些伤怀，叹了口气，道："虽然不太可能，但是你们在妖岛上行走时，还请稍微留意一下，万一能发现……牛雄师兄的些许痕迹，请速速回来告知于我。"

甘泽默默低下头，脸色有些不太好看，沈石则是点点头，答应了下来。

随后两人便下了船，漫长的海堤被海水不断地冲刷着，平日走这条路的人至少也有十几二十个，如今却只有他们两个少年，顿时显得格外孤单。

踏足妖岛，一股异样的情绪或者说是压力，就无形中笼罩了过来，让沈石与甘泽都沉默不语，两人对望了一眼，便一前一后地慢慢向前走去。

一路之上，两人都没有再互相说话，直到到了那座林子外头，走在前头的甘泽才停住脚步，转身看向沈石，迟疑了一下后，问道："沈石，你要进林子吗？"

沈石摇摇头，道："我道行不够，还是打算就在林子外头，海滩边上这一圈找一些低级妖兽。"说完他反问道，"你要进去吗？"

甘泽点点头，道："是。"

沈石默然片刻，点了点头，甘泽也没再多说什么，转身深吸了一口气后，看着眼前这片幽深茂密的树林，迈步向林子里走去。

就在这时，他忽然听到后头传来一个声音，道："甘泽。"

甘泽脚步一顿，转身看向沈石，道："怎么了？"

沈石道："小心点，遇到危险就退出来，性命为重，不丢脸的。"

甘泽看着他，过了一会儿，脸上慢慢现出一丝笑容，点点头轻声道："我知道了，你也小心点。"

沈石笑了一下，对着他挥挥手，便向旁边的海滩走去。甘泽向他的背影看了一眼，然后再不犹豫，转身走进了林子中。

两个少年，就在这密林之外分开了，海浪滔滔，海风习习，远方山脉深处的兽吼声，忽然又凄厉地传了过来，回荡在这座神秘而危险的妖岛上空。

第九十章 ■ 异常

“嗖！”

清脆的锐啸声响彻海滩，随之而起的则是一声愤怒痛楚的鸟鸣声，片刻之后，一只体形有半人高的灰色大鸟从半空中掉落下来，重重地摔在了沙滩上，鲜血流淌而出，在血泊中抽搐了几下后，便就此死去。

离这只低级妖兽风鸟五尺开外的海滩上，沈石长舒了一口气，面上原本有些凝重的神情放松下来。随后他抬头看了看天色，已是过了午时，艳阳当头，正是一天之中最炎热的时候。

不知不觉，已经在这妖岛上奋斗了几个时辰，在这其中他顺着这片妖岛外围的海滩，杀死了四只铁甲犰狳，最后还遇见了一只风鸟，同时在这中间也服食了一枚养气丹，所以灵气恢复的速度比以前快了许多，这才没有被迫回到那艘大船上去枯等一日。

相比起相对有些笨重的铁甲犰狳，风鸟这种低级妖兽在力量上不如犰狳，唯独在敏捷速度上却是强了很多。沈石修习水箭术之后，还是第一次与这种速度偏快的妖兽战斗，刚开始的时候还不太适应，很快就被风鸟贴近身子，着实遇上了几次险情，不过幸好他终究也是炼气境中阶的境界，肉身勉强可以抵挡风鸟的攻击，几番折腾之后，他瞅准一个破绽放出了蓄势已久的水箭术，谨慎状态下准确命中了风鸟的心脏位置，一击致命。

饶是如此，此刻的沈石看起来也颇有几分狼狈，头发衣衫都已凌乱，好几处都被撕开了大口子，这些自然都是拜风鸟的利爪所赐，甚至在他脸颊之上，也多了一道皮开肉绽的伤口，虽然不长，但鲜血流淌下看起来也颇有几分可怖。

站在原地定了定神，沈石又仔细查看了一下周身，确定除了一些外伤之外并没有其他的伤处，这才放下心来，至于脸上那道被抓裂的伤口，他倒是不太在意，风鸟这种妖兽并无毒性，除了伤口有些疼痛外，并不需要担心其他的。

走到风鸟身旁，他打量了一下这只风鸟尸骸，然后伸手在风鸟的背上翻找起来，在触手柔软中略带坚韧的羽毛里，于脖颈背后处，他很快找到了三根与周围颜色不同的羽毛，并不是风鸟通体的灰色，而是呈现出相对鲜艳许多的明黄颜色。

这是风鸟身上灵力最为汇集之处，也是风鸟产出最有价值的灵材，名叫“风鸟黄羽”，回青鱼岛后每根黄羽可以换取三颗灵晶的报酬。

如此一来，这只风鸟便有九颗灵晶的回报，加上之前杀死的四只铁甲犰狳，光这半天工夫沈石在这妖岛上便赚取了十七颗灵晶，报酬可谓丰厚，哪怕是相较一些炼气境高阶的师兄来说也是有过之而无不及。

事实上，沈石确实算是一个异类，要知道凌霄宗青鱼岛上的新人弟子中，包括往年留下的还未突破凝元境的老弟子，几乎都是至少要到炼气境高阶境界的时候，才有上妖岛捕妖的能力，并且其中多数人还是数人结队而行。

并非是众人实力不够，实在是正常来说，多数人都是在炼气境高阶之后肉身强韧又上了一个档次，足以挡住妖兽攻击，这才敢上妖岛，而五行术法也并非完全无人修习，但是一般人修习五行术法，往往施法时间都需要很长，十息、九息的都是常见，能苦心修炼到八息甚至七息施放一个术法的，那已经算是在五行术法上天赋异禀了。

而如此漫长的施法时间，显而易见的根本无法单独去面对妖兽，只能是找到同门结伴而行，在战斗中让同伴顶在前头，自己在远处施放术法，这才是最高效的法子。至于似沈石这般，清心咒与眉心处的灵力，造成的影响非同寻常。

沈石取下了三根黄羽，心满意足地收进戴在左手上的小如意戒，里面此刻已经装了四副铁甲犰狳的骨甲，收获不可谓不丰厚啊，只可惜今天没遇上铁甲犰狳在海滩上扒黑纹龟的窝……

有些贪心不足地想着，沈石自己都觉得有些可笑，哪可能天天有那么好的运气，笑了笑，站起身来，转眼向四周看了一下，此刻他在服食过一枚养气丹后恢复的灵力，又在战斗里消耗了许多，眉心处的灵力只够施放最后一次水箭术了。

是继续向前搜寻猎物，还是今天就到此为止了呢?

沈石摸了一下手上的小如意戒，有些犹豫不定，按说这报酬倒是足够了，就此回头倒也不算是虚度一日，不过……

“轰！”

就在他思索的时候，忽然一声沉闷大响，随后伴随着一声兽吼，却是从他身前那片林子深处传了出来，把沈石吓了一跳。

是什么厉害妖兽到了附近吗?

沈石的第一个反应就是如此，他可是有自知之明，自己的水箭术虽然小有成就，但是单独一人最多也就对付一下妖岛边缘这些低级妖兽，稍微深入岛屿一些的妖兽，凶猛强悍程度便要胜过这些犰狳、风鸟不少，以他如今炼气境中阶的境界，确实还是无法应对。

他转身就走，虽然此刻林子中那只未知的妖兽还未露面，但是能不碰见还是别碰见的好，只是在他快步跑出几步后，突然又听到那林中传来一声暴喝，却是让他一下子停下了脚步。

那显然是一个人的声音，听起来正在和某种妖兽搏斗，而如今这妖岛之上的人类，除了沈石自己外，也只有一个人了。

沈石盯着那片林子深处，眉头紧皱，但沉吟片刻后仍然还是掉头就走。

回去的路上倒是没出什么意外情况，沈石一路平安地回到了停靠在海边的那艘大船上，登上甲板的那一刻，他下意识地转眼看向四周，只见船上空空荡荡，甘泽还没有回来。

徐雁枝与曾志柏二人也不见身影，不知道是不是躲在某处修行去了，沈石也没去找他们，自顾自地在甲板上找了个地方坐下，不时向船外看上一眼，只见妖岛寂寂，仍是未见人影出现。

时间悄然而过，当空的烈日照耀着这座岛屿，一直到了一个时辰之后，忽然有一阵动静从妖岛上那片林子中传了过来，沈石站起身，扶着船舷望去，只见人影闪过后，甘泽从树林深处慢慢走了出来。

他看去很是疲惫，脸色也显得有些苍白，似乎是因为筋疲力尽的缘故，连走路都显得有些虚浮，就这样一路从海堤上走了过来，登上大船，然后一屁股就坐到了甲板上，背靠船舷，在那里大口喘息着，先是看了一眼沈石后，他脸上的神情也随之慢慢放松下来。

沈石很快注意到甘泽的身边放下了两件东西，一个是一张黑色的大块毛皮，另一个则是一对尖锐细长的獠牙，他盯着这两样东西看了一会儿，然后抬头看向甘泽，正好甘泽喘息初定，也是抬眼向他看来。

两人目光在半空中对视片刻，沈石首先露出了一丝笑容，道："辛苦了吧？"

甘泽笑了笑，神色中有一丝倦容，但精神看着还算不错，笑道："还行，呃，你脸上这是？"

沈石伸手在脸颊的伤口上轻轻摸了摸，道："被风鸟抓的，没什么。"

甘泽看了他一眼，点了点头，随即看沈石周围似乎两手空空，犹豫了一下，还是道："今日……运气不好吗？"

沈石笑了一下，伸出左手递到甘泽身前不远处，将那个小如意戒展示给他看，甘泽瞄了一眼便是眼前一亮，恍然道："小如意戒，我居然忘了这个……下次也得去搞一个来。"

沈石笑着点点头，目光在他身边那两样灵材上扫了一眼，道："这莫非是鬼影山猫？"

甘泽怔了一下，再看向沈石的目光里便多了几分凝重，道："正是，你莫非见过这种妖兽？"

沈石微笑道："以前……见过一次吧，"说着他抬眼看向甘泽，目光中已经是多了几分敬佩之意，道，"你比我想的还厉害，居然一个人就杀掉了一只鬼影山猫。"

鬼影山猫在位阶上，其实仍然属于一阶妖兽，与风鸟、铁甲犰狳在同一个层次，但是虽同属一阶妖兽，鬼影山猫的战力却是远胜风鸟与铁甲犰狳，无论是在力量、速度乃至凶猛上都算是一阶妖兽中的强者，沈石敢单独对上风鸟与铁甲犰狳，但若是遇到鬼影山猫的话，只怕就是凶多吉少了。

往日里沈石也见过其他高阶的师兄师姐们猎到过这种妖兽，但无不是结队捕猎，似今日甘泽这般单独杀掉鬼影山猫的举动，确实还是闻所未闻，可见眼前这位，还真不是浪得虚名，盛名之下，果然有着不同寻常的实力。

倒是甘泽看起来并没有多少得意之态，与沈石闲聊了几句后，似乎因为与鬼影山猫的战斗确实消耗了他不少力气，便闭上眼睛在那里休息。

沈石看他一副疲惫的模样，便也没去打扰，安静地走在一旁，如此一直等到天色渐暗夕阳落山的时候，徐雁枝与曾志柏二人才突然鬼魅一般地自船上不知哪个角落走了出来，看着甘泽与沈石安然回到船上，他们二人似乎也松了口气，随后两人的目光都落在甘泽身上，特别是在他身边的毛皮与獠牙上掠过，脸上露出一丝惊讶之色。

不过饶是如此，他们也并没有多说什么，只是转身而去，很快大船便起锚回航。

而沈石则是默默站起，从甲板上眺望那座渐渐远去的妖岛，在这夕阳落山沉海的时刻，这座岛屿重新恢复了平静，似乎逐渐将要陷入沉睡之中。只是黄昏时分的落日余晖照在沈石脸上的时候，他似乎掠过了一丝莫名的疑惑之色，看向这座妖岛的眼神，也带了几分深沉。

如果他没记错的话，鬼影山猫这种妖兽，自来天性恶热喜阴，往往都是黄昏时分才出来觅食，鲜少会在正午时分出现的。

但是今日，这只被甘泽杀掉的鬼影山猫，似乎有些与众不同啊……

第九十一章 ■ 死人

一路无事，大船安全回到了青鱼岛上，夜幕之下，众人纷纷散去。

沈石独自一人回到洞府，如平日一般修炼、歇息，到了第二天早上，再去青鱼集将这一日所得换了灵晶报酬，虽然灵晶收入小如意戒中后就根本感觉不到什么，但是沈石还是从心里发出几分满足之意，心情很好，一路上连走路都轻快了不少，直到他回到白鱼湾的洞府前，看到一个身影站在自己的门口。

钟青露转头看到他走过来，面无表情地对他招了招手。

沈石心里咯噔一下，干笑了一声，走了过去。

两人对望一眼，沈石抓抓头，道："早啊。"

钟青露淡淡道："早。"

这两句简单到了极处的问候说完，两个人都没再说什么了，突然间似乎就陷入了一种怪异的冷场气氛里，偶然有路过这里的同门看到这副情景，都是投来好奇而异样的目光。

沈石与钟青露很快都察觉到了周围的异样，钟青露皱了皱眉，沈石则是低声道："进去再说吧。"

钟青露点了点头，沈石便上前用云符开了石门，两人进入洞府石室中，沈石这才松了一口气，还不等他想好开口说些什么的时候，钟青露已经板着脸，直视着他，连声音也似乎有些冷淡，道："昨天炼丹，我又失败了。"

"……"沈石张了张嘴，想要说些什么，但是话到嘴边却发现自己似乎不知道该说什么才好，而看钟青露的样子，面上一副冷漠似乎对此毫不关心，但垂在身侧的两只白皙手掌却是不知何时紧握成拳，连手指关节看去都有些发白的样子。

沈石轻轻叹了口气，终于还是什么都没说，从小如意戒里取出了十颗灵晶，笑了一下，递给了她，道："这是我昨天去妖岛得到的报酬，给。"

钟青露看了一眼他手掌上这些亮晶晶的灵晶，然后目光落到了沈石的脸上，一夜过去，伤口当然已经不再流血，只是那皮开肉绽的伤痕仍然有些触目惊心。

钟青露的嘴唇仿佛微微颤抖了一下，手仍是垂在身侧，不知为何没有伸手去接。

沈石看了她一眼，走上一步，将这十颗灵晶塞在了她的手里，然后笑着道："快拿好啊，不然我又要说以身相许了。"

钟青露脸颊上猛地掠过一丝红晕，像是勇气一下子回到了身上，狠狠瞪了沈石一眼，沈石对着她点点头，没有再说什么。

钟青露忽的一下转身，大步向门口走去，同时只听她似乎是咬着牙大声道：“你等着吧，我迟早会让你看到我的本事！”

沈石在她身后摇摇头，苦笑了一声。

这一场交易，或者说是赌局，至少现在看起来，沈石仍然还是处于一种输惨了的状况，不过愿赌服输，他虽然心里有些心疼那些赌输的灵晶，但还算是能够接受，同时也在用将来也许会好的愿景来安慰自己。

日子还在一天一天地过去，虽然是修仙大道，仙山灵境，但是总的来说，青鱼岛上的日子其实过得久了，还是有一点儿枯燥。每个人都在为了梦想中的修仙大道，为了那个有些虚无缥缈的成仙之梦而努力，每日里为了那些亮晶晶的小石头而辛苦奔忙，做事修炼。

在凌霄宗修改了妖岛规矩之后，前往妖岛做捕妖任务的炼气境弟子陡然减少了许多，在最初的几次，都只有沈石与甘泽二人前往。不过随着日子的过去，前来妖岛的炼气境高阶弟子也渐渐多了一些，不过很明显比起往日那份从容不迫，如今众人登上妖岛时候的心气都没那么足了。

生死自负，量力而行，这是徐雁枝与曾志柏对每一个上船登岛的人都亲口交代过的话，说话的同时他们的态度鲜明而坚决，大船之上是安全的，他们会保证众人平安，但是下船之后，哪怕是在船下的海堤上遇险垂死，他们也必定袖手旁观。

这等严厉甚至可以说是前所未有的严苛规矩，令每一个到妖岛这里的炼气境弟子都战战兢兢，所以他们所选的妖兽目标普遍比往日他们所猎取的猎物在强度上要低了一两个档次，至于妖岛深处最核心的捕妖洞那一片地域，几乎已是无人敢过去了。

如此一来，妖岛外围这一圈的地方顿时比往日热闹了很多，平日许多根本不会来到这里的炼气境高阶弟子也不时在这周围出没，间接也影响到了沈石，虽说还是很少有人能看上铁甲犰狳和风鸟这种最低阶的妖兽，但是数人结伴路过看到了，往往顺手也就杀掉了……

沈石的收获因此减少了一些，但总的来说，因为妖岛上妖兽众多，他只要沿着海滩走得远一些，还是能够猎到低阶妖兽，因此倒也算不上有什么特别的烦恼。而且随着日子一天天过去，妖岛上的情况看起来似乎和从前并没有什么两样，那些炼气境高阶的弟子胆子也渐渐大了起来，开始逐渐深入妖岛深处，同时重新回到妖岛的弟子也越来越多。

很快的，搭乘那艘大船的人从最初只有沈石、甘泽二人，增加到了十六七人，虽然比起以前人数最多的时候还少了一些，但已经堪堪快要恢复到最兴盛的时候了。而在妖岛之上，沈石也发现自己的“地盘”内，原先的骚扰已经不见了，那些师兄师姐已经再度深入妖岛，看不上外围这些便宜货色了。

唯一和以前有些不同的是，甘泽在船上的待遇，似乎与往日大不相同了，再没有了那种前呼后拥众星拱月的境遇，反倒是不少人看他的眼光有些异样，都有几分躲避的感觉，也没多少人会往他身旁凑过来。

倒是因为最初几日只有两人同船的缘故，沈石与甘泽渐渐熟络起来，平日里两人见面都是聊天说话，虽说也算不上什么深交好友，但都是觉得对方似乎是个不错的人。

这样的日子看起来似乎就要安静地过下去了，包括沈石心底曾经想过那只鬼影山猫的异常，也是再没有其他任何的类似迹象，似乎就单独是一个偶然而已，一切都很正常，就像从前一样。

但是一个月后，某一日的中午时分，随着一声凄厉的惨呼声从密林深处传来，震动了整座妖岛，也随即震动了青鱼岛上的所有人。

第一个死在妖兽爪下的炼气境弟子出现了。

死去的人名叫沙子晋，是一个炼气境高阶弟子，比沈石等这一批新人弟子要前一轮拜入凌霄宗。平日里沈石也见过此人，对他也有几分印象，因为他就是以陈棠为首的那四人小队里的一人，在前往妖岛做捕妖任务的这个小圈子里，也算是小有名气了，算是一个公认的捕妖高手。

但就是这么一个人，却是毫无征兆地就在那样一个中午，死在了妖岛上，当他的尸骸被同伴红着眼睛拖回船上时，整艘船上的人都沉默了。

尸身上鲜血淋淋，抓痕咬痕遍布，大部分都在上半身，连脸都被咬掉了一小半，看去实在有些惨不忍睹。

徐雁枝与曾志柏在惨叫声传出的第一时间便出现在了甲板上，虽然谁都可以看出他们两人面上的焦急之色，但是终究他们还是没有下船，而是就这样站在甲板上，默默地等着陈棠数人将沙子晋的尸体带回来。

沈石站在人群里，看着那具尸体，沉默无语，当他偶然转开目光的时候，却发现甘泽不知何时也站在自己身旁不远处，默默地凝视着那里。

似乎是感觉到沈石的目光，甘泽转头向他看来，沈石嘴唇动了动，轻声道：“以后小心点。”

甘泽点点头，也是放低了声音，道：“你也是。”

翌日，前往妖岛的人数，少了三分之二。

对于沙子晋的意外身亡，凌霄宗这里并没有给出任何的解释，事实上也不需要更多的解释。

如今的妖岛，规矩上早已说得清清楚楚，每一个前往妖岛的炼气境弟子其实心里都明白，那是在生死之间走钢丝。只是在沙子晋死之前，大家都没有一个特别清晰的认识，总以为妖岛上那些妖兽不过如此，往日自己能轻松对付的，难道如今就不能杀掉同样的敌手吗？

过往种种，多少凶险的妖兽，都是被众人打败杀死，而代价最多也只是受伤重一些罢了，从未有过真正死人的情况。

直到这一次……

此事发生之后，沈石周围相识的朋友也都是纷纷过来探望，不少人都是劝过他，其中就包括孙友和钟青竹，尤其是钟青竹，似乎沙子晋的意外身死给了她不小的刺激，让她十分担心沈石的安危，几次三番地劝沈石别去妖岛，言辞中很是焦急的样子，特别是对沈石是为了赚取灵晶才不得不去妖岛的行为更是十分难过。

沈石好不容易才劝住了她，心里也是觉得钟青竹的反应似乎有些过大，不过自从三年前在那场暴风雨中共同历险之后，他对钟青竹倒是另有几分亲近，所以还是耐心劝解了她。相比起来，另一位姓钟的少女钟青露，表露出来的情绪便有几分古怪了。

在听说去妖岛会死人的消息之后，钟青露很快也来到了沈石的洞府，但是在见到沈石之后，钟青露只是看了他一会儿，却半天一句劝解的话也没说，最后要走了十颗灵晶掉头就走，让沈石郁闷了好一阵子。

大家是来修炼成仙的，不是来搏命的；去妖岛是为了赚取灵晶更好修炼的，同样不是去搏命的；或者说修仙艰难，日后需要搏命的时候确实有，但等以后道行精进有了诸般灵通道术在身时，再去搏命岂不是更好？至少把握也大一些，能赚取灵晶的路子并不只有这一条，何必冒着性命风险去妖岛呢？

于是前往妖岛的人数，一天比一天少，大船的甲板上，一天比一天寂寥。

终于到了某一天的时候，沈石上了船，看看左右，发现偌大的甲板上，又只剩下了他和甘泽两个人。

第九十二章 ■ 提醒

大船起航离开了青鱼岛，海水拍打着坚固的船体，让这艘大船在海面上微微摇晃，徐雁枝与曾志柏过来看过之后，很快又离开了这里，所以甲板上最后终究只剩下了沈石与甘泽二人。

看着这片空空荡荡的甲板，两个人面面相觑，一时间都不知道该说些什么才好。这样的场景他们都觉得似曾相识，前些日子妖岛重开的最初几日，便是只有他们二人同行去往妖岛，没想到到了现在，死了一个人之后，居然又变成了这个模样。

经过这些日子的同行交往，沈石与甘泽二人倒是熟络了很多，毕竟大船之上，只有他们两人是同龄人，而甘泽在当初出事之后，那些师兄师姐便也很少簇拥在他身旁，反倒是对一直平淡对他的沈石，甘泽似乎多了几分亲近。

此刻甘泽转目四顾，片刻后转过头来看向沈石，微微摇头，道："看来只剩我们两个人了。"

"嗯。"沈石看着也有点儿感叹的模样，两个人一起站在船舷边，看着海天高阔，海风吹来，将他们的衣衫吹得猎猎飞舞。

过了一会儿，沈石忽然道："甘泽，那些师兄师姐都不来了，你身份地位比他们还要贵重得多，前程更是远大，为何还坚持要去妖岛？"

甘泽没有立刻回答他，而是眺望远方的海面，过了一会儿之后却是反问道："你呢？妖岛如今这般危险，都有死人的可能了，为何你一介炼气境中阶的外门弟子，却一定要去妖岛？"

沈石道："因为去妖岛赚的灵晶多。"

甘泽皱了皱眉，转头看向他，脸上浮现出一丝迷惑，神情很认真，轻声道："只是为了灵晶，就要冒这么大的风险？"

沈石想了想，道："是，就是为了灵晶。"顿了一下后，他又微笑道，"不过要说风险，其实只要我们量力而行，其实也不会特别的大。"

甘泽缓缓点头，想到过往见到沈石每次都是只在妖岛外围转悠，以那些最低级妖兽的实力，他应该还是有办法应付的。

沈石又问："你呢，你为何一定要来妖岛？"

甘泽默然片刻，道："从哪里跌倒了，我就要从哪里爬起来。"

这一句说得斩钉截铁，浑然有些不似十五岁的少年说的话，沈石看了他一眼，见甘泽神情肃然，并无玩笑之意，但心里却不知他所说的爬起来究竟是个什么意思？

由此沈石又想到了当初那件事，一时间忍不住向甘泽问道："说起来，当初你在妖岛遇险时，在捕妖洞里究竟遇到了什么厉害妖兽，又或是什么凶猛的鬼物？"

甘泽脸色微微一变，沈石眼尖，瞅见他眼里似有一丝畏惧掠过，但最后甘泽也只随便说了一句："遇到了一只厉害的鬼物。"

至于其他更多的细节，甘泽却是一副不愿深谈的样子，沈石便也没有再去追问。

平淡的旅程就这样持续着，一直到了妖岛，两人下了船，如往日一样在那片小树林外分手，在远方山脉深处的凄厉兽吼声中分道扬镳，各自前往自己的目的地。

沈石并不知道甘泽有什么特别的捕猎目标，也不晓得能够独自一人深入树林的甘泽有什么厉害手段；而甘泽也从未问过沈石一介炼气境中阶境界为何能够单独在这妖岛上狩猎。

两个人就这样平静地保持着友好又有一定距离的交情，在这片庞大的妖岛上各自行动着。

黄昏时分，沈石带着几分疲惫回到了大船上，不过心情不错，在他左手手指上的小如意戒中，现在有价值十二颗灵晶的灵材，可以抵消这一日的辛苦，也足够再给钟青露添加一份炼制养气丹的费用了。

不过话说回来，近日里钟青露那边炼丹的成功率大有好转，似乎前期沈石大量投入给她练手的效果终于是慢慢体现了出来，现在钟青露炼制养气丹几乎都保持在三次中成功一次的概率，这已是极罕见的上佳表现，也让钟青露如今在丹堂那边声名越发响亮，不少宗门前辈都已经开始关注她了。

而钟青露也是遵守诺言，每次炼丹成功之后，都是将一炉五枚养气丹全部给了沈石，哪怕有时候沈石有些不好意思想要她留下一点，钟青露却也是坚持不要。

所以现如今，在青鱼岛上炼气境弟子中普遍认为十分珍贵的养气丹，沈石这里居然颇有些富余了，平日上妖岛捕妖回气都用不完，有时他干脆就用来每日修炼时也偶尔服食一两枚，效果也真是不错，对他的修炼颇有助益，连他自己都察觉在修炼上进境要比从前快了不少，隐隐已经有种接近中阶圆满境界，窥探炼气境高阶的迹象。

只能说，修炼这种事，有钱没钱，有灵丹妙药辅助与没有灵丹妙药辅助，确实还是差别有些大的。而且这种差距，越到境界高深处，就越是明显。

这也算是一件成功的生意了吧，沈石心里这般想着，多少有些小小的满足，然后走上了大船甲板，第一眼便看到了坐在一旁的甘泽。

甘泽看着似乎有些狼狈，斜靠在船舷上休息，身上衣物有些紊乱肮脏，此刻正在闭目养神，而在他身边也没有什么显眼摆放的灵材，不过沈石并不以为他是空手而归，事实上当初他对甘泽展示过小如意戒后，第二天甘泽手上便也多了相同的一样东西。

听到沈石归来的脚步动静，甘泽睁开双眼，打量了沈石一眼，笑着对他点了点头，道："收获如何？"

沈石咧嘴一笑，在他身旁坐下，道："还不错，大概能换十二颗灵晶，你呢？"

甘泽道："杀了一只三眼雕。"

沈石一惊，再看向甘泽的目光已经多了几分惊讶，三眼雕是这妖岛上的一种厉害妖兽，比前些日子甘泽杀掉的鬼影山猫还更强一些，已经是二阶妖兽的强悍物种，以往那些炼气境高阶的师兄想要捕捉这种妖兽，往往都是数人合围才能成功，想不到甘泽居然能单人独立战胜了这般厉害妖兽，这人果然是妖孽一般的天才吗？

甘泽随后又看了沈石一眼，似乎想到了什么，忽然道："我记得以前你说过，是学了一种五行术法才来这妖岛上捕妖的。"

沈石倒也没什么好隐瞒的，坦然道："是，我学的是水箭术，不过这术法威力一般，也就只能勉强对付一下妖岛外围的低级妖兽，再深入些我就应付不来了。"

甘泽沉默了一会儿，似乎在沉吟思索，片刻之后却是开口缓缓道："我以为若是可能的话，你最好多学几种一阶术法，如火球术、岩刺术等，如今低级妖兽或许并无区别，但日后高阶妖兽往往多有五行属性，相生相克，术法施放得当，说不定会有奇效。"

沈石怔了一下，道："想不到你居然对五行术法也有这般见解。"

甘泽笑了笑，道："这倒也不是，我在这上头并没有什么天分，也从未学过五行术法，前头所说的那些话，都是宗门里主持术堂的蒲长老对我说的。"顿了一下之后，他看了一眼惊讶的沈石，脸上似乎带了一丝讪讪之色，干笑了一声，道，"蒲长老是我爷爷的师弟，平日里跟我们甘家关系不错。"

“嗯……”沈石又一次见识到了甘家这个家族在凌霄宗这个庞然大派中潜藏的庞大人脉，当下点点头，道，“既然是宗门元丹境的大长老所说的话，那自然是错不了的，不过五行术法修行艰难，我还得慢慢来。”

甘泽脸上露出几分赞同之色，看来对沈石给这五行术法修行艰难的评断十分赞成，随即又微笑道：“对了，当初蒲长老还说过，若是在五行术法上修行有所小成，最好再下苦功于符箓一道上，这二者相辅相成，若果能灵活运用，或有让人意想不到的效果。”

“符箓？”沈石面上露出几分异样之色。

甘泽看了他一眼，道：“怎么了？”

沈石迟疑了一下，道：“可是我以往都是听说符箓一道极其艰深繁难不说，偏偏效用也是一般，但成本又高得吓人，委实不是一门好用的神通啊。”

甘泽居然也点了点头，道：“你说得对，我听说的也是这样。”迎着沈石看来狐疑的目光，甘泽一摊手，笑道，“我都说过了，这些是蒲长老对我说的原话，可不是我自己的想法。”

顿了片刻，甘泽沉吟道：“或许因为蒲长老自己境界太高，都已经是元丹境的大真人了，自然所看的东西与我们不同也说不定，何况他那等人物，灵晶丹药各种资源都是不缺，负担一些符箓想必也是轻松，所以才能说出这样的话吧。”

沈石失笑，道：“你是说蒲长老饱汉不知饿汉饥吗？”

甘泽哈哈大笑，摆了摆手，道：“这话可是你说的，小心以后我去禀告蒲长老！”

沈石“大惊失色”，拱手道：“好汉饶命！”

甘泽笑得十分欢畅，用力拍了拍他的肩膀，摇头不止。

大船缓缓起锚，离开了这座妖岛，晚风里孤帆远去，夕阳照亮天空一片。

沈石望着天边晚霞，双手枕在脑后，心里掠过一个念头：明日，该不该再去五行殿一趟呢……

第九十三章 ■ 新术法

夜色堪堪笼罩青鱼岛的时候，沈石等人搭乘的大船回到了青鱼岛南边的码头，当沈石与甘泽结伴下船的时候，徐雁枝与曾志柏也随后走了下来。

甘泽与沈石打了个招呼，自行先回洞府去了，沈石则是放慢了脚步，在路边等了片刻，待徐雁枝与曾志柏二人走过来，便迎了上去，对徐雁枝道：“徐师姐，我有一件事想请教一下。”

徐雁枝略有几分诧异，但还是点了点头，对曾志柏点点头，曾志柏便先走了，徐雁枝转过头来对沈石道：“有什么事？”

沈石道：“徐师姐，当初你是在五行殿里做事的，如今到了妖岛这里，现在五行殿那边是哪位师兄主持，莫非还是那位章师兄吗？”

徐雁枝点点头，道：“不错，如今正是章义辉师兄主持五行殿事务，并无加人，你知道的，五行殿那边本来就……呃，事情比较少。”

徐雁枝说着说着，自己倒是先笑了起来，沈石自然也是明白五行殿那边的冷清，点了点头，也是会心一笑。徐雁枝看了他一眼，道：“怎么，你想去学其他的五行术法？”

沈石沉吟片刻，道：“正是，小弟觉得五行术法似乎颇为有趣，如果能多学几种术法，倒也不失为一件防身的好事。”

徐雁枝“哦”了一声，笑道：“这敢情好，似你这般喜欢五行术法的新人弟子，如今可是少见得很，想必章师兄见了你也必定欢喜，回头我也跟他打个招呼，你自己过去就可以了。”

沈石微笑道：“多谢徐师姐，嗯，不过还有一事，想请教师姐一下。”

徐雁枝道：“什么，你说。”

沈石道：“不知五行殿这里，或者说本门术堂这边，可有教授符箓的法门？”

徐雁枝眉头一挑，道：“你想学符箓？”

沈石点点头。

徐雁枝沉吟片刻，脸上多了几份郑重，片刻后凝视着沈石，正色道：“沈师弟，身为术堂弟子，看到你喜欢五行术法，老实说我心底是十分高兴的，而你也没猜错，本门术堂虽不起眼，但内有诸多神通底蕴深厚，符箓一道也是有的。”说到这里，她的声音顿了一下，然后接了下去，道，“不过我还是要提醒你一下，无论五行术法还是符箓一道，都是艰深繁杂的道法神通，许多人视为畏途，想要有所成，必然要消耗极大的精力。你如今还是炼气境的境界，贸然贪多，似有不智，你觉得呢？”

沈石默然，徐雁枝语气温和神态诚恳，显然这番话是出自真心，沈石一时间心里也有几分犹豫起来，过了一会儿，他点了点头，道：“多谢师姐教诲，容我回去再细想一下。”

徐雁枝嫣然一笑，在这片夜色中似乎平添了几分妩媚，伸手轻轻一拍沈石的肩膀，笑道：“你年纪还轻，日后还有大把时间，特别是若能突破至凝元境，寿元至少也能增长一倍，何愁将来不能修行各种道法神通。”

沈石点点头，笑而不语。

翌日清晨，沈石起了个大早，先是去了青鱼集上将小如意戒里的灵材换了灵晶，然后面带思索之色在青鱼集上的商铺里随意闲逛了一会儿，最后像是下了决心，转身向五行殿方向走去。

如往日一般，五行殿这里虽然靠近热闹的白鹤堂，但殿门清冷门可罗雀，看着颇有几分凄凉。上次沈石来到这里的时候，同行的还有孙友，之后又遇上了钟青竹，但此次前来，前后左右都是空无一人，哪怕走到五行殿门口向里张望一下，却见里头也是一片空空荡荡，颇有特色的五色地面展露在眼前，仿佛象征着五种奇异的力量。

沈石踏进五行殿门口，试探着叫了一声：“章师兄？”

“嗯？”一个答应声从五行殿深处响起，片刻后从那五色石门中的红门背后，走出来一个男子，正是看守五行殿的术堂弟子章义辉。

看着章义辉走了过来，沈石连忙行了一礼，章义辉上下打量了他一眼，脸上忽然露出几分疑惑之意，似乎觉得面前这位师弟有几分眼熟，迟疑了一下道：“你是……”

沈石道：“小弟沈石，前些日子来过这里的。”

章义辉仔细回想了一下，恍然道：“哦，我想起来了，你在这里买过一门水箭术，怎么又来了呢？哦，莫非是修习那水箭术有所疑惑，修炼遇阻吗？”他呵呵一笑，摆手道，“五行术法本就艰深，一开始修行确实很难的，但只要你坚持修炼下去，自然会渐渐发现其中的妙处。好吧，有何疑惑，尽管问我就是。”

沈石见章义辉一副大包大揽、似乎生怕自己放弃五行术法的模样，错愕之下倒是有几分莞尔，心想这位章师兄倒是个直性子，看来对术堂这里倒是颇有归属感，当下笑道：“章师兄误会了，小弟今日前来，是想再购买一门一阶术法，另外还想……”

“什么？”话说了一半，却是被章义辉直接打断，只见他瞪大了眼睛，面带喜色看着沈石，道，“你是说还想再学一门术法？”

沈石点头道：“是啊。”

章义辉满脸惊讶中带着欢喜之色，道："看你这样子，莫非是喜欢上五行术法这门神通了？我记得你学水箭术时日也不算太久，修炼得如何了？"

沈石微笑道："小弟修炼水箭术一段时日，略有小成，心里确实感觉有几分喜欢，正好这几日空闲，想着就过来看看，或许再学一门术法也是可以的。"

章义辉哈哈大笑，一拍掌道："太好了，术堂这里就缺少你这般真心喜欢五行术法的新人弟子啊！说吧，你这次想学什么？"

沈石略带了几分奇怪，看着这位章师兄，心想上次过来的时候，这位章师兄记忆里似乎并没有这般情绪外露啊，那次徐师姐也在这里，两人中多数话都是徐雁枝说的，章师兄好像多数时候都是沉默不语。

不过或许是他看到自己喜欢五行术法后真心高兴吧，沈石一时间也没深想，道："小弟就是想多学一门术法，具体的也没特别想学的，或许是火球术，要不岩刺术？"

章义辉"哦"了一声，看了他一眼，沉吟片刻后，脸上喜悦之色褪了几分，多了几分思索之意，随后正色道："沈师弟，如果你只是单纯因为喜好五行术法，那自然学什么都是可以的，无须勉强。不过若在喜好之余还想防身战斗的话，师兄我倒有些许心得，与你想得不太一样，不知道你想不想听？"

沈石怔了一下，连忙拱手道："请章师兄教我。"

章义辉点点头，道："你之前学过的术法是水箭术，这门术法是一阶术法中最常见的三种法术之一，威力与火球术、岩刺术几乎相等，在一阶术法里也算是中上了。以我看来，你如今不过是炼气境境界，一门水箭术作为攻击法术已然足够，若还想再学其他术法，从增强自身实力的角度说，我以为你应该再学一下其余生僻些的辅助类法术，诸如风捷术、火障术、流沙术和迟缓术之类的，最为合适。"

说着，他笑了笑，道："这其中道理，你自己想想，可能想得出来？"

沈石皱眉思索，站在五行殿中看着脚下的地面，沉默了好一会儿后，渐渐地眼睛越来越亮，片刻后一下子抬起头来，笑道："原来如此，小弟明白了。"

章义辉脸上带了几分赞赏之意，笑道："说来听听。"

沈石道："就算我同时学会了水箭术和火球术，但是两门法术最多就是依次施放，绝无可能同时放出，加上现在我也不太可能会遇上高阶妖兽，五行生克属性也不会太过明显，所以多会一门火球术或是岩刺术，对我来说，似乎意义不大。"

章义辉点头，道："不错，还有呢？"

沈石微笑道："但若是我会的是一门辅助术法，比如风捷术让自己速度快上一些，迟缓术让对手速度慢一些，虽然听说一阶术法的威力只能持续一小段时间，但也足够让我有更多时间施放水箭术，或是做其他事了。”

章义辉拊掌大笑，道：“正是如此。这道理虽然简单，但天底下人能想明白的却是不多的，沈师弟你果然对着五行术法有些天资，说吧，你如今想学什么？”

与徐雁枝昨晚的表现不同，章义辉似乎根本就没想到沈石炼气境的道行有贪多嚼不烂的问题，也不在意是不是会耽误沈石道行的修炼，看起来只是单纯地对沈石想学五行术法十分欢喜而已。

沈石想了想，道：“小弟对五行术法还是门外汉，师兄在此道上浸淫时日长久，不知可否有一二建议予我？”

章义辉闻言沉吟片刻，道：“如果要我来说的话，我觉得你最好是在火障术或迟缓术中选择其一，火障术防身，迟缓术可用来迟滞敌手的速度，在实战中效果都是不错。”

沈石想了一会儿，道：“那我还是学火障术吧。”

章义辉哈哈一笑，看起来十分欢喜，道：“很好，那老规矩，三颗灵晶！”

沈石笑着从怀里拿出三颗灵晶，递给章义辉，章义辉接了过来，转身就要带着沈石向五行殿里那扇红色的石门走去的时候，只听背后传来沈石的声音，道：“章师兄，如果可以的话，我想再问问，你这里可以传我符箓之术吗？”

第九十四章■欠债

“符箓？”

章义辉有些愕然地转过身来，看向沈石，沈石则是面色坦然地站在那里，迎着章义辉带了几分审视的目光，并无其他特别异样的神情。

章义辉慢慢皱起了眉头，道：“你想学符箓之道？”

沈石简洁明了地道：“是。”

章义辉脸上第一次出现了慎重之意，看着他道：“符箓之道虽然算是五行术法这门神通的伴生小道，但其中的艰难繁复，比起五行术法本身都有过之而无不及，你可要想好了？”

沈石默然片刻，还是点了点头。

章义辉道：“本门术堂博大精深，符箓这门道法自然也是有的，最基本的一些入门，包括符箓里阴阳五行十种符文，以及诸多符阵，最后再是构成符箓的灌灵道法，你都可以学到。不过沈师弟……”说到最后，他终究还是忍不住追加了一句，道，“对五行术法有兴趣是极好的，但是太过激进确实不算明智，特别是这门符箓道术，极耗精力，光是要记住那十个阴阳五行符文，对常人来说都需要耗费极大心血，花去很长时间，更不用说后头还有无数符阵，灌灵这道关口更是艰难，哪怕是师兄我至今都……”

他的声音忽然低落下去，苦笑了一下，叹了口气，看起来这位章义辉师兄在符箓一道上曾经也是吃了不少苦头。

沈石沉默了一下，忽然道：“章师兄，你这里可有笔墨纸张？”

章义辉怔了一下，道：“纸笔自然是有的，你要做什么？”

沈石微笑了一下，道：“借用一下。”

章义辉不太明白，但看沈石似有深意，加上此时他对这位师弟确实颇有好感，便还是去后头拿来了纸笔，沈石点头谢过，将纸笔接过，深吸了一口气后，定了定神，然后就在章义辉的注视下，落笔于纸上。

手腕拿笔间架势极稳，几乎看不到有丝毫抖动，但是沈石笔下写出来的字迹，却是笔画扭曲，繁复难辨，根本就不像是个字，而是一幅玄奥繁杂的怪图。章义辉站在他的身边，脸上神色渐渐开始变得古怪起来。

画完了第一个古怪繁复的符文，沈石并没有停顿，直接又开始画第二个，然后是第三个、第四个……所画的每一个符文看起来笔画越来越多，越来越艰涩繁复，常人光看着都觉得有些头晕，但是沈石却似乎早已熟稔，面色淡淡十分平静，就这样一路画了下去，一直画完了第十个符文。

再抬头时，章义辉脸上的神色已经不是可以用震惊来形容了，一时之间，他似乎不知该说什么才好的样子，好半晌才愕然涩声道：“这、这阴阳五行十种符文，你如何、如何竟能如此熟悉？”

沈石微微低头，道：“从我五岁开始，我爹就逼我每日画这十个符文，日日不断，到如今算起来……应该有十年了吧。”

说着，他摇摇头，轻轻笑了一下。

有了这十年基础打底，章义辉立刻再无二话，直接答应了下来，同时言辞间对这位极罕见的师弟更为热切，看起来真是恨不得立马就将沈石拉到术堂里去。只是凌霄宗宗门规矩，不到凝元境便不得上山深造，章义辉对此也是无可奈何，不过在问过沈石的道行，知道他已经是炼气境中阶之后，章义辉便觉得这位师弟前途可期，纵然修炼上天资比不过甘泽那种妖孽般的天才，但已然算是中上，日后突破凝元境的可能性极大。

似这等天生对五行术法感兴趣，资质也不错，更兼从小居然还苦练了十年符箓基础符文的新人弟子，简直就是天生为术堂而生的。

当下章义辉直接带着沈石先去了代表火系术法的红色石门后，让他独自进去先默背了火障术法诀，约莫一个时辰，待沈石记熟出来之后，章义辉又带着他来到五行殿的另一侧，这一次却是让沈石等了一会儿，他独自进了后殿，片刻后再出来时，手上已经多了一本薄薄的书卷。

书卷封面上写着四个字：符箓小解。

章义辉将这本书卷递给沈石，道："说实话，自青鱼岛这里开岛，五行殿落成以来，岛上还从未有过一个新人弟子直接要求修炼符箓的，"说着，他神色间有些尴尬，道，"所以，我这里其实并没有特别为新人弟子准备的符箓法门。"

沈石呆了一下，又看了一眼手中这本《符箓小解》。

章义辉解释道："这本《符箓小解》其实是我私人所有，上面记载了十种一阶术法的符阵，其中包括了最常见的火球术、水箭术、岩刺术等，也有一些辅助类法术，包括你刚学的火障术符阵也在其中。至于最后的灌灵法诀，我现在直接传授给你吧。"

沈石连连点头，不过又想起一事，不由得多了几分担心，道："师兄，那修习这符箓一道的费用……"

章义辉想了想，皱眉道："这倒是个问题，从来没新人弟子学过符箓，都是到了凝元境上了金虹山后，才有人提出修炼此道的，所以这价码我还真不好说。"

沈石试探地问道："师兄，那金虹山上学这符箓一道，术堂里要收费几何？"

章义辉看着他，忽然笑了一下。沈石没来由地一阵心虚，讪笑一下，道："师兄，你怎么笑得这般奇怪……"

章义辉微微一笑，道："术堂之中，每购买一种符阵，一阶术法符阵的话每个十颗灵晶，等阶更高的术法价码又是不同。除此之外，购买灌灵法诀倒是一次即可，但需花费一百灵晶。"

沈石大吃一惊，差点把手上的这本《符箓小解》给丢了出去，愕然道："什么，那就是说我今天还要再、再……"

章义辉哈哈大笑，手掌往前一伸，笑得比奸商还奸猾几分，道："承惠，请再付两百颗灵晶。”

沈石呆若木鸡，过了好一会儿之后，还是摇摇头，道：“我没钱。”

章义辉看起来也不生气，笑道：“钱不够？”

沈石有些沮丧，叹了口气，道：“差远了。”忽然他眼前一亮，道，“章师兄，我要这十种符阵没用啊，其他的术法我又没学，要这些符阵做什么，不如我就只买那个灌灵法诀和水箭术的符阵，呃，最多再加上火障术的符阵。”

章义辉斜眼看他，笑道：“哦，两百灵晶你付不起，这一百二十颗灵晶你就能付得起了吗？”

沈石默然片刻，还是苦笑一声，道：“也是付不起……”

章义辉嘿然一笑，道：“这就对了啊，更何况我手头就这一本符箓小解，你挑三拣四只选两样，莫非是要我从这本书里撕下两页给你吗？”

“呃……”沈石无言以对，心里不由得也有些失望，心想难道果然是自己太贪心了吗，看来也只有等到突破凝元境上山之后，才能一窥这符箓道术的奇妙了。

谁知就在这时，章义辉却是一拍他的肩膀，道：“这样罢，看你一副好学的模样，天资又是不错，这些东西你先付一成的灵晶，剩下的就当是欠我，以后每月还上，还完为止，你看可好？”

沈石惊了一下，道：“这样也行？”

章义辉微微一笑，道：“如果你灵晶确实紧张，也有另一个法子，就是你快点学会灌灵之法，然后制出符箓，不管哪种符箓，只要是成品，每月交给我五张，就算顶上这欠债了。”

沈石迟疑了一下，再回想以前种种，忽然瞄了一眼这位章师兄，带了几分狐疑之色，道：“师兄，你该不会是想……转手兜卖吧？”

章义辉嘿嘿一笑，道：“师弟，咱们术堂本就势弱，我被派到这青鱼岛上五行殿中，更是清苦啊，等闲都没什么灵晶收入，这算是一点儿外快，就当是我提前传你符箓道术的报酬了吧，你觉得怎样？”

沈石心中盘算了一下，他昔年在天一楼中做过，自然是知道符箓的价码，卖给那些普通散修的符箓，哪怕只是一阶术法的符箓，一张也能卖上十颗灵晶，偶有生僻少见些的术法符箓，那价码就是翻上一倍也不少见。

章义辉每月要自己五张符箓，转手之后，这其中赚头着实不小。不过沈石出身商家，虽然想到此节，但想法却与普通人另有不同，并不执着于章义辉从中赚钱，反而是看到自己毕竟也从里头得到了不小的好处，并不算是太过吃亏，但还有唯一一点的担忧，他最后还是向章义辉问了出来："章师兄，其他我没问题，但是咱们这般做法，算不算违反宗门门规啊？"

章义辉哂笑道："宗门门规防的是私下传授神通道法，我们这可是明面上的，待会儿我与你订一份传功协议，你将那还债法子一一写明，日后有人问起将这文书拿出来一看，自然无碍。"

沈石"哦"了一声，心里将这事从头到尾想了一遍，最后点了点头，答应了下来。

章义辉果然去后头拿出一份文书，看来凌霄宗里，或者说是术堂这里对于这种法门，似乎早有准备。两人一番约定，都在纸上写了，随后沈石也算正式拿到了那本《符箓小解》，然后章义辉正式传了他灌灵法诀。

这门法诀并不算太长，但其中颇有精微深奥处，沈石一时也看不明白，只管先记下再说。

这一阵忙活，当沈石再次走出五行殿的时候，已是过了午时。与早上刚来五行殿这里相比，他学会了一种一阶五行术法火障术，又多会了一门符箓小道的基础入门，然后，还有一身有些沉重的债务。

再联想到平日还要给钟青露炼丹的费用，沈石顿时觉得自己肩上压力重得不行，忍不住有些牙疼的感觉。

第九十五章 ■ 压力

"喏，给你，拿回去修炼时服用吧。"

石室内，钟青露递给站在一旁的钟青竹一个白色玉瓶，钟青竹接过来打开一看，吃了一惊，道："养气丹？"

钟青露点点头，面上带了几分得意之色，道："最近我炼制养气丹已然差不多完全熟悉了，五次里至少能成三次，甚至四次都有可能，所以富余不少。看在你以前借我不少灵晶购买那个丹炉的分上，这一瓶就送你了。"

钟青竹嘻嘻一笑，接了过来，道："那就谢谢姐姐了。"

钟青露如今与这位远房堂妹的关系看起来比当年刚上岛的时候要亲近多了，不知是因为相处日久有了几分情谊，还是这几年来她自己也长大了些，脾气不再似当初那般暴躁，总之现在她对钟青竹还算不错，不过或许也只是因为当年钟青竹大方借钱给她买那个丹炉也说不定。

听着钟青竹的感谢，钟青露心情似乎又好了一些，笑着走到一旁桌边鼓捣些什么，钟青竹走到她身旁看了一眼，奇道："咦，还有两瓶养气丹，姐姐你打算自己服用还是卖给丹堂那边？"

钟青露迟疑了一下，看了她一眼，道："不，这两瓶我打算给沈石的。"

钟青竹怔了一下，似乎完全没想到是这个答案，愕然片刻后，她声音听起来似乎有些异样，道："姐姐，这两瓶养气丹可价值不菲，为何你都要给沈师兄？"

钟青露欲言又止，秀气的眉头皱起，忽然有些不耐烦地道："哎呀，你问那么多做什么，反正我说给他就是了。是我自己炼制出来的丹药，你别管那么多！"

钟青竹后退了一步，沉默片刻后，低声道："哦，我知道了。"

钟青露把桌子上那两瓶养气丹收起，藏入怀中，然后走了出去，钟青竹跟着她走出石室门口，然后看着她一路走去，那方向似乎正是沈石的洞府。

她呆呆地看了一会儿，然后面无表情地转身离开。

"你这是在做什么？"

同一时候，在沈石洞府里面，孙友一脸迷惑地看着桌子上一大沓的白纸，还有正凝神挥笔在纸上写下各种扭曲繁复古怪模样字体图形的沈石。

沈石看了他一眼，简简单单地道："符箓。"

孙友看看周围，又看看沈石，以他的家世背景出身，当然不可能对修真界一些基础常识完全不知，忽然间他倒吸了一口凉气，瞪大了眼睛，道："不会吧，你非但学了五行术法，现在难道连符箓之道也要一并修炼了？"

沈石落笔顿了一下，似乎迟疑了片刻，然后抬头笑了笑，道："不过是喜欢这种东西罢了，有空闲时随便玩玩的，也不是特别当真。"

孙友这才松了口气，道："我说嘛，符箓这种小道太过生僻，牵扯精力又大，以咱们炼气境的境界，实在不宜涉足其中。不然耽误了本身修行，反而不好。"

沈石笑了一下，对着他点点头，然后道："你今天不去兽场那边做事，跑过来找我，这是有事吗？"

孙友点点头，却一时没有立刻开口，沈石等了一会儿，却发现那边没声音，不觉有些奇怪，抬头愕然向他看去，道："怎么了？"

孙友脸上表情有些扭捏，过了一会儿后，像是下了决心，道："沈石，咱们认识三年，又是邻居，这……咱们算是好兄弟了吧？"

沈石没有说话，但是看着孙友的表情却慢慢变得有些古怪起来，孙友干笑一声，道："好了好了，不跟你打哑谜，我的意思是想说……"

沈石见他忽然又期期艾艾停顿的样子，忍不住追问一句道："到底怎么了？"

孙友一跺脚，道："沈石，沈大哥，借小弟一点儿灵晶吧！"

沈石身子一震，目视孙友，半天说不出话来。

"你在兽场那边做得好好的，为什么突然要一百颗灵晶这么多的钱？"

沈石有些不可思议地看着孙友，愕然问道。

孙友脸色有些扭捏，欲言又止，看来是有难言之隐，沈石皱起眉头，也是哭笑不得，自己如今可以说是三重负担，自己修炼需要灵晶，钟青露那边炼丹也需要灵晶，而从五行殿带回《符箓小解》之后，每个月需要还债，同样需要灵晶，现如今他真是对灵晶这东西有些过敏的感觉了，被这孙友突然开口，真有些接受不了。

孙友那边正斟酌着想要开口说话，忽然只听石门那边咚咚咚几声，却是有人敲门，沈石走过去用云符开了门，却是钟青露走了进来，面色平静，但看到沈石时脸上还是露出了一丝少见的淡淡笑意，道："沈石，我是来……咦，孙友你怎么在这里？"

孙友本还有些奇怪地看着钟青露，听到她这么一句老大不客气的问话后登时就一翻白眼，哼了一声，道："沈石是我兄弟，我来看看他也不行啊。"

钟青露本来就与他不对付，论起牙尖嘴利也是丝毫不逊色于他，哪里肯吃这个亏，哂笑一声，道："你兄弟是叫孙恒吧，那位可是你的亲堂哥。"

孙友哼了一声，看样子还要还口，沈石连忙打断了他们两个，对钟青露道："有事吗？"

钟青露原本一只手向怀里摸去的，这时看到孙友在场，想了一下便放了下来，然后看着沈石道："给我十个灵晶。"

"啪"，沈石一个手抖，抓在掌心的云符掉在了地上，面有苦色。

"这日子没法过了啊……"

沈石坐在开往妖岛的甲板上，背靠船舷，一副愁眉苦脸的样子，长吁短叹。昨日到了最后，孙友还是失望而归，他最终并没有说明突然需要一百颗灵晶的原因，而沈石也没给他，倒不是不愿借钱给孙友，而是沈石自己确实没有这么多灵晶。

而相比之下，大大咧咧上门来要灵晶的钟青露因为需要的数目较小，所以在孙友异样的目光中，沈石也没法给他细说，只得硬着头皮将十颗灵晶给了钟青露。

一想到如此种种还有自己干瘪的口袋以及未来预想可知的沉重债务，沈石忍不住都有些头痛起来。他这副样子落在与他同船的甘泽眼中，不免觉得有些奇怪，忍不住道："沈石，你怎么了？"

沈石惊醒，抬头看了他一眼，苦笑一声也没说明的意思，道："呃……没什么，我就是发愁赚取灵晶的速度太慢，不够用啊。"

甘泽怔了一下，道："咱们平日不就是修炼吗，也没听说你另有什么耗费大量灵晶的其他修行啊，怎么就不够了？"

沈石迟疑了一下，道："嗯……前些日子你不是跟我说了符箓的事吗？"

甘泽看了他一眼，失笑道："你这意思，莫非是真去学了？"

"嗯，真学了。"

甘泽由衷地道："你厉害，炼气境弟子直接开始修炼符箓之道的，你真是我见过的第一人。"

沈石苦笑一声，道："可是我发现现在灵晶不够用啊。"

甘泽想了一下，点头道："符箓这一道确实消耗极大，以咱们如今的能力，确实在财力上有些吃力。不过如果你想要更快更多地赚取灵晶的话，其实也不是没法子的。"

沈石眉头一挑，道："哦，什么法子，说来听听啊。"

甘泽笑了一下，道："你每日在妖岛边缘转悠，猎取的都是那些最低级的妖兽，每次才有多少收获，如果想赚取更多灵晶的话，就随我一起深入妖岛，找找那些高阶妖兽。"

沈石抬头看了他一眼，却见甘泽虽然面带笑容，但神色间却并无玩笑之意，似乎这句话倒是说得很认真，只是沈石沉吟片刻之后，终究还是摇了摇头，道："这还是先算了，我道行比你低一个小境界，对上那些岛内凶猛的妖兽，感觉还是不太好胜过。"

甘泽耸了耸肩，道："那你随意吧，反正我是觉得这是一条路子。"

沈石笑了笑，道："等我修炼到了炼气境高阶，就陪你一起去，别说妖岛深处了，哪怕是那个捕妖洞，咱们也能偷窥一二。"

甘泽脸色忽地一变。

沈石看在眼中，皱眉道："怎么了？"

甘泽强笑了一下，摇了摇头，道："那捕妖洞里的怪物十分厉害，咱们还是要有完全准备才好去那里。”

沈石点头道：“当然。”

甘泽说完这句话后，似乎就不太爱继续聊下去了，很快闭上双眼做养神状，沈石见状便也不再去打扰他，甲板上很快陷入了一片安静中。

到了妖岛，下了大船，两人如往日一样，在那片树林外头分道扬镳，甘泽往妖岛深处走去，而沈石则是沿着海滩在妖岛外围行走。

只不过这一天与往日相比，沈石还是有了几分异样，特别是在他走了一段路，确定周围无人只有他自己后，脸上露出了几分兴奋期待之色，却是伸手往左手上的小如意戒上一摸，片刻后在他右手里却多了一张三寸宽四寸长的黄色符纸。

奇异而扭曲的符文组成了一个符阵，清晰地出现在这张黄色的符纸上，如果是对五行术法和符箓一道懂行的修士看到，便会辨认出这种俗称“黄符纸”的最低级符纸上，一共有三个阳水符共同组成了一个符阵，然后经过了灌灵，灵力蕴含其中隐隐散发出来，正是一道“水箭术”符箓。

第九十六章 ■ 四年

符箓一道，天生是为五行术法而生，而其起源于何时何地又是由何人所创，同样也和五行术法一样，因为流传至今的时日太过长久，早已经无法考据。

过往岁月中，五行术法据说曾经有过一段短暂的兴盛时代，而伴生的符箓一道也随之大放异彩，不过时至今日，随着五行术法式微多年，从昔年隐隐与其他仙术道法比肩的一大神通流派，如今却已经沦为有着不切实际太过艰难而不实用的一门旁支小道。

身为主干的五行术法尚且如此，符箓一道自然也好不到哪里去，多年以来，行走于鸿蒙诸界的修士们除了那些底层的散修，便很少看见会有人施用五行术法，而使用符箓的人就更少了。

沈石手上这张“水箭术”符箓，所用的乃是最低级的黄符纸，三寸宽四寸长的符纸上，有八个围成一圈的圆圈，看其方位正是八卦里的八处位置，于坎、坤、震三位上画出了三个阳水符，组成了一道奇异的符阵。

当日在五行殿中，沈石欠下了一身债务从章义辉师兄处提前学到了这门符箓道术，其实心底是做了长远打算的，但是回去之后练习了一段时日，沈石却发现事情有些出乎自己的意料。

符箓一道之所以艰难，其主要难点大致有三处，其一是各种符文符阵实在太过繁复，每一种术法相对应的符文符阵组合又各不相同，真要精研此道，消耗的心血实在太多；其二就是这门道术的消耗虽然看起来并不如炼丹炼器阵法等几个大门道那般巨大，但材料的消耗上其实也不小，符纸符笔朱砂等件件都需要灵晶，而因为符箓繁复很容易写错，这其中的意外损耗率其实也是不小。

最后一点也就是第三个难处，便是制成符箓的最后一关灌灵了。灌灵这道工序，简单说就是在已经画好符阵的符纸上，将相应的五行术法以灵力催动，以特殊的法门施放到这张符纸上，等于提前存储起来。待日后激发这张符箓时，所需灵力只需平日的两成即可，施法速度也是快了数倍，当然在灌灵的时候，所消耗的灵力是与平时一样的。

灌灵说起来简单，但是天底下被这道关口难住的修士不知有多少人，在这里讲究的是对五行术法的操控，细致入微精细把握，方能有条不紊地将威力强大的灵力化作一道法术，压缩至一张特制的符纸上，其中的艰难处，不接触此道的修士确实很难想象。

只看天底下但凡学过五行术法的修士，平日便少见使用符箓的，偶然需要用到的时候，往往也都是直接去商铺里购买一张相应的符箓，便知道制作符箓是一种多么稀罕的手艺了。

沈石打小被父亲逼着接触此道，十多年苦功下，倒算是跨过了第一道难关，第二道消耗灵材的难处，他也做好了心理准备，一开始也购买了一些符纸符笔和朱砂，做的是长远打算，因为他对灌灵这道关口从未试过，但听章义辉师兄的意思，新人接触符箓一道，想要通过灌灵这道关口，非得数年甚至更长时日的磨炼方可。

然而沈石回去洞府修炼了一段时日，却很惊讶地发现，自己对五行术法的操控，因为眉心处那一团神秘的灵力，似乎显得特别的得心应手，非但是平日施放速度极快，就是在尝试灌灵符箓时，对术法灵力的操作也是极轻松，结果不过半旬工夫，他发现自己居然就成功做出了第一道水箭术符箓……

这种学成符箓的速度若是被外人知道，足可以用骇人听闻四个字来形容，甚至连沈石自己都被吓了一跳，委实有些不敢相信，但是随后的几番尝试又是连续成功，终于让他确认自己似乎在五行术法与符箓这偏门小道上，的确有些与众不同的地方。

这一切，都是拜那清心咒神秘法诀的功用，还是自己本身在五行术法上有些天赋呢？

沈石自己也有些分不清楚了。

这等异事，自然不可轻易告知他人，否则一不小心只怕就要暴露自己深藏昔年妖族秘法的事，麻烦着实不小。是以甘泽之前提议沈石与他一同深入妖岛猎取高阶妖兽时，沈石心里并非没有动心，但是最后终究念及此事，还是推辞掉了。

此刻他手持水箭术符箓，走在妖岛边缘的海滩上，心里带了几分兴奋与期待，不停地转眼看着周围，寻找着猎物。

像是对应着他的心意，约莫半盏茶过后，一只在妖岛边缘常见的低阶妖兽风鸟从树林边缘的一棵大树上飞了下来，看样子是在寻找食物，很快也发现了沈石，随即目露凶光，发出一声尖锐的鸣叫后，振翅飞起，卷起一堆沙土犹如一道小小的龙卷风般，向沈石扑了过来。

沈石深吸了一口气，脚步微微向后退了半步，面色凝重目视前方，并没有什么太大的动作，只是将右手抬起。平日里在妖岛上狩猎，他也遇到过风鸟这种妖兽多次，并没有什么意外紧张的心情，此刻迎着扑来的妖兽，却是比平日等了更久一些，眼看那尖利的鸟爪就快冲到眼前，沈石忽地右手一震。

在那一瞬间，一道灵力从眉心处分离出来，快若闪电，转眼冲过周身气脉直达手心，涌入水箭术符箓之中。几乎是在同时，符箓之上的三个阳水符同时亮起，一股充沛的灵力轰然而起，那张符纸几乎是在片刻间化为碎屑散落于风中，而那股灵力则是在这电光石火里变作了一支锋锐的水箭，激射而出。

风鸟几乎完全没有反应过来，一转眼间偌大的身躯便被水箭术直接打中了胸口，发出一声怪异的哀鸣后重重地摔到了地上，羽毛爆绽，鲜血流淌，不多时便在抽搐中死去。

沈石缓缓地走近这只妖兽，脸上带了几分喜悦之色，同时看不出丝毫的疲倦之意，此时此刻，通过符箓之道所消耗的灵力，只有他平日施法的两成而已。

他翻过风鸟的尸身，取了脖颈处那几根灵羽，然后带了一丝微笑，站了起来，抬头看了看天，只见妖岛上空天空蔚蓝，几朵白云远远飘着，正是一个天高海阔的好天气。

这一日，他直至黄昏方才回船，左手上的小如意戒里，装着比平日多了三倍的收获。

对沈石来说，经过这一日后，他心底隐隐已经觉得自己似乎可以算是有一技傍身了，不过对于偌大的青鱼岛来说，日子还是一样的平静。

妖岛上发生的事，渐渐地还是随着时间逝去而被人逐渐淡忘，在九月底十月初的时候，又重新有炼气境高阶的弟子回到了妖岛上，开始做一些捕妖任务。而开往妖岛的大船也重新热闹了一些。

除此之外，青鱼岛上诸多弟子，修炼的修炼，做任务的做任务，看起来都在向着那条修仙大道而努力着。

就这样，随着时光一日日过去，终于进入了第四个年头。

沈石十六岁了。

到了这第四年，青鱼岛上的气氛明显开始变得有些紧张起来，原因很简单，留给众人的时间已经不太多了。一般而言，凌霄宗内公认的一个道理，便是要在五年之期内突破炼气境，修炼到凝元境境界的弟子，才算是值得宗门栽培的人才。

而依照往年的经验，到了这第四年的时候，至少也要修炼到炼气境高阶，然后第五年上再为最后突破凝元境而做全力一搏。

四百多位新人弟子，未来人生地位修仙大道的方向，很大程度上，就在这一两年中决定了。

或许除了那个叫甘泽的家伙，所有人都是紧张的。

包括沈石。

当初在第三年时修炼到炼气境中阶的有一百多人，进入第四年后，岛上的气氛更显紧张，而这种情绪在这一年五月时，终于到达了高潮。

五月初二，在甘泽之后，这一批新人弟子中第二个修炼到炼气境高阶的人终于出现了，一时间震动全岛，虽然没有甘泽那般令人难以置信的天资，但是这样的速度也足以令人惊讶，日后只要再进一步，必然能够得到凌霄宗宗门的全力栽培。

一时间，这个幸运儿吸引了无数人的目光，同时她的身份，也震惊了她周围的所有人。

她的名字，叫作钟青竹。

没有人会想到这一点，哪怕是在第三年上钟青竹也是那一百多个炼气境中阶之一，但是当初的进度她只能算是中下，谁也没想到一年过后她进境竟然如此之快，哪怕连日常跟她交好的几个朋友都没想到。

不过在此之后，钟青竹的成功突破像是打开了一个口子，后续的例子开始逐渐传来。与往年相比，这一轮的新人弟子中，竟然隐隐有几分天才汇聚的模样，要知道多数年份，绝大多数人都是要到第五年才能修炼至炼气境高阶的。

五月十五日，第三个炼气境高阶出现了；六月初一，第四个；六月初六，第五个；六月二十三日，第六个……

忽然间，青鱼岛上像是被一种隐隐带了狂热的气氛笼罩着，所有人都沉浸在这种有些狂躁的比赛中，带了几分疯狂拼命地修炼着。而在往年可以当得上天才二字的少年，仍在不断地涌现。

七月、八月里，突破到炼气境高阶的新人弟子，已经达到了二十四人，而在九月初八，这个秋高气爽的日子里，一个在往年算是大事如今却已经平淡无奇的消息传了出来。

青鱼岛上第二十五个炼气境高阶新人弟子出现了。

他叫沈石。

第九十七章 ■ 十六

炼气境修炼至高阶之境，周身气脉大大小小阻隔节点便尽数打通，灵力在气脉里流动再无阻碍，运转速度比之前初、中二阶快出数倍。与此同时，吸纳入体的灵力积蓄到了一定的厚度，隐隐已有融合汇聚之势，千般辛苦百般准备，都只为了最后在腹下丹田气海中开辟出玉府，收纳全身灵力，进而便是踏上修仙真正的第一步——凝元境。

这一步极关键，但也极艰难，天底下不知有多少对仙道满怀梦想的修士，因为种种原因终生都止步于这凝元境门槛之外。这其中原因自然是多种多样，有的是天资不佳天赋所限的，有的是根骨不错但出身太差，找不到名师传承的，还有的是生活窘迫到达炼气境高阶之后，灵晶耗费大增负担不起的……

不过这些稀奇古怪的原因大部分都是针对散修，对凌霄宗门下青鱼岛上的这些名门弟子来说，这些大部分的阻碍都是不存在的，很多时候，关键还是要看个人的天资根骨，另外在青鱼岛上若是头脑灵活，在门规允许范围内能比别人赚取到更多的灵晶，买来诸如养气丹、培元丹等不凡灵药，整天当作零食一样吃的，这修炼进境当然也会比别人快上一些。

这一年的秋天，天高气爽，沧海仍是一如即日般的美丽宽广，而沈石的心情也在自己进阶到了炼气境高阶后变得很是欢喜开心。

不过因为在他之前，已经有足足二十四人比他快了一步晋升炼气境高阶，所以沈石倒没觉得自己在修炼上的天资有什么特别之处，哪怕他曾经偶然听徐雁枝与曾志柏两位师兄师姐聊天时说过往年新弟子中能在第四年就修炼到高阶境界的，一般都仅有五六人，但是眼前的事实毕竟比什么都清楚，在那么多天资更高修炼更快的同门面前，再去想自己是否与众不同的确是个可笑的问题。

不过饶是如此，他依然很是喜悦，道行在突破至炼气境高阶后，他全身积蓄的灵力已经比在中阶境界时整整多了一倍，而因为那份神秘的清心咒，他在眉心处那个神秘窍穴中藏有的灵力，也一样增加了一倍。

灵力的浑厚增长，带来了几个直接的好处，一个是他肉身在灵力不断地锤炼下越发强韧，以他如今的肉身力量，已经勉强可以和妖岛上的低阶妖兽直接肉搏了；而另一个最明显的好处，则是对他所修行的五行术法。

一年前他眉心窍穴里的那团凝实灵力，数量上可以支持他施放三个一阶的五行术法水箭术，如今增厚了一倍，就是在他神完气足的圆满状态下，沈石一次战斗中可以连续施放六个一阶术法。不过除此之外，五行术法的威力和施放的速度都是和以前一样，并没有随着他境界的提升而增强变快。

但是一年之前，沈石硬着头皮，欠下了大笔债务从五行殿章义辉师兄处学到的符箓神通，也终于是在此时迎来了收获。

同样是因为那份神秘的清心咒，沈石对五行术法的操控远比普通的修士更加得心应手细致入微，这不但体现在他施法速度上令人咋舌得几乎堪比凝元境修士，哪怕是在符箓一道上，他也同样获益良多。

制作符箓最关键也是最难的灌灵这道关口，沈石在静心修炼了一段时日后，从陌生到熟练，很快地便跨越了过去。普通符师制作符箓时，往往在灌灵这最后一道工序上会被硬生生卡掉一半的成品，也就是说哪怕是一位熟练的符师，在制作五行术法符箓时，也会有将近五成的失败概率，这也是鸿蒙界江湖中诸多商铺里符箓价格始终居高不下的重要原因。从另一个方面来说，章义辉当初每个月要沈石给他五张符箓成品，确实是一笔价值不菲而沉重的债务。

但是沈石在修行符箓的一个月后，凭着远胜常人对五行术法精细至极的操控，他制作符箓的成功率便达到了六成，两个月后，他已然达到了八成之高的成功率。至于一年之后现如今的炼气境高阶，他眉心处的窍穴里灵力越来越是凝实浑厚，对五行术法的操控同样也是越发得心应手，在制作符箓上，最近这三个月来，他甚至已经没有失手过了。

这个消息若是传扬开去，绝对会惊呆无数人。沈石入门数年，对修仙一道包括修真界种种认识，都早已远非昔日那个在阴州西芦城里无知好奇的少年，所以他一直很小心地保守着这个秘密。除了他性子缜密小心之外，这清心咒的来历也有些难以对外人言道。

当初甘泽与他同船前往妖岛的时候，对他提起过当今主持凌霄宗术堂的那位蒲长老曾经说过的话，五行术法与符箓相辅相成，若有能力在二者中掌握分寸，所得助益不可小觑。说者带着几分玩笑，但是听者却在一年之后的今天，已经切实而深度地感受到了。

一张事先灌灵做好的符箓，在实战中只需要原来施放术法所需的两成灵力便可激发，而以沈石这种堪比凝元境修士施法速度的能力施放一个水箭术也需要三息时间，但是使用符箓的时候，他只需要一息的时间。

一息，仅仅一个呼吸之间的时间，快得犹如你只是眨眼的一瞬间。

他眉心窍穴里的灵力，足够他施放六个一阶术法，而使用符箓的话，在不考虑符箓的消耗与不计成本的前提下，在灵力耗尽之前沈石可以施放出整整三十个一阶的五行术法……

整整三十个，只需要一息时间就能施放出来的五行术法！

沈石一直很安静地修炼着，在青鱼岛上也没有做出什么特别引人注目的事情，但是在他心中，却已经隐隐有一股自信，虽然自己不过是这一批新人弟子中第二十五个修炼到炼气境高阶的弟子，但若是在实战里面对着前头那二十多人，甚至哪怕是面对了号称凌霄宗五百年来天资根骨第一的甘泽，沈石自信也有实力一战，甚至有胜过的可能。

这一年，沈石十六岁了。

比起一年前，他的身材又长高了些，少年脸上的稚气越发少了，更多了的是几分成熟。在他周围的朋友中，几个女孩也随着年岁增长越发长开，渐渐也到了如花儿绽放最美丽的时候，放眼看去，满是青春洋溢的气息。

钟青竹与贺小梅都是越发漂亮，哪怕是以前略胖的钟青露，随着身量的长开，也显得有几分苗条起来，脸颊上的婴儿肥也悄然退去，居然展露出几分有些亮眼的妩媚，令人刮目相看。

而在修行上，众人进度不一，最出人意料的当然是钟青竹，往日不显山不露水的她赫然凌驾于众人之上，除了甘泽那个妖孽之外，她是所有新人弟子中第一个修炼到炼气境高阶的弟子，可谓是震惊了许多人，也引来了宗门里众多前辈的暗里关注。

除了钟青竹之外，孙友与钟青露两人的修炼速度都比沈石慢了一些，但他们二人的天资都不差，相继都是在沈石之后的一个月内修炼到了炼气境高阶；贺小梅进了一步，如今是炼气境中阶的境界，看起来还是天赋有些差距，倒是平日一直与贺小梅十分要好的那个蒋宏光，不声不响的竟然连跨了两大步，也修炼到了炼气境高阶，哪怕在时间上比沈石等人要慢了三个月，但勉强也算是挤入了第四年高阶的圈子，可以为凌霄宗留意栽培了。

如此种种，大家都有各自的机缘气运，表现出来的修行各不相同，但是所有人的目光，都紧盯着那最后也是最关键的一年了。

第五年，能否踏足凝元境，便是未来究竟是仙是凡，地位天壤之别的关键所在。

沈石的心情也是一样，他仍然也很在乎是不是能在第五年的时候突破到凝元境，未来如何，包括日后能以什么样的姿态心情去再见自己失踪的父亲，都看这一年了。

不过当下而言，沈石发现自己最头痛的事，还是那种晶莹剔透的、亮晶晶的小石头……

道行突破到炼气境高阶之后，好处多多，但是同时而来的也有一些副作用，那就是在修炼的时候，他每次引灵入体所消耗的灵晶灵力数量，又增加了一倍。一颗完好正常的灵晶，在每天修炼一次的前提下，可供炼气境初阶弟子使用二十日，炼气境中阶弟子使用十日，而到了炼气境高阶境界的时候，因为吸纳的灵力大增，便最多只能使用五日。

而沈石的耗费量是普通人的两倍……

与此同时，钟青露那边已然在丹堂里获得了极大名声，甚至听说金虹山上主持丹堂的那位高高在上的云霓云长老，都已经知道了钟青露的名字。如今炼制养气丹钟青露早已是得心应手，罕有失误，于是在三月之前，钟青露从丹堂那里，在所有新人弟子中第一个获得了另一种灵丹“培元丹”的丹方。

每一种新灵丹的炼制，对炼丹师来说都是一个从无到有、从陌生到熟悉的漫长过程，这中间诸多辛苦消耗，都是用灵晶堆叠出来的。

当初的那个交易或者说是赌局，仍然还是沈石与钟青露两人的秘密，而这份协议在两人出人意料的坚持与遵守中，已经为他们各自都带来了极大的好处。如今，他们不约而同地准备让这份交易继续下去。

除了一件事让沈石有些心虚和倍感压力，那就是培元丹是比养气丹更高一阶的二品灵丹，所需灵材多达九种，完整一炉炼丹所需灵材的成本，高达八十颗灵晶，是养气丹的八倍。

第九十八章 ■ 意动

“炼丹师真是个用钱堆出来的东西啊……”

洞府之中，沈石有些肉疼地拿出一个袋子，里面晃晃荡荡不时发出清脆的声音，然后递给钟青露，道：“拿去吧，八十个灵晶。”

一年下来，或许是因为那个秘密的交易，两人经常接触，钟青露对着沈石的态度早已没了当初那份倨傲之气，显得温和了许多，此刻看着她的神情，眉头微微皱着，看去也有几分局促与不安。

她似乎犹豫了一下，然后抬起头，看了一眼沈石，道：“要不，咱们再等等？或者等我们都修炼到凝元境成为亲传弟子后，我再开始炼制培元丹吧？”

沈石看了她一眼，道：“怎么了？”

钟青露微微低头，叹了口气，道：“你又不是不知道，不管是谁哪怕在炼丹上天资再好的人，得到一种新丹方开始炼制一种新灵药时，最初必定都是……”

后面的话，她没有再说下去了，但是意思显然已经是很明白，炼制培元丹这种新灵丹，在最开始的一段时日里，她必定是多数时候都要失误的，这也是所有炼丹师的必经之路，本来炼丹师就是用无数的灵晶再加上百折不挠的坚韧堆出来的。

问题是，这次不是养气丹了，培元丹炼制一次所需灵材的成本高达八十颗灵晶，哪怕是出身豪富世家的钟青露，也觉得有些心惊胆战，这笔消耗对他们这样青鱼岛上的炼气境弟子来说，委实是太过巨大了，也只有到了凝元境后，或许方能勉强支撑下来。

事实上，钟青露与沈石都已经打听过了，培元丹这种二品灵丹，在凌霄宗丹堂之内确实是通常只传授给凝元境弟子的，不过丹堂传授丹方，所依据的并非是门下弟子的道行而是根据他们在炼丹上的进境，以往的新人弟子从没有在五年时间里就完全熟练地掌握养气丹的炼制的，因为既然要专注于炼丹，则必然无法去赚取庞然大量的灵晶来支撑自己可以不计成本地不停炼丹，而没有财力的支持，没有在大量失败炼丹基础上获得的宝贵经验，也就不可能会在短期之内有所成就。

所以钟青露实打实的，是百多年来丹堂在新人弟子中的最大收获，也是百年以来，丹堂破例第一次在炼气境时期就传授了培元丹新丹方的弟子。

沈石沉默了很久，最后还是摇了摇头，道："我们两个当初的计议，不就是为了让你快人一步吗？我觉得你还是要继续炼制培元丹，日后咱们两人突破到凝元境至少还有一年甚至更长的时间，这段日子，就是你比别人更快一步的紧要关头。"

他笑了笑，道："你想一想，若是日后上了金虹山时，你已然可以熟练炼制培元丹这种二品丹药，那会是怎样的情景？我觉得丹堂里的各位长老都会冲过来，哭着喊着大打出手，也要把你这个数百年罕见的炼丹天才抢过去当亲传弟子的。"

钟青露嘴唇微微抿了一下，欲言又止，脸上虽有几分向往期待之色，但目光看着仍然清澈，还是落在沈石的身上，过了一会儿，低声道："但是我……我自己真的赚不到这份灵晶，就算赚到了，也最多只能支撑我炼制几次而已。"

沈石深吸了一口气，笑道："不是还有我吗？"

钟青露默然，过了好一会儿，道："沈石，你为什么对我这么……这么看重呢？"

沈石笑了一下，道："以前不是跟你说过了吗，一来是日后有便宜的灵丹妙药吃啊，二来就是想提前巴结你这位日后的大炼丹师呢。"

钟青露深深凝视了他一眼，然后缓缓点头，没有再说什么。

走出钟青露的洞府，沈石便苦了脸，很有点发愁的模样。不知道是不是因为少年男子那种特有的心绪情怀，在女孩子尤其是漂亮的女孩子面前，往往都不愿因丢脸服软，所以刚才沈石在钟青露洞府里一副胸有成竹的样子，其实现在一想到那一次炼丹八十颗灵晶的消耗，外加这种消耗的庞大次数，沈石委实是有些头皮发麻。

他自己修炼所需的灵晶，还有这份秘密交易要支持钟青露炼丹的灵晶，是他目前最大的两项灵晶消耗，本来还有一个很是沉重的欠债，就是每月要给五行殿章义辉处上交五张符箓，但是因为清心咒的奇效，他在符箓一道上竟是出乎意料的顺利，前些日子倒是将这份债务还上了，算是不幸中的大幸。

此刻的沈石，虽然按照常理来说炼气境修士没必要也不应该修炼太多的五行术法，但是一来出于兴趣，二来也是为了赚取更多的灵晶，沈石还是自觉不自觉地在五行术法这条崎岖并注定艰难的小道上越走越远。

如今的他，已经先后数次前往五行殿购买了新术法，现如今他所掌握的一阶五行术法已经多达六个，除了最早的水箭术外，还有火球术、火障术、岩刺术、沉土术和风捷术，这其中的水箭术、火球术与岩刺术，分别属于水、火、土三系，是五行术法中最著名也是最常见的三大攻击法术，至于火障术、沉土术与风捷术则都是当日章义辉师兄讲解时所说的辅助类法术。

火障术施放之后，会有一道形如火盾的火焰防护自身，能添加几分防护之力；沉土术会让敌人身形迟滞，行动缓慢，风捷术则是让自己或是友方身形快捷一些，风从木，这门术法乃是五行之中的木系法术，也是颇为好用。

这六种一阶术法，都在当日章义辉给他的那本《符箓小解》书卷里记载的十种法术范围之列，所以在熟练掌握了这些五行术法后，沈石也顺理成章地制出了相应的符箓。并且由于他在制作符箓上奇高无比的成功率，他手头的符箓存货也渐渐多了起来，虽然青鱼岛上有着收购符箓的商铺，包括章义辉那边也会出灵晶收符箓，但是沈石并没有打算卖掉自己手头这些符箓的意思。

因为他已经发现，只要合适地使用这些符箓，在妖岛上对付妖兽所获得的灵材报酬，实际上是更高的。

日复一日下来，他除了日常修炼与去妖岛做捕妖任务外，剩下绝大部分时间便用在了制作符箓上。这是一种很枯燥乏味的活儿，但是沈石一直很安静从容地做着，从小到大每日描画符文所锤炼出来的耐力耐心，终于在此刻体现了出来。

他手头上的符箓数量在不停地缓慢增长着，到了一年之后，沈石的那个小如意戒差不多到了使用期限，他便重新去买了两个回来。

一个左手，一个右手；左手的装承灵材收获，右手的放着符箓，随时取用。

秋去冬来，岛上的时间慢得令人觉得平淡无味，又快得令人紧张不已。眼看着第五年就在眼前，青鱼岛上的气息已开始显露出一丝压抑的沉闷气氛。

前往妖岛的大船，最近又开始慢慢热闹起来，原因是新晋修炼到炼气境高阶的新人弟子中，有不少人也看中了这条获取灵晶的捷径，虽然有风险，但是还在承受的范围内。

加上之前就已经回归的一些老人，如今的大船上的人数，每次都在二十人左右，基本上已经恢复到原先的全盛日子。

人群之中，长久以来一直坚持下来从未间断的两个人，并肩坐在角落的一头，看着甲板上三三两两结伴聊天的同门，脸上的神情都有些异样。

“想不到胆子大的人这么多啊。”甘泽首先开口道。

沈石点了点头，目光扫过人群，那里面颇多新人面孔，但都是往日在岛上见过的，在这一年中这些天赋异禀的少年修炼到了炼气境高阶，进而毫无畏惧地向危险的妖岛发起了挑战。

过了一会儿，甘泽的目光收了回来，看了看沈石，沈石察觉，转头向他看去，带了几分疑惑，道：“怎么了？”

甘泽默然片刻，摇摇头叹了口气，道：“这些和咱们同一轮的同门师兄弟，都是在炼气境高阶之后，才有勇气来到妖岛，并且据我所知，他们至少都是三人以上结伴同队去猎取妖兽的。我以前还没觉得什么，但是现在想想，当初只有你才是炼气境中阶的时候，就敢来到妖岛，并且从那时起直到现在，都是一人独行去单独对付妖兽。”他深深地看了沈石一眼，正色道：“我觉得，你比他们要强多了。”

沈石迎着甘泽的目光，只觉得他眼神虽然温和，但目光深邃几乎不似十六岁年纪的少年，一时间没来由的有些心悸，但他性子向来谨慎镇定，倒也没露出什么马脚，闻言笑了笑，道：“这船上包括你在内的那么多师兄，一个个修炼到炼气境的时间可都是比我早多了，我可当不起你这般夸奖。”

甘泽嘿然一笑，目光向甲板那边扫了一眼，嘴角微微抿起似有一份自傲之意，淡淡道：“修炼快慢的些许差距，算得了什么，真正能在生死搏斗中占据上风的，才是真实力，真道行。”

沈石闻言笑而不语，甘泽也没有再继续说什么。

就这样，大船一路顺利地开到了妖岛，一船人依次下了船，沿着那条海堤走到妖岛上。如平日一样，甘泽依然是头一个独自进入了那片密林深处，而其余人三三两两结伴而行，大部分进入了妖岛密林中，少数几个新弟子或许是想小心一些，则是选择了当初和沈石一样的路线，沿着海岸线在妖岛外围的海滩上行走寻找猎物。

最后，只剩下沈石一个人了，他看了看远处的海滩，又看了看眼前的那片幽深密林，沉默不语地站了好一会儿，最后摸了摸自己左右手上的两个小如意戒，还有已经干瘪饥渴缺乏灵晶的口袋。

灵晶不够用了啊……

沈石默默地想着，然后抬起头，看着眼前这座庞大的岛屿，还有满山青翠茂密无比的森林山脉，远处，几许凄厉的兽吼声从妖岛深处传来，回荡在这片海天之间。

第九十九章 ■ 鬼影山猫

站在密林外的路口上犹豫了一会儿，沈石像是下了决心，不过等他再抬头的时候，发现同船而来的其他人都已经各自散去，周围已是空无一人，倒是面前那片林子里隐隐约约有人影闪过，看着数目似乎还不少。

这条小路是通向妖岛捕妖洞方向的一条捷径，历来到妖岛上的凌霄宗弟子们多是从这里前往妖岛深处包括捕妖洞，不过沈石虽然心意已动，但是对那个神秘的捕妖洞还是没动过心思，又沉吟了一会儿，他还是没踏上这条路，而是转身向着空无一人的海滩方向走去。

天蓝海静，密林幽谧，沈石走了一段路，渐渐将那座海堤抛在身后，到了看不见的时候，他在沙滩上停下了脚步，身旁一边是清澈海水，一边隔了个白色沙滩，便是茂密的森林，里面枝叶繁茂，看不真切有什么。

沈石深吸了一口气，转过身子，面向树林，然后慢慢地靠了过去。

之所以不走众人开始的那条路，是那边人实在太多，哪怕妖岛地盘阔大，但同一个方向走着，且不说会不会发生争抢猎物妖兽的事，至少动手时候在一旁被人看到的概率确实是不小的。

而沈石的顾虑也就在此，他如今之所以能独自一人在妖岛上捕猎，最大的倚仗便是在五行术法上的过人之处，但是以他如今刚刚突破炼气境高阶境界的实力而言，三息即发的五行术法包括众多符箓，很难让人相信是一个青鱼岛上新人弟子能够掌握的实力，搞不好就会惹来极大的麻烦，特别是这一切的根源就是带有妖族秘密的清心咒，万一被人知道……沈石其实自己也不知道会有什么样的后果，但是他不想冒这个险。

所以他选择了远离人群，从妖岛海滩远处的一处密林边缘尝试着进入这片森林。

多年以来，妖岛上诸多妖兽鬼物的分布已经是众所皆知的常识了，外围边缘海滩上的妖兽最是孱弱，进入森林后，越往妖岛深处，妖兽的强悍程度便依次增强，当然危险性也是越大，而整座妖岛上最危险的地方，当然就是那一处神秘的捕妖洞。

捕妖洞里非但有高阶厉害的妖兽藏匿其中，更有诡异凶猛的阴灵鬼物，也不知当年创立妖岛的凌霄宗祖师们为何会布置下如此凶恶的地方，不过据说捕妖洞洞口有前辈祖师留下的强力禁制，任何鬼物都无法逃出那个洞口。

沈石既然选择了这么一个偏僻的地方进入密林，面前自然是没有现成的路径，不过还好这片密林里多是高大树木，低矮处也有点叫不出名字的灌木，但不算多，还没到荆棘密布无法行走的地步。

沈石小心翼翼地走入树林，在跨过第一棵大树干后，他便觉得头顶的光线一下子暗了几分，那是被浓密的枝叶挡住了天上的亮光，不过从树叶缝隙里透下的光束仍然是在这片树林中化作一道道晃动的细小光柱，照亮了这片幽静的林子。

四周一片静悄悄的，除了不知名处传来的低低虫鸣声，就连平常树林里常见的鸟鸣声也没有听到。沈石一脸凝重，思索片刻，随即手掌一翻，已是从右手的小如意戒中取出了两张土黄色的符箓，一张是水箭术，一张是沉土术。

他双手各持一张符箓，以食指中指二指夹住藏于掌心，正是可以随时激发的状态，以他如今仅仅只需一息时间就能施放各种一阶术法符箓的能力，有这两个符箓，应该就可以应付各种突发情况了。

感受到手心符箓里传来的触感，沈石心中踏实了不少，这一年多来在妖岛与各种低阶妖兽不停地战斗，也让他心底几乎褪去了原先对妖兽凶猛的畏惧，真要说起来，如今在青鱼岛上所有的新人弟子中，要说与妖兽实战经验最丰富的，也就是他与甘泽二人了。

手持符箓，他缓缓向前走去，周围的树林看着仍然还是一片安静，但是这片静谧中仿佛也处处隐藏着危险，轻缓的脚步声在林中缓慢而有节奏地响着，沈石绕过了一棵又一棵大树，耐心而谨慎地搜索着这片树林，寻找着自己的猎物。

忽然，一声低沉的咆哮声在沈石侧前方的林子深处传来，沈石精神一振，一个箭步藏到了一棵大树粗壮的树干后，隐藏好身子后，这才悄悄探出头去，仔细向那个方向观望。

那处林子树荫之下，有一片低矮的灌木丛，此刻只见枝叶摆动，过了一会儿，一个矫健的黑色身影走了出来。

那是一只妖兽，第一眼看去就像是一只黑豹，又像是一只巨大的野猫，通体纯黑，体形约莫有小牛一般大小，双耳尖刺，一双绿幽幽的眼睛冷峻无比地扫过周围，行走间轻细无声，若不是之前一声咆哮，沈石还真未必能提前发现这只妖兽。

只是藏身在树后的沈石却是一下子猛地怔住，因为他一眼就认出了这只妖兽，它名叫“鬼影山猫”，是生活在妖岛上的一种凶猛妖兽，动作敏捷，生性残暴，甚至他还记得，一年之前的某一天，甘泽曾经对他说过自己猎到了一只同样的鬼影山猫。

但是这些都不是重点，沈石依然清晰地记得，当初自己心中曾经掠过一丝困惑，那就是鬼影山猫的天性其实是夜行妖兽，一般都是傍晚天黑之后才出来觅食的。

他抬头看了看天，虽然有浓密的枝叶挡在头顶，但是从枝叶缝隙间透下的明亮光线可以知道，现在显然还是旭日当空的白天。

既然出现了第二只行为反常的鬼影山猫，说明这种妖兽的异常就并非是偶然现象，可是为何这妖岛上的鬼影山猫会有这般诡异而违反天性的举动呢?

沈石心中疑惑不已，但是此刻妖兽在侧，也容不得他静下心来仔细思索，一双眼睛紧紧盯着这只妖兽。很快的，他发现这只鬼影山猫似乎真的有些不太对劲，根据传说这种妖兽一直都是阴险耐心的猎手，平日捕猎时常会藏身于阴暗处，待猎物靠近时再突然冲出，一击致命，很像是人族中那些阴险冷酷的杀手。

但是此刻在他眼前的这只鬼影山猫，看起来却是丝毫没有冷静杀手的样子，反而显而易见地流露出暴躁的怒意，不时地发出几声低沉吼声，脑袋也在不停地四处转动，甚至连原本藏在脚上肉垫里的利爪此刻也是纷纷伸了出来，不时在地上或是一旁树干上划上两下，留下深深的抓痕，看去恨不得立刻找到个对手大打一场的样子。

沈石的眉头慢慢皱了起来。

这只鬼影山猫的行径举动，实在是太古怪了，令沈石心底实在有些没底，一时间他自己也不知道是不是该出手对付这只举止怪异的妖兽。然而就在他正犹豫的时候，鬼影山猫却是在不知不觉间走到了距离他两三丈远的地方，忽然，这只妖兽猛地抬头，鼻子在空气中嗅了几下，然后猛的一声怒吼，却是一下子转过头，盯向了沈石藏身的这个方向。

沈石心中一沉，第一个反应是糟了。

而鬼影山猫看起来则是瞬间凶性大发，根本不管那树后究竟是什么，一声咆哮怒吼中，身影化作一道黑电般就是冲了过来。

沈石在这一瞬间，所有的念头一下子都抛在脑后，眼前只有这一只凶恶的妖兽。他沉着脸连退两步，手掌一翻，已是对着扑来的鬼影山猫。

一呼，一吸，一息之间。

犹如周围的光线闪动过的那个片段，树林里亮起了一道土黄色的光芒。

沉土术符箓激发。

迅捷犹如化作一道黑影的鬼影山猫的身形，忽然间像背上了几百斤的巨石，一下子迟滞下来，速度瞬间慢了数倍，这突如其来的重压令鬼影山猫发出愤怒又迷惑的吼叫，仍是狂躁地想要再向前冲去，但是凝结在它身体周围的土黄色光芒却像是千斤重担，压着它脚步迟缓。

而下一刻，另一道白色透明的水流破空而来，发出锐利的尖啸声，震动了附近的森林。

被沉土术压制的鬼影山猫，身形迟滞移动缓慢，哪怕它第一时间看到了这道水箭术并做出了躲避的动作，但是身子此刻却仿佛不是由它控制的一样，堪堪闪过了一点儿，水箭术便已落在了它的额头之上。

洞穿而入！

鬼影山猫发出一声愤怒而绝望的怒吼声，这种妖兽身形矫健，敏捷凶猛，却并不以皮坚肉厚为长处，所以在水箭术的威力之下，被命中要害的鬼影山猫在几番挣扎后，终于还是颓然倒下。

站在一旁的沈石谨慎地盯着这只妖兽，直到确定它确实死掉之后，才走了过来，盯着鬼影山猫看了一会儿，又蹲下身子将它的身躯翻了一下，仔细查看，但是看起来这只妖兽一切都很正常，除了最开始那些异样的举动表现，至少这只鬼影山猫在身体上是完全正常的。

但是肯定有什么地方是不对劲的……

沈石心里掠过这样一个念头，却又想不明白，只是在心里多了一丝疑惑与阴霾。不过不管怎样，今天他也算是头一次单独战胜了更强一些的妖兽，五行术法与符箓的配合使用，果然爆发出令人咋舌的威力，这倒是让他心里充满了喜悦。

算了，管他呢，说不定这妖岛上的妖兽就是这样怪怪的吧……

沈石一边动手剥取鬼影山猫的灵材，一边心里这般想着。

第一百章 ■ 铁木巨猿

杀掉这只鬼影山猫后，将猎物尸体处置妥当，再将获得的灵材装入左手的小如意戒，沈石再度站起身子，定了定神之后，重新开始向密林深处走去。

这样一只鬼影山猫，它的獠牙与皮毛都是价值不菲的灵材，能换到的灵晶比沈石之前在海滩上辛苦猎获的那些低阶妖兽要多出数倍，所以说风险越高所得的回报也是越大。

而且在符箓的助力下，沈石的消耗甚至比以前与那些低阶妖兽战斗时还要少许多，这也让他越发充满了信心。

密林幽幽，刚才的那处战场很快就被身后的树林所遮蔽，或许是因为沈石故意选了一个偏僻的地方进入森林，所以那些同门的踪迹在这个方向上丝毫没有出现，感觉中似乎整座偌大的森林里，只有他一个人在独自探险。

而随着他逐渐深入林子，遇上的妖兽也渐渐多了起来，一路上他又杀死了三只妖兽，无一例外都是和鬼影山猫同等阶的凶悍妖兽，但是在沈石各种符箓的配合攻击下，最后都是死在他的手里。

这样的效率，让沈石自己都有些吃惊，同时他也能想象到若是眼前这一幕传了出去，会引起多大的震动。要知道，与他同来妖岛的那些炼气境同门师兄弟，有些甚至比他更早修炼到炼气境高阶的，都是要数人结伴才能对付这种程度的一只妖兽，并且往往一场战斗下来，几乎纯凭肉身强韧与其肉搏，最多也只有一个人学了什么火球术在一旁蓄势半天才施放一个法术，然后同样也是要上前参加战斗。

一场战斗下来，身上挂彩带伤那都是常有的事，妖兽凶猛，毕竟不是随便说说的，通常情况下，初到妖岛的队伍往往只能猎取一只妖兽，而有些经验之后或许会增加一些收获，但跟沈石比起来，却当真就是天差地别了。

他独自进入森林，遇上相同等阶的妖兽，以五行术法和符箓之力，几乎如砍瓜切菜一般轻松，并且直到现在，他仍是留有相当大的余力。

再一次地，沈石为自己挑选了这么偏僻的一处地方独自行动而感到庆幸与满意。

左手的小如意戒里，已经装了四只妖兽的灵材，按沈石心里估算，回到青鱼岛后，至少能换回一百颗以上的灵晶，看起来，似乎这日子还过得下去，哪怕有钟青露那边令人发指的炼丹消耗。

沈石心里有些乐滋滋地想着，又细察了一下自身的状况，境界修炼到炼气境高阶后，他眉心处窍穴内的灵力大幅增长，加上事先制好的符箓也让他在与妖兽的战斗中消耗极小，此时的他所消耗的灵力，甚至还不到三分之一。

这情景若是说出去，怕是要惊呆一片同在妖岛上的那些同门。

单从灵晶上来说，今天的收获已经算是足够了，不过状态如此之好，哪怕以沈石谨慎细密的性子，也丝毫想不出有后退的理由。

不能后退，那当然就是继续前行！

沈石继续在森林里行走，不过他也很小心，到了林间某处，看到前方地势忽然隆起，已是一座山脉脚下时，沈石沉吟片刻后，却是回头向旁边走去。

登上山脉，就将要靠近那个神秘的捕妖洞了，沈石并没有动那个念头，所以还是在山下的林子里活动活动就好。

不过哪怕是以沈石的谨慎小心，又是在山脚下的森林里，但危险同样是藏匿于林中各处，没过多久，在树林里转悠着寻找猎物的沈石，就遇上了一个大麻烦。

他遇到了一只极难缠的妖兽，铁木巨猿。

这是一种体形庞大的巨型妖猿，力大无穷，全身灰褐色的皮毛坚韧得犹如精钢铁木一般，刀剑难伤，兼之动作敏捷，凶猛异常，在妖兽谱上是二阶妖兽中的顶峰凶物，便是凝元境修士遇见了，也要小心应对。

而如果沈石没记错的话，这种强大的妖兽本来是应该生活在妖岛中心的那片山脉上的，今天也不知是不是这只铁木巨猿正好下山觅食，结果就遇到了沈石，立刻就爆发了一场凶险无比的战斗。

不管从哪方面来说，铁木巨猿绝对都是沈石修道以来遇见过的最强大的敌手，甚至从常理上来说，一个炼气境高阶的修士，单独遇上了铁木巨猿这种等阶的妖兽，几乎就是九死一生的局面。

然后在生死关头，沈石一年多来的妖岛经历发挥了作用，虽然他心里也惊骇于这只突然出现的凶猛异兽，但是总算没有丧失理智，而是立刻镇定下来，取出藏在小如意戒中的各种符箓与之缠斗。

战斗的一开始，毫无疑问铁木巨猿占据了绝对优势，一度将沈石逼入了绝境，但是沈石利用他在符箓上施法时间快捷无比的特点，在短时间内连续施放多种法术，沉土术、火障术、风捷术，一股脑地都用上，先是迟滞了铁木巨猿的速度，又让自己加强防御动作敏捷，拉开一段距离后，立刻以三种攻击符箓对铁木巨猿发动了攻击。

也就是在这一场战斗中，沈石第一次感觉到了等阶稍高的妖兽有着五行相生相克的属性，铁木巨猿居然有一丝木属性，虽然并不浓厚但是仍然有一些影响，表现出来的就是土系术法对它威力会有所减弱，而火克木，火球术砸到它的身上，便是效果更显著一些。

不过饶是如此，沈石很快发现这种妖兽的强悍真是出乎意外的强大，低阶妖兽最多一到两个攻击法术就能结果了，但是他连续往铁木巨猿身上砸了四个一阶法术，其中两个是火球术，这只铁木巨猿在沉土术的控制下脚步变慢，但身子竟然还是巍然不倒，哪怕胸口要害处一片血肉模糊，仍是挣扎着想要向他扑来。

不过沈石别的没有，这些日子制作的符箓倒是很多的……

所以他很快又向这只铁木巨猿丢了一个沉土术，先继续迟滞它的速度，然后再度拿出两张火球术符箓，一一激发，在两息之间，炽热的火球连续撞上了铁木巨猿的胸口。

“轰！”

伴随着最后愤怒的吼叫，铁木巨猿庞大的身躯终于轰然倒下，甚至还砸断了不远处一棵小树，就此在枝叶灌木中死去。

远处，沈石惊魂未定地站着，等待了一会儿，当确定这只凶猛的妖兽真的死掉了以后，他才像是彻底放松，忽然间大口喘息起来。

这一场战斗之凶险和困难，是沈石有生以来最艰苦的一次，同时也让他再一次深深体会到，这妖岛上真正危险的妖兽是多么的厉害，也让他收起了之前所隐隐萌发的那一丝自大。

他慢慢走了过去，同时心底盘算了一下，发现自己为了杀这一只铁木巨猿，前后竟然用掉了十三张符箓……

看来是要亏本了啊，沈石轻轻叹了口气，不过随即而来的，在看到那具强大妖兽的尸身时，却是一种发自内心的自豪。

从没有人，能够在炼气境的时候，就独立杀掉这样一只强大的二阶顶级妖兽吧。

处理完这只铁木巨猿后，沈石没有在原地继续耽搁，立刻转身朝原路返回。

刚才这一战对他损耗极大，倒不是说肉身灵力上，而是指他用掉的各种符箓，一次战斗直接消耗了十三张符箓，从另一个角度来说，这只凶悍无比的铁木巨猿，其实是被沈石用钱砸死的……

经此一役，再加上前头也曾经和鬼影山猫等几只妖兽战斗过，原本藏在沈石右手小如意戒中的符箓一共有二十四张，如今已经所剩无几。若是再遇到类似强悍的妖兽，沈石便无计可施了。

“唉，说到底，这一阶术法的威力还是小了些啊，对付普通的一阶妖兽还算可以，但是对上肉身强韧的二阶妖兽，便有些力不从心了。”沈石心里这般想着，回想起刚才那场激烈大战中，自己连续向铁木巨猿的胸口要害施放了五六个法术，这才将它击倒，而他小如意戒中的攻击法术符箓，基本也在这一战中尽数用光，若是铁木巨猿再强韧一些坚持久一点，只怕倒下的人就会是自己了。

想到这里，沈石心中不由得也有些后怕，摸了摸右手的小如意戒，心里下了决心，看来自己还是太过轻敌了，以为有十几二十张符箓存货就可以在妖岛上横着走，真是太小看这里的妖兽了。待回到青鱼岛后，一定要准备得更周全些。

就这么心里一直想着，他一路走出了这片林子，或许是来路上的几只妖兽被他前头撞见已经杀掉了，所以回来的路上倒是很安静，一直到走出树林抬头望天时，看看天色，却已是下午时分。

沈石看看四周，平静的海滩一如既往的寂寥安详，周围仍是空空荡荡的渺无人迹，他也没有多想什么，转身向那条大船停靠的海堤方向走去。

待他回到大船上后，才发现自己并不是第一个回来的人，在甲板上已经坐着七八个同门，有人挂彩有人疲惫，但神情间都是兴奋喜悦，看来这几队人马都是有所收获。

沈石上船之后，自然也被其他人看到，不过他向来在妖岛这里独自行动，所以也无人上来与他攀谈，沈石自然也不会在意，独自走到一个偏僻角落坐了下来。

就这样一直等着，直到黄昏时分，所有人都按时回到了这艘大船上，徐雁枝与曾志柏二人出来检视一遍后，也没多说什么，便直接开船返航。

天色渐黑，黑暗在船身后头笼罩下来，再次将这座岛屿遮蔽在黑沉沉的夜色里。

沈石眺望着那座越来越模糊朦胧的岛屿影子，心里忽然没来由地又想到了那只鬼影山猫，本来按照道理，它们应该这个时候才出现的。

为什么这种妖兽会如此的反常呢?

沈石怔怔地眺望远方，看着那座岛屿渐渐消失在黑暗之中，远远的海面上，渐渐变凉变大的海风里，似乎还传来了一声凄厉的锐啸声，在空旷的苍穹夜幕下，悄然回荡开去。

第一百〇一章 ■ 制符

翌日，沈石带着昨日在妖岛上的收获来到青鱼集上，在几处商铺里一共换回了一百五十七颗灵晶。相比起同境界的同门来说，沈石这种收入可谓是相当惊人了，不过一想到昨日消耗掉那么多的符箓，沈石心里也不算是特别高兴。

那么多的符箓如果出了凌霄宗，到了外头那些大城里卖给诸如神仙会这样的灵材商铺的话，价格比这笔报酬只高不会低的。

不过还好，这中间毕竟是他自己制作的符箓，成本倒是不算特别高昂，而且经过昨日的妖岛之行，特别是与那只强悍的铁木巨猿一战后，沈石已经更深切地认识到，自己将来想在妖岛上防身保命的最大倚仗，还是这些符箓，并且越多越好。

所以当他处理完所有的灵材后，便来到了售卖符纸符箓的商铺，这个铺子从归属上算是术堂这里的关系，不过平日似乎没见章义辉与徐雁枝等人来过，看守店面的是一个二十出头的年轻弟子，但还是炼气境的境界，似乎是在修行上没有多大的前途了。

喜欢五行术法的人本就少，爱好符箓的人更是凤毛麟角，所以来过这里几次的沈石居然就成了熟客，一进去这位刘师兄就热情地开口打了招呼，然后笑着道："沈师弟，这次来是想买什么？"

沈石如今十六岁，入岛四年却已经修炼到了炼气境高阶，比面前这位刘师兄前程前景要好很多，所以虽然年岁上差了不少，但刘师兄对他却是相当客气。沈石沉吟了一下，道："我买点黄符纸，再来两根符笔，朱砂也多给我一些。"

刘师兄点点头，熟练地拿出符笔和朱砂递给他，然后又拿出一沓土黄色的崭新符纸，放在柜面上，笑着道："要多少张？"

沈石默然片刻，道："来个两百张！"

一副愕然表情的刘师兄有点不太相信自己的耳朵，忍不住又问了一句，道："你要多少？"

沈石看起来有点尴尬，但还是坚持说道："一次买多点，省得我以后又要跑几次了，来个两百张吧。"

刘师兄摇摇头，苦笑一声，道："师弟，你果然是有钱人啊，不过你说买就买吧。"

他面前那一沓黄符纸顶多二十张，当然是不够，刘师兄便又去了铺子后面翻箱倒柜找了半天，看着是把这铺子里所有的黄符纸都找了出来，最后数了数，居然还不够两百之数，只有一百八十七张。

"都在这里了……"刘师兄有些无语地将堆成小山一般的黄符纸往沈石面前一推。

"嗯……"沈石看着柜台上这一大堆黄符纸，也有点怔神，不过再想想昨日那场危险的战斗，深吸了一口气后，还是将这一大堆东西收进了小如意戒，跟刘师兄讨价还价了半天，最后付出了五十颗灵晶，算是买下了这里所有的东西。

回到洞府，关上石门后，沈石随意地拿出一张黄符纸，如今的他摸着这黄色光滑的符纸已经有一种熟悉的触感，看过去这张三寸宽四寸长的黄色符纸，上面以八卦方位排列的八个圆圈清晰可见，不过里面都是空白的，显然是为日后添加各种符阵制成符箓，而拿在手上，沈石鼻端也闻到了一股淡淡的药草清香，那是因为符纸为了要承受五行术法的灵力，自然不能用普通纸片，所有的符纸都是用蕴含灵力的灵草特制而成的。

并且随着五行术法等阶提高，制成符箓的符纸所要承受的灵力也越大，所以一阶术法是用黄符纸，但是二阶术法则必须用另一种高级灵草制成的青符纸，三阶术法则又是另一种更高级的符纸。

所以别看如今沈石购买黄符纸大大咧咧，但是日后万一在五行术法上修行深了，制作符箓的成本同样也会水涨船高。

这些事沈石心里当然是清楚的，不过如今的他还顾不上想这些太过遥远的事。拿着这张空白的黄符纸凝视片刻，他就走回了桌子边，取出符笔朱砂，沉心静气之后，开始自己缓缓动手，在这黄符纸上描画起各种符阵来。

阳水符，阴水符，阳火符，阴火符，阳土符，阴土符……

各种复杂扭曲、繁复无比的符文，在他沉稳的笔下一个个展露出来，出现在特定的方位圆圈里，组成了一个个神秘玄奥的符阵。

画完了一张，沈石又继续拿出一张新的符纸，继续画了下去。

石室里安静无声，只有轻细的走笔纸动声，慢慢地看着那一张张画好符阵的黄符纸在桌上堆叠起来，一张又一张。

恍惚里，就像是过去十几年，他从幼稚儿童慢慢长大的时光流淌而过。

一张又一张……

不知过了多久，沈石放下手中的符笔，揉了揉有些酸痛的手腕，目光扫过那些已经画好的符纸时，忽然间心里很是想念父亲。

他沉默了一会儿，伸手到贴身处拿出那个小小的沙漏，凝视着它，只见沙漏里的沙子似乎就像时间，悄无声息地一点点滑落下来。

一转眼，仿佛已在天涯之外，不知何日还能再见。

符箓的制作历来相当困难不易，不过沈石倚仗自己体内那团神秘的灵力，却是成功率相当之高，这些日子以来，除了去妖岛捕猎的日子，日常待在青鱼岛上的时候，除了每日必需的修炼，他差不多是把所有的时间都投入各种符箓的制作中。

也幸好凌霄宗这里财大气粗，给每个新人弟子都配备了一套私人洞府石室，让他们有各自的空间，不虞被外人窥探到自己的秘密。

日子就这样平静地又过了下去，冬去春来，沈石在青鱼岛上正式进入了第五个年头。

眼看着最后关头即将到来，所有的新人弟子似乎都已经沉浸在一片压抑的修炼狂热中，没有人想落后一步，因为在此刻落后丝毫或许就是一生之中的天壤之别。

在这段日子里，沈石的日子过得仍然一如既往，每日所做的事似乎都没什么变化，修炼、制符、捕妖、换钱，然后继续修炼、制符……

如今在他的右手小如意戒中，常备的各种符箓已经多达上百张，这都是长久之后积蓄下来的结果。而青鱼集里那家刘师兄的铺子，这一年来的生意真是胜过前几年的总和，都是拜沈石所赐，是以现在刘师兄每次见到沈石，都是一副喜笑开颜的模样。

至于说沈石为何买了那么多的符纸，刘师兄倒也问过他一次，沈石也没多说，只是叹了口气，淡淡道："你说我能做成多少符箓？"

刘师兄便登时了然于心，他兜卖各种与符箓有关的事物灵材，自然对符箓一道不算陌生，也知晓制作符箓的困难，沈石买了那么多符纸，但是按他的年岁与能力境界，还真就做不出多少像样的成品符箓来。

从那以后，刘师兄就再也不提这档子事了，生怕沈石没了坚持的毅力，不再光顾，那他就没地方哭去了，反而是回头偷偷又将黄符纸的价格稍稍降低了些，对沈石便说是老客户，特别优待！

而另一方面，对沈石在灵晶财力上压力最大的其实并不是他自己，而是钟青露的炼丹大业。

培元丹乃是二品灵丹，炼制出来后药力极强，已经是凝元境修士那个层次所服食的灵丹妙药。而与这般灵效相匹配的是培元丹的炼制难度，显然比一品的养气丹艰难了数倍，甚至有些出乎沈石与钟青露两人的预料。

得到培元丹的丹方，在沈石的大力支持下，钟青露怀着忐忑不安的心情，咬牙鼓起勇气，开始了前人罕见的炼气境尝试炼制培元丹的壮举。

然而现实真是残酷而无情，所谓的炼丹天分、天才、天资什么的，一切浮华夸耀，在炼丹一道上都是虚妄之言，没有经验，哪怕有了丹方又得了丹堂前辈的一些基本提点，至今为止钟青露尝试炼制培元丹的次数已经有了八次。

但是她连续八次尽数失败。

八次，就是六百四十颗灵晶，虽然不是每天都丢掉这么多的灵晶，但是这数目依然令人触目惊心，甚至是有点儿惊心动魄。

外人并不知晓这其中的实情，最多以为钟青露不过是慢慢尝试着炼制一两次而已，事实上，丹堂上的前辈长老破例传给钟青露培元丹的丹方，更多意义上是一种奖励的姿态，并没有人真的以为钟青露在炼气境的时候在炼丹一道上能做出什么新成就来。

但是身为当事者的钟青露与沈石，在这过程里所承受的压力真不是一般的沉重。

整整六百四十颗灵晶啊，就这样毫无声息地丢到了水里，每当想到这个，沈石就心痛得龇牙咧嘴，当然，这是在他一人独处的时候。

至于钟青露，这段日子以来更是整个人都像是变了个性子，几乎成天一言不发，阴着个脸，平日与她交好的几个朋友都不太敢和她说话了，也就是只有面对沈石的时候，不知为何，她似乎才会偶然露出几分勉强的笑意。

这异样的表现，甚至让孙友偷偷问过沈石，说那钟青露莫非是对你有意思吗？

沈石的回答是一脚踹了过去。

图书在版编目（CIP）数据

戮仙 / 萧鼎著 . — 成都：四川文艺出版社，2017.4

ISBN 978-7-5411-4637-4

Ⅰ . ①戮… Ⅱ . ①萧… Ⅲ . ①长篇小说 – 中国 – 当代 Ⅳ . ① I247.5

中国版本图书馆 CIP 数据核字（2017）第 068760 号

LU XIAN

戮仙

萧鼎 著

策划出品 磨铁图书
责任编辑 谭 黎 彭 炜
特约监制 王传先
产品经理 宋欣然
特约编辑 张 倩
装帧设计 VIOLET

出版发行 四川文艺出版社（成都市槐树街 2 号）
网　　址 www.scwys.com
电　　话 028-86259285（发行部）　028-86259303（编辑部）
传　　真 028-86259306

邮购地址 成都市槐树街 2 号四川文艺出版社邮购部　610031
印　　刷 河北鹏润印刷有限公司
成品尺寸 166mm × 235mm　1/16
印　　张 26　　字　　数 460 千
版　　次 2017 年 7 月第一版　　印　　次 2017 年 7 月第一次印刷
书　　号 ISBN 978-7-5411-4637-4
定　　价 38.00 元